JAMES BARCLAY

James Barclay est né en 1965 en Angleterre. Après des études d'ingénieur, de communication et même une expérience d'acteur, il travaillait dans la City comme directeur de la communication et vient de quitter ce poste pour se consacrer à l'écriture.
Depuis 1998, il s'est imposé comme le plus prometteur des auteurs anglais de fantasy. *AubeMort,* qui ouvre la trilogie des *Chroniques des Ravens,* a obtenu un immense succès qui a dépassé de loin les lecteurs aficionados.

AubeMort

DU MÊME AUTEUR
CHEZ POCKET

Les Chroniques des Ravens

1. AubeMort
2. NoirZénith
3. OmbreMage

SCIENCE-FICTION

Collection dirigée par Bénédicte Lombardo

JAMES BARCLAY

Chroniques des Ravens I

AubeMort

Traduit de l'anglais
par Isabelle Troin

BRAGELONNE

Titre original :
Dawnthief, Chronicles of the Raven, Book One

ISBN 2-266-15144-4

Pour Tara, qui a toujours gardé la foi même quand je l'avais perdue.

Aucun livre ne voit le jour dans une solitude complète et le chemin qui mena à la création de celui-ci compte bien des jalons. Je me lance :

À mes parents, parce qu'ils ne se sont pas plaints une seule fois du cliquetis incessant de ma machine à écrire quand je vivais encore à la maison, et parce qu'ils sont eux, tout simplement. À Stuart Widd, un professeur d'anglais qui encourageait l'imagination et la créativité. À Paul H., Carl B., Hazel G., Chris G., Robert N. et Ray C. qui ont donné naissance aux Ravens il y a bien longtemps, même si aucun de nous n'en avait conscience à l'époque. Aux lecteurs tels que Tara Falk et Dave Mutton, qui m'ont critiqué et aidé à m'améliorer à chaque tournant. Mais surtout, à Peter Robinson, John « George » Cross et Simon Spanton (d'autres Ravens) qui m'ont cajolé, menacé, encouragé et fourni leurs idées tout au long. Je sais que c'est un cliché, mais sans vous, ce livre ne serait pas seulement la moitié de ce qu'il est : il n'existerait pas du tout.

Je vous remercie tous pour votre amour, votre aide et votre soutien.

www.jamesbarclay.com

DISTRIBUTION

LES RAVENS	Hirad Cœurfroid, guerrier barbare Ras, guerrier Richmond, guerrier Talan, guerrier Sirendor Larn, guerrier Le Guerrier Inconnu, guerrier Ilkar, mage julatsien
XETESK **Collège de magie**	Styliann, Seigneur du Mont Denser, mage senior Selyn, magicienne espionne Nyer, mentor de Denser Laryon, maître de recherche Sol, protecteur
DORDOVER **Collège de Magie**	Erienne Malanvai, magicienne annalyste Alun, époux d'Erienne Thraun, guerrier Jandyr, archer elfe Will Begman, voleur Vuldaroq, Seigneur de la Tour
LYSTERN **Collège de Magie**	Heryst, Seigneur Mage Aîné Ry Darrick, général des armées
JULATSA **Collège de Magie**	Barras, Chef Négociateur
BARONS, **SEIGNEURS** **ET SOLDATS**	Noirépine, baron du Sud Gresse, baron du Sud-Est Tessaya, seigneur des Ouestiens Travers, capitaine

Baie du Nord
Dents de Su
Fleuve Sethe
Terenetsa
Désert Déchiré
Parve
Vallée de Baravale
Architemple des Wrethsires
Lac de l'Oeil
Leionu
Lac du Ciel
Contrées Ouestiennes (non cartographiées)
Monts Garan
Force du Midi
Océans du Sud

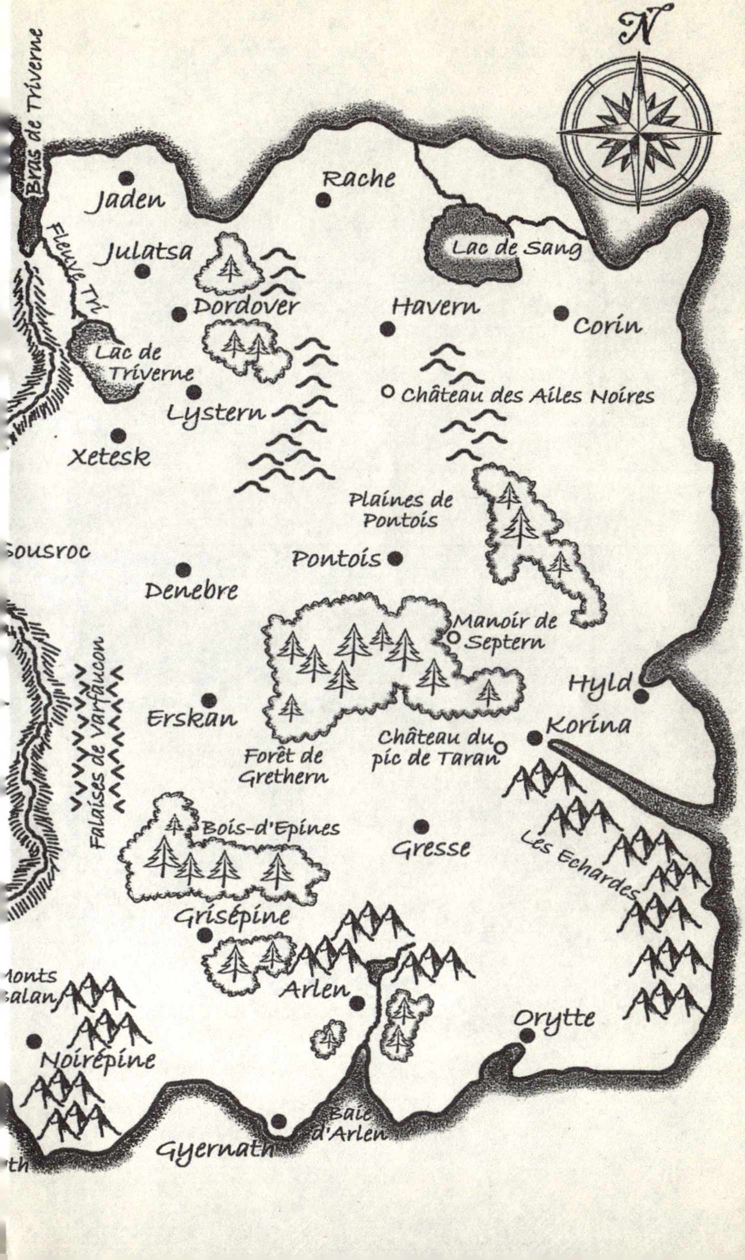
N
Bras de Triverne
Jaden
Rache
Fleuve Tri
Julatsa
Lac de Sang
Dordover
Havern
Corin
Lac de Triverne
Château des Ailes Noires
Lystern
Xetesk
Plaines de Pontois
Sousroc
Pontois
Denebre
Manoir de Septern
Falaises de Varfaucon
Hyld
Erskan
Korina
Château du pic de Taran
Forêt de Grethern
Bois-d'Epines
Gresse
Les Echardes
Grisépine
Arlen
Orytte
Noirépine
Baie d'Arlen
Gyernath

Prologue

La main posée sur sa bouche étouffa son cri quand elle se réveilla. Allongé près d'elle dans le lit, Alun ne broncha pas. Un visage dissimulé par les ombres de la nuit se pencha vers elle. Elle distingua des traits minces et des yeux durs. La main appuya un peu plus fort quand elle plongea son regard dans celui de son agresseur.

— Si tu incantes, tes fils mourront. Si tu te débats, tes fils mourront. Si tu refuses de coopérer, tes fils mourront. Ton mari attestera que nous pouvons enlever tes semblables n'importe où, fût-ce au cœur d'une cité collégiale. Réfléchis-y pendant que tu dors, et maîtrise ta colère à ton réveil. Nous devons parler de beaucoup de choses.

Des pensées défilèrent dans son esprit au rythme des battements sourds de son cœur. Sa détermination stupide de mener une vie tranquille hors de la sécurité de l'enceinte du Collège avait mis en danger tout ce qu'elle aimait. L'homme avait mentionné ses fils, ses tendres jumeaux en qui elle plaçait tant d'espoir et qu'elle nourrissait d'un si grand pouvoir. Si jeunes, si innocents... Tout son corps frémit à l'idée de ce que des gens comme lui pouvaient leur faire. Ils n'éprouvaient aucune compassion, voyant uniquement ce qu'ils croyaient être mal, ce qu'ils avaient juré de détruire. Ils ne distinguaient pas la pureté et la magie de ce qu'elle créait et leur aveuglement les rendait dangereux.

Des voix murmurèrent des avertissements dans son esprit. Celles des maîtres du Collège, qui comprenaient son désir de mener une vie de famille, mais l'avaient mise en garde contre la tentation du confort en un temps où les gens manifestaient ouvertement leur animosité à l'égard du Collège et de tout ce qu'il représentait. Au-delà de son désir de se ranger, c'était une expérience nouvelle qu'elle s'apprêtait à conduire, lui avaient-ils rappelé. Ses fils étaient les enfants du Collège et leur développement serait l'objet d'une stricte surveillance.

Mais comme d'habitude, elle avait obtenu ce qu'elle voulait. Après tout, les jumeaux étaient avant tout *ses* enfants, et Alun ne souhaitait pas vivre au Collège. Elle maudit son entêtement et l'orgueil dont elle avait fait preuve en se croyant capable de les protéger. Des larmes de frustration et de colère lui montèrent aux yeux. Mais comme les voix des maîtres qu'elle entendait dans sa tête, c'étaient les échos d'avertissements trop longtemps ignorés et trop tardivement compris.

L'autre main de l'homme traversa son champ de vision. Elle tenait un chiffon qu'il plaqua sur son nez et sur sa bouche. La drogue fit effet immédiatement, et sa lutte évoqua celle d'un animal pris au piège alors que les chiens se rapprochent : futile, désespérée et très brève.

Du brophane !

Sa dernière pensée fut qu'elle se sentirait très malade quand elle reprendrait connaissance.

Chapitre premier

En cette fin d'après-midi, une lumière bleue baignait le ciel semé de nuages gris déchiquetés, découpant le relief abrupt de la passe du pic de Taran. Une explosion assourdissante retentit. Des hommes hurlèrent.

Le Raven évalua calmement la situation. Son regard balaya le château qui contrôlait la passe, et, au-delà de la cour, se porta sur le champ de bataille qu'il dominait de sa position, au sommet de la forteresse.

L'extrémité gauche de la ligne défensive avait été enfoncée. Des corps brisés qui finissaient de se consumer jonchaient l'herbe calcinée pendant que l'ennemi redoublait d'efforts sur toute la largeur du front et se portait en avant.

— Et merde ! lâcha le Guerrier Inconnu. Des problèmes en perspective.

Il leva un poing au-dessus de sa tête, écarta les doigts et fit tournoyer son bras en décrivant un grand cercle. Aussitôt, les ordonnances postées dans les tourelles transmirent son ordre. Cinq cavaliers et un mage sortirent au galop par une des portes latérales.

— Là ! Regarde.

Hirad désignait la ligne dévastée. Une quinzaine d'hommes se ruaient dans la brèche, ignorant la bataille pour courir vers les murs du château.

— C'est à nous ? demanda-t-il.
— C'est à nous, confirma l'Inconnu.
— Il était temps, dit Hirad.
— Ravens ! cria l'Inconnu. Ravens, avec moi !
Il tira son épée à deux mains du fourreau appuyé contre les remparts et fonça vers l'escalier, son plastron reflétant les derniers rayons du soleil couchant. Malgré sa taille et sa masse imposante, il se déplaçait avec une vitesse et une agilité qui valaient souvent une surprise fatale à ses adversaires. Sa tête au crâne rasé oscillait sur son cou de taureau alors qu'il dévalait les marches quatre à quatre.
L'escalier courait sur la face intérieure du mur d'enceinte, reliant les remparts au toit de la forteresse. De là, pour rejoindre la cour, il fallait entrer dans l'une des deux tourelles et descendre des marches en colimaçon.
L'Inconnu conduisit vers la tourelle gauche le mage et les cinq guerriers bardés de cuir et de cottes de mailles qui, avec lui, composaient les Ravens. Il ouvrit la porte à la volée, cria un ordre au garde et s'engouffra dans l'escalier, se penchant vers le mur extérieur pour ne pas tomber.
À mi-chemin, une seconde explosion retentit. Plus forte que la précédente, elle ébranla le château jusque dans ses fondations.
— Ils ont franchi le mur de la cour, dit Hirad.
— Nous y sommes presque, grogna l'Inconnu.
La porte du bas de la tourelle était entrebâillée. Ça tombait bien, parce que Hirad doutait que l'Inconnu ait pu s'arrêter pour l'ouvrir, à la vitesse où il courait. Le Raven jaillit dans la lumière ambrée du crépuscule et courut vers le coin gauche de la cour, où la poussière de l'explosion planait dans l'air.
À travers ce brouillard, l'ennemi émergea. Des guerriers en cuirasse, un mouchoir plaqué sur la bouche, se

déployèrent dans la cour. Derrière eux, Hirad aperçut un homme qui se frayait presque nonchalamment un chemin dans les débris. Lui aussi portait une cuirasse, mais une cape noire ondulait dans son dos. Une pipe fumante fichée au coin de sa bouche, à moins que les yeux d'Hirad ne lui jouent des tours, il caressait un chat qui pointait la tête par le col de sa cape.

Derrière lui, Hirad entendit Ilkar, le mage elfe julatsien, jurer et cracher :

— Un Xetesk !

Le barbare s'immobilisa et regarda par-dessus son épaule. Ilkar lui fit signe de continuer.

— Tu peux aller te battre, dit-il, ses yeux noisette ovales plissés sous ses courts cheveux bruns. Je garderai un œil sur lui.

Les guerriers ennemis se dirigèrent vers la gauche des Ravens à une allure régulière, trottinant en direction du mur de pierre nu contre lequel se dressaient des cahutes remplies de grain, d'outils et de bois de chauffage.

L'Inconnu modifia aussitôt sa trajectoire pour couper le nouvel angle d'approche de l'adversaire. Hirad fronça les sourcils, incapable de détacher son regard de la silhouette solitaire en cape noire. Les bruits de bataille qui résonnaient encore hors de la forteresse moururent tandis qu'il se concentrait sur la tâche à venir. Les guerriers ennemis, presque trois fois plus nombreux que les Ravens, se portèrent à leur rencontre. Cinq se détachèrent du groupe en brandissant leurs épées et en lançant des cris de guerre, stimulés par l'assurance que confère la supériorité numérique.

— En formation ! cria l'Inconnu.

Sans ralentir, les Ravens se placèrent en formation d'attaque. Comme toujours, l'Inconnu se campa à la pointe du chevron asymétrique. Sur sa gauche, légèrement en retrait, venaient Talan, Ras et Richmond.

Sur sa droite, Sirendor et Hirad. Derrière eux, Ilkar préparait un bouclier défensif.

À chaque pas, la pointe de l'épée de l'Inconnu frappait le sol en rythme. Hirad étudia les visages de leurs adversaires, guettant un signe de reconnaissance. Quand il vit l'ombre d'une hésitation dans leur foulée, il eut une grimace satisfaite.

— Bouclier dressé, annonça Ilkar.

Hirad frissonna. Au bout de dix ans, ça lui faisait toujours le même effet. Il ne le sentait pas vraiment, mais il voyait scintiller dans l'air le champ de force qui les protégerait des attaques magiques.

Les Ravens se jetèrent dans la bataille.

L'Inconnu leva son épée, lui faisant décrire un arc de cercle qui pulvérisa les défenses de son adversaire. La lame du soldat fut déviée sur le côté et son visage se fendit du menton jusqu'au front. Son sang éclaboussa l'arme de l'Inconnu alors qu'il la dégageait.

L'homme bascula en arrière et s'étala dans les jambes de deux de ses camarades. Il n'eut pas le temps de crier avant de mourir.

Sur la droite, Sirendor para un coup avec son bouclier en forme de losange. Puis il plongea son épée dans la cage thoracique du guerrier ennemi. D'un bond sur le côté, Hirad esquiva une attaque maladroite qui visait sa tête et, empoignant son épée à deux mains, trancha le cou de son adversaire. Ses compagnons hésitèrent à combler la brèche. Le barbare avança, leur faisant signe d'approcher.

Sur la gauche de l'Inconnu, ses camarades rencontraient un peu plus de résistance. Ras et Talan échangeaient des coups avec des guerriers compétents protégés par leurs boucliers. Pas vraiment concentré, Richmond avait adopté une tactique défensive, mais ses gestes fluides et vifs valaient néanmoins des difficultés à son adversaire.

— Mage en mouvement sur notre gauche, lança-t-il. Il para une attaque qui visait son ventre et repoussa le guerrier ennemi.

— Je l'ai, dit l'elfe d'une voix enrouée par la concentration nécessaire au maintien de son sort. Il est en train d'incanter.

— Laissez-le à Ilkar, ordonna l'Inconnu aux autres Ravens.

Sa lame s'abattit sur le bouclier d'un autre soldat qui tituba.

— Il avance toujours, insista Richmond.

— Ne t'en occupe pas.

L'Inconnu éventra l'homme qui se tenait devant lui. Non loin de là, Talan en finissait avec son premier adversaire et récoltait au passage une coupure sur le bras.

Le mage ennemi cria un mot de pouvoir. Une chaleur infernale se répandit dans l'air.

Dans le silence qui suivit, les deux camps s'immobilisèrent avant de reculer d'un pas.

— Attention ! cria Ilkar.

Le long du mur d'enceinte, les cahutes explosèrent, projetant un nuage d'échardes et de planches brisées qui s'abattirent dans la cour.

Le chaos.

Un morceau de bois s'écrasa sur le pied d'Hirad. Déséquilibré, il bascula en avant et tenta de se retourner pour tomber sur le dos.

Sur sa gauche, l'Inconnu encaissa l'onde de force de l'explosion avec l'ombre d'un frémissement. Puis, d'un coup de taille, il frappa l'homme qui se tenait devant lui, le coupant presque en deux.

— Bouclier baissé ! cria Ilkar. (Le souffle de l'explosion l'avait jeté à terre, brisant sa concentration. Il se releva d'un bond.) Je m'occupe du mage.

— Je l'ai.

Richmond, pratiquement tombé dans les bras de son adversaire, fut le plus prompt des deux à se ressaisir. Il lui plongea son épée dans le ventre et se détourna.

— Reste en formation ! cria l'Inconnu. Richmond, reste en formation !

Hirad regarda dans les yeux le guerrier qui était sur le point de le tuer. Semblant avoir du mal à croire en sa chance, l'homme abattit son épée sur le barbare impuissant. Mais le coup n'atteignit jamais sa cible et vint se briser sur un bouclier en forme de losange. Sirendor enjamba Hirad. D'un mouvement évoquant un uppercut, il enfonça la pointe de son épée sous le menton de son adversaire. Puis il se pencha pour aider Hirad à se relever.

Richmond fit une demi-douzaine de pas en direction du mage ennemi avant de mesurer son erreur. Mais son initiative se révéla catastrophique. Occupé à se battre contre un guerrier, Ras ne s'aperçut pas que son flanc gauche était exposé. Un second ennemi saisit sa chance ; il contourna son compagnon et plongea son épée dans le ventre du Raven.

Ras grogna et s'effondra, les deux mains sur sa plaie. Du sang traversait déjà le cuir de son armure quand il heurta les jambes de Talan avec assez de force pour le déséquilibrer. Le Raven réussit à parer un coup, mais se retrouva dans une mauvaise position pour éviter le suivant.

— Et merde ! jura l'Inconnu.

Tendant sa lame à l'horizontale devant Talan, il dévia deux attaques destinées à son compagnon et flanqua un coup de pied dans l'abdomen de son adversaire.

Richmond battit en retraite vers le gros de la formation. Au même moment, Talan recouvra son équilibre et se campa au-dessus de son camarade blessé. Il embrocha un guerrier ennemi et dégagea son épée. Les hurlements de l'homme se transformèrent en gargouillis alors qu'il se noyait dans son propre sang.

À l'écart de la bataille, Ilkar dut se contenter de regarder le mage xetesk courir vers le mur qu'il avait dénudé en pulvérisant les cahutes. L'homme marqua une pause, se tourna vers l'elfe, lui fit un bref sourire et disparut.

Les dents serrées de frustration, Ilkar se concentra sur le combat. Ras gisait en position fœtale, immobile. L'Inconnu abattit son adversaire suivant. Sur sa droite, Sirendor et Hirad en firent autant avec l'efficacité d'une longue pratique. Seule la lame de Richmond ne parvint pas à atteindre sa cible.

Il semblait vidé de son énergie...

Ilkar avança en modelant la forme de mana nécessaire à un sort d'immobilisation. Ce fut suffisant. Les survivants de l'unité ennemie l'aperçurent, rompirent le contact et repartirent en courant dans la direction d'où ils venaient.

— Laisse tomber ! ordonna l'Inconnu quand Hirad fit mine de les poursuivre.

Le barbare s'immobilisa et les regarda fuir, poussés par les quolibets de la garnison du château. Ailleurs, des vivats montèrent des remparts quand des cors sonnèrent la retraite sur le champ de bataille.

Pour les Ravens, la victoire avait un goût amer.

Une vague de silence déferla dans la cour, partant de l'endroit où ils se tenaient. Un à un, les autres défenseurs se turent et se retournèrent pour observer ce que quelques-uns d'entre eux avaient déjà vu. Quand Hirad jeta un regard à la ronde, tous les Ravens, à l'exception d'Ilkar, étaient accroupis autour de Ras.

Le barbare les rejoignit.

Il ouvrit la bouche pour poser la seule question possible, mais la ravala en voyant que Ras ne respirait plus. Ses mains étaient toujours plaquées sur l'horrible plaie de son flanc.

— Une journée entière à ne rien faire, et maintenant, ça, lâcha Hirad, lugubre. Nous n'accepterons plus jamais de boulot de réservistes.

— Ce n'est ni l'endroit ni le moment approprié pour ce débat, dit l'Inconnu, tandis qu'une foule se massait autour d'eux.

— Pourquoi pas ? (Hirad se releva, les muscles de ses bras roulant sous sa cuirasse rembourrée, ses tresses couleur de feuille morte lui balayant le dos. Rageur, il rengaina son épée.) Quelle autre preuve te faut-il ? Après avoir passé une journée sur les remparts, nous ne sommes plus assez alertes pour nous battre.

— Tout le monde ne serait pas forcément d'accord avec toi, dit l'Inconnu en désignant les cadavres ennemis.

— Nous avons perdu trois hommes en dix ans. À chaque fois, c'était pendant une mission que nous n'aurions pas dû accepter. Nous devons être engagés pour nous battre, pas pour regarder d'autres le faire.

— C'était un contrat plutôt juteux, intervint Ilkar.

— Crois-tu que Ras s'en soucie, désormais ? cria Hirad.

— Je..., commença l'elfe.

Il porta une main à sa tête et son regard se troubla. Vacillant, il se raccrocha à l'épaule de l'Inconnu.

— Cette conversation et la veillée devront attendre. Le mage est toujours ici, révéla-t-il.

Aussitôt, les Ravens se redressèrent, prêts à combattre.

— Où ? grogna Hirad. C'est un homme mort !

— Je ne peux pas le voir, répondit Ilkar. Il a lancé un sort de MarcheVoilée. Mais il est tout près. Je sens la forme du mana.

— Génial, grommela Sirendor. Nous sommes des cibles immobiles. Il saisit son épée.

— Ça ira. Il devra dissiper son sort avant de pouvoir incanter de nouveau. Mais j'aimerais bien savoir ce qu'il fabrique ici, dit Ilkar, le front plissé.

Hirad leva les yeux et balaya les remparts du regard. Les nuages étouffaient la lumière grisâtre du soleil couchant. Une pluie fine s'était mise à tomber. Toute activité avait cessé ; une centaine d'yeux étaient rivés sur les Ravens et le cadavre qu'ils entouraient. Le silence enveloppait la forteresse, et le bavardage des soldats victorieux qui regagnaient la cour cessait brusquement quand ils découvraient le carnage.

Les Ravens se déployèrent vers l'extérieur. Seul Ilkar resta en retrait, gardant un œil sur le mur où se dressaient un peu plus tôt les cahutes.

— Comment a-t-il pu nous manquer avec ce sort ? demanda Talan en désignant les débris de bois et les grains répandus sur le sol. Il était pratiquement sur nous !

— Il ne pouvait *pas* nous manquer, répliqua Ilkar. C'est pour ça que je...

Le mage xetesk était près du mur d'enceinte. Il venait de réapparaître, les deux mains posées sur les blocs de pierre. Il tâtonna un instant : un pan du mur recula et glissa sur la gauche, révélant un tunnel obscur. Le mage s'y engagea, et l'ouverture se referma aussitôt derrière lui.

Ilkar alla examiner le mur. Les autres se pressèrent autour de lui.

— Vas-y, ouvre-le ! s'impatienta Hirad.

L'elfe le foudroya du regard, ses oreilles pointues frémissant d'irritation.

— Tu peux le faire ? demanda Talan.

— Oui, mais il va falloir que je lance un sort pour trouver les points de pression...

Il regarda le mur. Les Ravens s'écartèrent pour lui laisser les coudées franches. Ilkar ferma les yeux et récita une courte incantation en promenant ses mains sur les blocs de pierre. Les lignes de mana guidèrent ses doigts. L'un après l'autre, ils s'immobilisèrent à la bonne place.

— J'y suis, annonça-t-il.

Moins de trente secondes s'étaient écoulées. L'Inconnu hocha la tête.

— C'est bien. Mais toi... (Il désigna la silhouette trapue de Talan, dont les courts cheveux bruns étaient trempés de sueur, une cicatrice ancienne se détachant sur la peau bronzée de sa joue gauche.) Je veux que tu fasses soigner cette coupure, et toi, ajouta-t-il en se tournant vers Richmond, commence la veillée et réfléchis à ce que tu viens de faire.

Il y eut un court silence. Talan voulut protester, mais le sang qui coulait de son bras indiquait la gravité de sa blessure. Les épaules voûtées, Richmond avança vers Ras, ses yeux bleus pleins de larmes. Il se pencha pour s'agenouiller près du corps de son camarade défunt et planta son épée dans le sol, devant lui. Puis il enveloppa la poignée de ses deux mains et resta immobile, tête baissée, le vent agitant sa longue queue-de-cheval blonde.

Quatre ans plus tôt, Talan, Ras et lui, un trio de guerriers connu et respecté, avaient rejoint les Ravens après la seule autre bataille qui avait vu mourir un membre du groupe.

Deux, en réalité...

L'Inconnu approcha d'Ilkar.

— Vas-y.

— D'accord. (L'elfe poussa. Le pan de mur glissa de nouveau sur le côté.) Il restera ouvert. Le mage a dû le refermer de l'intérieur, tout à l'heure.

Une lumière diffuse vacillait à l'autre extrémité du passage. L'Inconnu s'y engagea, Hirad et Sirendor sur les talons. Ilkar ferma la marche.

Alors qu'ils approchaient de la lumière, un cri de terreur résonna devant eux. Il s'interrompit brutalement. Une voix forte et pressante lui succéda, accompagnée d'un bruit de piétinement. L'Inconnu pressa le pas.

Le tunnel tournait abruptement avant de déboucher dans une petite pièce. Un lit se dressait contre le mur de droite, face à un bureau. Un homme d'âge mûr, vêtu d'une robe bleue toute simple, gisait près du meuble. Du sang coulait de son front ridé sur ses mains aux longs doigts fuselés ; il regardait tomber les gouttes écarlates, tremblant de tout son corps. L'Inconnu s'agenouilla près de lui.

— Où est-il parti ? (Pas de réaction. L'homme ne sembla même pas s'apercevoir de sa présence.) Le mage à la cape noire !

— Par les dieux d'en haut ! cria Ilkar en bousculant ses camarades pour s'approcher de l'homme. C'est le mage du château.

L'Inconnu confirma d'un geste vif. Ilkar prit le mage par le menton et le força à relever la tête. Le sang de sa blessure dégoulinait sur son visage livide aux joues creuses. Ses yeux papillotants semblaient ne plus rien voir.

— Seran, c'est Ilkar. Vous m'entendez ? (Le regard du malheureux s'arrêta sur lui une seconde.) Seran, où est parti le Xetesk ? Nous voulons lui mettre la main dessus.

Le mage tourna faiblement la tête vers une ouverture, dans le mur de gauche. Il tenta de parler, mais réussit seulement à bégayer :

— D-d-d...

— Une minute ! intervint Sirendor. Ce passage ne devrait-il pas donner sur... ?

— Ne perdons pas de temps, coupa l'Inconnu. Plus nous attendons, plus il a de chances de nous échapper.

— Absolument, approuva Hirad.

Il franchit l'ouverture, longea un petit couloir et entra dans une seconde pièce nue. Sous la maigre lumière qui filtrait de la chambre de Seran, il aperçut une porte, en face de lui. En l'ouvrant, il découvrit un autre tunnel, plus long, dont l'extrémité était éclairée par une lueur vacillante. Il jeta un coup d'œil par-dessus son épaule.

— Venez, lança-t-il à ses camarades avant de s'élancer dans le passage.

Alors qu'il approchait de la sortie, il distingua un feu de bonne taille qui brûlait dans un âtre, au fond d'une grande pièce. Il y avait deux portes, dans le mur de droite, de chaque côté d'une seconde cheminée vide. L'une était en train de se refermer lentement.

— Là ! cria Hirad en avançant sans se soucier de vérifier si les autres le suivaient.

Sa proie était toute proche. Il s'arrêta devant la porte et l'ouvrit, révélant une petite antichambre. Face à lui, un blason se détachait sur une double porte massive, une moitié sur chaque battant. Les murs étaient couverts d'inscriptions runiques éclairées par des braseros. Hirad n'en vit pas plus. Un des battants entrouvert laissait filtrer un scintillement. Le barbare sourit.

— Viens voir papa, murmura-t-il en entrant dans la pièce voisine.

— Hirad, attends ! cria Sirendor quand les trois autres Ravens débouchèrent dans la grande salle.

— Ramène-moi cet idiot ! ordonna l'Inconnu. Foncer tête baissée n'est jamais une bonne idée.

Au-dessus de l'âtre pendait une plaque ronde d'environ un mètre de diamètre. La tête et les pattes avant d'un dragon se détachaient en relief sur le métal. La gueule béante de l'animal crachait du feu et ses griffes se tendaient comme pour saisir quelque chose. À part ça, la pièce était dépourvue de tout ornement. L'Inconnu avança en gardant un œil sur Sirendor, qui se dirigeait vers la porte par où Hirad avait disparu. Il s'immobilisa brusquement, regarda derrière lui et fronça les sourcils.

— Qu'y a-t-il ? demanda Ilkar.

— Quelque chose cloche, dit l'Inconnu. À moins que je ne me trompe complètement, nous devrions être dans les cuisines du château, et ces deux portes... (il désigna celles qui entouraient la cheminée vide) devraient déboucher sur la cour.

— On est sans doute juste au-dessous, dit Ilkar.

— Nous ne sommes pas descendus, objecta l'Inconnu. Qu'est-ce que tu en penses ?

Mais l'elfe ne faisait plus attention à lui. Il étudiait le blason, au-dessus de l'âtre illuminé.

— Ce symbole, je le connais..., murmura-t-il en pâlissant.

Il s'approcha du feu, l'Inconnu sur ses talons.

— Qu'est-ce que c'est ?

— Le blason des Dragonens, répondit Ilkar. Tu as entendu parler d'eux ?

— Vaguement. (L'Inconnu haussa les épaules.) Et alors ?

— Tu dis que nous devrions être dans la cour ?

— Je pense, oui. Mais...

Ilkar déglutit.

— Il vaudrait mieux que nous n'ayons pas fait ce que je crains que nous venons de faire...

La taille de la pièce où il entra fit ralentir Hirad. Ça, et la chaleur qui l'assaillit à l'instant où il posa les pieds à l'intérieur. Puis il remarqua une odeur de bois et d'huile, âcre et piquante. Enfin, la paire d'yeux monstrueux qui le regardait, de l'autre côté de la pièce, acheva de le paralyser.

— Par les dieux, Hirad, reviens ici !

Sirendor ouvrit à la volée la porte qui se dressait à droite de la cheminée vide et courut vers les grands battants ornés d'un blason. Il s'arrêta net en voyant le mage xetesk apparaître devant lui, comme s'il venait de dissiper un sort de MarcheVoilée. Par réflexe, Sirendor leva son épée et fit un pas en arrière. Le mage semblait approcher de la quarantaine. Avec ses cheveux noirs en bataille et sa courte barbe, il aurait été séduisant s'il n'avait pas eu l'air si pâle et effrayé. Il tendit ses mains ouvertes en signe de paix.

— Par pitié, chuchota-t-il. Je n'ai pas pu l'arrêter, mais il est encore temps pour vous.

— Vous êtes responsable de la mort d'un des Ravens ! cracha Sirendor.

— Croyez-moi, je ne veux pas en avoir une autre sur la conscience. Le barbare...

— Où est-il ?

— N'élevez pas la voix. Votre ami a de gros problèmes. (Un mouvement fit onduler la cape du mage. La tête du chat apparut brièvement dans son encolure, puis disparut de nouveau.) Vous êtes Sirendor, n'est-ce pas ? Sirendor Larn. (Le guerrier hocha la tête, perplexe.) Moi, je suis Denser. Écoutez, je sais ce que vous devez ressentir en ce moment. Mais nous pouvons nous entraider, et votre ami en a bien besoin.

— Quel genre de problèmes a-t-il ? demanda Sirendor à voix basse.

Il n'aurait su dire pourquoi, mais l'attitude du mage l'inquiétait. L'homme semblait terrorisé par quelque chose de beaucoup plus redoutable que le coup mortel qu'il aurait dû lui porter sur-le-champ pour venger Ras.

— Des problèmes très sérieux. Voyez vous-même...

Le mage posa un index sur ses lèvres et fit signe à Sirendor d'approcher. Le guerrier avança prudemment, sans quitter des yeux son interlocuteur et la bosse qui remuait doucement sous sa cape. Denser l'invita à regarder par l'entrebâillement de la porte.

— Par les dieux d'en haut !

Sirendor fit mine d'entrer dans la pièce voisine ; le mage le retint en lui posant une main sur l'épaule.

— Lâchez-moi !

Denser obtempéra, mais souffla :

— Vous n'aiderez pas votre ami en vous précipitant là-dedans.

— Alors, comment ?

— Je ne sais pas trop... Je peux peut-être faire quelque chose. Vous devriez aller chercher vos amis. Ils ne trouveront rien d'autre de leur côté, et ils pourraient nous être utiles.

— D'accord, mais pas d'acte inconsidéré jusqu'à mon retour. Si Hirad meurt par votre faute...

— Je vous attendrai, promit Denser.

— Ça vaudra mieux pour vous.

Sirendor revint sur ses pas en courant, sans se douter qu'il était sur le point de confirmer les pires craintes d'Ilkar.

Hirad se serait bien enfui, mais il avait déjà trop avancé dans la pièce, et il doutait que ses jambes puissent le soutenir, tant elles tremblaient. Il resta donc immobile.

La tête du dragon reposait sur ses pattes avant. La première pensée cohérente qui se forma dans l'esprit d'Hirad ? De la mâchoire inférieure au sommet du crâne, le monstre était aussi haut que lui ! La gueule seule devait mesurer un mètre de large sur un mètre cinquante de profondeur. Les yeux rapprochés, bordés de corne épaisse, avaient des pupilles noires étroites cerclées d'un bleu brillant. Une crête osseuse prononcée courait le long de son échine. Derrière, Hirad distinguait la masse énorme et luisante du corps de la créature.

Sous son regard terrifié, le dragon déplia prudemment ses ailes. Hirad comprit pourquoi la pièce était aussi grande. De leur base, à l'aplomb des pattes avant, jusqu'à leur pointe griffue, elles devaient faire une quinzaine de mètres. Le dragon les agita paresseusement. Ayant ainsi assuré son équilibre, il se redressa.

Bien qu'il eût gardé le cou baissé pour ne pas quitter Hirad des yeux, l'animal culminait à plus de vingt mètres de haut. Sa queue enroulée sur sa gauche était plus épaisse que la taille d'un homme, même vers le bout. Étendu de tout son long, il devait mesurer plus de quarante mètres. Pour le moment, il était assis sur ses pattes arrière, chacune armée de quatre griffes plus grosses que la tête du barbare. La lumière du feu faisait étinceler sa peau dorée.

Hirad entendait sa respiration lente et profonde. La créature ouvrit la gueule, révélant des rangées de crocs acérés. Un peu de salive coula sur le sol et s'évapora immédiatement. Le monstre leva une patte avant et tendit une griffe – une seule – vers Hirad. Involontairement, le barbare recula d'un pas, le corps soudain inondé d'une sueur gluante, et s'avisa qu'il tremblait de la tête aux pieds.

— Oh, putain, souffla-t-il.

Hirad avait toujours pensé mourir l'épée à la main. Mais alors que la griffe monstrueuse s'apprêtait à l'éventrer, il comprit que toute résistance serait vaine. Un calme presque surnaturel dissipa sa terreur. Il rengaina son arme et regarda le dragon dans les yeux.

Le coup fatal ne s'abattit pas sur lui : la créature rétracta sa griffe et déplia son cou. Sa tête s'immobilisa à moins de trois pas d'Hirad, qui sentit son souffle âcre et brûlant sur son visage.

— Intéressant, dit le dragon d'une voix qui résonna jusque dans les os du barbare.

Ses jambes cédèrent sous lui et il s'assit lourdement sur le sol carrelé. Bouche bée, il remua les mâchoires, mais aucun son ne sortit de ses lèvres.

— Et maintenant, fit le dragon, il faut que nous ayons une petite conversation.

Chapitre 2

— Qui sont les Dragonens ? demanda Sirendor.

Ilkar se tourna vers lui.

— Des mages. Qui ont... Je ne sais pas comment l'expliquer. Disons, une affinité avec les dragons, tu saisis ?

— Non, je ne saisis pas ! beugla Sirendor. Les dragons n'existent pas ! Ce n'est qu'une légende ! Un mythe !

Malgré ces affirmations, il continuait à chuchoter.

— Ah oui ? Un mythe sacrément balèze, d'après ce que je vois, répliqua l'elfe, les oreilles frémissantes.

— Quelle importance ? (La voix de l'Inconnu, bien que très calme, se faisait impérieuse.) Pour le moment, nous avons une question plus pressante sur les bras.

Leur animosité provisoirement oubliée, Denser et les trois Ravens se pressaient devant la porte entrouverte qui conduisait à l'antre du dragon. Leur tournant le dos, Hirad était assis, les mains derrière lui et les genoux à demi relevés. La tête du dragon était à peine à un mètre de lui ; son corps énorme reposait sur le sol et il avait les ailes repliées.

Ilkar avait du mal à accepter les dimensions de la scène. Même s'il avait à moitié cru les livres et l'enseignement qu'on lui avait dispensé, l'elfe n'avait pas pu s'empêcher d'imaginer à quoi ressemblaient les dragons. Il les pensait monstrueux... Mais Hirad semblait si minuscule à côté de la créature qu'il dut y regarder à deux fois avant de décider que Sirendor avait tort. Ils n'étaient pas face à une illusion. Pourtant, il avait encore peine à y croire.

— Il devrait être mort, marmonna l'Inconnu en saisissant la poignée de son épée. Pourquoi ne l'a-t-il pas tué ?

— Nous pensons qu'ils ont une conversation, dit Denser.

— Quoi ?

Ilkar n'entendait rien. Il aurait juré qu'Hirad et le dragon se contentaient de s'observer. Mais tandis qu'il les surveillait, l'acuité de sa vision elfique conférant une clarté parfaite à la scène, Hirad secoua la tête et se redressa pour agiter les mains. Il désigna quelque chose, derrière lui ; l'elfe vit ses lèvres remuer mais il ne put entendre ses paroles. Le dragon inclina la tête et ouvrit la gueule, révélant des rangs serrés de crocs. Un peu de liquide coula sur le sol. Hirad sursauta.

— Comment ça, « nous » ? demanda Sirendor.

Denser ne répondit pas.

— Plus tard, coupa l'Inconnu. Nous devons faire quelque chose. Et vite.

— De quoi peuvent-ils parler ?

Aucun d'eux n'en avait la moindre idée. Ilkar se concentra sur la scène irréelle qui se jouait dans l'immense salle et une lueur attira son regard. Il crut d'abord que c'était le reflet de la lumière sur les splendides écailles du dragon. Mais elle n'était pas dorée, plutôt argentée ou couleur d'acier. Il se concentra et aperçut un minuscule objet métallique : un disque large comme la paume d'un homme, attaché à une chaîne qui semblait entortillée autour des griffes postérieures du dragon. Il le désigna à Denser.

— Où ça ? demanda l'autre mage.

— Patte arrière droite, troisième griffe en partant de la gauche, indiqua Ilkar. Denser secoua la tête.

— Vous avez de meilleurs yeux que moi. Attendez.

Il marmonna quelques mots et se frotta les paupières avec les pouces. Puis il sonda de nouveau la pièce voisine et se tendit.

— Que se passe-t-il ? N'essayez pas de...

— Priez pour que votre ami continue à mobiliser l'attention du dragon, dit Denser avant de recommencer à marmonner.

— De quoi parlez-vous ? demanda Ilkar. Qu'avez-vous vu ?

— Faites-moi confiance. Je peux le sauver, affirma le mage xetesk. Tenez-vous prêts à fuir.

Il fit un pas en avant et disparut.

— Ce n'est pas très facile pour moi..., soupira Hirad.

Le dragon fit jouer sa mâchoire inférieure. Un filet de salive dégoulina le long de ses crocs. Par réflexe, Hirad déplaça sa jambe pour éviter qu'il ne l'éclabousse.

— Explique-toi, ordonna la créature, ses mots délaissant les oreilles du barbare pour résonner directement dans son cerveau.

— Même dans mes rêves les plus avinés, je n'ai jamais imaginé qu'un jour, je parlerai avec un... un dragon, dit Hirad en ponctuant cette déclaration d'un froncement de sourcils. Je veux dire que...

Il n'acheva pas sa phrase. Les naseaux du dragon frémirent. Hirad sentit son souffle soulever ses cheveux. Il lutta pour ne pas s'étrangler quand la puanteur de son haleine le prit à la gorge.

— Et maintenant ? demanda la créature.

— Je suis absolument terrifié, avoua Hirad.

Il continuait à frissonner par intermittence, avec l'impression que la sueur gelait sur son corps. Pourtant, une chaleur infernale régnait dans la pièce. Des feux crépitaient dans dix foyers creusés sur les côtés et dans le mur du fond.

Le barbare s'appuya de nouveau sur ses mains.

— La peur est une réaction saine, dit le dragon. Comme savoir quand on est vaincu. C'est ce qui te vaut d'être toujours vivant. (Il agita son aile gauche.) Alors, raconte-moi, que fais-tu ici ?

— Mes amis et moi poursuivions quelqu'un.

— Je me doutais que tu ne devais pas être seul. Qui poursuiviez-vous ?

Hirad ne put s'empêcher de sourire. La situation le dépassait. Il était certain de converser avec une créature de légende, et pourtant, il ne pouvait pas repousser l'idée qu'il s'agissait d'une illusion. Un phénomène à l'explication rationnelle.

— Un mage. Ses hommes ont tué un de mes camarades. Nous voulons le venger. Auriez-vous... vu passer quelqu'un ? Écoutez, je suis désolé, mais j'ai du mal à croire que vous existez.

Le dragon émit ce qu'Hirad interpréta comme un éclat de rire : un son qui résonna dans son crâne comme des vagues assaillant une falaise.

Le barbare frémit et baissa les paupières, la douleur le submergeant. Quand il rouvrit les yeux, les crocs du dragon étaient à quelques centimètres de son visage et ses naseaux lui soufflèrent une bouffée d'air brûlant sur les joues. Hirad sursauta. Avant qu'il puisse être effrayé par la rapidité de la créature, elle lui flanqua un coup de tête qui l'envoya glisser en arrière sur les carreaux.

Sonné, Hirad se releva lentement et se massa le menton. Du sang coulait d'une profonde coupure...

— Et maintenant, petit homme, doutes-tu toujours de mon existence ?

— Je... Non, je ne pense pas.

— Et tu as raison... Seran croit en moi, bien qu'il ait saboté la mission que je lui avais confiée. Et tes amis, derrière cette porte, je suis certain qu'ils croient aussi en moi.

La voix du dragon résonnait de plus en plus fort dans son crâne. Hirad se releva et s'approcha de la créature, secouant la tête pour dissiper le brouillard qui enveloppait son esprit.

— Vous avez raison. Je suis désolé. Je ne voulais pas vous offenser. Son cœur lui remonta une fois de plus dans la gorge.

Le dragon émit un son méprisant.

— Tu as mis en cause mon existence. Estime-toi heureux que je ne sois pas susceptible. Ou que je ne mette pas la tienne en question...

Hirad tenta de maîtriser sa respiration et de réfléchir, mais il ne voyait aucun moyen de s'en tirer. Une seule question demeurait en suspens : combien de temps avant que le dragon ne se lasse de ce petit jeu et ne l'expédie *ad patres ?*

— Oui. Mais vous devez comprendre que vous êtes la dernière créature que je m'attendais à trouver ici.

— Ah... Dans ce cas, je t'ai déçu. Peut-être est-ce moi qui devrais m'excuser. Le dragon éclata de rire une nouvelle fois. Mais doucement, comme s'il était plus dubitatif qu'hilare.

Il y eut comme un bruissement à côté de l'oreille gauche d'Hirad. Puis une voix à peine audible murmura :

— Essayez de ne pas réagir, et ne dites rien. Je suis Denser, l'homme que vous poursuivez, et j'essaye de vous aider. À mon signal, fuyez. Ne discutez pas et ne regardez pas en arrière.

— À ton tour, petit homme. Pose-moi une question.

— Hein ?

Hirad cligna des yeux et regarda le dragon, stupéfait d'avoir pu oublier sa présence, même un instant.

— Pose-moi une question. Il doit bien y avoir quelque chose que tu veux savoir à mon sujet.

Le dragon déplia le cou et sa tête se balança au-dessus de son corps.

— Très bien. Pourquoi ne m'avez-vous pas tué ?

— Parce que tu as rengainé ton épée, à la différence des autres hommes que j'ai rencontrés. Ça t'a rendu intéressant à mes yeux, et crois-moi, très peu d'humains le sont.

— Si vous le dites. Que faites-vous ici ?

— Je me repose. Je récupère à l'abri...

Hirad fronça les sourcils.

— À l'abri de quoi ?

Le dragon écarta les pattes avant, posa de nouveau sa tête sur le sol et regarda Hirad en clignant des yeux.

— Mon monde est en guerre. Nous dévastons nos terres au cours d'un conflit dont la finalité nous échappe. Quand nous avons besoin de recouvrer nos forces, nous nous replions dans des refuges tels que celui-là.

— Et où est-il exactement ? demanda Hirad.

— Tu as le bon sens de savoir que tu as quitté ta dimension, approuva le dragon.

— J'ignore de quoi vous parlez, le détrompa Hirad. Tout ce que je sais, c'est qu'il n'existe aucune salle de cette taille au château du pic de Taran.

Un gloussement résonna dans son esprit.

— Si tu mesurais l'effort qui fut nécessaire pour que tu te tiennes devant moi ! (Le dragon souleva un peu la tête et la secoua en fermant les yeux.) À l'instant où tu as quitté les appartements de Seran, tu es entré dans une salle de transfert. Elle n'occupe aucune dimension définie, comme celle-ci, ou comme la salle de prière que tu as dû traverser. Si tu préfères, il s'agit d'un portail entre deux dimensions : la tienne et la mienne. Et son existence exige que la trame de ta dimension reste intacte.

La tête du dragon plongea de nouveau vers Hirad. Ses ailes s'agitèrent pour compenser ce brusque mouvement.

— Ma couvée protège votre monde en vous soustrayant à l'attention des couvées ennemies et en vous dissimulant ce que vous n'auriez jamais dû créer.

— Pourquoi vous donnez-vous cette peine ?

— Pas par intérêt pour vos espèces insignifiantes ! Très peu d'entre vous sont dignes de notre respect. Mais si nous vous laissions accès aux moyens de vous détruire et que vous parveniez à le faire, nous perdrions notre refuge. C'est aussi pour cette raison que la porte de votre monde reste fermée. Sinon, d'autres couvées pourraient être tentées d'y venir et de le conquérir.

Hirad réfléchit quelques instants.

— En somme, vous préservez notre avenir à tous.

Le dragon haussa les crêtes osseuses qui lui servaient de sourcils.

— C'est une des conclusions auxquelles on peut parvenir. Et maintenant, dis-moi quel est ton nom.

— Hirad Cœurfroid.

— Moi, je suis Sha-Kaan. Tu es fort, Hirad Cœurfroid. J'ai eu raison de t'épargner et de te parler. Nous nous reverrons. Mais pour le moment, je dois me reposer. Emmène tes compagnons, et allez-vous-en. La porte sera scellée derrière vous. Tu ne me retrouveras jamais, même s'il se peut que *je* te retrouve. Quant à Seran... Je chercherai quelqu'un d'autre pour me servir. Je n'ai pas de temps à perdre avec un Dragonen incapable de protéger mon sanctuaire.

Le barbare mit quelques secondes à comprendre ce qu'il venait d'entendre, et qu'il ne parvenait pas à croire.

— Vous me laissez partir ?

— Pourquoi pas ?

— Courez, Hirad ! Maintenant !

Le dragon releva vivement la tête, ses yeux flamboyants cherchant la source de ce nouveau bruit. Mais Denser restait invisible. Hirad hésita.

— Courez ! cria le mage quelque part sur sa gauche.

Le barbare leva les yeux vers Sha-Kaan. Leurs regards se croisèrent et il lut de la fureur dans celui du dragon.

— Oh, non, souffla-t-il.

La créature rompit le contact visuel pour examiner sa patte arrière droite. Hirad se détourna et prit ses jambes à son cou.

— Non ! (À présent, la voix de Sha-Kaan était audible pour tous et elle se répercutait le long des parois de la salle.) Rends-moi ce que tu m'as pris !

— Par ici ! cria Denser.

Alors qu'Hirad jetait un coup d'œil sur la droite, le mage xetesk apparut brièvement près du mur, à une trentaine de pas de la double porte. Le dragon inclina la tête et cracha du feu dans sa direction. Des flammes calcinèrent le mur, montant jusqu'au plafond pour carboniser les poutres et les tapisseries, mais Denser avait de nouveau disparu. Une vague de chaleur submergea Hirad. Ébranlé jusqu'au plus profond de son être par le rugissement du feu, il trébucha et cria de détresse en cherchant sa respiration.

La salle semblait s'être transformée en brasier ; de la sueur perlait sur son visage. À travers la fumée et les lambeaux de tapisserie enflammés, il vit l'Inconnu se découper dans l'ouverture de la porte. Puis une ombre s'abattit sur son compagnon, et Hirad entendit le dragon se lever derrière lui. L'Inconnu pâlit.

— Cours, Hirad. Cours ! cria-t-il.

Le dragon fit un pas en avant, puis un autre. Hirad sentit le sol vibrer sous ses pieds.

— Rapporte-moi ce que tu m'as volé ! beugla la créature.

Hirad atteignit la porte.

— On la ferme ! ordonna l'Inconnu. (Sirendor et lui poussèrent le battant.) Allez-y ! Dépêchez-vous !

Ils s'élancèrent vers la pièce centrale, Ilkar et Denser en tête, Sirendor sur leurs talons. Quand Sha-Kaan souffla de nouveau, les grandes portes explosèrent, projetant contre les murs des morceaux de bois et de métal fumants qui se brisèrent et se tordirent sous le choc.

L'impact fit voler Hirad dans les airs. Il alla s'écraser contre le mur, à demi étouffé par la chaleur, ses bottes couvertes d'échardes incandescentes comme le sol autour de lui. Un instant, sonné, il ne distingua rien d'autre que des flammes. Puis il vit la tête du dragon passer entre les débris de la double porte. Sha-Kaan aspira une longue goulée d'air et s'apprêta à souffler une troisième fois.

Le barbare ferma les yeux et attendit la fin. Mais une main le saisit par le col, le força à se redresser et le traîna vers la porte de droite. L'Inconnu le propulsa dans l'âtre vide, où ils se tapirent pendant que des lances de flammes jumelles jaillissaient des deux portes. Elles s'écrasèrent contre le mur d'en face, faisant fondre au passage le métal du blason dragonen accroché au-dessus de l'autre cheminée.

— Viens, Hirad. Il est temps de filer d'ici.

L'Inconnu poussa son compagnon vers la sortie, derrière le reste du groupe.

— Ramène l'amulette ! rugit Sha-Kaan. Hirad Cœurfroid, ramène l'amulette !

Hirad hésita de nouveau, mais l'Inconnu le poussa dans le passage, au moment où une gerbe de flammes percutait les murs de la pièce centrale, leur coupant le souffle et leur roussissant le poil.

— Vite ! cria Sirendor devant eux. La sortie se referme ! Nous n'arrivons pas à la maintenir ouverte !

Les deux hommes pressèrent l'allure. Ils traversèrent la salle de transfert et s'engagèrent dans le passage qui conduisait à la salle de prière. Un nouveau jet de flammes s'y engouffra, léchant le dos d'Hirad dont la cuirasse se craquela sous la chaleur.

Un peu plus loin, dans le tunnel d'entrée, le barbare aperçut Ilkar. Les bras tendus, l'elfe transpirait sous la lumière d'une lanterne, se concentrant pour maintenir la porte ouverte. Mais Hirad la vit glisser lentement sur le côté. Ilkar soupira et ferma les yeux.

— Il ne va pas tenir le coup ! cria Denser. Plus vite !

La porte se refermait. À chaque pas que faisait Hirad, la chambre de Seran disparaissait à sa vue. Les rugissements de Sha-Kaan résonnaient dans ses oreilles.

Enfin, l'Inconnu et lui bondirent dans l'ouverture, poussant Ilkar devant eux. Ils s'étalèrent sur le sol, de l'autre côté. La porte se ferma avec un bruit sourd, étouffant la voix du dragon.

Ilkar, Hirad et l'Inconnu se relevèrent et époussetèrent leurs vêtements. D'un hochement de tête, le barbare remercia son compagnon, qui désigna l'entrée désormais scellée. Sur le mur, aucune marque ne suggérait qu'il y avait eu une porte quelques instants plus tôt.

— Nous sommes dans une autre dimension. Je savais bien que les proportions étaient faussées...

— Pas tout à fait une autre dimension, corrigea Ilkar. Entre deux dimensions serait plus exact, je pense. (Il s'agenouilla près du mage.) Ça alors. Ainsi, Seran est un Dragonen. (Il chercha le pouls du vieil homme et rectifia :) Du moins, il l'était.

— Il ne sera pas le seul à mourir aujourd'hui. (Hirad se tourna vers Denser.) Vous auriez dû fuir quand vous en aviez l'occasion.

Il avança, épée au poing. Denser se contenta de hausser les épaules en caressant le chat qu'il tenait dans ses bras.

— Hirad. (La voix de l'Inconnu était calme mais autoritaire. Le barbare s'immobilisa, le regard toujours rivé sur Denser.) Le combat est terminé. Si tu le tuais maintenant, ce serait un meurtre.

— Ras est mort à cause de lui. Et j'ai failli crever aussi. Il...

— Rappelle-toi qui tu es, Hirad. Nous obéissons à un code. (L'Inconnu se rapprocha de son ami.) Nous sommes les Ravens.

Hirad rengaina son épée.

— Et puis, ajouta Ilkar, il a quelques explications à nous fournir.

— Je vous ai sauvé la vie, marmonna Denser.

Hirad bondit et lui plaqua la tête contre le mur, un avant-bras sous son menton. Le chat siffla et se mit à l'abri sous la cape de son maître.

— Vous m'avez sauvé la vie ? cracha Hirad, le nez à quelques centimètres de celui de Denser. À cause de vous, j'ai failli mourir carbonisé ! C'est l'Inconnu qui m'a sauvé la vie après que *vous* l'avez mise en danger. Rien que pour ça, vous mériteriez de mourir.

— Quoi... ? s'étrangla le mage. J'ai détourné l'attention du dragon pour vous permettre de fuir !

— Ça n'était pas la peine, dit Hirad. Il allait me

laisser partir, homme de Xetesk. (Le barbare recula d'un pas, lâchant Denser qui se massa prudemment le cou.) Vous avez risqué ma vie pour le détrousser. J'espère que ça en valait la peine. (Il se tourna vers les autres Ravens.) Je ne sais pas pourquoi je gaspille ma salive avec ce misérable. Nous avons une veillée à faire...

Les bras tremblants, Alun repoussa le message.

Des mains fortes et réconfortantes se posèrent sur les siennes.

— Essaye de garder ton calme. Au moins, nous savons qu'ils sont toujours vivants.

Alun leva les yeux vers son ami Thraun, assis de l'autre côté de la table.

Thraun était un colosse de plus d'un mètre quatre-vingts aux épaules carrées et au torse massif. Son visage aux traits épais semblait encore jeune, et ses cheveux blonds étincelant de propreté formaient une queue-de-cheval qui descendait jusqu'au milieu de son dos. Sincèrement inquiet, il fixait Alun de ses yeux vert foncé bordé de jaune.

Sa queue-de-cheval oscilla comme un balancier quand il tourna la tête pour étudier la grande salle de l'auberge. Comme toujours, elle était bondée à l'heure du déjeuner. Le brouhaha des conversations les enveloppait, provenant des petites tables éparpillées au centre de la pièce et des quelques alcôves semblables à la leur qui fournissaient un peu d'intimité aux clients.

— Qu'est-ce que ça dit, Will ? demanda Thraun d'une voix grave et rocailleuse adaptée à sa carrure.

Le colosse dégagea ses mains de celles d'Alun.

Will, un petit homme sec aux yeux brillants, à la barbe noire et aux cheveux clairsemés, était assis à côté de lui. Il se pinça le nez entre le pouce et l'index, fronçant les sourcils pendant qu'il déchiffrait le message.

— Pas grand-chose. « Votre épouse la magicienne a été enlevée pour répondre à nos questions sur les activités du Collège dordovan. Si elle accepte de coopérer, nous la relâcherons sans lui faire de mal, ainsi que vos deux fils. Il n'y aura pas d'autre communication. »

— Nous savons donc où elle est, dit le dernier membre du trio auquel Alun avait fait appel.

Jandyr était un jeune elfe au visage long et mince. Des yeux en amande bleu clair, il portait une barbe blonde bien entretenue de la même couleur que ses cheveux ras.

— En effet, dit Thraun. Et nous savons jusqu'à quel point nous pouvons nous fier au contenu de ce message.

Il se passa la langue sur les lèvres et fourra un autre morceau de viande dans sa bouche.

— Vous devez m'aider !

Le regard désespéré d'Alun passait de l'un à l'autre de ses compagnons sans s'arrêter sur aucun. Thraun interrogea ses associés du regard. Will et Jandyr inclinèrent la tête.

— Nous allons le faire, affirma Thraun en mâchant. Et sans tarder. Les chances qu'*il* les relâche sont très minces.

Alun hocha la tête.

— Tu le crois vraiment ? demanda Will.

— Les jumeaux sont des mages. Ils deviendront puissants, et ce sont des Dordovans. Alun vous le dira lui-même : quand ils en auront terminé avec Erienne, ils les tueront probablement. Nous devons les délivrer. (Thraun se tourna vers Alun.) Ça ne sera pas donné.

— Je me fiche de ce que ça coûtera.

— Évidemment, je le ferai pour rien...

— Non, mon ami, il n'en est pas question. (Alun eut un demi-sourire. Des larmes brillaient dans ses yeux.) Je veux juste qu'ils rentrent à la maison.

— Et ils rentreront, promit Thraun. Mais pour le moment, c'est toi que je ramène. Nous élaborerons un plan pendant que tu te reposeras, et nous reviendrons plus tard dans la journée.

Il aida Alun à se lever. Les deux hommes sortirent lentement de l'auberge.

Richmond et Talan avaient porté le cadavre de Ras dans un endroit tranquille : une salle creusée à même la montagne sur laquelle le château était construit. Des bougies disposées aux quatre points cardinaux brûlaient autour du mort. Son visage était propre et rasé de frais, sa cuirasse recousue et nettoyée. Ses bras tendus le long des flancs, son épée gainée d'un fourreau était posée sur sa poitrine, la garde sous son menton et la pointe entre ses cuisses.

Agenouillé près du corps, Richmond n'avait pas levé les yeux à l'arrivée de ses camarades. Debout à côté de la porte, Talan avait tour à tour salué Hirad, Sirendor, l'Inconnu et Ilkar alors qu'ils passaient devant lui.

Autour de la table sur laquelle gisait Ras, les Ravens inclinèrent la tête pour rendre un dernier hommage à leur frère d'armes tombé au combat. Chacun se souvenait. Chacun le pleurait. Mais deux d'entre eux seulement prirent la parole.

Alors que la lueur des bougies diminuait, Richmond se releva et rengaina son épée.

— À ta mémoire, je dédie mon âme. Elle t'appartient, si tu veux la commander à partir de l'au-delà. Quand tu m'appelleras, je répondrai. Et il en sera ainsi jusqu'à mon dernier souffle, j'en fais le serment. (Il marqua une pause, puis ajouta, amer :) Je n'ai pas été à la hauteur. Désolé...

Il regarda l'Inconnu, qui hocha la tête et contourna la table, soufflant les bougies une à une.

— Par le nord, par l'est, par le sud et par l'ouest... Bien que disparu, Raven tu survivras toujours, et nous ne t'oublierons pas. Que les dieux sourient à ton âme. Où que tu sois, quoi que tu affrontes maintenant et à jamais, puisses-tu finir par trouver le repos.

Le silence retomba – sur l'obscurité, cette fois.

Denser était resté dans la chambre de Seran. Couvert d'un drap, le mage mort gisait sur son lit.

Denser ne comprenait pas pourquoi il était toujours vivant, mais il en était ravi. Balaia tout entier se féliciterait que le barbare n'ait pas pu l'occire. Et Xetesk se réjouirait encore plus que les autres cités...

Le chat se frotta contre ses jambes. Denser se laissa glisser contre le mur et s'assit.

— Je me demande si c'est vraiment ça, murmura-t-il en faisant tourner l'amulette entre ses mains. Je pense que oui, mais je dois en être sûr. (Le chat le regarda. Ce n'était pas de là que viendrait la réponse.) Toute la question est de savoir si nous avons la force de le faire.

Le chat sauta dans sa cape et se pelotonna contre lui, se nourrissant de sa chaleur.

— Oui, dit Denser. Oui, nous l'avons.

Il ferma les yeux et sentit le mana prendre forme autour de lui. Ça s'annonçait difficile, mais il n'avait pas le choix. Une Communion par-delà une telle distance sapait les forces du corps autant que celles de l'esprit. La connaissance et la gloire se payaient cher... quand elles daignaient venir.

Ils enterrèrent Ras hors de l'enceinte du château et dessinèrent dans le sol la marque des Ravens : une tête de corbeau vue de profil, une aile repliée dessus. Puis ils regagnèrent la forteresse, affamés et épuisés. Seul Richmond resta près de la tombe. Pour le guerrier solitaire, agenouillé dans l'humidité de cette nuit venteuse et sans lune, la veillée durerait jusqu'à l'aube.

Pendant qu'ils se restauraient dans les immenses cuisines, Ilkar raconta à Talan l'aventure qu'ils avaient vécue entre les dimensions. Alors, Hirad commença à trembler. Saisissant sa chope de café, il la regarda vibrer entre ses mains, le liquide marron s'en échappant et lui brûlant les doigts.

— Tu vas bien ? demanda Sirendor.

— Je n'en suis pas sûr. Je ne crois pas.

Hirad porta la chope à sa bouche mais ne parvint pas à refermer les lèvres sur le bord. Du café lui coula le long du menton. Son cœur cognait à tout rompre, et son pouls battait follement à son cou. De la sueur perla sur son front et humecta ses aisselles. Des images de Sha-Kaan envahirent son esprit. Le dragon, les flammes qui se refermaient autour de lui et menaçaient de l'engloutir... Il sentait leur chaleur. Ses paumes le démangeaient tant qu'il finit par lâcher sa chope.

— Dieux du sol, Hirad, qu'est-ce qui ne va pas ? (La voix de Sirendor trahissait son inquiétude. Le barbare sourit malgré lui. Il devait avoir l'air aussi terrifié qu'il l'était intérieurement.) Il faut que tu t'allonges.

— Laisse-moi un moment. De toute façon, je doute que mes jambes puissent me porter. (Hirad regarda ses compagnons. Assis autour de la grande table, tous le dévisageaient, leur repas oublié. Il haussa les épaules.) Il était si énorme... Si monstrueux ! Et juste là... (Il leva une paume frémissante devant son visage.) Trop puissant. Je ne peux...

Le barbare frissonna. Sur la table, les assiettes et les couverts vibrèrent. Des larmes embuèrent ses yeux et il sentit son cœur lui marteler la poitrine.

— Que t'a-t-il dit ? demanda Ilkar.

— Sa voix... C'était comme un grondement de tonnerre dans ma tête. Il a parlé de dimensions et de portails. Il voulait savoir ce que je faisais là. C'était bizarre... Ce dragon si énorme qui se souciait de moi. Je suis minuscule à côté de lui, mais il m'a dit que j'étais fort. Et qu'on se reverrait. (De nouveau, Hirad frissonna.) Il tenait ma vie entre ses pattes. Bon sang, il aurait pu m'écrabouiller ! Pourquoi ne l'a-t-il pas fait ? J'aimerais tant me souvenir de tout...

— Hirad, tu délires, affirma Sirendor. Je crois que nous devrions en reparler plus tard.

— Désolé. Je vais m'allonger, si quelqu'un veut bien m'aider.

— Pas de problème, mon vieil ami.

Sirendor repoussa le banc et tendit le bras à Hirad.

— J'ai l'impression d'avoir été malade pendant une semaine.

— Tu es malade depuis ta naissance.

— Va te faire foutre, Larn !

— Ce serait volontiers, mais tu tomberais.

— Assure-toi qu'il boive quelque chose de chaud et de sucré, lança l'Inconnu alors qu'ils s'éloignaient. Surtout, rien d'alcoolisé.

— Le mage xetesk est toujours là ? demanda Hirad.

L'Inconnu acquiesça.

— Dans les appartements de Seran, ajouta Ilkar. Endormi. Pas étonnant, après tous les sorts qu'il a lancés aujourd'hui. Il ne partira pas avant qu'on ait eu une petite conversation, tous les deux.

— Tu aurais dû me laisser le tuer.

L'Inconnu sourit.

— Tu sais bien que c'était impossible.

— Oui. Viens, Larn, sinon je vais m'effondrer dans cette cuisine.

Les deux hommes étaient assis sur des chaises basses de chaque côté d'un feu éteint depuis longtemps. La nuit montait à l'assaut de la cité collégiale de Xetesk. En réponse, des lanternes s'allumèrent, maintenant l'obscurité à distance et éclairant les étagères bourrées de livres qui tapissaient les murs de la petite étude. Sur un bureau méticuleusement rangé, une unique chandelle éclairait des rouleaux de parchemin entourés d'un ruban.

Loin au-dessous de leurs pieds, le silence enveloppait peu à peu le Collège. Des mages donnaient des conférences tardives derrière des portes closes, tandis que d'autres peaufinaient leurs sorts dans les catacombes aux murs renforcés. Mais dehors, tout était calme.

Au-delà de l'enceinte du Collège, Xetesk s'agitait encore. Plus pour longtemps. Quand la nuit serait tombée, tout mouvement cesserait. La cité vivait uniquement pour servir le Collège. Par le passé, l'institution avait payé très cher le droit d'exister.

Bientôt, les auberges fermeraient leurs portes et leurs clients seraient obligés d'y rester jusqu'au lever du soleil. Les boutiques et les commerces qui devaient leur subsistance à ceux qui tiraient la leur du Collège baisseraient le rideau. Les lumières s'éteindraient dans les maisons où plus personne ne serait le bienvenu...

Désormais, les Protecteurs ne sortaient plus du Collège à la faveur de l'obscurité pour enlever des sujets d'expérience. Les mages xetesks ne sacrifiaient plus leur peuple lors des cérémonies de reconstitution du mana. Mais les anciennes peurs avaient la vie dure, et les rumeurs, le jour, continuaient à circuler dans les marchés grouillants de monde qui se vidaient au crépuscule.

Alors que les ténèbres s'abattaient sur la cité, un silence malveillant continua à planer sur le Collège, nuage d'appréhension et d'anxiété semblable à un brouillard qui monte de la mer. Personne n'oublierait jamais les années de rituels sanglants. Les cœurs continueraient à battre la chamade chaque fois qu'un craquement retentirait au loin, et les cris s'étrangleraient dans les gorges chaque fois qu'un bruit de pas ralentirait de l'autre côté d'une porte verrouillée.

La terreur coulait dans les veines de Xetesk, se dissipant quand le ciel pâlissait à l'approche d'une nouvelle aube. Cela simplifiait le travail de la milice : au crépuscule, les gardes fermaient les portes de la seule cité entièrement fortifiée de Balaia et patrouillaient dans les rues désertes. La peur arpentait les ruelles comme elle le faisait depuis des siècles. Mais elle n'était plus que l'ombre d'elle-même, un fantôme privé de substance.

L'évolution était lente et la cité suffoquait. Peu de natifs de Xetesk étaient partis pour jouir de la liberté que le dernier Seigneur du Mont en date leur avait accordée après avoir accepté la charge de mage en chef du Collège. En douze ans, Styliann avait constaté qu'il existait une profonde réticence à rejeter les anciennes coutumes, comme si ses sujets tiraient un réconfort pervers d'avoir peur de tous ceux qu'ils rencontraient. Pourtant, cette fois, la difficulté de modifier la mentalité de son peuple jouerait peut-être en sa faveur.

Styliann avait une silhouette imposante – plus d'un mètre quatre-vingts. Son éternelle apparence de quadragénaire dissimulait son âge réel, largement au-delà de la cinquantaine. La moitié de son crâne était chauve ; les longs cheveux noirs qui lui restaient étaient attachés en queue-de-cheval sur sa nuque. Il portait un pantalon noir et une chemise bleu foncé ; la cape de sa fonction, noire et bordée d'or, tombait majestueusement sur ses épaules. Le nez long et mince, la mâchoire autoritaire, ses yeux verts et froids effrayaient tous ceux sur qui ils se posaient.

— Je suppose qu'elle s'est échappée de Terenetsa saine et sauve ? demanda son compagnon.

Styliann cligna des yeux et secoua la tête pour s'arracher à sa rêverie. Quelques instants, il étudia Nyer, archimage et conseiller, se souvenant de la vieille maxime au sujet de la place qu'on devait affecter à ses amis et à ses ennemis. Nyer était un politicien rusé à l'esprit vif. Il pensait lui avoir accordé la position qui lui revenait.

— En effet. Mais de justesse. Elle est en sécurité à présent.

Il frissonna au souvenir de son récent contact avec Selyn. Malgré sa MarcheVoilée, l'espionne s'était exposée à de grands risques ; la façon dont elle avait réussi à quitter Terenetsa, une petite communauté fermière d'Ouestiens située du côté occidental des monts Noirépine, hanterait probablement ses rêves cette nuit.

Il tendit une main tremblante vers la table basse et saisit son gobelet. Le vin rouge foncé n'avait pas vieilli aussi bien qu'il l'espérait. Styliann se sentait fatigué. Par-delà une telle distance, la Communion avait sapé ses forces ; il savait qu'il devrait aller dans les catacombes pour prier, un peu plus tard dans la soirée.

— Pourtant, quelque chose vous trouble, seigneur.

— Hum...

Styliann pinça les lèvres. Nyer tiendrait pour une offense personnelle toute répugnance à se confier, et il ne pouvait pas s'offrir le luxe de se le mettre à dos. Pas encore.

— Elle a vu tout ce que nous craignions. Les Ouestiens attaquent et conquièrent les villages de Noirépine. Elle a entendu le chamane de Terenetsa offrir de laisser la vie sauve aux habitants en échange de leurs récoltes et de leur allégeance. Toutes les preuves sont réunies. Leurs armées ne cessent de grossir ; les tribus sont unies, et leurs chamanes disposent d'une magie puissante.

Nyer passa une main dans ses longs cheveux grisonnants.

— Et Parve ? demanda-t-il.

— Je lui ai demandé d'y aller.

— À Selyn ?

— Oui. Il n'y a personne d'autre, et nous avons besoin de réponses.

— Mais, seigneur...

— Je suis conscient des risques, Nyer ! cria Styliann. (Son expression se radoucit aussitôt.) Toutes mes excuses...

— Ce n'est rien.

Le mage posa brièvement une main réconfortante sur le genou de son supérieur.

— Nous devons être très prudents, ajouta Styliann après avoir bu une autre gorgée de vin. Nos Observateurs sont-ils certains que les Seigneurs Sorcyers ont été neutralisés ?

— Ils le pensent, soupira Nyer.

— Ce n'est pas suffisant.

— Laissez-moi m'expliquer, Styliann. (L'usage du prénom allait contre le protocole, mais il ne protesta pas. Nyer était un mage âgé, qui ne se souciait guère de l'étiquette.) Les sorts permettant de déterminer que les Seigneurs Sorcyers sont toujours prisonniers de leur cage de mana sont très complexes. Une activité anormalement élevée, dans l'espace interdimensionnel où est cette cage, a retardé leur lancement.

— Quand aurons-nous une réponse ferme ?

Styliann tira sur le cordon brodé qui pendait près de la cheminée.

— Dans les heures à venir. Une journée tout au plus.

Nyer fronça les sourcils en guise d'excuse.

— Vous savez que ce n'est qu'une question de temps, n'est-ce pas ?

— Seigneur ?

— L'évidence est là. L'unification des tribus ouestiennes, les chamanes qui prennent la tête des armées en cours de constitution dans le sud-ouest...

— Est-ce obligatoirement le fait des Seigneurs Sorcyers ?

— Vous n'en doutez pas plus que moi.

Quelqu'un frappa à la porte.

— Oui ?

Un jeune homme entra. Sous ses courts cheveux roux, il avait les traits tendus par l'anxiété.

— Seigneur ?

— Apportez-nous une autre bouteille de ce vin de Denebre à peine passable.

— Tout de suite, seigneur.

Le domestique se retira. Les deux mages gardèrent le silence, perdus dans la morne contemplation d'un avenir qui ne leur plaisait guère.

— Pourrons-nous les arrêter cette fois ? demanda enfin Nyer.

— Je crains que tout ne repose sur votre agent, répliqua Styliann. Au moins en ce qui concerne le moment où les Seigneurs Sorcyers parviendront à se libérer. Je suppose qu'il vous a fait son rapport ?

— En effet. Il a récupéré l'amulette.

— Excellent ! jubila Styliann en frappant du plat de la paume les accoudoirs de son fauteuil. (Il se leva et approcha de fenêtre comme pour retarder le moment fatidique de poser la question suivante.) Et... ?

— C'est celle de Septern. À présent, nous pourrons progresser, pour peu que nous obtenions l'aide adéquate.

Styliann prit une profonde inspiration et sourit en regardant le Collège qu'il dominait du haut de sa Tour. Le balcon lui offrait une vue imprenable sur la cité et ses environs. La nuit était fraîche mais sèche. Un banc de nuages venait du sud-est, menaçant de masquer les milliers d'étoiles qui piquetaient les ténèbres de leur pâle lumière. Une brise légère charriait l'odeur plutôt agréable des feux et la chaleur de la cité. Au-delà de l'enceinte du Collège, le silence grandissait.

La Tour de Styliann, flanquée de celles de ses six maîtres mages, était beaucoup plus haute qu'elles. En baissant les yeux, il vit que des lumières brillaient encore dans celle de Laryon. Le plus récemment promu de ses maîtres devait bientôt rejoindre le cercle intérieur et compléter le lien des sept tours.

— Ça peut faire toute la différence pour nous...

— Laryon a travaillé dur, dit Nyer. Il l'a bien mérité.

— Et votre agent ? Veillera-t-il à obtenir l'aide nécessaire ?

— J'ai toute confiance en lui.

Styliann approuva du chef. Son peuple exécuterait ses ordres sans poser de question. Ils avaient réussi à faire le premier pas sans encombre, mais la suite du chemin serait jonchée d'embûches, et mieux valait garder sous la main ceux qui en savaient trop.

— Mon cher Nyer, quand ce vin arrivera, nous pourrons nous permettre de porter un toast à notre future réussite.

Chapitre 3

Elle se rallongea sur le lit, le martèlement dans sa tête ponctuant les assauts ininterrompus de la nausée. Frissonnante, elle espéra qu'elle venait de vomir pour la dernière fois, même si elle n'y croyait pas vraiment. Tous ses muscles noués lui faisaient mal ; la peau semblait tendue à craquer sur sa poitrine, et chacune de ses inspirations haletantes lui arrachait un gémissement quand l'air entrait dans ses poumons torturés. Les effets de la drogue finiraient par se dissiper. Ne sachant pas combien de temps elle était restée évanouie, elle ne pouvait pas estimer quand.

Pourtant, la douleur physique n'était rien comparée à celle qui torturait son cœur et son âme, où l'enlèvement de ses fils avait ouvert un vide béant. Ils étaient sa raison d'être. C'était pour eux qu'elle frissonnait.

Elle mobilisa son esprit, brûlant d'envie de toucher le leur, mais consciente qu'elle ne pouvait pas. Puis elle se maudit d'avoir tardé à leur enseigner la Communion. Où étaient-ils ? Leurs ravisseurs les avaient-ils laissés ensemble ? Elle espérait que oui. Étaient-ils toujours vivants ? Les larmes jaillirent alors que la drogue relâchait un instant son emprise sur elle. Des sanglots déchirèrent ses entrailles, ses cris se répercutant contre les murs de sa prison. Finalement, épuisée, elle s'endormit de nouveau.

Quand elle reprit connaissance pour la seconde fois, l'aube qui pointait ne suffit pas à soulager sa souffrance. Une chiche lumière entrait par la haute fenêtre de la pièce circulaire. Elle était dans une tour, elle l'aurait juré. Outre son petit lit, la chambre contenait un bureau et une chaise, ainsi qu'un tapis de laine rouge et doré un peu passé, mais qui fournissait une protection bienvenue contre la froideur du sol dallé.

Elle portait toujours la même chemise de nuit que lors de son enlèvement. Pas de bas et encore moins de chaussures. Or, il faisait froid dans sa prison. De la poussière couvrait toutes les surfaces ; chaque fois qu'elle s'agitait sur son lit, elle en soulevait un petit nuage. Elle tira la couverture sous son menton pour se réchauffer.

Son attention fut attirée par la porte de bois verrouillée. Les larmes lui montèrent de nouveau aux yeux, mais cette fois, elle eut la force de les ravaler pendant qu'elle cherchait le mana et le moyen de sortir de la tour. Il était là, pulsant en elle et coulant tout autour sans jamais s'arrêter. Un flux qui ne s'interrompait jamais...

La liberté était à portée d'incantation. Cette porte ne résisterait pas à son OrbeFlamme. Mais alors qu'elle s'apprêtait à la lancer, les paroles de son ravisseur lui revinrent en mémoire. *Si tu incantes, tes fils mourront.* Elle reprit ses esprits, s'aperçut qu'elle s'était levée et se laissa tomber sur la chaise.

— Patience, murmura-t-elle. Patience.

La colère d'un mage pouvait être si destructrice ! Tant qu'elle ignorait ce qu'étaient devenus ses fils, elle ne pouvait pas se permettre de céder à la célèbre impulsivité de la famille Malanvai. Même si le vide de son cœur et la crispation de son ventre augmentaient à chaque seconde, son esprit commençait enfin à y voir plus clair.

Ils savaient qu'elle était magicienne ; ils l'avaient enlevée à Dordover dans un but spécifique. Mais ils voulaient aussi la contrôler. Or, il était très difficile de contrôler un jeteur de sorts conscient sans recourir à la violence. Ils avaient trouvé un moyen de la neutraliser à travers ses enfants. Pour cette unique raison, elle pensait que les deux garçons étaient toujours vivants. Non seulement vivants, mais tout proches. Parce que son ravisseur devait savoir qu'elle ne coopérerait pas avant de les avoir revus.

L'espoir renaquit brièvement dans son âme et s'éteignit de nouveau à la vue de la porte fermée. Son cœur se serra à la pensée de ses fils : si jeunes et si effrayés... Enlevés au beau milieu de la nuit et enfermés dans un endroit inconnu. Comment se sentaient-ils ? Trahis. Abandonnés par ceux qui disaient les chérir le plus tendrement. Terrifiés par leur solitude et leur impuissance. Traumatisés par la séparation d'avec leur mère.

En elle, la fureur prit le pas sur le chagrin.

— Patience, se répéta-t-elle. Patience.

Ils ne tarderaient plus à venir. Une carafe d'eau était posée sur le bureau, mais il n'y avait aucune nourriture dans la pièce. Elle regarda la porte, la haine bouillant dans ses veines, le brophane sapant ses forces, son corps pulsant de mana et d'amour pour ses fils...

Quand la clé tourna enfin dans la serrure et que l'homme qu'elle avait redouté de voir se tint devant elle, elle ne put rien faire, sinon sangloter de soulagement.

— Bienvenue en mon château, Erienne Malanvai. Vous semblez aller mieux. Le moment est venu de retrouver vos charmants enfants.

Il faisait froid. Il était assis sur le sol craquelé d'un espace vide et infini. Il n'y avait pas de vent ; pourtant, un courant d'air invisible agitait ses cheveux. Quand il leva les yeux, le dragon se tenait devant lui. Sa tête était si énorme qu'il ne voyait pas son corps. Quand la créature lui souffla dessus, il resta immobile pendant que la peau de son visage se calcinait, que ses os noircissaient et se fendaient. Il ouvrit la bouche pour crier, mais aucun son n'en sortit. Il flottait au-dessus du sol fumant. Plus haut, un vol de dragons obscurcissait le ciel, mais rien ne bougeait en contrebas. Il voulut regarder ses mains : elles n'étaient pas là. Il voulut se tâter le visage : sa chair avait disparu.

Il faisait chaud ; il courait. Ses bras battaient contre ses flancs, mais ses jambes bougeaient trop lentement. Le dragon gagnait du terrain, et il n'avait aucun endroit où se cacher. Il tomba. De nouveau, la créature se campa devant lui. Elle lui souffla dessus, et il resta immobile pendant que la peau de son visage se calcinait, que ses os noircissaient et se fendaient. La chaleur fit fondre ses yeux, qu'il ne pouvait pas fermer. Il ouvrit la bouche pour crier...

Des mains lui touchaient le visage. Il était assis, mais il n'y avait pas de dragon ni de paysage brûlé. Un feu crépitait dans l'âtre. Ilkar reposa le tisonnier qu'il avait utilisé pour remuer les braises. Hirad en conclut qu'il devait faire froid ; pourtant, il dégoulinait de sueur. Talan et l'Inconnu s'étaient redressés dans leur lit, et c'était Sirendor qui lui avait plaqué ses deux mains sur les joues.

— Calme-toi, Hirad. C'est fini. Ce n'était qu'un cauchemar.

Hirad prit une profonde inspiration. Les battements de son cœur commençaient à peine à se calmer.

— Désolé.

Sirendor lui tapota les joues et se releva.

— Tu m'as flanqué une de ces trouilles ! J'ai cru que tu étais en train de crever.

— Moi aussi.

— Toi, et tous les occupants de ce château, dit Ilkar.

Il s'étira en bâillant.

— J'ai crié un peu fort ? demanda Hirad avec un sourire d'excuse.

— Très fort ! Te souviens-tu de ton rêve ?

— Je ne pourrai jamais l'oublier. Il y avait des milliers de dragons. Dont Sha-Kaan. Ça ne se passait pas ici, mais dans un endroit ravagé. Leur monde, je pense. Sha-Kaan m'a dit qu'ils étaient en train de le détruire. Tout était calciné. Et Sha-Kaan m'a soufflé dessus, mais je ne suis pas mort. Je suis resté paralysé, sans même réussir à crier. Je ne comprends pas. Comment peut-il y avoir un autre monde ? Et où est-il ?

Hirad frissonna.

— Je l'ignore. Tout ce que je sais, c'est que je n'ai jamais eu aussi peur de ma vie. Pourtant, ces créatures n'existent pas !

— La preuve que si.

— Tu vois très bien ce que je veux dire, répliqua Sirendor. Il faudra en parler avec Ilkar. Mais plus tard. Toutes ces histoires de dragons et de dimensions...

Il s'interrompit. Hirad ne l'écoutait pas.

— Quelle heure est-il ?

— L'aube se lèvera dans une heure à peu près, répondit l'Inconnu en écartant un rideau pour regarder dehors.

— Je préfère ne pas me rendormir. (Hirad se leva et entreprit de s'habiller.) Je vais boire un café aux cuisines. (Sirendor et les trois autres échangèrent un regard étrange.) Il y a un problème ?

— Non, lui assura Sirendor. Aucun problème. Je t'accompagne.

— Merci.

Hirad sourit. Sirendor aussi, mais cela parut lui coûter un certain effort. Ils sortirent ensemble.

Les cuisines du château ne fermaient jamais. Les feux qui brûlaient dans une demi-douzaine de foyers emplissaient la pièce d'une douce tiédeur. Des tables occupaient la plus grande partie de l'espace. Les murs étaient couverts de casseroles, de marmites et d'ustensiles dont certains défiaient la compréhension. La fumée s'échappait des conduits de cheminée et embuait les vitres des hautes fenêtres. Il régnait en ces lieux une atmosphère chaleureuse et réconfortante ; l'air résonnait d'ordres et de rires, charriant des odeurs de viande rôtie et de pain frais qui éveillait le souvenir d'une vie familiale depuis longtemps abandonnée.

Un énorme chaudron rempli d'eau restait à bouillir en permanence dans une des cheminées. Non loin de là étaient disposés des plateaux chargés de café moulu et de chopes vides. Assis à une table, un peu à l'écart des cuisiniers et des serveuses, les deux hommes bavardèrent en sirotant le breuvage odorant.

— Tu n'as pas l'air dans ton assiette, Sirendor, dit Hirad.

Son ami soutint son regard. Des plis d'inquiétude barraient son front, et son expression soucieuse lui seyait aussi mal qu'une chemise de deux tailles trop petite. Hirad n'avait pas l'habitude de le voir si maussade.

— Nous avons parlé...

— Qui ça ?

— À ton avis ? Pendant que tu dormais...

— Ça ne me dit rien qui vaille, grogna Hirad.

Ça devait être sérieux, car il n'avait pas vu Sirendor dans cet état depuis des années.

— Nous ne rajeunissons pas.

— Nous quoi ?

— Tu m'as bien entendu.

— Larn, j'ai trente et un ans ! Tu en as trente ; l'Inconnu à peine trente-trois, et c'est le plus âgé de tous ! De quoi parles-tu ?

— Combien connais-tu de mercenaires de plus de trente ans capables de survivre en première ligne ?

— Pas des masses, concéda Hirad. Mais... Nous, c'est différent. Nous sommes les Ravens.

— Oui, nous sommes les Ravens. Et nous nous faisons trop vieux pour ces conneries.

— Tu plaisantes ! Nous avons fait un carnage hier !

— C'est comme ça que tu vois les choses, pas vrai ? (Hirad acquiesça, et Sirendor sourit.) Je m'en doutais un peu. Moi, j'ai trouvé que nos réflexes n'étaient plus aussi affûtés.

— Parce que nous perdons trop de temps à regarder les autres se battre avant d'intervenir. Les réflexes, ça s'entretient par la pratique.

— Par les dieux, Hirad, ce que tu peux être borné ! Depuis deux ans, nous acceptons de moins en moins de boulots en première ligne et de plus en plus de contrats de réservistes ou de conseillers. Tu crois que c'est une coïncidence ? Nos réflexes s'émoussent, que tu l'acceptes ou non. Quand notre tour est venu hier, nous avons failli ne pas être à la hauteur.

— Allons, Larn...

— Ras est mort ! (Sirendor regarda autour de lui, puis baissa la voix.) Tu aurais pu mourir aussi. Richmond a commis une erreur grossière et Ilkar n'a pas pu maintenir le bouclier. Sans l'Inconnu, nous nous serions fait balayer. Nous, les Ravens !

— Oui, mais l'explosion...

— Il y a deux ans, nous les aurions piétinés et nous

aurions atteint le mage avant qu'il ait le temps d'incanter ! Nous devons nous adapter...

Sirendor se tut et but une gorgée de café sous le regard incrédule d'Hirad.

— Dans dix ans, je veux que nous puissions nous souvenir du bon vieux temps. Mais si nous nous entêtons à continuer ainsi, nous ne tiendrons pas jusque-là.

— Une seule bataille difficile, et tu veux abandonner ?

— Ce n'était pas une simple bataille, mais une mise en garde sur ce qui pourrait nous arriver n'importe quand. Nous avons tous vu les signes, ces deux dernières années. Toi comme les autres. Mais tu as choisi de les ignorer.

— Vous voulez démanteler les Ravens ? demanda Hirad.

Il ne fut pas surpris de sentir ses yeux s'embuer. Son monde tombait en morceaux autour de lui, et il ne voyait aucune échappatoire.

— Pas nécessairement. Mais peut-être prendre du repos, le temps de réévaluer la situation. (Sirendor écarta les mains.) Les dieux savent qu'aucun d'entre nous n'a besoin d'argent. À nous sept, nous devons posséder la moitié de Korina ! (Il sourit.) Écoute, si je t'en parle, c'est parce que nous voulons nous réunir après être rentrés à la cité. Nous devons en débattre entre nous après avoir pris le temps de réfléchir.

Sans un mot, Hirad baissa le nez vers sa chope et laissa la vapeur lui réchauffer le visage.

— Si nous continuons à prétendre que rien n'a changé, un jour, nous ne serons pas assez rapides. Hirad ? (Le barbare leva les yeux.) Je ne veux pas te perdre comme nous venons de perdre Ras. (Sirendor se mordit la lèvre et soupira.) Pas question de te voir mourir.

— Ça n'arrivera pas, grogna Hirad. (Il vida sa chope et se leva, pinçant les lèvres pour les empêcher de trembler.) Je vais préparer les chevaux. Autant partir de bonne heure.

Il sortit des cuisines à grands pas et s'arrêta dans la cour pour contempler le site de ce qui avait peut-être été la dernière bataille des Ravens. D'un geste rageur, il s'essuya les yeux et se dirigea vers les écuries.

Ilkar décida de ne pas se recoucher non plus.

Il alla dans les appartements de Seran.

Le mage de Lystern – la plus petite des quatre cités collégiales – avait été placé sur une table basse, dans son étude. Un drap couvrait son cadavre. Ilkar l'écarta et fronça les sourcils. La peau de Seran était tendue sur son crâne, ses cheveux complètement blancs. Il n'avait pas cette apparence la veille au soir. Et la plaie de son front, désormais nettoyée, semblait avoir été faite par une petite griffe.

Ilkar entendit un mouvement derrière lui. Se retournant, il découvrit Denser sur le seuil de la chambre. Il avait toujours sa pipe au coin de la bouche, et l'elfe trouva cela incongru. Le mage xetesk n'était pas âgé, même si les efforts consentis au service de son art lui donnaient l'air plus vieux qu'il ne l'était en réalité.

— Une issue inévitable, mais que je déplore, commenta-t-il.

Il semblait terriblement fatigué, le teint cendreux et les yeux enfoncés dans leurs orbites. Il s'appuya au chambranle de la porte.

— Que lui est-il arrivé ? demanda Ilkar.

Denser haussa les épaules.

— Il n'était plus très jeune. Nous savions qu'il risquait de mourir. Mais il n'y avait pas d'autre moyen. Il voulait nous arrêter.

— Nous ? répéta Ilkar. (Soudain, il comprit.) Le chat !

— Oui. C'est un Familier.

Ilkar laissa retomber le drap sur le visage de Seran et s'approcha de Denser.

— Vous feriez mieux de vous asseoir avant de vous écrouler. J'ai quelques questions à vous poser.

— Je me doutais bien que ça n'était pas une visite de politesse...

Ilkar resta de marbre. Le mage se laissa tomber sur le lit avec un soulagement qui dissuada l'elfe de lui poser sa première question. Denser n'aurait pas eu la force de partir pendant la nuit.

— Vous avez un peu abusé de vos pouvoirs hier, n'est-ce pas ?

— J'avais encore du travail à faire après avoir récupéré cet objet, dit Denser en sortant de sa cape l'amulette pendue à son cou. Je présume que c'est de ça que vous vouliez me parler...

— Oui... Quel genre de travail ?

— Je devais savoir si c'était bien le bijou que nous recherchions.

— Verdict ?

— Oui !

— C'est Xetesk qui vous envoie ?

— Évidemment.

— Et cette bataille ? demanda Ilkar.

— Disons que je n'ai pas eu de mal à m'infiltrer parmi les attaquants, mais qu'ils n'agissaient en aucun cas sur nos ordres, si c'est ce que vous insinuez.

— Alors, pourquoi ne pas vous être plutôt joint aux défenseurs ?

— Avec un mage dragonen sur les lieux ? (Denser glousa.) Je craignais qu'il ne partage pas les vues de Xetesk.

— Surprise, surprise, marmonna Ilkar.

— Allons, nous ne sommes pas si différents l'un de l'autre.

— Incroyable ! L'orgueil des Xetesk est-il si démesuré ? Pensez-vous vraiment que tous les mages se ressemblent ? C'est une insulte à la magie elle-même, et une faille dans votre apprentissage. (Ilkar sentit sa colère monter. L'aveuglement des Xetesks ne cessait de le stupéfier.) Vous savez où vous puisez le pouvoir nécessaire pour former le mana et lancer vos sorts. Il n'y a pas de sang sur mes mains, Denser.

Denser ralluma sa pipe et glissa une main sous sa cape pour prendre le chat, qu'il laissa tomber sur le lit. L'animal ne quitta pas Ilkar du regard pendant que son maître lui caressait le dos.

— Je pense, dit enfin le mage en soufflant une série de ronds de fumée, que vous ne devriez pas accuser mes maîtres de nous dispenser un enseignement fallacieux. En tout cas, tant que vous n'aurez pas conscience des limites du vôtre...

— De quoi parlez-vous ?

Denser écarta les mains.

— Voyez-vous du sang dessus ?

— Vous savez très bien ce que je veux dire !

— Oui, je le sais. Mais les mages xetesks ont plus d'une source de mana. Tout comme les Julatsiens, je présume...

Le silence régna un instant dans la pièce pendant que les couloirs du château, autour d'eux, s'éveillaient à la vie.

— Je ne discuterai pas d'éthique collégiale avec vous, Denser.

— C'est bien dommage.

— C'est surtout inutile.

— Une faille dans votre apprentissage, peut-être ?

Ilkar ignora cette provocation.

— J'ai besoin de savoir deux choses. Comment étiez-vous au courant pour Seran et pour l'amulette, et à quoi sert le bijou ?

Denser réfléchit un moment.

— Je n'ai pas l'intention de vous révéler des secrets collégiaux. Mais contrairement à vous, Xetesk a toujours pris au sérieux les annales dragonennes, aussi fragmentées soient-elles. Nos recherches nous ont conduits à développer un sort capable de détecter les perturbations du mana provoquées par l'ouverture d'un portail interdimensionnel, tel que celui que nous avons traversé hier. Comme nous soupçonnions Seran – je ne vous dirai pas pourquoi –, nous avons surveillé ses appartements et obtenu un résultat positif. J'ai été envoyé pour récupérer des artefacts dragonens, et j'ai trouvé ceci.

Il enleva l'amulette et la lança à Ilkar qui l'examina avant de la lui rendre.

— Une partie des annales dragonennes est gravée dessus dans les quatre écritures annalytiques collégiales, expliqua Denser en accrochant de nouveau le bijou à sa chaîne. Elle nous sera très utile pour nos recherches. Une fois que nous aurons fini de l'étudier, nous n'aurons qu'à indiquer notre prix. Les collectionneurs sont prêts à verser une fortune pour une pièce de ce genre.

— Et c'est tout ? demanda Ilkar, impassible.

— Oui. Nous avons tous besoin d'argent. Vous êtes bien placé pour savoir que la recherche coûte cher.

Ilkar hocha la tête.

— Et maintenant ?

— Je dois livrer cette amulette au plus vite.

— À Xetesk ?

— Non. C'est trop loin, et le voyage serait trop dangereux. Alors qu'à Korina, nous aurons les moyens de la protéger. Je suppose que vous allez dans cette direction ?

— En effet.

— J'aimerais engager les Ravens comme gardes du corps. Je vous paierai bien. Ilkar en resta bouche bée.

— Vous plaisantez ! Après ce qui s'est passé hier ? Vous avez du culot, je vous le concède. Pour ce que j'en sais, Hirad a toujours envie de vous tuer. Et même si les autres acceptaient, croyez-vous que je m'abaisserais à travailler pour Xetesk ?

— Je suis désolé que vous le preniez ainsi.

— Mais vous ne devez pas en être surpris. Vous trouverez facilement quelqu'un d'autre. Beaucoup de mercenaires seront ravis qu'on les paye pour regagner la cité.

— Je préférerais les Ravens, insista Denser. C'est le moins que je puisse faire pour vous dédommager.

— Nous ne voulons pas de votre argent. En arrivant à Korina, je ferai mon rapport à Julatsa. Vous vous doutez que les trois autres Collèges enverront des représentants à Xetesk pour parler de cet incident.

— Nous les attendrons de pied ferme.

— J'en suis persuadé. (Ilkar approcha la porte.) Vous avez faim ? Je peux vous emmener aux cuisines.

— Merci, mon frère.

Le sourire de l'elfe disparut.

— Je ne suis pas votre frère.

Chapitre 4

Erienne était assise sur le grand lit, un fils blotti sous chaque bras. Son corps connaissait enfin la paix, même momentanément, et ses enfants avaient cessé de pleurer. Mais ils avaient douté d'elle, et l'instant de leurs retrouvailles resterait à jamais gravé dans sa mémoire.

Seule au sommet de l'escalier en colimaçon, elle avait saisi la poignée et ouvert la porte de leur chambre, s'attendant à les trouver morts. Assis ensemble au bord du lit, les jumeaux parlaient à voix basse. Les boissons et la nourriture à laquelle ils n'avaient pas touché refroidissaient sur la table qui, avec deux chaises, composait tout l'ameublement de la pièce. Il n'y avait même pas de tapis sur le sol de pierre glacial.

Elle les avait d'abord regardés : leurs cheveux bruns ébouriffés, leur visage rond, leurs yeux bleu pâle, leur petit nez, leurs oreilles légèrement pointues et leurs mains aux longs doigts. Ses fils. Ses si beaux enfants. Ils s'étaient tournés vers elle, et elle leur avait ouvert les bras.

Alors, elle avait éprouvé une haine sans précédente. Car un instant, ils n'avaient pas vu en elle leur mère et leur protectrice, mais une traîtresse qui les avait laissés se faire enlever.

Tandis qu'elle se tenait sur le seuil de la chambre, échevelée et pieds nus dans sa chemise de nuit déchirée, le visage encore marqué par les effets du brophane, les larmes avaient inondé ses yeux et tracé un sillon propre sur ses joues maculées de poussière.

— Je suis là. Maman est là.

Ils avaient couru vers elle et pleuré jusqu'à ce qu'il ne leur reste plus une larme à verser. Jusqu'à ce qu'ils ne puissent plus que s'accrocher les uns aux autres en attendant le moment où on viendrait de nouveau les séparer.

À présent, ils étaient assis sur le grand lit. Erienne caressait le flanc de ses fils qui avaient niché leur tête contre sa poitrine.

— Où sommes-nous, maman ? demanda Thom, à sa gauche.

— Dans un château, très loin de la maison, et plein de méchants hommes, répondit-elle en serrant les jumeaux un peu plus fort contre elle. (Elle foudroya du regard la porte derrière laquelle Isman devait l'attendre.) Je dois les aider, répondre à leurs questions au sujet de la magie. Ensuite, ils nous laisseront partir.

— Qui sont ces hommes ? demanda Aron.

Erienne sentit la main de l'enfant se crisper dans son dos.

— Quand nous serons rentrés à la maison, je vous raconterai tout ce que je sais sur eux. Ils essayent de comprendre la magie. Les gens ont peur de ce qu'ils ne comprennent pas. Il en a toujours été ainsi.

— Quand pourrons-nous partir ? demanda Aron.

— Je ne sais pas, mes amours. J'ignore ce qu'ils veulent me demander. (Elle sourit, histoire de dissiper la tension.) Pour vous récompenser d'avoir été sages, je vous laisserai choisir la prochaine chose que je vous enseignerai. Qu'est-ce que vous préférez ?

Les deux enfants se consultèrent du regard et crièrent ensemble :

— La Communion !

Erienne éclata de rire.

— J'étais certaine que vous diriez ça. Vilains garçons ! C'est pour pouvoir parler sans que je vous entende. (Elle leur chatouilla le ventre ; ils gloussèrent et se tortillèrent.) Vilains garçons, répéta-t-elle.

Elle leur ébouriffa les cheveux et les serra de nouveau contre elle.

— Et maintenant, dit-elle en jetant un regard dégoûté à leurs assiettes, je veux que vous mangiez votre pain. Mais rien d'autre, c'est bien compris ? Il va falloir que j'y aille. Je reviendrai vous voir plus tard, et nous vérifierons que vous n'avez pas oublié ce que je vous ai appris la semaine dernière.

Elle fit mine de se lever, mais les deux enfants s'accrochèrent à elle.

— Tu es vraiment obligée ? gémit Aron.

— Plus tôt je ferai ce qu'ils voudront, plus vite nous retrouverons votre père à la maison. Je vous promets que ça ne sera pas long. (Ils levèrent un regard suppliant vers elle.) Je vous le promets.

Erienne se dégagea de leur étreinte, se dirigea vers la porte et l'ouvrit. Dans le couloir, Isman sursauta. Le guerrier élancé, qui s'était appuyé contre un mur en l'attendant, se redressa, et les pans de sa tunique de cuir se refermèrent sur sa chemise brune usée.

— Déjà fini ?

— Je suis pressée, lâcha froidement Erienne. Je répondrai à vos questions sur-le-champ. Mes fils ont besoin de leur père, et de dormir dans leur propre lit.

— Nous sommes tout aussi désireux que vous d'abréger votre séjour ici, répondit aimablement Isman. Le capitaine vous interrogera très bientôt. Jusque-là...

— Maintenant ! insista Erienne.

Elle eut un dernier sourire pour ses fils, qui lui firent un signe de la main, et referma la porte derrière elle.

— Vous n'êtes pas en position d'exiger quoi que ce soit, ricana Isman. Erienne sourit et s'approcha de lui. Son expression se durcit, et son sourire mourut sur ses lèvres.

— Et si j'essayais de vous échapper ? Que feriez-vous ? Vous m'arrêteriez ? Vous me tueriez ? (Leurs visages à quelques centimètres l'un de l'autre, Isman cligna des yeux.) Vous avez peur de moi, parce que nous savons tous les deux que je pourrais vous tuer avant que vous ayez le temps de dégainer. Et nous sommes seuls. Alors, je vous déconseille de me tenter. Contentez-vous de me conduire à votre capitaine. Tout de suite.

— Il m'avait prévenu que vous feriez des difficultés. Nous vous avons surveillée pendant des mois avant de vous enlever. Il dit que vos semblables connaissent beaucoup de choses, mais que leur arrogance les perdra.

Il passa devant Erienne et descendit l'escalier. Arrivé en bas, il se retourna vers elle.

— Il avait raison. Comme toujours. Allez-y : tuez-moi, si vous vous en croyez capable. Mais trois hommes montent la garde devant cette porte. Vous ne pourrez pas aller loin. Ça aussi, nous le savons tous les deux.

— Mais j'aurai la satisfaction de vous voir mourir. Et de lire de la peur dans vos yeux. Réfléchissez-y ! À moins de ne pas me quitter du regard, vous ne saurez jamais si je vais incanter. Donc, si vous êtes sur le point de mourir.

— Nous tenons vos enfants, dit Isman.

— Et il vaudrait mieux pour vous qu'il ne leur arrive rien. Ne me tournez jamais le dos, Isman.

Le guerrier eut un petit rire méprisant. Mais alors qu'il ouvrait la porte, Erienne crut le voir frissonner.

Denser était assis au bout de la longue table occupée par des hommes qui, quelques heures plus tôt, souhaitaient ardemment le tuer.

Le barbare, Hirad Cœurfroid, n'était pas là. Il s'occupait des chevaux, avait dit Sirendor Larn. Denser frémit intérieurement, posa sa fourchette en travers de l'assiette de pain et de viande en sauce qui composait son petit-déjeuner et sirota une gorgée de café. Allongé sur le banc près de lui, son chat ronronnait, se délectant de la tiédeur que les feux de cheminée répandaient dans les cuisines.

La veille, ils s'étaient préparés à mourir sous les coups d'épée du barbare. Un calme absolu les avait envahis. S'ils avaient succombé, lui dans un craquement d'os et son chat dans une explosion mentale, Balaia aurait peut-être succombé avec eux.

Denser leva les yeux vers le Guerrier Inconnu. Il leur restait une chance grâce à lui et au code d'honneur qui avait toujours gouverné les Ravens. Voilà pourquoi, parmi toutes les équipes de mercenaires, ils restaient tellement demandés... et efficaces.

S'il était légal de tuer pendant un combat, pour défendre sa propre vie ou celle d'autrui, en d'autres circonstances, cela devenait un meurtre. Les Ravens étaient probablement les seuls qui arpentaient les champs de bataille depuis dix ans, se mêlant aux voleurs, aux bandits, aux chasseurs de primes et aux autres fripouilles dénuées de scrupules, sans que rien ne soit venu souiller leur conscience.

Beaucoup affirmaient que c'était la stricte adhésion à ce code qui faisait d'eux des combattants tellement craints par leurs adversaires. Denser ne doutait pas que ce mythe les aidait. Selon lui, si les Ravens se détachaient du lot des mercenaires, c'était surtout parce que ces guerriers, compétents à titre individuel, devenaient proprement époustouflants une fois réunis.

Pourtant, c'était leur code qui faisait pencher la balance en leur faveur quand leurs employeurs potentiels considéraient leur prix. Ils savaient d'avance que les Ravens honoreraient leur contrat, et qu'ils interviendraient dans le cadre des règles sans jamais les violer.

Leur code était le suivant : tuer mais ne jamais assassiner. Ça semblait si simple que beaucoup d'aventuriers – mages ou guerriers – tentaient de s'y conformer quand ils se lançaient dans une carrière de mercenaire. Mais la plupart n'avaient pas la discipline, l'intelligence, l'endurance et le talent nécessaires pour y parvenir dans la chaleur du combat, puis dans le sillage de la victoire ou de la défaite. Et, depuis une dizaine d'années, aucun n'y était arrivé sans faillir.

Il eût été facile de qualifier les Ravens de héros, mais Denser les avait vus se battre à plusieurs reprises, et leur véritable nature lui semblait évidente. Une équipe de tueurs terriblement efficaces ! De tueurs, mais pas de meurtriers.

Alors qu'il les regardait manger en silence, chacun perdu dans ses propres pensées, il songea qu'ils avaient l'air fatigué, et la peur lui noua l'estomac à l'idée qu'ils puissent rejeter sa requête. Parce qu'il avait besoin d'eux. Xetesk avait besoin d'eux. Tout Balaia aurait besoin d'eux si les informations envoyées par leurs espions étaient vraiment le prélude au retour des Seigneurs Sorcyers. Mais pourrait-il les convaincre de la nécessité de ce qui devait être fait, et Xetesk tenterait-il de rassembler les quatre Collèges ?

Malgré les épreuves qui les attendaient tous, Denser

se demanda si convaincre les Ravens ne serait pas son plus grand défi. Même s'ils acceptaient la vérité, le mage était certain que ça ne ferait aucune différence. Les Ravens ne signaient jamais un contrat parce qu'ils croyaient à la cause qu'ils seraient amenés à défendre. Il leur importait seulement que la mission soit digne de leurs efforts, de leur réputation et des risques qu'elle leur ferait courir. La vérité n'entrerait pas en ligne de compte. Denser la leur révélerait seulement quand il n'aurait plus le choix. Aucune compensation ne pouvait valoir les risques qu'il leur demanderait de prendre.

Le mage avala une autre bouchée de nourriture. Quel dommage qu'il n'ait pas rencontré les Ravens à Korina, comme prévu à l'origine ! Là, il aurait pu leur dissimuler son appartenance au Collège le temps nécessaire... Xetesk n'avait pas envisagé que les mercenaires participent à la défense du château du pic de Taran.

Et maintenant, Denser n'arrivait pas à persuader Ilkar de le laisser engager les Ravens pour l'accompagner jusqu'à Korina, la cité où ils allaient de toute façon.

Levant les yeux, il croisa le regard de l'Inconnu, qui pointa son couteau vers lui.

— Vous aviez déjà vu un dragon ? demanda-t-il.

— Non.

— Non, répéta l'Inconnu. Et qu'auriez-vous fait si Hirad n'avait pas été là pour le distraire pendant que vous lui dérobiez votre trophée ?

Denser eut un pâle sourire.

— Une très bonne question. Nous n'avions pas prévu de tomber sur un dragon.

— Visiblement. D'après moi, vous seriez mort.

— C'est possible.

Denser haussa les épaules. En réalité, il pensait qu'il s'en serait sorti quand même, mais laisser croire le contraire à l'Inconnu lui fournissait une ouverture.

— C'est certain. (L'Inconnu promena un bout de pain autour de son assiette pour récolter la sauce et le fourra dans sa bouche.) Par conséquent, on peut considérer que nous vous avons aidé, fût-ce involontairement, à vous emparer de cette amulette.

Denser approuva du chef et saisit le broc de café pour se resservir.

— Quel chiffre avez-vous en tête ?

— Cinq pour cent de sa valeur marchande.

— Ça fait beaucoup d'argent.

Ce fut au tour de l'Inconnu de hausser les épaules.

— Considérez ça comme un dédommagement pour la mort de l'un des nôtres. Et pour toutes les nuits où nous nous réveillerons en sursaut, baignés de sueur, hantés par ce que nous avons vu. Je n'ai pas honte de dire qu'il m'a fallu un gros effort pour ne pas m'enfuir à toutes jambes.

— Ç'aurait été une première, dit Ilkar.

— Et il n'aurait pas été le seul, intervint Sirendor.

Les autres hochèrent la tête avec un étrange sourire.

— Et encore, vous ne connaissez pas la moitié de la vérité.

Toutes les têtes se tournèrent vers Hirad, qui venait d'apparaître sur le seuil de la porte. Le barbare approcha lentement, les traits tendus.

— Tu vas bien, Hirad ? demanda Sirendor.

— Pas vraiment. Je pensais à ce que Sha-Kaan a dit. Si cette porte était toujours là, je lui rapporterais l'amulette.

— Pourquoi ?

Denser retint son souffle.

— Parce qu'il a dit qu'il montait la garde sur ce

portail, entre notre monde et le sien. Il nous protège d'une chose que nous n'aurions pas dû créer. J'ignore de quoi il s'agit, mais il doit nous en vouloir, à présent. Que se passera-t-il s'il décide de ne plus surveiller le portail ?

— Je ne comprends pas de quoi tu parles, dit Sirendor.

— Moi non plus, avoua Hirad. Mais je sais que si nous apercevons un jour un dragon dans le ciel de Balaia, ce sera la fin pour nous.

— Que voulez-vous dire ? demanda Denser.

— À votre avis ? demanda le barbare. Nous mourrons. Ils sont trop puissants et trop nombreux. Faites-moi confiance.

Il s'approcha des marmites et, prenant une louche, se servit une portion de viande en sauce.

— Revenons à notre sujet précédent, proposa Denser à l'Inconnu. J'accepte de vous donner cinq pour cent, si vous consentez à me servir de gardes du corps jusqu'à Korina.

Ilkar, qui regardait Hirad, tourna la tête aussi vivement que s'il avait reçu une gifle.

— Je vous ai déjà dit que nous ne travaillerions pas pour Xetesk !

— Selon vous, combien vaut cette amulette, homme de Xetesk ? demanda Hirad. Denser fronça les sourcils.

— Je ne peux pas vous le garantir, mais à vue de nez, je dirais dans les cinq millions de vrai-argent.

Il y eut quelques secondes d'un silence abasourdi. Puis :

— On prend le boulot !

— Hirad ! cria Ilkar. Tu ne te rends pas compte...

— Ça fait un paquet de fric, Ilkar.

— C'est difficile à croire, dit Talan. Un quart de million de vrai-argent pour accompagner quelqu'un là où nous allons de toute façon...

Hirad répéta le chiffre entre ses dents.

— Je n'arrive pas à croire que tu puisses accepter ça, lança Ilkar. Il a failli te faire tuer !

— Donc, il a une dette envers moi, répliqua Hirad sans regarder le mage xetesk. Peu importe que je ne l'aime pas. Je peux même le détester. Tout ce que j'aurai à faire, c'est de tolérer sa présence à mes côtés sur la route de Korina. À l'arrivée, il nous versera un gros paquet de fric et nous ne le reverrons jamais. Je pense que je supporterai ça...

— Ce n'est pas si simple, rappela Ilkar.

— Bien sûr que si.

— Bien sûr que non, et ça me pose un gros problème.

— Je sais que tu désapprouves l'éthique de Xetesk...

— Ce qu'on appelle un doux euphémisme.

— ... Mais considérant les choses que vous avez dites dans mon dos, nous ne pouvons pas nous permettre de refuser autant d'argent. C'est peut-être la dernière fois que nous en gagnerons. (L'elfe se contenta de regarder Hirad sans rien dire.) Ilkar, nous sommes tous d'accord, à part toi. Ne nous complique pas les choses.

L'Inconnu tendit la main à Denser.

— Marché conclu. Talan rédigera le contrat. Vous et moi le signerons. Nous n'indiquerons pas de montant précis : seulement le pourcentage et votre intention de payer.

— Parfait, dit le mage.

Les deux hommes se serrèrent la main. Puis l'Inconnu vida sa chope de café.

— Vous savez quoi ? Je sens dans les airs une odeur de fête à la Volière.

La porte des cuisines s'ouvrit de nouveau.

— J’ai entendu dire que vous n’aviez pas pu sauver mon mage. C’est regrettable. Seran était un brave type.

Les Ravens tournèrent la tête vers leur employeur, Denser découvrant ainsi son adversaire de la veille. Le baron Gresse était un homme d’âge mûr doté d’un esprit encore vif et de quatre fils dont la vigueur suppléerait bientôt à ses propres forces vacillantes.

Méprisant les beaux atours, lui qui comptait parmi les cinq barons les plus riches de Balaia, il portait une tenue d’équitation toute simple : pourpoint de cuir, chemise de laine et pantalon de coton à l’entrejambe doublé de cuir. Sa cape était pliée sur son bras.

Il congédia d’un geste les hommes d’armes qui l’avaient accompagné et les domestiques qui s’empressaient autour de lui. Puis il étudia les Ravens de ses grands yeux marron, hocha sa tête dégarnie et tendit la main à l’Inconnu, qui la serra.

— Ravi de faire votre connaissance.

— De même. Apporte un peu de café au baron, Talan, ordonna l’Inconnu.

— Les Ravens. Ça alors ! Pas étonnant que nous ayons remporté la bataille. Seran était toujours de bon conseil. (Gresse se mordit la lèvre.) Où trouverai-je quelqu’un pour le remplacer ?

— À Julatsa, dit Ilkar. Au moins, nous sommes solides...

Gresse gloussa.

— Ça vous ennuie si je m’assois avec vous ?

Ilkar se décala pour lui faire de la place sur le banc. Talan posa une chope de café devant lui. Le noble le remercia d’un signe de tête.

Un silence gêné s’installa. Denser se gratta nerveusement la barbe. L’Inconnu regardait le baron avec son impassibilité coutumière. Les oreilles d’Ilkar frétillaient.

— Je ne ferai pas durer le suspens, déclara Gresse en sirotant son café. Mais j'espérais que vous pourriez confirmer une rumeur qui m'est parvenue...

— Bien sûr, dit l'Inconnu. Si c'est en notre pouvoir.

— Parfait. Je serai bref. J'ai été convié à une réunion de l'Alliance marchande de Korina sur la détérioration de la situation à l'ouest des monts Noirépine. Il semble que les Ouestiens redoublent d'activité. Ils auraient violé l'accord de Droit de Passage, dans la passe de Sousroc, et on craint qu'ils ne préparent une série d'incursions dans l'est, même si la garnison de Sousroc n'a rapporté aucune activité sortant de l'ordinaire. Je voudrais savoir si vous avez entendu parler de quelque chose. On m'a dit que vous avez combattu avec le baron Noirépine en personne, il y a peu de temps, et il ne pourra pas assister à la réunion.

Les yeux de Gresse pétillaient.

— Si nous avons travaillé pour lui, c'est pour que l'Inconnu bénéficie de meilleurs prix sur ses vins, dit Sirendor.

— Je suis certain du contraire.

— Ça faisait vraiment partie de notre accord, confirma l'Inconnu. Pour ce qui est des rumeurs, nous en avons entendu des tas pendant que nous étions là-bas. Mais ça remonte à six mois.

— Tout ce que vous avez entendu et que je pourrai rapporter lors de la réunion nous sera utile.

— Si vous ajoutez foi à tous les on-dit, fit Ilkar, les Seigneurs Sorcyers sont de retour, Parve est redevenue une cité pleine de vie et les Ouestiens fichent le feu à tout ce qui s'étend du côté occidental des monts Noirépine.

— Donc, vous n'accordez aucun crédit à ces rumeurs ?

— Rien de ce que les Ouestiens pourraient faire ne me surprendrait. Cela mis à part... Non, en effet.

— Mouais, marmonna Gresse, pensif. Intéressant. Au fait, merci pour l'aide que vous nous avez apportée hier. Je crois que vous avez perdu un de vos hommes. J'en suis navré.

— Nous connaissions tous les risques, dit Hirad, sans conviction.

— Néanmoins, il est toujours difficile de voir mourir un ami. Je suis désolé pour vous, mais très reconnaissant. Perdre cette bataille n'était pas un luxe dans mes moyens. Au sens littéral du terme.

— À vous entendre, on dirait que vous êtes dans la dèche, fit Talan. Gresse haussa les épaules.

— Le château du pic de Taran est une position cruciale. Son propriétaire négocie les droits de passage sur une des routes principales qui desservent Korina. Si le baron Pontois s'en était emparé, il aurait contrôlé mes deux accès principaux à la capitale, et des terres sur deux côtés de mon fief. Il aurait pu me refuser ces accès, ou fixer le droit de passage à un prix trop élevé. D'une façon ou d'une autre, j'aurais fini par faire faillite. L'autre chemin place Korina à plusieurs jours de voyage au lieu de quelques heures.

— Il aurait fallu reprendre un des deux autres par la force, dit Hirad.

— C'est toujours une option. Coûteuse, mais existante, concéda Gresse.

— Pourtant, vous siégerez avec Pontois à l'Alliance marchande de Korina, souligna Talan.

— Oui. Je sais que c'est étrange. Voilà le malaise qui règne au sein de l'AMK. Le mot « alliance » sonne plutôt creux en ce moment...

Le silence retomba. L'Inconnu dévisagea le baron en buvant son café. Il sourit, ce qui n'échappa pas à Gresse, qui fronça les sourcils.

— Vous avez omis de nous parler des rumeurs que vous avez entendues de votre côté ! lança le guerrier.

— En effet... Bien qu'il ne s'agisse pas de simples rumeurs, je le crains. J'ai la preuve que les Ouestiens, loin de mettre le feu à l'ouest des monts Noirépine, sont une fois de plus en train d'asservir, de construire et de s'unifier.

— Qu'entendez-vous par « une fois de plus » ? demanda Hirad.

— Je te donnerai un cours d'histoire un peu plus tard, promit Ilkar.

— Comment savez-vous... ?

Denser s'interrompit et se mordit la lèvre.

— Vous avez quelque chose à dire, homme de Xetesk ? grogna Hirad.

— Je me demandais juste où il s'était procuré de telles informations, éluda le mage.

— Tout a un prix, répondit froidement Gresse. Puis-je vous accompagner à Korina ce matin ?

— Bien volontiers, dit Hirad. C'est Denser qui paye, de toute façon...

— Parfait. (Gresse se leva et jeta au barbare un regard interrogateur.) Ma suite sera prête dans... disons... une heure ?

— Ça nous convient tout à fait, affirma l'Inconnu. Messires, la Volière nous attend.

Erienne et le capitaine se rencontrèrent dans la bibliothèque. Éclairé par une douzaine de lanternes, ce sanctuaire immaculé témoignait de l'érudition de son propriétaire, à défaut de sa moralité. Trois murs de la pièce – qui devait mesurer cinq mètres sur huit – étaient couverts de livres sur cinq étagères de haut. Deux cheminées encadraient l'unique porte. Le sol disparaissait sous les tapis et un bureau se dressait devant le mur du fond.

On avait ordonné à Erienne de prendre place sur une

chaise au dossier rembourré de cuir vert, devant l'une des deux cheminées. Quand le capitaine entra, suivi par un guerrier qui portait un plateau de vin et de nourriture, il vint s'asseoir sans rien dire sur une chaise semblable, à angle droit de la jeune femme, qui contemplait les flammes pour éviter de le regarder. Alors qu'elle se laissait hypnotiser par leur éclat, elle entendit vaguement le tintement des verres, le bruit d'une bouteille qu'on vide et le son d'un couteau ripant sur une planche à découper.

— Une fois de plus, je vous souhaite la bienvenue, Erienne Malanvai, dit le capitaine. Vous devez être affamée.

Erienne laissa son regard dériver jusqu'au plateau posé sur une table basse, et fut surprise par la qualité des mets qui s'y trouvaient.

— Comment osez-vous m'offrir ça, quand la bouillie que vous avez fait servir à mes fils n'est pas digne d'un chien, et moins encore de jeunes enfants terrorisés ? J'exige qu'on leur apporte à chacun une assiette pleine.

Elle sentit que le capitaine souriait.

— Vous l'avez entendue. De l'agneau et des légumes frais pour les deux garçons.

— Oui, seigneur.

La porte se referma.

— Je ne suis pas un homme déraisonnable, dit le capitaine.

— Vous avez arraché deux enfants innocents à leur foyer au milieu de la nuit, et vous les avez enfermés dans une tour glacée malgré leur terreur ! Vous m'avez séparée d'eux, et vous avez voulu leur faire manger une boue que je ne donnerais pas à mes cochons. Alors, ne me parlez pas de raison.

Refusant toujours de le regarder, elle choisit un peu

de viande, quelques légumes et mangea en silence. Puis elle se versa un verre de vin et but en contemplant le feu. Tout ce temps, le capitaine l'observa et attendit.

— Allez-y, posez vos questions, dit-elle en posant son assiette vide sur la table. Je doute d'avoir un secret pour vous.

— Ça simplifierait beaucoup les choses. Je suis ravi que vous vous montriez si coopérative.

— N'allez pas vous imaginer que j'aie peur de vous ou de votre bande de chimpanzés, dit Erienne. Mais je me soucie de mes fils, et je ferai tout ce que je pourrai pour les aider, tant que cela ne compromettra pas la sécurité du Collège dordovan.

— Parfait. (Le capitaine remplit de nouveau son verre.) Je préférerais que vous me regardiez.

— Ça me donnerait la nausée ! Prononcer votre nom est un affront envers mon Collège, et m'entretenir avec vous frise l'hérésie. Maintenant, posez-moi vos questions ! Je veux être de retour auprès de mes fils dans une heure.

Erienne garda le visage tourné vers le feu, savourant sa couleur et sa chaleur réconfortantes.

— Il en sera ainsi, Erienne. (Le capitaine tendit ses jambes vers l'âtre ; une paire de bottes d'équitation en cuir brun craquelé par l'âge apparut dans le champ de vision de la jeune femme.) Donc... Je suis très perturbé par l'étendue des dommages que vos prétendues investigations et recherches dimensionnelles causent à la trame de Balaia.

— Vous n'avez pas chômé, à ce qu'on dirait ! lança Erienne.

— Faire la maligne ne vous apportera rien de bon, souffla le capitaine.

— Je voulais juste dire que très peu de personnes connaissent l'existence des dimensions magiques. Et moins encore mesurent le danger potentiel qu'elles représentent.

— C'est un fait. (Le capitaine tendit une main et se gratta la jambe gauche. Erienne aperçut ses cheveux grisonnants, clairsemés sur le dessus de son crâne.) Contrairement à ce qu'on pense, je suis persuadé que la magie peut être bénéfique si elle est bien employée. Mais j'ai conscience de ses dangers inhérents, parce que j'ai pris la peine de les vérifier par moi-même. Je suis convaincu que jouer avec les dimensions risque de briser l'équilibre du monde.

— Vous vous adressez au mauvais Collège.

— Les mages xetesks sont un peu plus difficiles à trouver, répliqua le capitaine.

— J'aimerais pouvoir dire que j'en suis navrée.

Erienne le regarda enfin. Il portait ses cheveux gris très courts, et sa barbe encore tachetée de brun était tout aussi bien entretenue. Mais la peau s'affaissait sous ses yeux, ses joues et son nez couperosés prouvant son amour de la bouteille. Il avait grossi en prenant de l'âge ; sa chemise et sa veste de cuir ne parvenaient pas à dissimuler son embonpoint.

Le capitaine ne parut pas remarquer l'attention qu'Erienne lui portait soudain.

— Mais Septern était un mage dordovan.

— Nous avons déjà établi que vous aviez fait d'excellentes recherches. (Erienne remplit de nouveau son verre.) Vous devez savoir qu'il est présumé mort depuis environ trois siècles.

— Et c'est tout ce que vous pouvez me dire ? J'espérais qu'une Érudite dordovane pourrait remplir les blancs.

— Vous vous êtes mépris. Sans doute parce que vous nous croyiez en possession de textes secrets.

— Mais Septern était un mage dordovan, répéta le capitaine.

— En effet. Et un génie. Tellement en avance sur son temps que nous n'avons pas réussi à reconstituer la totalité de ses travaux.

Erienne prit une grappe de raisins dans une coupe, en détacha quelques grains et les mangea, crachant les pépins dans sa paume et les jetant au feu.

Le capitaine se pencha vers elle en fronçant les sourcils.

— Il avait bien dû faire des rapports sur ses découvertes. C'est une obligation à laquelle tous les mages sont censés se plier, non ?

— Septern ne respectait pas les règles. (Erienne soupira et le capitaine se rembrunit davantage.) Vous devez comprendre que Septern vivait à l'époque où les Collèges ne s'étaient pas encore séparés.

— De sorte qu'il était à la fois en avance et en retard sur son temps.

Ravi de sa propre plaisanterie, le capitaine sourit, révélant les dents brunies et pourrissantes fichées dans des gencives rouge vif.

— Je suppose que oui, concéda Erienne. Son esprit était capable d'accepter les annales à un niveau global, ce qui lui permettait de lire et de comprendre celles de Dordover, de Xetesk et de Julatsa avec différents degrés de réussite. Ça l'a rendu brillant, mais aussi arrogant. Il vivait hors du Collège, l'informait rarement de l'avancée de ses travaux et tenait des archives très énigmatiques qui ne sont pas toutes dans notre bibliothèque. Xetesk détient certaines de ses notes ; d'autres ont été perdues dans les ruines de sa maison, à supposer qu'il en ait pris sur toutes ses expériences. (Elle but une gorgée de vin.) Pourrais-je avoir de l'eau, s'il vous plaît ?

— Bien sûr. (Le capitaine se leva et ouvrit la porte. Un claquement de talons retentit dans le couloir.) De l'eau et un verre. Tout de suite ! (Il regagna son siège.) Un récit intéressant... Bien entendu, je connais sa maison. J'y ai envoyé des hommes à plusieurs reprises. Dites-moi donc où en sont vos recherches dimensionnelles, et quels résultats vous espérez obtenir.

Erienne ouvrit la bouche pour répondre, puis la referma. C'était trop facile. Le capitaine n'était pas du tout tel qu'on le lui avait fait croire. Elle le haïrait à jamais pour avoir enlevé ses enfants, mais son attitude la plongeait dans la confusion.

Elle était assise dans une pièce accueillante, où on l'avait admirablement bien nourrie puis interrogée sans brutalité sur les activités de son Collège. Jusqu'ici, le capitaine ne lui avait rien demandé qu'il n'aurait pu découvrir en s'adressant à Dordover. Il devait y avoir autre chose ; toute la question était de savoir comment il amènerait le sujet. Erienne avait la désagréable impression qu'il s'efforçait de miner ses défenses avant de lui porter un coup sérieux. Elle résolut de rester sur ses gardes.

— Ce que nous savons de Septern indique qu'il a poussé très loin la recherche dimensionnelle. Il a créé un portail stable auto-alimenté permettant de se déplacer entre des espaces prédéterminés. Nous pensons qu'il s'en est servi pour effectuer de nombreux voyages, comme le suggèrent ses écrits les plus extravagants. En la matière, Dordover est loin d'avoir atteint ce niveau de sophistication. Pour l'instant, nos propres portails nous permettent seulement de cartographier les dimensions sur lesquels ils ouvrent. Nous ne pouvons pas les emprunter. Afin de progresser plus rapidement, nous avons besoin des textes perdus de Septern, car nous pensons que sa magie combine les différentes annales collégiales.

— Et où espérez-vous que vos recherches vous conduiront ?

— Dans d'autres dimensions. Pour les explorer et rencontrer d'autres races. Les possibilités sont infinies.

Malgré elle, Erienne se sentit gagnée par l'enthousiasme.

— Pour conquérir, corrompre, régner et voler ? lança Travers.

— Est-ce la raison de votre inquiétude ?

— Je pense qu'il ne nous appartient pas d'intervenir dans d'autres dimensions. La nôtre est assez difficile à contrôler sans que nous la connections à d'autres lieux et d'autres époques. J'envisage des scénarios de cauchemar où des races inconnues nous envahiront pour se venger. Plus personne ne sera en sécurité nulle part, parce qu'on ne saura jamais où et quand un portail risque de s'ouvrir.

— Raison de plus pour achever nos recherches et nous efforcer de comprendre le fonctionnement du voyage interdimensionnel, répliqua Erienne.

— Nous ne sommes pas assez naïfs pour croire que Dordover et Xetesk œuvrent pour le seul bénéfice de la population de Balaia. Je détesterais croire que vous ouvrez des portes que vous seriez incapables de fermer. (Le capitaine se gratta une oreille.) Dites-moi, Xetesk est-il plus avancé que Dordover ?

Erienne le regarda, confondue.

— Si nous retrouvons les éléments manquants des écrits de Septern, nous serons sans doute forcés de constituer un groupe de recherche commun. Jusque-là, les échanges resteront réduits au strict minimum.

— Je comprends.

— Une question stupide à poser à une Dordovane !

— Parfois, la stupidité met au jour de véritables gemmes.

La porte s'ouvrit. Un homme entra, portant une carafe d'eau et deux verres. Il les posa sur la table et se retira. Erienne remplit un verre et le vida d'un trait.

— Autre chose ?

— Des tas ! (Le capitaine finit son vin et se resservit.) Je viens à peine de commencer, bien que je vous sois très reconnaissant des informations que vous m'avez apportées. Vous devriez aller rejoindre vos enfants.

« Mais réfléchissez : puisque vous savez déjà tout ce que vous pouvez savoir sur la magie dimensionnelle, qu'est-ce qui justifie le récent regain d'intérêt pour les recherches de Septern ? La maîtrise des portails n'est pas le seul triomphe qu'il ait connu, n'est-ce pas ? Il en eut un plus illustre encore. La création d'un sort. Et je veux savoir pourquoi Xetesk déploie brusquement toutes ses forces pour le retrouver.

Erienne devint livide.

Chapitre 5

Les Ravens et leurs protégés quittèrent le château du pic de Taran alors que le soleil faisait miroiter la rosée sur l'herbe du champ de bataille de la veille. Les nuages cheminaient vers l'ouest, traversant les plaines centrales en direction de la ligne sombre des monts Noirépine ; une douce brise réchauffait l'aube de cette journée printanière.

Le baron Pontois, ses soldats et ses mercenaires avaient levé le camp et disparu dans la forêt de Grethern, au nord. Comme seule trace de leur passage, ils laissaient derrière eux de la végétation piétinée et le monticule de terre entouré d'une barrière de bois sous lequel ils avaient enterré leurs morts.

Hirad, Richmond et Ilkar avaient pris la tête du petit groupe de cavaliers. Au grand déplaisir de ses gardes du corps, le baron Gresse chevauchait flanqué par Talan et par l'Inconnu. Denser et Sirendor Larn venaient ensuite. Les quatre hommes du baron fermaient la marche.

Pour Gresse, ce voyage était une chance de se soustraire à l'emprise d'une famille qui le surprotégeait et de voler un peu de liberté. Talan et l'Inconnu y voyaient une occasion de glaner les informations dont ils étaient toujours avides.

— Êtes-vous toujours allié avec Noirépine ? demanda Talan.

— Nous avons conclu un accord de passage réciproque, mais je n'appellerais pas ça une alliance. Il peut emprunter gratuitement cette passe pour se rendre à Korina. De même, je peux traverser ses terres pour aller à Gyernath sans rien lui payer.

L'Inconnu fronça les sourcils.

— S'est-il emparé des territoires à l'est de Gyernath ? J'ai entendu dire que...

— Il y a six mois. Il a pratiquement annexé la cité, bien que le Conseil fasse pression pour qu'il garde les droits de passage peu élevés. Jusqu'ici, il a eu gain de cause.

— Qu'est-il donc arrivé au seigneur Arlen ? demanda l'Inconnu.

— Il travaille pour Noirépine.

— Ah. Je vois.

— Dieux, non, il n'y a pas eu de combats ! Pas de nouveaux, devrais-je dire... Nominalement, Arlen contrôle toujours les terres, à l'est de Gyernath. La vérité, c'est qu'il est soutenu par la puissance de frappe considérable de Noirépine, alimenté en métaux par les mines du sud et délesté d'une bonne partie des taxes générées par la circulation en provenance du sud-est, Korina incluse. (Gresse ricana et tendit une main pour tapoter la cuisse de l'Inconnu.) À votre place, je bifferais Arlen de ma liste d'employeurs potentiels. En ce moment, c'est Noirépine qui a le pouvoir financier dans la région de Gyernath.

— Y a-t-il d'autres gens à qui il est inutile de nous adresser ? demanda Talan.

— Pas moi, en tout cas. Je jurerais que Pontois n'en a pas encore terminé. S'il n'est pas déjà en train de planifier une nouvelle attaque sur le pic de Taran, il doit espérer que je rassemblerai mes troupes ici et lui laisserai une ouverture plus à l'ouest.

— Si vous avez besoin de nous, il va falloir vous lever tôt, dit l'Inconnu.

— Très tôt, renchérit Talan.

— Je me suis laissé dire que vous songiez à raccrocher les armes, lança Gresse en fuyant le regard des deux hommes.

— Croyez-le seulement quand vous le verrez, lui conseilla Talan.

— Autant pour l'échange d'informations ! grommela Gresse.

Mais ses yeux pétillaient.

— Vous serez le premier informé si ça arrive. Ça vous convient ?

— Il faudra bien que ça suffise.

La passe du pic de Taran était une trouée d'ardoise grise et fraîche haute de cent cinquante mètres qui s'étendait jusqu'à Korina. Ses parois n'abritaient guère que des oiseaux et une végétation tenace. De l'autre côté, elles dégringolaient en pente raide vers des gouffres obscurs, des ravins profonds et des vallées désertes où l'eau courait sous la roche en émettant un son pareil au gémissement des âmes perdues.

Dans la passe, la pluie avait formé des flaques et transformé la terre en boue. Mais le soleil ne tarderait pas à faire s'évaporer cette humidité. Les craquelures dans la piste – dont la largeur, variable selon les endroits, pouvait laisser passer de trois chariots jusqu'à une douzaine – témoignaient de la chaleur qui devait régner à cet endroit en été. Le chant des oiseaux, le bruit des sabots et les voix des hommes résonnaient sur les parois, créant une atmosphère qui aurait mis mal à l'aise un cavalier solitaire, mais qu'un groupe pouvait se permettre d'ignorer.

Sirendor Larn aspira une longue bouffée d'air pur ; il savoura la fraîcheur qui envahit ses poumons et chassa de son esprit les odeurs du château. Ils n'auraient pas de problème dans le coin. Les hommes de Gresse veillaient à la sécurité de la passe. De toute façon, pour ce que Sirendor en savait, ce n'était pas une région dangereuse. Korina était à moins d'une journée de cheval ; cette idée lui remontait le moral, qu'il n'avait jamais très bas. Le seul nuage qui assombrissait son esprit était la perspective de la réunion à venir, car il craignait la réaction d'Hirad.

Sirendor conversait avec Denser depuis un moment, grimaçant chaque fois qu'il voyait Ilkar le foudroyer du regard. Le mage avait l'air d'un type convenable. Ce n'était pas la première fois que Sirendor chevauchait en compagnie d'un homme qu'il avait combattu la veille. Le lot des mercenaires ! Denser semblait être un mage compétent. Comme eux, il se demandait où sa prochaine mission l'entraînerait. Seule différence, il semblait beaucoup plus sûr de lui que la plupart de ses collègues. Sirendor pensa que ce devait être le résultat de son éducation xeteske et prit mentalement note d'interroger Ilkar au sujet du Collège Noir.

Regardant Denser, il sourit à la vue de sa pipe fumante et du chat perché en équilibre sur sa selle. Quand il l'avait interrogé au sujet de l'animal, le mage avait montré beaucoup de réticence à répondre, se contentant de marmonner qu'il avait besoin d'un compagnon pour meubler son existence solitaire. À cet instant, son regard était rivé sur le dos de l'Inconnu. Ce n'était pas la première fois depuis leur départ, loin s'en fallait.

— Il me fascine aussi, avoua Sirendor. Il m'a toujours fasciné.

Sorti de sa rêverie, Denser sursauta.

— Hein ?

— L'Inconnu. Je le fréquente depuis dix ans, et j'ignore encore d'où il vient.

— Et comment il s'appelle ?

— Et comment il s'appelle, confirma Sirendor.

— Je pensais que vous étiez les seuls à qui il l'avait révélé.

— Une rumeur de plus, je le crains. Même Tomas ne le sait pas.

— Qui est Tomas ?

— Le propriétaire de la Volière. Enfin, propriétaire avec l'Inconnu. Tomas le connaît depuis plus de vingt ans. C'est lui qui l'a recueilli quand il a débarqué à Korina, à l'âge de treize ans. (Sirendor secoua la tête.) On apprend vite à ne pas lui poser certaines questions.

— Pourquoi l'appelez-vous le Guerrier Inconnu ? demanda Denser. Sirendor éclata de rire.

— Un grand classique ! Dites-moi ce que vous avez entendu, et je vous raconterai la vérité.

— Tout ce que j'ai entendu, c'est qu'il ne voulait pas qu'on le trouve. (Le mage haussa les épaules.) Alors, il a refusé de révéler son nom, et il s'est choisi ce sobriquet.

— Une théorie répandue, mais qui a une faille évidente, dit Sirendor. S'il essayait de faire perdre sa piste à quelqu'un, se baptiser « le Guerrier Inconnu » et combattre avec les Ravens était la plus mauvaise façon de s'y prendre, vous ne croyez pas ? (Denser hocha la tête.) Non. Quand nous avons formé le groupe des Ravens à la Volière, il y a dix ans, nous venions de nous rencontrer lors d'une mission, du côté de Gyernath, pour laquelle nous avions signé à titre individuel. Par « nous », j'entends lui, moi, Hirad et Ilkar.

« Sur le chemin du retour à Korina, il nous a dit qu'il possédait une auberge. Il a proposé de nous y héberger parce qu'il voulait nous parler de quelque chose. Le nom « Ravens » nous est venu à cause de l'endroit où nous étions. Puis nous avons établi notre code et paraphé un parchemin que Tomas garde encadré dans l'arrière-salle. Quand est venu le tour de l'Inconnu, il a refusé de signer, en prétendant que son nom n'avait pas d'importance. Alors, nous nous sommes avisé qu'en une semaine de combat, il ne nous avait jamais dit comment il s'appelait.

— Pourquoi les Ravens ? C'était le nom qu'on donnait aux corbeaux dans la langue des anciens, non ?

— Oui, et les Moineaux, ça ne sonnait pas terrible, dit Sirendor.

Denser émit un gloussement qui mourut contre un rocher, en face de lui, alors que la passe s'élargissait. Sirendor continua :

— Bref, je me souviens comme si c'était hier de ce qu'ont dit Hirad et Ilkar. Le barbare s'est exclamé : « On ne va pas commencer à faire de mystères entre nous. Signe ou va te faire foutre ». (Il secoua la tête.) C'est tellement typique d'Hirad... Et Ilkar a ajouté : « Oui, pour qui tu te prends ? Une espèce de guerrier inconnu mystique ? » C'est le nom qu'il a écrit sur le parchemin, sous notre code. Ça lui est resté. (Sirendor haussa les épaules.) C'est aussi simple que ça.

— C'est sur ce genre d'anecdotes que se bâtissent les légendes, dit Denser.

— Nous l'espérons sincèrement.

— Mais ne brûlez-vous pas d'envie de connaître son véritable nom et de savoir pourquoi il vous le cache ? demanda le mage, redevenu sérieux. Je ne vois pas pourquoi un homme affirmerait que son nom n'a aucune importance.

Sirendor se retourna sur sa selle et posa un doigt sur ses lèvres.

— Bien sûr que ça me démangeait, répondit-il à voix basse. Ça me démange toujours chaque fois que j'y pense. Croyez-moi, nous avons tout essayé pour le lui soutirer : l'enivrer, refuser de lui adresser la parole tant qu'il ne nous dirait rien... Mais pas moyen de le faire parler. Quand on insiste, il se met en colère. Alors, nous avons appris à museler notre curiosité. C'est notre ami. S'il veut garder un secret, nous respectons son souhait. C'est un Raven, et ça nous suffit.

— Mais il vous cache quelque chose, insista Denser.

— C'est sa décision. Laissez tomber.

Le regard du mage indiqua clairement qu'il ne s'en tiendrait pas là.

Des grosses mouettes blanches aux ailes grises survolèrent la passe dans leur direction et tourbillonnèrent dans la lumière du soleil en ricanant. Les rapaces qu'elles avaient dérangés s'élancèrent dans les airs. Les mouettes s'éparpillèrent et se remirent en formation un peu plus loin pour continuer leur voyage vers l'ouest. Battant bruyamment des ailes, les oiseaux de proie regagnèrent leurs aires, satisfaits d'avoir protégé leurs petits de charognards en maraude. Gresse se tordit le cou pour les suivre des yeux, puis regarda l'Inconnu.

— Dites-moi, Noirépine semblait-il s'inquiéter au sujet des rumeurs sur les Ouestiens ?

— Je crains que vous ne surestimiez notre importance, répliqua le guerrier. Le baron Noirépine ne discute pas avec de simples mercenaires.

Gresse le dévisagea, les yeux brillants.

— Je suis le plus âgé des barons, et je surestime très peu de choses. La réputation et l'importance des Ravens n'en font pas partie. Pour m'entretenir fréquemment avec Noirépine, je sais qu'il apprécie votre compagnie.

— Puisque vous le connaissez si bien, pourquoi ne lui posez-vous pas directement la question ?

— Il est à près de quatre cents kilomètres au sud-ouest, rappela Gresse. C'est donc à vous que je la pose. Vous me cachez quelque chose.

L'Inconnu regarda Talan, qui haussa les épaules. Le groupe avançait au trot ; assez loin derrière eux, Denser bavardait avec Sirendor.

— Il y a six mois – au moment où Arlen s'est vendu à Noirépine, selon vous –, nous étions dans l'est de Balaia, pour évaluer la menace que présentaient les Ouestiens, révéla l'Inconnu.

Gresse flanqua un coup de poing sur le pommeau de sa selle.

— Je m'en doutais. Le petit salopard !

— C'était logique, intervint Talan. Soyons lucides : si les Ouestiens lancent une invasion par la passe de Sousroc et se dirigent vers le sud plutôt que vers le nord, Noirépine en souffrira avant les Collèges. Même chose pour une invasion par la baie de Gyernath, qui les amènerait à cinq jours de voyage de la cité mais à deux heures seulement du château Noirépine.

— Et qu'avez-vous vu ?

Devant eux, Hirad ordonna une halte. Tous mirent pied à terre pour se reposer. Midi était à peine passé, et l'air se réchauffait plaisamment. Ils s'étaient arrêtés dans une cuvette naturelle caressée par le soleil.

— Rien qui puisse confirmer les rumeurs...

Talan haussa les épaules, épousseta un rocher de sa main gantée et s'assit. Sur sa gauche, afin d'allumer un feu, les gardes du corps du baron moissonnaient déjà la végétation sèche qui poussait au pied des falaises.

— Nous avons traversé le col en nous faisant passer pour les gardes d'un convoi de vin qui cheminait vers

Leionu. Après, nous avons bifurqué vers le sud et longé les monts Noirépine pendant quatre jours, jusqu'à atteindre la baie de Gyernath. Nous n'avons pas vu de villages en feu ni d'armée, pas même des traces de pillage. S'ils sont en train de se rassembler, les Ouestiens sont toujours dans leurs contrées de la péninsule sud-ouest. Navré de vous décevoir.

— C'était il y a six mois.

Gresse s'assit près de Talan, préférant la douceur moelleuse de l'herbe et des fougères.

— Certes. Mais à ma connaissance, le baron Noirépine ne s'inquiète pas d'une possible invasion par les Ouestiens, déclara l'Inconnu. (Il fouilla dans son paquetage et en sortit une grosse bourse de cuir aux cordons noués.) Sirendor, le sel ! (Il lança la bourse à son camarade, qui sauta pour l'attraper au vol.) Et sers-t'en, cette fois. C'est la seule chose qui rend ta soupe mangeable.

Hirad éclata de rire. Sirendor jura comme un charretier.

— Il devrait pourtant le faire..., murmura Gresse, pensif. Qu'en est-il de la passe elle-même ?

— Bien gardée. Tessaya n'est pas un imbécile. Elle lui assure des revenus confortables ; il n'a aucune intention de l'abandonner à l'AMK ou à une tribu rivale.

L'Inconnu se gratta le nez.

— Les baraquements ?

— Barricadés et inoccupés. Des forces importantes sont stationnées à chaque extrémité de la passe, mais il ne se prépare pas à soutenir un siège.

— Merci, dit Gresse. Et navré de vous avoir harcelé.

Talan haussa les épaules.

— Pas de problème. Je suppose que vous disposez d'autres sources d'informations ?

— Plus récentes et pas moins fiables, dit le baron. Elles m'ont appris que la passe était fermée à l'est, prétendument pleine d'Ouestiens, et que des détachements de guerriers émergeaient du sud-ouest. Si c'est vrai, nous avons un gros problème sur les bras. Nous n'avons pas de défense organisée, et ni Noirépine ni les Collèges ne sont assez puissants pour les arrêter. Gardez les yeux et les oreilles ouverts, c'est tout ce que je vous demande. (Gresse soupira.) Je n'ai aucun espoir de persuader les autres barons de s'allier. Pas sans Noirépine. J'espère juste qu'il n'est pas trop tard.

Talan fronça les sourcils.

— C'est si sérieux que ça ? Et les rumeurs concernant les Seigneurs Sorcyers ?

— Oui, c'est si sérieux ! Nous pourrions être obligés de nous battre pour notre pays avant longtemps. Quant aux Seigneurs Sorcyers, s'ils sont de retour, nous pouvons faire nos adieux à Balaia.

Les flammes crépitèrent et projetèrent des ombres pâles sur les parois baignées de soleil de la passe. Les hommes se turent ; chacun se laissa absorber par ses propres pensées en observant le frémissement hypnotique du feu. Le calme était le bienvenu, et quand le brouet à la viande de Sirendor arriva, tout le monde le trouva à son goût.

Les Ravens franchirent la porte Est de Korina alors que le soleil disparaissait derrière les rares bâtiments de haute taille de la cité. Alors que la plupart des visiteurs se faisaient arrêter, interroger et fouiller, les Ravens ne reçurent qu'un signe de tête les invitant à entrer dans les rues bondées en cette fin d'après-midi.

— Voilà un des avantages d'être nous, dit Sirendor. Et ils ne sont pas aussi nombreux que vous pourriez le croire.

Denser ne répondit pas.

Peu après leur arrivée, Gresse et ses hommes leur firent leurs adieux. Puis ils prirent la direction des locaux de l'Alliance marchande et des appartements bien gardés que le baron jugeait nécessaire de posséder dans le sud de la cité.

Capitale de l'est de Balaia, Korina affichait une population stable d'environ deux cent cinquante mille personnes. Ce chiffre passait à trois cent mille pendant les festivals et les principales foires, provoquées par l'arrivée des flottes marchandes venues de l'est et du sud du continent Nord. La cité se dressait à l'estuaire du fleuve Kour, où elle avait développé des ports d'eau profonde qui détournaient les marchands de la route maritime de Gyernath, plus directe mais moins profitable. Elle se caractérisait par ses bâtiments larges et bas, conçus ainsi en raison des ouragans qui ravageaient l'estuaire quand le froid de l'hiver laissait la place à la tiédeur printanière.

Dans trois endroits, reliés par des rues bordées de boutiques et d'ateliers, d'auberges et de restaurants, de bordels et de tripots, les marchés grouillaient de vie tous les jours de la semaine. Au-delà de ce triangle, plus près du port, les industries lourdes martelaient, fondaient, sciaient et moulaient, produisant des biens de consommation locale ou d'exportation. Dans chaque intervalle entre les lieux de divertissement et de travail, des gens vivaient. Certains dans la misère, d'autres dans un luxe que les pauvres ne pouvaient pas imaginer, beaucoup en équilibre précaire entre les deux.

Les Ravens firent ralentir leurs chevaux et se dirigèrent vers la Volière. Les rues étaient pleines de gens, de charrettes et d'animaux. Une brise marine leur soufflait au visage les odeurs plaisantes ou fétides de la cité, charriant son brouhaha jusqu'à leurs oreilles. Des étals, des carrioles, des paniers et des plateaux suspendus au cou des vendeurs offraient toutes sortes de marchandises : tissus fins ramenés en bateau des lointaines contrées elfiques du sud ; ustensiles de terre cuite, de fer ou d'acier façonnés dans les fonderies et les kilns de Korina et de Jaden ; viandes, légumes et pâtisseries – certaines appétissantes, d'autres à vomir – préparées dans les cuisines de la cité. Les échanges avaient lieu dans la langue universelle des espèces sonnantes et trébuchantes. Partout, des pièces de bronze et d'argent scintillaient en changeant de mains sous la lumière rougeoyante du couchant.

Par bonheur, en cette fin de journée, la plupart des gens se dispersaient dans la direction opposée à la leur. Mais la place du marché était bondée d'étals entre lesquels les Ravens durent se frayer un chemin.

Tout bavardage était inutile. L'Inconnu les conduisit en file indienne jusqu'à la Volière, vers la quiétude de l'arrière-salle qui était leur sanctuaire après une bataille. Le fils de Tomas, Rhob, un jeune garçon béat d'admiration devant les mercenaires, conduisit leurs chevaux à l'écurie. Les jambes encore raides d'une journée en selle, ils entrèrent dans l'auberge.

— Salut, mon garçon ! lança Tomas à l'Inconnu.

Il l'appelait toujours ainsi, prétextant que le nom « Inconnu » lui donnait l'impression de s'adresser un étranger.

La Volière était au quart pleine à ce moment de la journée. Il s'agissait d'un grand établissement, dont la salle au plafond bas et aux poutres de chêne abritait une trentaine de tables. Le comptoir était face à l'entrée ; sur sa gauche se dressaient les portes qui conduisaient vers la cuisine, vers l'arrière-salle et vers l'étage ; sur sa droite, un feu brûlait dans la cheminée. Des livres s'alignaient le long de trois des murs. Les lanternes étaient chapeautées de rouge et de gris pour adoucir leur lumière.

— Salut, Tomas, répondit l'Inconnu sur un ton las.

— Allez-y directement. Je vous apporterai du vin, de la bière et du café. Maris est en train d'allumer les fours. Je...

Tomas – un grand chauve qui approchait de la cinquantaine – fronça les sourcils, s'interrompit et étudia le groupe. Ses yeux se posèrent brièvement sur Denser et revinrent vers l'Inconnu, qui hocha la tête, s'approcha du comptoir et lui toucha le bras.

— Ce soir, nous allons faire la fête. Nous avons une victoire à célébrer, des souvenirs à nous remémorer et un camarade à pleurer.

Il n'ajouta rien. Les Ravens le suivirent, chacun adressant au passage un signe de tête et un sourire à Tomas.

L'arrière-salle avait trois caractéristiques frappantes : le symbole des Ravens et les épées courtes croisées au-dessus de l'âtre, la longue table de banquet où sept couverts étaient mis, près de la double porte qui s'ouvrait dans le mur du fond, et enfin les fauteuils et les canapés d'un moelleux exquis. Les compagnons s'y laissèrent tomber avec un soupir de reconnaissance.

Denser hésita. Il y avait dix sièges en tout. Il s'approcha d'un fauteuil rouge assez ordinaire, posé devant la cheminée.

— Pas là. (La voix de Talan l'arrêta net.) C'était la place de Ras. Assieds-toi sur le canapé de Tomas. Je ne pense pas que ça le dérange.

Denser obtempéra.

— Et maintenant, dit l'Inconnu en se tournant vers lui, commençons par le commencement. D'ici combien de temps avons-nous une chance d'être payés ?

— Comme je l'ai expliqué à Ilkar, l'amulette est

pour nous un outil de recherche. Nous ne la mettrons pas en vente avant plusieurs mois. Mais nous pouvons fixer un prix minimum, et je vous avancerai cinq pour cent de cette somme. Que diriez-vous de deux cent mille en vrai-argent ?

L'Inconnu jeta un coup d'œil à la ronde. Il n'y eut pas de protestations.

— Ça ira. Nos économies sont à la Réserve centrale. Votre paiement devra y être déposé dans la semaine.

Denser se leva.

— Il y sera dès demain. À présent, si vous voulez bien m'excuser, j'ai besoin de prendre un bain.

Il fit mine de partir, mais l'Inconnu le retint.

— Où allez-vous loger ?

— Je n'y ai pas encore réfléchi.

— Dites à Tomas de vous préparer une chambre. Nous ne vous la facturerons pas.

— C'est très aimable à vous. Merci.

Bien que surpris, le mage se fendit d'un sourire.

— Et si vous vous sentez d'attaque, vous pouvez venir à la fête. Après tout, c'est vous qui la financez. Dans la grande salle, au crépuscule. (Denser acquiesça.) Une dernière chose. Ilkar, tu peux lancer une Prédiction ?

L'elfe hocha la tête. Les yeux pétillants de bonne humeur, il se leva et s'approcha de Denser, qui demanda :

— De quoi avez-vous besoin ?

— De presque rien, le rassura Ilkar. C'est un sort très général, qui vise seulement à vérifier la sincérité de la cible. Quand je vous toucherai, répondez à ma question par oui ou non.

Il ferma les yeux et récita une courte incantation. Puis il passa sa main droite devant ses yeux, sa bouche et son cœur avant de la poser sur l'épaule de Denser.

— Ferez-vous déposer votre avance sur le compte des Ravens à la Réserve centrale, d'ici une semaine à compter d'aujourd'hui ?

— Oui.

Ilkar ouvrit la porte.

— À plus tard.

Denser sortit. L'elfe ferma la porte derrière lui et foudroya l'Inconnu du regard.

— Tu comptes lui offrir encore beaucoup de choses ? L'occasion d'utiliser du sang julatsien pour reconstituer son mana, par exemple ?

Le guerrier ne répondit pas.

— Je ne lui fais pas confiance, dit Hirad.

— À ton avis, pourquoi lui ai-je proposé de dormir ici ? demanda l'Inconnu.

— Ce n'est pas à cause de l'argent. La Prédiction nous garantit qu'il paiera. Mais je me pose un certain nombre de questions à son sujet. Notamment, pourquoi a-t-il accepté un tarif aussi exorbitant sans faire aucune difficulté ? Tu sais bien que nous aurions pris ce boulot pour deux mille par personne.

— À ton avis, pourquoi lui ai-je proposé de dormir ici ? répéta l'Inconnu. S'il nous a impliqués dans une histoire louche, je préfère savoir où il est. C'est pour ça que je veux qu'il reste avec nous ce soir, pendant la fête.

— Tu t'attends à tes problèmes ? demanda Talan.

— Non. (L'Inconnu se laissa glisser dans son fauteuil et étendit ses jambes.) Tout de même, nous devrions porter nos épées courtes, et pas seulement par respect pour Ras.

— C'est maintenant que ça vous prend ? lança Ilkar.

Il avait débouché une bouteille de vin et remplissait un gobelet.

— Que veux-tu dire ?

Sirendor fit signe à l'elfe de lui verser à boire. Ilkar lui passa le gobelet et en remplit un autre.

— L'éclat du vrai-argent s'est estompé. Vous prenez enfin le temps de réfléchir, et soudain, vous vous sentez nerveux, pas vrai ? (Il s'assit dans un fauteuil.) Les mages xetesks sont dangereux. Avec eux, les choses ne sont jamais simples. Il y a toujours une vérité cachée. Je ne crois pas un mot de ce qu'il nous a raconté au sujet de cette amulette.

— Pourquoi ne l'as-tu pas dit ? demanda Hirad.

— Parce que tu m'aurais écouté, peut-être ? Deux cent cinquante mille en vrai-argent pour une journée de voyage, contre mes mauvais pressentiments. Ne me prends pas pour un imbécile, tu veux ?

— Je ne vois pas le problème, intervint Richmond. Nous sommes en sécurité chez nous et nous allons toucher notre paye. Un argent qui nous ouvre de nouvelles possibilités...

— Si nous vivons assez longtemps pour en profiter, marmonna l'elfe.

— Tu exagères, dit Sirendor.

— Tu ne les connais pas, répondit Ilkar. Moi, si. S'il nous a impliqués dans un mauvais coup, il nous tient pour sacrifiables. Les Xetesks n'ont pas de code d'honneur, et ils n'obéissent à aucune règle. (Il marqua une pause.) Tout ce que je veux vous dire, c'est : « restez sur vos gardes ». Nous nous en sommes bien tirés pour cette fois, mais on ne sait jamais ce qui peut encore se produire.

— Nous ne sommes pas obligés de retravailler pour Xetesk, fit remarquer Hirad.

— J'espère bien.

— Nous ne sommes plus obligés de travailler du tout.

Un silence suivit la déclaration de Talan. Hirad se

leva et approcha de la table où étaient posées les boissons. Il se versa du vin, fourra deux bouteilles sous son bras et ramena d'autres gobelets vers la cheminée pour ceux qui n'en avaient pas encore.

— Nous n'étions déjà plus obligés de travailler avant, mais je vois ce que Talan veut dire, approuva l'Inconnu. Ces deux cent cinquante mille en vrai-argent nous permettront de faire tout ce dont nous avions parlé lors de la création des Ravens. De réaliser nos rêves les plus fous. Pensez à toutes les possibilités...

— Moi, je pense surtout que vous devriez me raconter ce qui s'est passé la nuit dernière.

Hirad vida son gobelet et le remplit de nouveau.

— Nous avons tenté de te réveiller, dit Sirendor. Nous ne voulions pas te tenir à l'écart. Nous sommes sortis du château pour rejoindre Richmond. Je ne sais pas pour les autres, mais en voyant la tombe de Ras, j'ai craint pour la première fois de me trouver à sa place un jour. Moi, ou Ilkar... ou toi ! Je n'avais pas envie que ça se termine ainsi. Et je veux profiter de la vie pendant que je suis assez jeune pour ça.

— Donc, vous avez déjà décidé ? grogna Hirad.

Sirendor prit une profonde inspiration.

— En discutant, nous nous sommes aperçus que nous éprouvions tous la même chose. Par les dieux, Hirad, combien de fois t'ai-je entendu parler de raccrocher ton épée, ces deux dernières années ? Nous voulons tous vivre. Talan aimerait voyager ; les supérieurs d'Ilkar font pression sur lui pour qu'il rentre à Julatsa, et moi... Tu sais très bien ce que je veux.

— Te marier et fonder une famille, pas vrai ?

Hirad sourit malgré sa gorge nouée et les battements douloureux de son cœur.

— Il suffit que je renonce à ma carrière de mercenaire, et le maire acceptera de nous unir. Tu sais ce que c'est...

Sirendor haussa les épaules.

— Ouais. Le grand Sirendor Larn dompté par la fille du maire. Je suppose que ça n'était qu'une question de temps. (Hirad s'essuya furtivement le coin de l'œil gauche.) Tu sais que je ne ferai pas obstacle à ton bonheur.

— Je sais.

Mais le regard qu'ils échangèrent en disait long.

— C'est la meilleure chose à faire, ajouta l'Inconnu. (Hirad le regarda sans réagir.) Par les dieux, je suis copropriétaire de cette auberge depuis douze ans, et si j'ai servi au comptoir une dizaine de fois, c'est le bout du monde.

— Et toi ? demanda Hirad en se tournant vers Richmond.

— Jusqu'à hier, je n'en étais pas sûr, avoua le guerrier blond. Mais je suis fatigué. J'en ai marre de rester planté là à attendre que quelque chose se produise. Je... (Il s'interrompit et se massa le front.) Hier, j'ai commis une erreur que j'emporterai dans ma tombe. Je n'ai plus suffisamment confiance en moi pour me battre au sein d'un groupe, et je serais très surpris que ça ne soit pas également ton cas. Votre cas à tous.

Hirad interrogea les Ravens du regard, mais aucun n'ajouta un mot.

— C'est incroyable. Dix ans que nous sommes ensemble, et vous avez pris la décision la plus importante de notre vie... de ma vie... pendant que je dormais.

Il était trop furieux pour crier. En même temps, il savait que ça n'était pas de la colère : plutôt une profonde et amère déception. L'inévitable résultat de la formation des Ravens. La séparation. Étrangement, au début, Hirad n'aurait jamais cru survivre si longtemps. L'avenir ne signifiait rien pour lui... Jusqu'à maintenant. À présent qu'il lui tombait dessus sans crier gare, le barbare était conscient d'en avoir peur. Très peur.

— Je suis désolé, Hirad.

— J'aurais seulement voulu que quelqu'un me demande mon avis, Sirendor.

— Je sais. Mais la décision n'a pas été prise hier : seulement entérinée.

— Vous ne m'avez pas consulté. (Hirad se leva. Il avait besoin de boire un coup et de rigoler un peu.) Les retraités, occupez-vous d'organiser la fête. Pendant ce temps, j'essayerai de vous pardonner.

Les yeux de Styliann lancèrent des éclairs, et son visage s'empourpra. Dans le sous-sol de sa tour, les trois mages se recroquevillèrent sur leur siège, trop épuisés pour rester debout comme le commandait le respect de leur supérieur.

— Répétez-moi ça ! ordonna Styliann d'une voix basse et calme dont la puissance emplissait la petite pièce.

— Nous en avons acquis la certitude il y a trois heures seulement. Même alors, il nous a fallu faire une dernière vérification. Nous ne voulions pas vous inquiéter avant de détenir une preuve irréfutable, expliqua l'un de ses interlocuteurs, un mage âgé qui avait consacré toute son existence à la surveillance de la cage de mana.

— M'inquiéter ? répéta Styliann. La plus grande menace de l'histoire de Balaia est en liberté. Me causer de l'inquiétude devrait être le dernier de vos soucis.

Les trois mages échangèrent un regard.

— Ils ne se sont pas seulement évadés, seigneur...

Ils ne sont plus dans leur cage et nous pensons qu'ils ont quitté l'espace interdimensionnel. Leur essence et leur âme sont revenues sur Balaia.

Le silence qui suivit était du genre à faire bourdonner les oreilles.

Styliann lâcha entre ses dents une expiration sifflante. Il jeta un regard circulaire dans la petite pièce aux murs couverts de croquis, de cartes de l'espace dimensionnel et d'équations de sorts. Des carnets de notes jonchaient le bureau de bois. Les mages terrifiés occupaient des fauteuils placés en demi-cercle. Lui-même se tenait près de la porte, encadré par Nyer et Laryon. Il n'avait pas besoin de les consulter. L'impact de ce qu'ils venaient d'entendre envoyait des ondes de choc le long des lignes de mana.

— Depuis combien de temps ont-ils disparu ? demanda-t-il.

La question que redoutaient les trois mages.

— Nous... n'en sommes pas certains, balbutia le plus vieux.

— Je vous demande pardon ?

Le mage et ses collègues se regardèrent. Finalement, une jeune femme prit la parole.

— Les Vigiles ont toujours procédé ainsi, seigneur. Nous lançons nos sorts et effectuons nos calculs tous les trois mois, quand certains alignements permettent une plus grande précision.

Styliann ne quitta pas le vieil homme des yeux.

— Êtes-vous en train de me dire que les Seigneurs Sorcyers pourraient avoir regagné Balaia depuis près de trois mois ?

— Ils étaient dans leur cage la dernière fois que nous avons vérifié, répondit la femme. Ils n'y sont plus maintenant.

— Oui, ou non ?

Styliann crut entendre les battements affolés de leur cœur. Puis il s'aperçut que c'était le sien qui résonnait dans ses oreilles.

— Oui.

Les larmes aux yeux, le vieil homme détourna la tête.

— Très bien. Vous pouvez disposer. Votre travail est terminé. (Il se tourna vers Nyer.) Nous n'avons pas le choix. Contactez les autres Collèges, mais ne leur révélez rien de ce qui se passe ici ou au château du pic de Taran. Nous devons nous réunir au lac de Triverne dans les plus brefs délais.

— Je n'y croirais pas si je ne le sentais pas de mon propre nez, affirma Sirendor.

Debout près d'Hirad au comptoir de la Volière, il étudiait la tenue du barbare : un pantalon de cuir, une chemise sombre assez moulante qui mettait son torse musclé en valeur, et une ceinture cloutée où pendait le fourreau de son épée courte. Ilkar se tenait près d'eux, vêtu d'une chemise jaune bordée de noir et d'un pantalon de cuir. L'Inconnu s'était posté derrière le comptoir, d'où ne dépassait que sa chemise blanche.

— De quoi parles-tu ? demanda Hirad.

— Mon très cher ami, pendant les quelques heures où tu as disparu, tu as ôté cette répugnante tunique de cuir imbibée de sueur que tu portes pour bavarder avec les dragons et tu as pris un bain parfumé. Un événement exceptionnel. (Sirendor bondit sur la table la plus proche en hurlant :) Mesdames et messires, Talan... Le barbare nauséabond a pris un bain !

Sa déclaration fit jaillir quelques éclats de rire. Hirad vit même Denser, vêtu d'une ample chemise noire et d'un pantalon assorti, sourire brièvement avant de contempler le feu. Assis dans un fauteuil face à la cheminée, le mage caressait son chat.

— Tu peux parler ! s'exclama Hirad en tendant un index accusateur vers Sirendor. Regarde-toi ! À voir tes fringues, on peut se demander de quel sexe tu recherches les attentions. Ta future épouse en aura le cœur brisé.

— Tu me traites de tapette ?

— Absolument.

Sirendor fit la moue et baissa les yeux vers sa tenue. Les bottes brodées et lacées sur le devant qui lui montaient jusqu'aux genoux cédaient la place à un pantalon bouffant brun et doré où il avait coincé les pans d'une chemise de soie pourpre à dentelle. Son col largement ouvert révélait un collier de pierres précieuses. Une épée courte pendait à sa ceinture.

— Tu as peut-être raison, concéda-t-il.

Il se laissa souplement tomber sur le plancher de l'auberge – très vite remplie à l'annonce de la fête des Ravens – et saisit sa chope de bière.

Denser se leva, abandonnant son chat près du feu, et se fraya un chemin vers les compagnons à travers la foule. Ilkar prit son verre, se détourna et s'éloigna.

— Je ne crois pas que ces deux-là deviendront amis, dit Sirendor.

— Quelle perspicacité, le taquina Hirad avec un large sourire, en regardant approcher le mage xetesk.

— Denser.

L'Inconnu le salua d'un signe de tête.

— Il commence à y avoir de l'agitation, souffla Denser en allumant sa pipe.

— Du vin rouge, ça vous va ? demanda Sirendor.

— Ça me va. (Denser le regarda remplir un verre.) Merci. (Il but et fronça les sourcils.) Pas mauvais.

— Pas mauvais ? répéta l'Inconnu. C'est un noirépine, mon ami. Une spécialité très coûteuse de la Volière.

— Je n'y connais pas grand-chose, avoua Denser.

— Je vois ça. Dans ce cas, autant vous servir quelque chose de meilleur marché.

L'Inconnu examina les casiers sur sa gauche, choisit une bouteille, la posa sur le comptoir et fouilla dans sa poche à la recherche d'un tire-bouchon.

Il s'interrompit pour sonder la grande salle, avec sa masse toujours plus dense de visages, de verres, de couleurs et de fumée. Il était enfin passé de l'autre côté du comptoir, et il se sentait bien. Pourtant, sous son soulagement béait un abysse dont il préférait ne pas scruter les profondeurs.

— C'est la belle vie, hein ? lança-t-il en tirant le bouchon de la bouteille et en remplissant un verre propre. Denser, ce vinaigre vient des vignobles du baron Corin. Tâchez de ne pas vous étrangler avec.

— J'ai une proposition à vous faire, dit soudain le mage.

— Vraiment ? D'autres occasions d'être brûlés vifs ? ironisa Hirad.

— Pas tout à fait. Vous voulez bien m'écouter ?

— Si ça vous chante, lâcha l'Inconnu. Mais vous perdez votre temps...

— Pourquoi ?

— Parce que nous avons pris notre retraite il y a deux heures. Je viens d'accepter un nouveau boulot de serveur.

Hirad et Sirendor éclatèrent de rire. La panique et la confusion s'affichèrent sur le visage de Denser tandis qu'il tentait de déterminer s'ils étaient sérieux ou non.

— Je voudrais quand même... commença-t-il.

— Allez-y.

Sirendor se retourna pour s'adosser au comptoir et posa les coudes dessus. Hirad fit de même de l'autre côté de l'Inconnu, qui croisa les bras en jouant avec son tire-bouchon.

— L'amulette que nous avons récupérée n'est pas la seule de son genre, annonça Denser.

— Quelle surprise ! lâcha Sirendor en tournant la tête vers ses amis.

— Je vais être honnête avec vous... Nous développons un nouveau sort d'attaque, et nous voudrions qu'il soit prêt avant une éventuelle tentative d'invasion des Ouestiens. Nous avons encore besoin de trois pièces pour compléter nos recherches, et j'aimerais... C'est-à-dire, Xetesk aimerait que les Ravens m'aident à les trouver.

Les mercenaires gardèrent le silence tandis que Denser les dévisageait. Enfin, l'Inconnu se redressa.

— Nous nous demandions pourquoi vous nous aviez offert une somme aussi colossale pour vous accompagner jusqu'ici. Mais nous avons convenu que nous ne travaillerions plus pour Xetesk. Emmenez des Protecteurs.

Denser secoua la tête.

— Non. Les Protecteurs n'ont que des muscles. J'ai besoin de gens malins pour cette mission *d'extraction*.

— Les Ravens sont des guerriers, dit Sirendor. Nous n'avons jamais fait ce genre de boulot, et nous n'allons pas commencer maintenant.

— Mais ça ne vous prendra pas longtemps ! Et je vous paierai sur les mêmes bases qu'aujourd'hui.

L'Inconnu s'accouda de nouveau au comptoir.

— Vous voulez dire, trois fois cinq pour cent ?

— Mais je ne vous promets pas que ce sera aussi facile.

Denser adressa un demi-sourire à Hirad.

— Merde alors, grommela le barbare. J'aimerais voir ce que vous appelez un boulot dangereux...

— Désolé. Je parlais de votre travail de gardes du corps.

Sirendor se redressa et épousseta ses vêtements.

— Denser, il y a deux ans, nous vous aurions arraché la main pour vous prendre une telle somme. Maintenant... En ce qui me concerne, je ne suis pas intéressé. Je ne vois pas comment je la dépenserais. Navré, vieux frère, mais la retraite a des avantages incomparables. (Il se tourna vers Hirad et lui flanqua un coup de poing amical dans le bras.) À plus tard !

Il approcha de la porte d'entrée que venait de franchir une femme d'une beauté stupéfiante. Accompagnée de deux hommes, elle portait une cape d'un bleu brillant.

Elle repoussa sa capuche, révélant une masse de cheveux roux bouclés.

Apercevant Hirad, elle lui adressa un signe de la main. Le barbare et l'Inconnu lui rendirent son salut. Puis elle s'avança vers Sirendor. Ils s'enlacèrent et s'embrassèrent. Après, le guerrier la conduisit jusqu'à une table située sur la droite du comptoir, non loin de l'arrière-salle. L'Inconnu posa une bouteille de vin et deux verres de cristal sur un plateau.

— Il est temps de faire mon boulot de serveur.

— Ouais. (Hirad se tourna vers Denser. Le mage était impassible, mais son regard trahissait sa déception et son inquiétude.) Si ça n'avait tenu qu'à moi, j'aurais pris votre argent. On devrait pomper les salauds dans votre genre jusqu'au dernier sou.

— Je suis flatté. Croyez-vous que vos amis aient dit leur dernier mot ?

— L'Inconnu était intéressé, ça ne fait aucun doute, et je suis presque sûr que les frères rabat-joie nous suivraient. Le problème, c'est Sirendor, qui est amoureux mais ne peut pas se marier à moins de renoncer à sa carrière de mercenaire, et Ilkar, qui déteste tout ce que vous représentez.

— Une paille..., commenta Denser en rallumant sa pipe.

— Je vais vous dire comment procéder. Occupez-vous de Sirendor. Faites valoir que ça ne lui prendra pas beaucoup de temps, et qu'il gagnera de quoi combler sa petite femme. Moi, je m'attaquerai à Ilkar. Il se peut qu'il accepte de venir s'il sait que vous essayez de développer un sort. Mais ça n'est pas gagné d'avance.

— Et si vous n'arrivez pas à le persuader ?

— S'il ne vient pas, personne n'ira. Les Ravens ne travaillent jamais séparément.

— Je vois.

— Tant mieux. Alors, où est-il ? (Denser indiqua un endroit au milieu de la salle ; Ilkar conversait avec Brack, un marchand de tissu, et avec deux femmes pas trop moches.) À défaut d'autre chose, ça me donnera une chance de me dégorger le poireau. (Hirad haussa la voix.) Hé, Ilkar ! Vous voulez à boire ?

L'elfe fit oui de la tête. Hirad saisit une carafe et se fraya un chemin dans la foule.

— Hirad, content de vous revoir.

— Vous avez toujours été très mauvais menteur, Brack. Un peu de vin ? (Le marchand tendit son gobelet. Hirad le remplit, puis en fit autant avec celui d'Ilkar.) Je vous emprunte Ilkar quelques minutes, mes dames. Mais je vous promets que nous reviendrons très bientôt.

L'elfe lui jeta un regard étonné puis se laissa entraîner vers le comptoir.

Hirad vit Denser s'approcher de la table de Sirendor. Il fut stupéfait que son camarade se lève pour le suivre vers la cheminée. Le Mage Noir devait être extraordinairement persuasif : Hirad pensait que Sirendor l'enverrait paître, si peu de temps après ses retrouvailles avec la fille du maire.

— Alors, qu'est-ce que Denser avait à vous raconter ?

— Il propose sept cent cinquante mille en vrai-argent, Ilkar. Pour trois missions à court terme.

L'elfe secoua la tête.

— Je suis surpris, Hirad. Et déçu qu'au bout de dix ans, tu me connaisses assez mal pour me demander ça.

— Mais...

— J'ai dit tout ce que j'avais à dire. Je ne travaillerais ni pour ni avec un Xetesk. On ne peut pas leur faire confiance. Peu m'importe combien il offre : ça ne sera jamais assez.

Hirad se mordit la lèvre.

— Considère que tu te contenteras de leur soutirer un gros paquet de fric. Tu n'auras qu'à tout donner à Julatsa, si ça t'ennuie à ce point. Mais je pensais que tu aimerais garder un œil sur les agissements de Xetesk.

Ilkar fronça les sourcils.

— Il nous demande quoi, exactement ?

Hirad lui fit signe de se rapprocher.

Le Guerrier Inconnu s'appuya au comptoir, ravi d'observer le déroulement de la soirée en sirotant son excellent rouge de Noirépine. Il écarta le coude pour que la manche de sa chemise ne trempe pas dans une flaque de vin.

De là où il se tenait, il aurait pu se croire revenu dix ans en arrière. Talan et Richmond – les frères rabat-joie, comme Hirad aimait à les appeler – étaient assis ensemble. Silencieux, ils promenaient distraitement leurs doigts sur le bord de leur gobelet. Hirad et Ilkar étaient un peu plus loin, plongés dans une conversation animée. L'Inconnu sourit, vida son verre et prit la bouteille pour le remplir.

Puis son regard se porta vers la cheminée, sur les

deux hommes qui bavardaient devant. Son sourire s'évanouit. Denser. La tête du mage était dissimulée par le dossier de son fauteuil, mais il voyait sa main caresser le dos du chat allongé sur ses genoux. Plus tôt il partirait, mieux ça vaudrait. L'Inconnu détestait avoir l'impression qu'on lui mentait.

Sirendor semblait en très grande forme. Ses yeux brillaient à la lueur des flammes, et ses vêtements attiraient l'attention des femmes. Debout près de la porte, l'une d'elles le dévorait justement du regard. Sirendor avait de la chance. Il n'avait jamais besoin de se fouler : elles tombaient toutes à ses pieds, puis dans son lit. L'Inconnu se demanda si Sana mesurait à quel point les autres femmes l'enviaient. Pour le moment, assise en compagnie de ses gardes du corps à la table que Sirendor avait désertée, la fille du maire paraissait surtout irritée.

La femme qui observait Sirendor se dirigea vers la cheminée. Ses longs cheveux auburn étaient tenus en arrière pour ne pas lui tomber devant les yeux, mais cascadaient librement sur ses épaules. Elle avait une sorte de tatouage noir dans le cou. Sa silhouette élancée était moulée dans un pantalon de toile, une chemise sombre et un pourpoint de cuir serré. Sur le tout, elle portait une cape rouge sombre.

L'Inconnu secoua la tête. Que sa fiancée soit présente ou non, Sirendor exerçait une attraction irrésistible sur les dames. Malgré lui, l'Inconnu se sentit un peu jaloux. Rectification : très jaloux.

Alors qu'elle contournait un groupe de marchands qui entrechoquaient leurs gobelets en rugissant un toast, le regard de la femme croisa celui de l'Inconnu, qui sentit son sang se figer. Sur le visage au teint pâle, aux lèvres pleines et au nez d'une finesse exquise, les prunelles sombres étincelaient de malveillance.

Par réflexe, l'Inconnu baissa les yeux vers ses mains et aperçut la lueur fugitive d'une lame. Deux hommes étaient assis près du feu. L'Inconnu eut soudain la certitude que cette femme ne s'intéressait pas à Sirendor Larn.

— Par les dieux, jura-t-il tout bas.

Il fit jouer son épée courte dans son fourreau pour pouvoir la dégainer plus facilement, se baissa pour passer sous le comptoir et entreprit de se frayer un chemin dans la foule.

— Sirendor ! Sirendor, garde-toi ! cria-t-il. (Il regarda la femme qui s'approchait rapidement de la cheminée.) Sirendor, sur ta gauche ! Sur ta gauche, bordel ! (Au moment où quelqu'un s'interposait entre eux, son camarade tourna vers lui un visage perplexe.) Écartez-vous ! Sirendor, la femme à la cape rouge, sur ta gauche !

Le cœur de l'Inconnu battait la chamade. Il capta un changement dans l'atmosphère de l'auberge, vit la femme avancer rapidement vers sa proie, une dague à la main. Elle était tout près. Trop près. Sirendor, qui s'était levé, une main sur la garde de son épée, et regardait autour de lui, ne l'avait toujours pas vue.

— Arrête-la, Sirendor ! beugla l'Inconnu. (Il n'arriverait pas à temps. La tueuse était presque sur son ami.) Pour l'amour des dieux, laissez-moi passer !

Au dernier moment, Sirendor avisa la femme. Il se planta devant Denser comme pour le protéger. Lorsqu'elle attaqua, il bloqua le coup avec son bras ; la lame de la dague déchira sa manche et mordit sa chair.

L'instant d'après, l'épée de l'Inconnu s'abattit sur l'épaule de la femme qui mourut instantanément. Elle s'effondra sans un bruit, et son sang gicla sur les flammes, où il s'évapora en grésillant.

Un lourd silence tomba sur la grande salle. Les gens

s'écartèrent alors qu'Hirad, Ilkar, Talan et Richmond couraient vers la cheminée. Sirendor s'était rassis. Une main levée à hauteur du visage, il avait relevé sa manche pour exposer la blessure. L'entaille était profonde et elle saignait abondamment.

— Merci, Inconnu. Je ne l'avais pas vue. Je... Qu'y a-t-il ?

L'Inconnu s'était agenouillé près du cadavre de la femme et avait ramassé la dague par le manche pour examiner la lame.

— Non ! Non, non ! gémit-il.

— Inconnu ? appela Hirad.

Son camarade leva le nez vers lui. Des larmes dans ses yeux, il secoua la tête et se tourna vers Sirendor.

— Je suis désolé, mon vieux. J'ai été trop lent. Je suis désolé.

— Vas-tu me dire de quoi tu parles, à la fin ? (Sirendor sourit puis blêmit d'un coup.) Par les dieux, je ne me... (Il se détourna et vomit dans l'âtre.) J'ai froid... (Ses yeux soudain rouges et effrayés se posèrent sur Hirad, qui écarta l'Inconnu et s'accroupit près de son fauteuil.) Aide-moi...

— Que se passe-t-il ? (Le cœur du barbare cognait à tout rompre dans sa poitrine.) Qu'est-ce que c'est ?

Il sentit une main se poser sur son épaule.

— Il a été empoisonné, Hirad. Une toxine nerveuse, dit l'Inconnu.

— Alors, va chercher un guérisseur ! cria Hirad. Dépêche-toi.

La main de l'Inconnu lui serra l'épaule un peu plus fort.

— C'est trop tard. Il agonise.

— Non, c'est impossible, dit le barbare.

Sirendor tourna vers son ami un visage maculé de sueur et sourit à travers les larmes qui baignaient ses joues. Tout son corps frissonnait.

— Ne me laisse pas mourir, Hirad. Nous allons tous vivre.

— Garde ton calme, Sirendor. Respire. Tu vas t'en sortir.

— Il fait si froid... Je vais juste...

Il n'acheva pas sa phrase. Ses yeux se fermèrent. Hirad lui prit le visage à deux mains. Il était brûlant et poisseux de sueur.

— Reste avec moi, Larn ! Ne me laisse pas !

Sirendor battit des paupières. Ses mains recouvrirent celles d'Hirad. Elles étaient glacées. Le barbare frémit.

— Désolé, Hirad. Je ne peux pas. Désolé.

Ses bras retombèrent le long de ses flancs.

Et ses yeux se fermèrent pour toujours.

Chapitre 6

— Qui était cette femme ?

Sana plongea son regard dans celui d'Hirad en l'implorant de l'aider à comprendre. Ils étaient au fond de la pièce, devant la porte de l'arrière-salle. Le maire et les deux gardes du corps s'étaient assis à une table près de l'entrée de l'auberge.

Sana avait recouvré son calme, mais ses yeux rougis et son visage livide attestaient de la tempête qui venait d'avoir lieu. Les Ravens avaient allongé Sirendor sur la grande table de l'arrière-salle et l'avaient couvert d'un drap. Sana était entrée dans la pièce et avait arraché le drap en criant à son fiancé de se réveiller, de revenir à lui, d'ouvrir les yeux, de respirer. Puis elle lui avait frénétiquement massé la poitrine. Écartant ses cheveux de son front, elle l'avait embrassé sur la bouche et s'était accrochée à ses mains.

Hirad était resté près d'elle. Une partie de lui voulait l'écarter du cadavre de Sirendor ; l'autre brûlait de l'aider. De ramener la vie dans le corps de son ami et de le voir sourire de nouveau. Mais il était resté planté là, tremblant de tous ses membres et s'efforçant de refouler ses larmes. Enfin, Sana s'était tournée vers lui et s'était blottie contre son épaule en sanglotant tout bas. Il lui avait caressé les cheveux sous le regard des autres

Ravens, murés dans un silence qui marquait la fin de leur groupe et de toute une époque. Puis il l'avait entraînée dans la grande salle. Reprenant ses esprits, elle s'était écartée pour le bombarder de questions.

Hirad se sentait impuissant et inutile.

— Un assassin. Une chasseuse de sorciers.

— Alors, pourquoi... ?

— Elle n'en avait pas après Sirendor. Il s'est juste interposé entre elle et sa proie. (Hirad haussa les épaules, conscient que c'était un geste stupide.) Il est mort en sauvant un autre homme.

— Quelle différence ? Il est mort quand même.

Hirad prit les mains de Sana.

— Un risque qu'il acceptait chaque jour.

— Pas aujourd'hui. Aujourd'hui, il avait pris sa retraite.

Hirad garda un moment le silence. Il essuya les larmes qui coulaient sur les joues de la jeune femme.

— C'est vrai, dit-il enfin. Je trouverai le responsable.

— C'est ta réponse ?

— La seule que je puisse donner.

— La nuit est tombée, Hirad. Tout a disparu.

Quand il la regarda dans les yeux, il sut qu'elle avait raison. Elle lui pressa brièvement les mains, se détourna et courut vers son père. Hirad la suivit des yeux, puis poussa la porte de l'arrière-salle et entra.

Le feu crépitait dans l'âtre ; ses compagnons étaient tous assis, un verre à la main, mais personne ne parlait. Hirad s'approcha du cadavre de Sirendor. Le drap avait été remis en place. Observant les contours du visage de son ami, sous le tissu, il posa une main sur les siennes en espérant sentir une réaction qui, il le savait, ne viendrait pas.

Il se tourna vers Denser.

— Pourquoi veulent-ils votre mort ?

— C'est ce que nous venons de lui demander, dit Ilkar.

— Et qu'a-t-il répondu ?

— Qu'il voulait que tu sois là pour entendre aussi...

— Je suis là. Qu'il parle.

— Viens t'asseoir, Hirad, dit l'Inconnu. Nous t'avons servi à boire. Ça ne te réconfortera pas, mais nous t'avons servi quand même.

Le barbare acquiesça et se laissa tomber sur son fauteuil. L'Inconnu lui fourra un gobelet dans la main gauche. Hirad tendit la droite pour caresser l'accoudoir du fauteuil de Sirendor. Mais il ne voulait pas et ne pouvait pas le regarder.

— Nous vous écoutons, Denser, dit-il d'une voix qui avait du mal à ne pas trembler.

— Sachez-le d'abord : si je vous ai caché jusqu'à maintenant ce que je suis sur le point de vous révéler, c'était dans votre propre intérêt.

— Vous vous enfoncez, dit l'Inconnu. C'est à nous de décider quels sont nos intérêts. Le seul résultat que vous avez obtenu, en mentant, repose sous ce drap. Nous voulons savoir dans quoi vous nous avez impliqués. Ensuite, vous sortirez, et nous en parlerons entre nous.

Denser prit une profonde inspiration.

— D'abord, je ne m'excuse pas d'être xetesk. Il s'agit seulement d'un code éthique, et la plupart des rumeurs qu'on colporte à notre sujet sont de pures inventions. Notre passé, toutefois, n'est pas sans reproche.

— Vous avez un don pour l'euphémisme ! cracha Ilkar.

— Nous pourrions avoir des conversations passionnantes, vous et moi.

— J'en doute.

— Très bien. Vous avez entendu ce que Gresse vous a dit, et ses informations valent de l'or. Les tribus ouestiennes sont en train de se soulever et de s'unir ; les chamanes les dirigent, les Conseils des Aînés œuvrent ensemble et les populations locales sont soumises partout, jusque dans l'ombre des monts Noirépine.

L'Inconnu se redressa dans son fauteuil.

— Soyez plus précis. Jusqu'où vers l'est, exactement ?

— Nous disposons d'un témoignage visuel en provenance du village de Terenetsa, à trois jours de cheval de la passe de Sousroc, répondit Denser.

— Par les dieux, c'est tout près, souffla Talan. Pas étonnant que Gresse veuille avertir Noirépine.

— Je ne vois pas le rapport avec la mort de mon ami, marmonna Hirad.

— J'y viens. Nous avons envoyé des mages espions dans l'ouest et leurs rapports sont très préoccupants. Nous estimons qu'une armée ouestienne de soixante mille hommes déjà équipés et entraînés s'est rassemblée dans leurs contrées. L'invasion de l'est est certainement imminente, et nous sommes sans défense. Il n'existe pas d'alliance entre les quatre Collèges ; quant à l'AMK, ses forces militaires atteignent à peine le dixième de ce qu'elles étaient jadis.

— Mais quelle chance ont-ils de réussir ? (Ilkar ne semblait pas inquiet.) Deux ou trois mille mages pourraient les arrêter. Cette fois, ils ne bénéficieront pas du soutien des Seigneurs Sorcyers.

— Je crains bien que si, soupira Denser.

Soudain, on n'entendit plus que le crépitement des flammes dans la cheminée. Le verre de Talan s'immobilisa à mi-chemin de ses lèvres. Ilkar ouvrit la bouche pour parler, mais aucun son n'en sortit.

Richmond secoua la tête.

— Une minute, dit-il. Je croyais qu'ils avaient été détruits.

— Les détruire est impossible, corrigea Ilkar. Nous n'avons jamais su comment y parvenir, et nous l'ignorons toujours. Tout ce que nous avons pu faire, à l'époque, c'est les emprisonner dans de telles conditions qu'ils ne puissent jamais s'échapper. (Il se tourna vers le mage xetesk.) Que s'est-il passé ?

Denser prit une profonde inspiration et frappa le culot de sa pipe contre la grille pare-feu. Il la bourra tout en parlant, le chat endormi sur ses genoux.

— Quand nous avons détruit Parve, c'était pour anéantir tous les vestiges de la base de pouvoir des Seigneurs Sorcyers sur Balaia. Nous savions que ça ne suffirait pas à détruire les Seigneurs Sorcyers eux-mêmes. Pendant que leurs corps brûlaient, leurs âmes s'en sont échappées, et nous les avons emprisonnées dans une cage de mana que nous avons ensuite lancée dans l'espace interdimensionnel. (Le chat s'agita.) Depuis, nous la surveillons.

— Vous surveillez quoi ? demanda Richmond.

— La cage. Seuls, nous avons monté la garde sur la prison des Seigneurs Sorcyers pendant trois siècles. Alors que tout le monde nous rejetait, nous avons refusé de croire ceux qui criaient victoire.

Denser haussa les épaules.

— Visiblement, vous aviez raison, dit Ilkar.

— Depuis un certain temps, nous avons remarqué une recrudescence des transferts dimensionnels, probablement provoquée par les actions des Dragonens. L'un d'eux a endommagé la cage. Nous avons cru que cette maladresse pourrait être réparée. (Il se gratta la tête, puis alluma sa pipe avec la petite flamme qui avait jailli au bout de son pouce.) Mais nous avons eu tort.

Du mana a dû entrer dans la cage, parce que les Seigneurs Sorcyers n'y sont plus. Nous pensons qu'ils sont de retour sur Balaia. À Parve.

Ilkar se massa l'arête du nez et laissa glisser sa main droite sur son menton. Il plissa les yeux.

— Depuis combien de temps sont-ils là-bas ? demanda-t-il.

— Quelle importance ? répliqua Hirad. J'attends toujours de savoir...

— La ferme, Hirad !

— Non, Ilkar. Je refuse de me taire. (Le barbare éleva la voix et se tourna vers Denser.) Vous auriez aussi bien pu parler dans le langage tribal des Ouestiens, pour ce que j'ai compris jusqu'ici. Vous mâchouillez votre stupide pipe et vous délirez sur les dimensions, sur les Dragonens et sur une menace disparue depuis des centaines d'années, comme si ça avait la moindre importance. J'ignore de quoi vous parlez, et je ne sais toujours pas pourquoi cette salope de chasseuse de sorciers a tué mon ami.

— Je comprends votre besoin de savoir...

— Vous n'avez aucune idée de mes besoins, homme de Xetesk, répliqua sèchement Hirad. (Il vida son verre et le tendit à l'Inconnu pour qu'il le remplisse.) Vous n'avez aucune idée du gouffre qui vient de s'ouvrir dans ma vie, et vous tournez autour du pot au lieu de me fournir la seule explication qui m'aiderait à faire le deuil d'un ami. Pourquoi cette femme voulait-elle vous tuer ?

Denser hésita avant de répondre.

— J'essaye seulement de tout raconter dans l'ordre. Puis-je d'abord vous exposer quelques faits ?

— Un seul suffira. Pourquoi cette femme voulait-elle vous tuer ?

Le mage soupira.

— À cause de ce que je transporte.
— Et de quoi s'agit-il exactement ?
— De ceci. (Denser sortit de sa chemise l'amulette volée à Sha-Kaan, qu'il avait suspendue à son cou.) C'est la clé de l'atelier de Septern.
— Vous ne pouviez pas vous contenter d'enfoncer la porte ? cracha Hirad, méprisant. Alors, c'est à cause de ça ? C'est pour cette babiole que Sirendor est mort ? (Apercevant l'expression d'Ilkar, il s'interrompit.) Qu'y a-t-il ?
L'elfe tourna la tête vers le barbare et plissa les yeux comme s'il le voyait de très loin.
— AubeMort, souffla-t-il, le visage d'une pâleur mortelle. Il cherche AubeMort.

Erienne couchait Aron et Thom quand Isman entra dans la chambre sans s'annoncer. On l'avait autorisée à passer l'après-midi et la soirée avec ses enfants. Elle en avait profité pour leur raconter de vieilles histoires de magie. Aucun des deux garçons ne s'était beaucoup éloigné du réconfort de ses bras. Sur sa demande, on avait allumé un feu dans la pièce et la fenêtre était restée ouverte toute la journée. En revanche, elle s'était vu refuser le droit de les emmener jouer dans la cour.
La jeune femme avait passé du temps à apaiser leurs craintes avant qu'ils soient prêts à l'écouter. Comme d'habitude, elle s'était concentrée sur l'apprentissage détaillé des enseignements dordovans. Elle leur avait parlé de l'époque où les Collèges ne faisaient encore qu'un, quand la première cité de magie avait été construite au lac de Triverne. Puis elle leur avait raconté les jours sinistres de la scission, où les Collèges s'étaient séparés pour bâtir leurs propres forteresses. Enfin, elle avait évoqué les annales qui gouvernaient la vie de tous les mages, distinguant les

membres de chaque Collège, et du mana grâce auquel ils formaient leurs sorts.

Les enfants avaient commencé à donner des signes de fatigue tandis que la lumière diminuait. Erienne avait rajouté du bois dans le feu. Ils avaient dîné en silence d'une soupe chaude, de patates et de légumes verts ; après, elle leur avait lavé le visage et démêlé les cheveux. Le capitaine avait apporté des serviettes et une brosse, clamant haut et fort qu'un homme devait toujours avoir l'air propre et digne. Erienne aurait aimé qu'il suive son propre conseil.

Au moment où Isman entra dans la chambre, elle fredonnait une berceuse. Les deux garçons, déjà assoupis, se réveillèrent en sursaut.

— Vous n'auriez pas pu frapper ?

Erienne ne se retourna pas en entendant le bruit des bottes du guerrier sur le sol de pierre.

— Le capitaine veut vous voir.

— Il attendra que mes fils soient endormis, dit Erienne, en caressant les cheveux des enfants pour les apaiser.

Ils la dévisagèrent, le front plissé d'inquiétude, et elle sentit sa colère renaître.

— Le capitaine trouve que vous avez déjà passé assez de temps avec eux, insista Isman.

— C'est à moi d'en juger !

— Ça m'étonnerait.

Enfin, elle se tourna vers la porte. Isman était dans la pièce, trois autres hommes derrière lui. Elle se pencha vers ses fils et leur posa un baiser sur le front.

— Je dois y aller, chuchota-t-elle. Soyez sages et dormez bien. Je reviendrai vous voir bientôt.

Elle lissa leurs cheveux, puis se redressa pour faire face à Isman et à ses subordonnés. Chaque fibre de son corps lui ordonnait de les tailler en pièces. Et elle en était capable. Mais la vie de ses fils était dans la balance. Ils n'auraient aucun moyen de fuir le château et les hommes du capitaine étaient trop nombreux.

Erienne ravala le sort qui lui montait aux lèvres, interrompant le flux de mana.

— Vous n'aviez pas besoin de muscles supplémentaires. Je ne vous poserai pas de problèmes.

— Avec vous et vos semblables, on ne sait jamais...

Isman la conduisit dans la bibliothèque. Malgré la chaleur que répandaient les feux de cheminée, il y faisait frais. Le capitaine était assis à son bureau, deux lanternes réglées au minimum éclairant le livre qu'il étudiait. Une bouteille à moitié vide était posée sur sa gauche, près d'un verre plein. Il ne leva pas les yeux quand Erienne s'approcha de lui, poussée par Isman, qui se retira et ferma la porte derrière lui.

— Asseyez-vous. (Le capitaine désigna une chaise de l'autre côté de son bureau.) Dites-moi, lança-t-il sans détacher son regard du livre, pourquoi le Collège de Xetesk recherche-t-il AubeMort ?

— Ça me paraît évident, non ?

— Supposons que ça ne le soit pas pour moi...

— Ceux qui détiendront AubeMort domineront les autres. Quelle autre raison pourraient-ils avoir ?

L'expression de la jeune femme restait calme, mais son esprit était en proie au chaos, et son cœur battait follement dans sa poitrine. Elle avait occulté ces pensées pendant qu'elle était avec Aron et Thom. À présent, l'énormité de ce que le capitaine avait sous-entendu un peu plus tôt l'effrayait.

— Il n'y a pas grand-chose d'écrit à ce sujet, voyez-vous. Dois-je vraiment m'inquiéter ? Xetesk a-t-il une chance de trouver AubeMort ?

— Par les dieux, oui. Nous devrions tous nous inquiéter !

— Peuvent-ils le trouver ?

— Je l'ignore.

Erienne se mordit la lèvre.

— Votre réponse ne m'aide pas beaucoup.

La voix du capitaine monta d'un ton, et ses joues s'empourprèrent.

— Pour ça, ils devront trouver un moyen d'entrer dans l'atelier de Septern. S'ils disposent des informations adéquates, je suppose qu'ils pourront récupérer le sort complet. Mais ça dépend de beaucoup de choses...

— Vous ne m'aidez toujours pas.

— La meilleure façon de vous aider consisterait à transmettre à Dordover vos informations et vos inquiétudes. Ce serait le moyen le plus rapide de les arrêter, ou tout au moins de les contrôler.

Le capitaine but et remplit de nouveau son verre.

— Bien essayé, mais je ne vous laisserai pas retourner près de vos aînés. Ça lancerait un second Collège sur la piste de ce que convoite déjà Xetesk. Et je vous rappelle que toute tentative de communiquer avec les vôtres serait fort mal venue. Je détecterais votre incantation, et ce serait fatal à vos fils.

Erienne en resta bouche bée. Ça ne pouvait signifier qu'une chose...

— Vous avez des mages à votre service ?

— Tous les mages ne me considèrent pas comme une menace pour leur art, répliqua le capitaine, suave. Pour beaucoup d'entre eux, je représente la seule source de contrôle. (Il sourit.) Et à présent, vous travaillez aussi pour moi, d'une certaine façon.

— Comme esclave ! cria Erienne.

Elle était profondément ébranlée, mais les révélations du capitaine expliquaient beaucoup de choses. Entre autres, qu'il ait pu rassembler des informations aussi rapidement. Ses mages devaient venir de Lystern ou de Julatsa. Ceux de Xetesk et de Dordover auraient refusé de le servir.

— Vous ne comprenez pas, insista-t-elle. AubeMort est trop dangereux pour qu'on joue avec. Si les Xetesks en prennent le contrôle, ils régneront sur Balaia. Mais si vous rendez publiques vos informations, les trois autres Collèges s'allieront pour les arrêter. Vos mages vous l'ont certainement dit.

— Ils ne m'ont rien dit de tel, la détrompa le capitaine, toute bonne humeur disparue de son visage rougeaud. Ce qu'ils m'ont dit, c'est qu'un pouvoir aussi absolu ne devait tomber entre les mains d'aucun Collège, et que le moyen de l'utiliser devait être détruit ou surveillé par un homme ayant la possibilité de contenir le sort, mais pas celle de le lancer. Si AubeMort était retrouvé, je deviendrais son gardien.

Erienne en fut muette de stupéfaction pour la seconde fois en moins de deux minutes. Mais là, une peur bien réelle se mêlait à sa surprise. Si le capitaine pensait vraiment pouvoir devenir le gardien d'AubeMort, il était encore plus fou et plus dangereux qu'elle ne le croyait. Visiblement, il n'avait aucune idée de sa puissance, ni des horreurs que certains mages étaient prêts à commettre pour se le procurer.

— Pensez-vous sérieusement que Xetesk et Dordover seraient d'accord pour vous confier la clé d'un tel pouvoir ? demanda Erienne sur le ton le plus neutre possible.

— Ils n'auront pas le choix quand je contrôlerai tous les joueurs de la partie, répliqua le capitaine.

Erienne se rembrunit et s'agita sur son siège. Un frisson glacé courut le long de son échine. Que savait exactement cet homme ?

— Désolée, je ne vous suis pas.

— Allons, Erienne, croyez-vous que je vous aie

choisie au hasard ? Que mes connaissances soient si limitées ? Vous êtes l'annalyste la plus brillante de Dordover, et une experte reconnue de la nature multicollégiale d'AubeMort. Je vous contrôle déjà. (Le capitaine haussa les épaules.) Il ne me reste plus qu'à mettre la main sur l'homme susceptible de réussir à le lancer.

— Vous ne le prendrez jamais. Il est trop bien protégé, dit Erienne.

— Là encore, vous vous trompez. Il y a peu, j'ai failli réussir à le tuer. Rétrospectivement, c'est une chance que j'aie échoué. Surtout pour vous.

— Pourquoi ?

Mais Erienne connaissait déjà la réponse.

— Parce qu'hier, j'avais décidé de détruire le moyen de lancer AubeMort. Et vous en savez beaucoup trop pour votre propre bien. Quand je vous tiendrai tous les deux, j'aurai également le respect que je mérite et dont j'ai besoin pour mener à bien mes travaux.

— Vous êtes si ignorant ! cria Erienne. Nous ne vous aiderons pas, et vous n'attraperez pas le Xetesk.

— Vraiment ? À votre place, j'éviterais de m'avancer autant.

— Lui et moi préférerions mourir plutôt que participer à votre plan ridicule. S'il devait fonctionner, la magie destructrice ferait brûler les murs de ce château avec des flammes si hautes qu'on les verrait jusqu'à Korina ! Vous n'êtes pas assez puissant pour contenir un tel pouvoir.

Le capitaine fit tourner le fond d'alcool qui restait dans son verre, l'avala cul sec et saisit aussitôt la bouteille pour se resservir.

— Bien entendu, la mort est une option que vous pouvez choisir, dit-il en tripotant le lobe de son oreille.

Mais pas une décision que vous voulez prendre pour vos enfants, n'est-ce pas ? (Il sourit.) Vous avez besoin d'un peu de temps pour réfléchir. La vie de votre famille dépend de la réponse que vous me ferez. Isman vous raccompagnera à votre chambre. Isman !

La porte s'ouvrit.

— Je veux retourner auprès de mes fils.

Avec une rapidité stupéfiante, le capitaine tendit un bras par-dessus le bureau et saisit Erienne par le menton pour l'attirer vers lui.

— Vous êtes ici à ma disposition. Un peu de solitude vous aidera à vous en souvenir. (Il la lâcha.) Quand vous aurez pris la bonne décision, revenez me voir. Jusque-là, profitez bien de votre tranquillité. Isman, l'audience est terminée.

— Salaud, souffla Erienne. Salaud.

— Je dois protéger les innocents de Balaia de l'avancée de la magie noire. Et j'entends que vous m'y aidiez.

— Je veux voir mes fils !

— Dans ce cas, rendez-vous utile et cessez de me dire des choses qu'un enfant pourrait deviner ! Tant que vous n'y consentirez pas, je crains de ne pouvoir accéder à votre requête.

Le capitaine rouvrit son livre et la congédia d'un signe de la main.

Tout le monde parlait en même temps. Ilkar invectivait Denser, qui tendait les mains pour calmer le jeu. L'Inconnu s'efforçait d'attirer l'attention du mage xetesk pendant que Richmond et Talan bredouillaient leur confusion.

Hirad flottait au-dessus du brouhaha, regardant toujours le cadavre de Sirendor Larn sous son linceul. Les éclats de voix résonnaient à ses oreilles comme le ressac lointain de la mer. Dix ans. Dix ans passés ensemble. Les membres fondateurs du meilleur groupe de mercenaires qui ait existé. Ils avaient livré des batailles qui semblaient perdues d'avance et les avaient remportées quand même. Ils s'en étaient toujours tirés indemnes alors que le sang de leurs alliés coulait à flots. Et ils s'étaient mutuellement sauvés la vie tant de fois qu'ils s'adressaient à peine un signe de tête en guise de remerciement.

À présent, Sirendor était mort. La nuit où il rengainait son épée par amour, il avait été assassiné à la place de quelqu'un d'autre. Pourquoi ? Parce que ce quelqu'un d'autre – un homme qui envahissait l'espace des Ravens – avait volé la clé de l'atelier d'un mage décédé depuis longtemps, les chasseurs de sorciers ne voulant pas la lui laisser.

— Il est mort à cause de la clé que vous avez volée ! cria Hirad. (Sa voix couvrit le brouhaha comme un nuage qui passe devant le soleil. Les autres se turent.) C'est ça, hein ? J'espère que vous êtes content de vous. Après tout ce que nous avons surmonté, il est mort pour un malheureux bout de métal. J'espère pour vous que ce truc est foutrement important.

Il se laissa tomber dans son fauteuil, vidé, et mordit son index plié tandis que des larmes lui montaient aux yeux.

— Oh que oui, c'est important, lança Ilkar, ses yeux en amande réduits à deux fentes étroites. S'il réussit à mettre la main sur AubeMort, la fin de Sirendor paraîtra miséricordieuse à côté de ce qui nous attendra.

— C'est quoi, ce putain de truc ? demanda Talan.

— AubeMort est un sort. *Le* sort. Et Septern serait son inventeur, dit l'Inconnu.

— Vous avez absolument raison, confirma Denser. Le sort lui-même est connu de tous les Collèges. Chaque mage sait quel pouvoir il représente, et quel potentiel de destruction. Par bonheur, bien que l'incantation soit accessible à tous, AubeMort ne pourra être lancé sans ses trois catalyseurs, et personne n'a découvert où ils sont, ni même à quel endroit les chercher. Au moins, jusqu'à maintenant. Cette amulette nous permettra d'entrer dans l'atelier de Septern, où nous espérons mettre la main sur les informations nécessaires.

— Vous saviez déjà tout ça quand nous nous sommes rencontrés, n'est-ce pas ? demanda Talan.

— Oui. Écoutez, je ne peux pas vous dévoiler trop de détails sur les travaux de Xetesk, mais ils nous ont conduits à penser que Septern était un mage dragonen...

— C'est quoi, un... ?

— Plus tard, Talan, coupa l'Inconnu. Continuez, Denser.

— Beaucoup de facteurs nous ont amenés à cette conclusion. Mais le plus important, c'est que ça a orienté notre quête d'AubeMort dans une nouvelle direction. Vers d'autres dimensions, pour être exact. Comme je l'ai expliqué à Ilkar, nous avons développé un sort qui nous permet de détecter le mouvement et la forme de mana nécessaires à l'ouverture d'un portail dimensionnel. Nous en avons examiné beaucoup et tous avaient été créés par les Dragonens. Cette fois, nous avons enfin trouvé ce que nous cherchions.

— Et mes amis meurent l'un après l'autre à cause de ça ! cracha Hirad.

— Vous ne pouvez pas savoir à quel point j'en suis navré, dit Denser.

— Gardez votre compassion ! Et dites-moi plutôt pourquoi les chasseurs de sorciers veulent vous tuer.

— N'est-ce pas évident ?

— Non, ça ne l'est pas. Je vous ai demandé pourquoi mon ami était mort à votre place, et vous ne m'avez pas répondu.

— Très bien. Puisqu'il faut vous faire un dessin, ils veulent ma mort à cause de ce que je suis et de l'endroit d'où je viens.

— Et vous êtes quoi, au juste ? bougonna Ilkar.

— Le principal spécialiste d'AubeMort de Xetesk, révéla Denser.

L'elfe écarquilla les yeux.

— De mieux en mieux, marmonna-t-il.

— Que... ? commença Talan.

— Attends ! coupa Ilkar. (Il regarda Denser.) Ça veut dire que vous avez l'intention de le lancer ?

— C'est le seul moyen de détruire les Seigneurs Sorcyers, vous le savez aussi bien que moi.

— Oui, mais...

— Ils sont de retour. Si nous ne nous procurons pas AubeMort pour l'utiliser contre eux le plus tôt possible, ils finiront par l'utiliser contre nous. Trouver AubeMort et les menacer de nous en servir ne suffira pas. Il faut les détruire, sinon Balaia sera perdu. Une invasion aura lieu, et cette fois, nous n'avons pas la force nécessaire pour repousser indéfiniment les Ouestiens. Pas si les Seigneurs Sorcyers les soutiennent.

— *Le voleur de lumière...* Nous en sommes donc arrivés là...

Les mots d'Ilkar restèrent suspendus dans l'air. Son langage corporel trahissait son anxiété : tendu sur son fauteuil comme s'il s'apprêtait à en bondir.

— Qu'est-ce que c'est, Ilkar ? demanda Talan.

— Tu ne sais pas de quoi il parle. Pas vraiment. Moi, si, affirma Ilkar. J'ai étudié AubeMort. Ça fait partie des textes obligatoires. Pour faire court, selon la qualité et la longueur des préparatifs, ce sort a le potentiel de tout détruire. Et par « tout », j'entends le monde.

(Il haussa les épaules.) C'est pour ça qu'on l'appelle AubeMort, ou le « voleur de lumière » : parce qu'il peut oblitérer le soleil.

— Puisqu'il est si important que vous trouviez et lanciez ce sort, pourquoi les chasseurs de sorciers veulent-ils vous en empêcher ?

— Vous pensez qu'ils nous croiraient si nous leur expliquions ? (Denser écarta les mains.) Ne soyez pas naïf, Richmond. Tout ce qu'ils savent, tout ce qui leur importe, c'est qu'ils refusent que je récupère AubeMort. Pour eux, me tuer est la solution la plus simple.

— D'accord. (L'Inconnu vida son verre, le remplit de nouveau et fit passer la bouteille à la ronde.) À présent que nous avons établi que vous êtes un homme traqué et dangereux à qui nous ne devrions même pas adresser la parole, répétez-nous pour quelle raison vous souhaitez nous engager.

L'atmosphère se rafraîchit. Denser étudia les visages coléreux de ses interlocuteurs.

— Nous devons récupérer les catalyseurs, et je souhaite que vous m'aidiez.

— Pourquoi nous en particulier ?

— Pourquoi les gens engagent-ils les Ravens plutôt qu'un autre groupe de mercenaires ?

— Quelques détails supplémentaires ne seraient pas du luxe.

Denser prit une inspiration et tira de nouveau l'amulette de sa chemise.

— À supposer que cet objet fonctionne et que nous découvrions les informations pertinentes sur les catalyseurs d'AubeMort, nous devrons ensuite nous les procurer. J'ai besoin de gens capables de me protéger, physiquement et magiquement. Des gens à qui je puisse faire une totale confiance. Du point de vue de Xetesk, les Ravens sont le seul choix possible.

Un court silence suivit cette déclaration.

— Je ne suis pas certain de comprendre, déclara Hirad. Pourquoi ne pas emmener des Protecteurs et des mages xetesks ? Vous méfieriez-vous de vos semblables ?

— Malheureusement, ce n'est pas aussi simple... Nous devons considérer les enjeux politiques. Si on surprenait Xetesk à organiser une telle opération, les agents des Seigneurs Sorcyers nous tomberaient immédiatement dessus. Nous devons agir dans la clandestinité le plus longtemps possible.

— Sans parler des troubles que cela provoquerait dans les cités collégiales, ajouta Ilkar.

— Et avec les chasseurs de sorciers, renchérit l'Inconnu.

— Qu'ils y viennent ! gronda Hirad.

— Oh, ne vous inquiétez pas : c'est nous qui irons à eux, dit Denser.

— Tant mieux.

— Sérieusement... Il faut les faire taire. Ce qu'ils savent ou croient savoir serait désastreux pour Balaia si ça tombait dans les mauvaises oreilles.

— Serait-il stupide de suggérer une alliance des quatre Collèges, dans la mesure où la situation est tellement critique ? lança Richmond.

— Pas du tout. En fait, une réunion est prévue, bien qu'elle porte sur la menace constituée par les Ouestiens, pas sur la quête d'AubeMort. Nous ne pouvons pas nous permettre d'informer les autres Collèges de nos recherches, pas encore. Ilkar vous le confirmera : ils imposeraient des conditions inacceptables à l'utilisation du sort. Nous devons garder le silence le plus longtemps possible. (Denser marqua une pause.) Me croyez-vous, Ilkar ?

— Voilà une question à laquelle je ne suis pas prêt

à répondre. Les répercussions sur ma relation avec Julatsa seraient trop graves. Je suis tenu sur l'honneur de tout rapporter. Vous le savez bien.

Il y eut un autre silence. Richmond ajouta une bûche dans le feu.

— Oui, je le sais. Tout ce que je vous demande, c'est de me laisser un peu de temps pour vous prouver ma bonne foi. Mais il me faut une réponse.

— À quelle question ? marmonna Hirad.

— Acceptez-vous de nous aider ?

— Combien ? lança Talan.

— Cinq pour cent de la valeur convenue de chaque artefact, comme je vous l'ai déjà proposé.

— Je n'arrive pas à croire que tu te soucies de ça ! cria Hirad. Quelle importance ? Nous avons un autre travail à faire.

Il désigna le corps de Sirendor Larn.

— Ça a toujours de l'importance, dit Talan. Aucune décision ne sera prise tant que toutes les conditions n'auront pas été définies. Il en a toujours été ainsi.

— Nous avons pris notre retraite, tu t'en souviens ?

— Balaia ne peut pas se permettre de vous laisser la prendre, dit Denser.

— La ferme, homme de Xetesk ! Ça ne vous concerne pas ! beugla Hirad sans daigner tourner la tête vers le mage.

— Hirad, calme-toi ! dit l'Inconnu. C'est déjà assez compliqué.

— Ah bon ? On trouve les chasseurs de sorciers et on les bute. Qu'est-ce que ça a de compliqué ?

L'Inconnu ignora la remarque.

— Encore une question, Denser. À supposer que nous nous procurions les catalyseurs, que se passera-t-il ensuite ?

— Vous m'aiderez à les emmener dans le désert

Déchiré et à lancer AubeMort contre les Seigneurs Sorcyers, à Parve.

— Nous n'avons aucune intention de remettre les catalyseurs entre les mains de Xetesk, dit Ilkar.

— Je m'en doutais un peu.

— Tout le monde en a assez entendu ? demanda l'Inconnu.

— Depuis un bon moment, grommela Hirad.

— Très bien. (L'Inconnu se leva et ouvrit la porte.) Denser, il est temps de nous laisser. Nous devons parler, et nous avons une veillée à faire...

— Il me faut une réponse, répéta le mage.

— Demain à l'aube, promit l'Inconnu. S'il vous plaît...

Il désigna la porte. Denser marqua une pause sur le seuil.

— Vous ne pouvez pas refuser. Notre sort à tous en dépend.

L'Inconnu referma la porte derrière lui et remplit tous les verres avant de regagner son fauteuil.

— Alors, qui veut commencer ?

— C'est un cauchemar, soupira Ilkar. Je ne sais pas quoi dire.

— Sirendor Larn a été assassiné à cause de Denser. Il est évident que la mort de Ras n'avait rien à voir avec notre dernier contrat, et pourtant, vous envisagez de travailler pour lui ! Il n'y a pas de négociation qui tienne. (Hirad se leva et approcha de l'âtre.) C'est très simple : on trouve les chasseurs de sorciers et on les bute. Denser peut se foutre son sort dans le cul, et quant à ça... (Il arracha leur code du cadre fixé sur le mur et le déchira en deux.) ça n'existe plus.

Les autres le regardèrent, les yeux écarquillés. Ou plutôt, ils regardèrent le parchemin déchiré, dans ses mains. Hirad prit conscience de sa respiration haletante, des battements sourds de son cœur et du crépitement du feu, derrière lui. Il soutint le regard de ses compagnons, les mettant au défi de le critiquer ou de le désapprouver.

— Rassieds-toi, Hirad, dit calmement l'Inconnu.

— Pourquoi ? Pour que vous puissiez... ?

— J'ai dit : rassieds-toi !

Hirad obtempéra, serrant toujours dans ses mains les deux moitiés du parchemin.

— Nous savons tous combien tu es affecté par ce qui vient de se passer, continua l'Inconnu. Et crois-moi, nous vengerons Sirendor. Mais ce que nous venons d'entendre, ce que tu ne sembles pas accepter... Ça change tout.

— Vraiment ? soupira Hirad.

— Vraiment. Je pense qu'Ilkar pourra te l'expliquer mieux que moi. Ilkar ?

— Pour résumer brutalement la situation, les deux pires événements que je puisse imaginer viennent de se produire simultanément. Au moins, Denser l'affirme. Les Seigneurs Sorcyers sont libres, et Xetesk a trouvé le chemin d'AubeMort.

— Et alors ?

— Par les dieux, Hirad, je ne plaisantais pas tout à l'heure ! AubeMort peut tout détruire. Littéralement ! Ça signifie que si Denser réussit à anéantir les Seigneurs Sorcyers – et nous devons prier pour que ce soit le cas –, l'arme ultime sera entre les mains du Collège Noir. Que seront les conséquences pour nous, d'après toi ?

— Donc, on le tue et on lui prend le sort après qu'il l'aura lancé ?

— Oui. Mais il faudra être près de lui pour y arriver.

— On pourrait le tuer tout de suite et lui voler l'amulette, dit Hirad. Richmond approuva du chef.

— Ça nous ferait gagner du temps.

— Et s'il avait raison au sujet des Seigneurs Sorcyers ? objecta Ilkar.

— On demandera à quelqu'un d'autre de lancer le sort.

L'elfe ricana.

— Simple comme un bonjour ! Je vais voir si Tomas à cinq minutes à nous accorder.

— Tu vois très bien ce que je veux dire.

— Ce n'est pas si facile, Hirad. Toute sa vie, Denser a étudié la théorie d'AubeMort. S'il est vraiment le spécialiste de Xetesk en la matière, ce dont je n'ai aucune raison de douter, il est le mieux placé – et peut-être le seul – pour lancer le sort.

— Donc, tu le crois ? demanda Talan.

Il se pencha en avant, vida son verre et tendit une main pour que l'Inconnu lui passe la bouteille.

— Pourquoi nous aurait-il menti à ce propos ? Il prend le risque que je fasse un rapport à Julatsa, et il ne s'est pas trompé sur ce qui en résulterait. Dieux, quel dilemme...

Ilkar se mordit la lèvre et s'affaissa dans son fauteuil.

— Quelles sont les possibilités ? demanda Talan.

— Nous n'en avons aucune, répondit l'elfe. Pas vraiment. Nous pourrions lui dire non et nous lancer à la poursuite des chasseurs de sorciers. Mais s'il avait raison ? Nous aurions tourné le dos à la bataille pour Balaia, et pire encore, laissé Xetesk et les Seigneurs Sorcyers seuls en lice dans la compétition dont AubeMort est l'enjeu. Ce sort est synonyme de domination absolue ; crois-moi, je n'exagère pas. Si les Seigneurs Sorcyers sont de retour, c'est forcément pour nous détruire.

— Sont-ils vraiment si terribles ? demanda Richmond.

— Oui. Dieux, oui ! Tu dois penser à leurs origines... Autrefois, ils faisaient partie du Collège unique, mais ils ont été bannis de l'autre côté des monts Noirépine à cause de leurs croyances. Là, ils ont passé des siècles à ressasser leur haine et à chercher un moyen de se rendre immortels. Quand ils ont réussi, ils sont revenus s'emparer de ce qui, selon eux, leur appartenait de droit. Et nous avons gagné. Mais cette fois, nous n'y arriverons pas. Pas sans AubeMort.

L'elfe marqua une pause, conscient que les autres n'avaient pas suivi son raisonnement.

— Écoutez... Les Seigneurs Sorcyers ne viendront pas pour conquérir mais pour détruire tout ce qui existe à l'est des montagnes. C'est le serment qu'ils ont fait quand on les a poussés dans leur prison de mana. De mon point de vue, nous sommes obligés d'accompagner Denser... Personnellement, j'irai avec ou sans vous, mais je préférerais avec. Nous crèverons sans doute tous, mais au moins, nous aurons essayé.

— Mourir pour mon pays n'est pas le destin que j'avais envisagé, déclara Talan.

— Ce serait un nouveau départ pour les Ravens, souffla Richmond. Je veux dire, ne pas agir juste pour l'argent...

— La retraite vous fait voir les choses sous un autre jour.

Ilkar eut un sourire forcé.

— Ce fut le cas pour Sirendor, murmura Hirad.

— En effet. Et nous ne devrons jamais oublier les circonstances dans lesquelles nous avons accepté cette mission. Si nous l'acceptons tous.

L'Inconnu jeta un regard à la ronde.

— Je veux qu'il soit mentionné dans le contrat que j'y vais pour veiller à ce qu'AubeMort soit utilisé uniquement contre les Seigneurs Sorcyers, dit Ilkar. Je travaille pour Balaia, pas pour Xetesk.

— Et je veux une clause stipulant que nous attaquerons les chasseurs de sorciers à la première occasion, exigea Hirad en regardant Sirendor.

— Tu te souviendras de tout, Talan ? demanda l'Inconnu en voyant que personne n'ajoutait rien. (Talan acquiesça.) Denser veut signer le contrat à l'aube ; tu devrais le rédiger maintenant.

— Encore une chose ! intervint Richmond. Ne faudrait-il pas protéger Denser ? Ou l'amulette qu'il porte, pour être plus précis.

— Ne t'inquiète pas. Son chat veillera sur lui.

Hirad lui jeta un regard interrogateur et imagina l'animal en train de repousser des colosses armés jusqu'aux dents.

— Il est bon à l'épée ?

Ilkar sourit malgré lui.

— C'est un Familier, Hirad. Il abrite une partie de sa conscience, et je ne crois pas m'avancer beaucoup en disant qu'il peut prendre plusieurs formes.

— Oh ! Je vois..., mentit le barbare.

— Je t'expliquerai une autre fois. Fais-moi confiance, d'accord ?

— Messires..., dit l'Inconnu en se levant. On se retrouve ici dans une heure pour la veillée. Jusque-là, je suggère que nous laissions Hirad donner libre cours à son chagrin en privé.

Hirad lui adressa un sourire reconnaissant. Des larmes se formaient déjà dans ses yeux.

Quand les autres furent sortis, il s'autorisa à les laisser couler.

Chapitre 7

La chance était intervenue en faveur de Selyn pendant son évasion de Terenetsa, même si elle aimait penser qu'elle n'avait été en danger à aucun moment.

Bien sûr, elle était irritée que le chamane l'ait repérée si facilement malgré le sort qu'elle avait jeté pour se dissimuler. Et elle avait dû se plier en deux alors que les flèches volaient. Pendant que les Ouestiens avançaient derrière leur pluie de projectiles, elle s'était concentrée pour lancer une autre MarcheVoilée avant de plonger dans une ouverture nue, sur le côté de la hutte où elle s'était tapie pour les observer.

Elle avait roulé sur la terre battue, éparpillant les poules dans son sillage. Les volailles avaient bien senti quelque chose, mais elles n'avaient rien vu. Selyn s'était relevée d'un mouvement fluide puis elle avait couru vers la forêt. Arrivée à la lisière des arbres, elle avait modifié sa trajectoire et entendu les bruits de poursuite mourir derrière elle alors qu'elle s'enfonçait sous les frondaisons. Quelques heures plus tard, à la tombée de la nuit, elle avait communié avec Styliann avant de s'endormir d'un sommeil profond sous un buisson dont elle avait aplati le feuillage pour se glisser dessous.

Selyn s'éveilla le lendemain matin en sentant la chaleur du soleil sur son visage. La forêt était silencieuse à l'exception des bruits de la nature, et la température montait rapidement. Elle alluma un feu, alla chercher le lapin pris dans le collet qu'elle avait posé la veille, l'écorcha sans effort et le fit cuire pour son petit-déjeuner. Moins d'une heure après son réveil, elle était déjà en route.

Les territoires du nord-ouest, sa destination, grouillaient de détachements d'Ouestiens en quête de populations à asservir et de nouveaux sites où dresser des avant-postes. Tandis qu'elle dépassait l'un après l'autre les camps que les Ouestiens construisaient avec soin, sans précipitation apparente, elle s'étonna de leur calme. On eût dit qu'ils attendaient quelque chose. Selyn craignait de découvrir quoi.

Alors que le ciel du premier après-midi de son voyage vers le désert Déchiré pâlissait à l'approche du crépuscule, elle eut une brusque montée d'angoisse. Ce qu'elle trouverait à Parve annoncerait certainement l'arrivée du chaos sur Balaia, et une guerre d'une ampleur inconnue depuis trois siècles, date de la dernière invasion des Ouestiens. Son seul espoir était de pouvoir transmettre suffisamment d'informations à Styliann avant d'être capturée et tuée. Parce que si Styliann avait raison, elle ne quitterait pas vivante la cité des Seigneurs Sorcyers.

Sa peur céda la place au chagrin. Un instant, Selyn sentit sa motivation faiblir. Mieux valait oublier tout espoir de retour à Xetesk. Cela risquait de fausser son jugement ou de la rendre trop timorée. À cet espoir, elle substitua le désir de prouver sans contestation possible qu'elle était le plus grand espion de son Collège. Elle-même n'en avait jamais douté, mais d'autres mettaient en question ses talents, simplement parce qu'elle était une femme au sein d'un ordre dominé par des hommes. Outre la perspective de voir son nom glorifié parmi ses semblables, Selyn tenait sa chance de consentir le sacrifice ultime pour la grandeur de Xetesk. Peut-être réussirait-elle à modifier le cours de la guerre qui se profilait. Sa motivation ainsi ravivée, elle se concentra pour reconstituer ses forces.

Des bottes de cuir souple mais solide couvraient ses pieds et ses mollets, leur couleur d'un brun mat se fondant avec celles de la forêt. Dans chacune, Selyn dissimulait une dague. Un pantalon et une veste verte tachetée complétaient sa tenue de camouflage. Elle portait des gants noirs, moulants comme une seconde peau et renforcés sur la paume et au bout des doigts. Sous les manches de sa chemise de laine brune, un mécanisme à ressorts était fixé à ses poignets. Il actionnait deux fléchettes à la pointe barbelée, fatales de près mais inutiles à distance. Trois autres dagues étaient pendues à sa ceinture, où elles voisinaient avec une trousse de cambrioleur. Une épée courte était accrochée à son dos, sous sa veste. Son visage et son cou étaient enveloppés d'un long foulard qui découvrait seulement ses grands yeux marron.

Selyn portait ses cheveux noirs coupés très court ; ses ongles étaient effilés et ses pieds en parfaite condition. Son corps mince et athlétique, aux longues jambes et à la poitrine menue, était taillé pour l'agilité et la vitesse : des attributs qu'elle exploitait pleinement. Elle était rapide et dangereuse, parce que se montrer assez intelligente pour s'introduire quelque part sans se faire repérer constituait seulement la moitié de son travail. Si elle avait survécu jusque-là, c'est parce qu'elle savait s'enfuir quand elle tombait à court de mana. Styliann prétendait qu'elle ferait un parfait assassin, mais l'idée de tuer sur l'ordre de quelqu'un lui répugnait. En revanche, elle laissait souvent dans son sillage les cadavres de ceux qui avaient tenté de l'arrêter.

Selyn sourit. Peut-être reverrait-elle Xetesk, en fin de compte. Si elle se montrait prudente et gardait la foi, tout était possible. Pour le moment, il lui tardait d'atteindre Parve. La jeune femme ne connaissait qu'un sort qui puisse l'y aider ; elle le lança et continua en direction du nord-ouest tandis que les arbres cédaient la place à un terrain de plus en plus aride et rocailleux qui fournissait quantité d'endroits où se cacher mais peu où s'installer confortablement. Les territoires occidentaux se caractérisaient par leurs vallées abruptes entrecoupées de chaînes de montagnes où des orages se déchaînaient souvent sans crier gare. Mais pour l'instant, le soleil réchauffait le sol, et la pierre froide lui semblait à un monde de distance.

Le soleil avait dépassé son zénith quand les Ravens sortirent de Korina par la porte Nord et partirent pour les ruines de la maison de Septern, à trois jours de cheval vers le nord-ouest. La matinée avait été occupée par les funérailles de Sirendor, Denser n'ayant pas été convié.

Ils s'éloignèrent de la cité, chevauchant en désordre sur la piste. Les traits tirés et les yeux cernés, Denser avançait en tête en compagnie de Talan et de Richmond. L'Inconnu et Hirad Cœurfroid les suivaient une vingtaine de pas en arrière. Ilkar s'était laissé distancer ; il n'avait pas prononcé un mot depuis leur départ. Hirad s'attendait à une attaque, notamment des chasseurs de sorciers. L'idée qu'ils aient envoyé un seul assassin aux trousses de Denser le décevait un peu. Quel genre d'organisation se serait montrée aussi négligente ? Il comptait sur leur détermination à éliminer le mage, et ne put réprimer un sourire en regardant son dos. Pour sûr, c'était une étrange situation.

— Pourquoi Ilkar déteste-t-il tellement les Xetesks ? lança-t-il sans détacher son regard de Denser.

— Demande-lui toi-même, dit l'Inconnu. Il est temps qu'il cesse de faire bande à part.

Il se retourna sur sa selle et fit signe à l'elfe de les rejoindre. Mais il fallut qu'Hirad se tourne aussi vers lui pour que l'elfe éperonne son cheval et les rattrape. Alors qu'il approchait d'eux, Hirad se rembrunit. Le choc provoqué par les révélations de Denser, la veille, barrait le visage d'Ilkar comme une cicatrice. L'elfe tenta de sourire à ses amis, mais il parvint seulement à froncer les sourcils.

— Tu vas bien, Ilkar ? demanda Hirad.

— Question idiote, répliqua sèchement le mage. Que puis-je faire pour vous ? Hirad ne s'offusqua pas du ton qu'il avait employé. Il devinait ce qu'Ilkar devait ressentir.

— Hirad voulait savoir ce que tu avais contre Xetesk, répondit l'Inconnu.

— Tout. En termes de magie, Julatsa et Xetesk ne s'accordent sur rien. À quoi elle sert, comment faire des recherches et rassembler du mana... Quand nous disons blanc, ils disent noir. À Julatsa, c'est un crime de travailler pour les maîtres de Xetesk. Tu comprends ?

— Non, avoua Hirad.

Ilkar soupira.

— Écoute, et arrête-moi si tu le sais déjà... Les Collèges se sont séparés pour des raisons essentiellement morales, parce qu'ils avaient des opinions divergentes sur les recherches nécessaires, sur l'utilisation des sorts et sur les méthodes à employer pour collecter le mana. Sans vouloir insister lourdement, la faction qui a donné naissance à Xetesk a développé un rituel fondé sur les sacrifices humains. Je peux pardonner beaucoup de choses, mais pas ça.

— Pratiquent-ils toujours des sacrifices ? demanda l'Inconnu.

— Ils disent que non, mais j'en doute, même s'ils ont trouvé d'autres moyens à peine moins répréhensibles. Quoi qu'il en soit, après deux mille ans, nos annales – c'est-à-dire notre vision de la manifestation physique de la magie – sont tellement éloignées de celles de Xetesk que nous ne comprenons pas grand-chose à la façon dont ils construisent et emploient leurs sorts.

— Donc, tu pourrais lancer AubeMort ? demanda Hirad. Je veux dire, ce n'est pas un sort xetesk, pas vrai ?

— Exact ! Mais je ne pourrais pas le lancer. Enfin, en théorie, oui... Je connais les paroles, parce que Septern a pris soin de les communiquer à tous les Collèges. En pratique, n'ayant jamais étudié la forme de mana ni l'incantation, j'échouerais à coup sûr.

— Donc, nous ferions mieux de garder Denser en vie.

Hirad grimaça de dégoût.

— Au moins jusqu'à ce que nous ayons découvert s'il nous a dit la vérité, répondit Ilkar.

— Ouais. Au moins jusque-là, marmonna l'Inconnu.

Ils gardèrent le silence un moment. Hirad digérait ce qu'Ilkar venait de leur dire, en regrettant de ne pas avoir prêté plus d'attention aux particularités des mages. Mais le plus important était de découvrir celles des chasseurs de sorciers. Il avait le sentiment que les deux devaient être liés.

— Que sais-tu des chasseurs de sorciers, Inconnu ?

— Tu n'as pas beaucoup dormi la nuit dernière, pas vrai ?

Les coins de la bouche du guerrier se relevèrent, esquissant un sourire.

— Et pas seulement parce que je réfléchissais... Alors ? insista Hirad.

— Pas grand-chose. (L'Inconnu haussa les épaules.) Leur chef est un homme appelé Travers. Il commandait la garnison qui a fini par perdre le contrôle de la passe de Sousroc pendant que nous combattions pour les seigneurs Rache dans le nord, peu de temps après la formation des Ravens. C'était un type dangereux à l'époque, mais il doit se faire vieux. (Il marqua une pause.) Ilkar en sait sûrement plus que moi.

Le mage sourit enfin. Ses oreilles frémirent et il se pinça le front entre le pouce et l'index.

— Je suis un elfe, Inconnu... Je crains que ça ne soit pas une histoire très exaltante. Travers est peut-être un héros qui livre une guerre méritoire contre les méfaits de la magie. Ou un ancien soldat animé de bonnes intentions mais sourd et aveugle aux réalités actuelles. Tout dépend de quel côté de la barrière on se place...

— Et toi, de quel côté te places-tu ? demanda Hirad.

Il se pencha en avant, posa les mains sur le pommeau de sa selle et s'étira en humant à pleins poumons l'odeur du cuir mêlée à la transpiration de son cheval : un parfum qu'il trouvait étrangement réconfortant.

— De celui de l'aveugle, répondit Ilkar. Au début, beaucoup de gens voulaient qu'il réussisse, et j'en faisais partie. Après la passe de Sousroc, Travers a fondé un groupe pour édicter un code moral visant à limiter la magie destructrice de Xetesk et, dans une moindre mesure, celle de Dordover. Note qu'il ne voulait pas l'interdire. À l'époque, il pensait qu'il fallait la surveiller et réduire son usage à la recherche. Son groupe s'est baptisé la Rose Ailée. Ses membres se faisaient tatouer dans le cou une rose rouge encadrée d'une paire d'ailes blanches. (Il se frotta le côté gauche du cou en parlant.) C'était censé symboliser la liberté et la passion.

— Tu trouves ça logique ? demanda l'Inconnu.

— En quelque sorte... Leurs idéaux initiaux étaient purs. Ils voulaient libérer le pays de l'ombre de ce qu'ils considéraient comme de la magie noire, et ils comptaient y arriver sans recourir à la violence.

— Putain de bordel, souffla Hirad.

— Oui, je vois ce que tu veux dire. Comme tu peux t'en douter, leurs idéaux ont dégénéré progressivement, et leurs mesures régulatrices se sont transformées en chasse aux sorcières qui visent les adeptes de n'importe quel Collège dès que Travers les juge dangereux. Évidemment, je fais partie du lot, surtout depuis que j'ai eu la bonne idée de m'associer à notre glorieux chef.

— Ils portent toujours le fameux tatouage ? demanda Hirad en désignant son propre cou.

— Pas tout à fait, répondit l'Inconnu. Ils ont conservé le motif, mais ils le peignent en noir... Un manque d'originalité flagrante.

— C'est exact, dit Ilkar. Et ils se font appeler les Ailes Noires. Le rose doit les embarrasser...

— C'est comme ça que j'ai su que cette femme était louche. (Hirad mit quelques secondes à comprendre que l'Inconnu ne s'adressait pas à eux.) Et merde !

— De quoi parles-tu ?

— J'ai reconnu ce foutu tatouage... Si j'avais réagi plus vite, j'aurais pu sauver Sirendor. Peut-être... Mais en comprenant que la tueuse était là pour Denser, je n'ai pas eu envie de l'arrêter. Je me moquais qu'il vive ou qu'il meure. D'une certaine façon, je m'en moque toujours.

— À présent, il faut penser à AubeMort, rappela Ilkar.
— Ouais. Si on croit ce que ce maudit mage nous a raconté.
— Toujours sceptique, Inconnu ?
— Toujours elfe, Ilkar ?

Le siège de l'Alliance marchande de Korina conservait l'allure grandiose des siècles passés. Les couloirs, les bureaux, les cuisines et les chambres de l'organisation jadis si fière se dressaient dans des jardins magnifiquement entretenus par des employés de la cité – grâce au don généreux consenti par le troisième comte Arlen pour récompenser les sacrifices de l'AMK pendant la première guerre contre les Ouestiens, trois siècles auparavant. Depuis, la fortune de la famille Arien avait été engloutie par la puissance montante du baron Noirépine, fondée sur le nouveau commerce des minéraux.

Mais l'AMK tentait courageusement de préserver les apparences vis-à-vis du public. À partir du portail de fer forgé, une grande allée conduisait au fronton soutenu par des piliers, dont la double porte d'ébène se détachait sur un chambranle de marbre. Doté de trois étages, le bâtiment principal avait été construit en pierre blanche prélevée dans les carrières des falaises de Denebre, à une centaine de kilomètres au nord-est.

C'était à l'intérieur que les fissures apparaissaient. Dans le hall d'entrée s'alignaient des armures sur pied, ternes et poussiéreuses, car il n'y avait plus assez d'argent pour employer un polisseur. La peinture s'écaillait, de la moisissure tachait les murs, et une odeur de renfermé assaillait les narines. La table de banquet était constellée de coups et d'entailles ; le rembourrage des fauteuils s'échappait des déchirures du tissu aux couleurs passées. Quant aux chambres, aucun seigneur ou baron n'acceptait d'y dormir sans bénéficier de la surveillance d'un garde du corps.

Cette décrépitude déprimait le baron Gresse. L'optimisme qu'il avait éprouvé à l'annonce de la réunion explosa sous les assauts des querelles mesquines que se livrait la douzaine de délégués ayant pris la peine de répondre à l'invitation de l'AMK.

Le seigneur Denebre, qui avait organisé la réunion après les pertes subies lors d'un raid d'Ouestiens sur un de ses convois, dans la passe de Sousroc, était le président actuel de l'AMK. La rumeur affirmait qu'il serait aussi le dernier. Selon lui, Tessaya, le chef de tribu bénéficiaire des droits de passage à Sousroc, avait rompu leurs accords, et il était nécessaire d'engager une action militaire pour garder ouvertes les routes commerciales.

Autour de la table, les délégués portaient leur cynisme comme une armure, des plus âgés – le seigneur Rache aux cheveux blancs, la silhouette noueuse mais encore impressionnante, et l'obscénité barbue et boursouflée nommée seigneur Eimot – jusqu'au plus jeune – l'immense Pontois au visage de rapace.

En trois heures, des disputes futiles les avaient répartis en deux factions. Gresse, Denebre et le fils aîné du seigneur Jaden, dont le fief s'étendait au nord des cités collégiales, furent poussés dans leurs derniers retranchements. Sous la houlette de Pontois, de Rache et de Havern, les autres délégués repoussèrent les exigences de Denebre, l'accusèrent d'avoir provoqué l'escarmouche et demandèrent que ses allégations soient biffées du compte rendu. L'affrontement finit par un débat sur la manière dont l'AMK pourrait tirer parti de l'unification des tribus ouestiennes.

Les trois exclus écoutèrent, muets de stupéfaction et de fureur.

Gresse, qui n'avait pas dit grand-chose depuis le début, prit la parole pour répondre à une question directe de Pontois.

— Je vous trouve étrangement silencieux, Gresse. Vous demandez-vous où trouver l'argent pour réparer le mur d'enceinte de votre château, ou préférez-vous simplement garder votre opinion pour vous ?

— Mon cher Pontois, répliqua le baron, ayant perdu la petite bataille déclenchée par vos soins, vous avez davantage que moi besoin de panser vos blessures. Quant à mon opinion, je crains qu'elle n'aille contre des décisions que vous êtes sur le point de prendre. Surtout celle qui consiste à vendre des armes aux Ouestiens.

— Voyez-vous ça ! railla Pontois. Vous détenez peut-être des informations plus inquiétantes que les seigneurs Rache et Havern ?

— En effet, dit Gresse. (Le respect que les autres lui portaient les fit taire momentanément.) Comme Denebre a essayé de vous le dire, les Ouestiens pourraient envahir Balaia d'un jour à l'autre. Ils sont organisés, puissants et unis. Dès demain matin, à l'aube, je me mettrai en route pour porter assistance à Noirépine.

— Vraiment ? (Pontois étouffa un sourire.) Voilà une aventure qui risque de vous coûter cher.

— L'argent n'est rien, répliqua Gresse. Seule compte notre survie.

— Vos craintes sont sans rapport avec la situation, affirma le seigneur Rache. L'âge affecte sans doute vos facultés de réflexion.

— Depuis des générations, nous – et j'inclus ma famille dans le lot – nous engraissons sur le dos de Balaia, de son peuple et de ses ressources. Nous avons joui de sa beauté et de sa sécurité. Nos désaccords étaient des fétus de paille emportés par le vent face aux conflits qui ont si souvent ravagé l'ouest. Mais plus maintenant. Les Ouestiens se sont enfin unis, et c'est vers nous qu'ils tournent désormais leur attention. Bientôt, nous devrons nous battre pour nos vies contre un ennemi plus fort, plus nombreux et mieux entraîné. N'entendez-vous pas ce que Denebre essaye de vous dire ?

Il se tourna vers Pontois.

— Je pleurerais des larmes de joie sur mes remparts si je voyais vos hommes s'efforcer de nouveau de prendre ma forteresse. Sincèrement. Mais à moins que nous ne fassions quelque chose pour parer la menace qui plane sur nous, c'est un étendard ouestien qui flottera d'ici peu sur le château du pic de Taran.

— Je préférerais attendre les Ouestiens en buvant le vin de vos caves, déclara Pontois. Le temps est si capricieux à cette période de l'année...

Sa plaisanterie arracha aux autres des gloussements ridicules.

— Riez pendant que vous le pouvez ! Je vous plains d'être aussi aveugles, et je plains Balaia davantage encore. J'aime ce pays ! Le matin, j'adore regarder par la fenêtre de mon château pour voir les monts Noirépine scintiller au loin, la rosée s'évaporer dans les pâturages en contrebas et l'air frais caresser les hautes herbes.

— Je serais ravi de réserver une place sur mes remparts à votre fauteuil à bascule, ricana Pontois.

— J'espère que vous serez mort bien avant que je n'aie besoin d'un fauteuil à bascule ! cracha Gresse. Et chaque jour, je me maudirai de devoir protéger votre misérable carcasse pendant que ceux qui sont vraiment loyaux à ce pays luttent pour le défendre.

Il se leva, s'approcha de la porte et s'immobilisa la main sur la poignée.

— Demandez-vous pourquoi Noirépine n'est pas venu. Pourquoi les quatre Collèges se réunissent au lac de Triverne en ce moment même. Et pourquoi les Ravens ont accepté de travailler pour Xetesk, alors qu'ils s'étaient jurés de ne jamais le faire. Tous veulent sauver notre pays des Ouestiens, préserver nos femmes pour qu'elles n'enfantent pas des fils bâtards. Ceux d'entre vous qui refuseront d'aller à Noirépine, à Sous-roc ou aux Collèges pour remettre leur existence entre les mains des dieux de Balaia déchoiront le jour du Règlement. Et ce jour viendra.

Le silence retomba sur la table de banquet pendant que Gresse quittait le siège de l'AMK pour la dernière fois.

Peu avant le crépuscule, Denser entraîna le groupe à l'écart de la route, dans une zone boisée. Il s'arrêta quand la végétation les dissimula. Une fois que tout le monde eut mis pied à terre, Richmond ramassa du bois et alluma un feu. Denser colla sa bouche à l'oreille de sa monture et lui murmura quelque chose en désignant les fourrés. La jument brune s'éloigna dans la direction indiquée et les autres chevaux la suivirent.

— Bien joué, le félicita Richmond.

Denser haussa les épaules.

— Ce n'était rien...

Il s'assit dos à un arbre et alluma sa pipe. Le chat pointa la tête hors de sa robe, sauta à terre et disparut dans les buissons.

— Alors, quel est votre plan ? demanda Talan en chassant de ses yeux la poussière de la route.

— C'est très simple. Nous pensons que l'amulette indique l'emplacement d'un portail qui nous conduira dans l'atelier de Septern. Nous présumons qu'il est dans l'espace interdimensionnel. Étant donné l'origine des symboles gravés sur l'amulette, c'est Ilkar qui devra lancer le sort pour ouvrir le portail.

— Pas de problème, marmonna l'elfe. Je fais ce genre de truc tout le temps.

— Ça suffit ! intervint Hirad. Je vous entends parler de dimensions et de portails depuis un bon bout de temps, et je n'ai toujours pas idée de ce que c'est. Quelqu'un voudrait me fournir une explication, que je puisse comprendre ?

Denser et Ilkar se regardèrent. Le premier hocha la tête à l'attention du second.

— Le concept est très simple à comprendre, mais très difficile à accepter, dit l'elfe. Il existe un nombre inconnu d'autres dimensions – tu les appellerais des mondes – qui coexistent avec le nôtre. Les mages en ont identifié deux, mais visiblement, elles ne sont pas les seules, loin s'en faut.

— Visiblement, répéta Hirad, dubitatif.

— Quel est le problème ? demanda Ilkar, les oreilles frémissantes.

— Je sais que tu as vu un dragon, soupira Talan. Selon toi, il était dans une autre dimension. Et maintenant, tu prétends qu'il existe une multitude de mondes partout autour de nous ? Moi, je ne vois que le ciel, la terre et la mer. Toi, tu veux nous faire avaler que ces dimensions existent bien qu'elles soient invisibles, et tu nous annonces gaiement que tu en connais deux ?

— Désolé, Ilkar, s'excusa Richmond. Mais tu peux sûrement comprendre notre surprise.

— Ouais ! approuva Talan. Et comment quelqu'un a-t-il pu avoir l'idée qu'une telle chose existait ?

— Denser ? lança Ilkar.

Le chat réapparut et vint se blottir dans le giron du mage, museau levé vers lui.

— Nous pensons que Septern l'a toujours su, même

si nous ignorons de quelle façon. C'est lui qui a avancé l'existence d'autres dimensions que celle que nous avions identifiée lors de nos recherches de mana. Maintenant, ça semble évident, et Septern est considéré comme un génie. Mais à l'époque, il s'est fait huer par la communauté magique. C'est pour ça qu'il a quitté Dordover et construit sa propre maison.

— Je ne suis toujours pas plus avancé, fit Hirad, maussade.

— Notre théorie, déclara Denser, c'est que quelque chose dans l'esprit de Septern le sensibilisait aux variations du flux et du reflux de mana qui indique une activité au-delà de notre dimension. Il voyait et percevait des phénomènes qu'aucun autre mage ne pouvait voir ou percevoir. Il était unique. Navré d'être si vague, mais nous manquons d'informations sur ses travaux les plus anciens. De par sa compréhension de la magie, il a développé des annales grâce auxquelles il a pu construire les sorts nécessaires à la création de portails dimensionnels. Au moins, nous le supposons.

— D'accord, dit l'Inconnu. Partons du principe que les dragons vivent dans un autre monde que le nôtre et qu'ils « lient » les dimensions pour pouvoir s'échapper quand ils en ont besoin. Que ça nous plaise ou non, le problème n'est pas là. Je me pose deux questions. Premièrement : qu'est-ce qui empêche les dragons de n'importe quel camp de venir ici ? Deuxièmement, qu'y a-t-il dans leur propre dimension ?

Il se leva et ajouta quelques branches mortes dans le feu.

— Denser, c'est toujours à vous.

Le ton d'Ilkar n'avait rien d'amical.

— Nous savons très peu de choses sur la dimension des dragons. Personne n'y est jamais allé, à l'exception peut-être de Septern. (Le Xetesk fit un signe de tête à

Hirad.) Celui que vous avez rencontré doit appartenir à une grande couvée détenant l'usage exclusif du corridor qui connecte nos deux dimensions. Ce corridor a de nombreux liens avec notre monde : un pour chaque membre de la couvée et son mage dragonen. Les dragons défendent ce passage contre les autres couvées, comme le confirme ce que Sha-Kaan vous a dit.

Il but longuement et se mordit la lèvre en réfléchissant à la suite de ses explications.

— Personne, reprit-il, n'a jamais pu reproduire les travaux de Septern. Donc, nous sommes incapables de voyager entre les dimensions. Avoir trouvé la clé de son atelier pourrait tout changer. À Xetesk, nous avons étudié en détail les écrits de Septern, ce qui nous a permis de lancer la cage des Seigneurs Sorcyers dans l'espace interdimensionnel. Nous avons également découvert la preuve de l'existence d'autres dimensions, mais nous avons pu entrer dans une seule.

— Justement celle dont vous aviez besoin, n'est-ce pas ? lança Ilkar avec une expression dégoûtée.

— Elle s'est révélée très utile, en effet, répliqua sèchement Denser.

— Merci de nous dire pourquoi.

Le ton de l'Inconnu suggérait que ça n'était pas une requête.

— Pour simplifier, c'est une dimension peuplée par ce que vous appelleriez des démons. Pas la peine de vous exciter : ils ne peuvent pas vivre dans notre monde sans une... modification majeure... et sans l'aide incessante d'un mage.

Denser tendit distraitement la main pour caresser son chat. L'animal ronronna et s'étira.

— Pourquoi ? demanda Richmond.

— Parce qu'ils ont besoin de mana pour exister. C'est l'air qu'ils respirent. Et la concentration n'est pas assez forte dans notre dimension. Inversement, nous ne pourrions pas vivre dans la leur, parce qu'elle est trop « riche » pour nous. Xetesk, je l'avoue, puise son mana dans cette dimension démoniaque.

— Et c'est mal, n'est-ce pas, Ilkar ? demanda Richmond en se tournant vers le mage julatsien.

— Ce n'est pas l'utilisation du mana que je réprouve, mais les méthodes employées pour ouvrir le portail. Inutile de les examiner en détail. C'est une affaire de morale.

Les membres du groupe se turent, chacun s'efforçant d'assimiler ce qu'il venait d'entendre. Pour Hirad, ce n'était que divagations. Le barbare avait posé la première question, mais il avait à peine écouté la réponse, et il n'était pas certain de la comprendre. Ni de s'en soucier. Il n'arrivait pas à se concentrer ; des images de Sirendor s'imposaient sans cesse à son esprit, son cœur sonnant le glas dans sa poitrine.

— En avez-vous assez entendu ? demanda Denser.

— Encore une chose. (Richmond fronça les sourcils.) Où sont ces autres dimensions par rapport à la nôtre ? Dans les étoiles, peut-être ?

— Non, répondit Denser avec une ébauche de sourire. Mais ce n'est pas une mauvaise analogie. Représentez-vous un vide plus vaste que votre esprit ne peut le concevoir, et peuplez-le d'un nombre sans doute infini de bulles représentant chacune une dimension. Puis – c'est le plus difficile – imaginez que ces bulles sont partout et nulle part en même temps. Ainsi, il n'existe aucune distance physique entre elles, et le déplacement de l'une à l'autre peut être instantané, à condition que les critères d'alignements soient réunis. (Il marqua une pause.) Cette description vous paraît juste, Ilkar ?

— Elle correspond à ce que j'en sais, répondit l'elfe.

Mais son expression suggérait qu'il venait d'apprendre quelque chose de nouveau. Talan revint à la charge.

— Alors, comment le dragon pouvait-il être en possession de l'amulette ?

— Bonne question. Peu de temps après que Septern eut annoncé l'existence du texte d'AubeMort, il a disparu. Nous supposons qu'il a franchi son portail dragonen, ou un autre de sa création. Sans doute voulait-il que nous partagions ses découvertes un jour. Étant un Dragonen, il était logique qu'il confie la clé de son atelier – l'amulette – aux dragons et leur laisse le soin de décider quand nous serions prêts. Nous avons un peu anticipé ce moment, c'est tout. Autre chose ? (Pas de réponse.) Parfait. Nous partirons aux premières lueurs de l'aube.

Hirad foudroya le mage du regard.

— Laissez-moi vous dire quelque chose, Denser, susurra-t-il. (Il dégaina une dague et passa négligemment son pouce sur le tranchant de la lame.) Ce n'est pas vous qui commandez ici. Si les Ravens sont d'accord, nous irons à l'atelier de Septern. Mais pas avant.

— Si c'est ainsi que vous voulez présenter les choses...

— C'est ainsi qu'elles sont, conclut le barbare. À l'instant où vous l'oublierez, vous serez seul. Ou mort.

— Et Balaia mourra avec moi.

— Nous avons votre seule parole pour garantie, rappela l'Inconnu. Hirad approuva du chef. Denser se rembrunit.

— Je suis le seul qui sache ce que nous devons faire, dit-il.

— Pour le moment. Mais ne vous inquiétez pas : dès que nous aurons compris, nous aurons notre mot à dire sur la manière de procéder. Vous pouvez compter là-dessus.

Le feu de Richmond crépitait, et une légère brise agitait les frondaisons.

La nuit était presque tombée. Denser tapota le culot de sa pipe sur les racines de l'arbre.

— Si je puis me permettre une suggestion..., dit-il, je pense qu'il est temps de dormir.

Chapitre 8

Ségrégation. Méfiance. Mana. L'air en était chargé, comme il l'est d'électricité avant un orage.

Le lac de Triverne s'étendait au pied des monts Noirépine, à l'endroit où l'immense chaîne commençait sa lente descente vers le bras de Triverne, à plus de cent cinquante kilomètres au nord. Touchées par la magie, ses eaux protégées offraient de parfaites conditions de développement aux arbres d'un vert intense qui le bordaient sur trois côtés, laissant seulement sa rive est à nu. Une végétation luxuriante, piquetée de fleurs aux couleurs vives, formait un tapis entre les troncs et remontait jusque dans les collines. Plus haut, l'air froid qui descendait des montagnes ne laissait pousser que des buissons robustes, de la mousse et des fougères. Une multitude d'oiseaux de toutes les espèces se rassemblait autour du lac dans toute la gloire de leur chant et de leur plumage aux couleurs de l'arc-en-ciel.

La pluie qui s'abattait périodiquement sur les monts Noirépine et ruisselait de ses pics ne semblait jamais affecter l'équilibre naturel de Triverne. Des rivières souterraines l'alimentaient toute l'année, et les eaux des cascades, gonflées à la saison des pluies, venaient s'écraser dans un profond bassin, en surplomb du lac.

Le jour de la réunion, la surface du lac était calme,

à peine agitée par une brise qui la festonnait d'infimes ondulations. Sous la lumière tiède du soleil qui brillait dans un ciel légèrement nuageux, Triverne aurait dû offrir un spectacle de beauté et de sérénité. Mais le Pavillon gâchait l'harmonie de ce tableau. Fièrement érigé à moins de cinquante pas du lac, il était le point focal d'une tension si épaisse qu'elle semblait s'accrocher aux vêtements, aux cheveux et à la peau des émissaires.

Le Pavillon était un modèle de perfection géométrique avec ses côtés égaux et ses quatre entrées équidistantes les unes des autres ombragées par des bannières aux couleurs des quatre Collèges, et protégées par des phalanges de gardes collégiaux, à l'extérieur comme à l'intérieur. Les maîtres avaient pris place aux tables carrées installées derrière leurs entrées respectives.

Pour Lystern, c'était Heryst, le Seigneur Aîné. Pour Julatsa, Barras, Chef Négociateur et représentant de son Collège à Xetesk. Pour Dordover, Vuldaroq, le Seigneur de la Tour. Et pour Xetesk, Styliann, le Seigneur du Mont. Chacun était flanqué de deux délégués.

Assis dans son fauteuil d'hermine, Styliann tenta d'évaluer l'humeur de ses... Comment les décrire ? Des collègues ? Ou devait-il plutôt dire des adversaires ?

Barras, le Julatsien, était un vieil elfe qu'il connaissait bien. Impatient et irritable, mais intelligent. Ses yeux bleu clair brillaient sur son visage aux rides profondes et sa chevelure blanche couvrait une de ses épaules. Comme d'habitude, sa main droite pianotait sur la surface la plus proche, à savoir l'accoudoir de son fauteuil.

Heryst, l'envoyé de Lystern... Un homme calme au visage à moitié dissimulé par les ombres que projetaient les oreillettes de son fauteuil. Le menton reposant sur le bout de ses doigts joints, il paraissait aussi détendu et à l'aise que possible en pareille compagnie. Styliann le respectait pour ses conseils toujours pleins de prudence. Et parce qu'à quarante-cinq ans, c'était le plus jeune Seigneur Aîné nommé par Lystern. Voilà qui leur faisait un point commun, bien que l'ascension de Styliann au pouvoir n'eût pas suivi des voies aussi démocratiques.

Il soupira. Vuldaroq... Une grande gueule qui, quand on l'asticotait, décochait des traits aussi rapides qu'une flèche elfique, mais guère plus précis qu'un boulet de catapulte. Le visage déjà rouge de contrariété, le Seigneur de la Tour dordovane était penché en avant, les bras posés sur la table, les yeux plissés, sa masse considérable engoncée dans un fauteuil qui devait sûrement être spécialement élargi. Styliann savait ce que ça signifiait : une réunion des menuisiers approuvés par les Collèges, dans le but de fabriquer de nouveaux sièges pour tous ! Maudits soient les Dordovans et leurs ridicules notions d'égalité. Chaque fois que quelqu'un ajoutait une broderie à sa cape, les débats étaient retardés de plusieurs jours.

Cette fois, il ne pourrait pas y avoir de délais ni de chamailleries sous peine de signer leur arrêt de mort à tous. Et Styliann était déterminé à ce que Xetesk survive. Tous les yeux rivés sur lui, il s'assura que ses conseillers fussent installés confortablement, but une gorgée d'eau et se leva.

— D'un que nous étions, à quatre que nous sommes devenus, je vous souhaite la bienvenue, commença-t-il. Messires, je vous suis très reconnaissant d'avoir répondu à mon invitation dans d'aussi brefs délais.

Une formule de politesse dénuée de sens. Quand un des Collèges réclamait une réunion au lac de Triverne, les autres devaient y assister impérativement.

— Aucun de vous n'a pu manquer de constater que

les Ouestiens redoublaient d'activité du côté occidental des monts Noirépine. (Les délégués s'agitèrent, mal à l'aise. Styliann sourit.) Allons, messires, nous pouvons nous épargner les pieux démentis, ne croyez-vous pas ?

— Vous serez peut-être surpris de l'apprendre, mais les autres Collèges ne se livrent pas à un espionnage aussi intense que le vôtre, dit Barras en cessant de pianoter sur l'accoudoir de son fauteuil.

— Je n'en doute pas. Mais je suis certain que vous avez tous au moins un agent digne de ce nom, qui vous aura rapporté assez d'informations pour éveiller votre nervosité.

Vuldaroq s'épongea le visage avec un mouchoir.

— Tout ça est terriblement intéressant, Styliann, mais si vous nous avez fait venir pour que nous confirmions les compétences de nos serviteurs, des choses plus importantes réclament mon temps et mon attention.

— Mon cher Vuldaroq, répliqua Styliann sur le ton le plus condescendant qu'autorisait le protocole, il n'est pas dans mon intention de gaspiller du temps, le mien moins encore que le vôtre. Néanmoins, je suis curieux de savoir de quel niveau d'activité ouestienne vos espions font mention. (Il eut un petit rire et écarta les mains.) Si vous êtes prêts à me révéler ce genre de détail.

— Je n'y vois pas d'inconvénient, dit Heryst. Nous n'avons personne dans l'ouest depuis des semaines, mais on nous a rapporté l'émergence d'une fragile unité tribale. Faute d'un chef des chefs pour assurer la cohésion, nous ne pensons pas que les Ouestiens soient une menace réelle à long terme.

— Je me permets de vous contredire, grogna Vuldaroq. Nous avons des espions dans les Contrées Ouestiennes et dans le moyen-occident. Nous estimons que les armées massées dans cette région comptent une trentaine de milliers d'hommes entraînés. Mais un conflit intertribal semble probable, et aucune preuve ne permet d'affirmer qu'un mouvement en masse aura lieu en direction des monts Noirépine.

— Barras ? demanda Styliann, conscient des battements anxieux de son cœur.

Aucun d'eux n'avait rien vu. Mais peut-être que le vieil elfe...

— La réalité, c'est qu'il n'existe pas de menace réelle en provenance de l'ouest, aussi importantes que soient les forces ennemies. Sans un soutien magique comme celui dont elles ont bénéficié à l'époque des Seigneurs Sorcyers – si « bénéficié » est le bon terme –, elles n'ont aucun espoir de nous dominer. Je doute qu'elles s'aventurent beaucoup plus loin que la passe de Sousroc.

— Après tout, les Wrethsires ne sont pas vraiment un substitut adéquat, gloussa Heryst.

— Ils pourraient quand même faire souffler le vent un peu plus fort, dit Vuldaroq.

Tous les envoyés éclatèrent de rire, à l'exception de ceux de Xetesk. Quand le calme fut revenu, Barras prit la parole.

— Je présume, Styliann, que vous avez d'autres informations à nous communiquer. À moins qu'il s'agisse d'une réunion d'agrément ?

Son sourire mourut sur ses lèvres quand il vit l'expression lugubre du Seigneur du Mont.

— Il y a eu un problème dans l'espace interdimensionnel.

Un silence absolu tomba sur le Pavillon. Les délégués retinrent leur souffle et écarquillèrent les yeux. Styliann les dévisagea les uns après les autres. Vuldaroq était rouge sang. Heryst semblait avoir du mal à assimiler ce qu'il venait d'entendre et Barras pianotait plus furieusement que jamais.

Ce fut lui qui rompit le silence.

— J'en déduis que les âmes des Seigneurs Sorcyers ne sont plus sous votre contrôle.

— En effet. (Styliann baissa les yeux sur ses notes.) Voilà pourquoi j'ai organisé cette réunion. Xetesk pense que la situation est critique.

— Nous sommes tout ouïe, affirma Barras, la bouche sèche.

— Je serai bref. Soixante mille Ouestiens armés et unifiés préparent une invasion. Actuellement, ils sont basés dans leurs contrées, donc à dix jours des monts Noirépine. Mais ils s'emparent de communautés agricoles situées à moins de trois jours de cheval de la passe de Sousroc pour les transformer en avant-postes. Les dommages qu'a subis leur prison pendant l'ouverture d'un portail dragonen ont permis aux Seigneurs Sorcyers de récupérer leur mana et de s'échapper. Nous pensons qu'ils sont revenus sur Balaia et qu'ils doivent être en train de se *reconstituera* Parve. En ce moment même, un de mes agents y va pour évaluer la situation. Tels sont les faits à ma connaissance. Nous risquons la catastrophe.

Il y eut une autre pause pendant laquelle les délégués échangèrent des notes griffonnées à la hâte.

— C'est un échec majeur pour Xetesk et pour son Seigneur du Mont, dit Vuldaroq. La cage de mana était votre plus grand triomphe... et la voilà disparue.

Styliann soupira et secoua la tête.

— Est-ce votre unique conclusion, Vuldaroq ? Nous affrontons une menace si grave que je doute de nos chances de survie, et plus encore de nos espoirs de victoire. Et votre seule réaction est de discréditer un travail que nous avons effectué pendant trois siècles au nom de tous les peuples de Balaia. Les Dordovans inclus.

Il se rassit.

— N'oublions pas, intervint Barras, que seul Xetesk disposait des moyens et des compétences nécessaires pour emprisonner les Seigneurs Sorcyers. Les autres Collèges ne se sont pas bousculés pour l'aider. En ce qui me concerne, j'aimerais remercier Xetesk de ses efforts et d'avoir réagi instantanément en organisant cette réunion.

Vuldaroq s'empourpra. Il se renfonça dans son fauteuil en s'épongeant le front, fulminant de constater qu'il s'était mépris sur les dispositions de Julatsa. Et sur celles de Lystern, comme il n'allait pas tarder à le découvrir.

— J'ajoute mes remerciements à ceux de Barras, dit Heryst en se levant. Nous devons répondre à une série de questions critiques qui sont à mon avis les suivantes. Les Seigneurs Sorcyers peuvent-ils recouvrer leur ancien pouvoir, et combien de temps leur faudra-t-il pour se reconstituer physiquement ? L'invasion ouestienne dépend-elle de cet événement, ou aura-t-elle lieu avant ? Enfin, quelle sera notre réaction, et sur quelle aide pouvons-nous compter ? Le débat est ouvert.

Il se rassit. Styliann toussota.

— Je suis un peu gêné. Il est un fait que j'ai négligé de mentionner.

— Très surprenant, ça, marmonna Vuldaroq en faisant la moue.

— Logiquement, vous supposez que la brèche dans la cage de mana s'est produite récemment, ce qui peut être le cas. Mais je dois préciser, considérant la nature et la fréquence de nos calculs magiques, que les Seigneurs Sorcyers pourraient avoir regagné Parve depuis trois mois.

Il y eut un autre silence, vibrant de colère, cette fois.

— Combien de temps reste-t-il avant leur reconstitution ? demanda Heryst.

— Je n'en ai aucune idée, avoua Styliann. Je ne suis pas un spécialiste de leurs travaux.

— Donc, ils pourraient avoir déjà repris leur forme physique !

— Si c'était le cas, nous en aurions entendu parler, coupa Barras. Souvenez-vous qu'ils ne sont plus qu'un amas d'ossements calcinés. Leur reconstitution ne se fera pas en un clin d'œil.

— Nous avons déjà sous-estimé les Seigneurs Sorcyers par le passé, rappela Heryst.

— Nous ne commettrons pas la même erreur deux fois, promit Styliann. D'où cette réunion.

— Cette partie de la conversation ne nous mènera nulle part, dit Vuldaroq. Nous pouvons uniquement émettre des suppositions sur le moment où les choses se produiront. Mais nous avons établi qu'il était urgent de lever des défenses, et nous devrions nous concentrer sur la forme qu'elles prendront.

— Ce qui ne nous dispense pas de chercher à obtenir cette information, dit Styliann. Je vous communiquerai les découvertes de mon agent à Parve dès que je serai en leur possession. Je conseille à ceux d'entre vous qui ont des cellules d'espionnage actives de les envoyer sans tarder dans les Contrées Ouestiennes et dans le désert Déchiré. Nous ne pouvons pas nous permettre de nous laisser prendre par surprise.

Des murmures d'assentiment coururent autour des tables tandis que les délégués recommençaient à griffonner.

— Pour revenir aux questions d'Heryst... Je pense que la deuxième est vitale, mais que nous ne pouvons pas y répondre pour le moment, dit Vuldaroq en se pinçant le nez.

— Pourquoi ? demanda Styliann.

— Parce que la réponse sera apparente quand les Ouestiens se mettront en marche. À ce moment-là, nous verrons bien si la reconstitution a déjà eu lieu ou pas.

— Je ne suis pas d'accord, dit Barras. Nous savons déjà que les Ouestiens sont dirigés par leurs chamanes. Au regard des révélations de Styliann, cela trahit l'influence des Seigneurs Sorcyers. Je soupçonne qu'elle est déjà très forte, même s'ils n'ont pas encore repris leur forme physique. L'agent de Styliann nous le confirmera. À mon avis, nous pouvons nous attendre à une tentative d'invasion avant que la reconstitution soit achevée.

— N'oubliez pas que les Ouestiens doivent se préparer depuis un moment, fit remarquer Heryst. Pour avoir rassemblé des forces aussi considérables...

— Tout à fait, approuva Barras. Et pour ce que nous pouvons en dire, ils ne se battent pas entre eux. Pas encore. Une fois de plus, c'est certainement dû à une influence extérieure. Mais comme Vuldaroq le fera sûrement remarquer, nous ignorons quand ils se mettront en marche. Nous devons boucher les failles de l'est et ériger nos défenses le plus vite possible.

— Voilà qui nous amène au point clé de cette réunion, déclara Styliann. Nous avons besoin d'une armée. Et nous en avons besoin tout de suite !

— Remercions les dieux de tant nous haïr les uns les autres ! jubila Barras. Sinon, nous n'aurions jamais entretenu des gardes collégiales aussi importantes. (Il y eut quelques éclats de rire.) De combien d'hommes disposons-nous ? (Les rires cessèrent aussitôt.) Il doit y avoir environ six mille soldats en exercice à Julatsa, dont la moitié gardera ma cité. En l'espace d'un mois, je peux lever huit mille réservistes.

— Je n'ai pas de chiffre précis à donner, dit Vuldaroq. La milice de la cité doit compter dans les deux mille hommes, et la garde collégiale trois fois autant. Je pourrais vous le confirmer après une Communion.

— Heryst ?

— Onze cents soldats en exercice, deux cents chevaux et pas plus de deux mille réservistes, la plupart étant des miliciens à temps partiel. Nous n'avons pas les fonds nécessaires pour entretenir des forces supérieures...

— Mais vous avez le meilleur général de Balaia, souligna Styliann.

Heryst inclina la tête pour le remercier de ce compliment.

— C'est un fait...

— Quant à vous, Styliann, lança Vuldaroq, je suppose que vos rejetons démoniaques sont plus nombreux que nous tous réunis.

— Non, parce que nous avons construit des murs pour limiter la mobilisation. La milice compte sept cents hommes, la garde collégiale cinq mille, et les Protecteurs sont actuellement un peu moins de quatre cents.

Barras effectua un rapide calcul mental.

— Même en comptant nos réserves, nous serions à peine à un contre trois. Et l'AMK ?

— J'aimerais pouvoir annoncer que ses membres se mobilisent, mais la vérité, c'est que leurs sempiternelles querelles internes engloutissent leur argent et les aveuglent, dit Styliann. J'ai fourni toutes les informations que j'ai pu au baron Gresse, et il a pris la menace au sérieux. Il doit rencontrer ses collègues à Korina, mais je doute qu'il en sorte quoi que ce soit de positif. À côté de leurs manigances, nos soupçons mutuels sont des jeux d'enfants.

— Pouvons-nous compter sur une aide de leur part ? demanda Heryst.

— Gresse et Noirépine nous soutiendront dans la baie de Gyernath, mais les autres...

Styliann secoua la tête.

— Parasites inutiles..., grommela Vuldaroq.

— Je suis d'accord avec vous... Alors, que fait-on maintenant ? demanda Barras.

— Nous déterminons le nombre d'hommes que nous sommes prêts à fournir, dit Vuldaroq, nous désignons un commandant en chef et nous rentrons chez nous réviser notre magie offensive.

— Heryst, Darrick est-il là ? demanda Barras.

Heryst sourit.

— J'ai jugé plus prudent de l'amener.

— Dans ce cas, nous pouvons nous éviter la peine de choisir un commandant. Le général Darrick est le seul officier qui jouit du respect de tous et qui a les compétences indispensables pour cette mission. Je suggère que nous le fassions venir, et que nous lui demandions de quoi il aura besoin.

Une fraternité rarement présente lors des réunions intercollégiales régna un instant sous le Pavillon.

Heryst la dissipa brutalement.

— Et pendant que nous attendons, nous pourrions peut-être répondre à une question que nous semblons avoir négligée jusqu'ici. Comment, par les dieux, arrêterons-nous les Seigneurs Sorcyers ?

Tout le monde l'avait senti venir. La tension n'avait cessé d'augmenter depuis leur départ de Dordover, mais l'incident n'en fut pas moins regrettable.

Maintenant qu'ils se trouvaient à deux journées de cheval du château, Thraun leur avait fait quitter les routes connues pour s'enfoncer dans la campagne balaienne. Des éboulis rocheux et des bosquets épais masquaient les étroits plateaux et les pentes raides entre lesquels serpentaient les ruisseaux et s'étendaient les zones marécageuses. La progression était lente et difficile. Plus d'une fois, les cavaliers furent forcés de mettre pied à terre et de guider leurs chevaux sur un sol accidenté où un sabot mal posé aurait pu provoquer un désastre.

Thraun sentait que leur allure sapait le moral déjà défaillant d'Alun. Malgré les paroles réconfortantes qu'il lui avait prodiguées, et la certitude qu'il n'existait pas de route plus sûre, l'impatience du mari d'Erienne menaçait d'exploser à tout moment.

Quand le soleil disparut derrière les frondaisons et les nuages de la fin d'après-midi, Thraun ordonna une halte au bord d'un torrent. Des broussailles et des arbres s'accrochaient péniblement aux berges escarpées. Un amas de rochers couverts de mousse indiquait qu'une cascade coulait là autrefois. Le guerrier sauta à terre et flatta l'encolure de son cheval, qui pencha la tête vers l'eau pour boire doucement. Des nuages s'amassaient à l'ouest, et l'odeur de la pluie, bien qu'encore légère, se faisait plus forte alors que la chaleur de la journée cédait la place à la fraîcheur du soir.

— On y voit encore, dit Alun. On devrait continuer.

— La nuit tombe très vite dans ces vallées, répliqua Thraun. Et nous serons en sécurité ici. (Il posa une main sur l'épaule de son ami.) Nous arriverons à temps. Fais-moi confiance.

— Qu'en sais-tu ?

Alun se dégagea et s'éloigna, étudiant le site de leur campement.

— Tout ira bien tant qu'il ne pleuvra pas, dit Will. (Il regarda Alun et se rembrunit.) Est-ce qu'il... ?

— Non, pas vraiment. Je crois qu'il est à bout de

nerfs. Tâche de ne pas le bousculer. Il a besoin de tout le réconfort que nous pouvons lui apporter. (Thraun huma l'air. Une brise légère agitait le feuillage.) Et je ne crois pas qu'il pleuvra...

— Fais en sorte qu'il garde son calme, recommanda Will. Nous ne pouvons pas nous permettre qu'il nous claque dans les pattes.

— Allume le poêle... Pendant ce temps, je vais lui expliquer deux ou trois choses.

Will hocha la tête. Thraun approcha de son ami d'un pas silencieux. Alun s'était assis sur les graviers, près d'un lacet du torrent. Il tenait une poignée de cailloux qu'il secouait lentement ; de temps en temps, il en prenait un et le lançait dans l'eau.

Il sursauta quand Thraun vint s'asseoir près de lui.

— Tu m'as fait peur.

— Désolé.

— Comment peux-tu être si calme ?

— J'ai de l'entraînement... Allons, confie-moi ce qui te tracasse, et je te dirai pourquoi tu ne devrais pas t'en faire.

Alun s'empourpra. Les yeux humides, il dévisagea Thraun.

— Ça me paraît évident, non ? lança-t-il d'une voix un peu trop forte pour cet environnement paisible. Nous n'avançons pas assez vite. Le temps que nous arrivions, ils seront morts...

— Alun, je sais ce que je fais. C'est pour ça que tu t'es adressé à moi, tu t'en souviens ? (Thraun s'efforçait de parler calmement, mais son ton bourru naturel ressortait quand même.) Nous savons que leur but n'était pas de les assassiner ; sinon, ils se seraient épargné la peine de les enlever. Nous savons aussi qu'Erienne gagnera le plus de temps possible, et se montrera coopérative en attendant qu'on vienne la délivrer ou qu'on la relâche. Je sais que c'est dur pour toi.

À ta place, je ressentirais la même chose. Mais il faut que tu sois patient.

— Patient, répéta Alun, amer. Nous allons rester tranquillement ici, à manger et à dormir, pendant que ma famille est à un doigt de la mort ! Comment oses-tu te montrer si calculateur ? Tu joues avec leur vie !

— Calme-toi, fit Thraun, le jaune de ses prunelles s'accentuant. Crier risque de nous faire repérer. Je comprends ton inquiétude et ton désir d'aller plus vite, mais crois-moi, je ne joue avec la vie de personne. Nous ne pouvons pas nous permettre de foncer tête baissée, à moins de vouloir courir au massacre. Pour sauver ta famille, nous devons être frais et dispos. Et maintenant, viens manger un morceau, s'il te plaît.

— Je n'ai pas faim.

— Tu as besoin de reprendre des forces. Jeûner ne t'aidera pas à avoir les idées claires.

— Désolé, mais je ne peux pas rester assis là à ne rien faire !

Effrayés par les éclats de voix d'Alun, des oiseaux s'envolèrent. Will jaillit de nulle part et lui plaqua une main sur la bouche. Son regard était furieux, son expression méprisante.

— Tu préfères sans doute risquer ma vie en bramant de la sorte ? Ferme-la, ou je t'égorge pour qu'on puisse continuer en paix.

— Will, lâche-le ! grogna Thraun.

Il fit mine de se lever, mais un coup d'œil du petit homme l'en dissuada. Pétrifié, Alun regarda Thraun pour quêter une aide que son ami ne voulait ou ne pouvait pas lui apporter.

— Nous délivrerons ta famille à notre façon, dit Will à l'oreille d'Alun. Nous ne nous presserons pas et nous serons prudents, parce que c'est le seul moyen de nous en sortir vivants. Que tu sois avec nous ou que tu gises dans ce torrent sur le ventre ne fait aucune différence pour moi : je toucherai ma paye quand même. Mais comme ta famille préférerait la première solution, je te suggère de fermer ta grande gueule ! (Il lâcha Alun et s'éloigna, passant devant Thraun.) Il ne faut jamais accepter qu'un client nous accompagne !

De l'autre côté du poêle, où chauffait une casserole d'eau, Jandyr avait observé la scène, le cœur lourd. Il lui semblait évident qu'ils ne formaient pas une équipe de récupération très performante, même si tous les ingrédients étaient réunis. Ils avaient un maître voleur, un pisteur silencieux et un chasseur. Tous rapides, bons combattants et dotés d'un esprit vif. Mais leurs personnalités ne collaient pas. Malgré sa carrure et sa présence, Thraun était trop gentil et influençable. Du coup, Alun était avec eux, au lieu d'attendre sagement chez lui le retour de sa famille. Et Will... Le besoin de tout garder sous contrôle trahissait son manque de calme intérieur : un défaut rédhibitoire dans sa profession.

Quant à Jandyr, il avait du mal à s'investir dans ce qu'il faisait. Ce n'était pas un vrai mercenaire : juste un elfe qui s'efforçait de monnayer ses talents d'archer en attendant que sa vocation se révèle à lui. Il espérait seulement la découvrir avant qu'il ne soit trop tard. À voir ses trois compagnons assis loin les uns des autres dans un silence maussade, il se demanda si ça n'était pas déjà le cas.

Le général Ry Darrick lissa du plat de la main la carte déroulée sur la table. Les mages seniors des quatre Collèges se pressèrent autour de lui. Les autres délégués durent se contenter de tordre le cou pour essayer d'y voir. Seul Vuldaroq resta assis.

Darrick mesurait plus d'un mètre quatre-vingts. Ses

cheveux bruns, épais et bouclés, étaient rasés autour de ses oreilles, sur son front et au-dessus de sa nuque. Cette crinière indomptable lui donnait un aspect juvénile renforcé par son visage rond, bronzé et rasé de près. Pourtant, il avait trente-trois ans, et fort peu de gens commettaient plus d'une fois l'erreur de le croire naïf ou malléable. Quand il se pencha sur la carte, les mages étaient pendus à ses lèvres.

Darrick s'était bâti une réputation de maître tacticien à l'époque où Tessaya tentait de s'emparer de la passe de Sousroc. Il avait lancé jusqu'au cœur des Contrées Ouestiennes des raids visant à couper les lignes de ravitaillement et l'arrivée des renforts, obtenant ainsi quatre années de sursis pour les défenseurs. Depuis, les barons qui pouvaient s'acquitter des tarifs réclamés par Lystern, et qui n'avaient pas déjà engagé les Ravens, recherchaient ses conseils à chaque conflit majeur. Personne ne doutait qu'il saurait s'attirer le respect de l'armée hétéroclite que formeraient les quatre Collèges.

— La bonne nouvelle, c'est que le nombre de nos troupes en exercice devrait nous permettre d'enrayer l'invasion. Si votre estimation des forces ouestiennes est correcte ! Et j'aimerais autant qu'elles attaquent sans le soutien des Seigneurs Sorcyers. Parce que s'ils réussissent à enfoncer nos défenses, je crains que nous n'ayons pas grand-chose en réserve pour les empêcher d'atteindre Korina, Gyernath et les Collèges. Tout le monde y voit bien ? demanda-t-il soudain en désignant la carte.

Le relief de Balaia était dominé par les monts Noirépine, qui, telle une cicatrice irrégulière, s'étendaient du nord au sud, d'une côte à l'autre, divisant le continent en deux parties presque égales. À l'est, on trouvait la plus petite moitié, que ses indigènes aimaient à appeler « civilisée ». De riches terres cultivables, des forêts denses, de nombreux cours d'eau douce et des ports naturels fournissaient des conditions idéales aux habitants et à leurs activités commerciales. À l'ouest prédominaient les sols accidentés et rocailleux, couverts de broussailles et d'une fine couche de terre balayée par le vent. Seules quelques poches plus fertiles avaient permis le développement de communautés productives. Au sud-ouest, les Contrées Ouestiennes grouillaient de tribus ; au nord-ouest, on trouvait le désert Déchiré. Un mythe populaire affirmait que les deux moitiés de Balaia étaient autrefois des continents séparés, à la dérive dans l'océan, qui s'étaient percutés avec des résultats cataclysmiques. Les éboulis monstrueux qu'on pouvait observer dans les endroits les plus désolés des monts Noirépine conféraient une certaine crédibilité à cette théorie.

— Pas besoin d'être général pour savoir qu'il existe trois points potentiels de pénétration à l'est. Au sud, la baie de Gyernath, au nord, le bras de Triverne, et bien entendu, la passe de Sousroc qui traverse la chaîne montagneuse. Nous pouvons écarter l'hypothèse que les Ouestiens emprunteront les passes souterraines situées ici, ici et là, parce qu'elles sont dangereuses et pas du tout adaptées à un déplacement massif de troupes. Mais ça ne signifie pas que je les négligerai complètement...

Le général prit un verre d'eau et se redressa pour boire.

— Vous ne pensez pas qu'ils tenteront d'accoster plus loin sur les côtes nord et sud ? demanda Barras.

— Pas en grand nombre, en tout cas. Ils enverront des groupes d'assaut isolés au moins jusqu'à Gyernath, mais ils ne disposent pas des navires appropriés pour transporter leurs troupes sur une longue distance. En revanche, il est facile et rapide de traverser une baie. N'importe quel type de bateau conviendra.

— Alors, que vont-ils faire ?

Vuldaroq suivit des yeux le tracé inégal des côtes de Balaia.

— Nous devons tenir compte de deux objectifs liés, le second étant subordonné au premier, répondit Darrick. Depuis longtemps, les Ouestiens ont juré de détruire les quatre Collèges. Les Seigneurs Sorcyers le désirent aussi, mais ce n'est qu'une petite partie de leur plan pour prendre le contrôle du continent. Par conséquent, leur attaque principale se concentrera sans doute sur la passe de Sousroc et sur le bras de Triverne.

« Sousroc verra passer le plus gros du trafic. C'est un accès rapide vers l'est. On peut y faire transiter de l'équipement lourd, et les Ouestiens la contrôlent déjà aux deux extrémités. Par bonheur pour nous, elle n'est pas assez large pour qu'un grand nombre d'hommes puisse en jaillir d'un coup. Mais nous devrons les affronter à la sortie même, ce qui limite nos options défensives. Je vais me poster là-bas avec cinq cents cavaliers et cinq mille fantassins. Pour l'instant, la garnison de Sousroc, envoyée par l'AMK, sert uniquement à nous avertir des premiers signes d'une invasion. Elle compte moins d'une centaine d'hommes peu expérimentés et mal entraînés. Je réclamerai un soutien magique quand j'aurais évalué nos besoins sur place.

« Je ne saurais trop insister sur l'importance d'enrayer l'invasion à Sousroc. La passe est à moins de quatre jours de cheval de Xetesk. Entre les deux, il n'y a pas grand-chose qui pourrait nous permettre d'arrêter des forces ennemies.

Darrick s'interrompit pour évaluer les réactions de son auditoire. Les mages semblaient très concentrés. Barras se mordillait l'index, Vuldaroq faisait la moue et Heryst hochait la tête en étudiant la carte.

Styliann fronça les sourcils.

— Vous avez quelque chose à dire, seigneur ? demanda Darrick.

— Pourquoi ne pas nous emparer de la passe ?

— Ce n'est pas nécessaire d'un point de vue tactique. Personnellement, je considérerais cette manœuvre comme de la folie. Les Ouestiens doivent renforcer leur garnison en ce moment même, et les baraquements, à Sousroc, peuvent recevoir plus de six mille hommes.

— Mais avec une magie offensive adéquate...

— Dans l'état actuel des choses, nous perdrions nos hommes trois fois plus vite que les Ouestiens. Nous ne pouvons pas nous le permettre ! Pour que j'envisage sérieusement cette option, il faudrait que votre magie inverse les probabilités. Ou qu'elle les fasse passer au moins à plus d'un Ouestien mort pour chacun de nos défenseurs éliminé. Or, aucun sort n'est efficace à ce point.

Styliann sourit.

— Certes. Mais si prendre la passe devenait une nécessité stratégique – après tout, il faudra bien affronter les Seigneurs Sorcyers tôt ou tard, et nous ne pouvons pas espérer qu'ils viennent à nous –, serait-ce possible ?

— Tout est possible, seigneur, répondit froidement Darrick.

— Vous avez une idée intéressante, Styliann ? demanda Vuldaroq.

— Non. Je souhaite seulement que nous ne nous fermions aucune porte.

— Je m'assurerai que ça ne soit pas le cas... (Darrick fit une courbette imperceptible.) Passons maintenant au bras de Triverne. Ouvert, difficile à défendre à partir du rivage et à moins de quatre jours de cheval de Julatsa...

Styliann ne l'écoutait plus. Ne pas reprendre la passe revenait à hypothéquer la victoire finale. Hélas, il ne pouvait pas insister sans dévoiler ses plans personnels. Seul, il ne réussirait pas à faire changer Darrick d'avis. Peut-être était-il temps de révéler aux autres Collèges les dernières expériences de Xetesk. Cela aurait au moins pour résultat de redéfinir l'expression « magie offensive adéquate ». Réprimant un sourire, Styliann se concentra sur les préparatifs militaires. Il avait hâte de pouvoir s'entretenir avec son meilleur mage dimensionnel, un homme appelé Dystran.

Chapitre 9

Les Ravens chevauchèrent pendant trois jours dans un paysage qui se modifia progressivement. Les bois cédèrent la place à une végétation broussailleuse, puis à des collines nues, des landes et des vallées. Le beau temps arriva ; l'éclat du soleil était parfois voilé par des nuages que poussait un vent vif, mais durant tout leur voyage, la température resta agréablement tiède, même la nuit. Ils ne rencontrèrent personne en chemin.

Alors qu'ils approchaient de la maison de Septern, le sol jonché de bruyères devint une étendue aride. Au loin, l'air ondulait ; la lumière traversait une fine colonne de ce qui ressemblait à de la poussière soulevée par le vent. Sur ce terrain plat, les chevaux progressaient rapidement. Tout autour d'eux, aussi loin que portât le regard, seuls quelques arbres rabougris et de rares rochers émergeaient du sol fissuré.

— Que s'est-il passé ici ? demanda Hirad.

Par-dessus son épaule, il étudiait l'endroit où la végétation formait une ligne très nette, comme si elle avait été plantée délibérément.

— Je n'en sais rien, dit Denser. On croirait le contrecoup d'un sort de bataille. Ça ressemble au désert Déchiré, en moins ravagé.

— Ça pourrait avoir un rapport avec l'atelier de Septern ? demanda Ilkar.

— C'est possible. (Denser haussa les épaules.) Qui sait les effets qu'une fissure dimensionnelle non entretenue peut avoir sur son environnement ?

— Voilà autre chose, marmonna l'Inconnu. Qu'est-ce que c'est, une fissure dimensionnelle ?

— À la base, un trou dans la trame de notre dimension qui conduit à une autre dimension ou à l'espace interdimensionnel. Évidemment, c'est un peu plus complexe que ça.

— Évidemment, grommela Hirad.

L'Inconnu le foudroya du regard.

— Sommes-nous assez près de ce truc pour en pâtir ?

— Difficile à dire... Je ne suis pas expert en théorie dimensionnelle. Personne ne sait exactement ce qu'a fait Septern. C'est un génie, mais comme je l'ai mentionné, les notes qu'il a laissées sont incomplètes...

Ilkar scruta l'horizon. Il plissa les yeux et éperonna son cheval. Hirad le suivit.

— Tu vois quelque chose, Ilkar ?

— Ces ondulations brouillent ma vision à distance... Tout ce que je peux dire, c'est qu'il semble y avoir de grosses formes sombres, légèrement sur notre gauche.

— Des formes ? répéta Talan.

— Des bâtiments, précisa Ilkar. Ou des rochers, mais ça m'étonnerait.

— Dirigeons-nous vers eux, proposa Hirad. Puisqu'il n'y a pas d'autre point de repère...

Il éperonna sa monture et prit la tête du groupe. Alors qu'ils se rapprochaient de leur objectif, Ilkar put affiner sa description. Les ruines d'un manoir, flanqué d'une dépendance qui devait être une grange, se dressaient devant eux.

— Des ruines ? Vous êtes sûr ? demanda Denser.
— Je le crains.
— Ça pose un problème ? demanda Hirad.
— Pas forcément, dit Denser, bien que ça confirme la théorie de l'utilisation d'un sort de bataille. Les maisons de mage n'ont pas la réputation d'être faciles à détruire.
— Excepté par les autres mages, renchérit Ilkar. Ou par les Seigneurs Sorcyers.
— Exactement... (Sous la cape du mage, le chat miaula assez fort pour que tous l'entendent, passa la tête dehors et la rentra précipitamment.) Oh, oh !
— Quoi ?
L'Inconnu se retourna sur sa selle.
— Je crois..., commença Denser, (Il fut interrompu par un hurlement à glacer les sangs.) que nous allons avoir de la compagnie.
— Qu'est-ce que c'était ?
Hirad regarda autour de lui. Il ne vit rien, bien que le hurlement ait été repris en chœur par d'autres gorges.
— Des loups, répondit Ilkar. Des gros.
— Non, ce sont des Destranas.
L'Inconnu se mordit la lèvre.
— Des Destranas ? répéta Talan en empoignant son épée. Autrement dit, les Ouestiens ne sont pas loin.
— Oui. Il faut nous mettre à couvert. D'où viennent-ils ?
— De la grange.
Ilkar tendit un doigt. Cette fois, à travers la nuée tourbillonnante qui tenait lieu d'horizon, ils virent des silhouettes animales remuer près des ruines.
— On est dans la merde, résuma Richmond.
— Bien vu, marmonna Hirad en cherchant du regard une échappatoire.
Mais il n'y en avait aucune.

— Très bien, dit l'Inconnu. Contournons les ruines par le nord-ouest et revenons à partir d'une autre direction. Comme ça, nous réussirons peut-être à semer les Destranas sans perdre de terrain. (Il remarqua l'expression sceptique d'Hirad et ajouta à voix basse :) Même si je doute que ça nous fasse grand bien.

Il partit au galop ; les autres l'imitèrent.

Un instant, il sembla que l'idée de l'Inconnu portait ses fruits. Hirad vit les chiens se laisser distancer, tandis que leurs dresseurs les suivaient paresseusement à cheval. Le barbare éperonna sa monture et jeta un nouveau coup d'œil par-dessus son épaule. Soudain, les bêtes lui semblèrent beaucoup plus proches, et elles gagnaient du terrain à une vitesse effrayante. Hautes d'un mètre vingt au garrot, elles étaient monstrueuses ; leurs aboiements déchiraient l'air et cinglaient les tympans.

— Inconnu ! On n'arrivera pas à les semer ! Regarde !

Le guerrier obtempéra et arrêta immédiatement son cheval.

— Tout le monde à terre, ordonna-t-il. Ilkar, Denser, emmenez les chevaux et libérez-les si ce sont eux que les Destranas veulent.

— J'en doute, répliqua le mage. Si les Ouestiens sont ici, la situation est pire que je ne le pensais. Je vais tenter quelque chose. Ne me dérangez pas, sauf si vous y êtes obligés.

— Que... ? commença Ilkar.

— Ne me demandez rien.

Denser inclina la tête et écarta les bras.

— Nous devons le protéger, dit Hirad.

Les quatre combattants se placèrent en demi-cercle devant le mage. Le martèlement régulier de l'épée de l'Inconnu, sur le sol, ponctuait comme un métronome les battements de cœur d'Hirad. Derrière eux, Ilkar flanqua une tape à la jument de Denser, qui s'éloigna avec le reste des chevaux. L'elfe se plaça derrière le Mage Noir, épée au clair, tandis que les premiers Destranas – une douzaine en tout – bondissaient sur les guerriers et que quatre Ouestiens arrivaient au galop.

Découvrant ses crocs luisant de salive, un chien géant se jeta sur Hirad. Surpris par sa détente et par sa rapidité, le barbare leva un bras devant son visage. L'animal le percuta. Tous deux roulèrent sur le sol.

L'Inconnu brandit son épée, plia les genoux pour s'équilibrer et attendit le Destrana noir à la langue pendante qui courait vers lui. Quand le chien fut assez près, il transféra le poids de son corps vers l'avant et, anticipant le bond de l'animal, leva son arme pour le frapper sous la mâchoire. Sa lame lui transperça le cerveau.

L'Inconnu fit un pas sur le côté et dégagea son épée ; la carcasse du chien retomba lourdement.

Hirad avait eu la chance d'atterrir sur le Destrana. D'un geste vif, il le saisit à la gorge, lâcha son épée, sortit une dague de sa ceinture et la plongea dans la poitrine exposée de la bête. Du sang éclaboussa son armure.

L'animal suivant bondit sur son dos et referma ses crocs sur ses reins.

Talan et Richmond avancèrent alors que trois Destranas ralentissaient et approchaient prudemment. Aucun des deux camps ne semblait savoir comment attaquer l'autre. Pendant qu'ils hésitaient, le sort de Denser produisit son effet. Le mage ramena ses bras devant lui et les croisa sur sa poitrine, un poing posé sur chaque épaule. Il rouvrit les yeux, avisa un groupe de six Destranas qui décrivaient un cercle autour de leurs proies et tendit l'index gauche vers eux en prononçant un mot.

— Feulnfernal.

Ilkar jura et se jeta à terre.

Une demi-douzaine de colonnes de flammes s'abattirent du ciel, chacune venant frapper un Destrana sur le crâne. Des glapissements de douleur et de terreur emplirent l'air tandis que les animaux s'embrasaient, trébuchaient et mouraient avant d'avoir touché le sol.

Les trois chiens qui défiaient Talan et Richmond tournèrent les talons. Celui qui s'était jeté sur Hirad ignora la panique de ses congénères et renversa le barbare, qui laissa échapper sa dague. Incapable de se défendre, il roula dans la poussière pour se défaire de son assaillant et cria lorsque sa blessure frotta contre le sol. Le Destrana bondit de nouveau sur lui. Il déchira le plastron de cuir du barbare et fit couler du sang sur sa poitrine. Hirad recula maladroitement, s'aidant de ses pieds et de ses mains, mais il savait que ça ne suffirait pas. Le chien le toisait, un filet de bave dégoulinant de sa gueule ouverte. Hirad saisit une poignée de terre et la lui jeta dans les yeux. Quand l'animal secoua violemment la tête, l'Inconnu en profita pour le décapiter. Emportée par son élan, sa lame se planta dans le sol à quelques centimètres d'Hirad.

Devant Ilkar, Denser tomba à genoux, le souffle court et le visage dégoulinant de sueur. Talan et Richmond coururent vers Hirad, qui gisait toujours sur le sol. L'Inconnu nettoya son épée avant d'aller ramasser les armes du barbare. Ilkar se releva, épousseta ses vêtements et baissa les yeux vers les carcasses encore fumantes des chiens frappés par la magie de Denser. Il ne savait pas s'il devait féliciter le mage ou lui passer un savon. Un Feulnfernal. Par les dieux d'en haut... Pas étonnant que Denser soit épuisé ! Finalement, Ilkar choisit de l'ignorer pour se diriger vers Hirad. Du coin de l'œil, il vit les Destranas survivants et leurs dresseurs fuir à toutes jambes. Richmond aida le barbare – pâle et visiblement ébranlé – à s'asseoir.

— Comment va-t-il ? demanda Ilkar à Talan.

— *Il* a déjà été en meilleure forme, répondit Hirad. Quelqu'un pourrait m'aider à enlever ma chemise ?

— Pas encore, dit l'Inconnu. Nous devons nous mettre à couvert. Tu peux monter à cheval ?

Hirad tendit une main à Richmond, qui l'aida à se relever. Tous s'approchèrent de Denser. Le mage n'avait pas bougé. Derrière lui, les chevaux revenaient vers leurs maîtres d'un pas hésitant.

— Ça va, Denser ? demanda Richmond.

Le mage leva les yeux.

— Nous devons arrêter les Ouestiens... Il ne faut pas les laisser contacter les Seigneurs Sorcyers.

— Pour le moment, nous ne sommes pas en position de le faire, répliqua Richmond. Hirad est blessé. On doit le mettre à couvert dans la grange.

— D'où venaient-ils ? demanda Talan.

— Ils campent sûrement non loin d'ici. Pour surveiller la maison sur les ordres des Seigneurs Sorcyers, sans doute.

Richmond sonda l'horizon dans la direction où les Ouestiens avaient disparu.

— Vous avez pris un gros risque, dit Ilkar au Mage Noir.

— Un risque justifié, fit Denser en désignant les carcasses noircies. J'apprends peu à peu à le contrôler.

— Je vois... Mais c'est dangereux quand même.

Quelque chose attirant l'attention de l'elfe, il tourna la tête.

— Et épuisant, renchérit Denser. Je ne suis même pas sûr de pouvoir marcher.

— Essayez. Tout de suite ! lui ordonna Ilkar sans

bouger, le regard toujours rivé sur un point invisible pour les autres. Les Destranas reviennent.

— Richmond, amène les chevaux, ordonna l'Inconnu. Ilkar, tu t'occupes de Denser. Hirad, avec moi.

Ilkar aida le Mage Noir, qui dut s'accrocher à sa cape tant il était faible. Ils lancèrent leurs montures au galop, et la course vers la grange s'engagea.

Les quelques minutes suivantes furent noyées dans un brouillard de douleur pour Hirad. Il sentait le sang dégouliner dans son dos, imbibant sa chemise et sa cuirasse. À chaque pas de sa monture, son énergie le fuyait et il s'affaissait un peu plus sur sa selle, incapable de soutenir l'allure. Ses yeux s'embuèrent. Il ne voyait plus rien. Pourtant, il eut vaguement conscience que l'Inconnu se rapprochait de lui pour l'aider à se maintenir en selle. Il n'avait plus la force de le remercier, et tout juste celle d'agripper les rênes.

L'Inconnu cria des ordres. Les Destranas gagnaient du terrain. Ils avaient encore une chance d'atteindre la grange avant que les chiens ne leur tombent dessus, mais ce serait juste. Richmond et Talan éperonnèrent leurs chevaux. Hirad sentit qu'il était sur le point de perdre conscience. Il tourna la tête pour voir Denser écroulé sur sa selle et Ilkar qui le guidait. Le Mage Noir semblait mort. Mobilisant ses dernières forces, Hirad éperonna sa monture qui redoubla de vitesse. La grange n'était plus qu'à une centaine de mètres. Richmond et Talan, qui devançaient le reste du groupe, y arrivèrent les premiers. Ils poussèrent la porte et entrèrent. Quelques instants plus tard, Hirad et l'Inconnu atteignirent le bâtiment et tirèrent sur les rênes de leurs chevaux. L'Inconnu bondit de selle. Hirad se laissa tomber de la sienne, glissant contre le flanc trempé de sueur de sa monture.

— Richmond, Talan, occupez-vous de lui !

L'Inconnu courut vers la porte au moment où Denser et Ilkar se ruaient dans la grange. Il sortit, tira la porte derrière lui et fit glisser la barre de bois destinée à la maintenir fermée.

— Qu'est-ce que tu fous ? cria Ilkar de l'autre côté du battant.

— Sirendor sera le dernier ami à qui j'aurai fait défaut.

Les Destranas étaient presque sur lui.

— Ce n'est pas la peine, Inconnu, dit Talan. Ils finiront par se lasser.

Le guerrier entendit ses compagnons tambouriner sur la porte, qui refusa de s'ouvrir.

— Non, dit Denser d'une voix lourde d'épuisement. Vous ne comprenez pas ce qu'ils sont. Cette porte ne les retiendra pas.

— Il va mourir, espèce de salaud !

L'Inconnu entendit Hirad invectiver Denser pendant qu'il se mettait en position pour affronter les chiens.

— Nous verrons, Hirad. Nous verrons.

Les Destranas avalaient la distance qui les séparait de leurs proies. L'un d'eux, au pelage argenté, avait une mince avance sur ses compagnons, le premier d'un noir d'encre, le second d'un gris scintillant. L'Inconnu tapota le sol de la pointe de son épée et prit une profonde inspiration. Il savait que son premier coup serait capital. Quand le Destrana de tête fut à deux pas de lui, il s'écarta et leva son épée vers la gueule du chien. Le cou de l'animal se brisa, sa mâchoire se fendant, mais son élan lui fit percuter l'épaule de l'Inconnu. L'homme et la bête s'affaissèrent contre la porte. Les planches craquèrent. De l'autre côté, l'Inconnu entendit quelqu'un jurer et flanquer un coup de pied dans le battant.

Essoufflé, il repoussa la carcasse du Destrana et

tenta de se relever. Mais les autres se jetèrent sur lui. Le gris referma ses crocs sur son épaulière ; le noir lui décocha un coup de patte dans le casque. L'Inconnu rugit. D'un coup d'épée, il trancha la patte arrière droite du gris. Le membre tomba sur le sol, mais les mâchoires de l'animal continuèrent à serrer, écrasant la plaque de métal.

Le chien valide lui flanqua un nouveau coup de patte dans la tête. L'Inconnu sentit qu'il faiblissait. Son casque vola dans les airs ; la lanière de cuir mordit sa chair avant de céder. À demi étranglé, il frappa au hasard, mais seule la garde de l'arme et sa main entrèrent en contact avec la chair de ses agresseurs. Il ramena sa lame vers lui. Le Destrana gris secoua la tête en grondant. À tout moment, ses crocs pouvaient réussir à transpercer le métal.

Sentant la victoire proche, le Destrana noir poussa un hurlement sauvage qui éclaircit les idées de l'Inconnu. Il en profita pour plonger sa lame dans la gorge de l'animal. L'exultation du Destrana se noya dans une fontaine de sang.

Alors que son cri mourait avec lui, l'épaulière du guerrier céda. Des mâchoires énormes se refermèrent sur sa chair et ses os. Il cria de douleur et sa vision se troubla. Puis il s'écroula sous le poids du Destrana gris et lâcha son épée.

L'animal poussa son avantage. Le sang de l'Inconnu coula sur le sol et se mêla à la poussière. Alors, le Destrana lui donna un nouveau coup de patte. La gorge lacérée, le guerrier sentit ses forces l'abandonner et sa tête partir en arrière.

La porte de la grange céda avec un craquement.

Une lame jaillit à travers l'obscurité qui se refermait sur l'Inconnu.

Un corps s'effondra lourdement près de lui.

— Comment osez-vous ! rugit Erienne en se jetant sur le capitaine, qui venait d'entrer dans sa chambre. Comment osez-vous !

Il lui immobilisa les bras sans effort et la poussa vers la chaise du bureau.

— Calmez-vous, Erienne. Rien n'a changé.

— Trois jours ! cria-t-elle, ses yeux lançant des éclairs sous ses cheveux sales et emmêlés. Voilà trois jours que vous me refusez de les voir. Comment pouvez-vous leur faire ça ? Je ne vous parle même pas de moi...

Depuis leur dernière conversation, le capitaine tenait parole. Elle n'avait vu personne d'autre que le garde qui lui apportait ses repas. Au début, la colère et la détermination de ne pas lui faire le plaisir de céder à son chantage l'avaient aidée à tenir. Pour s'occuper, elle avait révisé ses sorts les plus rares – dont certains qu'elle brûlait d'envie de lancer dans le château – et cherché les faiblesses qu'elle pourrait exploiter pour échapper au capitaine. Mais il détenait ses enfants ; il avait promis de les tuer si elle incantait, et Erienne ne doutait pas qu'il mettrait sa menace à exécution. Elle ne prendrait pas ce risque, à moins d'en avoir l'occasion à un moment où elle serait avec ses fils et pourrait les protéger.

Mais que se passerait-il lorsque le capitaine n'aurait plus besoin d'elle ? Les laisserait-il vraiment partir ? Une part d'elle voulait croire qu'il ne s'abaisserait pas à assassiner des innocents, sa dureté tempérée par une certaine compassion. Mais au fond de son cœur, elle savait qu'il n'avait pas l'intention de les relâcher. Il devait avoir conscience du pouvoir potentiel de ses fils. Donc, il fallait gagner du temps par tous les moyens, en espérant qu'il baisserait sa garde un instant pour lui laisser une chance d'agir. Et cette occasion ne se présenterait pas tant qu'il la tiendrait à l'écart des enfants.

Au fil des heures, la colère d'Erienne était retombée, remplacée par un vide épouvantable sur lequel elle n'avait aucun contrôle. Incapable de se concentrer, elle oublia ses révisions. Son cœur cognait douloureusement dans sa poitrine ; elle pleurait souvent et de plus en plus longtemps tandis que les souvenirs joyeux des deux enfants cédaient la place à des visions cauchemardesques où elle les voyait seuls, glacés et terrifiés dans une chambre poussiéreuse, sans personne pour les protéger. Elle savait que la solution était simple. Pour les rejoindre, elle n'avait qu'à dire au garde qu'elle acceptait d'aider le capitaine. Mais cela allait contre tous ses principes et toutes ses croyances. Pire encore, elle était certaine qu'il se fourvoyait et que ses plans, s'ils réussissaient, exposeraient Balaia à un plus grand danger que celui qu'il semblait déjà courir.

Au bout de deux jours, ses fils lui manquaient tellement qu'elle n'arrivait plus à dormir, à manger ou à se laver. Elle pouvait seulement faire les cent pas dans sa chambre, les appelant et priant pour qu'ils lui soient rendus sains et saufs. Tout son corps souffrait de leur absence. Le troisième jour, quand elle commença à craindre de perdre la tête, certaine que ses enfants devaient dépérir sans elle, Erienne fit appeler le capitaine. Elle s'aperçut dans le miroir et pleura des larmes qui tracèrent des sillons dans la crasse de ses joues. Ses cheveux gras étaient pleins de nœuds ; des cernes gris trahissaient sa fatigue, et sa chemise de nuit était déchirée sur une épaule à l'endroit où elle s'était accrochée à un clou.

— Vous vous êtes torturée inutilement, dit le capitaine. La solution a toujours été à votre portée.

Erienne était trop épuisée pour protester. Elle se laissa tomber sur la chaise.

— Laissez-moi les voir.

Le capitaine ignora sa supplique.

— Je suppose que vous avez des choses à me raconter.

— Qu'attendez-vous de moi ? demanda Erienne d'une voix enrouée par le manque de sommeil.

— Bien. Très bien. Je savais que vous finiriez par entendre raison. Voilà ce que nous allons faire. D'abord, il faut que vous vous reposiez. Je vais vous faciliter la tâche en promettant que vous reverrez vos fils très bientôt. Vous avez dû constater que je ne reviens jamais sur mes promesses, n'est-ce pas ? Puis nous parlerons de la façon dont vous m'aiderez à sauver Balaia de cet ignoble AubeMort.

— Je veux les voir maintenant !

Le capitaine s'agenouilla devant Erienne et lui prit le menton. Elle leva les yeux vers lui. Il sourit, une inquiétude presque paternelle adoucissant ses traits.

— Regardez-vous. Ils auront peur s'ils vous voient dans cet état. Vous devez d'abord dormir et vous laver. Venez.

Il se leva, la prit par la main et la conduisit vers le lit, allant jusqu'à écarter les couvertures pour qu'elle puisse se glisser dedans.

Ce qu'elle fit sans protester.

— Je resterai avec vous jusqu'à ce que vous soyez endormie. Faites de beaux rêves. À votre réveil, vous retrouverez Thom et Aron, et vous verrez qu'ils se portent bien.

Il lui caressa les cheveux. Erienne tenta de lutter, mais le sommeil la terrassa. Le capitaine se tourna vers Isman.

— Tu vois ? lança-t-il avec un grand sourire. Les

privations permettent d'obtenir des résultats là où la violence reste impuissante. (Il se leva.) Et maintenant, passons à la dernière pièce du puzzle. Cherchons le moyen d'attraper notre prise la plus précieuse !

Ilkar resta immobile, le regard fixe, tentant de reprendre ses esprits. Le silence lui perçait les tympans. Talan s'était agenouillé pour fermer les yeux de l'Inconnu. Richmond, Ilkar et lui se tenaient autour du cadavre du guerrier, dont le vent soulevait les cheveux ensanglantés avant de s'engouffrer par la porte ouverte de la grange.

Après avoir décapité le dernier Destrana, Hirad avait reculé de deux pas avant de s'effondrer. Denser s'occupait de lui. Les pensées se bousculaient dans la tête de l'elfe, mais une revenait constamment. Il n'aurait jamais cru voir l'Inconnu mort et ne parvenait pas à accepter l'idée que leur chef ne serait plus là pour prendre la décision qui les sauverait tous.

— Pourquoi a-t-il fait ça ?

Richmond secoua la tête, les yeux embués de larmes.

— Je ne sais pas. Nous aurions pu l'aider. S'il n'avait pas bloqué la porte, nous... Pourquoi l'a-t-il bloquée ?

Ilkar ne pouvait répondre à cette question. Il se tourna vers Hirad et croisa le regard de Denser. Le Mage Noir semblait inquiet.

— Ça se présente mal ?

— Vous connaissez le sort de SoinChaleur ?

— Si mal que ça ?

— Oui. Il a perdu beaucoup de sang. Alors ?

— Je ne m'en suis jamais servi.

— Je ne vous demande pas de vous en servir. Il faut que vous modeliez le flux de mana à ma place. Je n'ai plus assez d'énergie pour ça.

— Vous voulez que je canalise le mana pour vous, dit Ilkar. Comment osez-vous me demander une chose pareille ?

— Le moment est mal choisi pour discuter de moralité et de coopération collégiale.

— Vraiment ?

— Vraiment, oui ! cria Denser en désignant Hirad. Je doute que vous compreniez. Si nous ne réagissons pas très vite, il mourra. Vous pouvez incanter vous-même, gaspiller votre énergie et tout rater. Ou modeler le mana pour moi, et je ferai en sorte que ça marche. J'ai l'habitude. (Il se tenait très près d'Ilkar, qui sentit le chat s'agiter sous sa cape.) Alors, que choisissez-vous ?

Détournant la tête, Ilkar croisa le regard sévère de Talan et de Richmond. Il tendit les mains vers eux.

— Vous ne comprenez pas...

— Si tu ne fais rien, Hirad va mourir, dit Richmond. Et nous avons déjà perdu assez de compagnons. Alors oublie ton éthique et fais-le.

Ilkar regarda Denser et inclina la tête.

— C'est d'accord.

Le Mage Noir enleva le plastron de cuir et la chemise du barbare. La plaie de ses reins était très vilaine, pleine de sang et longue de près d'une trentaine de centimètres. Quand Denser la toucha, Hirad gémit.

— Elle doit être infectée. Les morsures de Destranas ne sont jamais très propres. Vous êtes prêt ?

Ilkar s'agenouilla et posa ses mains sur les épaules de Denser, les index à la base de son cou. Puis il ouvrit son esprit au mana, le sentit couler dans son corps et modela le sort de SoinChaleur, canalisant l'énergie à travers ses mains. Denser tressaillit de douleur au moment où les deux Collèges, Xetesk et Julatsa, se rencontraient et se fondaient. Ilkar se concentra sur les mains du Mage Noir, s'efforçant d'oublier la grange, autour de lui, et la migraine qui commençait à poindre sous son crâne. Il vit remuer les doigts de Denser, l'entendit incanter à voix basse et sentit le flux de mana se faire plus puissant. Denser aspirait les forces physiques de l'elfe en même temps que ses forces magiques...

Puis ce fut fini. Le flot s'interrompit et le lien se brisa. Une lueur dorée teintée de rouge enveloppa les mains de Denser. Si Ilkar avait jeté le sort lui-même, cette lueur aurait été verte. À part ça, ses sensations étaient les mêmes que s'il avait canalisé le mana vers un autre Julatsien. Incapable de bouger, il regarda Denser masser la plaie d'Hirad. Un peu de sang coula sur le plancher. Denser inspira lentement ; quand il expira, la lumière diminua et disparut.

Peu à peu, le reste du monde s'imposa de nouveau aux perceptions d'Ilkar. Son cœur battait la chamade et ses bras tremblaient quand il les laissa retomber. Denser examina son œuvre puis se rassit sur ses talons. Il tourna la tête vers Ilkar et sourit.

— Une expérience très intéressante... Nous devrions la pousser plus loin, à l'occasion.

Ilkar essuya son front maculé de sueur.

— Ne vous excitez pas. Je l'ai fait uniquement pour sauver Hirad.

— Et nous l'avons bel et bien sauvé. Je suis désolé que vous le preniez ainsi. Nous devrions apprendre l'un de l'autre plutôt que de nous disputer.

Ilkar eut un rictus.

— Ainsi parle l'homme qui veut s'emparer d'Aube-Mort pour lui et pour son Collège !

Les deux mages se relevèrent en s'époussetant.

— Vous n'en feriez pas autant si l'occasion se présentait ? Julatsa s'est placé sur un piédestal dont il ne demande qu'à dégringoler. Vous savez que vous n'avez aucun espoir de réussir à lancer AubeMort. Mais vous refusez la main de l'amitié et de la raison que nous vous tendons.

Ilkar eut l'impression d'avoir reçu un coup de poing dans l'estomac. Il sentit son visage et ses oreilles s'empourprer.

— De la raison ? Xetesk ? Denser, la dernière fois que j'ai rencontré une des vôtres, elle travaillait pour les seigneurs marchands d'Erskan et elle tuait des gens en utilisant son sort de FusionMentale !

Denser bourra sa pipe et l'alluma avec sa flamme de pouce.

— Parce que vous n'avez jamais tué personne depuis que vous faites partie des Ravens ?

— Ce n'est pas la même chose...

— Vous avez l'impression que le bon droit est de votre côté. Évidemment, ça excuse tout ! Vous êtes un mercenaire, Ilkar. L'argent vous tient lieu de moralité, et le code des Ravens d'éthique. Quelle que soit mon allégeance, je n'ai rien fait de pire que vous. À Julatsa, vous vous considérez comme les chevaliers blancs de la magie, mais individuellement, vous n'êtes pas meilleurs que les mages des autres Collèges. Nous aurions dû continuer à entretenir des liens avec Lystern et Dordover.

— Vous dites ça, et pourtant, vous vous nourrissez du sang, du chaos et de l'espace dimensionnel. Votre Collège a ignoré nos appels à la modération, et c'est pour ça que les Ailes Noires vous pourchassent. Et moi avec. Je...

— Pour l'amour des dieux, vous voulez bien la fermer ? J'essaye de me reposer...

Le son de cette voix fit fondre la colère d'Ilkar. Il sourit, et Denser l'imita.

— Hirad... Vous n'imaginez pas avec quelle férocité nous nous sommes battus à cause de vous, dit le Mage Noir.

Ilkar eut du mal à réprimer un gloussement. Mais sa bonne humeur se dissipa très vite quand il vit les yeux cernés d'Hirad et son expression douloureuse.

— Je vous ai entendus, dit le barbare. Il vaudrait mieux enterrer l'Inconnu pendant que je suis encore en état. Le contrecoup du SoinChaleur ne va pas tarder à se manifester, pas vrai ?

— Vous dormirez dans moins d'une heure.

Talan sortit une pelle de son paquetage.

— Je vais creuser. Richmond préparera le corps. Nous ferons la veillée demain matin.

Ilkar hocha la tête en signe de remerciement. Il était plus fatigué qu'il ne voulait l'admettre. Le lancement du sort de SoinChaleur pesait sur son esprit et sur son corps. En sauvant Hirad, il avait commis un crime contre l'éthique julatsienne. Ses frères pourraient très bien le rejeter. Il frissonna. Heureusement, il n'y avait pas grand risque qu'ils l'apprennent un jour.

Hirad s'accroupit près du monticule de terre qui recouvrait l'Inconnu. Il avait planté son épée dans le sol devant lui afin que la garde soit au niveau de son visage. Son chagrin n'était pas aussi vif que celui qu'il avait éprouvé à la mort de Sirendor. Mais dans un coin de son esprit se creusait un abîme que son corps épuisé n'était pas en état de remarquer. Il se sentait vide et inutile. Une fois de plus. Une impression qui devenait beaucoup trop familière depuis quelque temps. Il leva les yeux vers les cieux alors que la brume qui les avait suivis toute la journée s'épaississait et masquait les étoiles.

Ils étaient tous endormis. Richmond et Talan, qui avaient pris les deux premiers tours de garde, ronflaient à l'unisson, allongés sur le dos à chaque bout de la grange. Épuisé, Ilkar s'était étendu sur la terre molle où il avait plongé les mains, histoire de reconstituer ses réserves de mana pendant son sommeil. Denser sourit. S'il avait su à quel point c'était facile... Il avait besoin seulement de calme, d'une victime ou d'une prière et d'une ouverture.

Enfin, les yeux du Mage Noir se posèrent sur Hirad, si profondément endormi qu'on le voyait à peine respirer. Il avait eu de la chance. Malgré l'assurance dont il avait fait preuve, Denser ignorait, avant tout ça, s'il pourrait utiliser une énergie magique modelée par un Julatsien, ou si la réticence d'Ilkar affecterait le flux du mana. Il trouvait très intéressant que les formes de SoinChaleur des deux Collèges les plus opposés soient quasiment identiques. Il se demanda si Ilkar ouvrirait un jour les yeux sur la vérité que ses maîtres lui avaient dissimulée.

Qu'ils avaient dissimulée à tous leurs adeptes !

Une seule magie. Un seul mage.

Assis près de la porte, Denser écoutait le vent souffler dans les buissons. Il glissa deux doigts dans sa blague pour y prendre un peu de tabac, et fronça les sourcils en constatant que ses réserves diminuaient.

— Mauvais, ça...

Il alluma sa pipe, laissant la flamme de pouce lui réchauffer le visage un instant. Sous sa cape, le chat remua, la tête posée sur son ventre.

Dehors, il y eut un autre bruit. Le chuchotement de quelque chose qui glissait. Un son que Denser et son Familier connaissaient bien. Le chat sortit la tête pour regarder son maître, les oreilles dressées, le nez et les moustaches frémissants. Le bruit se rapprocha ; le glissement céda la place à un battement d'ailes furtif, et la créature atterrit à droite de la porte. Ses griffes raclèrent brièvement le sol. Puis elle recommença à battre des ailes. Le chuchotement s'éloigna et disparut. Denser et le chat se regardèrent fixement.

— C'est donc pour ça que tu t'es sacrifié, Inconnu. Tu savais qu'ils venaient te chercher. (Denser secoua la tête.) Et je ne m'en suis pas douté une seconde.

Chapitre 10

Le bruit des préparatifs de départ tira Hirad de son sommeil.

Quand il ouvrit les yeux, le barbare entendit Ilkar demander à quelqu'un de préparer les chevaux ; le crépitement et l'odeur du feu lui apprirent que Richmond faisait cuire leur déjeuner. De la lumière pénétrait à flots par la porte ouverte de la grange, et les dernières ombres étaient zébrées par les rayons de soleil qui s'infiltraient entre les planches disjointes. Hirad s'agita. Il avait encore le dos raide, mais la douleur de la veille avait disparu.

— Bonjour, Hirad.

Le barbare tourna la tête et se dressa sur les coudes.

— Talan, je plains la pauvre femme qui devra se farcir ta tête tous les matins au réveil.

Il tendit la main et son ami l'aida à se lever. Un regard à la ronde le ramena à la réalité avec une brutalité déplaisante. Ils n'étaient plus assez nombreux. Loin s'en fallait. La mort de l'Inconnu avait laissé dans leurs rangs un vide que rien ne pourrait jamais combler. Hirad étudia de nouveau tous les recoins de la grange comme s'il n'avait pas bien regardé la première fois et allait s'apercevoir que leur chef était assis sur une botte de paille, derrière les chevaux. Ses yeux le picotèrent. Il approcha de la porte pour avoir la confirmation de ce qu'il savait déjà. Bien entendu, la tombe était toujours là. Campé devant le monticule de terre aplati, Denser l'observait avec une mine sinistre. Il secoua lentement la tête.

— Je sais ce que vous ressentez ! lança Hirad.

Denser eut un sourire forcé.

— Ça m'étonnerait.

— Qu'est-ce qui provoque ce phénomène ? demanda le barbare.

L'air n'était pas plus limpide que la veille. Malgré l'absence de nuages, une légère brume scintillait au-dessus de la propriété de Septern, brouillant tout ce qui était à plus d'une trentaine de mètres. Aujourd'hui, il n'y avait aucune forme menaçante à l'horizon. Pas encore.

— De deux choses l'une : ou c'est le contrecoup de toutes les expériences magiques qui ont eu lieu ici, ou la fissure affecte l'atmosphère. Nous ignorons encore comment les dimensions réagissent quand elles entrent en contact. Peut-être ne peuvent-elles pas se mélanger. (Denser jeta un coup d'œil à la tombe de l'Inconnu.) Il faudrait qu'on parle...

— C'est aussi mon avis. Nous avons un gros problème.

Les deux hommes s'éloignèrent en direction de la maison.

— Je ne suis pas...

— Je crois que..., dirent-ils en même temps.

Ils s'interrompirent. Denser fit signe à Hirad de continuer.

— Nous devons revoir notre position. Les Ravens n'ont pas l'habitude de voir mourir les leurs. Ça n'était plus arrivé depuis des années.

— Je comprends. Et je sais que nous ne sommes

pas partis sur de bonnes bases... Hirad éclata d'un rire méprisant.

— C'est le moins qu'on puisse dire. Pour commencer, les petits secrets que vous ne vouliez pas nous révéler ont failli me tuer, et ont provoqué la mort de mon meilleur ami. Nous avons accepté de vous suivre malgré tout, et nous avons atterri dans cet endroit de cauchemar où un autre de mes amis s'est sacrifié pour nous sauver. Pour *vous* sauver. (Denser ouvrit la bouche pour protester, mais Hirad le foudroya du regard.) Votre vie ne vaut plus rien, dit-il froidement. Si vous respirez encore, c'est parce qu'Ilkar semble croire que vous êtes l'unique espoir de Balaia.

Une rafale de vent souleva la cape de Denser. Les oreilles du chat apparurent brièvement dans son encolure, frémirent et disparurent de nouveau. Le mage sortit sa pipe de sa poche, fit mine de la porter à sa bouche et se ravisa.

— C'est tout ce que j'ai besoin de savoir... De tous les Ravens, vous êtes celui qui doit me croire, même si vous me haïssez pour ce qui s'est passé.

— Je n'ai pas dit que je vous croyais : j'ai dit qu'Ilkar vous croyait, et ça me suffit. (Hirad dévisagea Denser, qui fronça les sourcils.) Vous ne comprenez donc rien ? Peu importe ce que je crois. Ilkar affirme que c'est important. L'Inconnu le pensait aussi, donc les Ravens vous suivront. Ça s'appelle la confiance, et c'est ce qui fait notre force.

— Et pourtant, vous avez des réserves.

— Bien vu, Denser. Oui, j'ai des réserves. À cause de vos mensonges et de votre précipitation, le cœur des Ravens a été arraché. (Le barbare avança, l'air menaçant. Denser ne broncha pas.) Ilkar, Sirendor, l'Inconnu et moi. Ça faisait plus de dix ans qu'on se battait ensemble quand on vous a rencontré. Moins d'une semaine plus tard, deux d'entre nous sont morts. Morts !

Il baissa la tête et se mordit la lèvre inférieure, des images de Sirendor assaillant son esprit.

— Nous pouvons réussir sans eux, affirma Denser. Nous n'avons pas le choix.

— Ah oui ? Auriez-vous dormi pendant le combat d'hier ? L'Inconnu a tué cinq de ces chiens à lui seul. À votre avis, qui le remplacera la prochaine fois ?

— Vous, ou un des deux autres excellents combattants qui nous attendent dans cette grange. Le soutien des Ravens est la seule chose qui permet de croire que nous avons une chance de récupérer AubeMort.

— Et vous avez déjà tué deux membres du groupe ! s'exclama Hirad. Par les dieux, Denser, nous ne sommes plus assez nombreux ! Et ceux qui restent ne sont pas aussi bons que l'était l'Inconnu. Ou Sirendor.

— Mais ça ne...

— Écoutez-moi ! (Hirad prit une profonde inspiration.) Nous ne pourrons pas soutenir une autre attaque comme celle d'hier.

Denser remplit le fourneau de sa pipe et tassa le tabac. Puis il marmonna un mot de pouvoir. Une flamme apparut au bout de son pouce ; il s'en servit pour allumer sa pipe.

— J'y ai longuement réfléchi, croyez-moi. Comme vous l'avez dit, nous devons revoir notre position. Et nous le ferons dès que nous pourrons évaluer l'ampleur de la tâche qui nous attend. Pour le moment, tout ce que je vous demande, c'est de m'accompagner dans la maison pour récupérer les informations qu'elle contient peut-être. Ensuite, nous débattrons tous ensemble de la marche à suivre. (Il marqua une pause.) Les Ouestiens qui nous ont échappé feront certainement leur rapport à Parve. Les dieux seuls savent quelles conséquences cela entraînera.

— Pourquoi étaient-ils ici ?

— Parce que les Seigneurs Sorcyers doivent penser que la clé d'AubeMort y est. Quoi que vous pensiez de moi, Hirad, vous devez m'aider. C'est trop important pour Balaia.

— C'est ce que vous ne cessez de répéter ! Mais d'abord, nous avons une veillée à faire. Ensuite, nous irons fouiller cette maison, et nous aviserons.

Il se détourna et revint sur ses pas. Denser le suivit sur quelques mètres.

Le Mage Noir fut invité à rester dans la grange pendant que les Ravens conduisaient une veillée bien plus courte que ne le méritait l'Inconnu. Cette tradition était aussi vieille que la camaraderie entre mercenaires. Mais cette fois, le respect dû au mort devait s'effacer devant la gravité de la situation. Pour la même raison, peu de temps après, ils chevauchèrent jusqu'à la maison au lieu de marcher. Elle n'était pas vraiment loin de la grange, mais si les Ouestiens revenaient, la distance qui les séparerait de leurs chevaux serait trop importante.

Le bâtiment autrefois majestueux était presque détruit. Des blocs de pierre noircis et des morceaux de poutres calcinés gisaient autour d'un amas de murs effondrés où subsistaient encore les taches plus claires de quelques meubles. Le côté le plus long devait mesurer soixante-dix mètres ; on y distinguait à peine les restes de l'entrée principale. Une arche de pierre brisée penchait dangereusement au-dessus d'un escalier défoncé. Non loin de là, l'encadrement d'une fenêtre pendait à la verticale. Le vent agitait un lambeau de tissu déchiré accroché à un clou.

Hirad mit pied à terre, et les autres l'imitèrent. Denser conduisit les chevaux jusqu'à un arbre mort, puis revint vers Ilkar. Les deux mages contemplèrent le spectacle, l'air visiblement angoissé.

— Pourquoi faites-vous cette tête ? demanda Hirad. Quelqu'un a brûlé cette maison. La belle affaire !

— Justement, c'est le problème, dit Ilkar. Théoriquement, on ne peut pas incendier une maison de mage. Elles sont trop bien protégées. Il a dû falloir un pouvoir considérable.

— Ah oui ? (Hirad se tourna vers Denser.) Vous pensez toujours que nous serons à la hauteur ? (Le Mage Noir fronça les sourcils.) Alors, qui a fait ça ? Les Seigneurs Sorcyers ?

— C'est presque certain... Ils devaient connaître aussi bien que nous les recherches de Septern. Je suppose qu'il a réussi à leur échapper. À leur arrivée ici, ils n'ont trouvé personne.

— Et ils n'ont pas été contents, dit Talan en flanquant un coup de pied dans une pile de gravats.

— À leur place, vous ne l'auriez pas été non plus. S'ils s'étaient emparés d'AubeMort, tout serait fini depuis longtemps. Voilà pourquoi il est vital que nous réussissions. Nous devons croire que c'est possible, et agir en conséquence.

— Ne me faites pas la leçon ! cria Hirad. Alors, on y va ?

Il désigna ce qu'il restait de l'arche.

— On cherche quoi, au juste ? demanda Richmond.

— Si nous avons bien déchiffré l'amulette, l'entrée de l'atelier est quelque part sous nos pieds. Ilkar devra faire une divination pour localiser l'endroit exact.

— Pourquoi Ilkar ? demanda Talan.

— Parce qu'il y a des annales julatsiennes gravées sur l'amulette. Apparemment, Septern voulait rendre son atelier aussi difficile d'accès que possible pour les autres mages.

— Et si quelqu'un devait le trouver quand même, il ne voulait pas que ce soit un représentant de Xetesk seul, ajouta Ilkar.

— Désolé, mais je ne comprends pas, dit Talan. À quel Collège appartenait Septern ?

— Dordover, répondit Denser. Et la plupart des inscriptions sont en dordovan, mais un Xetesk peut les lire assez facilement. Le problème, c'est le passage qui concerne l'ouverture de la porte de l'atelier : celui qui est rédigé en julatsien. (Denser haussa les épaules.) Je ne pourrais pas le déchiffrer même si Ilkar essayait de m'aider...

— Alors, comment Septern a-t-il pu l'écrire ?

— Une excellente question, Richmond ! Et je n'en connais pas la réponse. Peut-être travaillait-il avec un Julatsien, même si Ilkar vous dira sans doute que c'est impossible.

— Pas impossible, mais très improbable. (Ilkar enjamba les gravats. Arrivé sous l'arche, il fit volte-face.) Tu viens, Talan ?

— Pas encore. Je crois que quelqu'un devrait monter la garde.

— Bonne idée.

Ilkar entra dans les ruines du manoir. Des éclats de pierre jonchaient le sol aux dalles craquelées, rendant la progression périlleuse. Il ne restait pas grand-chose d'autre. Le mur adjacent à une cheminée se dressait encore sur un mètre de haut ; sous les traces de flammes, on apercevait une tapisserie bleu pâle. Quant aux meubles, l'elfe parvint à identifier un morceau dc capitonnage vert foncé ayant dû appartenir à un fauteuil et l'ovale d'un dessus de table à manger.

Denser écarta la poussière et les débris du bout de sa botte, et fit signe aux autres de l'aider. Le plancher était fissuré, surtout à la jonction avec les murs. En revanche, la partie centrale, bien que noircie comme le reste, semblait intacte sur une dizaine de mètres carrés. Le Mage Noir sortit l'amulette de sa chemise tandis que son chat descendait prudemment le long de sa cape et se laissait tomber à terre en reniflant, les yeux et les oreilles alertes. Denser fit claquer sa langue, ôta l'amulette de sa chaîne et avança vers le centre de la zone déblayée.

— L'entrée de l'atelier est là. (Il s'agenouilla sur le sol et le frotta de sa main libre.) Ilkar, c'est à vous.

Il tendit l'amulette à l'elfe, qui la prit respectueusement et l'observa un long moment, avant de la retourner pour examiner l'autre côté.

— J'aurais dû mieux regarder la première fois, pas vrai ?

— Je priais pour que vous ne le fassiez pas, avoua Denser.

— Tu arrives à lire quelque chose ? demanda Hirad.

— Juste ce bout-là, dit Ilkar en désignant les symboles gravés en arc de cercle vers le milieu du disque de métal. C'est du julatsien. Une forme très ancienne.

— Si tu le dis.

L'elfe gloussa et tapota l'épaule d'Hirad.

— Pour résumer, les annales de chaque Collège se transmettent d'une génération à une autre, mais on ne peut pas les apprendre comme les paroles d'un sort : il faut les assimiler au fil du temps. Voilà pourquoi Xetesk n'a pas pu déchiffrer ça. C'est de l'écriture annalytique julatsienne.

— Jusqu'ici, je te suis. Continue. Que font ces annales ?

— Pas grand-chose, au sens où tu l'entends. C'est une façon de stocker le savoir et l'expérience d'un Collège. Grâce aux annales de Julatsa, je sais comment former le mana pour les sorts que j'utilise. Si j'arrive à déchiffrer le code gravé sur cette amulette, il me dira comment découvrir le moyen d'entrer dans l'atelier de Septern. En théorie...

Hirad étudia l'expression d'Ilkar. Les sourcils de l'elfe plongeaient entre ses yeux et se rejoignaient presque au-dessus de son nez. Le barbare sourit.

— Merci pour ces éclaircissements. Tu ferais mieux de te mettre au travail, à présent.

Ilkar avança et s'assit à l'endroit désigné par Denser tandis qu'Hirad s'installait sur un tas de gravats pour l'observer. Pendant les années passées à travailler avec un Julatsien, le barbare n'avait jamais manifesté d'intérêt pour la magie. Comment ça fonctionnait, qui était qui, ce qu'il fallait faire... Rien de tout cela. Lancer des sorts était le boulot d'Ilkar. Hirad n'en serait jamais capable, donc il n'avait pas cherché à en savoir davantage.

Assis en tailleur, Ilkar examina attentivement l'amulette posée dans sa paume ouverte. De temps en temps, il marmonnait un mot. Sa respiration était lente et profonde. Quand il ferma les yeux, sa poitrine continua à s'abaisser et à se soulever. Le barbare regarda Denser, qui observait également l'elfe, la pipe éteinte au coin de la bouche et sa main droite caressant distraitement son chat. Un demi-sourire flottait sur ses lèvres et une lueur de fascination brillait dans ses yeux.

Apparemment, Ilkar cherchait quelque chose. Il tourna la tête en tous sens ; ses yeux papillotaient sous ses paupières closes. Hirad fronça les sourcils, perturbé par cette vision. Ilkar s'humecta les lèvres, posa l'amulette sur ses genoux et tâta le sol du bout des doigts. Soudain, il tourna la tête vers la droite, là où se tenait Denser. Le Mage Noir frémit. Ilkar continua à le « fixer » sans bouger. Puis il rouvrit les yeux.

— Je l'ai.

— Parfait.

Le sourire de Denser s'élargit. Ilkar se releva maladroitement et s'approcha de lui. Hirad avança pour examiner les dalles qu'Ilkar avait sondées et ne vit que de la pierre dure et froide.

— C'est un sort de contrôle. Dordovan, je crois... Je vais essayer. Ça devrait être assez facile. (Ilkar retourna l'amulette, dit quelques mots et jeta un coup d'œil par-dessus son épaule.) Hirad, je te conseille de reculer un peu.

Le barbare obtempéra. Ilkar serra l'amulette entre ses paumes, ferma les yeux et marmonna une incantation. Il y eut un sifflement aigu. Puis une énorme dalle de pierre disparut à l'endroit où Hirad se tenait dix secondes plus tôt.

— D'accord : je suis impressionné, avoua le barbare.

— Merci.

— Moi aussi, renchérit Denser en s'approchant de l'ouverture béante. Un transfert dimensionnel. Pas étonnant que les Seigneurs Sorcyers n'aient jamais trouvé l'entrée.

Hirad le rejoignit.

— On ne fait plus de portes comme ça de nos jours, pas vrai ?

— Personne n'a jamais fait de portes comme ça. À part Septern, semble-t-il...

Ils voyaient seulement les marches qui s'enfonçaient dans des ténèbres insondables. Hirad demanda à Talan d'apporter deux lanternes. Il les alluma et s'engagea prudemment dans l'escalier, son épée dans une main, une lanterne dans l'autre. L'air sentait le renfermé. Hirad descendait vers une pièce de taille presque identique à celle du dessus. Une obscurité étrangement mobile couvrait le mur du fond. Des tourbillons gris foncé, piquetés de brun, de vert et parfois d'une lueur blanche, se bousculaient les uns les autres sans sortir de leur cadre, tout ça dans un silence qui amplifiait leur aspect étrange et menaçant. La pièce semblait retenir son souffle. Hirad ne put se défendre de l'impression que les tourbillons allaient se jeter sur lui pour le précipiter dans le vide. Cette idée le fit frissonner. Il s'arrêta. Une main se posa sur son épaule.

— C'est la fissure dimensionnelle. Inutile de vous inquiéter, dit Denser.

— Est-ce que des... créatures... pourraient la traverser ?

Hirad agita son épée en direction des tourbillons.

— Non. Septern l'a stabilisée en utilisant sa magie. Seules les personnes qui en viennent peuvent regagner cette pièce.

Hirad continua sa descente, même s'il n'était qu'à demi convaincu par la réponse de Denser. La fissure l'attirait, avec son aura de profondeur impénétrable. Pourtant, il distinguait ses bords. Épaisse d'une largeur de main, elle semblait accrochée au mur comme un tableau. Autour étaient éparpillés les débris d'une vie. Sur la gauche du barbare, un bureau couvert de papiers ; non loin, une table à la surface jonchée d'outils, de flasques et de cornues. Un coffre était appuyé contre le mur droit. Une impressionnante couche de poussière atténuait les angles, adoucissant les contours de tous les objets. Et au bas des marches gisait la réponse à une énigme.

— Septern, devina Hirad.

— Sans aucun doute. (Denser dépassa le barbare pour examiner le cadavre.) Trois siècles ont passé, et on dirait qu'il est mort hier.

Le corps du mage aux cheveux noirs très courts était appuyé contre un mur, la tête en avant, les paupières closes. Ses mains dissimulaient en partie une entaille sanglante, dans sa chemise blanche. Alors que les ombres reculaient devant la lumière des lanternes, tous aperçurent une tache sombre sur le sol. Denser leva les yeux vers Hirad.

— Imaginez combien ils sont passés près de la victoire ultime. En se réfugiant ici, Septern a sauvé notre monde. Je me demande s'il s'en est rendu compte...

Il s'approcha du bureau, s'assit sur une chaise et feuilleta les documents en désordre. Hirad avança dans l'atelier, suivi par Ilkar, Talan et Richmond. L'elfe répéta son sort, et l'ouverture se referma au-dessus d'eux.

— Ilkar ?

— Oui, Hirad ?

— Si c'est toi qui as l'amulette nécessaire pour ouvrir et pour fermer la porte, comment Septern a-t-il fait ?

L'elfe se redressa.

— Bonne question. Vous avez une idée, Denser ?

Le Mage Noir, qui venait de découvrir un grimoire à la couverture de cuir, tourna la tête vers eux.

— Ça dépend. Qu'avez-vous fait, exactement ?

— Ça ressemble à une PaumeFlamme, mais il faut tenir l'amulette pour diriger la flamme vers l'intérieur.

— Dans ce cas, le matériau utilisé pour la fabriquer doit être le catalyseur. Vous avez regardé son cou ?

— Son cou ? (Ilkar fronça les sourcils.) Oh, je vois.

Il se pencha vers Septern et passa une main dans le col de sa chemise. Hirad le vit frissonner.

— C'est désagréable ?

— Glacé et poisseux comme de la cire. Très déplaisant. Mais il porte une chaîne.

Ilkar la fit passer par-dessus la tête du cadavre et grogna en observant l'amulette tachée de sang qui y était pendue.

— Les deux faces ne portent presque aucune inscription, mais les bords sont identiques à ceux de la nôtre.

— Tant mieux, dit Denser. Je détesterais penser qu'il existe des multitudes d'exemplaires de la clé de cet atelier.

Il se concentra sur le grimoire. Hirad tourna la tête vers Talan et Richmond. Après avoir distraitement examiné les récipients de verre, sur l'autre table, ils s'intéressaient maintenant au coffre. S'essuyant les mains sur sa cuirasse, Ilkar rejoignit le barbare.

— Que penses-tu de ça ? demanda-t-il en désignant les tourbillons aux circonvolutions lentes et rythmiques.

— Ça me fout les chocottes, avoua Hirad. Je me demande ce qu'il y a de l'autre côté.

— J'ai l'impression que tu ne tarderas pas à le découvrir.

— Je le savais ! s'exclama Denser. Il y a des choses vraiment incroyables ici ! (Il tapota le grimoire de l'index.) Avec ce livre, la recherche dimensionnelle fera un bond en avant de plusieurs siècles. Et il répondra à une foule d'autres questions. (Il se leva, s'approcha d'Ilkar et lui tendit le livre en lui désignant un passage.) Lisez ça à voix haute, vous voulez bien ? Je dois essayer quelque chose. Talan, vous auriez de la corde ?

— Dehors. (Flanqué de Richmond, le guerrier observait la fissure. Il s'arracha à sa contemplation pour se tourner vers Denser.) Vous en voulez ?

— Non, je demandais ça juste pour passer le temps.

— Je ne lis pas dans les esprits, vous savez ! s'indigna Talan.

— En effet... Pour ça, il faudrait que vous en ayez un, marmonna Denser. Contentez-vous d'aller chercher cette corde, d'accord ?

Talan fit un pas dans sa direction.

— Depuis quand êtes-vous le chef ? Allez la chercher vous-même ! À moins que vous n'ayez perdu l'usage de vos jambes...

— Je veux un banal rouleau de corde. Je ne vous demande pas d'ouvrir les portes de l'enfer ni rien de ce genre !

— Si vous en avez besoin, elle est accrochée à la selle de mon cheval. Talan se détourna et recommença à contempler la fissure dimensionnelle.

— Par les dieux vivants, grinça Denser, exaspéré. Vous avez dit PaumeFlamme ? Ilkar lui lança l'amulette originale.

— Contentez-vous de supprimer le mot de pouvoir habituel et de lui substituer le terme que vous utilisez pour FusionMentale.

Denser suivit les instructions du Julatsien. Bientôt, une lumière diffuse apparut au-dessus d'eux.

— Je n'en ai pas pour longtemps, promit-il en remontant les marches.

— Alors ? Tu lis ce bouquin, ou tu le gardes pour toi ? lança Hirad.

— Désolé. Vous voulez écouter, tous les deux ?

Richmond haussa les épaules et s'approcha. Talan foudroya l'elfe du regard, mais il en fit autant.

— C'est une sorte de journal où il archivait également ses recherches. J'aime mieux ne pas entrer dans les détails. Mais écoutez ça :

Quatre jours ont passé depuis que j'ai révélé la création d'AubeMort, et les Seigneurs Sorcyers sont déjà à mes trousses. Je sens les ondes de choc se propager jusqu'ici à travers le mana. Je ne peux pas quitter cette maison. Il me reste à espérer que les quatre Collèges vaincront le mal venu du désert Déchiré, car je ne puis déchaîner sur Balaia le sort que j'ai conçu pour le détruire. C'était une folie que d'informer les Collèges de mon invention. Depuis, j'ai découvert qu'AubeMort est infiniment plus puissant que je ne l'imaginais. Bien qu'il s'annonce très difficile à activer, si quelqu'un venait à le lancer en ayant effectué les préparatifs adéquats, en se concentrant suffisamment et en utilisant les catalyseurs nécessaires, il pourrait plonger Balaia dans une nuit éternelle. Ce serait la fin de tout.

Mais j'ai également appris que je ne peux pas détruire le savoir que j'ai découvert. Est-ce si terrible, alors qu'il pourrait tous nous détruire ? Je n'en suis pas sûr : il est impossible de revenir en arrière ou de défaire ce qui a été fait. Aussi, j'ai emporté l'information qui contient le nom des catalyseurs de l'autre côté de la fissure, dans un endroit où ses gardiens ont juré de la protéger, la mort dût-elle dérober le souffle de leurs poumons et la chair de leurs os. J'ai confié l'amulette clé à la couvée Kaan, dans la dimension draconique. Parmi toutes les créatures, les dragons mesurent le mieux l'ampleur de la catastrophe qui se produirait si AubeMort venait à tomber entre de mauvaises mains. Un jour, peut-être, ils rendront la clé à ceux qui auront trouvé ce journal et compris la raison de mon geste. En ce qui me concerne, maintenant que j'ai dissimulé ce qui devait l'être, il ne me reste plus qu'à détruire la fissure et refermer le portail à jamais. Pour cela, je resterai de ce côté et je mettrai fin à ma propre vie. Personne ne doit s'emparer d'AubeMort. Personne.

La page suivante était vierge.

Ilkar releva les yeux et vit que tous les autres le regardaient. Denser redescendit l'escalier, prit l'amulette à l'elfe et referma l'atelier.

— Alors, que s'est-il passé ? demanda Hirad en désignant le cadavre de Septern. Il ne s'est pas suicidé, ça paraît évident. Et il n'a pas non plus refermé la fissure.

Ilkar haussa les épaules.

— On dirait que les Seigneurs Sorcyers lui sont

tombés dessus plus tôt qu'il ne le pensait. Comme l'a fait remarquer Denser, il a sauvé Balaia en se réfugiant ici avant de mourir.

— Et nous sommes sur le point de faire ce qu'il redoutait le plus, dit le Mage Noir. Nous allons récupérer cette information. Voyons voir... (Il s'approcha du coffre et souleva le couvercle, révélant des vêtements propres, une paire de bottes et deux lanternes.) Une malle de voyage...

Il referma le coffre.

— Que comptez-vous faire ? demanda Hirad.

— Chercher à savoir ce qu'il y a de l'autre côté de cette fissure.

Denser saisit le rouleau de corde qu'il portait en bandoulière, en passa plusieurs longueurs autour du coffre et conserva entre les mains une sorte de longe de six ou sept mètres.

— Hirad ? appela-t-il.

— Que voulez-vous ?

— Que vous jetiez ça dans la fissure, si ça ne vous dérange pas.

— Oh, je vois. Bonne idée. (Hirad empoigna le coffre, se redressa et fit deux pas en arrière.) Vous avez un endroit préféré ?

— Au centre, ce serait bien.

Le barbare s'approcha de la fissure. Il leva le coffre jusqu'à sa poitrine, le cala contre ses pectoraux et glissa les mains dessous. Puis il le lança dans les tourbillons, où il disparut comme si de la boue l'avait englouti. Tous les regards se portèrent vers la corde qui glissait lentement entre les mains de Denser. Au bout d'une dizaine de secondes, elle se déroula plus vite, plongea, se cala sur le bord inférieur de la fissure et retomba mollement.

— Je comprends, murmura Denser.

— J'aimerais pouvoir en dire autant, marmonna Hirad.

— C'est très simple. La fissure elle-même est assez profonde, environ deux mètres, et la traversée s'effectue lentement. De l'autre côté, il y a un léger dénivelé par lequel il ne faudra pas nous laisser surprendre. (Denser marqua une pause.) Et maintenant, qui est partant pour un saut dans l'inconnu ?

Un étrange silence suivit. Hirad avait toujours su qu'ils devraient franchir le portail dimensionnel. À présent que le moment était venu, ses compagnons et lui se demandaient ce qu'il pouvait y avoir de l'autre côté. Probablement rien de familier...

— Je suppose que nous n'avons pas besoin de laisser quelqu'un pour monter la garde ? demanda enfin Richmond.

— En effet, dit Ilkar. Qu'en penses-tu, Hirad ? Ce sera l'aventure la plus bizarre des Ravens.

— Ouais... Allons-y ! (Le barbare frappa dans ses mains et dégaina son épée.) On ferait mieux d'emporter les lanternes.

— Bonne idée, dit Ilkar en prenant celle que Denser avait posée sur la table.

Ils s'alignèrent devant la fissure, chacun sondant l'obscurité tourbillonnante. Placé au centre, Hirad tourna la tête vers la droite, puis vers la gauche pour voir si les autres étaient prêts. Il prit une profonde inspiration et son rythme cardiaque s'accéléra.

— C'est bon ?

Ses compagnons hochèrent la tête en marmonnant leur assentiment.

— Hirad, je crois que c'est à toi que revient l'honneur de pousser notre cri de guerre, dit Talan.

— Merci.

— De quoi s'agit-il ? s'inquiéta Denser.

— Écoutez, et vous le saurez, répondit Ilkar.

Hirad prit une nouvelle inspiration.

— Ravens ! rugit-il. Ravens, avec moi !

D'un même mouvement, ils s'élancèrent vers la fissure.

Chapitre 11

Styliann se réchauffait les pieds devant la cheminée de son étude. Il prit la chope posée sur la table, près de son bras droit, et but une gorgée de thé. Quelqu'un frappa à la porte.

— Oui...

Nyer et Dystran entrèrent. Il leur désigna les autres chaises et leur versa une chope de thé. Nyer s'assit avec la désinvolture d'un homme habitué à évoluer en si prestigieuse compagnie. Mais la nervosité de Dystran était visible. Il posa les fesses sur le bord de son siège et agrippa sa chope comme une bouée.

— Laryon va-t-il nous rejoindre ? demanda Styliann.

— Malheureusement, non, répondit Nyer. Il a des problèmes avec son personnel.

— Je vois. (Styliann plissa les yeux. En principe, personne ne refusait ses invitations. Il prit mentalement note d'en parler avec le nouveau maître.) Où en sont les recherches de ConnexionDimensionnelle ? À un stade avancé, j'espère ?

Dystran consulta du regard Nyer, qui lui fit signe de répondre.

— Oui, seigneur. Nous effectuons des tests dans les catacombes. Il ne put s'empêcher de sourire.

— Quelque chose d'amusant ? demanda Styliann.

— Désolé, seigneur. (Les joues de Dystran s'empourprèrent sous ses courts cheveux bruns.) C'est juste que nous avons dû améliorer le système d'évacuation d'urgence après la réussite inespérée du premier test.

Styliann fronça les sourcils.

— Tenez-vous-en au rapport, ordonna Nyer.

— Nous avons fait trois essais – réussis – du sort de ConnexionDimensionnelle, ce qui nous a permis de lier notre dimension à une autre. Nos calculs étant justes, nous avons pu faire couler un ruisseau entre les deux, inondant par mégarde une des chambres de recherche.

— Excellent ! jubila Styliann. Dans combien de temps passerons-nous à une tentative réelle ?

— Très bientôt. La seule question en suspens est celle de l'accumulation d'énergie magique. Nous pensons que la largeur du passage ouvert sera proportionnelle au nombre de mages qui incanteront. Toutefois, ce n'est pas sans risque. (Dystran marqua une pause.) Enfin, les dimensions ne sont pas toujours alignées. Bien que nous puissions calculer le moment où elles le seront, nous n'avons pas le contrôle de l'instant précis où il deviendra possible d'incanter.

Styliann se rembrunit.

— Combien de temps les fenêtres d'alignements restent-elles ouvertes ?

— De quelques heures à plusieurs jours. Nous n'avons pas encore quantifié le cycle...

Le Seigneur du Mont acquiesça.

— Ça ira. Dystran, il faut que vous prépariez rapidement votre équipe pour une tentative réelle à grande échelle. De combien de mages disposez-vous ?

— Une trentaine.

— Qu'en pensez-vous, mon vieil ami ?

— C'est l'arme offensive idéale pour la passe de Sousroc, affirma Nyer.

— Naturellement.

Styliann sourit. La porte de la victoire venait de se rouvrir.

Plus tard, il communia avec Laryon, et ce qu'il entendit effaça son sourire. Ça l'attristait toujours que ses vieux amis combattent pour le pouvoir contre lui. Et ça le mettait en colère.

La chair était aspirée de ses os. Le sang affluait sous la peau de son visage. Hirad le sentit s'accumuler jusqu'à ce que la pression lui brûle les joues. Par réflexe, ses mains se contractèrent, comme si la droite voulait broyer la poignée de son épée. Ses yeux ouverts, qu'il ne pouvait pas fermer, voyaient des ténèbres tachetées de gris. S'il avait réussi à tourner la tête, il était sûr qu'il n'aurait pas distingué les autres. Étaient-ils là ? Le barbare entendait seulement le sang qui s'engouffrait dans ses veines et son cerveau, celui-ci le suppliant de trouver un sens à la situation.

Était-il en train de marcher ? Il ne le pensait pas, et pourtant, il avançait. Vers où ? Ça n'avait pas d'importance. Il voulait s'arrêter avant que sa chair ne soit arrachée à son corps et que son sang ne se déverse dans le vide ! Mais même s'il y parvenait, il avait le pressentiment qu'il avancerait encore. Il sentait quelque chose pulser et se répandre dans son corps. Cela commença dans ses entrailles et se communiqua rapidement au reste de sa personne. C'était chaud. Très chaud. Il lui semblait que son sang allait bouillir dans ses veines, les faire fondre.

De la lumière.

La fin de l'éternité.

Une chute. Un atterrissage rude.

La lumière s'estompa.

Hirad était assis sur une surface solide, dans un espace ouvert. En hauteur. Il ne savait pas pourquoi ; il en avait seulement l'impression. Tournant la tête à droite et à gauche, il compta mentalement les Ravens. Ils étaient tous là, assis comme lui, et ils se regardaient. Derrière eux, la fissure flottait dans les airs, à environ soixante centimètres du sol. Le bout de la corde disparaissait dedans. Le coffre, toujours attaché, gisait près d'Ilkar.

Hirad se leva sur ses jambes tremblantes, s'efforça de reprendre son calme et osa contempler pour la première fois une autre dimension. Alors que les battements de son cœur reprenaient un rythme normal, il sentit tous ses poils se hérisser. Il ne savait pas exactement à quoi il s'attendait, mais ce n'était pas à ça. L'air rare et sec n'avait pas le même goût ; l'atmosphère étouffante lui irritait la peau et les yeux. Au-dessus d'eux, le ciel sombre était plombé. Une lumière diffuse montait de l'horizon, à l'endroit où la masse obscure des nuages rencontrait la terre.

Et ils étaient vraiment en hauteur. Un coup d'œil derrière lui et vers sa droite confirma l'impression d'Hirad. La fissure s'ouvrait au bord du plateau où les Ravens avaient atterri. Des pentes abruptes dégringolaient des deux côtés.

Des éclairs rouges déchiraient le paysage, mais ils n'éclairaient rien, renforçant plutôt les ténèbres impénétrables. Comme un seul homme, les Ravens s'écartèrent du précipice, chacun mesurant la faible marge d'erreur dont ils bénéficieraient quand ils voudraient regagner leur propre dimension.

Il manquait quelque chose, constata Hirad. Le son. À part la brise qui soupirait à ses oreilles, il n'entendait rien du tout. Pas de voix, pas d'animaux, pas d'oiseaux. Rien qui indique la présence d'une forme de vie. Même les éclairs étaient silencieux. Cela le mit mal à l'aise. Comme s'il était dans le royaume des morts.

Hirad tourna la tête vers la gauche. Son regard survola la terre – car c'en était bien : la brise faisait onduler de la végétation – jusqu'à ce qu'il soit arrêté par un bâtiment. Une sorte de bâtiment, au moins. Devant lui, le barbare aperçut un amas de structures délabrées. Des poutres brisées, des pierres effondrées et de l'ardoise fendillée jonchaient le sol sur cinq ou six cents mètres. Puis cela cessait brusquement, sans doute à l'autre extrémité du plateau. Au-delà, une seconde fissure flottait dans le vide.

Alors que ses yeux s'accoutumaient à la pénombre, Hirad avisa autour d'eux, mais éparpillées dans le lointain, de grossières colonnes rocheuses dont le sommet élargi formait d'autres plateaux circulaires ou ovales. Les Ravens se tenaient sur une structure similaire et cette découverte le désarçonna. Il crut distinguer des bâtiments sur les autres plateaux ; certains semblaient aussi massifs que des palais. Mais il n'y avait pas plus de lumière et rien ne bougeait, sinon sous le souffle de la brise.

— Charmant endroit, marmonna Talan.

Hirad sursauta.

— Par les dieux du sol, où sommes-nous ?

Il aurait aimé que l'Inconnu soit là. Sa présence l'aurait un peu rassuré.

— Ça n'a aucun sens, murmura Denser. Comment sont-ils arrivés ici, comment passaient-ils dc cette plate-forme aux autres, et comment ont-ils pu construire ces bâtiments à une telle hauteur ?

Il désigna le village en ruines qui s'étendait un peu plus loin... Si c'en était bien un.

— Et surtout, qui étaient-ils ? ajouta Ilkar.

— En supposant qu'ils soient partis, dit Talan.

— Vous en êtes à ce genre de questions ? lança Hirad. Personnellement, je me demande si je ne vais pas rebrousser chemin. Cet endroit me fout les chocottes.

Il sentit les battements de son cœur s'accélérer de nouveau.

— Ne trouvez-vous pas ça fascinant ? s'exclama Denser. Une autre dimension ! Réfléchissez à ce que ça signifie.

— Elle est complètement différente de la nôtre, s'obstina Hirad, ça ne me plaît pas du tout et j'ai l'impression que nous ne devrions pas être là.

— Différente, mais semblable sur beaucoup de points, dit Ilkar en se penchant pour ramasser une poignée de terre. Regarde. De l'herbe, des bâtiments, de l'air...

— Mais pas de bruit. Tu crois qu'ils sont tous morts ? Qui qu'ils aient pu être...

Denser avança vers les ruines du village. Les Ravens lui emboîtèrent le pas. Hirad les suivit à contrecœur en se mordillant la lèvre. Même l'épée qu'il avait dégainée ne lui procurait aucun réconfort. Malgré la légèreté de l'air, il trouvait l'atmosphère oppressante, et l'absence de bruit le poussa à se curer les oreilles plusieurs fois avec son auriculaire gauche. Il ne comprenait pas pourquoi il n'entendait rien, à l'exception de leur respiration et de leurs pas.

— Que cherchons-nous, Denser ?

Alors qu'ils foulaient la terre sèche qui s'effritait sous leurs bottes, Richmond se tourna vers le Mage Noir.

— Honnêtement, je n'en ai pas la moindre idée. Nous avons besoin d'informations.

— Un parchemin, peut-être ?

— Ou une autre amulette... Voire un bijou sculpté. Quelque chose qui fasse tache parmi tous ces débris. Un objet d'origine balaienne.

Il désigna de nouveau les bâtiments. Bien qu'à moitié effondrés, ils présentaient une ressemblance très lointaine avec ce que les races de Balaia auraient pu construire. La plupart avaient des ouvertures qui devaient servir de portes. Mais elles étaient ovales et au-dessus du niveau du sol. Quant à ceux qui conservaient une partie de leur toit en forme de dôme, ils arboraient une ouverture similaire au sommet. Bien que partiellement en bois, ces structures rappelaient à Hirad les kilns de pierre que bâtissaient les Ouestiens. Ça faisait un peu haut pour des maisons de plain-pied, même si l'absence apparente de fenêtres pouvait dissimuler l'existence d'un ou plusieurs étages.

— Je n'aime pas ça, dit Hirad en frissonnant.

— Tu l'as déjà dit. Mais je suis d'accord avec toi, concéda Ilkar. Quelque chose cloche. J'ai l'impression de risquer de tomber à tout moment.

— Plus vite nous filerons, mieux je me sentirai. (Hirad s'ébroua pour soulager la tension de ses épaules.) Je me demande ce que Septern était venu ficher ici...

Un rideau de lumière inonda la nuit en contrebas de la plate-forme, éclairant tout ce qu'il toucha d'une lueur mauve éphémère. Les ombres eurent un relief encore plus aigu, et l'effet persista sur la rétine d'Hirad pendant quelques instants.

Alors, il distingua un mouvement. Réagissant comme un seul homme, les Ravens brandirent leur épée.

Les habitants du village émergèrent de l'intérieur et de derrière les bâtiments. Malgré leur démarche titubante, il leur fallut quelques secondes pour envahir l'espace découvert et avancer vers les Ravens d'un pas pesant. Hirad tenta de les dénombrer et perdit le compte à partir de cinquante. À cette distance, ils semblaient minces et pâles, un amas confus de membres lourds. Mais quand ils ne furent plus qu'à une centaine de pas, leur nature devint apparente.

— Dieux du sol, je n'y crois pas, chuchota Hirad.

Les Ravens s'immobilisèrent.

— *La mort dût-elle dérober le souffle de leurs poumons et la chair de leurs os*, cita Denser tout bas.

Il y avait quelque chose d'anormal dans leur maintien – ou plutôt, dans leur absence de maintien. Non qu'il existât un « maintien normal » pour les créatures mortes, pensa Hirad en frissonnant.

Alors que les villageois continuaient leur avancée laborieuse, il crut apercevoir un frémissement dans leur dos. Puis une des créatures de tête trébucha sur une pierre et, pour rétablir son équilibre, déploya ses ailes. Comme ce n'étaient que des ossements reliés par une membrane déchirée, la créature tomba quand même. Les autres continuèrent à approcher. Plus que soixante-dix pas.

Impossible à croire ! Un groupe de créatures aviennes mortes, vêtues de lambeaux de tissu, avec une tête ovale et d'énormes fentes vides à la place des yeux, avançaient toutes de la même démarche rigide et impitoyable. Elles se déployèrent d'un bord à l'autre du plateau.

— Des suggestions ? demanda Hirad, paniqué.

Les morts seraient sur eux dans deux minutes.

— Ils n'ont pas d'armes. Que peuvent-ils faire ? lança Talan.

— Simplement continuer à avancer, répondit Denser. Après tout, nous n'avons nulle part où aller, à part rebrousser chemin par la fissure, et aucun espoir de vaincre des adversaires si nombreux. Ils nous forceront à reculer jusqu'à ce que vous n'ayez plus assez de place pour utiliser vos épées. Et si vous ne faites pas attention, ils vous pousseront dans le vide.

— Mais comment peuvent-ils se déplacer ? demanda Hirad. Ce sont des squelettes. Des morts.

— C'est peut-être à cause d'un sort, dit Richmond.

— Quelque chose qui lie leur existence à la promesse qu'ils ont faite à Septern, renchérit Ilkar.

— On se souciera du pourquoi et du comment plus tard, déclara Hirad. Pour le moment, il faut trouver un moyen de franchir ce barrage. Ce que nous cherchons, et qu'ils protègent, est forcément dans leur village.

— J'ai une idée, dit Denser. Vous voulez l'entendre ? (Le barbare fit oui de la tête.) Ilkar lance un sort de ForceConique pour ouvrir une brèche dans leurs rangs. Vous et moi, nous fonçons pour aller fouiller le village. Pendant ce temps, les autres les occupent un moment, puis ils sautent dans la fissure avant de se faire pousser dans le vide.

— Pourquoi n'y allons-nous pas tous ? demanda Richmond.

— Parce qu'ils feraient demi-tour, répliqua Denser. Du moins, je le suppose. Mais s'il reste des gens en face d'eux, ils continueront à avancer, et nous aurons gagné assez de temps pour chercher. Ça vaut le coup d'essayer, non ?

Il y eut un bref silence ponctué par les raclements de pieds des morts. Ils n'étaient plus qu'à une minute des Ravens, et leur densité augmentait proportionnellement au rétrécissement du plateau.

— D'accord, dit Ilkar.

— Faites de votre mieux, chuchota Denser.

— Toujours, dit froidement l'elfe.

Hirad vint se placer entre eux.

— Talan, Richmond, dès qu'Ilkar aura lancé son sort, assurez-vous que vous êtes tous devant la faille. Comme ça, quand ils vous pousseront en arrière, vous aurez une meilleure chance de tomber dedans plutôt que dans le vide.

Talan hocha la tête.

— Et toi ?

Hirad haussa les épaules.

— Je ne sais pas. Croise les doigts pour moi, tu veux bien ?

— Encore une chose, dit Ilkar. (Hirad se tourna vers lui.) Je vais colorer mon sort pour que vous puissiez le voir. Quand j'aurai fini d'incanter, foncez. Je relâcherai le sortilège dès que vous serez devant la brèche. Ensuite, vous devrez vous débrouiller seuls.

Il ferma les yeux et entreprit de modeler le mana. L'inquiétude le tarauda quand il constata qu'il ne ressentait rien. Mais elle céda très vite la place au soulagement quand le combustible de la magie de Balaia traversa le portail dimensionnel, s'alimentant à la source de pouvoir statique qui le maintenait ouvert. Ilkar vacilla, se redressa et lança son sort en lui ajoutant de la vitesse et ce qu'il espérait être une couleur verte.

Une courte incantation, puis il rouvrit les yeux et choisit une zone proche du bord gauche de la plateforme.

Ilkar prononça le mot de pouvoir en tendant les mains devant lui. Le champ de ForceConique percuta les villageois et en fit exploser trois, projetant leurs os dans toutes les directions. Il continua à avancer, ouvrant une brèche dans les rangs des morts, les repoussant sur le côté et laissant derrière lui un sillage de chaos. Les squelettes s'écroulèrent comme des dominos. Leurs ailes osseuses battirent en vain alors que leurs congénères leur tombaient dans les jambes. Les plus proches du gouffre glissèrent et basculèrent dans le vide. Les autres reprirent leur équilibre et voulurent reformer les rangs, mais Ilkar tenait bon. Hirad se tourna vers Talan et Richmond.

— Ne prenez pas de risques, ne revenez pas nous chercher et ne le laissez rien faire de stupide, recommanda-t-il en désignant l'elfe. (Les guerriers acquiescèrent en silence. Hirad posa une main sur l'épaule de Denser.) On y va. Restez derrière moi.

Il brandit son épée et se dirigea vers le cône clairement défini. Alors qu'il approchait, l'image des villageois se précisa. Il constata qu'il manquait une main à certains, que d'autres avaient les côtes, les hanches ou les clavicules broyées, et que des traînées noires se détachaient sur le blanc de leur os. Mais voir leurs têtes immobiles le fit frémir quand il sonda les profondeurs ténébreuses de leurs orbites vides. Dedans, il n'y avait rien. Pas de lumière, pas de vie. Et pourtant, ils bougeaient. Et pourtant, ils avaient un objectif. Si l'un d'eux avait parlé, Hirad aurait fait demi-tour et pris ses jambes à son cou.

Quand Denser et le barbare ne furent plus qu'à cinq pas des premiers villageois, Ilkar relâcha son champ de ForceConique, leur laissant un passage où s'engouffrer. Hirad s'élança et entendit le Mage Noir en faire autant derrière lui. Le chat se faufila entre ses jambes et fonça vers les ruines. Un moment, les villageois continuèrent à avancer. Mais Hirad s'était à peine engagé dans la trouée quand ils resserrèrent les rangs. Le barbare frissonna et redoubla de vitesse. Il cria quand des mains squelettiques effleurèrent sa cuirasse et griffèrent l'air devant son visage. Un crâne apparut sur sa droite. D'un coup d'épée, Hirad le fit sauter du torse de la créature, qui s'effondra.

Ça allait être juste. La respiration haletante de Denser résonnait à ses oreilles. Hirad jura entre ses dents. Il brandit son épée à deux mains, l'abattit de nouveau devant lui et sentit sa lame fendre une tête, une épaule et la membrane d'une aile. Mais pas un seul villageois ne leva la main sur eux. Ils émergèrent de l'autre côté de la masse de morts, ralentirent et s'arrêtèrent une dizaine de pas plus loin. Se retournant, ils virent que la brèche s'était refermée. Les villageois continuaient à avancer vers la fissure sans jeter un regard derrière eux, fondant sur les trois autres Ravens qui se tenaient dos aux ténèbres du portail dimensionnel. Ilkar leur fit un signe de la main ; Hirad lui répondit avant de tourner un visage trempé de sueur vers Denser.

— On ferait mieux de se dépêcher, dit le Mage Noir. Une fois qu'ils auront poussé nos amis dans la fissure, ils reviendront. Et si nous ne voulons pas tomber dans le vide, nous n'aurons aucun endroit où fuir, à part l'autre fissure.

Hirad acquiesça nerveusement. Les deux hommes coururent jusqu'au village et s'arrêtèrent de nouveau pour regarder autour d'eux. Le sol était jonché des vestiges d'une civilisation. Parmi les ruines des bâtiments noircis, ils aperçurent des casseroles et des chaudrons renversés, des poteries en miettes, des meubles brisés, des vêtements qui tombaient en poussière. Tout ce qui subsistait n'était que chaos.

— Comment vivaient-ils ici ? demanda Hirad en ramassant la poignée d'une cruche de terre cuite. Je veux dire, c'est tellement petit...

Par-dessus son épaule, le barbare regarda la zone de terrain qu'ils venaient de traverser. Des carrés de sol sombre étaient délimités par des bandes plus claires. Des champs cultivés. Des chemins. Par les dieux, ces gens étaient des fermiers. Des fermiers capables de voler.

— Et qu'y a-t-il en bas ?

Il lança vers le bord du plateau le morceau de poterie qui se brisa sur le sol bien avant de tomber dans le vide.

— Rien, je suppose, avança Denser. C'est sans doute pour ça qu'ils vivaient sur ces hauteurs.

— Je ne comprends pas. Pourquoi n'y aurait-il rien en bas ?

— Impossible de prendre Balaia comme référence pour expliquer le fonctionnement de ce monde ! Moi-même, j'émets de simples hypothèses. La seule chose dont nous sommes sûrs, c'est qu'ils vivaient ici. Tirez-en vos propres conclusions.

— Mais pourquoi sont-ils morts ? insista Hirad.

Denser haussa les épaules et se détourna.

— Je n'en ai pas la moindre idée, et nous n'avons pas le temps d'y réfléchir pour le moment. Commencez à chercher.

Hirad passa la tête dans une des habitations et découvrit une image miniature du village. Des os étaient éparpillés sur le sol ; un crâne pendait à la grande ouverture ovale du plafond. La suie couvrait toutes les surfaces.

— Chercher quoi, au juste ?

— Combien de fois faudra-t-il vous le répéter ? dit Denser en s'éloignant. Je n'en sais rien. Séparons-nous et voyons si quelque chose nous saute aux yeux. Un objet qui n'ait pas l'air d'avoir été fabriqué ici.

Hirad jeta un coup d'œil par-dessus son épaule. Les villageois continuaient à avancer, les Ravens toujours campés devant la fissure. Le barbare se rengorgea. Ces hommes, ses amis et compagnons d'armes, ne tourneraient jamais le dos.

Il se fraya un chemin dans les ruines. Partout où il regardait, ce n'était que bâtiments effondrés, meubles renversés et poteries en morceaux. Comme si un incendie monstrueux avait balayé cet endroit, à la manière dont le vent balaye la poussière sur son passage.

Hirad traversa le village en observant le bord de la plate-forme et la seconde fissure suspendue dans les airs. Alors qu'il se demandait ce qu'il y avait de l'autre côté, et constatait qu'il n'était pas pressé de le découvrir, il entendit Denser crier. Sur sa gauche, il le vit courir en direction d'un bâtiment qui se dressait à la lisière du village, au bord du vide. Il s'élança, trébucha sur les gravats et franchit l'ouverture du bâtiment avec quelques secondes de retard sur Denser.

À l'intérieur, le chat tournait lentement autour d'une enfant assise sur le sol. Tache de lumière et de couleur parfaitement vivante, elle portait une robe bleue, et un foulard assorti tenait en arrière ses longs cheveux blonds. La fillette avait de grands yeux clairs, un nez minuscule et une bouche qui ne souriait pas. Observant le chat qui décrivait des cercles autour d'elle, elle serrait un coffret contre sa poitrine.

— Tuez-la, Hirad, siffla Denser. Vite !

— Quoi ? lança le barbare. Non ! Contentons-nous de prendre le coffret et de filer. Il fit mine de s'approcher, mais Denser le retint.

— Ouvrez les yeux, Hirad ! Croyez-vous qu'une enfant humaine aurait pu survivre ici ?

La petite fille s'arracha à la contemplation du chat, et leva les yeux vers les deux hommes comme si elle les remarquait à peine.

— Tenez-vous prêt à frapper, ordonna Denser.

Il dégaina son arme et fit un pas sur le côté. Hirad le dévisagea. Sombre, il regardait l'enfant d'un air effrayé. Le barbare brandit sa propre épée.

— Vous ne pourriez pas lui jeter un sort ?

Denser secoua la tête.

— Elle ne m'en laissera pas le temps.

— Qui est-elle ?

— Je n'en suis pas sûr. Rien d'ordinaire. Sans doute une création de Septern. Surtout ne quittez pas ce coffret des yeux. Nous ne devons ni le perdre ni l'endommager.

— Si vous le dites...

La fillette leur fit un sourire dépourvu de chaleur qui ne monta pas jusqu'à ses yeux. Hirad frissonna. Quand elle parla, sa voix était celle d'une enfant de neuf ans, mais le pouvoir qu'elle exprimait glaça le sang du barbare dans ses veines.

— Vous êtes les premiers. Et vous serez les derniers, promit-elle.

— Qui es-tu ? demanda Denser.

— Votre pire cauchemar. Votre mort !

Avec une telle rapidité qu'Hirad la vit à peine bouger, elle se jeta sur eux. Et se transforma en même temps.

Le barbare hurla.

Les villageois se rapprochaient. Ilkar, Talan et Richmond n'étaient plus qu'à une demi-douzaine de pas de la fissure. Les flancs ennemis se resserrèrent, augmentant la pression des premiers rangs. Derrière, gisaient les ossements d'une quarantaine de créatures, victimes des moulinets meurtriers des Ravens. Malgré ce massacre, le visage en sueur et les poumons en feu, le trio s'attendait à une défaite imminente.

— Nous ne les avons même pas ralentis, haleta Talan en fauchant d'un coup de pied les jambes d'un mort-vivant avant de lui éclater le crâne avec le pommeau de son épée.

— Je n'en ai pas l'impression, dit Ilkar.

Leur champ de vision était toujours envahi de

membres squelettiques. Ils entendaient le cliquetis des os, alors que des pieds dépourvus de chair martelaient la terre compacte.

— Combien sont-ils ? grogna Richmond après avoir brisé trois colonnes vertébrales d'un seul coup d'épée.

— Des centaines. (Talan haussa les épaules.) Mais du diable si je sais d'où ils sortent.

Les Ravens reculèrent encore et sentirent le bord de la fissure derrière leurs cuisses. Ils frappèrent une nouvelle fois, faisant voler des éclats d'os. Et pourtant, leurs adversaires continuaient à avancer inlassablement. Sans faire un geste pour les attaquer. Mais ce n'était pas nécessaire. Ils les cernaient, et leur supériorité numérique rendait l'issue inévitable.

— On se retrouve de l'autre côté, lança Ilkar juste avant de basculer en arrière.

Alors qu'il tombait, suivi quelques instants plus tard par Richmond et Talan, il vit les squelettes faire demi-tour et reprendre le chemin du village.

Les jambes de la fillette, soudain brunes, couvertes de fourrure et de muscles noueux, la propulsèrent vers l'avant. Ses pieds griffus raclèrent le sol. Une queue fourchue jaillit du bas de son dos et sa robe s'évanouit, remplacée par une poitrine de taureau aux côtes proéminentes surmontant un ventre plat et imberbe. Ses biceps gonflèrent tandis que ses mains délicates enflaient et s'allongeaient, ses doigts se transformant en griffes affûtées.

Mais sa tête, voilà ce qui arracha un cri à Hirad !

Son visage fut aspiré vers l'intérieur comme de l'eau coulant dans un trou. Lorsqu'il ne resta plus que ses yeux bleus, eux aussi disparurent, cédant la place à deux fentes noires. De la cavité surgit une bouche aux crocs dégoulinants de salive. Sous ses cheveux blonds, la créature avait des arcades sourcilières proéminentes et un menton pointu. Elle fit claquer ses mâchoires ; une langue fine jaillissant de sa bouche, elle frappa en sifflant. Par réflexe, Hirad leva son épée. La patte de la créature ricocha sur la lame, qui entama sa chair. Le monstre recula en poussant un hurlement de douleur, le coffret toujours serré sous son autre patte antérieure.

— Merde alors, jura le barbare, tremblant de tous ses membres.

Il se plaça devant Denser pour le couvrir.

— Soyez prudent, Hirad.

— Que voulez-vous que je sois d'autre ?

La créature bondit de nouveau en agitant les bras. Hirad fit un pas de côté et abattit son épée en espérant réussir à la neutraliser avant que ses griffes ne l'éventrent ou ne l'embrochent. Sa lame heurta du bois, continua sa trajectoire et s'enfonça enfin dans la chair de sa cible. Il y eut un gémissement perçant, suivi d'un claquement sec. Puis un craquement retentit alors que des échardes volaient dans toutes les directions.

Hirad se redressa et tenta d'évaluer la situation. Denser gisait sur le seuil du bâtiment. La créature avait battu en retraite dans le fond de la pièce ; elle serrait contre elle le moignon de sa patte gauche, essayant en vain d'arrêter le flot de sang. Sa main était tombée tout près du pied d'Hirad. Dans les débris du coffret reposait un unique rouleau de parchemin bruni et écorné. Au moment où il l'aperçut, le barbare s'avisa que le gémissement avait cessé. Il tourna la tête vers la créature, qui se releva, le foudroyant de ses yeux jaunes. Une nouvelle main poussait au bout de son bras.

— Par les dieux...

Son adversaire tituba et se raccrocha à une étagère. Hirad saisit une dague à sa ceinture et la lança de toutes ses forces. La lame métallique siffla dans l'air, attirant l'attention de la créature, qui la suivit du regard, ses yeux disparaissant presque sous les plis de son front. D'un bond, Hirad franchit la distance qui les séparait. La créature se concentra sur lui, tandis que la dague oubliée allait se ficher dans le mur. Le monstre esquiva le coup que lui portait Hirad et lui lança sa queue entre les jambes pour le déséquilibrer. Hirad tomba, roula sur lui-même et se redressa sur les genoux.

La créature avança, toujours vacillante. Hirad se releva et ils se firent face. Le monstre rugit, lui soufflant au visage une haleine brûlante et fétide. Sa voix basse, bien trop puissante pour un aussi petit corps, fit reculer le barbare. Il saisit son épée à deux mains et porta un coup de bas en haut et de gauche à droite. La créature réagit trop lentement ; elle leva les bras pour se protéger, mais la lame mordit sa mâchoire. Hirad grogna et força pour la faire ressortir par l'œil gauche de la bête. Du sang jaillit du visage fendu.

La créature hurla et tomba sur le dos, tenant sa blessure à deux mains. Hirad avança et lui plongea son épée dans le cœur.

— Brûlez-la !

Hirad vit Denser se rasseoir et s'adosser au chambranle de la porte en se massant les côtes. Perché sur son épaule, le chat frottait sa tête contre la joue du mage.

— La brûler ?

— Tout de suite. Sinon, elle se régénérera.

Hirad regarda la créature et vit aussitôt qu'elle avait recommencé à respirer.

— Je n'y crois pas, souffla-t-il.

Il rengaina son épée, fouilla dans les pochettes de sa ceinture et sortit une fiole d'huile et un briquet à silex.

— Tenez.

Une flasque roula sur le sol jusqu'aux pieds d'Hirad.

— Vous croyez que ça fera l'affaire ? demanda le barbare, sceptique. C'est de l'huile de lampe...

— Faites-moi confiance, ça suffira.

Hirad haussa les épaules et bondit sur la créature. Il répandit le liquide sur sa fourrure, jeta quelques bouts de bois sur sa poitrine, près de la plaie qui se refermait déjà, et fit jaillir une étincelle de son briquet à silex. Les flammes engloutirent aussitôt le monstre. Hirad bondit en arrière et essuya son visage dégoulinant de sueur.

La bête cligna des yeux. Un de ses bras remua. Le barbare secoua la tête.

— Trop tard !

Il dégaina son épée et la lui planta de nouveau dans le cœur.

Hirad recula et regarda l'infernale bête se consumer. Du bois craqua sous ses pieds. Baissant les yeux, il vit qu'il avait marché sur un morceau du coffret brisé. Le parchemin gisait près de sa botte droite ; il se baissa pour le ramasser.

— Est-il endommagé ? demanda Denser derrière lui.

— Non, je ne crois pas. Et vous, vous êtes indemne ?

— Ça va. Juste un peu essoufflé... Nous avons eu de la chance que ce soit un parchemin et pas un cristal ou un artefact. Sinon, votre impétuosité aurait mis un terme abrupt à notre mission.

Hirad s'approcha de Denser et lui tendit la main pour l'aider à se relever. Le mage regarda derrière lui et hocha la tête.

— Qu'est-ce que c'était ? demanda Hirad en lui remettant le parchemin.

— Une invocation intelligente... C'est tellement

long à lancer que je n'en ai jamais pris la peine. Contrairement à Septern, semble-t-il.

— Pourquoi une fillette, au début ?

— Une invocation intelligente a un but spécifique : dans le cas présent, protéger ce parchemin. Elle n'a pas de vie propre, mais elle peut raisonner, ce qui lui permet d'évaluer une situation et de réagir en conséquence. Je suppose que cette fillette devait être une parente de Septern. Une image fondée sur des souvenirs précis est moins difficile à créer et à maintenir.

— Mais pourquoi... ?

— Je sais à quoi vous pensez. La fillette devait être la « forme au repos », parce que la créature – sans doute issue des cauchemars du mage, à en juger par son apparence – consumait trop de mana pour exister en permanence. Vous comprenez ?

— Plus ou moins. Mais tout de même, ça fait trois siècles...

— Je sais. Malgré sa puissance, j'ai du mal à croire que Septern ait créé une invocation intelligente aussi durable. Quarante ans me semble un maximum. Je suppose que les fissures lui ont fourni suffisamment de mana statique pour lui permettre de survivre au-delà.

Denser étudia le parchemin. Désœuvré, Hirad fit quelques pas en direction de la première fissure. N'entendant pas de bruit, il se rembrunit et pressa l'allure.

— Ilkar ? appela-t-il. Ilkar ?

Pas de réponse, mais pas de villageois non plus. En approchant de la lisière des bâtiments, le barbare comprit pourquoi. Ils s'étaient tous effondrés à quatre-vingts pas de là, couvrant le sol d'un tapis d'ossements. Un frisson glacé courut le long de l'échine d'Hirad. Si les Ravens avaient réussi à les tuer tous, où étaient-ils ? Et s'ils n'avaient pas réussi, pourquoi les morts-vivants étaient-ils tombés ?

Le barbare pivota sur lui-même, conscient de son terrible isolement. Au-dessus de sa tête, les nuages noirs avançaient, poussés par un vent formidable qu'il ne pouvait entendre. En contrebas, les éclairs se succédaient, illuminant les plaines désertes. Plantées contre l'horizon, les autres colonnes rocheuses montaient la garde telles des sentinelles de mauvais augure, leur silhouette indistincte le vidant de son courage. Où étaient les Ravens ? Hirad pria pour qu'ils aient franchi la fissure dans l'autre sens et regagné leur monde. Les autres possibilités étaient inconcevables.

— Denser ?

Il revint en courant vers l'endroit où il avait laissé le Mage Noir, mais il n'y était plus. La panique lui coupa le souffle avant qu'il ne repère le Xetesk, qui fonçait vers l'autre fissure, à l'extrémité opposée du plateau.

— Denser !

Le mage se tourna vers lui. Hirad vit sa pipe fumer au coin de sa bouche. Le chat avait passé la tête hors de sa cape et Denser le caressait entre les oreilles. Du parchemin, pas le moindre signe.

— Vous l'avez lu ?

Denser hocha la tête.

— Et... ? insista Hirad en continuant à marcher vers lui.

— Je n'ai pas pu tout déchiffrer. Il faudra que je le montre à Ilkar.

De près, Hirad vit que quelque chose clochait. Le regard de Denser était flou et il jetait sans cesse des coups d'œil vers la fissure.

— Vous allez bien ? Les Ravens ont disparu et les squelettes sont détruits. Vous êtes sûr que cette créature ne vous a pas frappé sur la tête ?

— Vos amis vont bien... (Il marqua une pause.)

Hirad, vous est-il déjà arrivé de *devoir* faire quelque chose ? Vous savez, parce que la curiosité vous dévorait ?

Le barbare haussa les épaules.

— Probablement. Je ne m'en souviens plus. De quoi parlez-vous ?

Denser se détourna et continua à avancer vers la fissure. Un instant, Hirad en resta muet.

— Vous n'y pensez pas ! s'exclama-t-il en comprenant soudain.

Il se lança à la poursuite du mage.

— Je dois savoir. C'est comme ça, je n'y peux rien.

Denser pressa le pas.

— Qu'est-ce qui vous prend ? Vous ne pouvez pas faire ça, Denser. Vous ne pouvez pas vous le *permettre !* Nous devons...

Il posa une main sur l'épaule du mage. Le chat fit mine de le griffer, mais il retira sa main à temps. Denser tourna vers lui un visage de marbre, le regard fixe.

— Ne nous touchez pas, Hirad. Et n'essayez pas de nous arrêter.

Le Xetesk fit volte-face, s'approcha de la fissure et sauta.

Quelques secondes plus tard, son chat revint, atterrit dans un fatras inélégant de pattes poilues, se releva et courut derrière Hirad en soulevant de la terre et des gravillons sur son passage. Le barbare baissa les yeux vers l'animal. Son pelage était ébouriffé et poussiéreux ; sa poitrine palpitait au rythme de sa respiration haletante. La queue entre les pattes arrière, il avait le regard rivé sur le portail dimensionnel.

Il attendait, tremblant de tous ses membres.

— Oh, non, souffla Hirad.

Il fit un pas en direction de la masse sombre, mais un scintillement, à la surface, l'arrêta. Denser jaillit de la fissure et s'étala dans la poussière.

Il était blanc comme un linge.

— Dieux merci, grommela Hirad.

Il bouillait de colère mais aida tout de même Denser à s'asseoir.

Le mage frissonnait. Hirad épousseta les débris qui constellaient sa cape.

— Satisfait ? lança-t-il.

— C'était noir, dit Denser, tête baissée. Tout noir.

— Ça paraît logique.

Le mage leva vers Hirad ses pupilles dilatées.

— Tout était calciné ou en train de brûler... En comparaison, cet endroit a l'air vivant. Le sol était noir et le ciel plein de dragons.

L'image semblait tirée du cauchemar d'Hirad. Le barbare se raidit et recula involontairement d'un pas. Il déglutit et tourna la tête vers la fissure. Au-delà s'étendait son cauchemar. Alors l'énormité du geste de Denser le frappa. Il se tourna vers le mage, qui se relevait à grand-peine.

— Vous vous sentez mieux ?

Denser se força à sourire. Le poing du barbare l'atteignit à la mâchoire et il s'effondra de nouveau.

— Qu'est-ce qui vous... ? commença-t-il.

Hirad se pencha et le saisit par le col de sa cape pour attirer son visage près du sien.

— Ça ne va pas ? rugit-il, fou de colère. Vous auriez pu tout foutre en l'air !

— Je... je..., balbutia Denser.

Hirad le secoua comme un prunier.

— La ferme ! Écoutez-moi bien. Vous avez emmené le parchemin avec vous. Et si vous n'étiez jamais revenu ? Votre précieuse mission se serait terminée là, et mes amis... (Il prit une profonde inspiration.)... Mes amis qui sont morts pour vous seraient morts pour rien. (Il laissa retomber le mage dans la poussière et posa un pied sur sa poitrine.) Si vous refaites ce genre de coup, je vous tabasserai jusqu'à ce votre mère ne vous reconnaisse plus. C'est compris ?

Il entendit un chuintement derrière lui. Denser regarda entre ses jambes ; ses yeux s'écarquillèrent, et il secoua la tête. Hirad ôta son pied de la poitrine du mage. Le chat le regardait avec une franche malveillance.

— Votre chat avait l'intention de me faire la peau ?

— Vous êtes un type chanceux, Hirad.

— Non, Denser : c'est vous qui êtes chanceux. Je devrais vous tuer. Le problème, c'est que je commence à vous croire.

Il s'éloigna à grands pas et traversa le village en direction de la première fissure. Les Ravens l'attendaient de l'autre côté. Au moins, l'espérait-il.

Chapitre 12

Quand il se laissa tomber sur le sol de l'atelier de Septern, le regard d'Hirad croisa celui d'Ilkar. L'elfe sourit. À sa gauche, Talan, en train de remettre son sac à dos, s'interrompit. Hirad rassembla ses esprits. Les battements de son cœur reprenaient un rythme proche de la normale.

— Je vous avais dit de ne pas revenir.

Talan haussa les épaules.

— Tu es un Raven.

Hirad suçota sa lèvre et le remercia d'un signe de tête.

— Vous avez trouvé quelque chose ? demanda Ilkar.

— Oui.

— Où est Denser ? lança Richmond, sourcils froncés.

— En train de réfléchir, j'espère.

— À quoi ?

— À ses responsabilités. Et à la façon dont il traite les Ravens, vivants ou morts.

— De quoi parles-tu ?

Hirad ne répondit pas tout de suite. Il s'épousseta et se tourna vers la fissure, dont la surface scintillait.

— Demandez-le au grand explorateur en personne.

Denser émergea du portail dimensionnel, son chat sur les talons. Il évita soigneusement le regard du barbare, préférant examiner le plancher pendant qu'il reprenait son équilibre. Le chat sauta dans sa cape. Denser se frotta le menton, sortit le parchemin d'une de ses poches et le tendit à Ilkar. L'elfe remarqua la boursouflure rougie de sa mâchoire et jeta un coup d'œil désapprobateur à Hirad en prenant le parchemin. Le barbare fléchit ostensiblement les doigts de sa main droite.

— Alors ? demanda Ilkar.

Il regarda Denser.

— Une partie du texte est rédigée en julatsien. J'ai besoin que vous m'aidiez à le traduire.

— Je vois...

Les deux hommes gagnèrent le bureau de Septern, où une lanterne fournissait une lumière suffisante pour lire. Hirad s'assit. Talan et Richmond s'accroupirent près de lui en le bombardant de questions. Le barbare leur raconta les événements survenus au village, sans quitter des yeux les deux mages dont l'attitude et le ton laissaient penser qu'il y avait un nouveau problème. Puis il demanda à Talan et à Richmond ce qu'ils avaient fait de leur côté, même si leur mine déconfite et la lame émoussée de leur épée lui en donnaient une petite idée. Peu après, Denser et Ilkar mirent un terme à leur messe basse. Ils revinrent se planter devant le centre de la fissure. L'elfe semblait troublé. Denser regarda Hirad d'un air inquiet.

Le barbare l'ignora et s'adressa à Ilkar.

— Alors, que fait-on maintenant ?

— Il y a une bonne nouvelle et une très mauvaise. La bonne, c'est que nous savons ce que nous devons faire. La mauvaise, c'est que nous n'avons aucune chance d'y parvenir.

— Il a toujours eu le don de rendre les choses attrayantes, pas vrai ? lança Talan.

— Un vrai maître, dit sèchement Richmond.

— Explique-toi ! s'impatienta Hirad.

— D'accord. (Ilkar regarda Denser, qui lui fit signe de continuer.) Comme nous l'avons déjà mentionné, Septern était très intelligent. Après avoir mis Aube-Mort au point et mesuré combien le sort était dangereux, il a introduit dans ses annales trois catalyseurs indispensables à son fonctionnement. Les catalyseurs peuvent être aussi nombreux qu'un mage le désire, et avoir n'importe quelle forme. Septern aurait pu choisir une chope de bière, si ça lui chantait. En revanche, une fois les annales rédigées, elles ne peuvent plus être modifiées. Et Septern a choisi trois catalyseurs quasi impossibles à réunir en un même endroit. Ce parchemin représente la totalité du sort. Bien qu'il ne mentionne pas de quelle façon les catalyseurs influencent son fonctionnement, il indique leur nom et leur emplacement d'origine. (Ilkar marqua une pause. Personne ne pipa mot.) Vous êtes prêts à entendre ça ?

Richmond haussa les épaules.

— J'en doute.

— Moi aussi, dit l'elfe. (Il baissa les yeux vers le parchemin.) Le premier catalyseur est un anneau d'autorité dordovan. Tous les maîtres des quatre Collèges en ont. C'est l'insigne de leur rang. Chaque anneau d'autorité est conçu pour un individu donné, le seul à pouvoir le porter. À sa mort, on l'enterre avec lui. Celui que nomme Septern appartenait au maître analyste Arteche, et doit être dans sa tombe, à Dordover.

— Donc, nous devons aller dans une cité collégiale, dit Talan, entrer par effraction dans son mausolée et nous emparer de l'anneau, c'est bien ça ?

— En gros, oui.

Ilkar eut le bon goût de prendre un air embarrassé.

— On ne peut pas leur demander de nous le donner ? proposa Richmond.

— Réfléchissez un peu ! cria Denser. Demander à un Collège de violer la sépulture d'un de ses membres, sans préciser pourquoi afin qu'il ne tente pas de s'emparer du sort ? Non. Nous sommes obligés de le voler, et de faire en sorte qu'ils s'en aperçoivent beaucoup plus tard.

— Vous prévoyez de rendre l'anneau une fois que vous vous en serez servi, n'est-ce pas ? demanda Talan.

— Je suppose que je n'aurai pas le choix.

— Tout juste, Auguste, marmonna Hirad.

— On pourrait en parler plus tard ? (Ilkar les ramena à l'ordre en agitant le parchemin.) Ce n'est pas tout, et ce n'est pas le pire.

— J'ai hâte d'entendre la suite, ironisa Talan en étirant ses jambes.

— Le second catalyseur est l'Œil de Pierre de la Mort.

— J'ai déjà entendu parler de ce truc, non ?

Richmond regarda Denser.

— Probablement. C'est le focus de la religion des Wrethsires.

— C'est ça. Ils vénèrent la Mort... Ils n'auraient pas des pouvoirs magiques ?

— Parce qu'on les surnomme « le cinquième Collège » ? (Denser regarda Ilkar, qui lâcha un grognement plein de mépris.) Ils n'ont pas d'annales, pas d'histoire et aucune aptitude à manipuler le mana. Qu'ils se comparent aux quatre Collèges est une honte. Une insulte faite à la magie.

— Cela dit, tu as raison sur un point, Richmond, ajouta Ilkar. Ils vénèrent la Mort avec l'espoir que ça leur évitera la damnation éternelle, ou quelque chose dans le genre, et ils utilisent une forme bâtarde de magie qu'ils ne comprennent pas eux-mêmes. Ce qui les rend dangereux.

— Je sens qu'ils vont nous adorer, grommela Hirad. Après tout, on veut simplement leur voler leur relique la plus sacrée...

— Denser n'a jamais dit qu'on pourrait se procurer ces foutus catalyseurs au marché du coin, rappela Ilkar.

— C'est vrai. En fait, il ne nous a rien dit du tout, grogna Hirad. Je n'ai pas choisi de m'impliquer dans cette affaire et de voir ma vie chamboulée. Alors, si je veux me plaindre des choses qui échappent à mon contrôle, ou de la façon dont il (Le barbare tendit un doigt accusateur vers Denser.) a provoqué la mort de mes amis, personne ne m'en empêchera !

Denser soupira.

— Ça vous pose un problème, homme de Xetesk ? lança Hirad, tendu, mais sans esquisser de geste menaçant.

— Non, ça ne lui en pose aucun, répondit très vite Ilkar. Passons au troisième catalyseur. (Il regarda les Ravens comme pour les mettre au défi d'ajouter quelque chose.) C'est lui qui nous posera un problème. De localisation. Parce que c'est l'insigne officiel du commandant de la garde de Sousroc.

— Mais l'Alliance marchande de Korina a perdu le contrôle de la passe il y a neuf ans, dit Talan. Il n'y a plus de commandant.

Il prit le parchemin à Ilkar et l'étudia en fronçant les sourcils.

— Exactement, confirma l'elfe. Alors, où est l'insigne ?

Un autre silence. Hirad tenta d'étouffer un sourire. Sans succès.

Il se leva.

— Quand je pense que c'est toujours moi qu'on accuse de ne rien connaître à l'histoire de Balaia !

— Explique-toi, grogna Ilkar.

— À l'ouverture de la passe, cet insigne a été remis à Baranck, le premier commandant, par le Conseil des barons qui était le prédécesseur de l'AMK. Ce devait être il y a quatre ou cinq siècles, avant que les Seigneurs Sorcyers ne s'emparent du pouvoir pour la première fois. L'insigne n'était qu'un bijou cérémoniel. Mais selon le règlement, il ne devait pas quitter la passe jusqu'à ce qu'elle tombe entre des mains ennemies. Dans ce cas, le commandant vaincu devait le conserver pour les forces qui reprendraient la passe un jour. (Il regarda ses amis, dont les visages exprimaient une parfaite incompréhension.) Faut-il que je vous fasse un dessin ?

— Je crains que oui, répondit Ilkar.

— Par les dieux d'en haut, nous parlions de lui pas plus tard que l'autre jour, sur la route.

— Ah bon ?

— Et oui. Il semble que mon vœu sera exaucé plus tôt que prévu. (Hirad eut un rictus féroce.) Le dernier commandant de Sousroc était le capitaine Travers.

En temps normal, la perte de leurs Destranas aurait été lourdement sanctionnée, voire punie de mort. Mais cette fois, les informations qu'ils ramenaient achetèrent leur vie. À une journée de cheval du lieu où ils avaient rencontré les Ravens, près de la maison de Septern, les éclaireurs ouestiens se tenaient au centre d'une clairière entourée de végétation. Assis sous un auvent de toile, leur chamane buvait un alcool incolore censé reconstituer ses forces.

— C'était comme les maîtres s'y attendaient,

annonça le chef du groupe. Des gens de l'Est sont venus fouiller la vieille maison.

Le chamane hocha la tête et posa son verre sur le sol.

— Je dois transmettre la nouvelle immédiatement. Préparez-vous à partir. Je crois que la guerre arrive...

Il n'y eut pas de discussion. Et pas seulement parce que le château des Ailes Noires était le plus proche des trois endroits où se trouvaient les catalyseurs. Cela ne comptait pas. Mais Hirad refusait d'aller où que ce soit tant que Travers et ses fidèles ne seraient pas tous morts.

Midi était passé depuis peu quand les Ravens achevèrent leur repas dans les ruines de la maison de Septern et ramenèrent leurs chevaux à la grange. Hirad avait accepté de ne pas se mettre en route avant le lendemain matin. Ilkar avait beaucoup insisté et le barbare avait dû concéder qu'une nuit passée dans la sécurité de l'atelier de Septern, où ils n'avaient pas besoin de monter la garde, d'alimenter un feu ou de bondir au moindre bruit, était une perspective attrayante.

La fumée de leur feu de camp continuait à s'élever vers le ciel alors que l'après-midi cédait la place au crépuscule. Richmond cassa une branche en trois et l'ajouta au petit brasier ; les feuilles mortes crépitèrent en s'embrasant. Denser, qui avait perdu à pile ou face un peu plus tôt, était adossé contre un mur. Maintenant qu'Ilkar en avait fini avec le journal de Septem, il pouvait le lire à son tour. Comme d'habitude, sa pipe était fichée au coin de sa bouche, et il semblait hypnotisé par les informations qu'il découvrait. Les bruits provenant de l'atelier apprirent aux Ravens que le Familier du mage était toujours en train de fouiller les affaires de Septem. Denser leur avait demandé de ne pas descendre. Pendant que Talan parcourait les environs à la recherche de la route la plus sûre pour le lendemain, Ilkar et Hirad restèrent seuls, assis sous la lumière agonisante du soleil.

— Ce Familier..., commença le barbare. À quoi il ressemble, quand ce n'est pas un mignon petit chat ?

Ilkar écarquilla les yeux.

— Je doute qu'on puisse l'accuser d'être mignon... Tu as de la chance qu'il ne t'ait pas griffé, au village. D'ailleurs, en parlant de cet incident...

— Nous y revoilà. (Hirad posa son gobelet et croisa les bras.) D'accord, je t'écoute. Fais-moi ton sermon. Je ne devrais pas me le mettre à dos parce qu'il est trop puissant, c'est ça ?

Ilkar regarda Denser. Le Mage Noir n'avait pas levé le nez du journal de Septern. L'elfe baissa la voix.

— Plus ou moins, oui. Maintenant, écoute... Et ne soupire pas comme ça : c'est important. Il est trop puissant, bien que tu aies gagné la dernière fois, et il joue un rôle trop central dans cette histoire pour que tu te permettes de chercher la bagarre.

— Je ne cherchais pas la bagarre...

— Laisse-moi finir, veux-tu ? (Les oreilles d'Ilkar frémirent d'irritation.) Officiellement, nous disposons de toutes les informations : les paroles de l'incantation et la position des catalyseurs. Nous pourrions larguer Denser et tenter de mener cette mission à bien nous-mêmes. Mais comme je l'ai dit l'autre jour, lui seul a les connaissances nécessaires pour lancer AubeMort. Tu me suis ?

— À ton avis ?

Ce fut au tour d'Ilkar de soupirer. Il se passa une main sur le visage.

— Comment t'expliquer ? Quand tu t'entraînes seul à l'épée, c'est contre un adversaire fictif, non ?

— Sur un sac de frappe, ou devant un miroir, dit Hirad.

— Mais tu ne sais pas si tes mouvements fonctionneront tant que tu ne les auras pas testés au combat.

— En effet.

— Et si tu ne t'entraînais pas avant, tu ne les contrôlerais pas du tout.

— Où veux-tu en venir ?

— Contente-toi de répondre à ma question. J'essaye de trouver une comparaison que tu puisses comprendre.

— D'accord. (Hirad but une autre gorgée de vin.) Non, je ne les contrôlerais pas, et je ne songerais même pas à les essayer au combat. Satisfait ?

— Oui. C'est la même chose pour un mage. Exactement la même chose. Si je lance un sort que je n'ai pas travaillé avant, ça risque de ne pas marcher, et peut-être même de se retourner contre moi. C'est très dangereux. Toute sa vie, Denser s'est entraîné à lancer AubeMort. En théorie, il sait comment prononcer les mots et modeler le mana. Il n'y a aucune garantie que ça fonctionne, mais il aura confiance en lui et il se sentira suffisamment préparé pour avoir une chance de réussir. Comprends-tu, à présent ?

— Oui. Donc, je ne le tuerai pas. (Hirad se pencha vers Ilkar.) Mais je ne le laisserai pas se mettre bêtement en danger, s'il est si important que ça. Et je ne le laisserai pas non plus mettre en danger la mémoire de mes amis défunts !

La voix du barbare avait résonné dans toute la propriété. Le bruit qui montait de l'atelier cessa. Denser leva les yeux du journal de Septern et Richmond se pétrifia avec dans les mains la marmite pleine d'eau qu'il était sur le point de pendre au-dessus du feu.

Hirad vit Denser adresser un sourire pincé à Ilkar et se replonger dans sa lecture.

— Et son Familier ? revint-il à la charge.

— C'est probablement un démon ailé semi-intelligent, d'après ce qu'on m'a enseigné. (L'elfe haussa les épaules.) Sinon, je ne vois pas pourquoi Denser serait si désireux que nous le voyions uniquement sous sa forme de chat. (Devant l'expression hagarde d'Hirad, il ferma les yeux.) Tu as peut-être entendu parler de Travers, mais depuis qu'on se connaît, tu n'as jamais écouté un mot de ce que je raconte, pas vrai ?

— La plupart du temps, tu parles de magie et de toutes ces conneries, dit le barbare.

— Ces conneries qui t'intéressent tout à coup.

— Parce qu'elles sont devenues importantes.

— Elles l'ont toujours été !

— Vous pourriez remettre votre engueulade à plus tard ? demanda Richmond en les rejoignant. Moi aussi, je m'intéresse au compagnon de Denser.

— D'accord. (Ilkar regarda le Mage Noir, qui ne leur prêtait plus aucune attention.) Pour simplifier, le Familier est une invocation similaire à la fillette que vous avez rencontrée de l'autre côté de la fissure. Mais il se distingue d'elle par ses capacités et sa façon de survivre. Dès sa création, un Familier doit *fondre* son esprit dans celui de son maître.

— Il doit quoi ?

Hirad se versa un autre gobelet de vin et tendit l'outre à ses camarades.

— Denser vous l'expliquerait mieux que moi, s'il voulait bien le faire... L'acquisition d'un Familier est typique des Xetesks. C'est lié à leur association avec la dimension démoniaque. Résultat, chacun partage la conscience de l'autre. Et leur lien ne peut être brisé que par la mort. (Ilkar marqua une pause pour siroter son vin.) Un Familier a un esprit propre ; il peut raisonner et agir par lui-même, mais il obéira toujours à son maître et ne fera jamais rien contre lui. Le genre de loyauté inébranlable qu'on ne peut obtenir de personne d'autre !

— Mais à quoi ça sert d'en avoir un ? demanda Richmond.

— Ça dépend de chaque mage... Dans le cas de Denser, son chat lui sert de garde du corps, de compagnon, d'éclaireur, de messager et d'arme offensive. (Il indiqua l'escalier de l'atelier.) En ce moment, il doit chercher s'il reste quelque chose d'intéressant que nous aurions négligé. Nul doute qu'il fera son rapport à Denser un peu plus tard.

— Ils se parlent ?

Richmond fronça les sourcils.

— Non, pas que je sache. Mais s'ils sont suffisamment près, ils communiquent. Une sorte de télépathie rudimentaire. Ils doivent pouvoir y recourir à distance, mais j'imagine que c'est très fatigant.

— Alors, à quoi ressemble-t-il en réalité ?

Hirad désigna l'ouverture d'un signe de tête. En bas, le bruit avait cessé.

— Je n'en suis pas certain, mais l'aura de ces créatures suffit à paralyser les gens de terreur. L'image traditionnelle que tu te fais des démons – une sale gueule, des ailes et une queue fourchue – n'est probablement pas loin de la vérité.

— Et que deviendra-t-il si Denser meurt ?

Richmond vida son gobelet et tendit la main vers l'outre. Hirad la poussa vers lui du bout de sa botte.

— Il mourra aussi. Il ne peut pas survivre sans lui.

— Pourquoi ?

— Ça a un rapport avec la façon dont il se nourrit et avec la fusion de leurs esprits, mais je ne pourrais pas t'expliquer les détails.

— Et qu'arrivera-t-il à Denser si son Familier meurt ? demanda Hirad.

— Une grande douleur, répondit le Mage Noir. (Il avait posé le journal de Septern et s'était relevé.) Comme si quelqu'un plongeait les mains dans mon crâne et compressait mon cerveau. (Il s'approcha des Ravens en serrant les poings.) Par bonheur, ils sont très difficiles à tuer.

Le chat réapparut au sommet de l'escalier.

— Je me demande s'il s'est aperçu que nous parlions de lui, murmura Richmond.

— Oh, oui, fit Denser, très sérieux.

Le chat sauta dans sa cape et se lova contre sa poitrine. Sur le feu, l'eau oubliée bouillait et s'évaporait.

— Quelque chose de chaud à boire ? proposa Richmond.

— S'il te plaît. (Ilkar se tourna vers Denser.) Qu'avez-vous pensé de cet endroit ?

— À quel sujet ?

— Pourquoi ces gens étaient-ils morts ? Je ne vous demande pas de m'expliquer pourquoi ils marchaient encore...

— Je vais te dire pourquoi, intervint Hirad. Tu as vu les traces d'incendie. Les dragons sont entrés dans cette dimension pour la conquérir. Voilà pourquoi.

— Par les dieux vivants, souffla Talan.

— Si vous avez raison, ajouta Denser, réfléchissez aux conséquences pour nous dans le cas où les dragons accéderaient à Balaia.

— Je vous en ai parlé ! explosa le barbare. Vous avez refusé de m'écouter !

— Ça n'en arrivera pas là, dit Denser.

— Quand tout ça sera terminé, nous rendrons l'amulette à Sha-Kaan. D'une façon ou d'une autre, il faudra le retrouver.

— Il est trop tard pour ça, dit Ilkar. Nous nous sommes déjà emparés de ce qu'il voulait nous dissimuler. Maintenant, prouvons que nous pouvons en faire un usage judicieux. (Il regarda Denser.) Dans le cas contraire, si nous abusons du pouvoir que nous détenons, ou s'il tombe entre de mauvaises mains, nous devrons nous attendre à ce que Sha-Kaan nous retire sa protection.

— J'espère que vous avez bien entendu, homme de Xetesk, grogna Hirad.

— Oui, j'ai bien entendu. Et je suis d'accord avec tout ce qu'il a dit. Pourrais-je avoir à boire, s'il vous plaît ? J'ai le gosier desséché.

Chapitre 13

Thraun les fit s'arrêter au bord du chemin qui conduisait aux portes du château. Ils campèrent dans une clairière dissimulée par des arbres et des buissons. Au lieu de prendre le risque d'allumer un feu, Will déballa son poêle à bois qui ne dégageait pas de fumée. Bien que très efficace pour faire cuire de la nourriture, il n'émettait presque aucune lumière, canalisant sa chaleur vers la plaque métallique au lieu de la diffuser.

Les quatre compagnons ne tardèrent pas à frissonner alors que tombait une nuit venteuse et couverte.

Un silence maussade régnait entre les membres du groupe. À plusieurs reprises, Thraun avait dû réconforter Alun, et les grognements de Will s'étaient faits de plus en plus menaçants. Jandyr avait observé tout ça de loin, se demandant s'ils parviendraient à collaborer pour libérer Erienne et ses enfants. Pour l'instant, ça ne semblait pas gagné. Pendant que de l'eau et du porridge chauffaient sur le poêle, Thraun prit la parole.

— Nous sommes à une heure de marche du château, déclara-t-il. Je ne tolérerai aucun éclat de voix, ni aucune « disparition » dont je n'aurai pas été prévenu. Après le dîner, Will et moi partirons en éclaireurs. Nous tenterons de trouver un point d'entrée et d'évaluer les obstacles que nous sommes susceptibles de rencontrer. Pendant ce temps, Jandyr montera la garde. Alun, profites-en pour te reposer. Tu as l'air épuisé. Des questions ?

— Quand risquerons-nous la tentative de sauvetage ? demanda Alun.

Depuis des jours, son anxiété l'empêchait de fonctionner normalement. Elle le rendait nerveux et le privait de sommeil.

— Pas ce soir. (Thraun leva une main pour couper court à ses protestations.) Nous avons une longue journée de cheval dans les pattes et après avoir fait un repérage, il ne nous restera pas le temps de concevoir un plan et de le mettre à exécution cette nuit. Si tout se passe bien, nous agirons demain matin à l'aube, quand les gardes seront abrutis de fatigue. C'est entendu ? (Les autres hochèrent la tête.) Parfait. Et maintenant, mangeons.

Après le déjeuner du lendemain, Hirad exprima l'angoisse qui le taraudait depuis qu'Ilkar leur avait lu le parchemin.

Le voyage s'était déroulé sans incident. La veille, Talan avait repéré une piste. Bien avant que le soleil n'atteigne son zénith, les Ravens se furent suffisamment éloignés de la maison de Septem pour retrouver un terrain normal et des conditions de déplacement habituelles. Soulagés d'avoir laissé derrière eux la fissure dimensionnelle, ils avaient fait halte au pied de la colline qu'ils venaient de franchir. Richmond avait allumé un petit feu, dont le vent emportait la fumée vers le ciel chargé de nuages paresseux.

Le temps que le soleil fasse son apparition, l'atmosphère s'était considérablement rafraîchie au sein des Ravens. Pendant le repas, chacun avait eu le temps de méditer sur ce qu'ils avaient perdu et sur l'énormité des épreuves qui les attendaient.

— Il nous faut d'autres compagnons, annonça brusquement Hirad.

Il y eut un long silence autour du feu. Tous les autres le regardaient, mais aucun n'osait parler. Richmond sauça son reste de soupe avec un gros morceau de pain. Denser ralluma sa pipe et souffla un nuage de fumée. Talan affûtait la lame de son épée, la pierre à aiguiser cognant en rythme sur le métal. Ilkar se mordit la lèvre avant de répondre :

— Je suis ravi d'entendre ça de ta bouche. Comme nous tous, sans doute.

Il y eut des murmures et des grognements approbateurs.

— Donc ? lança Talan, dubitatif.

— Le problème, c'est de trouver des gens suffisamment bons en qui nous pourrons avoir confiance, dit Hirad. Comme nous sommes tenus au secret, nous devrons être très prudents quand nous irons en ville.

— Nous ne pouvons pas nous permettre de traverser autre chose qu'un village de ce côté des montagnes et des cités collégiales, affirma Denser. Trop de langues, trop de cupidité...

— Tout ça, c'est bien beau. Mais si nous ne prenons pas de risques, nous n'irons nulle part. (Talan avait rempoché sa pierre à aiguiser. Il leva les yeux vers Denser.) Il est rare que des groupes d'aventuriers rôdent dans la campagne en attendant que les sauveurs de Balaia les embauchent.

Ilkar éclata de rire.

— Mais c'est une image intéressante !

— Ridicule ! s'esclaffa Hirad. Il est ridicule de penser qu'on puisse te voir comme le sauveur de Balaia. (Quand Ilkar lui brandit son majeur sous le nez, le barbare redevint sérieux.) Alors, quelle est la solution ?

Nous ne sommes pas assez nombreux pour cette mission. Même avec Sirendor et l'Inconnu, ça aurait été juste.

— Mais voulons-nous recruter maintenant, ou après le château des Ailes Noires ? lança Talan.

— Après, répondit aussitôt Hirad. Personne d'autre ne jouera un rôle dans la mort de ces enflures.

— Et moi qui pensais que tu devenais raisonnable, soupira Ilkar. Suggères-tu que nous attaquions une forteresse à nous cinq ?

— Je le ferai seul si vous ne voulez pas m'accompagner.

— La logique veut qu'on commence par le château, intervint Richmond, que le froid faisait claquer des dents.

— Une étrange logique que je n'avais jamais rencontrée, ironisa Ilkar.

— Nous pouvons le faire, insista Richmond. D'après ce que j'ai compris, si Travers lui-même sort rarement de chez lui, la plupart de ses fidèles sont toujours par monts et par vaux, pour accomplir leurs discutables missions. À mon avis, il y aura une garnison minimale, soit une vingtaine d'hommes. N'oublie pas qu'ils n'ont jamais été très nombreux. Seulement zélés.

— Et si tu te trompes ?

— S'il se trompe, Ilkar, nous mourrons dans un beau bain de sang.

— Vous savez, Hirad, dit Denser, ce n'est pas l'attitude à adopter si nous voulons réussir.

— C'est vrai, railla le barbare. J'avais oublié : la bonne procédure consiste à se jeter avec le parchemin d'AubeMort dans toutes les fissures dimensionnelles qui se présentent.

Ilkar leva les mains.

— Tu n'as pas tort, concéda-t-il. Mais ça ne change

rien au fait que nous prendrons un sacré risque en attaquant ce château à cinq.

— Pour l'amour des dieux, grommela Hirad en se levant. Tu ne vas pas t'y mettre ! Depuis quand la prudence est-elle le mot d'ordre des Ravens ? J'ai dû louper un épisode, parce que ce n'était pas le cas quand il (Le barbare désigna Denser.) a fait irruption dans l'antre de Sha-Kaan ! Il est hors de question que ça commence maintenant !

Il se détourna et avança vers les chevaux qui broutaient paisiblement sans se soucier de ces querelles d'humains. Denser fit mine de se lever. Talan lui agrippa la cheville pour le retenir.

— Laissez tomber.

— Il a raison, Denser. Vous ne le ferez pas changer d'avis.

Ilkar plongea sa chope dans la casserole de café.

— Alors, c'est la fin de la discussion ? demanda Denser. Nous foncerons tête baissée dans ce château parce que votre copain tient absolument à sa ridicule vengeance ?

Son cœur battit plus fort et le chat s'agita sous sa cape. Le regard noir de Richmond, de Talan et d'Ilkar lui apprit qu'il avait dépassé les bornes. Alors, il comprit ce qu'être un Raven signifiait pour ces gens. Les paroles suivantes de l'elfe confirmèrent ses soupçons.

— C'est pour ça que vous ne serez jamais des nôtres... Vous ne comprenez pas les liens qui unissent les Ravens. Ils sont indissolubles, même après leur mort. La force des sentiments d'Hirad, celle qui le pousse à vouloir la tête de Travers, implique que nous pouvons lui faire une entière confiance.

Ilkar s'interrompit pour mâcher un morceau de pain.

— Nous sommes tous pareils, déclara-t-il enfin en

désignant Talan et Richmond. Simplement, nous le montrons moins. Ne parlez jamais de ridicule vengeance au sujet des Ravens, surtout s'il s'agit de Sirendor Lam. Vous semblez oublier qu'il est mort à votre place, et que c'était le meilleur ami d'Hirad. Une chance qu'il ne vous ait pas entendu...

— Je suis désolé, dit Denser.

L'elfe accepta ses excuses d'un signe de tête.

— Pendant que nous y sommes, dit Richmond sur un ton bourru mais pas hostile, nous devrions peut-être clarifier deux ou trois autres choses. D'abord, si quelqu'un a le droit de prendre des décisions maintenant que l'Inconnu est mort, c'est Hirad. Et certainement pas vous, Denser ! Ensuite, bien que nous comprenions tous l'enjeu de notre mission, nous sommes des Ravens avant d'être vos employés. Donc, si Hirad veut s'emparer du château, c'est ce que nous allons faire.

Troublé par le conflit qu'il avait soulevé sans le vouloir, Denser frémit intérieurement. La destruction des Seigneurs Sorcyers aurait dû être leur unique objectif, et ils ne s'en rendaient pas compte. Ils étaient trop concentrés sur eux-mêmes pour imaginer quel désastre s'abattrait sur Balaia si leurs adversaires remportaient la victoire. Xetesk disparaîtrait, emportant avec lui tout espoir de survie, et les Ravens seraient balayés comme des fétus de paille. Le Mage Noir se prépara à parler. Mais il savait que ça ne servirait à rien. De toute façon, Talan le prit de vitesse.

— Nous voulons tous réussir. Mais n'oubliez pas : jusqu'à votre arrivée, trois membres des Ravens seulement étaient morts en plus de dix ans. (Talan jeta un coup d'œil à Richmond, qui avait baissé la tête et fermé les yeux.) Nous avons confiance en notre instinct, parce qu'il a presque toujours raison. Vous savez que nous n'aurions pas accepté ce travail si vous aviez été honnête avec nous, mais vous nous avez impliqués sans nous demander notre avis, et deux d'entre nous ont disparu en moins d'une semaine. Essayez de vous mettre à notre place, et ne portez pas de jugement sur ce que vous êtes incapable de comprendre. Nous sommes vivants parce que nous sommes bons. Si vous ne vous en mêlez pas, nous parviendrons peut-être à le rester.

— Je suis sûr que nous trouverons un compromis, dit calmement Denser.

Il mesurait à peine à quel morceau il s'était attaqué. Talan se radoucit ; il se leva et posa une main sur l'épaule du mage.

— Sacré discours, hein ? Vous pourriez peut-être nous en faire un dans le même genre, un de ces jours. (Il tira sur son pourpoint de cuir, dont un pli s'était coincé sous sa ceinture.) Pour le moment, je pense que nous devrions y aller. Hirad ? Hirad, les chevaux, s'il te plaît !

Erienne avait l'impression de sortir d'un long cauchemar. Bien qu'effrayés et un peu sales, ses fils étaient au chaud et correctement nourris. Ils avaient même apprivoisé un de leurs geôliers, un détail qu'elle ne manqua pas de remarquer. Le soulagement qu'elle éprouva en les serrant contre elle et l'amour qui circula entre eux régénérèrent son corps douloureux. Cette fois, Thom et Aron ne l'avaient pas regardée dubitativement. Le garde leur avait fourni une explication plausible de son absence et elle lui en était reconnaissante.

Le capitaine lui avait accordé une heure avec eux avant de venir lui demander respectueusement de se joindre à lui pour le dîner.

Erienne était assise devant la cheminée de la bibliothèque et sirotait un verre de vin. Captant le sourire du capitaine, elle comprit ce qu'elle était sur le point de faire. Elle espérait seulement que les dieux – ou plus exactement les maîtres dordovans – lui pardonneraient. Mais elle en doutait.

— Ne suis-je pas un homme de parole ? demanda le capitaine en écartant les mains.

— Vous croyez que je vais vous sauter au cou parce que vous m'avez autorisée à voir mes enfants ?

— Allons, Erienne, ne gâchez pas ce moment.

— Je suis ravie qu'ils soient toujours en vie, et très mécontente que nous soyons prisonniers ici. Il n'y a pas de *moment à* gâcher. À présent, dites-moi de quelle façon vous voulez me faire trahir mon éthique.

— Ça m'ennuie que vous le preniez ainsi. Ce que j'essaye de faire...

— Gardez vos histoires pour les gens qui sont prêts à les avaler. Contentez-vous de me dire ce que vous voulez, et laissez-moi retourner près de mes enfants.

— D'accord. C'est très simple. J'ai besoin que vous confirmiez l'authenticité des artefacts et des informations sur AubeMort qui pourraient entrer en ma possession. Si je veux contrôler ce sort pour protéger Balaia, la moindre erreur m'est interdite.

— Vous n'avez aucune idée de ce qui vous attend. C'est un pouvoir très au-delà de votre compréhension. Si vous avez la malchance de réussir à vous emparer d'informations clés, vos chimpanzés et vous serez tués par ceux qui sont prêts à tout pour se les approprier.

— Erienne, je suis parfaitement conscient du danger, mais mon devoir est de l'affronter. Il faut bien que quelqu'un le fasse.

La jeune femme se pencha en avant, manquant renverser son vin.

— C'est aux quatre Collèges qu'il appartiendra de veiller sur cette découverte, si elle venait à être faite. Voilà le seul moyen de s'assurer que personne ne s'en servira jamais.

Le capitaine éclata de rire.

— J'ai du mal à croire que vous vouliez que je laisse ce sort entre les mains des gens qui seraient en mesure de l'utiliser. Si c'est moi qui le détiens, notre sécurité sera assurée.

— Elle le sera encore davantage si trois Collèges ont chacun un catalyseur, insista Erienne.

— Et vous voulez me faire gober que la curiosité ne vous poussera pas à tenter des expériences ? Je connais les mages aussi bien que vous. Seul un profane peut veiller sur AubeMort. Que vous m'aidiez ou non, ce sera moi. Alors, quelle est votre décision ?

Erienne sentit sa combativité la quitter. Si elle acceptait, elle aurait au moins une certaine influence sur la suite des événements. Elle baissa la tête. Ce n'était qu'un prétexte, et elle le savait bien. Elle aiderait le capitaine pour préserver la vie de ses fils. Aucune morale magique n'était plus importante que ça.

Le voyage fut facile. Pour éviter les rares hameaux qui se dressaient de-ci de-là dans le paysage boisé aux douces ondulations, les Ravens restèrent la plupart du temps sous le couvert de la végétation, empruntant les pistes tracées par des animaux ou des chasseurs. Quand ils devaient longer la lisière des arbres, le sens de l'orientation de Talan et la connaissance du terrain de Richmond les maintenaient dans la bonne direction.

À mesure qu'ils s'éloignaient de la fissure, Hirad sentit son esprit vagabonder très loin des événements survenus dans l'autre dimension. Jusque-là, il n'avait jamais vraiment apprécié la beauté de Balaia. Maintenant qu'il avait aperçu un autre monde ravagé...

Au sein du groupe, les langues se délièrent ; l'humeur s'allégea sous l'effet du soleil, de la brise et de la végétation luxuriante. Désormais, les conversations, autour du feu de camp, devenaient des récits exagérés de batailles et de victoire. Seule l'absence de l'Inconnu pesait encore sur le moral des Ravens. L'évocation de leur chef, qui ravivait leur chagrin, était toujours suivie par un long silence.

Ils mettraient trois jours pour atteindre le château des Ailes Noires en traversant les terres du baron Pontois. Les Ravens connaissaient bien cette région. Alors qu'ils continuaient leur route vers le nord-est, les collines cédant la place à des falaises et à des pics nus, les forêts et les hautes herbes à des buissons épineux et à de la mousse, ils surent qu'ils approchaient de leur destination.

L'après-midi du troisième jour, le temps changea brusquement, les forçant à faire halte sur le flanc droit d'une vallée. En moins d'une heure, le soleil fut éclipsé par un banc de nuages orageux poussés par le vent âpre et glacial venus des mers du nord. La température baissa. Les Ravens commencèrent par jeter leur cape sur leurs épaules. Quand le déluge frappa, les nuages obscurcissant le sommet de la vallée, ils se réfugièrent sous une corniche. Mettant pied à terre, ils s'enfoncèrent aussi profondément que possible dans leur abri de pierre.

— Travers nous souhaite la bienvenue, dit Talan.

— Je suis certain qu'Hirad trouvera un moyen de le rendre responsable de ça aussi, fit Ilkar.

— Et comment ! grommela le barbare.

La pluie redoubla d'intensité, rebondissant sur la roche nue, creusant la terre compacte et martelant la végétation qui se redressait entre les gouttes en une attitude de défi muet. Talan passa la tête dehors et regarda vers le nord.

— Je sens que ça durera un moment, commenta-t-il en revenant vers ses compagnons et en secouant ses cheveux mouillés.

Il avait raison, pensa Hirad. Quelque chose d'indéfinissable dans la cadence de la pluie et le souffle du vent annonçait un déluge. Ils en avaient sans doute pour des heures.

— Nous ne pouvons pas rester plantés ici en attendant que ça passe, dit Denser.

— Absolument. (Richmond enleva son sac à dos.) Nous risquons de prendre froid. Je vais allumer un feu.

Il sortit une boîte d'amadou de la poche extérieure de son paquetage et alla chercher le gros rouleau de cuir ciré ficelé en travers de sa selle.

Il était plein de branches mortes.

— Un petit truc d'aventurier pour vous, Denser. Quand les nuages s'amoncellent, ramassez du bois sec.

Il choisit un emplacement, au centre de leur abri, et entreprit de bâtir un foyer.

— Alors, on reste là jusqu'à la fin de l'orage ? demanda Denser.

— C'est plus ou moins l'idée...

— Mais le château...

Richmond haussa les épaules. Par l'ouverture qu'il avait laissée à sa base, il fourra un peu d'amadou au creux de la pyramide de branches.

— Nous devons être à une demi-journée de voyage, je pense. Talan ? (Celui-ci confirma d'un hochement de tête.) Donc, en supposant que la pluie s'arrête au crépuscule, nous pouvons nous reposer ici en attendant, faire le reste du chemin dans la soirée et attaquer de nuit...

Personne ne le contredit. Denser plissa les yeux mais n'ajouta rien. Il déroula son sac de couchage, défit la selle de son cheval et laissa tomber les deux contre la paroi rocheuse, à l'extrémité sud de la corniche.

— Nous allons manquer de place.

— Je ne suggérais pas que nous dormirions tous... (Richmond fit jaillir une étincelle de son briquet à silex et souffla sur l'amadou.) Hirad, rends-toi utile. Va chercher de l'eau et du bois à faire sécher. Juste au cas où...

— Oui, maman, répondit le barbare. Ça t'ennuie si je prends ça ?

Il désigna la bâche de cuir cirée. Richmond secoua la tête. Hirad saisit deux outres vides, s'enveloppa de la bâche et, de sa main libre, réunit les deux bords sous son menton. Puis il se tourna vers Ilkar, qui éclata de rire. Les autres l'imitèrent.

— Avec une canne de marche, tu ressemblerais tout à fait à ma grand-mère, dit l'elfe en s'essuyant les yeux.

— Elle doit être atrocement laide, lâcha Talan.

Hirad chercha une réplique mordante ou obscène, mais n'en trouva aucune. Se contentant de hausser les épaules, il sourit et sortit de l'abri.

Un ruisseau coulait non loin de là ; il le remonta histoire d'observer la route qui les attendait encore. Mais il comprit vite qu'il ne découvrirait rien d'utile. Bien que la pluie se soit calmée, un brouillard dense la remplaçait peu à peu, et les nuages qui obscurcissaient la vallée rognaient la visibilité à chaque pas. Au moins, la piste était encore ferme sous ses bottes, car elle contenait assez de graviers pour limiter l'érosion due à la pluie.

Hirad scruta les deux bas-côtés à la recherche de bois et finit par trouver un buisson sec et épais dont les branches centrales lui parurent idéales pour un feu. En quelques coups de dagues, il en eut tranché et élagué autant qu'il pouvait en porter. Il revint vers la corniche, s'arrêtant pour remplir les outres dans le ruisseau aux flots gonflés par la pluie qui dégoulinait le long des collines. Le barbare s'accroupit sur un rocher plat, plongea le bec de la première outre dans le courant, et écouta le chant du ruisseau et le crépitement de la pluie sur la bâche cirée de Richmond.

Il ne put rien entendre d'autre. Quand il se tourna pour prendre la deuxième outre, le pommeau d'une épée s'abattit sur son crâne, juste sous son oreille gauche. Hirad s'écroula sur le rocher et s'efforça de reprendre ses esprits alors que la brume, le ruisseau, la pluie et le rugissement, dans sa tête, l'entraînaient vers l'inconscience. Une silhouette le dominait : celle d'un homme en cotte de mailles au visage dissimulé par un heaume.

Le type se pencha vers lui.

— Rentre chez toi, Cœurfroid. Les Ravens sont finis. Rentre chez toi !

Le pommeau de l'épée s'abattit de nouveau sur le crâne d'Hirad. Des étincelles dansèrent devant ses yeux ; puis le silence l'enveloppa.

— Tu m'avais promis que nous irions ce soir, rugit Alun.

— La situation a changé, répondit Thraun. Il se passe quelque chose au château. Tu as vu les cavaliers arriver, tout à l'heure. Il y a trop d'activité. Nous devons attendre.

Will était retourné au château dans le sillage des cavaliers. Revenu en fin d'après-midi, il avait rapporté que la forteresse grouillait d'activité. Quelqu'un venait d'y être amené : sans doute un prisonnier. Et un prisonnier important ! Thraun avait décidé de surveiller le château pendant la nuit et de prendre une décision le lendemain matin. Comme il s'y attendait, Alun avait un autre point de vue.

— Chaque seconde rapproche ma famille de la

mort. Et nous allons nous asseoir autour du poêle pour chanter des chansons ?

— Ce n'est pas une tentative délibérée de nous retarder, dit Thraun en s'efforçant de ne pas s'emporter. Moi aussi, je suis pressé de délivrer ta famille. Mais nous ne pouvons pas risquer nos vies maintenant, parce que ça n'aidera personne.

— Nous devons faire quelque chose, dit Alun, désespéré.

Will grogna. Thraun lui fit signe de se taire.

— Nous attendons le bon moment pour passer à l'action ! Et tu dois comprendre que ce n'est pas maintenant. Nous patienterons le temps qu'il faudra. Je sais que c'est dur, mais par pitié, reste calme.

Alun repoussa la main que Thraun avait posée sur son épaule, mais hocha néanmoins la tête. Il se leva et s'éloigna.

— Ça ira, affirma Thraun à Will. Fiche-lui la paix.

— Il causera notre mort à tous, prédit le petit homme.

Un sifflement monta de la piste. Jandyr entra au trot dans le campement.

— Quelqu'un approche.

Thraun se leva.

— Je commence à en avoir marre. On se croirait à Dordover un jour de marché. Et si on arrêtait le visiteur ?

— Qu'avons-nous à perdre ? demanda Will.

— Pas grand-chose, dit Thraun après s'être assuré qu'Alun était trop loin pour les entendre. Si nous n'agissons pas très vite, nous ne délivrerons que des cadavres.

De l'eau. De l'eau qui léchait et éclaboussait les rochers. Du vent, de la pluie, du froid... Et de la douleur. Martelant sa tempe, hurlant dans son oreille.

Hirad remua faiblement. Une vague de nausée l'assaillit et il eut un haut-le-cœur.

— Oh... gémit-il.

Il ouvrit les yeux. La brume le désorientait. Une pluie légère tombait toujours. Il s'assit prudemment et se tâta le menton. Sa chair était boursouflée. Hirad ouvrit grand la bouche. Sa mâchoire lui faisait mal, mais elle ne semblait pas cassée. Il avait sur la langue un goût qui lui rappelait quelque chose...

— Et merde !

Il avait été drogué. Le barbare se redressa, oubliant son bois et ses outres d'eau. Son cerveau et son estomac protestèrent. Il porta une main à sa tempe, où une belle bosse était en train de se former. Il se sentait sonné, comme s'il avait la gueule de bois, mais sans les bons souvenirs censés la précéder. Il se rappelait seulement le heaume jailli de la brume et de la puissance des coups.

Et aussi de la voix ! Une voix qui lui était familière...

Sur le chemin glissant, Hirad tomba à trois reprises, et vomit quand sa tête heurta une pierre. Enfin, il atteignit la corniche. Des corps gisaient sur le sol. Au centre, le feu agonisait.

— Non, souffla-t-il, les dents serrées.

Il s'immobilisa devant deux cadavres et soupira de soulagement quand il constata que ce n'était pas des Ravens. Richmond et Talan étaient allongés près du feu.

Talan avait les yeux ouverts. Bien que ce ne fût pas le cas de Richmond, il respirait.

— Hirad ! Dieux merci. Je croyais que tu étais mort, souffla Talan.

— Où sont les autres ?

— Les Ailes Noires nous ont attaqués. Ils ont jailli

de la brume. Denser a dû sentir quelque chose, parce qu'il a carbonisé ces deux-là. (Talan s'interrompit. Hirad remarqua qu'il avait les yeux pochés, et un filet de sang séché sous le nez.) Ils les ont emmenés, Hirad. Ils ont emmené Ilkar et Denser.

— Vivants ?

— Je pense que oui. J'étais déjà à terre. Le brophane, c'est terrible... Je me sens vraiment mal. (Talan ouvrit grands les yeux et la bouche. Puis il secoua la tête.) Ce n'est pas mieux. Alors, que fait-on ?

— On réveille Richmond et on y va ! Que pouvons-nous faire d'autre ? Tu te sens en état de monter ? (Talan ricana.) Quoi ?

— Tu n'as rien remarqué ?

Les épaules du barbare s'affaissèrent.

— Ils ont pris les chevaux. (Talan hocha la tête.) Et merde ! Pourquoi ne se sont-ils pas contentés de nous tuer ? Histoire de se débarrasser de nous...

— Les Ravens ne sont pas leurs adversaires, répondit Richmond en ouvrant les yeux. C'est après les Collèges qu'ils en ont.

— Ils se trompent sur ce coup-là, grogna Hirad.

— On peut le dire, fit Talan en se levant.

— Le château est encore loin ? demanda le barbare.

— À six heures de marche. Plutôt sept, parce que la nuit tombe et que nous ne sommes pas au meilleur de notre forme.

— Ça sera long, gémit Hirad. Je vous laisse dix minutes pour récupérer et vous préparer. Ça ira ?

— Qu'est-ce qu'on va faire ?

Richmond avait du mal à rassembler ses esprits. Ses jambes flageolèrent quand il se redressa, prenant appui sur la paroi.

— On va les délivrer. Puis on mettra le feu à ce putain de château et à tous ses occupants. (Les idées d'Hirad s'éclaircissaient un peu plus chaque seconde, même si son corps était toujours affaibli par la drogue.) S'ils ne les ont pas tués, c'est parce qu'ils avaient besoin d'eux. Probablement pour leur soutirer des informations. Et vous savez combien les mages détestent parler.

Richmond et Talan acquiescèrent. Un mouvement attira l'œil d'Hirad. Il venait de sous la cape de Richmond, abandonnée près des cendres du feu. Une tête noire émergea des plis du tissu et huma l'air. Le chat de Denser leva les yeux vers Hirad, puis sauta sur son épaule et se retourna rapidement pour le dévisager.

— On dirait que tu as un nouvel ami, dit Talan.

— Ça m'étonnerait. (Le chat poussa un long miaulement.) On y va, on y va ! On le retrouvera !

Le chat tourna la tête en direction du château. La brume commençait à se dissiper, mais la pluie et le crépuscule limitaient la visibilité.

— Tu crois qu'il t'a compris ? demanda Richmond.

Hirad haussa les épaules.

— Probablement. Allez, mettons-nous en route !

Chapitre 14

— Un sort très redoutable. Vous prépariez une mauvaise surprise à quelqu'un, peut-être ?

Travers se pencha sur le visage tuméfié et ensanglanté de Denser, balançant l'amulette au bout de sa chaîne afin qu'elle vienne doucement heurter l'oreille gauche du Xetesk, qui sentit l'haleine chargée d'alcool du capitaine. Denser espéra que son désespoir ne se lisait pas sur son visage. Au moment où il pensait que la situation ne pouvait plus s'aggraver, il avait été trahi par un autre mage qui travaillait pour Travers, le chasseur de sorciers.

Depuis sa capture, Denser se demandait pourquoi il était toujours vivant. Il n'était pas dans les habitudes de Travers d'épargner ses ennemis. Le capitaine voulait sa mort quand il lui avait envoyé cette femme à la Volière. Que s'était-il passé depuis pour qu'il soit si avide de l'interroger ? La raison de ce revirement n'avait pas beaucoup d'importance pour Denser. Tout ce qui comptait, c'est qu'il lui restait une chance de s'en tirer, aussi mince soit-elle. Pour cela, il fallait que quelqu'un vienne le délivrer. Donc, qu'Hirad soit toujours vivant, parce qu'il volerait forcément au secours d'Ilkar.

Pour le moment, Denser devait subir la situation.

Les Ailes Noires étaient visiblement passés maîtres dans l'art de neutraliser les mages qu'ils capturaient. Leurs ravisseurs leur avaient attaché les mains. Pendant tout le trajet, quatre hommes armés les avaient surveillés en permanence. Arrivés au château, ils les avaient conduits dans une grande salle presque nue : quelques chaises, deux tables basses et une cheminée aussi froide que l'atmosphère. Puis ils leur avaient administré une rossée méthodique curieusement dépourvue d'hostilité dont l'objectif était évident. Les coups que Denser avait reçus à la tête, à la poitrine, dans l'estomac et dans les membres l'avaient contusionné, sapant le peu d'énergie qu'il avait encore. Même sans être ligoté, il n'aurait pas pu lancer de sort pour sauver sa propre vie, et ses ravisseurs le savaient.

— Vous ne dites rien, Denser, constata Travers en se redressant. Peu importe. Nous avons tout notre temps. Et bien entendu, vous ignorez ce que nous savons.

Outre le capitaine et Denser, huit gardes se massaient dans la salle. Ilkar n'avait pas prononcé un mot depuis leur capture, même pour confirmer son nom. Sa rossée avait été plus sévère. Denser ignorait pourquoi, mais Travers gratifiait l'elfe d'un mélange de déception et de mépris. Peut-être parce qu'il s'était compromis en s'associant avec un Xetesk.

Denser se demanda qui avait déchiffré l'amulette. Il s'agissait forcément d'un autre Xetesk ou d'un Dordovan : le nom de Septern, la localisation de la fissure dimensionnelle et l'allusion à ce qu'il y avait derrière étaient rédigés en écriture dordovane. Denser avait la nausée à l'idée qu'un mage d'un des Collèges puisse travailler pour les Ailes Noires. Ce devait être un Dordovan. Un Xetesk aurait préféré se suicider.

Denser prit une grande inspiration et laissa sa tête

tomber en avant. La douleur, sous son bras droit, le fit penser à son Familier, sans doute resté près de la corniche. Il était vivant, mais à moins de retrouver son maître très rapidement, il s'affaiblirait et mourrait. Denser n'était pas sûr de pouvoir supporter ce genre de douleur, surtout en ce moment. Une gifle le ramena au présent. Il leva la tête vers Travers.

— Laissez-moi vous dévoiler une partie de ce que je sais, dit le capitaine. Et tâchez de m'écouter attentivement. Je déteste parler dans le vide.

Il tira une chaise et s'assit face à Denser. Un de ses hommes apporta une petite table, une bouteille et un verre. Le capitaine se versa de l'alcool et but une longue gorgée.

— Mes informateurs me rapportent qu'une chose très inquiétante est en train de se produire.

— Sur ce point, nous sommes d'accord.

Un lourd silence suivit la déclaration de Denser. Travers le foudroya du regard.

— Ne m'interrompez plus, ou je vous couperai la langue et je la clouerai sur votre front en guise de punition.

— Vous devriez le faire de toute façon, capitaine, intervint un de ses hommes, un grand guerrier musclé au visage dur. Un mage muet ne vaudrait plus grand-chose, n'est-ce pas ?

Denser et Travers regardèrent tous les deux l'homme, et le Xetesk dissimula un sourire à grand-peine. Si ce type avait su à quel point il se trompait...

— Va nous faire chauffer de l'eau, Isman. Notre ami aimerait peut-être une boisson chaude. Il fait plutôt froid là-dedans. (Le guerrier sortit de la pièce.) Abruti. (Travers se tourna de nouveau vers Denser.) Il n'apprend pas très vite. Où en étais-je... ?

Il vida son verre, puis le remplit et fit tourner l'alcool dedans en réfléchissant à la suite de son discours.

Denser l'observa en silence. Travers était un homme d'âge mûr, et ça commençait à se voir. Mais l'épée pendue à sa ceinture devait être bien affûtée, et le mage ne doutait pas qu'il soit capable de mettre sa menace à exécution. Si Travers n'avait pas une réputation de cruauté gratuite, il était célèbre pour tenir toujours parole.

— Une chose très inquiétante, disais-je. D'après ce que j'ai compris, AubeMort est le sort le plus puissant qui existe, et ceci... (Il agita l'amulette.) est la clé qui permettra de le récupérer. Nous savons également que vous aurez besoin de trois catalyseurs pour le faire fonctionner. Mais cette amulette ne les nomme pas. (Il la posa sur la table, vida son verre et le remplit de nouveau.) Voici une partie de ce que je sais. Maintenant, je veux que vous me révéliez ce que *vous* savez. Donc, vous êtes libre de parler. J'insiste même pour que vous fassiez usage de ce privilège.

Isman revint avec quelques chopes et une grande casserole de cuivre.

— Il y a de la soupe, annonça-t-il.

— Parfait, répondit Travers. Verses-en un peu à Denser et à son ami l'elfe. Détache-leur une main chacun et veille à ce qu'ils tiennent leur chope fermement et avec tous leurs doigts. (Il se tourna vers Denser.) Revenons à nos moutons. Allez-vous parler ?

— Ne comptez pas là-dessus.

— Peut-être pas tout de suite...

Travers eut un sourire qui fit frissonner le mage. Isman approcha avec deux chopes fumantes. Il adressa un signe de tête à un des gardes, qui se glissa derrière les prisonniers et leur détacha une main.

— Merci, dit Denser en prenant sa soupe, qui sentait l'oignon et la tomate.

Ilkar ne dit rien mais accepta la chope qu'on lui tendait.

— Bien, approuva Travers. Maintenant que vous êtes plus à votre aise, vous pourriez me dire ce que Xetesk envisageait de faire d'AubeMort.

— Vous ne me croiriez pas.

— Essayez toujours.

Denser haussa les épaules et pensa que la vérité pouvait difficilement aggraver la situation.

— Les Seigneurs Sorcyers sont de retour. Des armées ouestiennes se massent à nos frontières, et comme elles sont soutenues par la magie des chamanes, Balaia est perdue à moins que nous ne parvenions à détruire les Seigneurs Sorcyers. AubeMort est le seul moyen.

Travers éclata d'un rire bruyant qui fit sursauter Ilkar. Denser et lui se regardèrent. Puis l'elfe baissa le nez vers sa soupe.

— Excellent ! le félicita le capitaine. Mais je crains de bien connaître l'histoire de notre monde. Les Seigneurs Sorcyers ont disparu depuis longtemps, et ils ne reviendront jamais.

— Je vous avais prévenu que vous ne me croiriez pas.

— Évidemment, j'avais oublié quelle dévotion aveugle vous vouez à vos maîtres xetesks ! lança le capitaine. Je veux bien croire que c'est ce qu'ils vous ont raconté. Une raison idéale pour un mage avide d'impressionner ses supérieurs, pas vrai ?

Denser ne répondit pas. Il but sa soupe, observant Travers, les sourcils froncés.

— Laissez-moi vous poser une question... Pensez-vous sérieusement que les Seigneurs Sorcyers n'ont pas déjà été détruits pas les forces de Xetesk ?

— Votre interprétation de l'histoire diffère de la mienne. À l'époque, nous n'avions pas les capacités de réussir un tel exploit. Et ils viennent de s'échapper de leur prison.

— Ah, oui. La... prison entre les mondes, c'est bien ça ? (Travers secoua la tête.) Une invention astucieuse, parfaite pour empêcher les autres Collèges d'intervenir. Et vous y croyez aussi, je suppose. (Denser garda le silence.) Bien entendu. Je ne peux pas espérer que vous tourniez le dos à toute une vie d'endoctrinement, n'est-ce pas ?

— Vous vous méprenez sur les motivations de Xetesk. Notre image met du temps à évoluer, mais nos idéaux et notre morale ont déjà beaucoup changé.

Travers applaudit lentement, Denser sentit la moutarde lui monter au nez et lutta pour réprimer sa colère.

— C'est dit avec tant de conviction... Mais je crains que vous n'ayez été dupé. Ce que je sais de vos recherches suggère une réalité très différente, et vous devez reconnaître qu'AubeMort n'est pas vraiment un sort « moral », non ?

Un autre silence. Denser ayant vidé sa chope, on lui rattacha la main dans le dos.

— Alors, avez-vous découvert les catalyseurs ? demanda Travers sur le ton de la conversation.

Il se pencha en avant, les deux mains serrées autour de son verre.

— Non.

— Je vois. Tant pis. (Le capitaine se tourna vers Isman.) Montre sa chambre à Denser. (Le guerrier força le mage à se relever. Malgré sa silhouette efflanquée, il avait beaucoup de force.) Vous vous apercevrez bientôt, ajouta Travers, que votre soupe était droguée. Malheureusement pour vous, Ilkar des Ravens, la vôtre ne l'était pas.

La pluie cessa. La brume s'évapora au-dessus des collines, révélant le plafond bas et sombre des nuages. Hirad avait l'impression qu'il ne serait plus jamais sec.

Ni lucide. Voilà plus de trois heures que les Ravens marchaient et l'humidité l'accablait. L'effet le plus durable du brophane était une formidable migraine. Regardant ses compagnons, il vit qu'ils avaient l'air en aussi mauvais état que lui.

Plus tôt, avant que la lumière du jour n'ait totalement disparu et que leur conversation n'ait cédé la place au martèlement monotone de leurs bottes sur la pierre et la boue, Richmond et Talan avaient déclaré qu'ils atteindraient le château des Ailes Noires environ deux heures avant l'aube. Leur condition physique, le terrain ardu et l'obscurité leur imposaient une allure modérée. D'abruptes saillies rocheuses s'élevaient des deux côtés du chemin ; seuls quelques arbres rabougris, des fougères battues par le vent et de l'herbe épaisse parvenaient à s'accrocher au paysage. Les montagnes s'étendaient d'est en ouest aussi loin que portât le regard, et les pentes douces des terres de Pontois n'étaient déjà plus qu'un souvenir.

Alors qu'il cheminait, tête baissée, une douzaine de pas derrière ses amis, Hirad céda au désespoir et à la colère. Une semaine plus tôt, les Ravens, encore au nombre de sept, se tenaient sur les remparts d'un château pour superviser une nouvelle victoire. Le barbare se sentait fier et vigoureux, plein de l'assurance conférée par dix années de triomphe ininterrompu. Désormais, ils n'étaient plus que trois guerriers fatigués qui se traînaient lamentablement vers une mort probable. Et tout était la faute d'un seul homme. Denser ! Le mage xetesk avait déjà arraché Sirendor et l'Inconnu à Hirad. Maintenant, il semblait qu'Ilkar suivrait le même chemin. Tout ça en l'espace de quelques jours. Le barbare avait du mal à y croire. Il secoua la tête et se força à se concentrer. La seule chose qui comptait, pour le moment, c'était de sauver Ilkar. Denser pouvait aller en enfer. Xetesk trouverait un autre moyen de protéger Balaia. Mais ils n'avaient pas de plan, et quand ils s'arrêtèrent deux heures plus tard à l'abri d'un bosquet, ils reparlèrent de l'attaque à venir.

— Vous connaissez ce château ? demanda Hirad, qui frissonnait depuis qu'il avait cessé de marcher.

Talan et Richmond acquiescèrent.

— C'était le siège d'une baronnie avant le début des combats, révéla Richmond. En réalité, c'est plutôt un manoir fortifié. Je suis sûr que Travers a renforcé ses défenses, mais il ne devrait pas être trop difficile de nous y introduire.

— Des idées ? demanda Hirad, qui n'en avait aucune.

Même s'il essayait de réfléchir, il ne pensait qu'à la mort de ses amis.

— Nous en avons un peu parlé tout à l'heure..., dit Talan. Je sais que ton agresseur t'a conseillé de rentrer chez toi, mais Travers au moins doit se douter que nous tenterons de délivrer Ilkar. Il doit également connaître le temps que nous mettrons pour atteindre son château, et savoir que nous serons beaucoup moins en forme que ses gardes. Sans compter que nous ignorons leur nombre, l'endroit où se trouvent Ilkar et Denser, et dans quel état ils sont.

— Tu as une bonne nouvelle à m'annoncer ?

— Nous n'aurons sans doute à redouter aucune attaque ou défense magique, dit Talan.

Hirad entrevit une lueur d'espoir, et son visage s'éclaira.

— Nous pourrions leur faire le coup de la Rage.

— Exactement ! approuva Richmond. La clé sera d'entrer sans nous faire repérer. Talan et moi ne sommes jamais allés dans ce château ; nous l'avons seulement vu de loin, et bien entendu, il se dresse en terrain découvert.

— Si le plafond de nuages reste aussi bas, nous devrions atteindre le mur d'enceinte sans attirer l'attention. Je me souviens qu'il y a une écurie et un jardin sur l'arrière. Ensuite, nous irons à la rencontre de l'inconnu...

— J'aimerais bien, répliqua Hirad, amer. Une lame supplémentaire, surtout la sienne, me redonnerait confiance.

— Nous y arriverons, dit Talan en s'étirant. À défaut, nous entraînerons dans la mort le plus possible de ces enfoirés.

— Ouais.

Le barbare se leva et sursauta en sentant le chat remuer sous sa cape. Il l'avait complètement oublié. L'animal passa la tête dehors. Hirad le gratta entre les oreilles, surpris de sentir qu'il était glacé et frissonnait. Leurs regards se croisèrent. Celui du chat était terni par la distance qui le séparait de son maître.

— Cette bestiole ne va pas bien, dit Hirad. Nous devons la ramener à Denser le plus vite possible. Ne perdons pas davantage de temps !

L'heure suivante, ils avancèrent à bonne allure. Dans le coin, les routes commerciales étaient très passantes, donc hautement praticables. Richmond estima que le château de Travers était quelque part droit devant eux.

— Quelle heure est-il ? demanda Hirad.

— Il reste quatre heures avant l'aube, répondit Talan. Pour atteindre notre objectif, la moitié devrait suffire.

— Parfait.

Le terrain était de plus en plus plat et dur sous leurs pieds. Malgré l'obscurité, leurs yeux accoutumés au manque de lumière leur permettaient de distinguer la silhouette de collines basses, de bosquets et de buissons touffus. Le chat avait cessé de remuer sous la cape d'Hirad. Bien qu'il fût toujours vivant, le barbare le sentait faiblir à chaque minute.

Ils étaient à une heure de marche du château quand Talan s'arrêta brusquement. Les nuages s'étaient écartés, et une zone plus claire, au-dessus de leur tête, indiquait l'emplacement de la lune.

— Qu'y a-t-il ? demanda Hirad en portant la main à son épée.

Le vent retombait lentement, mais traversait encore sa cuirasse et ses vêtements. Il frissonna.

— Quelque chose cloche, dit Talan. Déployez-vous sur les côtés. Il y a des marques bizarres sur la piste.

Hirad fit signe à Richmond de partir vers la droite. Lui-même se posta sur la gauche et sonda l'obscurité qui les enveloppait. Derrière lui, Talan s'accroupit sur le chemin, effleura la terre de sa main nue et la porta à son nez. Il se pencha en avant, regardant un point situé deux mètres plus loin.

— Je crois que..., commença-t-il.

— Ne dites rien, ordonna quelqu'un, une vingtaine de pas sur leur gauche.

C'était une voix masculine basse et bourrue, comme si son propriétaire passait le plus clair de son temps à chuchoter. Les Ravens se pétrifièrent, mais le chat de Denser, soudain très alerte, se laissa tomber à terre et fila dans le noir.

— Ne bougez pas, dit la voix. Mon ami a le nez qui le démange. S'il devait se gratter, sa flèche lui échapperait.

Hirad n'arrivait pas à y croire. Tout mouvement était exclu : s'il y avait vraiment un archer, il pourrait abattre deux Ravens sur trois avant qu'ils ne parviennent à le localiser. Rester calme et parlementer semblait la seule option.

— Que voulez-vous ? demanda-t-il.

— Vous détenez quelque chose qui nous appartient, et nous voulons le reprendre.

— J'en doute. Si c'est notre argent qui vous intéresse, je crains que...

— Nous nous fichons de votre argent ! Vous avez enlevé la femme de mon ami, ct nous voulons qu'elle lui soit rendue. Tout de suite !

— Vous vous trompez, dit Talan.

— Ça m'étonnerait. Votre bâtard de maître, Travers, doit être en train de l'interroger. Ou pire. Avancez lentement.

Les Ravens restèrent immobiles.

— Par les dieux, Hirad, s'exclama Richmond, ils nous prennent pour...

— Nous ne sommes pas des Ailes Noires, grogna Hirad.

Leur interlocuteur éclata de rire. Une voix plus haut perchée résonna non loin de lui, confirmant la présence d'un second homme.

— Bien sûr que non ! Des tas de gens passent par ici après la tombée de la nuit... Veuillez avancer en gardant les mains loin de vos épées.

Les guerriers s'exécutèrent.

— Nous ne sommes pas des Ailes Noires, répéta Hirad.

— C'est ce que vous prétendez...

— Nous sommes les Ravens.

Il y eut un court silence, puis un ricanement.

— Vous n'êtes pas très nombreux...

— En effet, dit Hirad.

— Continuez à avancer. Il y a ici quelqu'un qui affirme vous connaître. Les Ravens se regardèrent puis firent ce qu'on leur demandait.

— Stop ! ordonna l'autre voix, moins agressive que

la première. (Elle marqua une pause.) Ça fait longtemps, mais sans le moindre doute, vous êtes bien Hirad Cœurfroid.

— C'est exact. Alors, pouvons-nous... ?

— Où est Ilkar ?

— Vous le connaissez ? répliqua Talan.

— Je viens de Julatsa. Où est-il ?

— Travers l'a enlevé, répondit Hirad. Il est au château des Ailes Noires. Voilà pourquoi nous y allons. Vous nous empêchez de le délivrer, et vous commencez à m'échauffer les oreilles.

Le premier homme éclata d'un rire soulagé.

— Venez donc vous joindre à nous. Nous avons un poêle, et vous semblez avoir besoin d'une boisson chaude.

— Pour quelle raison ferions-nous ça ?

— Parce que nous pouvons nous entraider. Il ne coûte rien de le vérifier...

Erienne tremblait encore. Elle ne doutait pas que le capitaine lui avait montré l'amulette de Septem. Ça ne pouvait être qu'elle, puisque des symboles extraits du langage de trois Collèges y étaient gravés. Dont le code dordovan qui révélait l'emplacement de l'atelier du mage. L'idée que Travers détenait cette clé la remplissait de terreur. Elle n'avait rien pu faire, sinon confirmer ce qu'il croyait déjà savoir. Quelqu'un cherchait activement AubeMort, sa quête en était déjà à un stade avancé, et il avait selon toute probabilité capturé le mage xetesk Denser.

Erienne en avait la chair de poule. Pour la première fois, elle comprenait que le capitaine n'était pas seulement un homme dont les rêves équivalaient à ses pires cauchemars. À présent, elle devait envisager la possibilité qu'il réussisse à rassembler les catalyseurs et à prendre le contrôle du sort. S'il y parvenait, les Collèges se déchireraient pour s'emparer d'AubeMort. Il y aurait une nouvelle guerre, et elle craignait que Xetesk ne la remporte.

— Voyez-vous, je suis déterminé à découvrir tout ce que vous savez au sujet d'AubeMort, et prêt à vous torturer si vous m'y obligez.

Ilkar leva son visage ensanglanté vers Travers, mais il ne dit rien. Après le départ de Denser, les gardes l'avaient attaché à un mur et rossé avec le plat d'une pelle, avant de l'abandonner pendant près d'une heure. Puis ils avaient recommencé. Cette fois, un coup mal porté l'avait atteint à la figure, fendant son nez et ses lèvres. La douleur était intense, mais il pouvait s'en accommoder. Ce qu'il craignait le plus, c'était une hémorragie interne. Dans son état, il ne pensait pas être capable de contrôler ce type de blessure. Et moins encore s'il était drogué. Il savait aussi qu'il ne parviendrait pas à gagner du temps en gardant le silence.

— Allons, Ilkar, dit le capitaine d'une voix pâteuse. Tout ça n'est pas nécessaire. Vous vous appelez bien Ilkar, n'est-ce pas ?

— C'est ce que vous semblez croire.

— Il parle ! (Travers applaudit.) Bravo ! Je dois dire que nous sommes à peu près certains de votre identité. Après tout, combien de mages elfes julatsiens accompagnent les Ravens ?

— Pas beaucoup, dit Ilkar.

— Je suis ravi que vous l'admettiez. (Travers sourit et posa une main sur son épaule.) Vous aimeriez peut-être vous asseoir ?

— En effet.

Les gardes lui enlevèrent ses menottes et le poussèrent de nouveau sur sa chaise après lui avoir attaché les mains dans le dos. C'était bien plus confortable ainsi. Ilkar réprima un sourire à l'idée qu'il se sentait bien malgré ses entraves et ses multiples contusions. Tout était relatif.

Le capitaine s'assit, remplit son verre et but longuement. Il devait être soûl. Pourtant, il semblait contrôler ses pensées. Seuls son visage rougeaud et ses difficultés d'élocution trahissaient son ébriété.

— Nous y voilà enfin. Je vous félicite de votre endurance. Mais puisque j'en suis venu à bout, je vous prie de répondre à mes questions. Je détesterais vous torturer davantage. Comprenez néanmoins que je ne reculerai devant aucune mesure nécessaire. (Travers eut un petit sourire. Ilkar ne réagit pas.) Je suppose que nous sommes d'accord.

Le capitaine finit son verre et y vida la bouteille. Puis il l'agita en direction d'un soldat, qui l'emporta. Ilkar le regarda engloutir les dernières gouttes.

— Vous espérez que je m'écroule ? (Le sourire de Travers s'élargit.) Vous allez être déçu. Quel est mon record, Isman ?

— Quatre bouteilles, capitaine.

— Quatre... bouteilles..., répéta Travers.

Ilkar ne fit pas de commentaire. Le capitaine étudia son verre vide, mais son froncement de sourcils se transforma de nouveau en sourire lorsqu'une bouteille pleine fut posée sur la table. Il la déboucha immédiatement.

— Avant d'aborder le sujet de ce sort délicieux, je vous serais très reconnaissant de m'expliquer pourquoi un Julatsien voyage en compagnie d'un Xetesk.

Ilkar sursauta et dévisagea Travers.

— Vous l'ignorez vraiment ?

— Éclairez ma lanterne.

— Vous avez envoyé une tueuse contre Denser, n'est-ce pas ?

— Visiblement, elle a échoué. Une chance, vu la façon dont les choses ont tourné.

— Elle n'a pas entièrement échoué, le détrompa Ilkar.

— Ah bon ?

Travers échangea un regard avec Isman, qui haussa les épaules.

— Elle a tué Sirendor Larn.

— Oh.

— Oui, Isman : *oh !* (Ilkar se tourna vers le grand guerrier.) Depuis, Hirad veut la mort de tous les Ailes Noires. Et ce que veut Hirad, les Ravens le veulent aussi.

— Merci pour cet avertissement, dit Travers. Il faut que nous nous protégions, pas vrai ?

Il se pencha vers Ilkar et lui tapota le genou.

— À votre place, c'est ce que je ferais...

— Ouais... (Travers suçota sa lèvre supérieure et se radossa à sa chaise.) Nous y reviendrons plus tard. Bien que le décès tragique de votre ami explique la présence des Ravens dans la région, il ne justifie pas celle de Denser parmi vous.

Ilkar s'autorisa ce qu'il espérait être un sourire complice.

— Nous ne devons pas nous accorder sur beaucoup de choses, capitaine, mais je pense que la méfiance vis-à-vis de Xetesk est du lot.

— Dommage que vous soyez avec lui, Ilkar. Je crois pouvoir tolérer les mages dans votre genre. Continuez.

— Il doit de l'argent aux Ravens. (Travers fronça les sourcils.) Contre mon avis, nous l'avons escorté jusqu'à Korina. Nous voulions le surveiller jusqu'à ce que la somme soit versée sur notre compte. Puis Sirendor a été assassiné par vos soins, et nous avons été forcés de l'emmener avec nous.

Travers se tut un moment. Il prit une gorgée d'alcool et la fit tourner dans sa bouche avant de l'avaler.

— Je suis déçu, Ilkar. Vous avez eu tout le temps de réfléchir, et vous n'avez pas trouvé de meilleur mensonge à me servir ? Vous voulez me faire croire que vous ignoriez ce que Denser avait en sa possession ?

— Pas tout à fait, concéda l'elfe. Je me doutais que c'était un objet précieux, vu la somme qu'il nous a offerte pour nous engager. Mais je ne savais pas de quoi il s'agissait exactement. Je n'ai pas pu lire les inscriptions.

Travers saisit la bouteille par le goulot, se jeta en avant et l'abattit sur la tempe d'Ilkar. Le mage essaya d'esquiver le coup et fit basculer sa chaise. Son flanc droit heurta rudement le sol ; la douleur déchira son bras, et il vit les débris de la bouteille, légèrement flous, alors que du sang tiède coulait sur son visage. Une pénible odeur d'alcool lui emplit les narines.

— Vous osez me prendre pour un imbécile ! rugit Travers. Je vais vous dire, moi, ce que vous faisiez. (Il fit les cent pas, écrasant des éclats de verre sous ses pieds.) Vous cherchiez les catalyseurs d'AubeMort. Vous connaissez leur nature. L'amulette est frappée de symboles julatsiens, dordovans et xetesks. Denser et vous avez besoin l'un de l'autre, et votre pacte maléfique menace Balaia.

Ilkar ne dit rien. Il savait Travers féru de théorie magique, mais sa dernière tirade confirmait ce qu'il soupçonnait sans avoir voulu le croire jusque-là. Le capitaine avait un mage à son service.

Il sentit qu'on le relevait, grogna quand son bras fut libéré de la pression, et se réjouit de ne pas pouvoir le bouger. Il devait être salement amoché, sinon cassé.

— Isman, une autre bouteille, s'il te plaît, demanda

Travers. (Il se rassit mais se tut jusqu'à ce que le guerrier revienne et remplisse son verre.) Vous ne pourrez pas me mentir éternellement.

Éternellement, non. Assez longtemps me suffira, pensa Ilkar.

— Personne ne viendra vous sauver. Nul ne sait que vous êtes ici.

— Ils le savent, et ils viendront.

— Qui, les Ravens ? cracha Isman.

Ilkar se tourna vers lui.

— C'est vraiment dommage, Isman. Hirad pensait que tu aurais fait un bon Raven. Si nous ne t'avons pas proposé de te joindre à nous, c'est parce que nous ne t'avions jamais vu te battre.

— J'aurais refusé.

— Personne n'a jamais refusé.

— Au moins, je suis toujours vivant.

— Ah, oui ! J'ai négligé de mentionner un détail, intervint Travers. Isman a dû tuer vos amis. Après tout, nous ne pouvions pas nous permettre de les voir rappliquer ici, n'est-ce pas ?

Mais Ilkar ne l'écoutait pas vraiment. Parce que Travers s'était penché vers lui et que les pans de sa chemise s'étaient écartés, révélant l'insigne du commandant de la passe de Sousroc. Un tiers de la clé d'un pouvoir incommensurable pendait à son cou, et il l'ignorait. Ilkar sourit.

— Quelque chose de drôle ?

— Toujours, si on se donne la peine de le chercher... Vous me faites des révélations que je ne crois pas pour m'extorquer des informations que je ne détiens pas. Et que vous tenterez de m'arracher par la force.

Travers sourit aussi et se versa un autre verre.

— Ainsi, nous nous faisons face de part et d'autre

de notre désaccord. De mon point de vue, vos amis sont morts, et vous connaissez la réponse à ma question. Elle est très simple, et je vais la poser de nouveau. Connaissez-vous les catalyseurs d'AubeMort ?

— Non.

Le capitaine se leva.

— Je pense qu'il est temps de vous rappeler dans quelle situation vous êtes. Isman, raccroche-le au mur. Ne touchez pas à sa tête. Je reviens dans quelques minutes.

Il sortit d'une démarche assurée malgré l'alcool.

— Et merde, marmonna Ilkar.

Isman sourit.

— Ne te débats pas. Ça rendra les choses plus difficiles. Pour toi !

Ilkar se laissa entraîner jusqu'au mur. La douleur, dans son bras droit, lui donnait la nausée. Il tenta de se réconforter en pensant que Denser n'avait pas poussé de cri de mana. Ça signifiait que son Familier était toujours en vie. Donc que les secours arrivaient. Mais lorsque le premier coup de pelle l'atteignit sous les côtes, lui coupant le souffle, il pensa également que le chat ne tiendrait pas éternellement loin de son maître. Si les secours n'étaient pas là avant le lever du soleil, ils ne viendraient pas.

— Depuis combien de temps Travers la détient-il ? demanda Hirad, dubitatif.

L'histoire qu'il venait d'entendre lui paraissait dépourvue de sens. Il se réchauffa les mains sur sa chope de café. Au moins, ses amis et lui n'auraient pas complètement perdu leur temps.

— Juste quelques jours, répondit Alun, l'homme qui avait fait l'essentiel du récit.

Il était, disait-il, le mari de la magicienne dordovane

que Travers avait enlevée. Il avait l'air plutôt introverti. Bien qu'il portât une épée longue, Hirad doutait qu'il sache s'en servir. Il n'avait pas la tête d'un guerrier.

— Et que veut-il faire d'elle ?

— Ce qu'il fait de tous les mages qu'il enlève : l'interroger, répondit Alun d'une voix brisée.

— Pourquoi les Collèges ne font-ils rien contre lui ? demanda Talan.

— Parce que beaucoup de mages seniors admettent à contrecœur que ses actions permettent de circonscrire la magie noire, dit Thraun.

— Mais nous parlons d'un enlèvement, rappela Hirad. Ils ne peuvent pas...

— Ce n'est pas si simple, coupa Alun. Erienne est une tête brûlée. Elle n'obéit pas aux règles du Collège, et ses maîtres sont assez bornés pour la laisser payer sa rébellion. Et il ne s'agit pas seulement d'elle. Ils ont aussi enlevé nos fils.

Hirad croisa le regard d'Alun et eut un élan de compassion pour lui. Il avait déjà vu cette expression sur le visage de Sana : celle de quelqu'un qui a perdu quelque chose, et qui n'arrive pas vraiment à y croire.

— Vos fils ? répéta Talan.

— Des jumeaux de quatre ans, dit Jandyr, l'archer julatsien.

C'était un elfe qui affirmait connaître Ilkar, bien que le mage n'eût jamais parlé de lui à ses compagnons.

— Je suppose que vous êtes payés pour cette mission, tous les trois ?

— Vous pensez que nous faisons ce genre de chose par amour ?

— C'est notre cas ! cria Hirad en foudroyant du regard le dernier mercenaire.

Nommé Will, il était plutôt petit : un mètre soixante-cinq environ. Mais il semblait vif et musclé, et ses yeux brillaient d'intelligence. Il portait des vêtements de cuir sombre et deux épées courtes reposaient sur son dos dans des fourreaux croisés. Son menton était couvert par une barbe de plusieurs jours.

Il ne plaisait pas à Hirad.

— Je n'ai pas à me justifier, déclara l'homme. Nous sommes tous des mercenaires, à l'exception d'Alun. Vous choisissez de vous battre pour les barons qui vous engagent. Nous, nous récupérons des objets... et des gens.

Il haussa les épaules et le silence retomba.

Le poêle sifflait et fumait un peu ; à part ça, seul le rougeoiement des braises indiquait qu'ils étaient assis autour d'un feu. Hirad étudia Thraun, un colosse dont la carrure aurait fait hésiter jusqu'à l'Inconnu. Le regard perdu dans le vague, il grattait distraitement sa barbe blonde mêlée de poils bruns. Une épée longue pendait à sa ceinture.

Un froissement attira l'attention du barbare. Par-dessus son épaule, il vit le chat de Denser entrer dans le campement. L'animal était en piteux état. Il approcha en titubant, comme s'il était drogué. À la chiche lueur des braises, Hirad distingua sa fourrure ébouriffée, aussi terne que ses yeux.

— Par les dieux, Hirad, regarde-le, souffla Richmond.

Le barbare souleva l'animal et le plaça sous son pourpoint, contre sa peau. Il frémit au contact de la chair glacée du Familier.

— Il est à vous ? demanda Will.

— Non, il appartient à Denser. Il est mourant.

— Ça se voit.

— Nous ne pouvons pas le laisser crever, dit Hirad. Il faut le ramener à son maître le plus vite possible.

— Quel était votre plan ? demanda Richmond à l'autre groupe.

— Entrer discrètement dans le château, répondit Jandyr. Nous avons repéré un accès sur l'arrière, et nous attendions le moment le plus sombre de la nuit pour faire une tentative quand les Ailes Noires sont passés avec vos amis. Nous venions de décider de temporiser quand nous vous avons entendus.

— Mouais. (Hirad se mordilla la lèvre.) Je ne suis pas sûr que ça puisse fonctionner. Ils doivent se douter que nous attaquerons.

— Mais pas à sept, dit Thraun. Seulement à trois.

— Intéressant, murmura Talan. (Puis, d'une voix plus forte :) Votre femme... Quel enseignement a-t-elle reçu ?

— C'est une Dordovane, je vous l'ai déjà dit.

— Désolé... Je voulais parler de sa spécialité. Offensive ou défensive ?

— Euh... Ni l'un ni l'autre, en fait. C'est une chercheuse. Une annalyste.

— Mais il lui arrive d'incanter ? insista Talan.

— Jamais pour blesser quelqu'un, dit Alun.

— Excellent ! Même si Travers la contrôle, ça nous donne plus de chances de réussir notre Rage.

— Votre quoi ? demanda Will.

Hirad sourit.

— Peut-être pourrions-nous vous intéresser à la tactique du chaos inventée par les Ravens...

Ils lui avaient cassé trois côtes, dont l'une, à la base de la cage thoracique, s'était enfoncée et menaçait de lui transpercer les poumons. Les coups de plus en plus brutaux s'étaient déplacés de son estomac jusqu'à sa poitrine, pour finir par viser ses jambes. Puis les hommes de Travers l'avaient abandonné, saignant d'une douzaine de plaies externes et de deux lésions internes, comme il le constata en tournant ses perceptions vers l'intérieur. Celle du foie semblait assez grave. Tout son corps lui faisait mal. La douleur lui poignardait les jambes et remontait vers son dos quand il tentait de se lever, mais ses bras et ses côtes le torturaient s'il restait suspendu à ses menottes.

À travers la fente des rideaux, Ilkar crut apercevoir les premières lueurs de l'aube. Son cœur se serra et il se demanda s'il était utile de résister. Il aurait mieux valu renoncer et se laisser mourir. Il voulait haïr Denser pour avoir entraîné les Ravens dans cette mission perdue d'avance. Le haïr pour avoir causé la mort de ses amis. Le haïr d'être un Xetesk et de dormir sans se soucier de lui. Pourtant, il n'y arrivait pas. Malgré toute son arrogance, Denser leur avait dit la vérité. Les preuves étaient accablantes. La découverte du parchemin d'AubeMort, le combat contre les Destranas, les révélations de Gresse au sujet des armées ouestiennes... Tout concordait avec le retour imminent des Seigneurs Sorcyers et le désir de Xetesk de récupérer le seul sort capable d'en venir à bout.

Ilkar frissonna. En mourant, il se retirerait de la bataille pour la survie de Balaia. Un conflit qui n'aurait sans doute pas de vainqueurs. Il prit une inspiration et cracha du sang, hoquetant de douleur parce que ses poumons appuyaient contre ses côtes brisées. Il tendit lentement les jambes pour soulager la pression sur ses bras engourdis, et frémit quand la douleur remonta de ses hanches meurtries jusqu'à son dos. Les gardes étaient partis depuis quelques minutes. Ilkar fronça les sourcils. Prendraient-ils la peine de l'interroger encore ? Il l'espérait, car ça signifiait qu'ils le rassiéraient sur la chaise. Où étaient-ils passés ? Travers avait dit qu'il reviendrait. Ilkar pensa d'abord qu'ils étaient peut-être en train de questionner Denser, mais il supposa qu'il était toujours plongé dans le sommeil induit par la drogue. Ils devaient plutôt être partis déjeuner...

À l'autre bout de la pièce, la double porte s'ouvrit. Travers entra, flanqué de deux hommes. Il tenait une bouteille dans une main, un verre dans l'autre, et titubait franchement.

— C'est ma quatrième ! hurla-t-il en agitant la bouteille. Je vais peut-être battre mon record aujourd'hui.

— Ou vous mourrez en essayant, avec un peu de chance, marmonna l'elfe.

— Désolé, Ilkar. Vous avez dit quelque chose ? Je n'ai pas entendu.

Travers approcha de sa chaise d'un pas traînant. Quelque chose derrière lui attira l'attention d'Ilkar. Isman et un autre garde soutenaient Denser. Nu jusqu'à la taille, le mage avait la tête baissée. Ses pieds raclaient le sol et il semblait moribond. Ses geôliers le déposèrent sur une chaise et le tinrent par les épaules pour l'empêcher de s'écrouler. Travers éclata de rire.

— C'est le problème avec cette drogue. Quand on leur administre une dose un peu trop forte, les gens ne veulent plus se réveiller. Nous avions tant de choses à demander à Denser que nous avons dû employer la manière forte pour le persuader de nous parler. Je crains qu'il n'ait mis assez longtemps à réagir...

Ilkar imaginait la douleur que devait éprouver Denser. Il distinguait des traces rouges sur son torse, plus les lacérations d'un fouet ou d'une ceinture.

Il espéra que le Xetesk était toujours abruti par la drogue.

Travers but au goulot et se leva en vacillant. Il tituba en arrière, et aurait trébuché sur sa chaise si un garde n'avait pas eu la présence d'esprit de l'écarter. Le capitaine était rouge vif, les paupières mi-closes sur des yeux au regard fou, et sa poitrine se soulevait avec difficulté.

— Vous avez deux décisions à prendre, dit-il d'une

voix tellement pâteuse qu'elle en devenait presque inintelligible. (Il se plaça entre Ilkar et Denser et leva un doigt.) Premièrement : allez-vous répondre à mes questions, ou dois-je continuer à vous torturer pour vous convaincre ? Croyez-moi, vous finirez par vous plier à ma volonté.

Il regarda les deux mages. Ilkar se tourna vers Denser, qui ne réagit pas. Il vit la poitrine du Xetesk se soulever spasmodiquement.

— Bien essayé, Travers ! lança l'elfe. Mais apparemment, vous allez devoir continuer.

— Deuxièmement ! cria le capitaine en levant un autre doigt. (Il but de nouveau au goulot. Un peu d'alcool coula sur son menton ; il l'essuya d'un revers de manche.) Puisque c'est comme ça, lequel de vous deux veut voir mourir l'autre ?

Ilkar se sentit presque soulagé. Au moins, cela mettrait un terme à leur calvaire. Il regrettait de ne pas avoir revu Hirad, mais il commençait à croire que le barbare était mort.

Il se serait bien porté volontaire, mais il était évident que Travers avait amené Denser pour une seule raison. L'elfe doutait de pouvoir barricader son esprit pour ne pas sentir les tourments du Xetesk. Il le regarda, éprouvant pour la première fois une sincère compassion.

— Adieu, Denser, murmura-t-il.

Le Mage Noir se convulsa. Serrant son bras droit avec sa main gauche, il leva la tête. Son visage fit frémir Ilkar. Denser était méconnaissable : barbouillé de sang, le nez tordu, les lèvres comme deux plaies ouvertes, les yeux réduits à des fentes sous ses paupières gonflées... Une quinte de toux le secouant, il plongea son regard dans celui de l'elfe, et, contre toute attente, un sourire se dessina sur ses lèvres.

— Ils sont ici, croassa-t-il.

Dans le couloir résonna un cri d'alarme, puis un son plus bestial. Alors, le chaos submergea le château des Ailes Noires.

Chapitre 15

Hirad devait concéder que Will pouvait être utile. Assez utile, même, pour rester avec eux après qu'ils auraient réglé leur compte aux Ailes Noires. Le destin était une chose curieuse. Alors qu'il ne voyait personne qu'il aurait souhaité recruter – malgré l'urgence – il était littéralement tombé non sur un, mais sur trois membres potentiels. À supposer qu'ils survivent assez longtemps. Et qu'il puisse les convaincre de s'enrôler dans les Ravens. Ça ne serait pas aussi facile qu'autrefois. Hirad ne pouvait plus offrir du travail bien payé et une réputation à brandir comme un étendard. Seulement une mort presque certaine au cours d'une quête que la moitié de la population du continent voulait les empêcher de mener à bien. Et peut-être une récompense, dans le cas improbable où ils s'en sortiraient. Bref, rien de très attrayant.

Alun n'était pas de leur calibre. De toute façon, Hirad doutait qu'il veuille se lancer dans une vie d'aventurier. En revanche, le colosse Thraun et l'archer elfe Jandyr feraient des compagnons idéaux. Hirad se demanda ce que les Ravens auraient pu devenir s'ils les avaient rejoints plus tôt. À une époque meilleure. Quant à Will... Malgré son humeur maussade, sa brusquerie et ses ricanements, il avait un talent certain.

Hirad était impressionné par sa reconnaissance rapide et efficace du terrain et par la facilité avec laquelle il venait d'escalader le mur d'enceinte derrière l'étable, comme s'il s'agissait d'une échelle. Une extrémité de la corde que Will avait emportée avec lui passa par-dessus le mur et tomba aux pieds du barbare. L'homme jeta un coup d'œil à Thraun, qui sourit.

— Il est bon, pas vrai ?

Hirad grimpa. Moins de deux minutes plus tard, tous furent entrés dans le château des Ailes Noires.

— Les seuls gardes placés devant la résidence sont postés près de la porte principale, chuchota Will. Je n'ai pas vu de patrouille, mais ce n'est pas une raison pour faire preuve d'imprudence. Comme vous pouvez le voir, le bâtiment principal est à une trentaine de pas. Ici, nous sommes dissimulés par l'ombre de l'écurie. Dans la maison, personne ne peut nous voir. J'estime qu'elle mesure cinquante mètres de long sur trente de large. (Il se tourna vers Hirad.) Maintenant, c'est à vous.

— Pas d'instructions précises pour le moment. Je déciderai de la direction à prendre quand nous serons entrés, et le meilleur moyen d'y parvenir est la fenêtre la plus proche.

Il courut vers l'angle du bâtiment, se plaqua contre le mur pour étudier la façade, puis examina la fenêtre. Aucune lumière ne brillait de l'autre côté. Hirad allait dire quelque chose quand il sentit Jandyr se glisser derrière lui. L'elfe se pencha vers la fenêtre.

— Vide. Une sorte de bureau. Tout petit et vide.

— Parfait.

Hirad leva le poing.

— Que faites-vous ? souffla Will.

— Je nous fais entrer.

— J'ai un meilleur moyen.

Le petit homme saisit une fine bande de métal, à sa ceinture, et la glissa entre les deux panneaux. Il trouva le loquet et donna un coup sec vers le haut pour le soulever. La fenêtre s'ouvrit doucement.

— Après vous, dit-il en reculant.

Hirad le foudroya du regard avant d'enjamber l'appui de la fenêtre et d'avancer sur la pointe des pieds vers l'unique porte de la pièce. Il colla son oreille au battant alors que les autres le rejoignaient, mais n'entendit rien.

— Talan et Richmond, à la première occasion, vous montez avec Alun et Will. Je resterai en bas avec les autres.

Hirad entrouvrit la porte juste assez pour voir que l'obscurité régnait derrière. Il fit signe à Jandyr d'approcher. L'elfe jeta un bref coup d'œil, puis recula et referma la porte.

— Un petit salon, rapporta-t-il. Il y a sur la droite une ouverture masquée par un rideau, et une porte au bout du mur gauche.

Hirad enleva sa cape. Le chat se laissa tomber sur le sol et regarda autour de lui. Son museau et ses oreilles frémissantes le renseignèrent sur l'endroit où il était.

— Parfait. Nous allons nous séparer ici. Talan, tu prends à gauche. (Le barbare ouvrit la porte et se glissa dans le salon.) Les autres, en cas de doute, demandez son avis à un Raven. Vous êtes prêts ? (Des murmures d'assentiment lui apprirent que oui. Il dégaina son épée et fit une grimace féroce à Talan et à Richmond.) RAVENS ! rugit-il. Ravens et Rage !

Le barbare fonça et écarta le rideau, révélant de la lumière. Avec un hurlement que les autres Ravens reprirent en chœur, il s'engagea dans un étroit passage, frappant le mur avec son épée pour faire un maximum de raffut. L'adrénaline coula à flot dans ses veines quand Will et les autres se mirent aussi à crier. Leurs hurlements bestiaux, le fracas du métal contre la pierre et le martèlement des bottes résonnaient en lui. Il sentit son pouls s'accélérer, ses muscles gonfler, ses oreilles bourdonner et ses pupilles se dilater. Il courut dans la lumière, à peine conscient que le chat l'avait précédé.

Deux hommes se tenaient à la sortie du passage. Hirad éclata de rire et bondit sur eux. Le premier se pétrifia. Hirad ralentit à peine pour le couper en deux, avant de se jeter sur le second, dont la résistance symbolique fut balayée comme un fétu de paille. Le barbare lâcha un nouveau rugissement et s'immobilisa pour évaluer la situation. Il était dans une cuisine, près d'une double porte. La pièce en comportait deux autres

— Vous avez compris comment ça marche ? lança-t-il à Jandyr et à Thraun. On se sépare ici. Chacun de son côté. Criez le plus fort possible et ne vous arrêtez jamais, ou vous mourrez.

Il se détourna, ouvrit d'un coup de pied la porte la plus proche et chargea, le chat sur les talons.

Talan défonça la porte qui se dressait devant lui. De l'autre côté, il aperçut sur sa droite une ouverture vitrée et une porte sur sa gauche. Sans ralentir, il désigna la première à ses compagnons et courut vers la seconde en hurlant le nom de Will. Ensemble, ils déboulèrent dans une grande salle. Plusieurs cheminées, des fenêtres dans le fond et une double porte dans le coin droit... Talan fonça en hurlant, renversa les tables et les chaises sur son passage et abattit son épée sur le mur de pierre. Will l'imita de son mieux, sa réserve naturelle emportée par l'excitation du moment.

Obéissant au signal de Talan, Richmond percuta l'ouverture vitrée de plein fouet, et déboucha dans un jardin intérieur au milieu d'une pluie d'éclats de verre et de bois. Il regarda le ciel nocturne et, piétinant sans vergogne les plantes et les buissons, courut vers la porte qu'il apercevait dans la paroi vitrée de gauche. Alun était juste derrière lui. Alors qu'ils approchaient de la porte, elle s'ouvrit, et un garde entra dans le jardin. Richmond rugit. Le soldat se contenta de sourire et l'attendit de pied ferme. Leurs épées s'entrechoquèrent, produisant une gerbe d'étincelles.

Jandyr et Thraun échangèrent un regard incrédule en voyant Hirad défoncer la porte la plus proche de lui. L'elfe haussa les épaules, prit une profonde inspiration et lâcha un cri de gorge guttural en agrippant son arc. Thraun hocha la tête, fit volte-face et se rua vers la porte du fond, son hurlement presque animal se répercutant contre les murs de la cuisine.

Jandyr encocha une flèche, ouvrit d'un coup de pied la porte du milieu et découvrit un escalier qui s'enfonçait dans les profondeurs du bâtiment. Ses instincts de chasseur prirent le dessus. Arc tendu devant lui, il se glissa sur la première marche, sa vision elfique perçant la pénombre et les narines emplies d'une odeur de sueur rance à l'arrière-goût d'urine et de sang. Plus bas, une lumière diffuse filtrait sous un rideau. Jandyr descendit l'escalier en silence. Une toux étouffée trahit la présence d'une personne derrière le rideau. L'elfe se plaqua contre le mur de droite, puis écarta le rideau avec la main qui tendait la corde de son arc. De l'autre, il maintint la flèche en place. La scène qu'il découvrit faillit le faire éclater de rire.

Thraun ouvrit le battant à la volée et avança dans la pièce avec une fluidité animale. Un garde solitaire se tenait devant une double porte, sur sa droite. Quand son cadavre ensanglanté se fut écroulé sur le sol, Thraun prit le temps de regarder à la ronde. Il était dans un hall d'entrée désert. Devant lui, la porte principale. Sur sa gauche, des battants plus petits. Il pivota sur lui-même, avisa un escalier et, après un bref coup d'œil dans la direction d'où montaient des bruits de combat, gravit les marches quatre à quatre.

Un hurlement mourut sur les lèvres d'Hirad quand il entra dans une grande pièce glacée. Ilkar était enchaîné par les poignets au centre du mur de gauche.

L'elfe leva la tête vers lui.

— Hirad, dieux merci.

Le barbare rengaina son épée.

— Tu es vivant, constata-t-il, soulagé, en défaisant les liens de son ami. Ilkar frémit quand son bras droit retomba mollement le long de son corps.

— Fais gaffe. J'ai des côtes cassées.

— Autre chose ?

Hirad regarda l'elfe dans les yeux.

— Mes jambes, mes bras, mon ventre...

— Appuie-toi sur moi. (Il lui présenta son dos et sentit Ilkar poser sa tête sur son épaule droite, contraint de s'accrocher à lui pour ne pas tomber.) Tu vas bien ?

— Non. Mais laisse-moi passer mon bras gauche autour de toi, et aide-moi à m'asseoir sur une de ces chaises.

Levant les yeux, Hirad aperçut Denser étendu sur le dos, le chat enfoui sous son aisselle droite. Sa poitrine se soulevait et s'abaissait à une vitesse inquiétante. Avec mille précautions, le barbare posa Ilkar sur une chaise et approcha du Xetesk.

Richmond se jeta en arrière, haletant, et appuya brièvement sur l'entaille de son bras droit, au-dessous de l'épaule. Il entendit Alun s'écarter derrière lui.

— Tu ne fais plus le fier, Raven, lui lança son

adversaire. (Richmond ne répondit pas.) Tu aurais dû rentrer chez toi. Ici, tu ne trouveras que la mort.

Richmond changea son épée de main et se remit en position d'attaque. Impressionné malgré lui, l'Aile Noire fronça les sourcils. Le guerrier fit un pas vers la droite, et entendit dans son dos le chuchotement d'une épée qu'on tire du fourreau.

— Restez à l'écart, Alun. Ça ne vous concerne pas.

— Bien sûr que si. C'est ma famille qu'ils ont enlevée.

— Un père attentionné ? Que faites-vous ici ? Vous êtes venus chercher les cadavres ? railla l'Aile Noire.

— Salaud, croassa Alun. Salaud !

Il plongea sur la gauche de Richmond. Le Raven réagit instantanément, s'interposant entre les deux hommes. Mais son adversaire avait anticipé le mouvement, se jetant sur le côté pour lui enfoncer son épée dans la poitrine. Richmond hoqueta de douleur et tomba à genoux. Quand l'Aile Noire dégagea sa lame, il s'effondra face contre terre, son sang imbibant ses vêtements et ses cheveux. Il entendit un rire triomphant puis un bruit de course...

Talan fit irruption dans le couloir, Will sur les talons. Face à eux, un corps gisait sur le seuil d'une porte à double battant. Sur leur droite, un escalier... Le Raven marqua une pause et tendit l'oreille. À l'évidence, Thraun avait déjà atteint l'étage supérieur. Mais il n'y avait pas assez de bruit, et il n'entendait ni Hirad ni Richmond.

— On y va ! On y va ! cria-t-il en bondissant sur les marches.

Will le suivit.

Alun regarda Richmond s'écrouler, puis tourna les talons et rebroussa chemin dans la direction d'où ils venaient. Son cœur battait la chamade ; ruisselant de sueur, il frissonnait. Il était seul dans un château plein d'acier et de mort. Il s'immobilisa au milieu du couloir, prêt à fuir dans la nuit. Quelque part, son sang coulait encore dans les veines de ses fils. Alun revint sur ses pas. Il devait trouver Will.

Isman regarda Alun prendre ses jambes à son cou et sourit. Il l'aurait bien poursuivi, mais d'autres adversaires, plus dignes de lui, réclamaient son attention. Avant, peut-être pourrait-il s'occuper des deux mages.

Travers titubait dans le couloir du premier étage, tambourinant aux portes sur son passage et hurlant à ses gardes de se réveiller. Les cris des Ravens résonnaient dans son château. Sa solitude et son piteux état lui firent accélérer l'allure. Pressé par le temps, il ne s'arrêta pas pour vérifier que ses hommes l'avaient entendu. Si l'ennemi trouvait les deux garçons et les libérait, un fléau s'abattrait sur Balaia. Les fils jumeaux d'une magicienne... Il existait peu de choses plus dangereuses que ça. Une fois qu'ils seraient morts, le moment viendrait de mettre un terme à son association avec leur mère.

Denser se détendit en sentant son chat le mordre et aspirer son pouvoir. L'animal regagnait des forces alors que celles du mage diminuaient. Mais il y avait un équilibre. Il y aurait toujours un équilibre. Denser avait vaguement conscience des voix qui résonnaient dans la pièce ; l'une d'elles au moins s'adressait à lui, mais il ne pouvait pas lui répondre. Pas encore. Sa main droite caressa machinalement le chat qui buvait son sang. Il y en aurait bien assez pour qu'il puisse s'emparer de l'insigne. Travers était perdu. Malgré la douleur, Denser sourit.

Son repas terminé, le chat leva sur son maître un regard de nouveau brillant. Leurs esprits se connectèrent, et Denser imposa une image du capitaine à leur double conscience. *Va le chercher et ramène-le moi. Tu sais ce que tu as à faire.* Le chat cligna des yeux. *Je survivrai jusqu'à ton retour. Va.* L'air satisfait, l'animal émit un ronronnement proche d'un grondement. Il s'écarta de son maître et chercha une issue du regard, mais toutes les portes étaient fermées.

— Que se passe-t-il ? demanda Hirad. Cette créature était en train de le bouffer. Je l'ai vue.

— Hirad, s'il te plaît, haleta Ilkar. (Effondré sur sa chaise, il faisait de gros efforts pour ne pas s'évanouir. La douleur, dans sa poitrine et ses jambes, avait redoublé d'intensité ; il avait besoin de calme pour se soigner.) Il y a beaucoup de choses que tu ignores, mais il faudra attendre pour que je te les explique. Je ne me sens pas très bien.

— Dis-moi ce que je peux faire pour t'aider.

— Monte la garde, fiche-nous la paix et réserve tes questions pour plus tard. Où sont les autres ?

— Nous avons rencontré des mercenaires sur la route. Ils venaient délivrer une femme, expliqua Hirad. Nous leur faisons le coup de la Rage. Le château sera à nous dans quelques minutes.

Ilkar se laissa glisser sur le sol à côté de Denser.

— C'est bien.

Il ferma les yeux au moment où la porte du fond se rouvrait. Le chat en profita pour filer. Hirad se plaça hors du champ de vision d'Ilkar.

— Isman.

— Hirad.

Jandyr aurait éclaté de rire si le spectacle qui s'offrait à lui n'avait pas été aussi pitoyable. Un garde gisait sur le sol taché de sang, immobile et la bouche ouverte. Il serrait toujours une arme dans sa main droite. Le vin qu'il était en train de boire coulait d'un gobelet renversé.

— L'homme qui refuse d'affronter sa propre mort n'en est pas un, dit Jandyr. (Pas de réaction.) Les cadavres ne toussent pas, mon ami. Vous feriez mieux d'abandonner votre mascarade. Ayez au moins le courage de m'affronter. (Toujours pas le moindre mouvement.) Très bien. Je n'ai pas de temps à perdre avec vous.

L'elfe banda son arc.

— Par pitié ! gémit le garde en s'asseyant. Je ne...

— Trop tard.

Jandyr décocha sa flèche, en encocha une autre, se détourna et remonta l'escalier.

Adossé au mur du passage étroit qui conduisait à la tour, Travers attendait. Les Ravens se déplaçaient toujours dans son château. Leurs cris résonnaient encore, même s'ils étaient de plus en plus espacés. L'inquiétant, c'était que les attaquants étaient plus de trois. Où avaient-ils trouvé des renforts ? Le capitaine haussa les épaules et marcha jusqu'à la porte de la salle de garde. Ses deux hommes bondirent sur leurs pieds, l'épée déjà au clair.

— Nous ne pouvons plus attendre, dit Travers d'une voix pâteuse. Il est hors de question que ces gamins bâtards quittent le château. Tuez-les.

— Messire ?

Les gardes échangèrent un regard hésitant.

— Ce ne sont pas de simples enfants. Si leur garce de mère les reprend, ils deviendront trop puissants pour que nous les contrôlions. Occupez-vous d'eux.

Un des hommes se dirigea vers l'escalier en colimaçon qui occupait un coin de la pièce. Des cris juvéniles retentirent, puis une porte claqua en se refermant.

Thraun courait dans le couloir du premier étage. Sur sa droite, des fenêtres conduisaient vers un puits d'où s'échappait une chiche lumière. Sans doute y avait-il un jardin intérieur au rez-de-chaussée. De l'autre côté résonnaient des bruits de combat. Ignorant une petite ouverture sur sa gauche, le colosse chargea dans un couloir transversal, toujours rugissant. Une double porte se dressait devant lui. Elle devait conduire à un endroit important. Thraun l'ouvrit d'un coup de pied et avança.

Talan et Will se séparèrent en atteignant le haut de l'escalier. Sur leur gauche, des fenêtres surplombaient le jardin intérieur. Sur leur droite, ils repérèrent une ouverture et deux portes espacées, le long d'un couloir. Will s'engouffra dans l'ouverture, avisa une autre porte en face de lui et en approcha.

Talan enfonça la première des deux portes et entra dans une salle au plafond soutenu par des piliers qui abritait une dizaine de lits. La plupart étaient occupés ; quelques-uns ne l'étaient pas. Il pria pour que cela suffise. Bombant le torse, il beugla :

— Si l'un de vous pense pouvoir me vaincre, c'est le moment ou jamais.

Will entendit le cri de Talan. Il ouvrit d'un coup d'épaule la porte qu'il avait découverte, bondit de l'autre côté et s'accroupit en dégainant ses deux épées courtes. Son cœur s'affola et ses yeux s'écarquillèrent.

La pièce grouillait d'Ailes Noires. La seule chose dont il était certain, c'était qu'aucun d'eux ne l'avait vu. Tous convergeaient sur Talan.

— C'est vraiment dommage, dit Hirad. Tu aurais dû rejoindre les Ravens.

Isman ricana.

— Qu'aurait fait un jeune gaillard comme moi dans une bande de vieillards ? Je préfère être le responsable de votre fin...

— Ah oui ? Tu es mort au même moment que Sirendor Larn, et les Ravens vivront assez longtemps pour voir brûler ce château.

Il bondit, son épée visant le ventre d'Isman. L'Aile Noire para le coup et sauta sur la droite. Hirad sonda son regard en quête d'une lueur de peur et n'en vit aucune.

Les deux hommes se tournèrent autour. Le barbare chercha une faille dans la garde de son adversaire et fut impressionné de constater qu'il n'y en avait pas. Tous les deux se battaient à l'épée longue et ils avaient un sens inné de l'équilibre. Mais un seul avait de l'expérience, ayant déjà remporté d'innombrables duels. Ce fut lui qui lança une attaque féroce.

Hirad fit mine de porter un coup d'estoc, puis profita de la parade d'Isman, qu'il avait prévue, pour retourner sa lame et la lui abattre sur l'épaule. Isman recula et l'épée d'Hirad le manqua de moins de deux centimètres. Le barbare se redressa juste à temps pour dévier sa riposte avant de lui porter un coup de taille horizontal. Cette fois, Isman fut plus prompt à réagir, et l'attaque le manqua largement. Hirad se remit en position, les muscles soudain douloureux.

Isman sourit et plongea en décochant une série de quatre coups croisés qui força Hirad à reculer vers les deux mages toujours étendus sur le sol. Le barbare reprit son souffle et revint à la charge, perçant la garde de l'Aile Noire et entamant le cuir de son pourpoint. Isman plissa les yeux et adopta une tactique plus prudente. Hirad fit passer son épée d'une main à l'autre. Ses jambes semblaient de plomb ; elles ralentirent son attaque suivante et sa poitrine se retrouva exposée au coup défensif de l'Aile Noire. Quelque chose clochait salement. Hirad sentait ses forces le quitter, mais il ne pouvait pas se permettre de faiblir face à Isman.

Son adversaire plongea en avant et feinta. Au dernier moment, il retourna le poignet, et la pointe de sa lame déchira le rembourrage de la cuirasse d'Hirad, sur l'épaule gauche. Il enchaîna en visant le cou du barbare, qui parvint à parer de justesse. Dégoulinant de sueur, il sentit une nausée débilitante lui contracter l'estomac. Le sourire d'Isman s'élargit, mais ses yeux restèrent durs et froids. Il fit un pas en avant et abattit son épée sur le crâne d'Hirad. La lame du barbare arrêta le coup, mais la violence de l'impact le fit tituber en arrière. Pendant qu'il s'accroupissait à demi pour conserver son équilibre, Isman attaqua de nouveau. Hirad esquiva et réussit à se relever. Mais il ne s'attendait pas à l'uppercut qui lui fit lâcher son épée.

Tremblant de douleur et de frayeur, Hirad leva les yeux vers Isman.

— Je t'avais dit de rentrer chez toi, mais tu n'as pas voulu m'écouter, ricana l'Aile Noire en plongeant son arme dans l'estomac vulnérable du barbare.

Ses jambes cédèrent. Il s'écroula et ne sentit pas Isman dégager son épée. En fait, il ne sentait plus rien. Ne voyait plus rien. Il avait seulement l'impression de tomber. Une chute qui lui sembla durer une éternité.

Thraun était entré dans une grande pièce confortable, chichement éclairée par un feu mourant et par deux braseros. Il n'avait pas besoin de plus de lumière. Debout devant une porte, dans le coin au fond à gauche, deux gardes attendaient. Thraun chargea en poussant un rugissement qui les fit frémir. D'un bond, il franchit une table et un canapé. Deux pas plus tard, il abattit son épée sur le bras du premier homme. Une fontaine de sang jaillit. Trop choqué pour crier, le garde regarda stupidement son moignon, les yeux écarquillés et pleins de larmes de douleur. L'autre hésita. Thraun lui plongea sa lame dans la poitrine, déviant avec une aisance méprisante une parade qui manquait de conviction. Le manchot s'était effondré en gémissant. Thraun tira une dague de sa ceinture et l'égorgea. Il poussa les cadavres sur le côté, ouvrit la porte et monta l'escalier qu'il découvrit derrière. À son sommet, il trouva une autre porte. Le colosse brisa les verrous et s'immobilisa, une main sur la poignée.

— Erienne ? appela-t-il. (Il entendit un mouvement.) Erienne ? C'est Thraun. Tu m'entends ? N'incante pas. Je suis venu t'aider.

Il ouvrit la porte.

Pour la seconde fois, Talan glissa sur le sol poisseux de sang et s'écarta des trois cadavres qui gisaient à ses pieds. Un autre trio d'Ailes Noires avança avec un manque d'enthousiasme flagrant après avoir vu le guerrier ne faire qu'une bouchée de leurs camarades. Mais Talan était blessé. Une coupure, sur sa cuisse droite, saignait abondamment. Une entaille, en travers de sa poitrine, tiraillait à chaque inspiration. Pire encore, ses membres étaient lourds comme s'il avait combattu toute la journée. La fatigue augmentait rapidement, et il n'était pas sûr de pouvoir repousser la prochaine attaque. Pourtant, il lui restait un as dans la manche. Aucun de ses adversaires n'avait vu Will. Le petit homme était derrière eux, et Talan doutait qu'il soit du genre à refuser de frapper quelqu'un dans le dos.

Les trois Ailes Noires se rapprochèrent. Talan prit une grande inspiration et bomba le torse. Il s'ébroua pour chasser sa fatigue, feinta à droite et frappa à gauche. L'homme qu'il visait bloqua le coup, le força à baisser son épée et recula d'un bond. Il n'était pas en position de se défendre contre une seconde attaque. Hélas, Talan ne pouvait pas prendre le risque d'exposer son flanc droit. Il para un coup maladroit qui visait son crâne et plongea sa lame dans le cou de son adversaire. Un de moins.

Il frissonna en se préparant à repousser la prochaine attaque. Les muscles de son cou étaient noués comme s'il couvait un torticolis, et il avait de plus en plus de mal à respirer. Sa vision se brouilla un instant. Il vacilla. Le voyant déséquilibré, les deux Ailes Noires montèrent à l'assaut. Talan secoua la tête et rugit pour tenter de s'éclaircir les idées. Il dévia le coup qui filait vers son estomac. Son épée se retrouvant sur sa droite, il eut du mal à bloquer l'attaque du second homme : il parvint à dévier sa lame, mais le poing qui la tenait s'écrasa sur sa mâchoire. Talan trébucha et tomba. Sa nuque heurta violemment un des piliers.

Will enfonça une de ses épées courtes dans les reins du garde le plus proche. Même s'il survivait, sa blessure l'immobiliserait assez longtemps pour que le voleur ait le temps de fuir. Il regarda Talan, qui s'écroula, aussi mou qu'une poupée de chiffon. Le Raven devait être mort. Son adversaire commit l'erreur fatale de le vérifier, sans penser que quelqu'un d'autre se tenait derrière lui...

Will essuya ses lames sur le cadavre et s'immobilisa en tendant l'oreille. Dehors, des voix résonnaient, mais il n'était pas certain de les reconnaître. Il décida de se faire oublier, le temps d'évaluer la situation. Inutile qu'ils y passent tous ! La politesse exigeait qu'il s'assure de la mort de Talan, bien que cela parût être une simple formalité. Le guerrier n'avait pas bougé. Will fit un pas dans sa direction et entendit une porte s'ouvrir derrière lui. Il fit volte-face en brandissant ses épées. Pour la deuxième fois en quelques minutes, ses yeux s'écarquillèrent.

Il recula, une excuse aux lèvres.

Alun avait atteint la grande salle. Une pénombre glaciale y régnait, mais il aperçut une chaise brisée et une porte ouverte, à l'autre bout. Des gens se battaient partout dans la maison ; il entendait leurs hurlements. Son épée pendant mollement au bout de son bras, il ne savait que faire. Alors, il comprit le regard qu'Hirad lui avait jeté quand il avait parlé de la Rage. Un regard d'inquiétude plutôt que de mépris. Le barbare avait deviné qu'il ne pourrait pas compter sur lui dans ce genre de situation. Tremblant de tous ses membres, Alun se laissa tomber sur une chaise capitonnée.

Travers n'attendit pas le dénouement. Il revint sur ses pas, titubant dans le passage, et ouvrit la porte qui donnait sur le couloir du premier étage. Il venait de la refermer derrière lui quand il fut attaqué. La créature jaillit de l'escalier d'en face à la vitesse d'une flèche. Ses griffes plongèrent dans ses cheveux ; sa queue s'enroula autour de son bras droit, et son visage – renversé – apparut devant celui du capitaine. Il n'était pas plus gros que celui des petits singes fréquemment proposés sur le marché.

Travers eut un mouvement de recul, mais la créature bougea avec lui. Il aurait juré qu'elle souriait. Il savait qu'elle n'était pas vraiment de ce monde et la puanteur de son haleine fit courir un frisson le long de son échine.

La créature était imberbe. La peau tendue de son crâne luisait doucement ; son cerveau pulsait dessous, générant des ondulations qui se propageaient jusqu'aux veines de ses joues. Elle inclina la tête. Ses lèvres s'écartèrent, révélant deux rangées de dents aussi pointues que des aiguilles, et sa langue se darda pour lécher la bouche de Travers. Le capitaine crut qu'il allait vomir, mais il était comme hypnotisé par le regard du monstre. Ses yeux noirs sertis dans des ovales osseux étaient assez profonds pour qu'il puisse y tomber et se noyer dans sa propre terreur. Le cœur battant à tout rompre, il regarda la bête dont les narines palpitaient en aspirant de l'air, ses oreilles minuscules frémissant au moindre bruit. Puis ses petites pattes lui agrippèrent les joues ; des griffes s'enfoncèrent dans sa chair et firent couler son sang.

La créature se pencha vers Travers, lui soufflant dans les yeux son haleine méphitique. Le capitaine battit des paupières et tenta de se dégager.

— Venez, dit le monstre d'une voix chevrotante comme celle d'un vieillard et pourtant pleine de malveillance. (Travers frissonna.) Accompagnez-moi.

— Où ?

La créature eut une grimace hideuse. Il ferma les yeux, mais ce « sourire » était toujours là, gravé dans son esprit.

— Mon maître réclame votre présence. Ce n'est pas loin. Avancez.

Le visage disparut, mais les griffes affermirent leur prise sur ses cheveux. La queue de la créature se convulsa autour de son bras droit, qu'elle tenait à l'écart de son épée, l'avant-bras du capitaine pendant parallèlement à sa tête. Travers marcha, certain que ce serait la dernière fois.

Alun reprit ses esprits avec une violence qui lui fit tourner la tête. Au-dessus de lui, il entendait des bruits de combat, des cris d'hommes qui mouraient. Certains d'entre eux combattaient et tombaient pour lui. Ses fils étaient ici. Sa femme aussi. Il se leva, animé par une colère aussi pure que le baiser d'une vierge. Il voulait faire payer à ces monstres l'angoisse et le chagrin qu'ils lui avaient infligés. Ces journées qui s'étaient traînées comme des mois. Mais à présent, c'était presque terminé. Et son épée allait verser le sang pour la première fois.

Alun aurait juré que sa famille était prisonnière à l'étage. Il courut vers la porte ouverte, monta l'escalier et s'arrêta une fois en haut. Dans le couloir du premier étage, un homme avançait vers lui, quelque chose perché sur la tête. Alun s'élança, mais le type ne fit pas attention à lui.

Alun leva son épée pour le frapper. Puis son regard croisa celui du chat qu'Hirad avait amené. Une lueur, dans ses yeux, le dissuada de couper l'homme en deux. L'animal tourna la tête vers une porte, au bout du couloir. Alun repartit, à peine conscient des bruits de combat, sur sa droite, et d'un battement d'ailes derrière lui.

Son trésor était tout près. Il le sentait. C'étaient ses fils, et il allait les délivrer. Il poussa la porte d'un coup d'épaule et s'engagea dans l'étroit passage.

Dans la salle de garde, il manqua renverser l'Aile Noire solitaire assis sur une chaise. Avant qu'il réagisse, Alun l'égorgea. Refusant de penser à ce qu'il venait de faire, il monta quatre à quatre les marches de l'escalier en colimaçon.

Elle se jeta sur lui, tornade blonde vêtue d'une chemise de nuit déchirée. Ses bras lui agrippèrent les épaules.

— Mes fils ? cria-t-elle. Tu as mes fils ?

— Non..., commença-t-il.

Erienne le repoussa et bondit vers la porte.

— Imbécile ! Ils vont les tuer ! Ils me l'ont dit !

Elle dévala l'escalier, Thraun sur les talons, traversa une pièce, longea un couloir, tourna à gauche, franchit une porte et s'engagea dans un étroit passage. Un cri résonna au-dessus de leur tête, suivi d'un fracas métallique. Erienne accéléra.

— Allons, Selik, me tuer ne servirait à rien. J'ai toujours une dette envers toi.

Will recula vers la porte et pria pour qu'elle ne soit pas verrouillée.

— C'est vrai. Jusqu'ici, ce n'était que de l'argent. À présent, c'est ta vie.

Selik franchit le seuil du dortoir. Will déglutit. L'équation était simple : si la porte était verrouillée, il mourrait. Il glissa d'un pas en arrière. Selik était sa plus grosse erreur. Il l'avait considéré comme un simple garçon de ferme, une proie facile, et il ne s'était jamais autant trompé. Depuis, il avait pour créancier un guerrier très doué.

— Je dois bientôt toucher un gros paquet d'argent. Laisse-moi encore un peu de temps.

— Tu ne m'as jamais abusé, Begman, et tu n'y arriveras pas, parce que ton temps touche à sa fin. (Selik avança en dégainant son épée.) Essaie au moins de résister un peu.

— J'aime mieux pas.

Will fit volte-face, ouvrit la porte à la volée et courut vers l'escalier. Son soulagement se transforma en panique quand Selik lui barra le chemin, surgissant de la porte que Talan avait empruntée un peu plus tôt.

Will pila et détala dans une autre direction, passant la première porte qu'il avisa. De l'autre côté s'étendait un corridor, où résonnaient des voix. Dont une de femme. Il continua à courir. Il était trop tard pour rebrousser chemin, et rejoindre des alliés était sa seule chance de s'en sortir.

Alun entra dans la chambre, au sommet de l'escalier en colimaçon, prêt à réaliser son rêve. Mais il découvrit son pire cauchemar. Un homme lui tournait le dos, penché sur un grand lit où gisaient deux enfants. Leur immobilité et le sang qui imbibait leurs vêtements lui apprirent qu'il arrivait trop tard. Le souffle coupé, Alun sentit ses jambes flageoler. La pointe de son épée heurta le sol quand la force nécessaire pour la tenir l'abandonna. Il n'avait pas envisagé une autre issue que ses fils se jetant dans ses bras, fous de joie, et serrant leur petit corps tiède contre lui avec des exclamations ravies. À présent, ils seraient froids et silencieux à jamais. Alun se crut incapable de faire un geste. Jusqu'à ce que l'homme se tourne vers lui.

— Je m'assurais juste qu'ils étaient mo...

Alun cria le mot « salaud » et se jeta sur l'assassin, l'attaquant avec son épée, ses bras, ses jambes et même ses dents. Le garde recula, parant les coups avec sa dague ensanglantée et son avant-bras protégé par son armure.

Alun avait perdu toute lucidité et un coup d'épée maladroit le laissa à découvert. Le garde fit un pas sur le côté pour esquiver. Puis il lui plongea sa dague dans le cœur.

Un étrange soulagement envahit l'esprit agonisant d'Alun. Ses enfants l'appelèrent. Il crut entendre l'homme dire qu'il était désolé.

Le visage d'Isman apparut dans le champ de vision d'Ilkar. Une nouvelle fois, l'elfe regretta de ne pas être déjà mort. Les bruits de combat, bien que distants, résonnaient douloureusement à ses oreilles. Il voulait que ça s'arrête.

— À toi maintenant, Ilkar des Ravens.

L'elfe se contenta de froncer les sourcils et d'attendre un coup qui ne vint jamais.

Isman lâcha un grognement de surprise et tomba à genoux, puis sur le dos, une flèche plantée dans l'œil droit. Ilkar entendit des pas approcher, le dépasser et revenir vers lui. Il distingua un autre visage. Celui d'un inconnu.

Un elfe.

— Qui êtes-vous ?

— Jandyr. Nous n'avons pas le temps de bavarder. Hirad a besoin d'aide. J'ai cru comprendre que vous étiez un mage...

— Hirad est mort, répliqua Ilkar, plein d'une glaciale certitude.

— Non. Pas encore.

Lorsqu'il s'assit, une douleur cuisante rappela au mage que ses côtes brisées menaçaient de lui crever les poumons. Entre Hirad et lui, il faudrait jouer à pile ou face pour savoir qui succomberait le premier.

Thraun dépassa Erienne au moment où ils déboulaient dans la salle de garde, et la précéda dans l'escalier en colimaçon. Dans la chambre du haut, il trouva le cadavre d'Alun et un homme qui le regardait, l'air hébété.

— Oh, non, souffla l'homme.
— Oh, si, répliqua Thraun en lui décochant un coup de taille.

Son épée s'enfonça jusqu'à la colonne vertébrale de sa victime, projetant du sang frais sur les corps des deux enfants. Il dégagea sa lame et évalua le charnier un instant avant qu'Erienne n'atteigne la porte et ne découvre sa famille massacrée.

— Je..., commença Thraun, mais le regard de la jeune femme le fit taire.

Elle enjamba Alun sans lui accorder un regard et s'approcha du lit alors que Thraun revenait vers la porte pour monter la garde. En silence, elle tendit une main qui ne tremblait pas vers chacun de ses enfants, écarta les cheveux souillés de leur visage, leur caressa la joue et effleura leurs lèvres du bout des doigts. Thraun l'observa, plein d'une compassion mêlée d'admiration. Mais quand elle se tourna vers lui, si sa fureur avait été de la lumière, elle l'aurait aveuglé. L'air semblait crépiter autour d'Erienne, qui sera les dents.

Un bruit de course attira l'attention de Thraun. Il se tourna vers la porte en brandissant son épée.

— Écarte-toi.

La voix d'Erienne résonnait comme un glas. Elle ne tolérerait aucune discussion. Thraun fit un pas en arrière. Il vit la jeune femme joindre les mains devant son visage, sentit un courant d'air glacé et huma une odeur de givre.

Le pouls du guerrier s'accéléra. Il s'arracha à la contemplation d'Erienne et se concentra sur la porte. Deux personnes montaient l'escalier. L'une d'elles respirait laborieusement. Une frêle silhouette effrayée apparut en haut des marches. Le cœur de Thraun fit un bond dans sa poitrine.

— Erienne, attends !

Mais les mains de la jeune femme se tendirent. Son sort était prêt. Elle rouvrit les yeux et cria le mot de pouvoir. La température de la pièce baissa brutalement.

— À terre, Will ! cria Thraun en se jetant dans les jambes du petit homme hébété.

Le GlaceVent d'Erienne rugit au-dessus de leur tête et percuta Selik à la poitrine au moment où il atteignait la porte. L'Aile Noire tituba en arrière, lâcha son arme et s'effondra, les lèvres bleuies et les yeux transformés en billes de verre. En heurtant le sol, il se brisa en un millier de fragments. Thraun se releva et tendit la main à Will. Erienne passa près d'eux sans les regarder et s'engagea dans l'escalier.

— Erienne, attends, répéta Thraun.

Elle se contenta de secouer la tête sans ralentir.

— Travers sera le prochain.

Chapitre 16

Ilkar pleurait. Il ne savait pas par quel miracle, mais Hirad vivait toujours. La plaie de son estomac était sûrement mortelle ; pourtant, il respirait encore. Cela obligerait Ilkar à le regarder agoniser, impuissant, parce que Travers lui avait retiré toute capacité de l'aider. Même si Denser et lui avaient pu dormir douze heures d'affilée, il n'était pas certain que leurs forces combinées auraient suffi à le sauver. Il s'agenouilla près d'Hirad, les mains sur son affreuse blessure, ignorant sa propre douleur pour envoyer du mana dans le corps brisé mais miséricordieusement inconscient de son ami, pendant que ses larmes inondaient ses joues et tombaient sur le sol de pierre froide. Ça maintiendrait Hirad en vie un moment. Mais l'elfe était lui-même si affaibli qu'il savait que c'était sans espoir. Il sentit une main se poser sur son épaule.

— Ilkar, je partage votre douleur.

Il n'avait pas entendu Denser bouger. D'ailleurs, il le croyait déjà plongé dans un sommeil réparateur.

— Je ne peux pas le sauver... Il agonise, et je ne peux pas le sauver.

— Il y a peut-être un moyen.

La voix de Denser aussi était à peine reconnaissable.

Son visage ravagé l'empêchait de former correctement ses mots.

— Et que suggérez-vous donc, homme de Xetesk ? Nous n'avons pas de baguette magique !

— Mais il y a un autre mage dans ce château, lui rappela Denser.

— Erienne, dit Jandyr.

— La chienne qui nous a trahis ? demanda Ilkar.

— Non, répondit Jandyr. Elle y a été forcée. Travers a enlevé ses fils. Nous sommes venus les délivrer tous les trois.

— Erienne Malanvai ? avança Denser. L'annalyste dordovane ?

— Oui.

— Ça pourrait être un coup de chance pour nous. (Le Xetesk fronça les sourcils.) Que lui voulait Travers ? (Il se tourna vers Ilkar.) Combien de temps avant que vous mouriez ?

— Trois heures. Peut-être un peu plus...

Denser grogna et s'assit derrière lui, les jambes autour des hanches du Julatsien.

— Appuyez-vous sur moi, ordonna-t-il. (Ilkar obtempéra. Denser le fit pivoter dans le même sens qu'Hirad, l'elfe devant se pencher sur la droite pour ne pas retirer ses mains de la plaie du barbare.) Maintenant, étendez vos jambes.

Ilkar obéit en frémissant. Jandyr les observait, perplexe. Denser posa ses deux mains sur les épaules d'Ilkar qui, lové dans son giron, continuait à toucher le ventre d'Hirad.

— Que se passe-t-il ? demanda Jandyr.

— Je vous l'expliquerai plus tard, répondit Denser. Apportez une chaise, et mettez-la derrière moi pour me soutenir. À présent, Ilkar, dites-moi exactement ce qui va vous tuer.

— Plusieurs choses... Mon poumon droit est perforé et se remplit de sang. Mes reins sont trop endommagés pour fonctionner correctement, et je pense avoir une hémorragie interne. Le foie...

— Très bien. (Denser plaça une main sur la nuque d'Ilkar et glissa l'autre sous son aisselle droite, contre sa poitrine.) Laissez-moi le contrôle. Canalisez tout votre mana vers Hirad.

— Et vous ?

La gratitude d'Ilkar était mâtinée d'une inquiétude toute nouvelle pour la condition du Xetesk.

— Ils m'ont battu comme plâtre, mais ils ne m'ont pas cassé grand-chose à part les doigts et les orteils. Je ne suis pas en danger.

— Merci, souffla Ilkar.

— Je le fais pour notre objectif commun. Il importe davantage que nos vies.

— Merci quand même.

Denser ne répondit pas, se contentant de presser doucement le cou d'Ilkar avant de tourner la tête vers Jandyr.

— Nous avons besoin de la magicienne. Chaque seconde compte.

— Ils doivent l'avoir trouvée, dit l'archer. Je vous l'amène.

Il fit mine de gagner la porte. Mais elle s'ouvrit, livrant le passage à Travers, le chat perché sur sa tête. Le regard voilé, la silhouette voûtée, on eût dit qu'il avait pris vingt ans en quelques minutes.

Denser sourit.

— Je vois que vous avez fait la connaissance de mon Familier...

Travers revint à lui quand le chat sauta à terre et trottina vers son maître.

Le capitaine balaya la scène du regard, avisant

d'abord le cadavre d'Isman, puis l'étrange tableau que composaient le mage et les deux Ravens. Il fronça les sourcils.

— Je pensais que...

— Vous n'avez plus d'importance, Travers. Vous n'êtes rien ! Contrairement à l'insigne que vous portez. (Le capitaine glissa une main dans sa chemise. Denser capta le regard de Jandyr.) Vous devriez sortir, lui conseilla-t-il. Croyez-moi, vous n'avez pas envie de voir ça.

L'elfe hésita. Puis il encocha une nouvelle flèche dans son arc et quitta la pièce.

— Pitié...

Travers fit un pas vers Denser, qui l'ignora pour mieux se concentrer sur son chat.

— Tue-le.

L'animal se transforma. Les supplications du capitaine devinrent des cris de panique. Denser lui jeta un dernier coup d'œil.

— Vous avez cru dompter les Ravens. Comme moi. C'est impossible ! Mais je vivrai assez longtemps pour faire amende honorable. (Un craquement retentit près de lui.) Dieux merci, nous vous avons vaincu. Balaia a encore une chance de survivre.

Le démon de Denser sauta sur Travers.

— Fermez les yeux, Ilkar.

Le capitaine hurla.

Jandyr luttait contre le désir d'ouvrir la porte. Les cris de Travers exprimaient une peur plus viscérale qu'un homme n'aurait jamais dû éprouver. Mais à son grand soulagement, ils cessèrent très vite. L'elfe entendit un bruit pareil à celui d'une pastèque heurtant le sol et lutta plus fort encore pour ne pas vomir. Puis il y eut un bruit de pas précipités dans l'escalier. Il se retourna, leva son arc et se détendit en voyant apparaître Erienne, flanquée de Thraun et de Will.

— Écartez-vous de mon chemin ! cria la jeune femme en le bousculant. Jandyr la saisit par les avant-bras pour l'immobiliser.

— Vous ne pouvez pas entrer. Pas encore. (Il leva les yeux vers Thraun.) Tiens-la pendant que je regarde ce qui se passe.

Le colosse ceintura Erienne. Elle fit une tentative pour se dégager, mais renonça vite.

— Vous ne pourrez pas protéger Travers éternellement, dit-elle, des flammes dans les yeux.

— Je vous assure que nous ne le protégeons pas, répliqua Jandyr.

— Que se passe-t-il ? demanda Will.

— Les Ravens sont ici. Trois d'entre eux... Travers y était aussi, mais il doit être mort.

— Il *doit ?* siffla Erienne.

— Ils n'ont pas voulu que je reste... (Jandyr marqua une pause.) Hirad est blessé. Il agonise. Les mages des Ravens voudraient que vous les aidiez. (Il fit un signe de tête à Erienne, puis se tourna vers la porte.) Attendez une minute.

Il jeta un coup d'œil dans la pièce. Rien ne bougeait, à l'exception de la mare de sang qui s'étendait lentement sous la couverture jetée sur la tête et le torse du capitaine. Denser et Ilkar étaient toujours près d'Hirad. Roulé en boule sur la chaise qui soutenait le dos du Xetesk, le chat se nettoyait les griffes et les moustaches.

Jandyr entra et tint la porte ouverte pour les autres, qui se pétrifièrent en découvrant le spectacle. Seule Erienne comprit ce qui se passait. Elle approcha de Denser, puis s'arrêta pour sonder le mana.

— Ça alors ! Un Julatsien et un Xetesk unissent

leurs forces pour canaliser du mana vers un moribond ! Cette fois, j'ai vraiment tout vu !

Sa voix était neutre, mais l'humidité de ses joues trahissait ses sentiments.

— J'aurais préféré que nous nous rencontrions dans des circonstances plus favorables, dit Denser.

— Plus favorables ? explosa Erienne. Mes enfants sont morts, espèce de salaud ! Morts. Je devrais vous saigner à blanc tous autant que vous êtes.

Denser regarda autour de lui, quêtant une confirmation que Thraun lui fournit d'un signe de tête.

— C'est vrai. Un garde les a égorgés.

— Et tout ça parce que vos amis voulaient vous sauver, dit Erienne, secouée de sanglots. On m'a pris ma vie, et je n'ai rien pu faire. (Elle s'abandonna à l'étreinte solide de Thraun, qui la conduisit jusqu'à une chaise.) Je n'étais même pas là... Ils sont morts seuls.

— Prends ton temps, Erienne, dit Thraun en lui caressant les cheveux. Prends ton temps...

— Je vous en prie ! implora Denser. Nous n'en avons pas beaucoup. Hirad agonise. Erienne dévisagea le mage de ses yeux rouges et gonflés.

— Et vous croyez que je m'en soucie ? (Elle se leva et s'approcha de lui, l'air dégoûté.) Vous savez pourquoi j'ai été enlevée ? Parce que Xetesk s'est lancé à la recherche d'AubeMort ! Travers voulait que je l'aide à contrôler le sort. Mes fils sont morts à cause de vous et de votre Collège. Alors, grand mage d'AubeMort, je pourrais regarder votre ami trépasser sans lever le petit doigt. C'est un choix qui m'appartient, alors que je ne pouvais rien pour sauver mes enfants...

Son menton tremblait et ses yeux s'emplirent de nouveau de larmes. Elle se détourna. Denser voulut s'excuser, mais rien de ce qu'il aurait pu dire n'aurait suffi, loin s'en fallait.

— Xetesk ne veut pas AubeMort pour en tirer un bénéfice...

— Allez vous faire foutre ! Je ne vous crois pas.

Erienne regagna sa chaise et se rassit. Quand Denser prit une grande inspiration, ses muscles contusionnés protestèrent.

— Vous devez me croire, insista-t-il. Les Seigneurs Sorcyers se sont échappés de leur prison de mana. Ils sont de retour à Parve. AubeMort est le seul moyen de les détruire et d'empêcher quatre-vingt mille Ouestiens de ravager notre pays. Je vous en prie, Erienne ! Aucun de nous ne soulagera votre douleur, mais vous pouvez sauver Hirad ! Nous aurons besoin de lui pour vaincre les Seigneurs Sorcyers.

— Pourquoi ?

— Parce qu'il dirige les Ravens qui m'aident à récupérer le sort. Sans lui, nous ne serons pas assez puissants.

Denser toussa, un filet de sang coulant au coin de sa bouche.

Erienne eut un petit rire.

— C'est une sacrée histoire. Qu'en dites-vous, Ilkar ? Car je présume que vous êtes bien Ilkar, le mage des Ravens ?

— Je crois ce que dit Denser..., souffla l'elfe.

— Vraiment ? Très impressionnant ! (Erienne avança vers la porte sans prendre la peine de s'essuyer les yeux.) Je ne détenais pas le pouvoir de vie ou de mort sur mes enfants, mais je l'ai sur vous. Mes fils ont besoin de moi...

— Réfléchissez, Erienne ! lança Denser. Et reposez-vous. Pour l'instant, le sort de Balaia est entre vos mains.

La jeune femme se tourna vers le Xetesk, qui soutint son regard.

— Je n'exagère pas, insista-t-il.

Elle sortit de la pièce. Thraun la suivit comme son ombre.

— La nuit va être longue, soupira Denser.

Ilkar frémit, ouvrit les yeux et promena autour de lui un regard hébété.

— Où sont les autres ? demanda-t-il.

— Qui ?

— Talan et Richmond.

Will regarda Denser et se mordit la lèvre. Le mage sentit son cœur se serrer.

— J'ai vu Talan tomber. Je ne sais pas ce qu'est devenu Richmond, mais il manque à l'appel. Je suis désolé.

Ilkar hocha lentement la tête et se concentra de nouveau sur Hirad. La respiration du barbare restait superficielle, mais son état s'était stabilisé. L'elfe espérait que tous leurs efforts n'auraient pas été vains. Denser pouvait le maintenir en vie, lui-même soutenant Hirad, pendant douze heures de plus, pas davantage. L'efficacité de la rossée administrée par les hommes de Travers le garantissait. Au-delà, les dernières gouttes de mana que le capitaine n'avait pas pu leur arracher se tariraient, scellant le cercueil du barbare.

— Elle nous aidera, affirma Denser. Accrochez-vous !

— Je ne peux rien faire d'autre... Il est le seul ami qui me reste. C'est entre nous, désormais, Hirad... Je t'interdis de mourir sans moi !

Il serait retombé dans sa transe, son esprit explorant les entrailles du barbare pour deviner où le mana pouvait être le plus utile, quand la porte du fond s'ouvrit. Talan entra dans la pièce, titubant mais bien vivant. Will et Jandyr se détendirent. Comme Ilkar, l'espace d'un instant. Mais son euphorie fut de courte durée.

Dans les bras de Talan, Richmond était livide, sa tête, ses bras et ses jambes ballottant dans le vide.

Talan posa son ami sur la table la plus proche.

— Ça fait une veillée de trop, dit-il. Il faut...

Son regard, qui n'avait pas quitté Ilkar, se porta sur Hirad, et de la panique se mêla à son chagrin.

— Oh, non, souffla-t-il. Pitié, pas ça !

Il voulut s'approcher, mais la voix de Denser l'arrêta.

— Il est toujours vivant. Et nous pouvons le maintenir pendant un moment...

Le soulagement priva Talan de ses dernières forces. Les jambes flageolantes, il se laissa tomber sur une chaise.

— Et ensuite ?

— Erienne le guérira peut-être. Elle est son dernier espoir.

— Comment ça, « peut-être » ?

Talan se palpa l'arrière du crâne. Ses cheveux collés par le sang séché dissimulaient une belle bosse.

— Ses fils sont morts, elle croit que sa vie est finie et elle accuse les Ravens de tous ses maux, expliqua Denser.

— Que se passera-t-il si elle refuse de nous aider ?

L'expression de Talan indiquait qu'il connaissait déjà la réponse. Hélas, Ilkar ne se contenta pas de confirmer ses craintes.

— Hirad mourra. Et moi aussi, j'en ai bien peur.

L'elfe baissa les yeux sur Hirad.

Talan se mordit la lèvre inférieure, la douleur, dans son crâne, oubliée face à une réalité bien plus sinistre. Une réalité qu'il avait pourtant du mal à accepter. En même temps, aucun doute n'était permis. Ilkar disait toujours les choses telles qu'il les voyait, et il venait de prédire sa fin. Sa fin probable ! Erienne était la clé du problème. Il fallait la convaincre. Talan se leva.

— Où allez-vous ? demanda Denser.

— Où est Erienne ?

— Vous ne nous aiderez pas en l'agressant.

— Qu'en savez-vous ? explosa Talan. Ce ne sont pas vos amis qui crèvent sous vos yeux, pas vrai ? Les Ravens tombent un à un, et ce n'est peut-être pas fini. Elle doit comprendre les conséquences...

— Elle les connaît, coupa Ilkar d'une voix rauque d'épuisement. Nous devons espérer que ses instincts de magicienne prendront le pas sur sa douleur avant qu'il soit trop tard. Nous avons fait tout ce que nous pouvions. (Il prit une inspiration sifflante.) S'il te plaît, ne fais plus de bruit. C'est déjà assez difficile.

— Manger un morceau ne pourrait pas nous faire de mal, dit Denser. La cuisine...

— Je sais où elle est.

Jandyr partit en quête de nourriture, un peu pour aider ses compagnons, mais surtout pour échapper à la désolation qui régnait dans la pièce, et dont l'intensité l'oppressait. Dès qu'il eut refermé la porte derrière lui, il respira plus librement. Enjambant deux cadavres, il se dirigea vers la cuisine.

Ilkar explora la plaie d'Hirad avec son esprit et ses mains, y déversant le mana en vagues salvatrices. L'épée d'Isman avait mordu profondément, lacérant et tranchant les intestins du barbare en une demi-douzaine d'endroits. La pointe avait éraflé sa colonne vertébrale, mais son dos n'avait pas subi d'autres dommages. L'inquiétude principale d'Ilkar provenait de la trajectoire ascendante du coup, qui avait traversé l'estomac d'Hirad. Son système digestif était fichu ; ses lésions internes réclamaient une attention constante, et l'elfe craignait que ses reins cessent de fonctionner d'un instant à l'autre. Un SoinChaleur ne suffirait pas. Deux ou trois, soigneusement dirigés, feraient peut-être l'affaire, mais Ilkar n'était pas sûr qu'Hirad puisse tenir assez longtemps. Le barbare avait besoin d'un Forge-Corps ! Or, Ilkar connaissait seulement trois mages capables de lancer ce sort avec un taux de réussite satisfaisant, et aucun n'était dans le château.

Ayant un peu stabilisé Hirad, Ilkar s'intéressa à son propre cas. Il sentait le mana pulser et couler des mains de Denser. Le flux réparateur, qui avait déjà enrayé l'hémorragie pulmonaire et soulagé ses fonctions respiratoires, circulait dans ses veines jusqu'à ses organes les plus endommagés. Ilkar remercia le ciel que les Collèges soient toujours unis, au moins sur ce point : chaque mage avait la capacité d'employer de petites quantités de mana pour maintenir un corps dans l'état où il l'avait trouvé. Il était d'ailleurs moralement obligé de le faire. Pourtant, Ilkar trouvait la réaction de Denser surprenante. Peut-être n'aurait-il pas dû...

Le temps passait lentement. Ilkar eut vaguement conscience que la lumière du soleil s'infiltrait entre les rideaux, et qu'on lui faisait boire de la soupe. Mais alors que les heures se succédaient, Hirad exigea une attention de plus en plus grande, et le reste du monde se déroba aux perceptions de l'elfe. Il sentait qu'il fatiguait, comme en témoignait le retour de la douleur dans son dos et ses membres. Denser ne pouvait pas tout compenser. Son mana se concentrait sur les endroits cruciaux pour maintenir Ilkar en vie. Mais les réserves du Julatsien touchaient à leur fin, exigeant de Denser une « alimentation » de plus en plus riche. Bientôt, ils atteindraient le stade où ni l'un ni l'autre ne pourraient plus supprimer les souffrances de leur corps en dirigeant leur mana ailleurs. Alors, la fin serait proche. Erienne devrait les aider. Sinon, Ilkar et Hirad mourraient.

Styliann se détendit et sourit en émergeant de la Communion. En esprit, il se représenta Selyn, vit son corps s'arquer de plaisir, sentit presque la caresse de ses lèvres et le contact léger de ses mains. Son retour préluderait à un grand changement. Le Seigneur du Mont avait besoin d'un fils. Pour le moment, la jeune femme traversait les territoires conquis par les Ouestiens en direction de Parve, et de la confirmation de l'événement que les quatre Collèges redoutaient depuis le bannissement des Seigneurs Sorcyers. Leur retour ! Plus puissants que jamais, plus difficiles à arrêter et presque impossibles à vaincre. Sans AubeMort... Parce que les Collèges n'étaient plus assez forts, leurs armées plus aussi imposantes. Sans le sort, tout serait perdu.

Selyn progressait rapidement, se dissimulant la journée et volant avec ses OmbresAiles pendant la nuit. Elle atteindrait la lisière du désert Déchiré d'ici trois jours, et Parve le lendemain. Leur prochaine Communion aurait lieu dans cinq jours. La mission de la jeune femme s'annonçait difficile. Jamais elle n'avait affronté un tel danger. Et Styliann veillerait à ce qu'elle n'en affronte jamais plus.

Son esprit vagabondant, il regarda par la fenêtre de l'étude, observant les Tours de Nyer et de Laryon. L'agent de Nyer était parvenu à s'introduire dans l'atelier de Septem. Depuis, il n'avait pas communié avec son maître. Apparemment. Styliann avait l'impression qu'on lui cachait des choses, et cela l'irritait beaucoup. Il sourit de nouveau. Tout le monde faisait confiance à Laryon. L'acharné du travail, le génie, l'ami. Peut-être était-il temps de se rapprocher du membre le plus récent du cercle. Styliann ne pouvait pas espionner Nyer, ni l'interroger sans provoquer ses soupçons. Avec Laryon, le problème ne se poserait pas. Styliann tendit la main et tira sur le cordon qui pendait près de la cheminée. Le vin qu'il avait commandé lui serait apporté avec deux verres.

Le temps devint une donnée non pertinente pour Ilkar bien avant que les reins d'Hirad cessent de fonctionner. Ils lâchèrent très vite, l'un après l'autre, forçant l'elfe à renoncer à combattre sa propre douleur. Sa lutte pour maintenir le barbare en vie atteignait la phase finale.

— Denser, marmonna-t-il.

— Je sais.

— Où est-elle ?

— Elle arrive. Tenez bon.

Denser canalisa du mana vers le dos meurtri d'Ilkar, mais le soulagement momentané qu'il éprouva réveilla la souffrance. Hirad agonisait. Ils étaient sur le point de le perdre. Ilkar puisa dans ses dernières réserves et se concentra sur un des reins du barbare, laissant l'autre se vider de son sang. Pendant ce temps, son propre corps, brisé, implorait le repos. Son bras droit cassé le torturait ; le bas de son dos brûlait comme s'il était en feu, et il aurait juré qu'on lui flanquait des coups de marteau sur les jambes. Mais il ne pouvait pas s'accorder de repos, à moins de laisser mourir Hirad. Et il ne pouvait pas non plus le réclamer à Denser. Le Xetesk utilisait presque tout son mana pour le maintenir en vie. Ilkar remarqua les inspirations de plus en plus abruptes de Denser. Le Mage Noir lui avait caché la gravité réelle de ses blessures...

— Combien de temps, Ilkar ? demanda-t-il d'une voix incroyablement lasse.

— Pour moi ou pour lui ?

— N'est-ce pas la même chose ?

— Pas tout à fait. Il lui reste moins d'une heure. À cause de ses reins.

Si soudainement qu'Ilkar dut faire un effort pour maintenir sa connexion avec le barbare, une douce chaleur l'envahit, et il sut qu'elle était arrivée. Suivant le flux du mana, la chaleur se communiqua à Hirad.

— Vous êtes généreux, dit une voix féminine près de son oreille. En réalité, il ne lui restait qu'une demi-heure. Et vous n'avez pas conscience de la gravité de votre propre état.

Aussi brusquement qu'elle était apparue, la chaleur se dissipa, et la douleur submergea de nouveau Ilkar.

— Alors ? demanda Denser.

— C'est possible, répondit la femme.

— Pour tous les deux ?

— Si vous réussissez à maintenir le Julatsien. Si c'est ce que vous voulez.

— C'est ce que je veux.

— Ça ne sera pas gratuit.

— Je comprends.

— J'espère bien.

Ilkar secoua la tête. Un marché entre une Dordovane et un Xetesk... Mais comme Denser l'avait fait remarquer plus tôt, ils avaient un objectif commun plus important que leurs vies. La chaleur revint.

— Laissez-le-moi, Ilkar, ordonna Erienne.

— Je...

— Il le faut ! Sinon, Denser ne réussira peut-être pas à vous sauver.

Ilkar savait qu'elle avait raison. Il brisa la connexion avec Hirad, enleva ses mains de l'estomac du barbare et se concentra sur les ravages de son propre corps. La douleur diminua. Denser posa une main sur son front. Lentement, la paix enveloppa le monde, et l'elfe se sentit partir à la dérive.

Erienne sonda le corps d'Hirad et soupira. Elle n'aurait pas dû intervenir. C'était un des responsables de la mort de ses fils. Le chef des Ravens ! Il eût été justice de le laisser succomber aussi. Cela aurait équilibré la balance. Mais Denser avait lu en elle quand il lui avait demandé son aide. Il avait compris que la perspective de récupérer AubeMort la fascinerait trop pour qu'elle refuse. De plus, son éthique de guérisseuse l'obligerait à accepter. Mais rien ne lui interdisait de réclamer quelque chose en échange des vies qu'elle sauvait. Et cette fois, le marché qu'ils venaient de passer lui donnerait peut-être une raison de continuer. Même objectif, nouveau sujet ! Et la semence de Denser serait idéale.

Évidemment, ça ne servirait à rien si Hirad et Ilkar périssaient. Erienne se concentra donc sur le problème immédiat. Le seul espoir d'Hirad était un ForgeCorps. Il lui faudrait vingt minutes pour le préparer. La jeune femme s'attela à la tâche, priant pour que le barbare tienne jusque-là.

Hirad lutta pour émerger du puits de sa douleur. Quelque part, loin au-dessus de lui, une chaleur l'appelait. Il ne s'était pas aperçu qu'il tombait aussi profondément, et il doutait de pouvoir remonter. *Essayez, Hirad. Essayez.* Une voix résonna dans son inconscient. Une voix de femme.

Il essaya.

Chapitre 17

Une odeur douceâtre agressa les narines d'Ilkar. La fumée d'une pipe. Il était allongé sur le dos, dans la grande salle. Quand il ouvrit les yeux, il aperçut un plafond éclairé par la vive lumière du soleil. Sa vision était brouillée. Il resta immobile, écoutant le silence. Erienne l'avait sauvé. Il était fatigué et une sourde douleur montait encore de ses blessures les plus graves. Mais il se savait hors de danger. Une impression agréable.

Il se redressa sur les coudes. Denser était assis sur une chaise, les jambes tendues et les pieds sur une table. Ce qu'Hirad voyait de son visage portait toujours des traces de coups. Mais tout de noir vêtu, sa calotte froissée à côté de lui, le Mage Noir semblait redevenu lui-même. Sa pipe fumait au coin de sa bouche. Une chope était posée sur la table, devant lui, et le chat dormait roulé en boule sur ses genoux.

— Dans mes rêves les plus fous, je n'aurais jamais cru me réjouir de voir un Xetesk...

Denser éclata de rire. Le mouvement réveilla le chat, qui bâilla, s'étira et sauta à terre. Le mage se leva et approcha d'Ilkar.

— Bonjour à toi aussi, Ilkar. Même si je devrais mettre ce mot au pluriel.

— Pourquoi ?

— Parce qu'il s'est écoulé deux jours pendant que tu dormais.

— Hirad ?

— Vois par toi-même.

Il fit un signe de tête vers la gauche de l'elfe avant de retourner près de la table et d'échanger sa pipe contre la chope. Ilkar regarda l'endroit qu'il lui avait indiqué. Un instant, il crut qu'Hirad était mort. Puis il vit sa poitrine se soulever et s'abaisser doucement. Un spectacle merveilleux ! Comme Ilkar, le barbare gisait sur un matelas, la tête soutenue par un oreiller et une couverture remontée jusqu'à la poitrine. Une bosse, sur son ventre, indiquait la présence de bandages. Il était très pâle, mais ça n'avait pas d'importance. Le cœur d'Ilkar bondit de joie, et des larmes jaillirent de ses yeux.

Il les essuya discrètement.

— Tu es autorisé à te lever, dit Denser. Viens donc boire un café.

Ilkar s'assit prudemment. Le sang lui montant à la tête, il lutta pour ne pas retomber.

— Tu vas bien ? demanda Denser.

— Je crois que je vais prendre mon café au lit.

Le Mage Noir approcha de la porte de la cuisine et passa la tête dans l'ouverture.

— Talan ? Laisse ces pauvres légumes tranquilles et apporte du café. Quelqu'un aimerait te voir...

Ilkar entendit un couteau heurter une surface dure, puis un bruit de pas. Talan entra dans la pièce, renversant un peu de café.

— Ilkar ! (Il jeta quasiment la chope dans les mains de l'elfe.) Ma parole, mais tu as bonne mine !

— Ça peut aller... Merci. Où en sommes-nous ?

— J'ai conduit la veillée de Richmond tout seul. Il est enterré dans le jardin, près de l'écurie.

Ilkar sirota une gorgée de café.

— Je suis désolé.

— Moi aussi.

— Et lui ? demanda-t-il en désignant Hirad.

Talan s'assit sur le lit.

— C'était épatant, dit-il en s'égayant un peu. La femme, Erienne... Elle doit dormir. D'après Denser, elle a utilisé un ForgeCorps, c'est ça ? (Ilkar confirma d'un hochement de tête.) Je l'ai senti. C'était comme une chaleur qui se déplaçait en même temps que ses mains. Elle est rentrée dans sa bouche, dans ses oreilles, dans son nez... Elle est restée avec lui pendant des heures.

Ilkar leva les yeux vers Denser.

— Un ForgeCorps ?

— Tout droit sorti du manuel ! Elle est vraiment bonne. Très puissante. D'après ce que m'a raconté Thraun, elle a également lancé un GlaceVent.

Denser vida sa chope et alla se resservir à la cuisine. Talan se pencha vers Ilkar.

— Lui aussi, je lui tire mon chapeau.

— Vraiment ?

Ilkar se rembrunit. Les vieilles rancunes ne disparaissent pas si facilement...

— Erienne s'est reposée après le ForgeCorps. Puis elle a utilisé un autre sort pour finir le boulot et faire dormir Hirad. Et elle s'est de nouveau reposée avant de s'occuper de Denser. En tout ça a pris deux jours. Il est resté assis là et il t'a maintenu en vie. Sans rien dire. De temps en temps, il buvait un coup ou mangeait un morceau. C'est tout.

— J'apprécie le sacrifice qu'il a consenti, affirma Ilkar.

Jusque-là, il n'avait pas mesuré l'étendue des efforts de Denser... La tête lui tourna.

— Ils lui ont fracturé la mâchoire, brisé les pommettes, éclaté le nez, cassé les doigts et les orteils et fendu une demi-douzaine de côtes. Ça devait lui faire un mal de chien. Tu as une dette envers lui...

La porte se rouvrit, et Denser revint vers eux en souriant.

Ilkar remarqua le chat qui se frottait contre ses jambes.

— Une dette dont je ne demanderai jamais le remboursement, dit le Mage Noir. J'ai fait ce que la situation exigeait, un point c'est tout.

— Tout de même, je ne pourrai jamais assez te remercier.

— Tu es vivant. Ça me suffit.

Embarrassé, Denser gagna la porte qui donnait sur le couloir, son chat sur les talons.

Plus tard, Ilkar et Talan aidèrent Hirad à se lever. Le barbare s'était préparé à la douleur et à la nausée qui le gagnèrent quand les muscles fraîchement réparés de son estomac protestèrent.

Un autre SoinChaleur, avait promis Erienne, et il serait en état de monter à cheval le lendemain. Trois jours après être entré dans le château porté par la Rage.

Il baissa les yeux vers la tombe de Richmond et contempla le symbole des Ravens fièrement dessiné dans la terre. Ses sentiments étaient mêlés, mais dominés par la résignation. Ras, Sirendor, l'Inconnu, Richmond. Leur groupe était-il mort avec eux ? Près de lui, il ne restait plus que Talan et Ilkar. Il se demanda si ça suffisait, puis décida que oui. Tant qu'il y aurait un des membres fondateurs... Ils avaient toujours su que les Ravens évolueraient. Certains des membres mourraient ou démissionneraient et d'autres se joindraient à eux. Laisser le groupe devenir un simple souvenir serait une insulte à la mémoire des disparus.

Mais qui serait le prochain à mourir ? Ça aurait dû être son tour, Hirad le savait. Le récit de son sauvetage par les trois mages avait bouleversé sa vision des Collèges en général, et de Denser en particulier. Il ne lui faisait toujours pas confiance, mais il admirait sa résistance et sa détermination. Denser avait toute sa gratitude. Erienne aussi, même si elle ne voulait pas le regarder en face, et encore moins lui parler.

Comme à chaque instant où elle était éveillée depuis la mise en terre, la jeune femme était agenouillée devant les tombes, ignorant celle d'Alun pour se concentrer sur celles de ses fils. Hirad éprouvait de la compassion pour elle, mais il ne pouvait pas l'exprimer, parce qu'elle aurait refusé de l'entendre.

Près de lui se tenait l'homme à qui il ne témoignerait jamais assez d'admiration. Ilkar serait mort avec lui si Erienne ne les avait pas guéris tous les deux. Un choix librement consenti. Hirad comprenait qu'on se montre loyal pendant un combat, mais ça, c'était bien davantage. Il sentit une boule se former dans sa gorge, déglutit et contracta le bras qu'il avait passé autour des épaules du mage pour qu'il l'aide à marcher.

Une étreinte amicale discrète...

— Tout est prêt ?

— Nous avons suffisamment de chevaux, dit l'elfe. Les nôtres inclus. Nous avons détruit les cadavres des Ailes Noires et Will a piégé le château. Je dois reconnaître qu'il est sacrément futé.

— Très efficace, renchérit Talan.

Obéissant au désir d'Hirad de voir le château rasé jusqu'à ses fondations, Will avait imaginé un moyen d'y parvenir qui leur permettrait d'être à une demi-journée de cheval quand ça se produirait.

— Mieux vaut que vos ennemis soient attirés ici quand vous n'y serez plus, avait-il dit.

À présent, toutes les pièces – à l'exception de la cuisine et de la grande salle où ils avaient passé tellement de temps – étaient interdites d'accès. Ils y avaient entassé des rideaux, des tapis, des meubles et des livres imbibés d'huile. Puis ils avaient répandu des traînées de combustible dans tout le château et placé des piles de petit bois aux endroits stratégiques. Enfin, des montagnes de farine attendaient dans les tours et le hall d'entrée, prêtes à s'embraser instantanément.

À l'exception d'Erienne et d'Hirad, tous avaient mis la main à la pâte pendant que le voleur patrouillait dans le château, s'assurant que tout était en place selon ses instructions ou testant une multitude de systèmes de mise à feu retardée. Il avait mélangé du chanvre, de l'huile et du goudron en modifiant les proportions à chaque fois, puis les avait enflammés pour évaluer leur vitesse de combustion. Enfin satisfait, il avait déroulé plusieurs dizaines de mètres d'une corde aussi épaisse que son pouce, un bout étant placé à l'étage, et un autre au rez-de-chaussée.

— Il ne nous reste plus qu'à seller et charger les chevaux, et à piéger les deux dernières pièces demain matin. Will et Thraun allumeront les mèches après notre départ.

— Tant mieux, dit Hirad. Je sais que Denser s'inquiète beaucoup du temps que nous avons perdu.

— Il n'est pas le seul, fit Ilkar.

— Erienne est-elle troublée que nous allions à Dordover pour piller la tombe d'un de ses anciens ?

— Bonne question ! Tout ce que je peux dire, c'est que quel que soit le marché que Denser et elle ont passé, ça semble assez important pour qu'elle ne nous trahisse pas. À part ça, je ne sais pas trop... Elle est très calée sur AubeMort, et elle croit Denser.

— Et les autres ? demanda Hirad.

Ilkar haussa les épaules.

— Ce sont des alliés de qualité. Thraun est un combattant né. Jandyr est l'archer qui nous a toujours manqué, et Will... Un type rapide et malin ! Ils apportent un nouvel équilibre au groupe. En ton... absence..., Talan et moi leur avons fait prêter allégeance au Code et nous les avons déclarés membres des Ravens. Je sais que nous ne procédons pas ainsi d'habitude, mais nous n'avions pas le temps de les évaluer en profondeur, et nous devions nous assurer qu'ils te suivraient sans discuter. J'ai confiance en eux.

— Talan ?

— Je suis d'accord... J'ai un petit doute à propos de Will, mais je crois que Thraun peut le contrôler. Le chagrin d'Erienne risque de la rendre imprévisible. Il faudra faire attention.

— Ils ont signé notre contrat d'embauche et ils savent dans quoi ils mettent les pieds, continua Ilkar. Denser leur a raconté l'histoire dans toute sa macabre splendeur, et ils ne l'ont pas trouvée trop difficile à avaler. Un choix qu'on ne nous a jamais laissé, pas vrai ? S'ils survivent, ils seront riches. Sinon, l'argent n'aura pas d'importance.

— Exact, annonça Hirad. Je ferais mieux de retourner m'allonger un moment...

Les trois Ravens revinrent lentement vers la cour. Quand ils atteignirent la porte, Talan s'arrêta.

— Écoutez... Je ne sais pas trop comment vous annoncer ça, mais je ne peux pas continuer. Je quitte les Ravens.

Ilkar et Hirad encaissèrent la nouvelle en silence.

— Nous étions très proches, Ras, Richmond et moi... Faire partie de ce groupe était pour nous un accomplissement ultime. Mais deux coins du triangle ont disparu, et je serai le prochain. Ça m'a frappé quand j'ai découvert Richmond... Il est mort seul. Désolé, je n'arrive pas à m'expliquer clairement. C'est comme si quelque chose s'était brisé en moi. La flamme s'est éteinte. La veillée de Richmond était l'épreuve de trop. Je ne suis pas prêt à enterrer un autre membre des Ravens.

Hirad se contenta de hocher la tête en silence.

Ilkar se rembrunit.

— Vous comprenez ? Dites quelque chose ! implora Talan.

— Oui, je comprends... Quand j'étais seul avec Sirendor et que je regardais son cadavre, j'étais prêt à casser mon épée. J'ai choisi de ne pas le faire, et je regrette que tu ne puisses pas m'imiter...

Hirad s'assit sur les marches. Ilkar tendit instinctivement la main pour l'aider.

— C'est tout ce que tu as à dire ? demanda-t-il.

— C'est tout ce qu'on peut dire. Si le cœur n'y est plus, il risque de devenir une gêne pour nous, et nous nous débrouillerons mieux sans lui. Il le sait, je le sais et tu le sais aussi.

— En temps normal, oui. Mais au cas où ça t'aurait échappé, notre mission n'a rien d'ordinaire. Et je crains qu'il ne nous gêne plus en étant loin de nous qu'avec nous.

— Je ne crois pas..., commença Talan.

— Ils te connaissent ! cria Ilkar. Ils savent à quoi tu ressembles, d'où tu viens, et ils te chercheront pour t'interroger. Par les dieux, Talan, tu détiens des informations que n'importe quel serviteur des Seigneurs Sorcyers donnerait sa vie pour se procurer. Tu connais la nature des catalyseurs d'AubeMort et tu sais où les trouver. Si tu nous quittes maintenant, nous ne saurons jamais si tu es en sécurité ou en train de tout leur révéler.

— Je préférerais mourir.

— Oui. Mais tu ne pourras pas forcément. (Ilkar hésita en voyant Talan serrer les dents.) Ta loyauté n'est pas mise en doute. Je dis simplement qu'ils ne te laisseront peut-être pas le choix. Tu n'es pas un mage capable d'arrêter son propre cœur...

— D'accord, mais pourquoi me chercheraient-ils s'ils ignorent que je suis parti, et où je suis allé ?

— Le seul endroit où tu serais en sécurité, c'est le Mont de Xetesk, et je ne pense pas qu'on t'y accueille à bras ouverts. Tu dois changer d'avis. Ou au moins réfléchir.

— Tu crois que j'ai fait quoi, ces derniers jours : travaillé à ma biographie ?

— Tu te retires de la bataille pour Balaia.

Talan pointa un index coléreux sur l'elfe.

— Laisse-moi te dire une chose, Ilkar. Pas question que tu décides de ma vie à ma place ! Je sais ce que je fais, et je me sens déjà assez mal comme ça sans que tu en rajoutes. (Il leva les bras au ciel.) Je voulais votre compréhension, pas votre approbation... Je m'en vais. C'est fini.

Il se détourna et se dirigea vers le mur d'enceinte.

— Nous ne pouvons pas le laisser partir, dit Ilkar.

— Nous ne pouvons pas non plus l'arrêter, soupira Hirad.

— Denser n'aimera pas ça.

— Il sait où il peut se fourrer son avis ! Cette affaire ne concerne que les Ravens.

— Hirad, je crois vraiment que...

— Cette affaire ne concerne que les Ravens, répéta le barbare.

— D'accord, j'abandonne ! N'avez-vous toujours pas compris ce qui se passe ? C'est plus important que les Ravens. Plus important que tout le reste ! Nous ne pouvons pas nous permettre de saboter cette mission, et nous avons besoin de toute l'aide possible.

— Rien n'est plus important que les Ravens, dit Hirad. C'est pour ça que nous sommes arrivés jusque-là, et c'est pour ça que nous gagnerons. Comme toujours.

Ilkar le regarda, bouche bée. Son expression se radoucit.

— Je ne peux rien répondre à ça, pas vrai ?

— Non.

— La foi aveugle est une chose merveilleuse.

— Ce n'est pas de la foi aveugle... Cite-moi un seul boulot que nous ayons salopé...

— Tu sais bien qu'il n'y en a pas.

— Ilkar ? appela Talan, près de la porte principale.

— Qu'est-ce que tu veux ?

— Tes yeux. Par ici.

Quelque chose, dans le ton de leur camarade, ôta à Ilkar l'envie de discuter. Il avança d'un pas rapide. Hirad se leva péniblement, s'appuya au mur jusqu'à ce que sa nausée soit passée, puis rejoignit ses deux amis.

— Qu'y a-t-il ? demanda Ilkar.

Talan tendit un doigt.

— Droit devant. J'ai cru voir un mouvement.

— Exact. Un cavalier. Il vient vers nous à un train d'enfer. Et il a l'air sacrément balèze.

— Jandyr ! Thraun ! À la porte principale ! cria Talan. (Il entendit Hirad traîner les pieds derrière lui.) S'il y a de la bagarre, tiens-toi à l'écart.

— Va te faire foutre !

— Je me doutais que tu répondrais ça.

— Alors, pourquoi tu l'as dit ?

— Par respect des traditions ? avança Talan.

Les deux hommes sourirent.

— Tu reviens quand tu veux, conclut Hirad.

— On ne sait jamais...

Talan étudia la porte principale. Le temps que Jandyr et Thraun les rejoignent, ils entendaient le galop du cheval et distinguaient l'homme qui le montait. Une cape noire flottait dans son dos. Alors qu'il approchait, les guerriers tirèrent leur épée, et Ilkar s'apprêta à incanter. À trente mètres d'eux, le cavalier tira sur les rênes de son monstrueux étalon gris et leva une main.

Il portait un masque qui dissimulait son visage, mais pas de heaume.

— N'approchez pas, grogna Talan. Que voulez-vous ?

— Vous pouvez rengainer vos armes, dit Denser. Il est de notre côté.

— Ah oui ? Et qui est-ce ? demanda Hirad.

Ilkar connaissait déjà la réponse.

— Il s'appelle Sol. C'est un Protecteur. Soyons lucides : comme j'ai entendu quelqu'un le dire à l'instant, nous aurons besoin de toute l'aide possible.

— Tu aurais pu nous informer que tu avais demandé un Protecteur, grommela Ilkar.

Il avait évité d'aborder le sujet tout l'après-midi, préférant laisser croire à Hirad que l'arrivée de Sol faisait partie d'un plan élaboré pendant son coma. À présent, le barbare dormait sous l'influence du sort de SoinChaleur final d'Erienne, et le soleil avait disparu à l'horizon. Ilkar et Denser étaient assis seuls sur les marches de la maison, profitant de la tiédeur de ce début de soirée. Comme d'habitude, la pipe du Xetesk était fichée au coin de sa bouche.

Le chat n'était nulle part en vue.

— Cela aurait-il fait une différence ?

— La politesse est une vertu qui ne coûte pas grand-chose, dit sèchement Ilkar.

— Très bien : je m'excuse. Mais je n'ai pas demandé de Protecteur. C'est Xetesk qui a jugé préférable de m'en envoyer un pour assurer ma sécurité.

— Évidemment !

— Pourquoi faut-il toujours que tu te montres si négatif ? (Denser bourra sa pipe.) Ça n'a rien à voir avec le retour d'AubeMort à Xetesk. (Il enflamma le tabac.) Ce serait bien plus facile pour nous tous si c'était le cas.

— Et comment en es-tu arrivé à cette conclusion ?

— Les choses deviennent de plus en plus complexes dans le vaste monde que nous semblons avoir laissé derrière nous.

— Complexes, répéta Ilkar, soudain inquiet.

Denser aimait donner dans l'euphémisme. Les « choses » devaient vraiment être préoccupantes.

— J'ai reçu un rapport sur la réunion qui a eu lieu au lac de Triverne. Les quatre Collèges ont conclu un accord visant à lever une armée pour défendre la passe de Sousroc et le bras de Triverne. Apparemment, ils font confiance à Gresse et à Noirépine pour protéger la baie de Gyernath. Hélas, le reste de l'AMK a choisi d'ignorer les avertissements, ce qui laissera le gros du pays vulnérable si les Ouestiens parviennent à enfoncer nos lignes.

— Je vois. Comment ont-ils réagi en apprenant que nous cherchions AubeMort ? demanda Ilkar. (Denser ne répondit pas.) Alors ?

— Ils n'ont pas réagi, parce que nous ne leur avons rien dit.

— Pardon ? s'étrangla Ilkar.

— Les autres Collèges ignorent que nous cherchons AubeMort.

Denser détourna la tête. Les oreilles de l'elfe frémirent et il plissa les yeux. Son sang bouillonnait dans sa tête. Il se leva, incapable de rester assis plus longtemps près du Xetesk.

— J'étais stupide de croire que Xetesk tiendrait une invasion ouestienne soutenue par les Seigneurs Sorcyers pour plus importante que ses ambitions. Je commençais vraiment à croire que Xetesk avait changé. Mais il semble que l'objectif principal de ses chefs ne soit pas de sortir notre pays de cette crise. Seulement de s'assurer une position dominante en cas de victoire.

— Je ne partage pas leur avis.

— Ah bon ?

— Non ! (Denser s'empourpra.) Pourquoi crois-tu que je t'ai dit la vérité ?

— Parce qu'elle nous serait apparue très clairement quand nous serions arrivés à Dordover, personne ne nous ayant attendus pour nous remettre l'anneau dans un paquet cadeau. Voilà pourquoi !

— Je comprends que tu sois en colère.

— Tu ne comprends rien du tout ! Ton Collège attend de nous que nous continuions à nous battre et à mourir. Et ce n'est même pas pour le bien de Balaia. Je refuse d'être le pion de Xetesk. Les autres Ravens seront d'accord avec moi.

— Alors, que comptes-tu faire ?

— Continuer, parce que je crois Balaia en grand danger. Mais laisse-moi te dire une chose. Maintenant qu'Erienne et moi vous accompagnons, AubeMort appartient à l'ensemble des Collèges, pas seulement à Xetesk.

— Tu auras sans doute du mal à le croire, mais je suis d'accord. Pourtant, je comprends la position de Xetesk, et tu te trompes en pensant que le Collège cherche la seule domination. Si nous avions parlé de notre quête au lac de Triverne, ça aurait compromis notre mission, et la survie de Balaia avec.

— C'est très commode, murmura Ilkar. Si tu en es persuadé, tu es trop endoctriné pour ton propre bien. Quoi qu'il en soit, nous devons aller à Dordover et y entrer par effraction parce que vos maîtres ignorent tout du pouvoir de la coopération. Il vaudrait mieux pour toi qu'aucun d'entre nous n'y reste...

Sol entra par la porte principale. Ilkar avait l'impression d'être sous surveillance. Il frémit intérieurement. Quelque chose chez le Protecteur le mettait mal à l'aise. Sans doute son masque. Noir et dépourvu d'ornements, il était taillé, selon Denser, dans de l'ébène, et moulé d'après le visage de Sol, sans pour autant donner une idée exacte de ses traits. Personne de vivant n'aurait eu une telle apparence. Ilkar frissonna de nouveau en se rappelant pourquoi les Protecteurs portaient un masque. C'étaient des morts-vivants, promis au Mont de Xetesk depuis leur naissance et appelés à servir après leur trépas. Tant qu'on pouvait capturer leur âme, il était possible de reconstituer leur corps. Un affreux vestige des siècles où Xetesk avait abusé des vivants et des morts. Une pratique qui aurait dû être bannie, si le Collège Noir n'avait pas refusé de renoncer à une de ses plus puissantes inventions.

Ilkar imaginait à peine ce que subissaient l'âme et le corps réanimés. Les Protecteurs n'en parlaient jamais : ils étaient tenus au silence, sauf dans l'exercice de leurs fonctions. Selon les enseignements de Xetesk, violer leur serment équivaudrait à « endurer une éternité de tourment dans le Mont ; en comparaison, l'Enfer ressemblerait à une libération. » Ces mêmes enseignements ajoutaient : « Jamais la lumière ni les yeux des vivants ne se poseront sur le visage des Protecteurs. Et ils ne devront pas parler, à moins que la vie de leur Protégé n'en dépende ». Connaissant le prix de la rébellion, les Protecteurs étaient des gardes du corps dévoués. Mais leur véritable raison d'être était ailleurs : une armée de Protecteurs pouvait se déplacer et combattre avec une puissance et un synchronisme que seule la magie aurait pu arrêter. Et encore... À leur création, ils recevaient des défenses magiques qui faisaient d'eux des adversaires terrifiants.

Partout où irait Denser, Sol l'accompagnerait telle une ombre muette géante. Car c'était un colosse encore plus impressionnant que Thraun, et peut-être même que l'Inconnu. Dans son dos, il portait une épée à deux mains et une hache de guerre à double tranchant. Ilkar supposa qu'il pouvait manier ces deux armes simultanément. Il se promit de ne pas traîner sur son chemin au cas où ça se produirait.

Il s'intéressa de nouveau à Denser.

— Désolé, je me suis laissé distraire. Ça explique son apparition, n'est-ce pas ? Tu allais dire quelque chose...

Denser ralluma sa pipe avec la flamme qui jaillit au bout de son pouce droit.

— Il ne te fera pas de mal. Il a été bien informé de la situation et de l'identité des intervenants.

— Par qui ? Je ne t'ai pas vu lui adresser plus d'une dizaine de mots depuis son arrivée.

— Il s'est promené avec mon Familier.

— Je vois. Continue.

— Notre décision de ne pas parler d'AubeMort à ce stade des recherches – mais nous le ferons lorsque le moment sera venu – nous pose un problème supplémentaire.

— Pourquoi, les Ravens travaillent pour Xetesk ? devina Ilkar.

— Exactement. Ça nous vaudra des difficultés à Dordover. Si quelqu'un apercevait, Hirad, toi ou moi dans la cité, nous risquerions de nous mettre le Collège à dos. Or, nous ne pouvons pas nous permettre de dissension dans les rangs. Si nous ne leur opposons pas un front uni, les Seigneurs Sorcyers nous piétineront.

— Il nous faudra beaucoup de chance pour ne pas nous faire repérer en ville...

Ilkar secoua la tête en se demandant par quel miracle les Collèges oublieraient leurs querelles assez longtemps pour présenter un « front uni » à l'ennemi. Il aurait préféré croire que Denser mentait. Comme il courait autant de risques que les Ravens, ça semblait peu probable. En revanche, il jugeait méprisables les actions de Xetesk.

— Nous n'irons pas, dit Denser. Will, Thraun et Jandyr devront se débrouiller seuls.

— Et Erienne ?

Ilkar n'aimait pas beaucoup confier le vol de l'anneau à des gens qu'ils connaissaient si peu. Mais la solution du Xetesk était la plus logique.

— Elle ne nous trahira pas. (Une lueur dansa dans les yeux de Denser.) Le problème n'est pas là. Elle n'est pas franchement l'enfant chérie de Dordover, et si nous devions l'envoyer là-bas...

— Ça ne me plaît pas du tout, dit Ilkar. J'ai besoin de réfléchir. Je vais voir comment se porte Hirad.

Selyn s'éveilla en sursaut, instantanément tirée de son sommeil par des bruits de course. L'après-midi touchait à sa fin ; en temps normal, elle aurait dormi deux ou trois heures de plus avant de lancer son sort d'OmbresAiles et de continuer son voyage vers Parve. Elle s'était allongée sous des buissons, à mi-hauteur d'un promontoire rocheux qui surplombait la route reliant Terenetsa au désert Déchiré. Il lui restait quatre jours de voyage avant d'arriver à Parve.

Lentement, pour ne pas faire bruisser le feuillage,

Selyn sortit la tête de sa cachette et jeta un coup d'œil en contrebas. Des milliers de fantassins ouestiens couraient sur la route, accompagnés par quelques chamanes à cheval. Elle les observa cinq minutes, s'efforçant d'évaluer le nombre d'hommes armés vêtus de fourrures qui se dirigeaient vers la passe de Sousroc. Quand les derniers Ouestiens furent passés, elle estima en avoir vu environ sept mille. À cette vitesse, ils atteindraient la passe en six jours.

— Par les dieux, ça va commencer, souffla-t-elle.

Selyn n'était pas censée demander une autre Communion avant d'avoir atteint Parve, mais elle ne pouvait laisser une force pareille prendre par surprise les défenseurs de Sousroc. En supposant que d'autres groupes empruntaient déjà les routes méridionales pour sortir des contrées, une horde avançait en ce moment vers l'est de Balaia.

Selyn secoua la tête, se rallongea sous le buisson et explora le mana à la recherche de Styliann.

Chapitre 18

La matinée commença calmement. À l'aube, ils sellèrent leurs chevaux, empaquetèrent leurs affaires puis préparèrent le déjeuner. Il faisait beau et frais, un temps idéal pour voyager. Pourtant, un orage éclaterait bientôt. Quand ils eurent fini de piéger le château, les Ravens, anciens et nouveaux, se rassemblèrent dans la cour. Talan monta sur son cheval.

— Des regrets ? lança Hirad.

Il se sentait de nouveau en forme. Quelques passes d'armes avec Talan avaient provoqué une sorte de tiraillement dans son ventre, mais rien de plus. Erienne l'avait prévenu que la sensation ne disparaîtrait jamais.

— À chaque inspiration que je prends, répondit Talan.

— Et... ?

— Je suis quand même décidé à partir.

— Où iras-tu ?

— Ne t'en soucie pas. Moins on en dit, moins on en sait, et moins on trouve.

— Pardon ?

— Ma mère le disait souvent. Les dieux seuls savent pourquoi, mais je juge ça approprié.

Hirad fronça les sourcils et serra la main de Talan.

— Tu seras toujours un Raven. Ne l'oublie pas.

— Merci. Hirad, je...

— Laisse tomber, Talan. Tu as fait ton choix. Souhaitons-nous bonne chance et longue vie. C'est tout ce qu'il nous reste à faire. (Le barbare sourit.) On se retrouvera à Korina quand tout sera terminé.

— Peut-être.

Talan fit pivoter son cheval et avança vers la porte principale.

Sol s'interposa sur son chemin.

— Tu ferais mieux de t'arrêter, Talan, dit Denser en sortant de la maison, son chat dans les bras.

— Que se passe-t-il ? demanda Hirad en se tournant vers le Xetesk.

— Je ne pensais pas vraiment qu'il partirait. Et je comptais sur vous deux pour le faire changer d'avis...

Malgré la tiédeur matinale, Hirad frissonna.

— Ça concerne les Ravens. C'est sa décision, et son droit.

— Non, dit Denser. Nous ne pouvons pas courir le risque qu'il se fasse capturer. Il ne doit pas nous quitter.

— Ne fais pas ça ! cria Ilkar.

Le Mage Noir l'ignora.

— Réfléchis.

Talan secoua la tête.

— Non.

Sur un signe de son Protégé, Sol prit la hache attachée dans son dos.

— Réfléchis, répéta Denser.

Nouveau refus de Talan.

— Tu le tuerais ?

Le Xetesk haussa les épaules.

— C'est ce que Sol fait de mieux.

Sans réfléchir, le barbare bondit sur Denser, passa un bras autour de son cou et pointa une dague sous son menton.

— Réfléchis, dit-il.

Sol approcha, la démarche menaçante.

— Plus un pas, homme masqué, ou cette histoire se terminera ici et maintenant.

Un peu de sang coula dans le cou de Denser. Sol s'immobilisa.

— Et ne songe même pas à incanter, souffla Hirad dans l'oreille du mage. Tu n'es pas assez rapide pour me battre. (Il se tourna vers Talan.) Fiche le camp !

Talan le remercia d'un signe de tête, éperonna son cheval et s'en fut au galop.

— Comme je l'ai dit, ça concerne uniquement les Ravens. (Hirad lâcha Denser et rengaina sa dague.) Ou tu me tues tout de suite, ou on se remet au travail.

— Je n'obtiendrai rien de bon en te tuant, dit Denser en se frottant le cou.

— C'est bien ce que je pensais. Dans ce cas, allons-y.

Ilkar soupira de soulagement, foudroya le barbare du regard et gagna l'écurie. Thraun et Will disparurent dans la maison. Erienne était toujours près de la tombe de ses fils. Sol s'approcha de Denser, son chat perché sur l'épaule. Tous trois regardèrent Hirad.

— Quoi ? cria le barbare, toujours furieux. Ma réaction t'a surpris ? Tu ne nous comprends toujours pas, Denser. Bien que tu aies prêté allégeance à notre Code, jusqu'à ce que tu y parviennes, tu ne seras pas vraiment un Raven.

— C'est vrai, dit le mage. Mais je progresse chaque jour. Tu m'aurais vraiment tué ?

— C'est ce que je fais de mieux...

— Ainsi, tu aurais remis AubeMort et Balaia entre les mains des Seigneurs Sorcyers...

— Je ne te laisserais pas utiliser cette menace pour nous dominer. Tu n'avais pas le droit de retenir Talan.

— Bien sûr que..., commença Denser.

— Ça concernait uniquement les Ravens ! cria Hirad. Je ne me répéterai pas. Je sais que tu as un rôle important à jouer, et que nous devons te garder en vie. Mais si tu me refais ce genre de coup, je t'arrêterai par tous les moyens à ma disposition. Si ça entraîne notre mort à tous les deux et la fin de Balaia, il en sera ainsi.

— Comprends-tu seulement mes craintes ?

— Évidemment ! Ilkar les partage... Mais tu aurais dû nous en parler. Pensais-tu vraiment que nous regarderions sans intervenir ton spectre tailler l'un des nôtres en pièces ?

Denser prit une profonde inspiration.

— Avec le recul, non. Écoute, je n'avais pas l'esprit clair. Nous avons de nouveaux problèmes...

— Ilkar m'a raconté.

—... Et j'ai vu le départ de Talan comme un risque supplémentaire inutile. J'ai paniqué. Désolé...

— C'est oublié. (Hirad accepta la main que le Xetesk lui tendait.) S'il comprend que ça n'avait rien de personnel...

Il se tourna vers Sol. Derrière son masque, le Protecteur le regardait sans réagir.

— Il ne tentera pas de te faire de mal, sauf si tu me menaces...

— Et nous savons tous deux comment éviter ça, n'est-ce pas ?

Hirad se retourna quand il entendit un bruit de pas derrière lui. Thraun et Will sortirent du château.

— Nous avons allumé les mèches, annonça le petit homme. Elles brûleront pendant quatre heures. J'espère que nous trouverons une colline pour observer l'explosion.

— On verra, dit Hirad. Ravens, en selle ! Le soleil ne s'arrêtera pas pour nous ! Denser, tu veux bien t'occuper d'Erienne ?

Hirad courut vers son cheval. Quelques minutes plus tard, seul le sifflement des mèches résonnait encore entre les murs de pierre du château des Ailes Noires.

Les Ravens suivirent la route un quart d'heure avant de couper vers les bois. Le terrain était peu accidenté, mais les nombreux cailloux les obligeaient à faire attention. Dordover était à trois jours de voyage ; un cheval blessé les aurait retardés et ils n'avaient pas de temps à perdre.

Après trois heures de route, plus tôt que Denser ne l'aurait souhaité, ils firent une halte sur le flanc d'une colline. Ce n'était pas un observatoire idéal, car la distance et les arbres dissimulaient en partie le château, mais ils n'avaient pas trouvé mieux. Et Will refusait de bouger avant d'avoir assisté à l'explosion.

— Quelque chose ne va pas, mon vieil ami ? demanda Ilkar.

— Je calculais depuis combien de temps je n'ai rien bu, répondit Hirad, et la réponse ne me plaît guère.

— C'était dans les ruines de la maison de Septern, non ? Travers avait pourtant des réserves.

— Je préférerais boire le contenu de ma vessie...

— Sage décision. Même si, d'après Talan, son eau-de-vie faisait un excellent antiseptique...

— J'espère qu'il a vu juste... Il me manquera...

— À moi aussi.

— Son départ t'a surpris ?

— Surpris et déçu, admit l'elfe. Je pensais qu'après toutes ces années...

— Je sais. En parlant de déception, je commence à croire que le feu d'artifice promis par Will n'aura jamais lieu. (Hirad se tourna vers le petit homme debout à quelques mètres d'eux, les mains sur les hanches.) Will, tu crois qu'il y a une chance que ta fameuse explosion se produise ?

Le voleur le foudroya du regard.

— Patience...

— De la fumée ! cria soudain Jandyr en se redressant d'un bond.

— Où ça ? demanda Ilkar.

— Autour de la porte de devant.

— Je la vois.

Alors qu'Hirad s'efforçait de distinguer ce qui n'était visible que pour des yeux elfiques, l'entrée du château explosa. Une langue de flammes se darda dans la cour, accompagnée d'un nuage de débris et de fumée. Le barbare frissonna face à ce rappel fortuit de sa fuite devant la colère de Sha-Kaan. Le bruit assourdi des premières détonations parvint à leurs oreilles quelques secondes plus tard, avant que les deux tours n'implosent. L'une s'effondra sur elle-même ; le toit pointu de l'autre jaillit vers le ciel, semant derrière lui un sillage de poussière de plâtre.

Will brailla de joie. Erienne éclata en sanglots. Denser la prit dans ses bras et essuya ses joues inondées de larmes. Elle leva la tête vers lui et sourit. Pendant que les flammes et la fumée engloutissaient le château, Hirad tapa dans le dos de Will pour le féliciter. Puis ils se remirent en route sous le regard anxieux de Denser.

Sousroc. Jadis un carrefour pour les marchands et les voyageurs venus de l'est et de l'ouest de Balaia, la ville était tombée en décrépitude après la prise de contrôle de la passe par les Ouestiens. Il y restait une maigre garnison de soldats débutants, rémunérés par l'Alliance marchande de Korina – dont la réputation se délitait en même temps que la cohésion et qui ne mériterait plus son nom très longtemps. Soixante-quinze hommes, voilà la force qui s'opposerait à une éventuelle attaque venant de l'ouest. Un assaut qu'aucun membre de l'AMK ne jugeait plus probable après les cinq premières années de calme plat.

Pourtant, les temps changeaient ! Dans le sillage de la résistance de Travers, d'une bravoure incroyable mais vouée à l'échec, Sousroc avait été fortifiée et occupée par une force de trois mille hommes. Tout l'est de Balaia semblant menacé, aucune dépense n'était trop élevée pour s'assurer que les Ouestiens ne feraient pas irruption de l'autre côté de la passe. Des baraquements temporaires avaient été construits, la prospérité des marchands, des prostituées, des baladins et des aubergistes étant assurée pour quelques années. Mais cela n'avait pas duré. Les Ouestiens ne faisant pas mine d'attaquer, l'AMK avait conclu que leur ambition se limitait au contrôle de la passe et à l'extorsion des droits de passage par Tessaya.

À l'époque, personne n'avait vraiment compris pourquoi ils s'étaient donnés la peine de prendre la passe. Avant la série de batailles cause de la défaite de Travers, il régnait depuis quelques années une paix précaire qui autorisait les marchandises venues de la moitié est du continent – la plus riche – à circuler vers l'ouest, permettant l'ouverture de nouveaux marchés et le développement de nouvelles industries. Neuf ans après la prise de la passe, la situation devenait d'une clarté limpide. Les Ouestiens avaient agi ainsi en prévision du retour des Seigneurs Sorcyers.

La ville de Sousroc se dressait à quatre cents mètres de l'arche noire haute de dix mètres et large de huit qui constituait l'entrée de la passe. De chaque côté, les montagnes jaillissaient vers le ciel et s'étendaient au nord, à l'est et au sud aussi loin que portât le regard. La ville offrait un spectacle à la fois lugubre et magnifique. Plantée au milieu de la piste des chariots, ses maisons en ruines piquetaient les collines voisines ou luttaient pour occuper les rares surfaces planes, à l'écart des rues principales. La cité était encore plus sinistre quand la pluie tombait, les nuages poussés par le vent obscurcissant le sommet des montagnes avant de se vider sur la population coincée en contrebas. Les inondations, les glissements de terrain et l'érosion avaient laissé leurs cicatrices sur Sousroc. Pour se protéger, les habitants avaient creusé un réseau de tranchées de drainage orientées vers le pied des pentes. Une bonne idée, mais faute d'entretien, ces dernières années, les tranchées étaient bouchées et les inondations avaient recommencé. Une boue épaisse et puante envahissait l'artère principale de la ville jusqu'à hauteur de cheville.

L'arrivée inattendue de plus de cinq cents elfes et humains venus des quatre Collèges sema la panique au sein de la garnison. Alors qu'une poignée de soldats se dressèrent sur le chemin des cavaliers, les autres disparurent dans les bâtiments ou partirent chercher leur commandant. Le temps qu'il émerge d'une vieille auberge, pataugeant dans la boue et reboutonnant sa tunique sur son ample bedaine, il ne resta que douze conscrits plantés sur la route. Vraiment pitoyable !

Derrière le général Ry Darrick, le commandant de la garnison vit la longue colonne de cavaliers qui occupaient la rue principale de Sousroc d'une extrémité à l'autre. Il regarda ceux de ses hommes qui avaient fait face et les remercia d'un signe de tête. Puis il se tourna vers Darrick, qui se pencha sur sa selle sans avoir la courtoisie de mettre pied à terre pour s'adresser à lui.

— C'est ainsi que vous affronteriez d'éventuels envahisseurs ?

Le commandant sourit.

— Non, parce que ces envahisseurs massacreraient

une aussi maigre garnison avant que nous ayons le temps de dire « ouf ». À qui ai-je l'honneur ?

— Je suis Darrick, général de la cavalerie lysternienne. Et vous êtes Kerus, commandant de la garnison des portes de l'enfer.

Kerus frémit en mesurant les implications des paroles de Darrick et du nombre d'hommes qui l'accompagnaient. Jugeant préférable que personne n'entende la suite de leur conversation, il approcha de la jument au pelage couleur noisette que montait son visiteur.

— Général Darrick, je dispose de soixante-quinze hommes dont aucun n'a plus de dix-neuf ans. Ils sont ici pour patrouiller à l'extérieur de la passe et s'occuper des bandits qui pourraient arriver des montagnes. Personne ne leur demande de repousser une armée d'envahisseurs, pour la bonne raison qu'il n'en viendra jamais aucune. Qu'êtes-vous venu faire à Sousroc ?

— Me préparer à repousser l'armée d'envahisseurs qui selon vous n'existe pas. Cinq mille fantassins me suivent à deux jours de marche.

— Nous ferions peut-être mieux d'aller en parler dans mes quartiers, souffla Kerus.

— C'est aussi mon avis...

Chapitre 19

L'après-midi touchait à sa fin. Will avait allumé le poêle où chauffait une casserole d'eau. Mais aucune lumière ne s'en échappait.

— Franchement, je suis très surpris, dit Denser. Nous n'avons pas croisé âme qui vive. Admettez que ça n'était guère probable.

Ilkar, Hirad et lui s'étaient éloignés du campement pour parler. Jandyr et Thraun s'occupaient des chevaux ; Erienne dormait déjà.

— Il faut lui rendre cette justice : c'est un bon pisteur, admit Hirad.

— *Bon ?* s'exclama Denser. La région n'est pas vraiment déserte, et nous n'avons entendu personne. C'est extraordinaire.

— La plupart du temps, nous ne l'entendions pas non plus, renchérit Ilkar.

— D'accord ! lança Hirad. Fin de la réunion des admirateurs de Thraun. Parlez-moi de Dordover.

Denser fit signe à Ilkar de répondre.

— C'est la plus grande cité collégiale. Elle a toujours été davantage liée à Xetesk qu'à Julatsa, bien que leurs mages s'adressent à peine la parole aujourd'hui. Même s'ils se parlaient, ça ne nous faciliterait pas le travail. Tu dois comprendre que les Collèges veillent férocement sur leurs annales. Et nous sommes sur le point d'en voler une partie.

— Tu veux dire que l'anneau sera protégé ?

— Oui, mais pas par des gens... Par des sorts ! C'est tout le problème ! Des glyphes, des alarmes, des pièges. Si la mauvaise personne entre dans leur champ d'action, ils se déclencheront.

— Alors, comment faire ?

— Malheureusement, nous devrons nous en remettre à Erienne, soupira Denser.

— Pourquoi « malheureusement » ?

— Parce que nous ne devrions pas lui demander de prendre une part aussi active à ce vol. Elle est déjà abattue par la perte de ses fils. Ça risque d'être la goutte d'eau qui fera déborder le vase.

— Je vois, murmura Hirad. Mais si elle se contente de nous expliquer comment procéder...

— Tu ne comprends pas... Il faudra qu'elle participe à l'effraction.

— Donc, nous allons envoyer Will et Thraun en compagnie d'une femme folle de chagrin qui a été éduquée là-bas, et les charger de voler un symbole majeur de ses croyances ?

— C'est un assez bon résumé, dit Denser.

— Ils savent qu'elle vient avec eux ?

— Bien sûr. Encore un point : il ne devra pas y avoir de victimes. Erienne ne l'accepterait pas.

— Tu veux que je leur coupe les mains pour les empêcher de s'en servir ?

— Désolé, Hirad.

— Espérons que nous ne le soyons pas tous d'ici demain. Quel était le plan avant de rencontrer Erienne ?

Les deux mages se regardèrent et le chat dressa la tête.

— Il est possible d'influencer les esprits faibles à distance, quand on dispose du temps nécessaire, dit le Xetesk.

— Crois-moi, connaître les détails te déplairait, ajouta Ilkar.

Hirad fit la moue et revint vers le poêle.

Styliann posa son verre sur la table, les yeux flamboyants et le visage rouge vif sous la lumière des lanternes de son étude.

— Les Protecteurs sont sous mon contrôle direct. Personne ne peut leur affecter une mission sans mon autorisation. Pas même vous.

— Mais, seigneur, la situation..., commença Nyer.

—... aurait dû être examinée avec moi, coupa Styliann. Je n'aime pas qu'on passe outre mon autorité. Et j'aime encore moins le Protecteur que vous avez choisi.

— Sol est très compétent.

— Vous savez de quoi je veux parler. Il faut le rappeler immédiatement. Nyer baissa les yeux.

— Naturellement, seigneur... Si tel est votre désir.

— Soyez maudit, Nyer ! Je n'en sais rien ! (Styliann lui versa un verre de vin.) Mais qu'est-ce qui vous a pris ? D'habitude, vous parlez toujours de ce genre de problème avec moi. Toujours.

— Vous étiez à la conférence du lac de Triverne. J'ai pensé qu'il fallait prendre une décision.

— Très bien... Que le Protecteur reste avec lui. Au moins jusqu'à ce qu'il en ait terminé à Dordover. Mais tenez-moi informé de leurs progrès. Je veux un rapport détaillé sur chaque Communion, et je détesterais recourir à un RévèleVérité pour m'assurer que vous n'omettez rien.

Nyer recula comme s'il l'avait frappé. Mais il se reprit très vite et sourit.

— Je suppose que je le mérite. Comment va Selyn ?

— Bien, si on considère que les armées ouestiennes en route vers Sousroc lui ont pratiquement marché sur les pieds.

Styliann se mordilla la lèvre.

— Elle s'en sortira, j'en suis sûr.

— Merci. (Il tira sur le cordon placé près de la cheminée.) J'ai besoin de me reposer. Tâchez de ne plus prendre d'initiative dans mon dos !

La porte s'ouvrit. Nyer sortit. Styliann soupira. Il n'aurait pas cru ça de lui. Vraiment pas.

Après avoir échangé quelques mots avec Denser et lui avoir brièvement serré la main, Erienne quitta le camp longtemps avant le coucher du soleil, flanquée de Thraun et de Will. Contrairement à Xetesk, Dordover n'était pas une cité fermée. Sous le regard indifférent des gardes, ils franchirent la porte Ouest deux heures plus tard.

— Je ne supporterai pas de retourner à la maison, annonça Erienne quand ils furent assis dans la grande salle de l'auberge où ils avaient loué des chambres, tout près du Collège.

— Je comprends, dit Thraun. Quand tout sera fini, nous nous en occuperons pour toi.

La jeune femme le remercia d'un signe de tête, et des larmes jaillirent de nouveau de ses yeux marqués de cernes gris qui tranchaient sur la pâleur de son visage.

— Tant de souvenirs, tant de bonheur. Et maintenant...

Elle secoua la tête, baissa les yeux vers la table et repoussa ses cheveux derrière ses oreilles.

— Nous t'aiderons à surmonter ça, promit Will. Nous serons toujours là pour toi.

Erienne lui posa une main sur le bras. Elle inspira profondément, tentant de se reprendre.

— Bon. Écoutez-moi bien. Même si Dordover est beaucoup plus ouverte que Xetesk, le Collège impose des règles très strictes aux visiteurs. Toute présence étrangère dans son enceinte est interdite après la tombée de la nuit. Calquez votre attitude sur la mienne et tâchez d'en dire le moins possible.

— Quelqu'un risque-t-il de te reconnaître ? demanda Thraun.

— C'est probable, surtout aux alentours du Collège. Après tout, j'y ai passé de nombreuses années. (Une serveuse apporta leur commande.) Mangeons. Ensuite, nous irons au Collège. Il faut y entrer avant la nuit.

Le Collège se composait d'une dizaine de bâtiments disposés en cercle grossier sur le périmètre de la Tour. Will ne manqua pas de faire remarquer que celle-ci n'avait pas du tout l'apparence suggérée par son nom. C'était en réalité un manoir aux deux ailes jumelles de quatre étages qui se dressait face à l'unique portail du mur d'enceinte.

— Il y avait une véritable tour avant que le Collège ne devienne officiellement un haut centre magique, expliqua Erienne. C'était la tradition il y a quatre siècles, mais ça ne semblait pas du tout pratique. Quand le Collège s'est développé, elle a été détruite et on a bâti ce manoir à la place. Seul Xetesk a encore des tours. Elles sont sept et reflètent sa vision hiérarchique du monde. (La jeune femme ne parvint pas à dissimuler son mépris.) Tous les autres Collèges se sont modernisés.

— Quel était l'intérêt de ces tours, à l'époque ? demanda Will.

— Elles étaient un symbole de puissance et d'autorité. Un symbole phallique pour des hommes dont le pouvoir n'est pas à la hauteur de leur ego. Je trouve ça lamentable.

Au portail, ils furent arrêtés par un garde solitaire qui reconnut vite la magicienne plantée devant lui.

— Erienne, la salua-t-il gentiment. Ça fait un bail que tu n'étais pas venue ici.

— Nous devons tous regagner le poulailler un jour ou l'autre, Geran. Mais je suis ravie de te revoir. (Le garde sourit, puis jeta un regard interrogateur à Will et Thraun.) Des amis de mon mari, expliqua Erienne. Je crains d'avoir eu un problème...

Sa voix se brisa.

— Et tu es venue réclamer de l'aide ?

— Quelque chose comme ça...

Geran s'écarta pour les laisser passer.

— Tu connais la règle, pour les visiteurs.

— Je veillerai à ce qu'ils ne dérangent rien...

— Au fait, comment va Alun ?

La jeune femme sursauta mais continua à marcher sans se retourner.

— C'est ça, le problème. Il est mort. Mes fils aussi.

— Je suis déso...

— Je sais ! Laisse tomber...

Près de deux cents mètres séparaient le portail de la Tour. Sur leur gauche s'étendait une rangée de huttes de bois trapues – des salles de classe. Sur leur droite se dressait un long bâtiment sans fenêtres aux murs couverts de métal noir.

— C'est ici que nous pratiquons les sorts à longue portée et que nous testons les nouveaux, expliqua Erienne en s'arrêtant devant. Dans tous les Collèges, un mage sur cinquante meurt en salle d'essai... Vous le saviez ? Bien sûr que non. Vous pensez que nous nous réveillions tous un beau matin capables d'incanter. Personne ne mesure les risques que nous courons lors de notre entraînement et de nos recherches. Vous croyez que c'est un don ; en réalité, il s'agit d'une vocation à laquelle nous devons nous plier. Si nous ne venons pas ici de notre plein gré, les maîtres nous trouvent et nous y amènent de force.

— Du calme, Erienne.

Désarçonné par cette flambée de colère, Thraun posa une main sur l'épaule de la jeune femme, qui se dégagea et continua son chemin.

— Derrière la Tour, il y a un autre endroit redoutable : la Cuve à Mana. C'est là que les mages apprennent à accepter, à collecter et à contrôler le mana. À côté se dresse l'asile où ceux qui ont ouvert leur esprit trop grand et trop tôt délirent et souffrent jusqu'à ce que la mort les emporte. En général, ça ne prend pas longtemps.

Elle monta une volée de marches, traversa une cour pavée et tambourina sur les portes de chênes de la Tour. Le battant de gauche s'ouvrit en silence et un homme apparut sur le seuil. Will et Thraun n'avaient jamais rencontré, ni même imaginé quelqu'un d'aussi vieux. Ses cheveux blancs cascadaient dans son dos et une barbe tachetée de gris dissimulait sa bouche. Bien qu'il marchât avec des cannes, et que son visage ridé ne fût plus qu'une grotesque caricature de l'homme qu'il avait dû être, ses yeux bleu clair brillaient toujours de vivacité.

Erienne s'inclina devant lui.

— Maître de la Tour, je suis Erienne, venue chercher la connaissance dans la bibliothèque.

Le vieillard la dévisagea un moment.

— Vraiment, dit-il d'une voix cassante. Et tes compagnons ?

Il pointa vers eux une de ses cannes.

— Ils me protègent.

— Ils peuvent entrer dans le hall, mais ils n'iront pas plus loin.

— Je sais, maître de la Tour, lâcha Erienne, agacée.

— Tu es impatiente, Erienne Malanvai. Ça a toujours été ta plus grande faiblesse. (Le vieillard ricana.) Va chercher la connaissance. Il y a trop longtemps que tu n'es pas venue à la bibliothèque. Peut-être l'âge t'a-t-il enfin apporté la sagesse.

Il fit un pas vers Will et Thraun, les yeux plissés à la lumière mourante du crépuscule. Le voleur ne l'intéressa pas, mais Thraun retint son attention.

— Mouais, lâcha-t-il enfin. N'enfreignez pas les règles. Les punitions seraient promptes et sévères.

Il rentra d'un pas traînant, laissant la porte ouverte derrière lui. Erienne se tourna vers ses compagnons.

— Que voulait-il dire ?

— Je dois avoir une sale tête, fit Thraun avec un sourire peu convaincant.

— On pourrait te poser la même question, ajouta Will.

— À propos du maître de la Tour ? Contentez-vous de lui obéir. Il sert d'intendant aux maîtres annalystes. Personne ne le contrarie jamais, et je trouve inquiétant que Thraun ne lui ait pas plu.

Le colosse haussa les épaules.

— Et maintenant ?

— Je vais dans la bibliothèque pour me renseigner sur les défenses de l'anneau d'Arteche. La porte que vous voyez sur votre droite conduit aux cryptes. Examinez la serrure, mais je vous déconseille d'actionner la poignée.

Elle se retourna, entra dans la Tour, ouvrit une porte sur sa gauche et s'arrêta net.

— Qu'est-ce qui vous arrive ?

Thraun et Will s'étaient pétrifiés sur le seuil du

bâtiment, blêmes et les yeux écarquillés plus que ne le nécessitait la pénombre.

Will eut l'impression qu'un poids venait de s'abattre sur lui. Oppressant et étouffant, il lui comprimait les poumons, lui glaçait le cœur et l'empêchait de respirer.

Le voleur sonda le couloir. En face de lui, un escalier montait vers des étages obscurs. Sur sa droite se dressait une porte bardée de métal. Erienne se tenait devant une autre porte, et, sur sa gauche, tout près de l'escalier, Will aperçut celle qui conduisait aux cryptes. Des lanternes accrochées aux murs répandaient une chiche lumière. Un portrait était fixé chaque panneau de bois. Tous semblaient le toiser d'un air inquisiteur. Sous ses pieds, le sol de pierre était couvert d'un tapis foncé. Une puissance presque palpable émanait de l'ensemble.

— Vous préférez m'attendre dehors ? proposa Erienne.

Thraun secoua la tête.

— Non, ça ira. (Will s'arracha à sa contemplation pour lui jeter un regard en coin.) Qu'est-ce que c'est ?

— Le mana, répondit simplement Erienne. Celui qui s'est accumulé au fil du temps. Celui des mages et des maîtres annalystes. Celui des vivants qui marchent au-dessus de nos têtes et des morts qui reposent au-dessous de nos pieds. Vous ne pourrez jamais le comprendre, mais vous le sentez, n'est-ce pas ? Pour vous, c'est un fardeau inerte. Pour moi, c'est la forme d'énergie *vive* la plus pure. Mes forces se régénéreront pendant que vous emploierez les vôtres à résister. (Elle eut un petit sourire.) Je ne serai pas longue.

Elle se détourna et disparut dans la bibliothèque. Derrière Will et Thraun, la nuit tombait rapidement. La lumière des lanternes augmenta. Will se laissa tomber sur une chaise pendant que Thraun refermait la porte d'entrée.

— Je me demande ce qu'elle entendait par « pas longue » ? lança le voleur.

Thraun s'appuya au linteau de la porte de la bibliothèque.

— Je ne sais pas. Mais ça sera toujours trop, dans un endroit pareil.

— Dans ce cas, mieux vaut nous rendre utile. Examinons cette serrure.

Denser dormait d'un sommeil agité. Dans ses cauchemars, son Familier luttait pour se libérer d'une cage trop solide. Il reprit sa véritable forme. Griffes qui raclent, crocs qui déchirent, voix qui hurle... Denser s'éveilla en sursaut. Perturbé, il projeta ses pensées vers son Familier, et fut soulagé quand il capta les pulsations régulières de sa force. Il lui recommanda d'être prudent.

Dans les rues de Dordover, hors de l'enceinte du Collège, un chat noir battit en retraite dans l'ombre, sans quitter du regard la sentinelle solitaire qui fumait à son poste, devant le portail.

— Il faut qu'on vous voie partir.

Les recherches d'Erienne avaient été brèves, même si l'attente avait semblé interminable à Will et à Thraun. Pas un bruit n'avait résonné dans la Tour pendant son absence.

— Et ensuite ? demanda Will.

— Attendez que l'obscurité soit totale, puis revenez. Je reste pour pousser mes recherches un peu plus loin.

— Le portail est-il mieux gardé pendant la nuit ?

— Non. Mais je vous suggère d'escalader le mur, derrière la salle d'essai.

— Il n'est pas protégé par des sorts ?

Thraun dansa d'un pied sur l'autre, mal à l'aise. Quelque chose clochait, lui disait son subconscient.

— Non. (Erienne haussa les épaules.) Qui voudrait s'introduire par effraction dans l'enceinte d'un Collège ?

— Oui, qui ? railla Will.

— Les problèmes commenceront quand vous tenterez de revenir ici.

— Pourquoi partir, dans ce cas ?

— Parce que vous n'êtes pas autorisés à rester au Collège après la tombée de la nuit. Ils vous tueront s'ils vous découvrent. Rejoignez-moi à la bibliothèque.

Will précéda Thraun dehors. Quand il emplit ses poumons de l'air frais du soir, le fardeau qui pesait sur lui disparut. Jetant un coup d'œil par-dessus son épaule, le petit homme vit la porte se refermer derrière eux. Thraun et lui rebroussèrent chemin, franchirent le portail du Collège en sens inverse et émergèrent dans la rue.

Alors qu'elle tendait la main vers la porte de la bibliothèque, Erienne se pétrifia en entendant un bruit dans son dos.

— Erienne, Erienne, soupira le maître de la Tour. Tu es pourtant bien placée pour savoir qu'ici, les murs ont des oreilles.

Tapi dans l'ombre, devant le Collège, le chat remua les oreilles, le poil hérissé. Il regarda derrière lui, mais il n'y avait rien. Soudain, une main jaillie de nulle part s'abattit sur son échine et le plaqua au sol. Il sentit la forme de mana qui imitait celle d'une main, et la peur brouilla ses perceptions.

— Ne songe pas à te métamorphoser. Tes os sont très fragiles sous mes doigts.

Le chat, soulevé de terre, aperçut un visage sombre, aux longs cheveux noirs coiffés en arrière.

— Je t'ai senti de l'autre côté du mur, ricana l'homme en resserrant son étreinte magique. Voyons si nous arrivons à faire sortir ton maître de sa cachette.

Un sac lourdement chargé de mana couvrit la tête du chat, étouffant son hurlement mental.

Le cri de douleur de Denser brisa la tranquillité de leur abri sylvestre. Hirad se réveilla en sursaut et bondit sur ses pieds en portant une main à son épée. Il courut vers le mage. Sol se tenait près de lui, l'air profondément indifférent. Enfin, si on pouvait se fier à son regard, derrière le masque. Denser était agenouillé, le nez presque collé aux feuilles mortes et la tête entre les mains. Un filet de sang coulait d'une de ses narines.

— Denser ?

Hirad ne voyait aucune blessure. Rien n'expliquait qu'il ait hurlé. Et cela l'effrayait encore plus. Il sentit les deux elfes approcher derrière lui. Ilkar vint s'accroupir près du Xetesk et lui passa un bras autour des épaules.

— Denser, tu peux parler ?

Le mage grogna, frissonnant de tout son corps. Hoquetant de douleur, il laissa Ilkar le redresser. Malgré la pénombre qui s'épaississait rapidement, ils virent ses yeux injectés de sang sur son visage blanc comme de la craie. Denser semblait avoir vieilli de plusieurs années. Quand il ouvrit la bouche pour parler, un spasme agita les muscles de ses mâchoires. Du sang coula de sa bouche.

— Ils l'ont pris, gémit-il, à demi étouffé par le sang. Ils l'ont pris pour m'atteindre.

— Qui ? demanda Hirad, perplexe.

— Son Familier, répondit Ilkar. Un mage dordovan a dû le capturer.

— Pourquoi un mage ?

— Parce que personne d'autre n'aurait eu le pouvoir de le neutraliser. Par les dieux, c'est sérieux...

— Je dois y aller, dit Denser.

Il fit mine de se lever.

— Pas question ! cria Ilkar. Ils te détruiraient.

Les deux mages se regardèrent.

— Ils le garderont prisonnier jusqu'à ce qu'il meure. Et ensuite ? Que ferons-nous ?

Denser semblait ravagé et il tremblait toujours. Ilkar secoua la tête.

— Je ne sais pas, avoua-t-il. (Il sursauta.) Oh, non...

— Quoi ?

Hirad, qui rengainait son arme, s'immobilisa.

— Thraun, Will, Erienne... Les gens du Collège vont s'attendre à quelque chose. Et nos amis sont au milieu. À ton avis, quelle chance cela leur laisse-t-il ?

— Ils n'ont aucun moyen de faire le rapprochement avec le chat, non ? demanda Jandyr.

— Ça n'a pas d'importance, dit Ilkar. Le Collège sera en alerte dès l'annonce de la capture d'un Familier. Ils sauront qu'un Xetesk est dans le coin, et plus personne ne pourra entrer ni sortir du Collège.

D'un mouvement rageur, Hirad glissa sa lame au fourreau.

— Génial ! Le cerveau de Denser frira quand son chat mourra, et nous allons perdre la moitié de nos effectifs sans réussir à nous emparer de l'anneau. (Il s'éloigna de quelques pas, flanqua un coup de pied dans le tronc d'un arbre et jura entre ses dents.) Quelqu'un a-t-il une idée brillante, ou devons-nous aller nous livrer aux Seigneurs Sorcyers ?

— Je vais le chercher, dit Denser. Je ne peux pas le laisser là-bas. Vous ne comprenez pas.

— Une seule personne peut tenter de découvrir ce qui se passe, et c'est moi, affirma Jandyr. Je selle mon cheval et je vais voir...

— Merci, dit Ilkar. (Il se tourna vers Denser.) Rappelle-toi pour qui nous sommes ici, et pense à tous ceux qui sont déjà morts. Foncer tête baissée à Dordover serait un suicide. Et ça ruinerait tout ce que nous avons accompli. (Il leva les yeux vers Sol. La pénombre dissimulait le visage du Protecteur, mais l'elfe savait qu'il les regardait.) Tu comprends tout ça. À toi de veiller à ce qu'il ne bouge pas. (Il pressa gentiment l'épaule de Denser.) Désolé... Je connais la profondeur de votre lien. Je regrette la douleur que tu éprouves déjà, et celle que tu devras encore supporter. Mais AubeMort est plus important que nous, tu l'as dit toi-même. Tu m'entends ?

Denser s'affaissa contre Ilkar. Puis il leva la tête vers l'elfe, des larmes plein les yeux.

Chapitre 20

Will et Thraun assistèrent à toute la scène. Ils comprirent immédiatement que ce n'était pas simplement un homme qui emmenait un chat de gouttière, mais ils ne saisirent pas le sens profond de l'événement. Accroupis dans l'ombre au pied du mur d'enceinte, ils ne furent pas longs à se décider.

— Nous avons promis de revenir, dit Thraun. Elle pourrait être en danger.

— Je sais que tu as raison, mais pouvons-nous vraiment l'aider ?

— Il vaudrait mieux l'espérer... Il nous reste un as dans la manche.

— Mouais. C'est vrai, bien que je n'aie pas du tout aimé la façon dont ce vieillard t'a dévisagé, comme s'il savait quelque chose. Et ils n'ont aucun moyen de faire le rapprochement entre Erienne et le chat. C'est un animal xetesk. Pourtant...

Il n'acheva pas sa phrase.

— Je sais, dit Thraun. (Il regarda le ciel.) Mieux vaut nous dépêcher. Je déteste être en retard.

Malgré sa surface lisse, le mur ne présenta pas un grand défi pour les deux hommes. Will l'escalada en quelques secondes et il était assez bas pour que Thraun bondisse et se hisse à la force des poignets.

Une minute plus tard, ils arrivèrent derrière la salle d'essai. Le bâtiment leur parut plus sinistre encore que la première fois. Il était à peine plus haut que Thraun, et son toit en pente descendait presque jusqu'au niveau du sol. Les murs bardés de fer devaient offrir une résistance considérable. Will les effleura de la main et frémit. Le métal était tiède. Surtout, il avait une aura similaire à celle qu'ils avaient captée dans la Tour. En plus dangereux.

— Ne traînons pas ici.

La nervosité de Will fut exacerbée par un grincement métallique.

— Tu m'enlèves les mots de la bouche.

Thraun longea le bâtiment en direction de la Tour, ravi de la protection qu'il leur offrait contre les regards indiscrets. Ses yeux d'aigle remarquaient chaque feuille morte, chaque brindille sèche. Derrière lui, conditionné par des années d'expérience, Will se concentrait pour mettre ses pieds dans les empreintes qu'il avait laissées. Les deux hommes traversèrent le Collège comme des fantômes, dans un tel silence qu'un garde aurait pu passer à deux pas d'eux et ne pas les remarquer, s'il leur avait tourné le dos.

Ils s'immobilisèrent à l'angle de la salle d'essai pour observer la Tour. De la lumière brillait derrière trois fenêtres et de chaque côté de l'entrée encadrée par deux lanternes. Le rez-de-chaussée était plongé dans le noir, mais ils devraient parcourir trente mètres à découvert avant de l'atteindre.

— Des idées ? demanda Will.

— Une seule, répondit Thraun.

Erienne allongea le maître de la Tour inconscient au fond de la bibliothèque, dans une position aussi confortable que possible. Sa réaction avait été rapide et précise, son poing s'écrasant sur la mâchoire du vieillard.

Il s'était effondré dans ses bras et elle n'avait plus eu qu'à le traîner dans la salle, haletant sous l'effort.

Après avoir refermé la porte, elle lança un sort de sommeil qui devrait durer jusqu'au matin. Alors seulement, elle mesura l'énormité de ce qu'elle venait de faire. Elle se laissa tomber sur une chaise, se prit le visage entre les mains et appuya les coudes sur un pupitre alors que des larmes lui picotaient les yeux. Il était déjà assez ennuyeux que le maître de la Tour ait surpris sa conversation avec Will et Thraun. Ses soupçons suffiraient largement à la faire exclure du Collège. Mais l'avoir frappé, puis neutralisé par magie... Les Dordovans lui feraient exploser la cervelle ! Son seul espoir était de différer autant que possible la capture et de prier pour que les circonstances de sa trahison adoucissent l'inévitable punition. D'une façon ou d'une autre, elle se voyait mal remettre un jour les pieds au Collège, voire dans la cité.

Se reprenant très vite, elle alla s'agenouiller près du maître de la Tour et écarta de son visage une mèche de cheveux blancs.

— Je suis désolée. Mais dans le fond, vous n'êtes qu'un très très vieil homme. Pardonnez-moi. (Elle se releva.) Je ne vous ai pas trahis. J'essaye de nous sauver tous !

Le maître de la Tour était immobile. Seuls les mouvements de sa poitrine indiquaient qu'il vivait encore. Erienne écarta un rideau pour regarder le ciel. Surprise, elle se rembrunit. La nuit était tombée. Elle ne s'était pas aperçue qu'elle était restée aussi longtemps dans la bibliothèque. Et il restait une question à laquelle elle n'avait pas répondu.

La jeune femme marcha vers une étagère dont elle tira un énorme ouvrage. Elle le feuilleta rapidement, en quête des informations qu'elle savait y trouver.

Denser tournait et retournait entre ses doigts l'insigne de commandant de la passe de Sousroc qu'il avait pris à Travers. L'objet était difficile à distinguer dans l'obscurité ; le mage augmenta l'acuité de sa vision pour mieux l'observer. Il ne lui trouva rien d'impressionnant, même s'il avait une importance cruciale pour la survie de Balaia. En or et en acier, il faisait environ les trois quarts de la largeur de sa paume. Un motif à feuilles était gravé sur le pourtour. Un côté représentait l'entrée sud de la passe ; sur l'autre figuraient les noms des commandants qui l'avaient porté.

C'était la première fois que Denser l'examinait en détail et il aurait dû le trouver fascinant. Mais il pensait uniquement à son Familier. Son contact mental lui manquait. Cette solitude était le prélude à la souffrance qui accompagnerait sa mort. Il lui semblait percevoir sa peur, sa colère et son désarroi. Entendre les hurlements qu'il pousserait en succombant. Il ne pouvait pas laisser faire une chose pareille.

Sol se tenait près de lui, incarnation de la force contenue. Ses yeux sondaient les environs en quête de tout ce qui pourrait être une menace. Pour l'instant, il n'avait rien trouvé... et il ne pouvait pas s'infiltrer dans les pensées de Denser.

— Sol, appela doucement le mage. (Le Protecteur tourna la tête vers lui.) Attrape. (Il lui lança l'insigne et sa chaîne. La main gantée de Sol se referma dessus.) Garde-les en sécurité.

Sol regarda le bijou, les yeux ronds. Il releva la tête vers Denser, qui achevait son incantation.

— Tu sais que j'étais forcé de le faire.

Des ailes obscures apparurent dans le dos du mage. D'un battement paresseux, il se propulsa dans les airs et partit en direction de Dordover.

— Non !

L'exclamation de Sol effraya les oiseaux et réveilla Hirad en sursaut pour la seconde fois. Un instant, le barbare en resta bouche bée : il n'avait jamais entendu la voix du Protecteur. Il le dévisagea en plissant les yeux et, suivant son regard, aperçut une forme qui s'éloignait dans le ciel piqueté d'étoiles.

— Qu'est-ce que... ?

— OmbresAiles, dit Ilkar derrière lui.

— C'est Denser ? s'étrangla Hirad.

— Je le crains.

— De mieux en mieux ! (Le barbare jeta son épée sur le sol, les joues brûlantes de fureur. Il serra les poings.) Il menace de tuer Talan à cause d'une menace imaginaire pour sa précieuse quête ! Dans la foulée, il va se suicider à Dordover parce que quelqu'un a capturé son maudit chat ! (Il tendit le poing dans la direction où Denser avait disparu.) Qu'est-ce qu'on peut faire maintenant ?

— Rien. (Sol lança l'insigne et la chaîne à Ilkar, qui les rattrapa au vol.) Pas bouger.

— C'est à moi ou à ton chien que tu parles, homme masqué ? grogna le barbare.

— Hirad..., commença Ilkar.

Sol évalua la situation et Hirad crut le voir se rembrunir.

— Ne bougez pas, s'il vous plaît, dit-il.

Puis il se détourna et courut vers son cheval. Hirad se baissa pour ramasser son épée et voulut le suivre.

— Non, l'arrêta Ilkar.

— Quoi ?

— Je crois qu'il a raison. Nous ne devrions pas bouger.

— Tu es d'accord avec un Xetesk ?

— Je sais que c'est inhabituel, mais pour cette fois, oui.

— Pourquoi ? On ne peut pas dire qu'ils aient pris beaucoup de décisions pertinentes, ces derniers temps.

Hirad fit de nouveau un geste en direction de Dordover.

— Parce que s'ils meurent tous, il faudra que quelqu'un qui connaît toute l'histoire continue la mission.

— Sans cet abruti ailé, je croyais qu'on ne pourrait pas lancer le sort, dit le barbare en rengainant son arme.

— Pour l'instant, il est notre seule chance, concéda Ilkar. Mais s'il n'y a personne pour faire de rapport à Xetesk, nous n'en aurons plus aucune.

— Alors, on reste là et on attend ?

Hirad n'avait pas l'habitude qu'on le juge indésirable dans une bataille.

— Non. On lève le camp et on se prépare à filer en vitesse.

— Comment saurons-nous si cet idiot est mort ?

— Nous le saurons. Crois-moi, nous le saurons...

En entendant la porte de la bibliothèque s'ouvrir, Erienne lâcha son livre comme une enfant coupable. Son cœur battit la chamade, puis eut un raté de soulagement quand Will et Thraun entrèrent dans la pièce.

— Par les dieux, vous m'avez surprise ! Comment avez-vous pu... ?

— En faisant comme si cet endroit nous appartenait. Tu serais étonnée de voir à quel point ça marche.

— D'accord, mais... ici ?

— Je dois admettre que c'était culotté, mais ça a marché. (Thraun sourit.) Nous avons eu de la chance de ne pas croiser le maître de la Tour. Je craignais de devoir l'assommer.

— Je vous ai devancés.

Erienne leur raconta les événements de l'heure précédente.

— Encore une chose, dit Will. Quelqu'un a capturé le chat de Denser.

— L'imbécile ! cria Erienne en frappant la table du plat de la paume. Je l'avais prévenu qu'ils détecteraient la présence d'un Familier. L'arrogance de cet homme n'a-t-elle aucune limite ? La douleur qu'il va subir... Le pauvre, ce sera terrible pour lui. Mais nous n'avons pas le temps de nous en inquiéter. Tout bien pesé, je dirais que nous avons eu plus de chance que nous ne le méritions. J'ai perdu ma réputation en acceptant de participer à cette folie. Pas question d'y laisser ma vie par-dessus le marché.

— Tu crois qu'on peut voler l'anneau ? demanda Will.

— Je n'en suis pas certaine... Il y a un sort de protection que je ne connais pas. Jusqu'à ce que je puisse examiner la configuration du mana, j'ignorerai ce qu'il fait et si je peux le neutraliser. Pour cela, il faut que je m'en approche. Allons-y !

Thraun s'assura que la voie était libre puis, sur la pointe des pieds, ils se dirigèrent vers l'entrée des cryptes.

— Will ?

— C'est un verrou ordinaire, solide mais grossier, chuchota le petit homme. Mais je dois savoir s'il est protégé par un sort ou par un piège conventionnel.

— Ni l'un ni l'autre, répondit Erienne.

— Parfait. (Will se pencha et inséra dans la serrure une baguette de métal longue comme son petit doigt. Il fit jouer brièvement le mécanisme.) Très grossier, constata-t-il.

Il retira la baguette et sortit d'une poche de sa ceinture un morceau de métal plat, d'environ trois centimètres de large, soudé à un cylindre où il inséra la baguette. Les deux pièces s'assemblèrent avec un cliquetis. Will introduisit cette clé improvisée dans la serrure et tâtonna pour trouver le bon emplacement. Avec un sourire, il imprima une rotation au cylindre et entendit la barre du verrou glisser de l'autre côté du battant.

— Tu veux passer la première ? demanda-t-il à Erienne.

— C'est sans doute préférable.

Pendant qu'il rempochait ses outils, la jeune femme ouvrit la porte. Dans les cryptes, le mana était encore plus pesant, et elle dut s'immobiliser pour reprendre son souffle dans l'obscurité.

— Il y a beaucoup de mana statique ici, pour préserver l'intégrité des glyphes de protection. Je peux me diriger en me fiant aux flux. Et vous ?

— Je suivrai Thraun. Ne t'inquiète pas.

— Pas de lumière ? demanda le colosse.

— Pas avant que nous n'ayons descendu les premières marches. Au milieu de l'escalier, il y a un glyphe sensible à la lumière qui s'active au crépuscule. C'est une alarme.

Erienne s'engagea prudemment dans l'escalier. Thraun et Will la suivirent après avoir refermé et verrouillé la porte derrière eux. Les ténèbres étaient impénétrables pour le voleur ; l'atmosphère chargée de mana l'angoissait et l'odeur de renfermé le prenait à la gorge. Il passa les doigts de sa main droite dans la ceinture de Thraun et laissa courir la gauche sur le mur, se fiant à son ami pour le guider. Il était si concentré qu'il entendit à peine Erienne les prévenir qu'ils franchissaient le premier glyphe, mais il lui sembla le sentir : le mana encore plus dense, la terreur lui transperça le cœur et le poussa à chercher désespérément un point d'ancrage...

Will trébucha.

— Accroche-toi, mon vieux, souffla Thraun d'une voix étouffée par le pouvoir qui les enveloppait. Plus qu'une douzaine de marches.

— Je déteste ça, gémit le petit homme.

— Moi aussi. Mais calme-toi !

L'escalier débouchait sur un passage étroit qui tournait aussitôt vers la droite. Une porte se dressait un peu plus loin. Erienne l'ouvrit, fit signe à ses compagnons de passer, la referma et incanta. Will s'adossa au battant, réconforté par le contact du bois et du métal.

— Illumination, murmura Erienne.

Un point lumineux apparut et grossit jusqu'à atteindre la taille de la tête de Will, qui pensa qu'il n'avait jamais rien vu de plus beau.

Le voleur regarda autour de lui. Ils étaient dans une longue salle glaciale qui s'étendait dans les ténèbres au-delà de la portée du GlobeLumière d'Erienne. Sur sa droite et sur sa gauche s'empilaient des sarcophages de pierre séparés par des étagères. Ici, le mana était encore plus épais. Le bref soulagement qu'il avait éprouvé à la vue de la lumière s'évanouit aussitôt. Haletant, il s'affaissa contre la porte et quémanda du regard l'aide de Thraun. Mais les épaules voûtées du colosse montraient qu'il était affecté aussi.

— Erienne..., implora Will.

Ses jambes tremblaient d'épuisement. Maintenir son corps à la verticale était une torture.

— Désolée, dit la jeune femme, je n'avais pas idée que ce serait aussi fort. Reposez-vous quelques instants. La pression devrait s'alléger suffisamment pour vous permettre de continuer. Nous avons encore du chemin à faire.

Will se redressa et se força à se concentrer sur l'obscurité qui enveloppait les cryptes une dizaine de pas devant lui.

— C'est tout dans la tête, marmonna-t-il pour se rassurer.

— Non ! dit Erienne. Le mana est une force qui contrôle et adapte la nature. Une force physique et tangible, comme vous êtes en train de le découvrir. Certaines personnes l'attirent. Celles qui parviennent à l'accepter et à le manipuler deviennent des mages, comme moi.

— Merci de ton soutien, grommela Will.

— Souvenez-vous qu'il est inoffensif dans cet état. Les mages, en le façonnant, le rendent instable et dangereux. Continuons !

Erienne avança entre les tombes des maîtres annalystes et des Seigneurs Mages, certains morts depuis plusieurs siècles. Le GlobeLumière la suivit, flottant légèrement au-dessus et à droite de sa tête. Will et Thraun lui emboîtèrent le pas, la démarche traînante comme s'ils portaient un monstrueux paquetage.

Jandyr entra au galop dans l'écurie de l'auberge et sauta de sa monture. Quelques mots échangés avec le palefrenier, et une pièce glissée dans sa main, lui procurèrent toutes les informations dont il avait besoin, plus un picotin d'avoine pour son cheval. Il saisit son arc et son carquois puis s'enfonça au pas de course dans la nuit, suivant les indications qu'on lui avait fournies sans avoir idée de ce qu'il ferait une fois arrivé sur place. Une solution se présenterait bien à lui. D'habitude, c'était ce qui se passait.

Pour Denser, le mana qui enveloppait le Collège dordovan était un phare de lumière orange. À côté, les illuminations de la cité pâlissaient. Ses OmbresAiles battaient en rythme, le propulsant vers son objectif. Il avait plaqué une main sur sa calotte ; de l'autre, il tenait son épée pour l'empêcher de cogner contre sa jambe gauche. AubeMort et le sauvetage de Balaia ne le préoccupaient plus. Quelque part dans le Collège, il y avait son Familier, une part de sa conscience. Il ne pouvait autoriser personne à le lui arracher.

Il émit une onde de calme et de soulagement, avec l'espoir qu'elle pénétrerait la cage de mana où son Familier devait être emprisonné.

Denser plongea vers le Collège et vers la « Tour » qui se dressait au centre : un bâtiment trapu et hideux, qui ne méritait pas le nom attribué aux plus glorieuses structures des mages. Mais le Collège Dordover se méprenait sur le focus de pouvoir qu'une Tour offrait à ses maîtres. Tout comme il se trompait sur beaucoup de choses. Entre autres, la réaction d'un Xetesk à qui on avait enlevé son Familier.

Alors qu'il tournait autour du bâtiment, une quinzaine de mètres au-dessus de son point le plus élevé, Denser comprit que le ravisseur du Familier devait l'attendre, sentant sa présence mais incapable de déterminer où il était. D'après son expérience, peu d'humains levaient le nez au ciel pour trouver ce qu'ils cherchaient. Il avait donc un avantage. En silence, il se laissa tomber vers le toit de la Tour et s'immobilisa juste au-dessus de ses ardoises, sans cesser d'émettre son message et de fouiller le mana. Il se déplaça lentement, espérant recevoir un signal, un indice sur la direction à prendre. Il était tout près, il le sentait, mais un mouvement inconsidéré aurait entraîné un désastre.

Dans sa cage de mana, le Familier cessa de se débattre et tendit l'oreille. Il agrippa les barreaux et se pencha en avant.

Le mage frémit, mais parvint à sourire malgré son dégoût.

— Excellent. Je suppose qu'il est arrivé...

— Oui, dit le démon d'une voix crissante. Et tu es à moi.

— Ça m'étonnerait, répliqua le mage.

Il fit pivoter son fauteuil vers la porte, son expression assurée dissimulant l'effort qu'il devait faire pour ignorer les provocations de la créature à qui il tournait le dos.

— N'avancez plus. Il y a encore un glyphe.

La voix d'Erienne fit sursauter Will. Jusque-là, il regardait le plancher, son esprit aspirant à la liberté pendant que son corps luttait contre la pression constante du mana. Il leva les yeux. Par-dessus l'épaule de Thraun, il vit Erienne debout au milieu d'un croisement sous la lumière de son Globe. Sur les côtés, les étagères de sarcophages avaient disparu. Les murs se rapprochaient et le passage rétrécissait.

— Où sommes-nous ? demanda-t-il.

— La crypte d'Arteche est par là, répondit Erienne en désignant le couloir de droite. Derrière cette porte. Mais elle est gardée. Personne n'est autorisé à entrer, à part les membres actuels du Conseil des maîtres annalystes. Le glyphe ne les concerne pas.

— Mais tu pourras le franchir ?

— Disons plutôt que je pourrai le déplacer.

— Dans ce cas, pourquoi... ?

— Ces sorts de protection sont seulement censés avoir un effet dissuasif sur les mages dordovans. Même si on connaît leur structure, les déplacer n'est pas sans risque. En revanche, les gens comme vous – les hommes ordinaires – n'ont aucune chance de les contourner. Si vous essayiez, ce qu'il resterait de vous tiendrait dans la paume de ma main.

— Charmant, marmonna Thraun. De quoi s'agit-il, exactement ?

— D'une bulle de mana qui protège la porte. Le piège magique est dedans. Si je suis prudente, j'arriverai à la faire glisser. Sinon, elle éclatera. Je vous appellerai quand je serai prête. Ne bougez pas d'ici !

— Bonne chance, lui souffla Thraun.

La jeune femme avança. Arrivée devant le glyphe, elle se concentra sur le spectre du mana. La bulle qu'elle avait décrite dépassait d'un mètre cinquante de la porte. Ancrée aux quatre côtés, elle brillait d'une douce lueur orange – le mana statique qui la maintenait active n'avait pas l'éclat du mana pur. Dedans, le piège magique émettait une lumière bleue, froide et meurtrière. Erienne tendit les mains vers la bulle et la poussa prudemment. La surface scintillante s'enfonça comme une outre pleine. Un bon signe. Cela lui fournissait une marge d'erreur dont elle n'aurait pas disposé si le mana avait été tendu. Mais depuis longtemps, personne ne s'était donné la peine de l'entretenir.

Erienne laissa retomber ses mains et se concentra pour créer une forme de mana qui isolerait le glyphe. Elle partit du centre et dut puiser très peu dans ses propres réserves, car les cryptes lui fournissaient presque tout ce dont elle avait besoin. La coquille se développa et se modela. D'abord un cercle, elle changea de forme pour envelopper sa cible, dont elle reproduisit fidèlement les contours. Mais contrairement à la bulle, elle était d'une parfaite rigidité.

Le processus dura cinq minutes, et la nervosité d'Erienne augmenta à l'idée qu'on risquait de les découvrir. Elle poussa sa coquille vers la bulle, la força à épouser sa surface et eut conscience d'une sorte de « succion » très satisfaisante quand le glyphe accepta sa création et se fondit à elle. Puis elle sonda le tout à la recherche de points faibles et n'en trouva aucun. Réduisant la rigidité de sa coquille, elle poussa mentalement sur la gauche, dégageant d'abord la poignée de la porte, puis la moitié du battant. Alors, elle appela ses compagnons.

— Will, il faut crocheter la serrure. Restez toujours devant moi. C'est bien compris ?

— Oui, dirent les deux hommes.

La serrure était si facile à ouvrir que Will se sentit insulté. Sur un signe de tête d'Erienne, il actionna la poignée et entrebâilla la porte.

— Entrez et collez-vous contre le mur de gauche, ordonna la jeune femme. Vous devriez être en sécurité. Il faut que je remette le glyphe en place.

Will et Thraun obtempérèrent. À la lumière que projetait le Globe d'Erienne, ils distinguèrent une forme basse et allongée, au centre de la pièce. La clarté augmenta quand la jeune femme entra et referma la porte derrière elle, révélant une crypte aux parois de pierre nue dont la voûte culminait à deux mètres cinquante environ. La forme qu'ils avaient aperçue était celle d'un sarcophage large et plat avec une inscription à une seule extrémité. Sur le couvercle, reposaient une épée, une robe orange et bleu foncé – protégée par une vitrine de verre – et un anneau. L'atmosphère était moins pesante dans cette pièce. Will prit une inspiration pleine de gratitude. Il regarda autour de lui : pas d'autre issue que la porte par où ils étaient entrés.

— C'est tout ? demanda-t-il, presque déçu par le manque de décorum.

— À quoi t'attendais-tu ? lança Erienne en se dirigeant vers le sarcophage, les yeux rivés sur l'anneau.

— À quelque chose d'un peu plus impressionnant.

— Les maîtres annalystes font preuve d'ostentation de leur vivant. Morts, ils n'ont besoin de rien d'autre que du mana pour les envelopper. Ça alors...

La jeune femme fit le tour du sarcophage, les mains dans les plis de sa robe.

— Quoi ? demanda Will.

— Le glyphe qui entoure l'anneau. Je... Attendez.

Erienne observa de nouveau l'extraordinaire forme de mana. Elle n'était pas plus grosse qu'un crâne humain, mais deux caractéristiques l'en distinguaient : les trois bandes de couleur – orange, bleu et vert foncé – qui s'enroulaient autour et les pointes qui la garnissaient, lui donnant l'apparence d'une masse cloutée. Erienne n'avait jamais entendu parler d'une chose pareille. Quand elle en approcha ses mains ointes de mana, les couleurs du glyphe s'assombrirent, menaçant de rompre son bouclier. Elle recula, des picotements tout le long des bras.

— Tu ferais mieux de verrouiller la porte, Will. Ça risque de prendre un peu de temps.

— Quel est le problème ? demanda Thraun.

Erienne eut un sourire condescendant.

— Rien que tu puisses comprendre, je le crains...

— Explique quand même.

— Très bien. La forme et la construction du glyphe ne sont pas d'origine dordovane pure. Elles contiennent des annales d'un autre Collège, que je ne peux pas déchiffrer. Ça t'aide ?

— Pas vraiment. As-tu idée de ce qui pourrait le déclencher ?

— Une intrusion, je suppose.

— Sois plus précise. L'intrusion de qui, ou de quoi ?

— Je ne te suis pas.

— Rappelle-moi de quelle façon fonctionne un glyphe.

— C'est une forme de mana statique positionnée pour protéger une cible. Sa base annalytique permet au jeteur de sort d'inclure ou d'exclure n'importe quelle classe d'objet ou d'être, vivant ou inanimé. Mais je ne vois pas où tu veux en venir.

— Tu crois pouvoir la reproduire ?

— Non. Ce serait trop risqué.

— Dans ce cas, je te suggère de découvrir ses « exclusions ».

Elle regarda Thraun comme s'il l'avait giflée.

— Tu me *suggères ?* répéta-t-elle en s'empourprant. Depuis quand es-tu spécialiste en glyphes ? Tu n'es qu'un tas de muscles ambulant qui ne devrait pas se prononcer sur des sujets dont il ignore tout ! Comment oses-tu me dire ce que je dois faire ?

— Ce n'était qu'une suggestion. Un simple « non » aurait suffi.

Thraun avait parlé calmement et à voix basse, mais quelque chose, dans son attitude, s'était légèrement modifié, évoquant une menace animale. Will, qui s'était contenté de suivre la conversation près de la porte, fit un pas vers eux. Il avait conscience de la précarité de leur situation et souhaitait calmer le jeu.

— Si tu ne peux pas reproduire cette forme de mana, as-tu une autre idée à proposer ? demanda-t-il.

— Je pourrais mettre un terme à tout ça d'un seul geste, dit Erienne en levant un bras.

— Je parlais d'une idée intelligente. Nous n'avons aucun intérêt à tout gâcher.

— Vous, peut-être. Mais au cas où tu l'aurais oublié, moi, j'ai déjà tout perdu. Regardez-vous ! Le grand Thraun et le petit Will. J'ai le pouvoir de vie et de mort sur vous ! Il est si facile d'interrompre une existence.

Soudain, ses yeux s'emplirent de larmes. Will et Thraun se regardèrent. Le colosse hocha la tête.

— Erienne, tu sais que nous partageons ta peine, dit Will. Nous aimions tes enfants et Alun, et rien ne pourra jamais les remplacer. Mais pour le moment, nous avons besoin que tu nous aides. Il nous faut cet anneau, et nous n'avons pas beaucoup de temps avant de nous faire prendre. (Il la força à se tourner vers lui.) Je t'en prie, Erienne. Tu pourras pleurer tout ton soûl quand nous serons sortis de cette tombe.

Erienne le regarda, les joues inondées de larmes. Puis elle se dégagea et s'essuya le visage.

— La réponse à ta question, Thraun, c'est que comme la plupart des glyphes de ce Collège, il est déclenché par l'activité cérébrale humaine ou par le passage d'un objet inanimé. (Sa voix tremblait, mais elle semblait avoir repris ses esprits.) Non que ça nous serve à grand-chose...

— Au contraire. Ça nous mâche le travail ! lança Thraun.

— À moins de trouver un animal et de le dresser pour qu'il prenne l'anneau, je ne vois pas ce que nous pourrions faire. Or, au cas où tu ne l'aurais pas remarqué, il n'y en a aucun avec nous.

— Ce n'est pas tout à fait vrai...

— Que veux-tu dire ?

— Thraun... (Will avait compris où son ami voulait en venir.) Tu conserves une part de ton intelligence. Je ne crois pas que tu puisses passer pour animal.

— C'est la seule solution, dit calmement le colosse. Puisque Erienne ne peut pas déplacer le glyphe...

— Vous voulez bien arrêter de parler par énigmes ? dit la jeune femme. Que suggérez-vous ?

— Tu es certain de vouloir faire ça ? demanda Will. (Thraun hocha la tête.) D'accord. Explique-lui toi-même.

— L'un de vous va-t-il cracher le morceau ? explosa Erienne.

Thraun prit une grande inspiration.

— C'est très simple. Je suis un métamorphe.

Dans sa cage, le Familier glapissait comme un singe. Il sautait d'une patte sur l'autre. Les ailes déployées autant que le lui permettait la taille de sa prison, il sifflait, crachait et provoquait son geôlier.

— Tout près de la mort, Dordovan. Tout près de la mort...

Le mage demeurait aussi calme que possible. Son attention était rivée sur la porte, la forme de mana qu'il avait choisie prête à être complétée en un clin d'œil.

— Maintenant, dit le Familier.

Il se recroquevilla sur lui-même et se couvrit la tête de ses ailes. Si le mage l'avait vu, peut-être ne se serait-il pas laissé surprendre. Peut-être.

Dans son dos, les fenêtres implosèrent. Tandis qu'une pluie de débris de verres et d'échardes de bois tombait dans la pièce, Denser traversa l'ouverture, les pieds en premier, ses OmbresAiles repliées. Surpris, le mage voulut faire volte-face, mais le poing de Denser s'écrasa sur sa mâchoire avant qu'il ait fini de se retourner. Concentration brisée, il tituba, incapable de se défendre magiquement contre le poing qui lui brisa le nez puis la botte qui le cueillit à l'estomac. Il s'effondra sur le sol, près de la porte par où il était certain que Denser arriverait. Le Xetesk le força à se relever, les yeux brûlants de haine.

— Les autres vont venir. Vous ne pourrez pas tous nous vaincre, souffla le Dordovan.

Denser éclata d'un rire méprisant.

— Trop tard pour vous !

Son coup de tête fendit la lèvre du Dordovan et fit couler son sang. Il le traîna près de la cage de mana.

— Vous ne réussirez pas à l'ouvrir, dit le Dordovan. Et je mourrais plutôt que de vous aider à libérer ce monstre.

— Tant de bêtise, dit Denser d'une voix soudain calme, le visage à quelques centimètres de celui de l'homme. Tant d'aveuglement. Une seule magie, un seul mage.

Il souleva le loquet. La cage de mana se désintégra. Une boule de fureur meurtrière en jaillit.

Chapitre 21

À travers le portail, Jandyr observait la Tour à moitié dissimulée par les arbres et les autres bâtiments. Tout semblait calme dans le Collège. Il y avait un peu de passage dans la rue, rien de très intense, et le garde de faction ne paraissait pas l'avoir remarqué.

L'elfe se demandait que faire. Il savait qu'on ne le laisserait pas entrer à cette heure, mais le calme plat laissait penser qu'aucun incident ne s'était produit depuis la capture du chat.

Derrière lui, au cœur de la cité, il entendit des cris.

Puis un bruit de sabots.

Une douleur fulgurante déchira le crâne d'Erienne. Elle tituba, se tenant la tête à deux mains et, déséquilibrée, tomba à genoux. Sonnée, elle ferma les yeux et entendit Will courir vers elle.

— Qu'y a-t-il ? Tu vas bien ?

— Par les dieux, ça fait mal, gémit la jeune femme.

Heureusement, la douleur diminua.

Elle se calma et sonda les lignes de mana qui traversaient la Tour, à la recherche d'une brèche. Elle trouva la faille au dernier étage, et hoqueta de stupeur quand elle la localisa.

— Il y a un Xetesk dans la Tour, dit-elle, stupéfaite par l'audace de cette intrusion.

— Denser ? avança Will.

— Qui d'autre ? (Erienne se releva.) Il a dû réveiller tous les mages du bâtiment. (Elle se tourna vers Thraun.) Quoi que tu t'apprêtes à faire, je te suggère de te dépêcher. Nous n'avons plus beaucoup de temps.

La révélation du colosse l'avait à demi surprise. À bien y réfléchir, c'était logique. Ça expliquait qu'il y voie aussi bien qu'un elfe dans le noir et qu'il sache suivre une piste avec autant d'aisance et de discrétion qu'un prédateur. Mais elle ne savait pas si elle devait être effrayée, fascinée ou dégoûtée.

Thraun se dévêtit.

— La métamorphose est rapide et la plupart des gens trouvent ça horrible. N'hésite pas à tourner la tête en cas de besoin. Je ne me vexerai pas, parce que je ne m'en apercevrai pas. Will, pense à emporter mon équipement. Je n'aurai pas le temps de me retransformer avant que nous soyons sortis d'ici.

Le petit homme acquiesça.

— J'espère que tu sais ce que tu fais... Bonne chance.

Une fois nu, Thraun s'allongea sur le sol de pierre froide et frémit à son contact. Il se mit sur le flanc, remonta ses jambes contre sa poitrine et tendit les bras devant lui. Puis il ferma les yeux et ralentit sa respiration avant de puiser dans la partie de son esprit qu'il craignait, vénérait, haïssait et chérissait.

Ses pensées changèrent du tout au tout. Son esprit s'emplit d'images de la meute, submergé par la joie de la chasse et l'ivresse de la mise à mort. Il sentait l'odeur du sang et la myriade de parfums de la forêt. Il rêva de course folle, et les muscles de ses membres s'épaissirent. Ses os se déplacèrent. Des coussinets se formèrent. Il rêva de puissance et ses mâchoires s'allongèrent. Sa langue s'aplatit. Ses narines se développèrent. Il rêva qu'il percevait le moindre bruit et ses oreilles remontèrent sur le sommet de son crâne. Il rêva de force, et sa cage thoracique s'arrondit. Ses poumons enflèrent ; son cœur battit plus vite. Il sentait le ciel au-dessus de lui, se souvenait de la proie gisant à ses pieds et entendait les hurlements de ses frères de meute. Il savait qu'il était rentré chez lui, mais tout au fond de son esprit, une voix prononça un ordre : « Souviens-toi ».

Il se redressa d'un bond. Un grognement monta de sa poitrine quand la force se déversa dans ses muscles reformés. Il vit la femme-amie reculer et l'homme-frère lever une main pour indiquer que tout allait bien. Alors, il se concentra sur le couvercle du sarcophage.

Erienne s'était toujours enorgueillie d'une objectivité à toute épreuve. Les horreurs auxquelles elle avait assisté pendant sa formation l'avaient blindée. Mais la transformation de Thraun était une expérience nouvelle. Il avait dit vrai : jamais elle n'oublierait ça.

À présent, il se tenait devant elle, haut d'un mètre vingt au garrot, ses mâchoires puissantes entrouvertes et il la regardait de ses yeux jaunes. Sa fourrure brun clair était tachetée de gris. Le long de son échine courait une bande d'un blanc très pur.

Près d'elle, Will fit un signe de la main. Thraun bondit sur la tombe d'Arteche, traversa le glyphe, prit l'anneau dans sa gueule et sauta de nouveau à terre. Puis il laissa tomber l'anneau devant lui et leva la tête vers Will. Erienne soupira de soulagement. Si Thraun avait déclenché le glyphe, ils auraient été tués tous les trois. Et voir que Will ne manifestait pas de peur face au loup la calmait.

Elle tendit une main. Thraun la renifla.

— Tu ferais mieux de déplacer le glyphe de la porte, dit Will. J'ai laissé ma clé dans la serrure, tu n'as qu'à la tourner. (Il siffla pour attirer l'attention de Thraun.) Nous allons repartir en courant. Tu reprendras ta forme humaine dans la forêt. Ce sera dangereux. Suis-moi. (Il s'accroupit et fit mine de prendre l'anneau, mais le loup posa une patte dessus.) D'accord, garde-le.

— Tu crois qu'il a tout compris ? demanda Erienne, qui venait d'ouvrir la porte.

— Difficile à dire... Il capte l'idée générale, et certains mots bien précis. Mais il ne se rappelle jamais comment il fait, quand il redevient humain.

Thraun ôta sa patte de l'anneau et le reprit dans sa gueule. L'homme-frère avait dit qu'il y aurait du danger. Qu'il devrait courir. Qu'il retournerait dans la forêt. Les appels de ses semblables résonnèrent de nouveau à ses oreilles.

Repousser le glyphe ne fut pas difficile. La configuration de la forme de mana impliquait que la bulle ne pouvait pas être brisée de l'intérieur. Mais comme le piège magique risquait encore de se déclencher, Erienne devait le déplacer. Ce fut l'affaire de quelques secondes.

— Va-t-il nous suivre ?

— Oui. Mais souviens-toi qu'il est indépendant. Il n'est pas obligé de m'écouter, ce qui le rend dangereux.

— Pour nous ?

— Non. Il sait que nous sommes ses amis. Mais sous cette forme, c'est un animal sauvage, et il réagit aux menaces en conséquence.

— D'accord.

Erienne sortit de la crypte, le Globe éclairant son chemin.

— Thraun, on y va, dit Will.

Il suivit la jeune femme et entendit le loup trottiner sur ses talons.

Le démon sauta sur le mage dordovan et lui enfonça ses griffes dans les épaules. Toute superbe envolée, l'homme se débattit en vain, incapable de frapper la créature qui lui bavait sur la figure.

— Tue-le, ordonna Denser.

— Non, gémit le Dordovan. Je vous en supplie.

Le démon lui ferma la bouche d'une main.

— Ton âme m'appartient, dit-il.

Il écarta les bras, serra les poings et les abattit sur les tempes du mage. Le crâne se brisa comme une poterie sous l'impact d'une pierre, et le cerveau éclaboussa le visage ravi du Familier. La créature se reput de sang et de cervelle sous le regard indifférent mais apaisé de Denser.

Puis le Xetesk prit conscience que des gens approchaient. Des bruits de pas résonnaient dans le couloir, accompagnés de voix insistantes.

— Assez, dit-il. (Déçu, le Familier leva la tête vers lui.) Nous avons de la compagnie. (Denser prépara une nouvelle paire d'OmbresAiles et sentit que ses réserves de mana touchaient à leur fin.) Disperse-les et trouve Erienne, Will et Thraun. Ils sont en bas. Conduis-les jusqu'au portail, et assure-toi qu'il n'arrive rien de fâcheux à Erienne. Je vous surveillerai de là-haut.

Le Familier sourit, du sang coulant sur son menton.

— Tu veilleras toujours sur moi ?

— Jusqu'au jour où mon âme quittera ce monde, promit Denser.

Il s'envola par la fenêtre brisée, s'éleva dans le ciel nocturne et augmenta la portée de sa vue pour mieux distinguer les environs de la Tour. Satisfait et repu, le

Familier s'approcha de la porte mais ne l'ouvrit pas. Qu'ils viennent donc à lui ! Il resta suspendu dans les airs un mètre au-dessus du cadavre du Dordovan, les pattes postérieures croisées, les ailes battant la mesure.

La porte s'ouvrit à la volée et une demi-douzaine de personnes entrèrent : des gardes aux épées scintillantes et des mages aux mains libres pour incanter. Ils s'arrêtèrent en voyant leur frère, dont la tête n'était plus qu'une masse informe de cervelle, de sang et de fragments d'os.

Puis ils avisèrent le Familier, qui éclata de rire, ravi du chaos macabre qu'il avait créé. Ensuite, il se jeta sur eux, griffes sorties, ses ailes s'agitant au-dessus de leur tête, et rugit de bonheur quand ses ennemis s'éparpillèrent avec des cris de terreur.

Il marqua une pause pour contempler son œuvre – les visages ensanglantés, les expressions confuses ou incrédules – et s'engagea dans l'escalier central en riant comme un dément.

Jandyr recula dans la ruelle au moment où Sol arriva au galop et se fraya un chemin parmi les Dordovans. Ignorant leurs protestations, il s'arrêta près de l'elfe et mit pied à terre.

— Va à l'auberge. Ramène les autres chevaux. (Il lui tendit les rênes du sien.) Tu iras plus vite avec ça, dit-il en crachant chaque mot comme si ses cordes vocales étaient nouées à force de n'avoir pas servi.

Puis il courut vers le portail sans même dégainer les armes qu'il portait dans le dos.

— Que se passe-t-il ? demanda Jandyr.

— Des ennuis.

L'elfe haussa les épaules, monta en selle et regagna l'auberge.

Erienne s'engagea dans l'escalier. Elle avait senti la force vitale d'un mage disparaître de la trame de mana. La fureur qu'éveillaient en elle les actes présumés de Denser lui faisait oublier toute prudence.

— Erienne, le glyphe ! cria Will qui, ralenti par le poids du mana, avait du mal à ne pas se laisser distancer.

— Il est trop tard pour nous en soucier. Cet imbécile s'est déjà chargé d'alerter tout le monde.

— Qui ça ?

— Tu le sais bien.

Il y avait de la déception dans la voix de la jeune femme – mais une profonde compassion dans son esprit. Son GlobeLumière activa le glyphe, et une alarme résonna dans la Tour, perçant les tympans de Will. Derrière lui, Thraun glapit et accéléra. Il bondit dans l'escalier et dépassa Erienne à l'instant où elle ouvrait la porte. Le hall du rez-de-chaussée était vide. Mais quand l'alarme se tut, elle fut remplacée par des voix coléreuses et par le claquement des portes de tous les quartiers d'habitation.

Thraun courut vers la porte d'entrée et tenta en vain d'actionner la poignée avec ses pattes de devant. Erienne n'avait que quelques pas de retard sur lui. Ils ne virent pas le Familier émerger de l'escalier principal, mais Will, le dernier à sortir des cryptes, fut accueilli par un spectacle plus terrifiant que ses pires cauchemars. Il venait de regarder à la ronde, en quête d'ennemis éventuels, voyant Erienne ouvrir la porte d'entrée, quand le visage ensanglanté du Familier de Denser emplit son champ de vision. Son crâne lisse pulsant et ondulant, il éclata d'un rire dément et leva une patte pour frapper le petit homme avant de le reconnaître.

Alors, il se pencha vers lui et dit :

— Viens. Dehors. Le portail.

Will ouvrit la bouche et hurla.

Denser assista à toute la scène. Alors que Jandyr galopait dans les rues de la cité, Sol se planta devant le garde et l'assomma d'un coup de poing. Puis il entra dans le Collège réveillé en sursaut. Erienne sortit de la Tour, suivie par un loup énorme. Mais avant que Denser trouve un moyen d'empêcher l'animal de rattraper et de tuer la jeune femme, le loup tourna les talons et rentra dans le bâtiment. Erienne hésita. Elle se retourna à demi et trébucha.

— Non, non, souffla Denser

Des mages, des gardes et des acolytes jaillissaient de partout, fournissant à Erienne un bouclier de chaos. L'un d'eux l'aida même à se relever.

Denser piqua vers Sol.

— Fais-la sortir d'ici ! cria-t-il pour couvrir le brouhaha général. Et trouve mon Autre. Je vais prêter main-forte à Jandyr.

Le Protecteur hocha la tête. Denser reprit de l'altitude et suivit l'elfe qui galopait sur le cheval de Sol.

Erienne sourit au mage qui l'avait aidée et rebroussa chemin vers la Tour.

— Que se passe-t-il ? demanda l'homme en lui emboîtant le pas.

— Il y a un Xetesk dans le Collège.

La jeune femme entra dans la Tour et se pétrifia en découvrant le spectacle. Thraun et une créature qu'elle supposait être le Familier de Denser se défiaient au milieu du hall. À distance, quatre mages incrédules les observaient. Le Familier filait vers la droite ou vers la gauche, remontait et redescendait pendant que Thraun abattait ses griffes et refermait ses mâchoires sur le vide. Il avait déjà une belle entaille sur le museau. Erienne ne vit pas Will. Sa seule pensée, quand elle leur cria de s'arrêter, fut qu'elle risquait gros. Mais elle n'avait pas le temps de faire autre chose. Elle courut devant Thraun, qui grogna de frustration. Puis elle lui tourna le dos et frissonna en dévisageant le Familier. Derrière elle, elle sentit le loup se tendre.

— Thraun, non ! cria-t-elle par-dessus son épaule. Ami.

C'était le seul mot qu'il avait une chance de comprendre, même si elle n'en imaginait pas de plus mal adapté.

— Et toi, du calme ! cracha-t-elle au démon.

Il gloussa et tordit le cou pour voir le loup.

— Laisse-le. C'est Thraun.

Le Familier recula immédiatement.

— Un métamorphe ! siffla-t-il.

— Oui. Maintenant, va rejoindre ton maître, et n'ose plus souiller l'enceinte de ce Collège par ta présence.

— Oui, maîtresse, dit la créature avant de déguerpir.

Erienne fit volte-face et se retrouva face aux quatre mages.

— Vous connaissez ces... créatures ? demanda l'un d'eux.

Ils avaient déjà dû lire les lignes de mana et l'identifier comme une Dordovane.

— Malheureusement... Vous serez bientôt protégés de toute contamination ! J'y veillerai en personne. À présent, si vous voulez bien m'excuser... Je suis un peu pressée.

Elle fit un pas vers les cryptes, puis vit qu'elle n'aurait pas besoin d'un prétexte pour y redescendre. Will était pelotonné contre la porte, tremblant de tous ses membres.

— Will ? Que... ?

Une main se posa sur le bras d'Erienne.

— Vous feriez mieux de venir avec nous... Vous venez de parler à un Familier xetesk, et il vous a appelée « maîtresse ».

L'homme qui lui tenait le bras avait des cheveux grisonnants et clairsemés. Mais ses yeux sombres et pénétrants la paralysèrent.

Erienne ne le connaissait pas.

— Oui, et comme vous l'avez entendu, je lui ai ordonné de quitter le Collège. Maintenant, je voudrais aider mon ami.

Son cœur recommença à battre la chamade. Elle devait gagner du temps.

— Un simple manant égaré dans la Tour après la tombée de la nuit, ricana l'homme, à la fois méprisant et menaçant.

— Mais il a besoin d'aide, insista Erienne en jetant un coup d'œil à Will, qui n'avait pas bougé. Regardez-le.

Le mage ne se donna pas cette peine.

— Comme vous devez vous en douter, ce n'est pas aussi simple.

— Lâchez-moi !

— Non.

Il affermit son étreinte et les autres mages se rapprochèrent. Erienne maudit mentalement Denser de lui avoir envoyé son Familier pour la surveiller. Thraun avança vers les mages, qui lui jetèrent un regard inquiet.

— Si. Je vous en prie. Je ne le contrôle pas...

— Nous pouvons les neutraliser tous les deux, dit un autre mage. Vous savez quoi faire.

— Par les dieux, souffla Erienne, qui devina quel sort ils allaient lancer. Thraun, cours !

Le loup ne l'entendit pas. L'homme-frère était blessé, et la femme-amie menacée. Il devait agir.

Le cri que poussa le mage fut brutalement interrompu. Les mâchoires de Thraun se refermèrent sur sa gorge et le plaquèrent au sol. Déséquilibrée, Erienne trébucha. Une confusion totale régna quelques instants dans le hall. Elle hurla à Thraun de ne pas tuer le mage tandis que Sol entrait dans la Tour, dispersant les Dordovans à grands coups de poings. Leur concentration brisée, les mages se réfugièrent dans la bibliothèque et claquèrent la porte derrière eux.

— Thraun, laisse-le ! cria Erienne en contournant le loup.

Elle s'attendait à ne voir que du sang. Mais quand Thraun leva la tête, sous ses pattes avant, elle découvrit le mage, indemne à part les marques de crocs dans son cou. Sol se hâta de l'assommer, et Erienne se concentra sur Will. Le petit homme s'était recroquevillé sur lui-même et se balançait d'avant en arrière. Il ne disait rien, mais tremblait comme une feuille.

— Will ? (Quand Erienne lui toucha le bras, il frémit de plus belle.) Il faut y aller !

Thraun s'approcha et lécha le visage de Will, qui ne réagit pas.

Mais une onde de mana fit sursauter Erienne.

— Une incantation ! (Elle tira sur la manche de Will.) Viens ! Lève-toi ! Le petit homme refusait de bouger.

Sol se baissa et le prit dans ses bras.

— Courez, dit-il.

Ils obéirent.

Jandyr entra au galop dans l'écurie, se demandant comme il réussirait à seller quatre chevaux et à les ramener au Collège dans le délai qui lui était imparti.

Mais Denser était déjà là, aboyant des ordres au palefrenier terrifié. Le mage semblait avoir dans le dos une paire d'ailes repliée.

— Tu as pris ton temps ! lança-t-il.

Jandyr ne répondit pas. Il sauta à terre et interrogea le palefrenier.

— Lequel, ensuite ?

Le jeune homme désigna le cheval de Thraun.

— La selle et le paquetage sont sur le premier crochet de gauche. (Puis, alors que l'elfe lui tournait le dos :) Il est entré en volant. En volant. Il ne...

— Ça ira, mon garçon, assura Jandyr. Il ne te fera pas de mal.

Son regard croisa celui de Denser. Le chat de malheur sortit la tête de la cape, et l'elfe aurait juré qu'il souriait.

Denser serra une sangle sous le ventre d'un étalon et la boucla.

— Tu pars devant. Je resterai au-dessus de toi et je m'assurerai que les autres chevaux te suivent. Ne t'inquiète pas d'eux.

— Si tu le dis...

— Dépêche-toi !

— La ferme !

Erienne ne savait pas quel sort les mages préparaient dans la bibliothèque, mais elle se doutait qu'il servirait à les emprisonner. Alors qu'elle arrivait à l'air libre, elle entendit la porte se refermer derrière elle en craquant et en crépitant. Un GlypheVerrou. Ils avaient eu beaucoup de chance. Sol courait devant elle, Will en travers de son épaule comme un vulgaire sac de patates.

Thraun trottinait sans effort près d'Erienne. La confusion régnait toujours dans l'enceinte du Collège, mais ils attiraient trop l'attention à cause du loup. Néanmoins, Erienne avait bon espoir qu'ils réussissent à s'échapper.

Mais son cœur se serra quand elle entendit une voix hurler :

— Arrêtez-les !

Jandyr aurait voulu s'excuser, mais il n'en avait pas le temps. Il se contenta de jeter quelques pièces au palefrenier avant de monter en selle, d'éperonner son cheval et de galoper dans les rues de Dordover. Denser le suivait, volant à trente mètres d'altitude. Derrière lui, les quatre animaux sans cavalier restaient en formation serrée.

En ce début de soirée, les rues de la cité étaient pleines de passants. Jandyr souleva un concert de protestations sur son passage, conscient de l'attention qu'il attirait en fonçant ainsi vers le Collège. La plupart des promeneurs s'écartèrent, mais il savait que certains risquaient d'être renversés et piétinés dans la bousculade. Il approchait d'un quartier résidentiel quand Denser se laissa tomber près de lui.

— Un problème juste devant ! cria-t-il. Prends la prochaine à gauche, va jusqu'au grand entrepôt et tourne à droite. Continue tout droit jusqu'à ce que je te rattrape.

Il reprit de l'altitude. N'ayant aucune envie de découvrir en quoi consistait le problème, Jandyr lui obéit. Les autres chevaux le suivirent après avoir un peu hésité, car l'influence de Denser diminuait avec la distance.

Deux choses sauvèrent Erienne quand elle déboula dans la rue, hors du Collège : la répugnance des mages à lancer des sorts au milieu de tant d'innocents, et la double menace constituée par Thraun et par Sol. D'une main, le Protecteur maintint Will sur son épaule. De l'autre, il saisit sa hache et s'élança en rugissant vers la sortie, la gueule menaçante de Thraun protégeant leurs arrières.

Ils franchirent le portail pour s'enfoncer dans le chaos qui submergeait les rues de Dordover.

Denser filait vers le Collège. Le mana qui enveloppait les bâtiments était redevenu orange vif. Il augmenta sa vision pour localiser Erienne et le métamorphe. Un cordon de Miliciens se dressait entre eux et les chevaux, et d'autres soldats arrivaient ! Au nord, les gardes collégiaux se rassemblaient. Certains enfourchaient déjà leur monture. En contrebas, dans la rue principale, Erienne, Sol et le loup couraient à l'aveuglette, une dizaine de Dordovans sur les talons. Denser mit un moment à distinguer Will, jeté sur l'épaule gauche du Protecteur.

Ils allaient être piégés !

Jandyr tourna après l'entrepôt. Son cheval filant ventre à terre, l'elfe sondait l'obscurité. Dans son dos, les quatre autres chevaux ralentirent. Denser s'était trop éloigné. Jandyr dut s'arrêter et mettre pied à terre pour attacher leurs rênes au pommeau de sa selle en criant des ordres auxquels les animaux n'obéirent qu'à moitié.

Il allait sauter de nouveau sur son cheval quand une voix lança :

— Ça te dirait de vendre ces canassons ? Cinq, ça fait beaucoup pour un seul homme... Pardon, pour un seul elfe.

Denser se laissa descendre jusqu'au niveau de l'épaule de Sol.

— Vous courez vers les ennuis. Prenez à droite et suivez-moi. (Il guida les fuyards loin de la rue principale, puis s'éleva de nouveau pour repérer Jandyr et le vit reculer devant un demi-cercle de torches.) Et merde ! (Il établit un lien mental avec son Familier.) Fie-toi à mes yeux et ramène-moi Sol.

Le démon s'envola.

Ils étaient cinq, un pour chaque cheval, constata Jandyr. Trois portaient des torches et tous étaient armés d'épées. L'elfe avait déjà empoigné son arc. Il tira une flèche de son carquois, l'encocha et recula en restant devant les chevaux. Il savait qu'il devait gagner du temps, mais il ne voyait pas comment s'y prendre.

— Écarte-toi des canassons, ordonna un des brigands.

Le visage dur, les cinq hommes s'avancèrent vers lui.

— Je ne peux pas.

— Dans ce cas, nous serons forcés de te tuer.

— Je vous attends. Qui veut commencer ? (Jandyr brandit son arc.) Toi, dit-il en captant une lueur d'inquiétude dans le regard d'un des brigands. Un pas de plus, et tu es un homme mort.

L'homme qu'il visait s'immobilisa, mais les autres continuèrent à avancer.

— Tu ne pourras pas nous arrêter tous.

Jandyr leva les yeux et vit Denser fondre sur eux comme un aigle sur sa proie. Il sourit.

— Je n'en aurai pas besoin.

Le mage ramena les genoux contre sa poitrine et se laissa tomber sur un brigand. L'homme s'écroula dans les jambes d'un de ses compagnons. Jandyr lâcha sa flèche, qui alla se planter dans la poitrine de sa cible. Il en encocha une autre, tendit la corde de son arc et visa les deux types encore debout.

— Si vous voulez vous enfuir, n'attendez pas, leur conseilla-t-il.

Ils ne se firent pas prier.

Ignorant les hommes étendus sur les pavés, Denser détacha les chevaux et sauta sur le dos de l'un d'eux. Ses OmbresAiles avaient disparu. Jandyr prit le temps de couper la flèche qui dépassait du cadavre de sa victime.

— Viens, allons-y !

Denser éperonna sa monture. Les autres lui emboîtèrent le pas sans rechigner.

Jandyr se hissa en selle et ils reprirent leur cavalcade.

Erienne aurait juré que ses poumons allaient exploser. Son cœur cognait dans sa poitrine, ses jambes semblaient devenues des troncs d'arbre et son crâne lui faisait atrocement mal. Elle savait qu'elle ralentissait ses compagnons.

Leurs poursuivants se rapprochaient. Une flèche la manqua de quelques centimètres et continua sa course dans la rue, où un innocent eut autant de chance qu'elle. Des cris montant à ses oreilles, elle sut que cette menace-là était écartée. Près d'elle, Thraun courait sans effort. Une demi-douzaine de pas en avant, le Familier s'était perché sur l'épaule libre de Sol. Un bras passé autour de son cou, il tendait l'autre devant lui pour guider le colosse, qui se frayait aisément un chemin grâce à sa seule présence.

Ils remontèrent une avenue qui menait au centre de Dordover, traversèrent le marché principal et dépassèrent l'ancienne boutique de grains devenue le siège de la milice. Autour du Collège, les rues se vidaient après la tombée de la nuit, mais le reste de la cité demeurait très animé. Les Miliciens avaient fort à faire pour surveiller les théâtres en plein air, les étals de nourriture et les impasses où les prostituées attendaient leurs clients, et où les coups de couteaux étaient une monnaie plus courante que le vrai-argent.

Alors qu'Erienne songeait à crier un avertissement, Sol tourna à droite et s'engagea dans un passage où l'agitation était remplacée par le calme menaçant du quartier industriel. Des silhouettes se tapissaient dans les ombres et chaque coin de rue était un piège pour les imprudents. Dans l'obscurité, Erienne trébucha mais parvint à reprendre son équilibre. Derrière elle, Thraun cria. Le son rebondit contre les murs et monta vers le ciel comme un cri venu de l'enfer. Erienne se demanda qui les pourchassait, puis si ce bruit arrêterait leurs ennemis.

Elle était sûre qu'il l'aurait arrêtée, elle...

La jeune femme continua à suivre Sol, qui zigzagua d'une ruelle à l'autre avant de déboucher dans une artère plus large. De hauts bâtiments se dressaient des deux côtés, leurs murs plus sombres que la nuit. Thraun revint à son niveau. Derrière elle, Erienne entendit un fracas de sabots se mêler aux invectives de leurs poursuivants. Puis elle vit les cavaliers apparaître devant eux et tirer sur les rênes de leur monture pour s'arrêter. Sol ne ralentit pas ; sur son épaule, le Familier avait repris sa forme de chat. Alors, Erienne comprit que les deux cavaliers devaient être Denser et Jandyr. Elle s'approcha en titubant.

— Tu es blessée ? demanda Denser.

— Pas le temps de bavarder. Ils sont tout près !

Comme pour ajouter du poids à ses paroles, une vingtaine d'hommes apparurent au bout de la rue. Des flèches s'écrasèrent sur les murs. Puis les Dordovans chargèrent. Sol jeta Will en travers de sa selle et aida Erienne à monter sur un cheval. Enfin, il enfourcha le sien, le fit pivoter et s'éloigna au galop.

Mais leurs poursuivants s'efforçaient toujours de les rattraper.

Thraun fit demi-tour et bondit sur l'ennemi. Sol franchit l'angle de l'entrepôt et tourna à gauche dans la rue principale. Denser était juste derrière lui. À bout de forces, Erienne s'accrochait désespérément au pommeau de sa selle et Jandyr tenait les rênes du cheval de Thraun.

Des flèches volèrent au-dessus de la tête du loup au moment où il atterrissait parmi les poursuivants. Son élan l'emporta par-dessus le premier, et il plongea ses crocs dans le cou du suivant. Un coup de tête en arrière déchira la gorge de sa victime.

Moins de dix secondes à jouer des griffes et des dents lui suffirent pour mettre les Dordovans en déroute. Certains s'enfuirent, d'autres reculèrent. Quelques-uns gisaient sur le sol ; un ou deux ne se relèveraient jamais.

Mission accomplie, Thraun rompit l'engagement et disparut dans la nuit en poussant un long hurlement de joie.

Chapitre 22

C'est excitant de faire partie des Ravens, pas vrai ? lança Hirad en s'asseyant, le dos calé contre un arbre.

— Tu commences à t'y faire ? demanda Ilkar.

— Non. En réalité, je me sens inutile.

— Tu ne l'es pas.

— Tu vois ce que je veux dire.

Ils avaient levé le camp. Leur équipement était empaqueté et accroché aux selles, et les trois chevaux, dont celui de Denser, attendaient un peu à l'écart. Hirad sourit en se rappelant le ton pressant que l'elfe employait pendant qu'ils rassemblaient leurs affaires. Voilà presque une heure qu'ils avaient terminé et qu'ils se tournaient les pouces.

Le barbare aurait dû s'inquiéter de ce qui se passait à Dordover. Mais pour une raison obscure, sans rapport avec la colère qu'il éprouvait toujours contre Denser, il se sentait étrangement calme. Peut-être parce qu'aucune des personnes impliquées n'était un membre original des Ravens. Mais il y avait autre chose. Hirad s'aperçut qu'il accordait déjà une grande confiance à Thraun et Jandyr. Presque la même qu'à l'Inconnu et à Sirendor. Presque.

Des souvenirs défilèrent dans son esprit, les images des morts prenant le pas sur les bons moments qui lui semblaient de plus en plus flous et lointains. Ras agonisant alors qu'ils se battaient autour de lui ; Richmond tentant de défendre un homme qu'il ne connaissait pas et le payant de sa vie ; l'Inconnu étendu devant la grange, le sol imbibé de sang autour de lui, et Sirendor... Sirendor mourant sous ses yeux impuissants. Malgré ses belles déclarations, il n'avait pu protéger aucun de ses amis. Maintenant, Talan avait disparu aussi, chassé par la certitude que sa mort serait inévitable s'il restait avec eux. Hirad s'essuya les yeux et regarda Ilkar. Que les dieux lui viennent en aide s'il perdait l'elfe, son dernier lien avec les Ravens qu'il aimait et pour lesquels il avait vécu.

La situation échappait à son contrôle. Le destin des nouveaux Ravens, et peut-être celui de Balaia, se jouait à Dordover, et le barbare était sur la touche. Un subalterne réduit à seller les chevaux et à lever le campement. Ses amis n'avaient peut-être pas tort, quelques semaines plus tôt, dans une autre vie, quand ils l'avaient charrié sur son âge. Ce n'était pas une plaisanterie. De meneur, il était devenu mené, et il n'avait pas remarqué le changement. Tout était la faute de Denser. La seule chose qu'il refusait, c'était de laisser au Xetesk le commandement des Ravens. Pas avec tous les drames dont il était responsable.

Hirad inspira à fond pour se calmer. Il regarda de nouveau Ilkar, en espérant que ses angoisses ne se lisaient pas sur son visage. Mais l'elfe ne lui prêtait aucune attention. Sous les yeux d'Hirad, il colla une oreille contre le sol et se raidit.

Le barbare se relevait déjà quand il lui lança :

— Quelqu'un approche.

— Espérons que c'est eux.

— Je ne resterai pas planté là à attendre de le découvrir.

Ils coururent vers les chevaux. Mais ils n'avaient pas couvert la moitié de la distance quand une lumière naquit derrière eux, créant une aube factice qui balaya la nuit. Un peu plus tard, une détonation et un roulement pareil à celui d'un torrent retentirent. Les chevaux se cabrèrent et tirèrent sur leur longe. Hirad saisit la bride du sien, esquiva un coup de sabot meurtrier et aperçut un œil révulsé de terreur.

— Je n'aime pas ça du tout ! cria-t-il en s'efforçant de calmer sa monture et de défaire sa longe.

— Pas le temps, haleta Ilkar. Monte !

Son cheval semblait plus calme, et celui de Denser, après avoir rué, s'était immobilisé.

— Là-dessus ? (Hirad parvint enfin à détacher la longe. Sa jument hennit et gratta le sol.) On y va, on y va ! (Il glissa un pied dans l'étrier alors que sa monture menaçait de s'enfuir avant qu'il ait réussi à se hisser sur la selle.) Calme-toi !

Il passa une jambe en travers du dos de l'animal. Au moment où il forçait la jument à pivoter, un loup déboula dans la clairière et s'enfonça dans la végétation, de l'autre côté.

La monture d'Hirad se cabra. Puis un roulement de sabots couvrit le bruit de torrent, et Denser jaillit d'entre les arbres.

— Allez-y ! cria-t-il en suivant le loup.

Erienne arriva au galop, un bras devant le visage pour se protéger des branches basses. Derrière elle venaient Jandyr et un cheval sans cavalier, suivis par Sol, qui portait Will en travers de sa selle. Aucun d'eux ne s'arrêta. Hirad lutta pour prendre le contrôle de sa jument, qui tournait en rond, trop paniquée pour s'enfuir. Puis elle ralentit, s'immobilisa en frissonnant et s'élança enfin. Hirad jeta un coup d'œil par-dessus son épaule et comprit d'où venait le bruit. Ce n'était pas un torrent, mais un incendie. Les flammes se propageaient vers lui, dévorant les arbres, les buissons et l'herbe à une vitesse folle.

— Par les dieux !

Hirad éperonna sa jument. Du côté du feu, une mort certaine les attendait. Partir en face leur laisserait une chance. Alors qu'il s'enfonçait dans la forêt, Hirad ne put effacer l'image du loup de son esprit. S'ils ne le pourchassaient pas, les autres n'avaient qu'une raison de le suivre, et cette éventualité lui donnait la nausée.

Ilkar arriva à la hauteur d'Erienne alors qu'ils émergeaient de la forêt, quelques centaines de mètres plus loin. Il avait perdu Hirad de vue et entendait à peine le galop des autres chevaux tant le rugissement de l'Orbe-Flamme était bruyant. Il ne doutait pas que c'en fût un. Mais la façon dont les Dordovans s'y étaient pris pour en créer un aussi énorme et puissant lui échappait.

— Quand finira-t-il de se consumer ? cria-t-il.

— C'est la forêt qui l'alimente, répondit Erienne. Il ne pourra pas aller plus loin que sa lisière.

— Comment ont-ils fait ça ?

— Avec un ManaMultiple. Une incantation qui permet à plusieurs mages de cumuler leur pouvoir. Je savais qu'ils travaillaient sur le sujet, mais j'ignorais qu'ils l'avaient déjà appliqué à l'OrbeFlamme. C'est très fatiguant. Ceux qui ont participé à ça ne seront plus en état de lancer un sort.

— Dans ce cas, pourquoi continuons-nous à fuir ?

Erienne tira sur les rênes de son cheval. Elle vit que Denser était parvenu à la même conclusion. Leur cavalcade s'interrompit cinquante mètres plus loin. Ils firent s'aligner leurs montures haletantes et attendirent de voir l'OrbeFlamme s'éteindre à la lisière de la forêt.

— Où est-il ? chuchota Ilkar. Où est-il ?

La fleur jaune de l'OrbeFlamme grandissait en fondant sur eux. Au-dessus, un nuage de fumée montait vers le ciel nocturne, obscurcissant les étoiles. Dans la prairie, les ombres s'allongèrent avec une rapidité effrayante tandis que l'incendie ravageait une zone boisée large d'au moins soixante-dix mètres.

Puis il sortit de la forêt et s'éteignit d'un coup.

Alors que les dernières langues de feu disparaissaient, Ilkar aperçut une silhouette solitaire qui galopait vers eux. Tournant la tête, il croisa le regard de Denser. Le Xetesk fronça les sourcils.

— Pas facile à semer, hein ?

— Non, approuva Ilkar. (Son visage se durcit.) Erienne, à quoi devons-nous nous attendre ?

— Les mages du ManaMultiple seront épuisés, mais il peut y en avoir d'autres. J'ai cru repérer des soldats parmi nos poursuivants. Ils doivent être derrière l'incendie.

— Pas loin derrière ! renchérit Jandyr. Regardez.

Ilkar distingua sept ou huit hommes qui jaillissaient de la forêt. Et deux mages qui rasaient la cime des arbres.

— Et merde ! jura-t-il. On peut les distancer ?

Erienne haussa les épaules.

— C'est passé près, dit Hirad en approchant d'eux, le visage rougi par l'effort.

— Ce n'est pas encore fini, grogna Ilkar. Il en reste dix.

Le barbare se retourna sur sa selle et plissa les yeux pour mieux voir à la lumière diffuse des étoiles et des flammes qui continuaient à brûler dans la forêt. Il se laissa glisser à terre.

— On les affrontera ici.

— Il y a deux mages volants, dit Ilkar.

— Tu n'as qu'à nous faire un bouclier. Tu es doué pour ça.

Hirad regarda autour de lui. À part Sol, les autres étaient restés à cheval. Il allait falloir leur enseigner quelques rudiments de tactique. Les anciens Ravens auraient déjà été en formation au sol.

Le Protecteur avança en dégainant son épée.

Ça en faisait au moins un qui suivait...

— Jandyr, à gauche de Sol, ordonna Hirad. Je prends la droite. Où est Thraun ?

— Je n'ai pas le temps de t'expliquer, mais...

— C'est un métamorphe ? coupa le barbare. (Il repoussa cette idée dans le fond de son esprit.) D'accord. On peut réussir avec trois épées. Combien sont-ils ?

— Huit épées, deux sorts, répondit Ilkar. L'un de vous connaît BouclierDéfensif ?

— Je ne peux pas incanter, dit Denser en tirant son épée du fourreau.

— Moi oui ! lança Erienne.

— Parfait. Jette-le au-dessus de nos têtes. Je m'occupe des attaques magiques. Denser, rengaine ta lame et pars avec les chevaux. Renvoie-nous Thraun si tu le vois.

Les deux mages se défièrent du regard. Puis le Xetesk capitula. Il siffla son cheval et s'éloigna en trottinant. Les Dordovans étaient à une trentaine de mètres. Hirad sentit un double jaillissement de pouvoir quand un bouclier défensif et un bouclier magique se formèrent autour d'eux. Jandyr décocha une flèche qui abattit sa cible. Il voulut en encocher une autre, mais les Dordovans approchaient trop vite. Les mages se posèrent pour incanter ; leur sort s'écrasa contre le bouclier d'Ilkar en émettant une lueur orange.

Hirad rugit pour s'éclaircir les idées. Comme au bon vieux temps, sauf que ça n'était pas si vieux. Leurs ennemis se séparaient pour les prendre en tenailles. Il regarda Sol. L'homme masqué fixait un point, droit devant lui, avec une concentration totale. Exactement comme... Hirad entendit un bruit. Il baissa les yeux. Le Protecteur frappait le sol en rythme de la pointe de son épée. Hirad lâcha la sienne et parvint tout juste à la rattraper avant qu'elle ne lui échappe.

Comme au bon vieux temps !

— Inconnu ! cria-t-il.

Sol se tourna vers lui. Dans ses yeux, le barbare distingua une lueur sur laquelle il ne pouvait se méprendre.

— Bats-toi ! ordonna le Protecteur d'une voix lourde de chagrin.

— Mais..., commença Hirad.

— Bats-toi ! répéta Sol.

Jaillissant de nulle part, Thraun alla s'écraser sur le flanc gauche ennemi, et la bataille s'engagea. Rien n'aurait pu arrêter Hirad, qui eut presque pitié des malheureux soldats laminés par ses coups. Son cœur était plein de joie ; la confusion régnait dans son esprit, mais ses instincts de guerrier avaient pris les commandes.

Quand le premier homme tomba sous les mâchoires de Thraun, l'ennemi perdit tout son enthousiasme. Hirad fracassa le crâne du soldat le plus proche. À ses côtés le Protecteur en tua deux sans même bouger les pieds. Sentant que Jandyr se débrouillait, le barbare avança, éventra un adversaire, para le coup d'un autre et lui trancha les jarrets alors qu'il pivotait sous la force de l'impact. Les deux soldats encore valides se détournèrent et s'enfuirent, les mages sur les talons.

— Bouclier baissé, annonça Ilkar en regardant Sol. Tirons-nous d'ici !

— Tu plaisantes ? s'exclama Hirad, radieux. (Il essuya sa lame ensanglantée sur la tunique d'un mort et la rengaina.) Ilkar, c'est lui ! Je ne sais pas par quel miracle, et je m'en moque, mais c'est lui !

— S'il te plaît, Hirad. Le moment est mal choisi.

— Que veux-tu dire ?

Le sourire du barbare s'évanouit.

— Fais-moi confiance. Nous devons d'abord filer. Ensuite, nous parlerons. Ilkar approcha de Denser. À son expression, il comprit que le Xetesk n'avait pas la moindre idée de l'ancienne identité de Sol.

— Attends un peu, dit Hirad en posant une main sur l'épaule de l'elfe. Tout ça a un rapport avec sa nature de Protecteur ?

— Tu peux le dire ! (Il leva une main pour éluder la question suivante du barbare.) Et Denser ne savait rien. Ce n'est pas lui qui l'a choisi. Je t'en prie, allons-nous-en.

Il s'éloigna.

— Et lui ? demanda Hirad en désignant Thraun. Que sommes-nous censés en faire ?

— Il ne te nuira pas. Fiche-lui la paix, dit Jandyr.

— Ce n'est pas..., commença Hirad. (Sol le dépassa.) Inconnu, s'il te plaît ! (Le Protecteur l'ignora.) Quelqu'un voudrait m'expliquer ce qui se passe ?

— Plus tard, lâcha Ilkar.

— Maintenant.

— Non ! Nous ne pouvons pas rester ici. Les Dordovans vont revenir. Il faut trouver une cachette. (L'elfe tendit un index accusateur vers Denser.) Ce n'est peut-être pas ta faute, mais as-tu idée de ce que Xetesk vient de faire ? Je n'arrive pas à croire que tes supérieurs puissent être aussi stupides !

— Moi non plus, avoua Denser. (Hirad le vit regarder Sol, fermer les yeux et se passer une main sur le visage.) Moi non plus...

Hirad rongea son frein une bonne demi-heure tandis qu'ils s'éloignaient de Dordover au galop, direction les monts Noirépine. Quand il n'y tint plus, il leur fit quitter la piste et s'engagea dans les collines, s'arrêtant à l'abri d'une corniche qu'on ne pouvait pas voir de la route. Il observa Sol qui aidait Will à descendre de cheval. Le voleur avait repris connaissance. Il s'assit sans regarder personne, muré en lui-même. Jandyr le rejoignit et tenta de l'arracher à son mutisme, mais il n'obtint aucune réaction. Sol s'écarta de quelques pas, s'assit aussi et caressa le Familier. Erienne s'approcha de Denser.

Thraun s'éloigna en trottinant et disparut.

— Commençons par le commencement, lança Hirad. L'Inconnu.

— Est-ce bien lui ? demanda Denser en bourrant sa pipe.

— C'est moi qui devrais te poser cette question, dit Ilkar.

— Je n'en sais rien...

— C'est lui, affirma Hirad. Expliquez-moi comment, d'après vous, c'est possible, pourquoi il n'est pas mort, et quel est le problème, parce que je sens qu'il y en a un... (Il se tourna vers Sol.) Même si je ne vois pas pourquoi. Le retour de l'Inconnu pourrait faire toute la différence. (Il eut un petit sourire.) Alors ?

— Je ferais aussi bien de vous le dire, soupira Denser. Je savais que l'Inconnu était un Protecteur. Après son inhumation, j'ai monté la garde toute la nuit. J'ai entendu les démons emmener son âme.

— Et tu n'as pas jugé bon de nous en parler ? s'étrangla Ilkar.

— Quel intérêt ? Vous étiez déjà assez démoralisés. J'aurais sali vos souvenirs en révélant qu'il était un natif de Xetesk ayant refusé son héritage. Vous ne m'auriez probablement pas cru.

— Probablement pas, admit Hirad après quelques instants de réflexion. Mais si tu savais...

— Je n'ai jamais envisagé qu'on l'affecterait à ma protection, se défendit Denser. Si j'avais pensé que c'était lui, je l'aurais aussitôt renvoyé.

— Parce qu'il n'est pas assez bien pour toi ?

— Hirad ! cria Ilkar.

— De toute façon, quelle importance ? (Le barbare désigna Sol.) Ôtons-lui ce masque ridicule et finissons-en. (Silence.) Quoi ?

— Hirad, je ne peux pas lui enlever son masque, dit Denser.

— Très bien. Je le ferai moi-même.

— Non ! (Denser avait crié. Il baissa de nouveau la voix.) Tu ne comprends pas. Sans son masque, il sera détruit à tout jamais. (Le mage mordit nerveusement le tuyau de sa pipe.) Si tu dis que l'esprit de l'Inconnu est dans le corps de Sol, je te crois. Mais il n'est plus le guerrier que tu as connu. Il a changé. Il est devenu un Protecteur appelé Sol. Je ne peux rien y faire.

— Bien sûr que si, insista le barbare. Tu peux le faire redevenir comme avant.

— Non, Hirad, dit Ilkar. Ce n'est plus l'Inconnu.

— Ah oui ? Il m'a reconnu, Ilkar. Ne l'as-tu pas vu ?

— Il t'a quoi ?

— Il m'a reconnu ! Je l'ai appelé, et il m'a reconnu. (Hirad secoua la tête.) Il a frappé le sol avec la pointe de son épée avant le début du combat. Lui seul fait ça. Ça ne peut être personne d'autre.

Ilkar se tourna vers Denser.

— Tu as une explication à me fournir ? Je croyais que tous les souvenirs de leur existence étaient effacés de la mémoire des Protecteurs. (Denser regarda le sol sans répondre.) Dis-moi que c'est vrai !

Denser leva la tête et soutint son regard, les yeux embués. Puis il fit un signe de dénégation.

— Oh, non, souffla Ilkar. (Il recula d'un pas et se tourna vers Sol, dont le désespoir était visible.) Par les dieux, Inconnu... Je suis désolé.

— Ilkar ? demanda Hirad en posant une main sur son épaule.

— Il se souvient de tout, dit l'elfe d'une voix rauque. Des Ravens, de la Volière, de nos combats et des années passées ensemble. De sa vie entière. Et il ne pourra jamais en parler ni le reconnaître. Jamais.

— Je ne comprends pas.

— Il est l'esclave du Mont de Xetesk. Les mages détiennent son âme. S'il va contre leur volonté, ce qu'il supporte en ce moment ne sera rien comparé à sa punition. Il mourra éternellement.

Hirad mit quelques instants à assimiler les révélations d'Ilkar. Il approcha lentement de l'Inconnu, s'accroupit devant lui et plongea son regard dans le sien. Là, il vit l'éternité de douleur et de solitude qui attendait le Protecteur. Il se rappelait tout, mais ses souvenirs étaient prisonniers derrière le masque de la domination xeteske.

— Je vais te faire sortir de là, Inconnu.

Hirad se releva et revint vers Denser sans voir l'homme masqué secouer la tête derrière lui.

— Peu importe que ce soit l'Inconnu ! cracha Ilkar. Tu savais ce qu'il subissait du seul fait d'être un Protecteur.

— Mais je ne peux pas m'opposer à trois millénaires de traditions, gémit Denser. Crois-tu vraiment que j'aie voulu ça ? (Il dévisagea l'elfe et le barbare.) Je ne peux pas vous dire à quel point je suis désolé. Sachez que je n'ai *jamais* voulu ça !

— Je commence à en avoir par-dessus la tête de tes

excuses, grogna Hirad. Tous les malheurs des Ravens sont arrivés à cause de toi. Et je ne parle pas seulement de ceux de mes amis qui sont morts pour te défendre, mais de toutes les occasions où tu aurais pu faire tuer les autres. (Il enfonça un index accusateur dans la poitrine du Xetesk.) Toute cette pagaille est de ta faute, et j'en ai assez. Si tu n'aides pas l'Inconnu, tu ne pourras plus compter sur moi. C'est bien clair ?

— Je comprends que ce soit difficile, mais...

— Rien du tout ! (Hirad lui flanqua une bourrade ; le mage tituba, mais parvint à conserver son équilibre.) De l'autre côté de la fissure dimensionnelle, tu étais prêt à tout foutre en l'air pour assouvir ta curiosité. Tu as failli tuer Talan parce qu'il voulait s'en aller... Pire, tu as failli le faire abattre par l'Inconnu. Dans l'antre de Sha-Kaan, tu as risqué ma vie sans hésiter, et à l'instant, tu as mis en péril celle de quatre autres personnes parce que ton précieux chat avait des ennuis.

— Je te trouve bien injuste...

— Injuste ? À cause de tes erreurs, de ton impatience et de ton arrogance, nous sommes dans la merde jusqu'au cou. Je t'ai demandé de laisser agir les Ravens, mais il faut toujours que tu en fasses à ta tête. Je t'ai dit que nous survivions grâce à notre esprit d'équipe et tu as refusé de m'écouter. Maintenant... (Hirad s'approcha, nez à nez avec Denser.) l'insulte finale. Lui. (Par-dessus son épaule, il désigna l'Inconnu.) Tu avoues être prêt à le laisser en enfer, et tu t'attends à ce qu'on te suive ?

Denser haussa les épaules.

— Je ne peux rien y faire.

Hirad le saisit par le col et le souleva à demi de terre.

— Je vais te dire ce que tu peux faire, homme de

Xetesk ! Communier avec tes maîtres et leur transmettre ça : jusqu'à ce qu'ils relâchent mon ami, nous n'irons pas plus loin. Tant pis pour AubeMort et pour Balaia. Tu sauras faire la commission ?

— Lâche-moi, Hirad !

— Tu crois que tu sauras faire la commission ? répéta le barbare en lui postillonnant à la figure.

— Ça ne changera rien. Ils ne le libéreront pas.

Hirad regarda Sol, le chagrin étouffant instantanément sa colère.

— Essaye. Je t'en prie, dit-il d'une voix implorante. (Il lâcha le Xetesk.) C'est mon ami. Tu dois faire quelque chose.

Denser aurait voulu lui dire que ça n'était pas son ami, mais une machine de guerre créée par les Xetesks. Un homme doté de défenses magiques naturelles et d'une force nourrie par celle de tous les Protecteurs dont l'âme résidait dans les catacombes de son Collège. Un être qui n'avait aucun désir, à part celui de défendre son maître. Une créature privée d'émotions.

Bref, ça n'était plus l'Inconnu.

Au lieu de cela, il hocha la tête. Il ne pouvait rien faire d'autre. Et il devait savoir pourquoi Nyer avait choisi de lui envoyer ce Protecteur-là parmi les centaines dont disposait Xetesk. Pourquoi Styliann avait-il donné son feu vert ? Quelque chose clochait, et Nyer devait connaître la force des sentiments qui unissaient les Ravens...

— Je communierai demain matin, dès que j'aurai recouvré mes forces.

Hirad le remercia d'un signe de tête.

— J'étais sincère. Je ne pourrai pas continuer tant qu'il sera un Protecteur. Je sais que Balaia est en danger, mais ce serait trahir tout ce qui m'est cher...

Elle trouvait ça stupéfiant. Et terrifiant. Selyn était déjà venue à Parve, une dizaine d'années plus tôt. Pour les mages espions, c'était un pèlerinage, une course d'orientation et un voyage initiatique. À cette époque, la cité était déserte ; la poussière des siècles soufflait sur ses ruines, le vent hurlait en balayant les terrains vagues où des bâtiments se dressaient autrefois. Selyn n'avait pas eu de mal à traverser le désert Déchiré : une simple promenade dans un paysage au sol craquelé couvert de buissons épineux et de rochers cuits au soleil l'avait conduite jusqu'à la cité abandonnée.

Trois siècles plus tôt, les mages et les Protecteurs de Xetesk n'y avaient pas été de main morte. Ils avaient détruit systématiquement chaque structure, enterré tout ce qui avait la moindre signification magique ou religieuse, rasé les habitations, éventré les routes et les marchés. Tout ça pour avertir ceux qui auraient l'idée de se dresser contre leur Collège, qu'ils ne faisaient pas le poids face à eux. Aucun végétal ne pousserait plus jamais dans un rayon de dix kilomètres autour du centre de Parve. La concentration de mana et, selon les mythes qui circulaient, la colère déversée dans son sol, avaient empoisonné l'air et la terre, chassant la vie animale dans les collines et les bois environnants. Alors que les arbres pourrissaient et tombaient, que les récoltes se desséchaient et mouraient, le désert Déchiré était apparu, éternel témoignage du pouvoir terrifiant de la magie offensive.

Selyn fit de son mieux pour ignorer l'aspect lugubre du désert. Elle se contenta de remarquer qu'il lui faudrait une MarcheVoilée surhumaine pour atteindre Parve. Car à l'approche du crépuscule, des centaines de lumières et de feux brûlaient dans la cité des Seigneurs Sorcyers. Sans compter le campement grouillant de vie qui l'entourait. Le désert Déchiré pullulait d'Ouestiens !

Selyn s'était tapie sous les arbres qui marquaient la frontière est du Désert. Sur sa droite, à moins de deux cents mètres, un poste de garde surveillait la piste qui traversait la zone boisée d'est en ouest. Une quinzaine d'hommes assis autour d'un feu observaient le flot ininterrompu d'Ouestiens qui avançait vers la passe de Sousroc.

Selyn avait une décision très simple à prendre. Communier avec Styliann à l'endroit où elle était, ce qui la forcerait à passer la nuit hors de la cité pour récupérer. Ou continuer à avancer, profitant de l'obscurité pour atteindre Parve sans être repéré. Elle savait qu'elle avait déjà trop tardé à faire son rapport, et les risques de capture étaient plus grands si elle restait à découvert. Mais si elle se faisait prendre avant d'avoir eu le temps de contacter Styliann, Xetesk serait privé d'une information cruciale.

Selyn ne mit pas longtemps à se décider. Sans quitter son objectif du regard, elle attendit jusqu'à la nuit, vérifia son camouflage et quitta son abri pour s'enfoncer dans le paysage lugubre du désert Déchiré.

— Comme c'est décevant, dit Nyer après que Denser lui eut révélé la découverte de l'ancienne identité de Sol. La suppression de mémoire n'a pas parfaitement fonctionné.

— Pourquoi me l'avez-vous envoyé, maître ?

— Nous voulions savoir si les connaissances latentes du sujet étaient susceptibles d'affecter ses performances.

Denser tenta de garder son calme, en vain.

— Vous vous êtes servis de nous pour une expérience ? (Il projeta violemment sa pensée, sachant que cela

incommoderait Nyer.) Savez-vous ce que vous avez fait ?

— Calme-toi, Denser ! Pour régler le problème, il suffira de rappeler le Protecteur.

— Il est trop tard pour ça. Les Ravens exigent que vous libériez Sol.

— Vraiment ? Un groupe intéressant... Et comment réagiront-ils si nous refusons d'accéder à leur requête ?

— Ils menacent d'abandonner la mission.

— Crois-tu qu'ils le feront ?

— Je n'en doute pas un instant. La seule que je pourrai retenir, c'est la magicienne dordovane, Erienne.

— Sais-tu que la libération d'un Protecteur reste une possibilité purement théorique ?

— Oui, répondit Denser, irrité. Mais nous devons essayer si nous voulons récupérer AubeMort.

— Amène ton Protecteur et tes amis. Mais sois prudent ! Certains traîtres, au Collège, voudraient s'approprier AubeMort. Je ferai ce que je pourrai pour libérer Sol. Ne te fie à personne.

Ilkar observait Denser, toujours allongé dans l'herbe alors que le soleil se levait à l'horizon. Il avait vu ses lèvres remuer pendant la Communion, mais sans pouvoir deviner quelle serait sa conclusion.

— Vous êtes prêts ? demanda Hirad.

Ilkar fit signe que oui. L'Inconnu était près de lui, les bras croisés, impassible derrière son masque.

— Alors, va-t-il réussir à leur faire entendre raison ?

L'elfe ricana.

— « Raison » n'est pas un terme approprié quand il est question des maîtres de Xetesk...

Denser rouvrit les yeux. Il prit une inspiration tremblante, se releva et fit face à Hirad et Ilkar.

— Alors ? demanda le barbare.
Un demi-sourire aux lèvres, Denser écarta les bras.
— On ferait mieux de se mettre en route, dit-il.
— Où allons-nous ? demanda Ilkar.
— À Xetesk.

Chapitre 23

Alors que les Ravens chevauchaient vers la cité du Collège Noir, Hirad se répéta que c'était le seul chemin possible vers une solution satisfaisante. Pourtant, il pensait que les maîtres de Denser auraient pu lui donner leurs instructions à distance. Très logiquement, le Xetesk semblait détendu et heureux. Regagner son Collège était réconfortant, comme de retourner vers les bras accueillants de sa famille. Mais en le voyant bavarder avec Erienne, Ilkar ne put s'empêcher de supposer qu'il y avait une autre raison à sa bonne humeur.

Xetesk n'était pas très loin, car les cités collégiales se dressaient très près les unes des autres. Quand ils s'étaient mis en route, ils n'avaient guère plus de deux jours de voyage devant eux. À présent, ils étaient à une demi-journée de la cité fermée, et il restait encore beaucoup de points à éclaircir. Au moins, les Dordovans avaient cessé de les poursuivre. Après une seconde Communion avec son supérieur, Denser avait confirmé qu'une autre réunion des quatre Collèges devait avoir lieu au lac de Triverne. Le secret d'Aube-Mort serait bientôt révélé.

Avant, ils auraient sans doute des ennuis à la porte de Xetesk. Un tas d'ennuis. Will avait refusé d'entrer dans la cité ; il ne voulait même plus s'approcher de

Denser et de son Familier. Le voleur tremblait encore un peu. Son sang-froid, une qualité dont il dépendait tant, en avait pris un sale coup. Et pourtant, ses cauchemars l'inquiétaient moins que ses cheveux grisonnants.

Hirad ne voulait pas que les deux catalyseurs pénètrent dans la cité, mais il n'avait pas daigné en informer Denser. D'après le barbare, ils auraient besoin d'un outil de négociation, et Ilkar était d'accord avec lui sur ce point. Quant à Denser, il faisait preuve d'une réserve évidente, comme s'il ressassait une information qu'il avait apprise pendant la Communion.

Ilkar s'inquiétait. Comme la plupart des Julatsiens, il n'avait jamais visité Xetesk, mais il savait qu'il serait forcé d'y entrer cette fois. Et Erienne aussi.

L'elfe aurait été bien en peine de deviner l'état d'esprit de Jandyr et de Thraun, qui avait repris sa forme humaine mais semblait toujours fatigué. Sans doute étaient-ils troublés, souhaitant n'avoir jamais rencontré les Ravens. Seule Erienne souriait. Pour une raison qu'il ne s'expliquait pas, cela inquiétait Ilkar.

Ils chevauchaient en silence, suivant la grand-route puisqu'ils n'avaient plus rien à craindre. Néanmoins, ils continuaient à se méfier.

Devant Ilkar, Hirad, qui jusque-là s'était contenté de fixer l'Inconnu et de foudroyer Denser du regard, adressa enfin la parole au mage. L'elfe éperonna son cheval pour les rejoindre, pressé d'entendre ce qu'il avait à dire.

— Je n'ai pas abandonné tout espoir te concernant, mais j'ai besoin de connaître ta position, annonça le barbare.

— Que veux-tu dire ?

— Es-tu avec les Ravens ou avec tes maîtres ?

Denser réfléchit quelques secondes.

— Si tu m'avais demandé ça il y a une semaine, je

t'aurais répondu que ma loyauté allait d'abord à Xetesk, comme quand je vous ai rencontrés. À présent, je ne sais plus trop. Attends avant de protester. Laisse-moi t'expliquer. Je suis persuadé que Balaia court à la catastrophe si nous ne récupérons pas AubeMort pour détruire les Seigneurs Sorcyers. Et je suis d'accord avec mes maîtres : les Ravens sont notre meilleure chance d'y parvenir. Mais ils m'ont trompé à propos de Sol. Ils ont trahi votre confiance, ce qui pourrait compromettre nos chances de réussite. Je ne leur pardonne pas d'avoir pris la décision de nous l'envoyer, et je ne suis pas sûr de croire leur histoire d'expérience...

— Ce qui signifie... ? demanda Hirad, sourcils froncés.

— À mon avis, quelqu'un souhaite secrètement que nous échouions.

— Mais...

— Tous les mages de Xetesk ne pensent pas qu'AubeMort est notre seul espoir de vaincre les Seigneurs Sorcyers. Mais tous veulent s'en emparer. Une lutte de pouvoir fait rage sur le Mont, et la récupération d'AubeMort y mettra un terme. Ilkar te dira aussi bien que moi qu'à Xetesk, les enjeux politiques influencent chaque décision.

— D'accord. (Hirad se pinça le nez du pouce et de l'index en essayant d'y voir plus clair.) Qui t'a confié cette mission, au départ ?

— Mon maître, Nyer. C'est avec lui que je communie, et c'est lui qui m'a averti des dangers de la cité.

— Alors, où est le problème ? Ne te protégera-t-il pas ?

— C'est possible... Mais c'est également lui qui m'a envoyé Sol. Je crois qu'il faudrait qu'on s'arrête pour en parler tous ensemble...

Ils quittèrent la route et se rassemblèrent autour du poêle allumé par Will.

— Xetesk est une cité très différente de Dordover, dit Denser lorsqu'il eut une chope de café chaud dans les mains.

— J'espère bien, grommela Thraun.

Denser l'ignora.

— Ma présence ne garantira pas notre sécurité. Au contraire, elle nous desservira dans certains cercles. AubeMort et les Seigneurs Sorcyers ont creusé entre les différentes factions un fossé aussi large que la passe de Sousroc. Nous devons être en position de force pour négocier. Voilà ce que je suggère : je vais aller au Mont avec Sol. Ilkar et Erienne nous accompagneront. Si notre groupe s'exprime au nom de trois Collèges qui ont déjà des représentants sur place, nous aurons plus de chances d'être traités équitablement. Qu'en pensez-vous, tous les deux ?

— Pour rien au monde, je ne voudrais que tu me laisses en arrière, fit Erienne avec un sourire.

Denser le lui rendit.

— C'est entendu, dit Ilkar, bien qu'il ne fût pas ravi d'entendre le Xetesk confirmer ses craintes.

— Quant aux autres, la bonne nouvelle, c'est que vous feriez mieux de vous tenir à l'écart de Xetesk !

— La mauvaise, c'est que tu veux que nous en profitions pour protéger les catalyseurs, devina Hirad. (Denser hocha la tête.) Tant mieux. Je me demandais si tu aurais assez de bon sens pour ça.

— Et moi donc, murmura Ilkar.

— Nous avons tous des préjugés injustifiés, pas vrai ? lança sèchement Denser.

— Si c'est comme ça que tu veux les appeler..., répliqua Ilkar.

— Je croyais qu'on avait fini par se comprendre, soupira Denser.

— Chaque fois que nous avons dû travailler

ensemble, notre coopération a été fructueuse, répondit Ilkar en pesant soigneusement ses mots.

Denser fit la moue.

— Ce qui me blesse, c'est que nous avons *souffert* ensemble. Les heures passées au château des Ailes Noires ne comptent-elles pas ? Et notre lutte pour maintenir Hirad en vie ? Que dois-je faire d'autre pour te prouver que je suis différent de l'image que tu as de moi ?

— Reviens avec l'Inconnu vivant. Vivant pour de bon ! Alors, je te croirai. Jusque-là, je n'arriverai pas à oublier où tu as été formé, et ce que ça signifie depuis des siècles.

— Les Julatsiens ! s'exclama Denser, les bras au ciel. (Il se leva, renversant son reste de café.) Vous regardez l'avenir, les deux pieds plantés dans le passé. Tu veux que je te dise ? De nous tous, c'est à toi que tout le monde trouve l'esprit le plus fermé et le cœur le plus froid. Je n'en fais pas mystère : je te respecte et je t'apprécie malgré tes origines collégiales. À mon avis, je mérite le même traitement. Devons-nous demander aux autres ce qu'ils en pensent ?

Ilkar ne répondit pas.

— Je suis sûr que ce serait un débat fascinant, intervint Thraun. Mais est-ce comme ça que se déroulera la réunion du lac de Triverne ? Si c'est le cas, nous ferions mieux de dégainer nos épées tout de suite : vous serez encore en train de vous chamailler quand les Seigneurs Sorcyers arriveront pour s'emparer de vos cités.

Denser et Ilkar le regardèrent comme s'il avait craché dans leur assiette.

— Le niveau des débats ne sera guère plus élevé, j'en ai peur, dit Erienne à leur place. Ça ne nous mènera nulle part. Cela précisé, nous aimerions tous connaître le but de cette réunion.

— N'est-ce pas évident ? grogna Denser.
— Non ! Si Xetesk est aussi divisé que tu le suggères, le message que vous apporterez à la table des négociations risque d'être confus et d'aggraver les désaccords collégiaux.
— Il n'aura rien de confus ! Le Seigneur du Mont le communiquera en personne. Les délégués des autres Collèges ont déjà reconnu la menace. AubeMort est notre seul espoir d'y mettre un terme.
— J'espère que tu as raison.
— Moi aussi. Sans la coopération des quatre Collèges, nos forces seront trop faibles pour arrêter les Ouestiens, et ils nous repousseront jusqu'à la mer.
— Ce type est un vrai boute-en-train, pas vrai ? lança Hirad à la cantonade.
— Pour en revenir à la raison de cette conversation... Quels risques courrons-nous hors de Xetesk ? demanda Jandyr.
— C'est difficile à dire, avoua Denser. Je suis parti depuis un moment, et j'ignore la puissance de ceux qui veulent s'emparer d'AubeMort pour leur propre compte. Quel que soit leur nombre, ils seront un danger pour vous s'ils découvrent votre cachette.
— Et tu vas nous planter en rase campagne, sans aucune protection magique ? lança Hirad.
— Nous resterons en contact constant. Je laisserai mon Familier avec vous.
— Tu plaisantes ! s'exclama Jandyr.
Will regarda Denser, muet d'incrédulité.
— Je..., commença le Xetesk. (Puis il vit l'expression du voleur et soupira.) C'est le seul moyen de nous couvrir.
— Après ce qu'il m'a fait, comment oses-tu suggérer une chose pareille ?
La première fois que Will ouvrait la bouche depuis le début de la journée...

— Je suis désolé de ce qui s'est passé, Will. Mais en réalité, il ne t'a rien fait du tout.

— Tu appelles ça rien ? cria le petit homme en désignant ses cheveux gris. Et ça ? (Il tendit sa main devant lui, paume vers le bas. Elle tremblait.) Privé de mon sang-froid, c'est *moi* qui ne suis rien. Ta saloperie de Familier m'a bousillé !

— Je comprends ta peur, mais elle passera. Parle avec Erienne. Fais-toi expliquer la nature de mon Familier. Il ne t'attaquera pas.

— Tant que tu es là, je veux bien croire que tu le contrôles. Mais quand tu n'y es pas... J'ai vu ce que ça donne.

Will replia les jambes sur sa poitrine et les entoura de ses bras comme pour se protéger.

— Il ne t'attaquera pas, répéta Denser.

— Admettons, dit Jandyr. J'ai vu qu'il communiquait avec toi, mais comment fera-t-il avec nous ?

— L'un de vous devra accepter sa véritable apparence. Pour une raison étrange, il semble tenir Hirad pour un compagnon acceptable.

Ilkar ricana.

— Ce n'est pas réciproque..., marmonna le barbare.

— Y consens-tu quand même ? demanda Denser.

Hirad haussa les épaules.

— Ne fais pas ça ! dit Will.

— Je n'ai pas vraiment le choix, si ?

— Parfait, conclut Denser. Viens avec moi. Il faut que je fasse les présentations...

— Encore un détail, dit Thraun. Où nous cacherons-nous ?

— Je connais un endroit, affirma Denser.

L'obscurité la servait. Grâce à l'acuité de sa vision, elle n'avait pas de mal à distinguer les obstacles. Selyn se fraya furtivement un chemin vers la cité des Seigneurs Sorcyers autrefois morte, et désormais ressuscitée. La nuit qui tombait sur le désert Déchiré dissimulait la taille du campement des Ouestiens, mais l'éclat des feux, les voix des soldats, les aboiements des chiens et le claquement des toiles de tente agitées par le vent lui rappelaient la précarité de sa situation.

Les Ouestiens s'apprêtaient à partir. Avant que la lumière ne disparaisse tout à fait, Selyn avait compté les tentes qu'elle voyait, calculé la quantité nécessaire pour entourer Parve, multiplié par un nombre plausible d'occupants par tente, et ajouté le résultat à l'effectif qu'elle avait croisé deux jours avant. Vingt mille hommes au bas mot. Plutôt vingt-cinq. Cela portait les forces totales des Ouestiens à plus de quatre-vingt mille hommes assujettis aux Seigneurs Sorcyers. La seule question en suspens était celle du temps qui passerait avant que les Sorcyers prennent part à l'invasion. Si c'était pour bientôt, les Collèges ne pourraient pas endiguer la marée qui s'abattrait sur l'est de Balaia pour repousser sa population dans l'estuaire de Korina.

Une question dont Selyn devait découvrir la réponse, et vite !

La jeune femme s'accroupit derrière un rocher couvert de lichen. Elle avait couvert un peu plus de la moitié de la distance qui la séparait des premiers bâtiments de Parve. Déjà, l'odeur de la peur envahissait ses narines. Des nuages bas avançaient lentement au-dessus de sa tête, éclairés par une myriade de feux de camp. Mais aucun n'avait plus d'éclat que les six feux qui brûlaient au sommet de la pyramide qui abritait les corps brisés des Seigneurs Sorcyers. Ici, la folie des Xetesks d'antan apparaissait dans toute son ampleur. Ils avaient construit et scellé cette pyramide afin qu'elle soit un avertissement pour ceux qui auraient la témérité de défier le Collège Noir. Mais maintenant que leur cage de mana était vide, elle servait de focus au pouvoir croissant des Seigneurs Sorcyers, et au rassemblement de leurs acolytes et de leurs soldats. Selyn secoua la tête. L'actuel Seigneur du Mont n'était pas aussi arrogant, mais il aurait à souffrir de l'excès de confiance de ses prédécesseurs.

La jeune femme sortit la tête de sa cachette. À moins de trois cents mètres devant elle, sept tentes, éclairées de l'intérieur comme de l'extérieur, se dressaient en cercle autour d'un feu de camp. Des Ouestiens étaient assis, allongés ou debout à la lueur des flammes, impressionnants avec leurs épaules larges, leur silhouette massive et leur tête de taureau. Sur sa gauche, un campement similaire abritait un chamane. Selyn ne pouvait pas prendre le risque de pénétrer dans son champ de perception mentale. Sur sa droite, les tentes s'alignaient dans l'obscurité, le bruit de leurs milliers d'occupants arrivant à ses oreilles.

Elle contempla Parve, recensa ses options, et comprit qu'elle n'en avait aucune. Mais une Marche-Voilée, sur une distance pareille, lui pomperait beaucoup de mana, et il ne lui en resterait peut-être plus suffisamment pour communier. Vu le nombre d'ennemis, entre elle et son objectif, elle était obligée de prendre le risque.

Elle se concentra, modela la forme de mana, prononça le mot de pouvoir et courut.

Hirad étudia le chat qui dormait roulé en boule sur ses genoux. Les yeux et la bouche fermés, il était plus noir que la nuit. Le barbare frissonna. Quelle différence avec la créature que Denser lui avait révélée ! Bien qu'il se fût préparé mentalement, il avait eu du mal à soutenir le regard du démon au crâne pulsant. Et il n'avait pu s'empêcher de frémir quand il avait posé une patte griffue sur son bras et prononcé son nom.

À cet instant, il avait compris la terreur de Will. Le voleur était déjà éprouvé par la traversée des cryptes ; voir cette créature dans toute sa hideuse vérité aurait fait craquer la plupart des hommes. Et ce n'était pas seulement son apparence. À la longue, on devait pouvoir s'y habituer, aussi répugnante soit-elle. Mais sous sa forme démoniaque, le Familier exsudait le mépris, comme s'il risquait à tout moment de faire un caprice et d'échapper au contrôle de Denser.

Le grincement d'une porte tira Hirad de sa rêverie.

Jandyr entra.

Denser les avait conduits jusqu'à une ferme, à trois heures de cheval de Xetesk, puis il était reparti pour la cité collégiale avec Ilkar, Erienne et Sol. La propriété, qui s'étendait sur des dizaines d'acres, fournissait les villages voisins en viande et en céréales. Si la maison se dressait un peu à l'écart des dépendances, tous les bâtiments étaient regroupés au milieu des terres. Le sol ondulait doucement dans toutes les directions, offrant une vue dégagée sur plus de six cents mètres, jusqu'aux collines et aux bosquets les plus proches. Denser était apparemment en bons termes avec Evanson, le fermier. Bien qu'Hirad ait voulu investir une grange, l'homme avait insisté pour que ses hôtes séjournent dans la maison.

— D'abord, ce sera plus confortable. Surtout, ça évitera à mes ouvriers de vous voir, avait-il expliqué. Ce sont des gens du coin, et ils ne savent pas tenir leur langue.

Evanson était un homme d'âge mûr au visage buriné et ridé. Il avait des mains énormes et ses épaules puissantes saillaient sous sa chemise. Ses yeux brillaient de malice, et sa bouche dessinait perpétuellement un sourire. Beaucoup de choses, en lui, rappelaient à Hirad le propriétaire de la Volière, Tomas.

Les Ravens avaient accepté de s'installer dans la maison qui comptait deux étages et suffisamment de lits pour que tous puissent avoir une certaine intimité. Une marmite d'eau chaude bouillait en permanence sur le fourneau de la cuisine, la nourriture étant disponible à toute heure. Une fois à l'abri, ils prirent conscience de leur fatigue et s'accordèrent un repos bien mérité.

— Que penses-tu de cet endroit ? demanda soudain Hirad.

— Plusieurs choses, répondit Jandyr. Il est facile à défendre, et ces lits semblent venus du paradis.

Hirad sourit et se rallongea, les mains derrière la tête.

— C'est aussi ce que je pensais. Où sont les autres ?

— Will dort, et Thraun lit un des bouquins d'Evanson. Il a une sacrée bibliothèque.

— Parle-moi de Thraun, demanda Hirad.

Pour lui, les métamorphes étaient des créatures de légende. À présent qu'il en avait vu un, il ne savait pas s'il devait être effrayé, dégoûté ou émerveillé.

— Il se donne beaucoup de mal pour dissimuler son état...

— Comment est-ce arrivé ?

— Le résultat d'une ancienne expérience dordovane... Thraun descend de mages qui voulaient augmenter leur force, leur agilité, leur vue, leur ouïe et les dieux savent quoi d'autre grâce à une fusion magique avec des animaux. Ses ancêtres se préoccupaient surtout de puissance et de rapidité, d'où le choix du loup.

— Mais...

— Je sais ce que tu vas dire. Le problème, c'est qu'ils ne comprenaient pas ce qu'ils faisaient. Au lieu d'améliorer leurs facultés, ils les ont *remplacées*. Certains ont passé toute leur vie sous une forme animale. D'autres ont réussi à la contrôler, et leur savoir s'est transmis aux générations suivantes.

— Pourquoi refuse-t-il d'en parler ?

— À cause de la façon dont on le considère. Beaucoup pensent que les métamorphes sont des abominations qui devraient être exterminées. Ces gens sont assez nombreux pour que Thraun ait peur d'admettre ce qu'il est. (Jandyr se leva.) Thraun est un homme comme nous. Mais il a une autre facette dont il se passerait bien. Il ne faut pas avoir peur de lui. Traite-le comme un humain. C'est tout ce qu'il demande.

— Je comprends, dit Hirad.

— Aucun d'entre nous ne peut partager ça, le détrompa Jandyr.

Denser alla ouvrir la porte où quelqu'un venait de frapper doucement. Il n'envisagea pas la possibilité d'une menace. Logique, puisque Sol veillait sur le couloir. De toute façon, il savait qui c'était.

Elle se tenait sur le seuil. Débarrassée de la crasse du chemin et vêtue d'une robe, elle était aussi séduisante que Denser le soupçonnait depuis qu'il avait posé les yeux sur elle. Son bas-ventre se tendit, et il réprima un sourire. Il se demanda si elle pouvait lire ses sentiments sur son visage. La soirée promettait d'être agréable. Il ouvrit grand la porte. Erienne entra.

— Ce soir, je vais concevoir.

Elle ne le regarda pas et sa voix ne trahit aucune émotion.

— C'est tout ce que ça représente pour toi ?

— Nous avons conclu un marché. Que pourrait-il y avoir d'autre ?

Mais le sourire de la jeune femme démentait ses propos. Denser referma la porte et s'approcha d'elle, évaluant les courbes de son corps sous sa robe blanche dont le tissu soyeux chatoyait à la lumière des bougies.

— Je pensais que le dénouement pourrait être plaisant pour toi, dit-il, les yeux pétillants.

— Ce n'est pas pour ça que j'ai conclu cet accord, répondit très vite Erienne. Mais la situation a... évolué... depuis. (Denser la vit rougir.) Je t'ai choisi parce que je respectais tes compétences de mage.

— Et mon pouvoir, ajouta-t-il.

Enfin, elle se tourna vers lui.

— C'est pour ça que j'ai jeté mon dévolu sur toi au lieu d'Ilkar. (Denser sursauta.) Il est plus séduisant que toi !

— Mais c'est un elfe !

— Oui, et un Julatsien. Deux raisons de plus pour que je préfère ta semence. Le sourire d'Erienne s'élargit, adoucissant ses traits et révélant leur beauté.

— Eh bien, je suis flatté que mon Collège te semble plus *désirable*, bougonna Denser.

— Sinon, je serais devant Ilkar...

— Tu ne manques pas d'aplomb, pas vrai ?

Il posa une main sur sa joue ; elle inclina la tête pour s'y appuyer.

— Ça dissimule le vide, chuchota Erienne.

Elle passa une main dans les cheveux de Denser et les lissa sur sa nuque.

— Ça te fait toujours mal ?

— Comme un couteau planté dans le cœur.

— Ce soir, je veux mettre un terme à ta douleur, murmura-t-il en approchant les lèvres de l'oreille de la jeune femme. Ensemble, nous pouvons combler le vide et te rendre ton intégrité.

Erienne lui prit le visage à deux mains et sonda son

regard pour voir s'il lui mentait. Mais elle y lut de la sincérité et sentit des larmes lui brûler les yeux.

— Qu'est-ce qui ne va pas ? demanda Denser.

— Rien.

Elle l'embrassa doucement et il lui caressa les lèvres avec sa langue. Les mains de la jeune femme glissèrent de sa nuque ; il passa les siennes autour de sa taille et l'étreignit. L'intensité de leur baiser augmenta alors que leurs langues se rencontraient, chacun explorant la bouche de l'autre. Leurs mains tâtonnaient. Denser sentit celles d'Erienne lui caresser le cou, puis glisser sur sa poitrine pour défaire les boutons de sa chemise. La jeune femme portait une robe blanche toute simple attachée sur l'épaule. Denser trouva l'agrafe et l'ouvrit. Il entendit Erienne gémir alors que sa robe tombait sur le sol. Dessous, elle était nue. Très excité, Denser la guida jusqu'au lit et la fit s'allonger. Il la chevaucha, en appui sur les mains et les genoux, regardant son visage et sa poitrine qui se soulevait au rythme de sa respiration. Puis il posa une main sur son sein droit et sentit le mamelon durcir sous ses doigts.

— Tu ne voulais pas perdre de temps...

— Je n'ai pas changé d'avis.

Erienne défit sa ceinture. Pendant qu'elle lui baissait son pantalon, Denser enleva sa chemise en la passant au-dessus de sa tête. Ensemble, ils ajoutèrent le pantalon à la pile de vêtements abandonnés.

Quand Denser fut nu, Erienne saisit son pénis d'une main et le guida vers elle. Il contempla la toison de son pubis, aussi sombre que sa peau était pâle. La jeune femme écarta les jambes ; Denser réagit en plaçant les siennes entre ses cuisses et en se penchant vers elle. Il posa ses lèvres sur sa poitrine en la pénétrant. Quand il commença à aller et venir en elle, la clameur du mana le submergea.

Des rayons de lumière bleue éclatèrent sous ses yeux alors qu'il poussait plus fort. Les traces qu'ils laissèrent moururent, absorbées par la douce aura orangée qui dansait autour d'Erienne. La peau de la jeune femme était douce, mais Denser s'en aperçut à peine. À chacun de ses va-et-vient, le mana se déversait de lui, filaments de plus en plus foncés qui se mêlaient à l'énergie dordovane et se fondait en elle. Une vision si magnifique qu'elle lui coupa le souffle. Alors qu'Erienne bougeait avec lui, elle adopta leur rythme.

— Ne t'arrête pas, chuchota la jeune femme.

Pour elle, c'était un miracle de fusion mentale. Sentant la main de Denser sur son sein, ses lèvres dans son cou, ses mouvements assurés et sensuels en elle, elle se concentra pour retenir son orgasme tandis qu'elle regardait les couleurs de leurs manas respectifs se mélanger pour former un cocon mauve. À présent, les conditions étaient idéales. Les mouvements de Denser se faisaient plus pressants. Il était au fond d'elle. Le plaisir fit picoter les jambes et le dos d'Erienne, engourdissant ses autres sensations. Elle glissa une main sous les testicules de Denser, qui eut une inspiration sifflante. Son pelvis ondulait, collé à celui du Xetesk et contrôlant la montée de sa jouissance.

Au-dessus d'elle, Denser gémit en approchant de l'orgasme. Son pénis se durcit encore, emplissant Erienne de ravissement. Ils jouirent ensemble dans une explosion de mana. Le cocon se désintégra, projetant autour d'eux des gouttes couleur arc-en-ciel. Erienne cria de plaisir et de triomphe. Denser s'enfonça encore une fois, puis s'immobilisa. Erienne posa une main sur son bas-ventre et sonda ses entrailles pour réchauffer les spermatozoïdes, les maintenir en vie et leur communiquer les prémices du pouvoir que son enfant détiendrait. Denser leva la tête et la dévisagea.

Erienne sourit et l'embrassa.

— Maintenant, il faut dormir... La prochaine fois, nous pourrons nous concentrer exclusivement sur le plaisir.

Chapitre 24

En s'infiltrant dans Parve, Selyn remercia les dieux de l'ordre inhabituel qui régnait dans le campement ouestien. De loin, il semblait que les tentes avaient été dressées au hasard. De près, la jeune femme constata qu'elles étaient disposées en demi-cercle autour des feux, lui donnant l'occasion d'éviter la lumière, les soldats et les chiens.

Bien qu'elle rendît le jeteur de sort invisible, la MarcheVoilée ne dissimulait ni son odeur ni les bruits qu'il faisait et Selyn s'inquiétait beaucoup des sens affûtés des chiens de guerre des tribus ouestiennes. Les yeux des humains abusaient leurs autres sens. Il n'en allait pas de même pour les Destranas de race pure ! Ne pouvant s'arrêter que dans les ombres les plus impénétrables, Selyn courait, marchait, rampait et trottinait selon les circonstances, gardant un œil sur le sol pour repérer la brindille ou le caillou qui aurait pu trahir sa présence. Son cœur vibrait d'excitation. C'était pour ce genre de mission qu'elle s'entraînait depuis toujours : un ennemi impitoyable, des obstacles presque infranchissables qu'elle parvenait à traverser aussi furtivement qu'une brise...

Quand la lumière était suffisante, Selyn ralentissait pour examiner les campements de plus près. Tous présentaient les mêmes caractéristiques. Un étendard tribal ondulait fièrement devant un feu où fumait une marmite suspendue à un crochet. Six à dix tentes éclairées par des lanternes étaient disposées autour. Çà et là, des abris de toile plus petits devaient accueillir les officiers supérieurs et les chamanes. Selyn les évitait soigneusement.

Les Ouestiens grouillaient, la plupart se rapprochant des flammes alors que la température nocturne baissait. Des gémissements de femme montaient çà et là, et tous n'étaient pas arrachés par le plaisir. Il n'y avait pas de gardes, de patrouilles ni de sentinelles. Si près de la puissance régénérée de Parve, les Ouestiens se vautraient dans l'arrogance de leur sécurité. Et ils étaient bel et bien en sécurité, même si l'obscurité, le vacarme et leur négligence permettaient à Selyn de se faufiler parmi eux.

Les abords de la cité étaient calmes ; la main des Seigneurs Sorcyers et de leurs acolytes ne s'y était pas encore abattue. Ici, l'héritage du passé – pierre écroulée et bois fendu – était la cicatrice d'une bataille historique. Mais aux yeux de Selyn, cela restait préférable à ce qui l'attendait au-delà : une cité reconstruite.

La jeune femme zigzagua entre les débris et entra dans une zone semée d'entrepôts. Les bâtiments longs et bas aux murs de pierre et au toit d'ardoise étaient hérissés de cheminées dont aucune ne fumait. Au-delà, vers la place centrale, des structures plus hautes se dressaient dans la nuit, attestant des efforts des Ouestiens et des acolytes des Seigneurs Sorcyers. En quelques mois, ils avaient transformé une région désolée et poussiéreuse en une cité dont le cœur battait de nouveau. Selyn longea encore quelques blocs avant d'escalader un des entrepôts et de s'allonger sur son toit pour se reposer. Sa MarcheVoilée se dissipa. Son pouls ralentit à peine. Elle devait atteindre la pyramide. Ses réserves de mana épuisées, l'obscurité resterait son seul camouflage.

Le crépuscule tombait, projetant des ombres sur le Mont de Xetesk. Les flaques de lumière qui filtraient des fenêtres augmentaient d'intensité à mesure que les bruits de la journée mouraient l'un après l'autre.

Denser, Erienne et Ilkar étaient assis autour d'une table en compagnie de Laryon, un proche de Styliann qui les avait interceptés devant la porte des appartements de Nyer et amenés dans les siens pour leur parler des récents problèmes que le mentor de Denser avait eus avec le Seigneur du Mont. Des problèmes qui valaient à Laryon de devoir évaluer seul les chances de libérer l'Inconnu.

Sol montait la garde en silence près de la porte de l'étude. Denser oublia ses inquiétudes au sujet de Nyer pour se concentrer sur la poursuite de la quête d'AubeMort.

Sur un signe de Laryon, il remplit leurs verres de vin.

— Les risques sont considérables, expliqua le maître xetesk en se radossant à son fauteuil, la lumière des lampes soulignant ses courts cheveux gris, son nez bulbeux et sa bouche fine.

— Mais c'est possible, insista Ilkar.

— En théorie, concéda Laryon, prudent. Mais vous devez comprendre le processus de création d'un Protecteur...

— Je le comprends trop bien ! coupa Ilkar.

— Tu te trompes, intervint Denser. Et par pitié, laissons de côté l'aspect moral de la chose... Ce que tu es sur le point d'entendre ne sera pas plaisant, mais n'oublie pas que nous tentons tous d'aider Sol.

— Vraiment ? ricana Ilkar. J'aimerais croire à votre bonté d'âme, mais nous savons que c'est surtout pour empêcher Hirad de s'enfuir avec AubeMort.

— Il n'irait pas loin, lâcha Laryon.

— Vous voulez parier ? grogna Ilkar.

— Ilkar, ton attitude n'est guère productive ! explosa Denser. Maître Laryon, à votre place, je me garderais bien de parier. Vous ignorez de quoi ils sont capables.

Laryon ouvrit la bouche pour protester, mais il choisit d'expirer bruyamment par le nez.

— Un Protecteur, dit-il, est le fruit d'une résurrection indépendante du corps réalisée à partir des souvenirs de l'âme, beaucoup plus précis que ceux de la mémoire. Si l'âme est récupérée moins de douze heures après le décès, il est possible de reproduire parfaitement le corps qu'elle occupait et ses caractéristiques mentales.

— Il y a un « mais » quelque part, supposa Ilkar.

Il regarda l'Inconnu et secoua la tête.

— Exact. L'âme n'intègre pas le corps ainsi recréé.

— Quoi ?

Erienne sursauta sur son fauteuil.

— Dans ce cas, commença Ilkar, comment... ?

— Ce qui avait été conçu comme le seul moyen de forger un lien est devenu le mode de contrôle ultime, expliqua Laryon. Quand le sort en était à ses balbutiements, l'unique façon de générer la vie consistait à lier l'âme et le corps au moyen d'une ChaîneDémoniaque : la conscience collective – et asservie – d'une invocation multi-démoniaque. Ça fonctionne extrêmement bien. Les démons étant forcés de nous obéir, nous pouvons en faire ce que nous voulons. En général, ça permet le maintien d'une communication directe entre le corps et l'âme.

— En général, marmonna Ilkar, qui commençait à comprendre.

— Oui, dit Denser. Et les maîtres peuvent également ordonner aux démons de faire toutes sortes de choses à l'âme ou au corps. Il arrive même qu'ils leur en fassent cadeau. C'est là que commence l'enfer éternel. Tu comprends maintenant pourquoi je ne pouvais pas agir seul ?

— C'est barbare, souffla Ilkar.

— Pire encore, dit Laryon.

— Alors, où sont les âmes ? demanda Erienne.

— En stase au Mont de Xetesk. Elles sont ensemble, et c'est ça qui confère aux Protecteurs leur véritable pouvoir. La communication et l'action sont instantanées. Il serait impossible d'arrêter une armée de Protecteurs.

— Et quelle procédure libérera l'Inconnu ? demanda Ilkar en désignant Sol.

— Je vous ai décrit la création d'un Protecteur pour que vous mesuriez les risques inhérents... Enfin, ceux que nous pouvons deviner. Ce que Denser et moi allons tenter n'a jamais été essayé. Je ferai tout mon possible pour maintenir Sol en vie, mais je ne vous garantis rien.

— Ce serait pratique s'il mourait, pas vrai ?

— Pas vraiment. Qu'aurais-je à y gagner ?

— Les Protecteurs ! Vous prouveriez aux autres Collèges que vous n'êtes pas opposé à les libérer. Mais puisque vous avez échoué, leur forme de vie vaut mieux que pas de vie du tout. Même si j'en doute, sachant ce que je sais maintenant...

— Je comprends votre cynisme. Vous ne voudrez sans doute pas me croire, mais je partage votre point de vue. À Xetesk, le nombre de mages qui réclament l'accélération des réformes et la fin des pratiques douteuses augmente chaque jour. Denser en fait partie, et je dois être, parmi ses partisans, celui qui a le rang le plus élevé. En tant que progressiste et que chercheur, je veux que cette expérience réussisse. Voilà pourquoi Denser m'assistera. Vous lui faites confiance, je suppose ?

— Autant que je peux faire confiance à un Xetesk, grommela Ilkar.

Laryon sourit.

— C'est tout ce que j'ai à vous offrir...

— Dans ce cas, il faudra bien que ça suffise. Mais prenez garde ! Si l'Inconnu meurt sans que vous puissiez expliquer sa mort à Hirad en des termes compréhensibles pour lui, le résultat sera le même que si vous n'aviez pas tenté de l'aider.

— Merci, Ilkar, soupira Denser. Encore un peu de vin ?

Il remplit les verres.

— Précisez le risque ! exigea Erienne.

— C'est impossible. Je peux seulement l'estimer. D'abord, il est *théoriquement* possible de rapatrier une âme. Il faut pour cela l'arracher à la ChaîneDémoniaque. Nous ignorons quel genre de dégâts cela peut causer. Nous ne savons pas non plus si l'âme voudra revenir, ou si la suppression prolongée de sa conscience l'aura endommagée. Enfin, comment mesurer le choc qu'elle éprouvera quand la ChaîneDémoniaque sera rompue et que le corps repassera sous son contrôle. N'oubliez pas que votre ami était mort.

Ilkar regarda l'Inconnu, qui les dévisageait. À moins que la ChaîneDémoniaque ne les dévisageât à travers lui. Comme toujours, ses yeux, sous le masque, ne trahissaient aucune émotion.

— La mort serait préférable à ce qu'il subit en ce moment, affirma Ilkar.

— C'est aussi ce que je pense, dit Laryon. Denser,

nous devons nous préparer. Mais d'abord, il faut évaluer la situation avec notre ami Nyer. Si tu veux bien contacter ton Familier...

Denser hocha la tête et ferma les yeux.

Le chat s'agita sur les genoux d'Hirad, l'arrachant à sa somnolence. Il se redressa dans son fauteuil et regarda par la fenêtre. C'était la fin de l'après-midi. Le soleil perdait de sa force et une brise rafraîchissait les champs. Hirad vit un paysan manier une charrue, au loin. Plus près, il entendit des gens s'affairer dans les granges et les dépendances. Il baissa les yeux vers le chat, et sursauta en croisant le regard du démon.

— Ne fais pas ça ! cria-t-il. (Le Familier eut un rictus.) Qu'y a-t-il ?

— Ils arrivent. Nous devons nous préparer à partir.

— Denser ? demanda Hirad.

Le Familier secoua la tête.

— Ceux qui veulent s'emparer d'AubeMort. Dépêchons-nous.

Styliann étudia l'assemblée qui lui parut franchement hostile. Les Ouestiens approchaient de la baie de Gyernath et de la passe de Sousroc ; il ne pouvait pas se permettre de perdre le soutien des Collèges. Bien qu'il soit furieux contre l'agent de Nyer, il en voulait encore plus au mage dordovan qui avait mis le feu aux poudres.

— Les événements regrettables... (Vuldaroq ricana. Styliann le foudroya du regard mais ravala la réplique cinglante qu'il avait sur le bout de la langue.) survenus à Dordover il y a quelques jours nous ont forcés à vous révéler une information que nous voulions garder secrète un moment encore.

— Vous ne nous faites pas confiance ? demanda Heryst sans agressivité.

— Je pensais que certaines réactions prévisibles, à un stade si précoce de notre quête, auraient mis Balaia en danger.

— Et vous vous attendez à ce que j'accepte ça pour justifier le pillage de mes cryptes ? s'étrangla Vuldaroq.

Styliann laissa passer un moment avant de répondre.

— Oui, dit-il en soutenant le regard du Dordovan. Mais permettez-moi de vous expliquer pourquoi. En toute autre circonstance, il ne fait aucun doute que nous aurions procédé différemment. Sachez aussi qu'avant d'autoriser cette action, nous avons longuement réfléchi à ses conséquences. Enfin, nous déplorons profondément la façon dont vous avez découvert notre quête. En toute sincérité, nous pensions que vous informer aurait été imprudent et aurait conduit à nous diviser.

Vuldaroq hocha la tête, rouge de colère. Il se radossa à son fauteuil, une des ailettes dissimulant son visage.

— *Longuement délibéré... Déplorons profondément...* (Il se pencha de nouveau vers la lumière.) Un de mes mages est mort !

Styliann but une gorgée d'eau et consulta les notes de ses aïdes, qui approuvaient le choix de ses arguments.

— Dites-moi, Vuldaroq, pourquoi est-il mort ?

— Parce qu'il a tenté d'empêcher la mise à sac de nos cryptes.

— Vraiment ? Ce n'est pas ce que j'ai cru comprendre. Peut-être pourriez-vous expliquer à nos honorables collègues en quoi la capture et l'emprisonnement d'un Familier, destiné à servir d'appât pour son maître, étaient censés l'aider à protéger vos cryptes ?

— Je ne suis pas un enfant surpris à voler des confitures ! cria Vuldaroq. Ne me traitez pas comme tel.

Notre mage a été assassiné par le Familier, ne l'oublions pas !

— Très bien. Je suis prêt à reconnaître que ce fut le résultat final. Mais je crois que nous devons à Heryst et à Barras un récit complet des événements regrettables qui ont précédé. Je ne voudrais pas qu'ils se sentent obligés de nous retirer leur soutien à cause d'une méprise.

— Je ne vois pas comment on peut se méprendre sur un meurtre ! cracha Vuldaroq.

Les yeux de Styliann lancèrent des éclairs. Quand il fit mine de se lever, un de ses aides lui posa la main sur le bras.

— Ce que je crains, c'est que nos collègues ne comprennent pas que le Familier avait été enlevé *hors* de l'enceinte de votre Collège...

— Il était quand même dans la cité, grommela Vuldaroq.

— Est-ce un crime ? demanda Styliann.

— Ça faisait partie de...

— Est-ce un crime ?

Vuldaroq se rembrunit.

— Non, admit-il.

— Merci de cette précision... J'aimerais également préciser que le Familier était là à titre d'observateur, que Denser attendait dans les bois à bonne distance de Dordover, et qu'il ne serait jamais entré dans la cité si son Familier n'avait pas été enlevé. Je n'espère pas que vous approuviez le vol. En revanche, il faut que vous compreniez sa nécessité. Et que vous mettiez à notre crédit d'avoir voulu nous emparer de l'anneau sans recourir à la violence ni faire appel à des mages extérieurs à Dordover. Toute cette agitation est due à une tête brûlée qui a emprisonné un Familier, et payé les conséquences de son acte.

On griffonna furieusement autour de la table. Les délégués se rapprochèrent pour chuchoter.

— Contestez-vous la thèse de Styliann ? demanda Barras après avoir consulté ses aides.

— Le Familier a été enlevé hors de l'enceinte du Collège, concéda Vuldaroq. Mais à ce moment, deux intrus s'étaient déjà introduits dans nos murs.

— Je crains que votre chronologie ne soit fautive, dit Styliann avec un sourire méprisant. Les deux membres des Ravens dont vous parlez ont assisté à l'enlèvement dans une rue de Dordover.

— Où ils complotaient de s'introduire par effraction dans notre Collège.

— Ce ne sont pas leurs actes que nous examinons, dit Heryst d'une voix douce, mais les vôtres.

Vuldaroq se leva et abattit ses deux poings sur la table.

— Nous sommes les victimes !

— Dans l'affaire du vol de l'anneau, oui. (Heryst haussa les épaules.) Mais vous attaquez Xetesk sur la mort d'un mage qui a enlevé un Familier hors de l'enceinte de Dordover. Le premier crime de la soirée a été commis par l'un des vôtres.

— Où voulez-vous en venir ?

Vuldaroq essuya la sueur qui maculait son front. Ses épaules s'affaissèrent.

— Nous sommes en présence de deux incidents séparés, répondit Barras. Styliann nous a expliqué le premier. Le second, aussi regrettable soit-il, semble avoir été provoqué par un Dordovan. Votre mage a introduit dans le Collège un Xetesk et un Familier qui n'y seraient jamais entrés. Les conséquences étaient inévitables.

— Inévitables ? Depuis quand un meurtre est-il inévitable ?

— Assez ! cria Styliann en se levant. Vous connaissez parfaitement la force du lien entre un Xetesk et son Familier, et votre mage la mesurait aussi. Il aurait pu réussir à les emprisonner tous les deux, bien que ses motivations m'échappent... Mais il a eu la malchance de tomber sur un homme très talentueux. Denser était obligé de délivrer son Familier. Dès lors, votre mage n'avait aucune chance de s'en tirer. Je n'éprouve guère de compassion pour lui.

« À présent... Comme Barras vient de le faire remarquer, il s'agit de deux incidents séparés. Revenons au vol. J'ai expliqué pourquoi il a été commis, et justifié notre discrétion. Vuldaroq vient de me démontrer que nous avons eu raison. Si nous ne nous décidons pas à coopérer, nous courons à la catastrophe. Je dois bénéficier de votre soutien, et vous devez comprendre qu'AubeMort est notre seule chance de réussite.

— Je suis d'accord avec vous, affirma Barras. Mais je me sens insulté que vous m'ayez dissimulé des informations aussi capitales.

— Je vois... Supposons que je vous aie parlé d'AubeMort à la dernière réunion, et que nous ayons envoyé une délégation des quatre Collèges pour réclamer l'anneau d'Arteche au Conseil dordovan. Que se serait-il passé, Vuldaroq ?

— Vous le savez bien...

— En effet : ils auraient commencé par refuser. (Styliann écarta les bras.) Puis nous aurions fait pression, et ils auraient peut-être accepté de nous remettre l'anneau. Mais ils auraient exigé qu'un mage senior préside à l'utilisation d'AubeMort, et qu'il conseille les Ravens pendant leur quête. Combien de temps aurait-il fallu pour que tout le monde tombe d'accord ? Un mois ? Deux ? Messires, je suis fermement persuadé que nous ne disposons pas de ce délai, et le déplacement des troupes prouve que j'ai raison. Je m'excuse de vous avoir dissimulé nos intentions, mais notre quête a atteint un stade assez avancé pour que nous ayons une chance raisonnable de la mener à son terme. Vous savez que vos Conseils respectifs nous auraient retardés. Et vous savez aussi que la formation actuelle des Ravens compte des membres de trois Collèges, de quoi atteindre un quorum, avec la bénédiction d'Heryst. (Le Lysternien acquiesça.) Bien. Il ne nous reste plus qu'à faciliter le passage des Ravens à l'ouest.

— Et comment faire ? demanda Heryst.

— Nous devons prendre la passe de Sousroc, répondit Styliann.

Vuldaroq ricana.

— Huit mille Ouestiens la gardent. Comment accomplirons-nous ce miracle ? Styliann sourit.

Son message envoyé, Denser se tourna vers Ilkar et Erienne.

— J'ai fait tout ce que je pouvais. Il les mettra sur la route du lac de Triverne, puis il me rejoindra.

— Tu crois qu'ils s'en sortiront ? demanda Ilkar, inquiet à la pensée que les autres Ravens voyagent sans escorte magique.

— Oui, vous aussi, si vous partez maintenant, dit Denser. Un Protecteur de Laryon vous conduira jusqu'aux portes de la cité. Si vous chevauchez toute la nuit, vous serez là-bas à l'aube. Je vous rejoindrai dès que possible.

— Où est donc Nyer ?

Ilkar sonda le couloir. Il s'attendait à voir le maître de Denser jaillir de nulle part pour les attaquer.

— En route pour la ferme ! (Denser se mordit la lèvre inférieure.) Je n'arrive pas à croire qu'il m'ait trahi.

— Denser ! appela Laryon dans la chambre de sort.

— Je dois y aller. (Le Xetesk embrassa Erienne et la serra un moment dans ses bras.) Sois prudente.

— Promis.

La jeune femme sourit et lui caressa le visage.

— Tâche de ne pas tout rater..., lâcha Ilkar.

— Si c'est possible, j'arriverai au lac de Triverne avant vous, et l'Inconnu m'accompagnera.

— Ça, ce serait impressionnant.

— Je ferai de mon mieux.

Denser tendit la main. Ilkar hésita avant de la serrer.

— Denser ! s'impatienta Laryon.

Le Xetesk entra dans la chambre de sort et referma la porte derrière lui. Ilkar et Erienne entendirent des verrous se mettre en place. Plus personne n'entrerait.

— Allons-y, dit l'elfe.

Erienne contempla la porte un moment avant de rebrousser chemin vers la sortie des catacombes à travers l'atroce pression du mana xetesk.

Au cœur de la chambre de sort renforcée, dans les profondeurs du Mont, Sol cligna des yeux sous la lumière des bougies. Denser et Laryon, debout au pied de la dalle où il était allongé, portaient la traditionnelle tunique noire et les hauts-de-chausse assortis.

— Il faut que tu crées un canal de mana pour maintenir la ChaîneDémoniaque sous contrôle jusqu'à ce que son âme ait regagné son corps. (Laryon fléchit les doigts.) Les Protecteurs vont te résister, et dès que l'âme se mettra en mouvement, ils tenteront de se libérer. Comprends-tu ? (Denser signifia que oui.) Très bien. Commençons. Je suis inquiet pour la sécurité des Ravens.

Laryon alla se placer à la tête de Sol, posa les mains sur ses yeux et récita une courte prière. Le Protecteur se détendit ; ses paupières se fermèrent et sa tête roula sur le côté. Il ne respirait plus.

— Le temps presse ! Denser, prépare le canal de mana. Tiens-le prêt jusqu'à ce que la Chaîne devienne visible. Tu sauras instinctivement quoi faire. Aie confiance en moi.

Denser commença à modeler le canal. Il étudia le spectre du mana et vit une aura d'un bleu intense envelopper Sol : le mana statique canalisé par la ChaîneDémoniaque. La forme à générer était un simple tube en spirale ; toute la difficulté consistait à maintenir ses extrémités ouvertes et stables pour qu'elles puissent laisser passer la ChaîneDémoniaque.

Sur sa gauche, le mana ondula et sa couleur devint plus vive. Laryon incanta. Presque aussitôt, l'aura qui enveloppait Sol réagit, attirée par la forme scintillante que créait le maître xetesk. Au début, Denser eut du mal à comprendre ce qu'elle représentait. Puis, elle se précisa. Un cône de mana émergea du corps de Sol, l'extrémité pointue au centre de son torse, le cercle s'enfonçant dans le plancher de la pièce, sous la dalle. Des lignes d'énergie montaient et descendaient sur toute sa longueur.

Soudain, la ChaîneDémoniaque apparut. Des visages, des membres, des corps, des bouches, des doigts, des cheveux emprisonnés dans le cône. Des voix sifflèrent ; des silhouettes se tordirent au milieu de ce cruel vortex.

Les mains d'une silhouette disparaissaient dans la poitrine d'une autre. La tête d'un troisième semblait soudée au pied d'une quatrième. Une infinité de combinaisons... Mais tous ces êtres étaient vivants, physiquement identiques et très en colère.

Au centre de la Chaîne, l'un d'eux regarda Denser en hurlant sa haine. Le mage soutint son regard sans ciller. La créature au corps pas plus gros que celui d'un nouveau-né humain avait de longs bras noueux et des jambes courtaudes difformes. De la salive bleue dégoulinait de sa bouche sans lèvres. Sa langue léchait ses joues et ses crocs déchiraient sa propre chair. Ses yeux énormes et fendus évoquant deux orbes sombres et maléfiques, ses oreilles se dressaient au-dessus de son crâne et venaient s'entortiller au sommet de sa tête.

— Maintenant, Denser, ordonna Laryon d'une voix étranglée par l'effort.

— Enveloppement !

Le canal de mana de Denser fondit sur la ChaîneDémoniaque, s'ouvrit un instant sur toute sa longueur et se referma dessus, étouffant les hurlements de fureur des créatures.

— Excellent ! le félicita Laryon.

Denser sentit qu'il relâchait son contrôle sur la ChaîneDémoniaque. Les créatures se concentrèrent sur le canal qui les emprisonnait et l'attaquèrent avec leurs pieds, leurs poings, leurs crocs et leur esprit.

— Ils ne pourront pas s'échapper. Ils ne sont pas assez forts. Reste concentré. Et écoute-moi bien. C'est maintenant que ça devient difficile. Dissipe le canal quand je te le dirai.

Laryon prépara le chemin du retour pour l'âme de l'Inconnu.

Chapitre 25

Le Familier se posa sur l'épaule droite d'Hirad. Le barbare frémit et pinça les lèvres, irrité.

— Comment nous ont-ils trouvés ? demanda-t-il.

— Quelqu'un nous a trahis. Quelqu'un de puissant... (La colère et la surprise faisaient trembler la voix du Familier.) Vous devez partir pour le lac de Triverne. Evanson vous guidera.

— Je refuse de m'enfuir, dit Hirad.

Le Familier l'ignora.

— Je les retiendrai jusqu'à ce que vous soyez en sécurité.

— On ne pourrait pas plutôt rester là et leur régler leur compte ?

— Tu ne comprends pas. Ils sont trop forts pour vous. Et pour moi. Ils me tueraient.

Hirad fronça les sourcils.

— Bonne chance, Raven. Veille sur mon maître.

Le Familier s'envola par la fenêtre ouverte et fila dans le ciel nocturne.

L'Inconnu sursauta quand son âme fila le long de la ChaîneDémoniaque en direction de son corps.

Laryon sourit.

Mais il n'était pas préparé au contrecoup, qu'il

n'avait d'ailleurs même pas envisagé. Le retour de l'âme brisa le lien entre l'Inconnu et la ChaîneDémoniaque. Avec des hurlements de triomphe, celle-ci fouetta l'air et frappa les deux mages. Touché à la tempe, Laryon alla valser contre un mur. Il s'écroula en grognant, un filet de sang coulant de sa bouche. Plus jeune et plus vif, Denser esquiva l'attaque et sentit le mana fendre l'air au-dessus de sa tête. Les démons commençaient à prendre une forme matérielle.

Il se concentra pour fermer l'extrémité du canal, mais en voyant la Chaîne déchirer la trame même du mana, il comprit que son geste serait inutile.

Alors que la Chaîne s'enroulait comme un serpent pour frapper de nouveau, Denser éprouva une sensation qu'il avait jusque-là ignorée. La peur !

Parce qu'il n'avait pas le pouvoir d'empêcher la ChaîneDémoniaque de prendre une forme tangible et de le tuer. Mais surtout parce qu'il ne savait pas *comment* faire, cette lacune dans son éducation lui étant fatale...

La Chaîne déchira le canal de mana de Denser.

Les hurlements des démons assaillirent les tympans du mage. Ils lui promettaient la mort et le tourment éternel et se moquaient de sa faiblesse. La Chaîne plongea vers lui, le manquant d'un cheveu alors qu'il se jetait sur le côté et atterrissait lourdement sur Laryon.

Le maître était toujours vivant. Denser le secoua.

— Aidez-moi ! (Laryon gémit faiblement.) Aidez-moi !

Du coin de l'œil, Denser vit la Chaîne, prise de frénésie, s'enrouler autour de la tête de l'Inconnu. Le guerrier gisait sur la dalle, le souffle court, sans avoir conscience de l'horreur qui planait au-dessus de lui.

Laryon marmonna un mot que Denser ne comprit pas.

— Quoi ?
— Mimralumen.
— Je ne comprends pas.

Laryon ouvrit les paupières, jeta un coup d'œil par-dessus l'épaule de Denser et prit la tête du mage à deux mains pour approcher son oreille de sa bouche.

— MiroirLumière, chuchota-t-il.

Il serra Denser contre sa poitrine. Au-dessus du mage, la ChaîneDémoniaque gifla Laryon. Son cri de douleur s'étrangla dans sa gorge, et il relâcha son étreinte. Denser regarda derrière lui. La ChaîneDémoniaque ondulait, toujours fixée au plancher de la pièce. Son rire se répercutait contre les murs, car son triomphe était presque complet.

Denser regarda Laryon et frissonna. Bien que le maître ne portât aucune trace de coup, ses yeux morts étaient vitreux. À travers eux, Denser voyait jusqu'au plus profond de son être. Son âme avait disparu.

Il se releva, se tourna vers la ChaîneDémoniaque et modela le MiroirLumière, une structure rectangulaire simple qui ne lui prit que quelques secondes. La Chaîne se replia de nouveau sur elle-même comme une guirlande de papier dans un tourbillon. Puis elle s'immobilisa, prête à frapper, sa fureur continuant à marteler les tympans de Denser. Au moment où elle se détendit, le mage incanta. Un rayon horizontal d'environ deux mètres cinquante de large zébra la pièce au niveau du sol. Le MiroirLumière se déploya comme un store qu'on relève pour laisser entrer le soleil. Une vive clarté envahit la chambre de sort, rassemblant les flammes minuscules des bougies pour les renvoyer multipliées au centuple.

La Chaîne hurla de terreur et tenta de disparaître, mais son mana bleu était déjà victime du miroir. Denser se couvrit les yeux quand celui-ci aspira la lumière des démons qui fondait sur lui. Les créatures de mana poussèrent des cris déchirants au moment où leurs forces vitales leur furent arrachées. Puis elles disparurent, laissant derrière elles le silence, l'écho de la violence... et de doux reflets bleutés dans le spectre du mana.

Denser vit que l'Inconnu se redressait.

Ils avaient laissé les lanternes allumées dans la ferme. Hirad n'aimait pas beaucoup ça, mais la manœuvre semblait logique. Le lac de Triverne était le seul sanctuaire possible pour les Ravens et pour les deux catalyseurs qu'ils détenaient. Les quatre Collèges y étant présents en force, aucune menace ne pourrait les y atteindre. Et pourtant, le barbare se sentait mal à l'aise. Il avait besoin d'Ilkar. L'elfe n'aurait su que dire pour expliquer leur arrivée en fanfare. Sans lui et ses connaissances, Hirad était perdu.

Alors qu'ils éperonnaient leurs chevaux et galopaient vers le nord dans les ténèbres, guidés par Evanson, qui ne comprenait pas bien la situation mais se montrait très serviable, Hirad sonda le ciel à la recherche du Familier. Il savait qu'il ne pourrait pas le voir et le regretta fugitivement. Ce n'était pas une créature qu'on pouvait vraiment apprécier. Mais au contraire d'Ilkar, Hirad ne la considérait pas comme intrinsèquement maléfique. Qu'elle ait proposé de se sacrifier pour faire une diversion forçait son respect...

Denser aussi devait avoir conscience de ce que son Familier s'apprêtait à faire. Qu'il soit si déterminé à utiliser AubeMort pour sauver Balaia, non pour servir les ambitions de Xetesk, fit regretter à Hirad d'avoir jamais douté de lui. Il éperonna sa monture et rattrapa Evanson en se demandant quel accueil les attendait au lac de Triverne.

Ils ne l'avaient pas senti...

Ils chevauchaient sur un terrain découvert, à l'écart des routes. Encore une heure avant d'atteindre la ferme. Répartis en quatre cellules de trois, chacune comprenant un mage et deux Protecteurs, ils étaient douze et se déplaçaient en formation serrée, une tactique qui les protégeait d'une attaque terrestre, mais les laissait vulnérables à une menace aérienne.

À bonne altitude dans le ciel qui s'assombrissait, le Familier décrivit un cercle au-dessus des cavaliers, lâcha un cri de mana adressé à son maître et choisit la cible dont la chute provoquerait la plus grande confusion. Nyer, le maître xetesk. Le voir le fit frissonner de frayeur. L'homme avec qui son propre maître avait communié pendant si longtemps. Un traître. Et un cadavre en sursis.

Le Familier s'éleva dans les airs, menace silencieuse sur le point de s'abattre sur sa victime insouciante, et vint se placer derrière elle. Puis il plongea en réprimant l'envie de hurler de rire ou de gargouiller de ravissement. Les yeux rivés sur la nuque de Nyer, les ailes plaquées le long des flancs, il fendit l'air. Au dernier moment, il déploya ses ailes pour freiner sa descente, fit passer ses pattes griffues devant lui et les plongea dans le cou de Nyer.

Le maître xetesk tomba de son cheval et s'étala dans la poussière. Les Protecteurs crièrent des avertissements. Trop tard ! Alors qu'ils tiraient sur les rênes de leurs chevaux, s'immobilisaient et faisaient demi-tour, le Familier abattit ses poings sur les tempes de Nyer, lui brisant le crâne.

Alors, il s'autorisa à rire et se tourna vers sa victime suivante. D'un battement d'ailes, il s'éleva dans les airs et fila sous le nez d'un Protecteur dont l'épée le manqua largement.

Caquetant d'excitation, le Familier remonta vers le ciel sans quitter ses ennemis du regard. Les trois mages survivants préparaient des sorts. Mais il savait qu'il serait en sécurité. Son maître avait répondu à l'appel ; il était déjà en route. Une douce tiédeur enveloppa son cœur, plein d'une énergie renouvelée, et il s'autorisa une vrille majestueuse.

Le sort l'atteignit à la patte gauche et remonta le long de sa queue comme une traînée de flammes.

Alors que le sol défilait sous lui, ses OmbresAiles modelées pour lui donner un maximum de vitesse, Denser gémit en sentant la douleur de son Familier exploser dans sa tête comme un roulement de tonnerre. Il affermit sa concentration, maintint son sort et continua à voler malgré les larmes qui brouillaient sa vision.

Il tourna la tête. L'Inconnu le suivait de près. Denser avait encore assez d'énergie pour s'émerveiller de la facilité avec laquelle il avait accepté d'utiliser les OmbresAiles. La capacité de retenir le mana placé dans son corps était une caractéristique des Protecteurs – dont il ne faisait désormais plus partie. Les ennuis commenceraient quand il aurait le temps de réfléchir et de se souvenir.

— Qu'est-ce qui ne va pas ? demanda l'Inconnu.

— Ils l'ont touché, les salauds ! Ils lui ont fait du mal.

Denser poussa ses OmbresAiles au-delà des limites dictées par la sagesse. Derrière lui, sans vraiment savoir comment, l'Inconnu l'imita.

Le Familier faiblissait. Les yeux pleins de larmes parasites, il luttait de plus en plus désespérément alors que le feu dévorait sa patte et sa queue. Son maître arrivait, mais le linceul noir qui menaçait de tomber sur sa conscience l'empêchait de réfléchir. Il continua à décrire des cercles dans le ciel. Au-dessous de lui, il s'aperçut qu'un mage préparait un autre sort.

Il éclata en sanglots, conscient que sa mort était proche.

— Maître, souffla-t-il. Venez à moi. Vengez-moi !

Le sort l'atteignit à la gorge. Le Familier se recroquevilla sur lui-même et dégringola vers le sol.

Rien n'aurait pu préparer Denser à ça. C'était comme si on lui enfonçait des aiguilles dans les yeux, comme si on lui pulvérisait la cervelle à coups de pierre. Le dernier chuchotement du Familier et l'extinction définitive de ses forces vitales sapèrent la résistance de Denser. Ses OmbresAiles disparurent. Il perdit connaissance et tomba.

L'Inconnu avait vu la tête de Denser partir brutalement en arrière, ses mains lui griffant le visage comme s'il tentait de déchirer son propre crâne. Puis les ailes du mage clignotèrent, émirent une vive lueur et s'éteignirent. Quand Denser tomba, l'Inconnu avait déjà ralenti et plongé. Il le dépassa une première fois, vira, reprit de l'altitude et le rattrapa à sa tentative suivante, cinq mètres à peine au-dessus du sol. Un instant, il resta suspendu dans les airs, le mage dans les bras. Puis il remonta lentement.

Voyant son visage livide et ses traits tirés par la douleur, l'Inconnu eut l'impulsion irrésistible de protéger le Mage Noir. Il se rappelait avoir éprouvé de la haine pour lui, mais il y avait si longtemps... D'autres souvenirs traversaient peu à peu la brume de son esprit récemment reconstitué. Il les chassa pour se concentrer sur ses OmbresAiles.

Il éprouvait aussi de la colère. Contre ceux qui avaient blessé Denser, et contre Xetesk, qui l'avait transformé en Protecteur et privé de sa mort. Mais il ne pouvait pas céder à son désir de vengeance. Pour l'instant, il devait réunir les Ravens.

Il prit le chemin du lac de Triverne.

Selyn étudia la route qui la conduirait à la pyramide, son détachement professionnel troublé par le frisson qui courut le long de son échine alors qu'elle évaluait les difficultés du dernier kilomètre à parcourir. Non qu'elle s'inquiétât de ses chances de survie. Mais il y avait autre chose. Une aura de puissance, d'énergie, de peur et d'anticipation planait au-dessus de Parve. Comme si les pierres de la cité reconstruite sentaient l'imminence du retour des Seigneurs Sorcyers.

Les mages de Xetesk avaient conscience depuis des mois de la menace que représentaient les Ouestiens. Ils n'avaient rien dit, jusqu'à ce que la nouvelle de l'évasion des Seigneurs Sorcyers les force à lancer des actions ouvertes et secrètes. À présent, Selyn devait répondre à la question finale. Et ce n'était plus une affaire de « si », mais de « quand ».

Le bâtiment où elle se reposait depuis une heure était entouré de rues. Trois cheminées s'y dressaient. La jeune femme s'était plaquée contre celle du milieu, immobile, la tête remuant à peine pour scruter les alentours. Derrière elle, le désert Déchiré s'étendait dans la nuit. La distance étouffait les bruits du campement. Sur sa droite, d'autres bâtiments trapus, aucun n'étant éclairé, cédaient la place à des ruines au bout d'une centaine de mètres. Mais l'attention de Selyn se concentrait sur sa gauche.

À une rue de là s'ouvrait une des quatre avenues principales qui conduisaient à la grand-place de Parve et à la pyramide qui la dominait. La chaussée avançait en ligne droite sur sept cents mètres avant de déboucher sur le côté est de la place. Si les informations de la jeune femme étaient exactes, un tunnel scellé et protégé par des glyphes permettait d'entrer dans la pyramide entourée de statues illustrant des scènes de guerre. Mais il y avait bien longtemps qu'aucun Xetesk n'avait mis les pieds à Parve, et les dieux seuls savaient ce qui pouvait avoir changé. Selyn devait vérifier si le tunnel était ouvert. Si oui, le sursis de Balaia toucherait à sa fin.

La cité était calme. La jeune femme apercevait des silhouettes dans les rues, mais rien de comparable à l'agitation qui régnait à Xetesk au crépuscule, et encore moins à Korina ou à Gyernath. Elle n'aurait pas trop de mal à gagner l'entrée du tunnel. Mais comme quelque chose en elle lui conseillait la plus grande prudence, elle attendit.

Trois heures plus tard, au plus noir de la nuit, l'instinct de Selyn fut récompensé. À la périphérie de sa vision, elle aperçut un mouvement sur la grand-place, là où elle supposait que s'ouvrait l'entrée du tunnel. Des formes noires se détachaient à la lumière des feux. Bien qu'elle ne puisse les identifier à cette distance, il lui sembla que toute la place bougeait. Sûrement une illusion d'optique.

Les formes noires se séparèrent en quatre groupes et prirent la direction du désert Déchiré. Des cavaliers, constata Selyn en observant ceux qui empruntaient l'avenue est. Des chamanes. Ça confirmait au moins un des soupçons de Xetesk : les Seigneurs Sorcyers contrôlaient les Ouestiens à travers leurs chamanes. Donc, les envahisseurs disposeraient d'une magie forte.

Quand ils furent sortis de la cité, Selyn quitta sa cachette. Elle se laissa tomber sur le sol, du côté opposé à l'avenue, et, tapie dans l'ombre, se faufila en silence vers la grand-place. Parve était construite selon un schéma précis. Ses rues formaient un quadrillage où les étrangers pouvaient se repérer facilement. Mais il était difficile de s'y dissimuler. En prévision de sa fuite, Selyn repéra toutes les ouvertures, les impasses et les corniches prometteuses.

Dès qu'on s'écartait des artères principales, la cité déserte était plongée dans l'obscurité. Aucune patrouille n'arpentait les pavés neufs, pas une silhouette furtive ne patientait sous les portes, attendant un voyageur imprudent ou un ivrogne insouciant. Une atmosphère étrangement dépourvue... d'atmosphère. Intriguée, Selyn s'arrêta pour humer l'air. Ce n'était pas le silence qui la mettait mal à l'aise. Quelque chose enveloppait la cité. Parve était en sommeil, mais sur le point de se réveiller.

La jeune femme pressa le pas. Elle traversa une rue et s'enfonça dans l'ombre à deux blocs de la grand-place. Dans le renfoncement d'une porte, elle s'efforça de ralentir sa respiration et les battements de son cœur. Elle avait été repérée et suivie ! Si elle n'avait rien vu ni entendu, son instinct lui soufflait tout ce qu'elle avait besoin de savoir.

L'homme franchit prudemment l'angle de la rue. Selyn se tendit, prête à lui sauter dessus ou à s'enfuir en courant. De sa cachette, elle le vit longer le mur d'en face. Son cœur se serra. Un chamane ! Si ses perceptions étaient en éveil, il la trouverait. Elle passa à ses deux majeurs les lanières de cuir qui servaient de détente aux fléchettes dissimulées dans ses manches. Ainsi, il suffirait d'un geste sec du poignet pour déclencher le mécanisme.

Le chamane continua à avancer, ses mains effleurant les blocs de pierre. Quand il sortit du champ de vision de Selyn, le calme retomba sur la rue. La jeune femme attendit, frémissante. Cinq minutes. Dix. L'ouïe en alerte, elle entendit les voix qui montaient de la grand-place, le crépitement des feux, le martèlement distant de sabots sur les pavés, le bruit d'une porte qui se fermait. Quinze minutes.

Alors il se dressa devant elle. La puanteur de ses vêtements l'assaillit. Son visage sombre et ses yeux froids étaient tout près des siens.

Il tendit un bras.

— Croyais-tu que je ne te sentirais pas, Xetesk ?

Il avait un accent appuyé et une évidente difficulté à prononcer ces mots. Selyn ne dit rien. Elle écarta son bras, lui enfonça la paume de sa main gauche dans l'orbite et donna un coup de poignet en arrière. La fléchette se planta dans son cerveau.

Le chamane mourut instantanément.

— Et merde ! souffla Selyn.

Elle retourna le corps, récupéra sa fléchette et l'essuya sur le cadavre. Puis, titubant sous son poids, elle le traîna à l'ombre de la porte. Que faisait-il si loin derrière les autres, et à pied ? À présent, le temps lui était plus que jamais compté. La disparition d'un chamane ne passerait pas inaperçue.

Moins de cinq minutes plus tard, Selyn atteignit la grand-place et dut lutter pour garder son calme face au spectacle qu'elle découvrit.

La place mesurait plus de deux cent cinquante mètres de long ; elle était pavée de pierre blanche, et un chemin scintillant fait de quartz conduisait jusqu'à la pyramide qui la surplombait d'une soixantaine de mètres. Le tombeau des Seigneurs Sorcyers avait des parois lisses, si on exceptait l'escalier qui montait vers les six feux qui brûlaient au sommet. Une structure majestueuse, parfaite pour abriter les plus grands ennemis que Balaia ait jamais affrontés.

Et qu'il affronterait de nouveau sous peu. Alors que

le subconscient de Selyn s'attardait sur l'architecture impressionnante de la pyramide, son esprit luttait pour accepter la vision de la mer d'acolytes agenouillés devant l'entrée ouverte du tunnel, silencieux et immobiles sous leur capuche noire. Sondant l'entrée obscure, ils attendaient. L'atmosphère lourde de tension pesait sur la jeune femme. L'air crépitait d'une puissance maléfique. Au-dessus de la pyramide, des nuages noirs impénétrables ajoutaient à la menace.

Selyn frissonna. Le seul son qu'elle entendait, au-dessus des battements de son cœur, était la respiration des acolytes : volontairement lente, elle semblait faire partie intégrante de la cérémonie à venir. La jeune femme n'avait pas besoin d'en voir davantage. Le réveil des Seigneurs Sorcyers aurait lieu dans quelques jours, voire quelques heures. Elle regagna le toit de l'entrepôt et se prépara à une Communion avec Styliann.

— Fascinant, dit Styliann en tournant autour de l'Inconnu. Un Protecteur sans son masque...

Denser et l'Inconnu se tenaient sous le Pavillon dépouillé de ses ornements officiels. Les tables et les fauteuils avaient disparu ; ils repartiraient bientôt avec les délégations qui ne tarderaient pas à regagner leurs cités. À leur place restaient une table grossière, des bancs et un feu où chauffait une marmite d'eau. Jusqu'à la fin de la guerre, il n'y aurait plus de réunion au lac de Triverne.

Ilkar et Erienne, qui venaient d'arriver, étaient assis à la table. L'elfe avait été incapable de cacher sa joie de voir l'Inconnu... et son admiration pour Denser. Barras lui avait demandé de se calmer, mais lui aussi affichait un grand sourire, et il n'avait pas touché aux sandwichs placés près de son coude. Erienne avait aussitôt couru vers Denser pour apaiser sa douleur, mais le Mage Noir s'était à peine aperçu de sa présence. Les anciens des Collèges l'entouraient, impressionnés malgré eux par l'exploit que Laryon avait payé de sa vie.

L'Inconnu baissa les yeux vers Styliann. Sa carrure faisait paraître le Seigneur du Mont beaucoup moins impressionnant que d'habitude. Il avait abandonné la hache de Sol, préférant conserver l'épée à deux mains qui était sa marque de fabrique.

— Je ne suis pas un Protecteur. Ni le résultat d'une expérience que les autres mages peuvent examiner à loisir. Si vous voulez me parler, tenez-vous devant moi.

Styliann s'immobilisa.

— Toutes mes excuses, Inconnu. (Il sourit.) Mais vous êtes un triomphe de la recherche, et un pas en avant majeur pour Xetesk.

— Je suis un mort-vivant, dit le guerrier. J'aurais préféré ne pas me relever, mais vous ne m'en avez pas laissé la possibilité. C'est la dernière fois que vous décidez de mon destin.

Styliann se rembrunit.

— Je vous trouve un peu ingrat... Après tout, nous vous avons rendu la vie.

La main droite de l'Inconnu vola dans les airs. Ses doigts gantés se refermèrent sur la gorge de Styliann et le forcèrent à reculer la tête jusqu'à ce que leurs regards se croisent.

— Non ! Vous m'avez volé ma mort. (Styliann bougea doucement les mains.) Ne faites pas ça ! Vous n'êtes pas assez rapide. Si vous ne me croyez pas, essayez. (Il resserra son étreinte. Styliann gémit.) J'avais choisi le moment de ma mort. Très peu d'hommes ont cette chance, et vous avez tout gâché.

— Vous êtes vivant, croassa Styliann, qui suffoquait.

— Mais je pourrais aller me recueillir sur mon cadavre...

— Denser..., gémit Styliann.

Denser sursauta et parut découvrir la scène. Il observa les autres délégués, les gardes prêts à intervenir, et Ilkar, les yeux rivés sur Styliann.

— Inconnu, lâche-le, s'il te plaît !

L'Inconnu obéit et se tourna vers le mage.

— Désolé...

Denser haussa les épaules. Styliann fit signe à ses hommes de se détendre, mais il continua à surveiller l'Inconnu, l'air méfiant.

— Je ne serai pas votre trophée. Je suis un Raven !

— Denser, j'ai deux mots à vous dire. Dehors.

Styliann quitta le Pavillon par la sortie réservée aux membres de Xetesk. Denser soupira et lui emboîta le pas, non sans tapoter au passage le bras de l'Inconnu.

Il remarqua le grand sourire qu'affichait Vuldaroq.

Styliann s'éloigna un peu avant de renvoyer ses aides.

— Décrivez-moi votre condition.

Denser frotta ses yeux cernés et profondément enfoncés dans leurs orbites.

— Je ne peux pas reconstituer mes réserves de mana, ma concentration ne m'autorise pas d'incantation complexe, et je n'arrive plus à voir le spectre du mana.

Si c'était ce que Styliann voulait entendre, ça restait loin de la vérité. La perte qu'il avait subie glaçait son corps. Son esprit était plein d'images... et vide de sentiments. La partie qu'il partageait depuis si longtemps avec son Familier avait disparu ; il imaginait un trou dans sa tête, au-dessus de son œil droit, et son front le démangeait. Mais quand il posait la main dessus, il ne pouvait rien faire pour que ça cesse. La sensation était dans son crâne. Et ce n'était pas le pire. La disparition de la voix et des forces vitales de son Familier lui faisait plus mal encore que son chagrin. Cette voix lui avait apporté le calme et le réconfort. Quant aux forces vitales, il les avait si bien assimilées qu'une partie de lui était morte avec elles.

— Vous recouvrerez bientôt vos facultés. Il vous faut simplement du repos. Pour ce qui est du chagrin, je crains qu'il ne cesse jamais. (L'expression de Styliann s'adoucit.) Je déplore qu'une telle tragédie se soit produite, mais je ne comprends pas pourquoi votre Familier a attaqué le groupe de Nyer. Non que la mort de ce traître me mécontente...

— Il a pensé qu'il devait ralentir Nyer, qui risquait d'intercepter les Ravens avant leur arrivée ici. (Denser secoua la tête.) *Risquait...*, répéta-t-il. Rien ne l'obligeait à faire ça. À mon avis, il voulait prouver sa valeur.

Styliann fronça les sourcils.

— C'était un Familier. Il n'avait aucune notion de « valeur ».

— Avez-vous jamais eu un Familier ? demanda Denser. (Son interlocuteur fit un signe de dénégation.) Dans ce cas, vous n'avez aucune idée des « notions » qu'ils ont ou n'ont pas. Moi, je l'ai senti. Je sais.

Styliann se mordilla pensivement la lèvre inférieure puis leva les yeux vers le ciel matinal légèrement couvert.

— Montrez-moi les catalyseurs, dit-il enfin.

— Je ne les ai pas.

— Où... ?

— Avec les Ravens. Je ne pouvais pas les apporter à Xetesk.

— Non, bien sûr...

Une soudaine agitation, dans une autre partie du

camp, interrompit leur conversation. Annoncés par des roulements de sabots, les Ravens apparurent au détour d'un bosquet. Evanson les accompagnait. Ils mirent pied à terre devant le Pavillon et Hirad approcha aussitôt de Denser. Mais sa question mourut sur ses lèvres quand il croisa le regard du mage. Il se contenta d'incliner la tête en signe de respect, et de lui serrer le bras droit au-dessous de l'épaule.

— Je comprends ta douleur.

— Et moi, ta colère. (Denser eut un pâle sourire.) Il est à l'intérieur.

Quand Hirad écarta le pan de toile et entra, l'Inconnu, assis sur un banc, parlait avec Ilkar et Erienne. Une boule se forma dans la gorge du barbare, qui observa le guerrier en silence, attendant d'avoir retrouvé sa voix. Son visage expressif, ses gestes précis, la façon dont il se caressait le crâne et descendait jusqu'à sa nuque comme pour lisser un pli invisible... Tout était là. L'Inconnu avait remplacé Sol. Plus de masque, plus de regard vide, plus de hache de guerre.

— Par les dieux, c'est toi !

Le barbare essuya une larme et fit un pas en avant. L'Inconnu contourna la table. Les deux hommes s'étreignirent, Hirad flanquant une grande claque dans le dos de son ami.

— Comment te sens-tu ?

L'Inconnu recula.

— Difficile à dire. Je sais que c'est moi. (Il haussa les épaules.) Je le savais avant que tu me reconnaisses. Quand j'étais Sol. Mais je ne pouvais pas te parler. Quelque chose en moi me l'interdisait, même si mes yeux m'ont trahi. Hirad, je devrais être mort.

— Mais tu ne l'es pas, et peu m'importe pourquoi ! C'est toi. Par les dieux, c'est toi !

— Dirais-tu la même chose si nous retournions près de la grange de Septern ?

— Je... Oui, pourquoi ?

— Parce que je suis toujours enterré là-bas. Où est Denser ?

L'Inconnu regarda par-dessus son épaule.

— Dehors, répondit Hirad. Que veux-tu dire ?

— Il faut que je le voie.

L'Inconnu sortit, Hirad fit mine de lui emboîter le pas.

— Laisse-le ! dit Ilkar. Viens plutôt boire un verre et manger un morceau. Tu dois être mort de faim.

Hirad suivit l'Inconnu du regard jusqu'à ce qu'il ait quitté le Pavillon.

— Et de fatigue, dit-il. Qu'est-ce qui se passe ?

Il s'approcha de la table. Ilkar lui versa un gobelet de vin et poussa vers lui un plat de viande et du pain.

— Assieds-toi. Tu dois comprendre combien c'est difficile à accepter pour lui...

Hirad écarquilla les yeux. À l'évidence, il ne comprenait pas du tout.

— Pour nous, c'est le même Inconnu. Son apparence, sa manière d'agir et de parler... Les cicatrices de son dos et de sa cuisse sont là, la bosse de son genou aussi, et il lui manque toujours un petit orteil. C'est lui de toutes les façons possibles : son âme, son esprit, ses souvenirs, tout y est ! Mais il sait une chose qu'aucun de nous ne peut concevoir : il pourrait aller déterrer son propre cadavre ! Réfléchis-y.

Hirad écouta le conseil, mais ne s'abîma pas dans une profonde méditation.

— Qu'est-ce que ça signifie, et pourquoi se soucie-t-il autant de Denser ?

— Pour l'instant, il est en proie à la confusion la plus totale. Erienne te confirmera qu'il raconte des choses dénuées de sens. (La jeune femme acquiesça.) À mon avis, il occulte ce qu'il est incapable d'accepter, et ça se manifeste par le désir de protéger Denser. N'oublie pas ce qu'il était hier, parce que lui ne l'a pas oublié et il ne le pourra peut-être jamais.

— Alors, c'est lui ? insista le barbare.

— Oui. Par les dieux, oui. Mais il a des problèmes uniques, qu'il est le seul à pouvoir résoudre. Tu dois lui laisser un peu de temps.

— Je savais que c'était trop beau pour être vrai.

— Hirad, calme-toi ! Il a cru qu'il était mort, il s'est réveillé dans la peau d'un Protecteur, puis il est redevenu lui-même. Laisse-lui du temps. (Ilkar soutint le regard attristé du barbare.) D'accord ? (Hirad fit un signe de tête qui devait signifier « oui ». L'elfe comprit qu'il ne tirerait rien d'autre de lui.) Tant mieux. Maintenant, mange. Nous parlerons de pas mal de choses quand tu seras reposé...

Selyn fut tirée de son somme par les cris qui retentissaient autour d'elle. Les sens en alerte, elle resta allongée, immobile, et tendit l'oreille. L'aube était levée depuis une heure ; trop peu de temps avait passé pour que ses réserves de mana soient totalement reconstituées, mais elle disposait quand même de quelques munitions. À en juger par ce qu'elle entendait, les Ouestiens fouillaient les rues de Parve. Sans doute avaient-ils découvert le cadavre du chamane. C'était vraiment un coup de malchance qu'il ait été retrouvé aussi vite.

Elle rampa jusqu'au parapet, ses oreilles l'informant de l'ampleur des recherches. Au-dessous d'elle, il n'y avait personne. Mais derrière, vers la grand-place, on entendait des cris et des claquements de portes. Les Ouestiens fouillaient tous les bâtiments, faisant montre d'une organisation remarquable pour un peuple aussi primitif. Bien sûr, ils étaient accompagnés par les acolytes des Seigneurs Sorcyers. Des gens qu'on pouvait accuser de beaucoup de choses, mais pas de manquer d'efficacité.

Selyn modela la forme de mana d'une MarcheVoilée, prononça le mot de pouvoir, se laissa tomber à terre et prit la direction du désert Déchiré. Elle dépassa le dernier bâtiment d'un pas rapide mais prudent. Personne ne la poursuivait.

Elle contourna une grosse pile de gravats, et son cœur bondit dans sa poitrine tandis qu'elle se jetait en arrière. À l'est de Parve, des milliers d'Ouestiens se tenaient épaule contre épaule. La jeune femme fit demi-tour et rebroussa chemin vers la cité.

En arrivant à la lisière des bâtiments, elle aperçut le front qui avançait vers elle. Dans chaque rue, des Ouestiens et des chamanes fouillaient tout. Il y en avait aussi dans les maisons, les sous-sols et sur les toits. Selyn était prise dans un filet qui se resserrait sur elle. Elle partit vers la gauche, gardant un œil sur les Ouestiens qui avançaient deux blocs sur sa droite. Mais quand elle atteignit l'avenue principale, elle était également bondée d'Ouestiens. Un chamane marchait parmi eux. Ils savaient qu'elle était là, se doutaient qu'elle devait être invisible et captaient les émanations de son mana.

La peur déferla dans l'esprit de la jeune femme, et les tentacules du doute étranglèrent son assurance. Styliann était si fier d'elle, la veille. Il avait évoqué son retour triomphant à Xetesk, le rôle qu'elle jouerait dans la victoire à venir, la place qu'elle occuperait pour toujours à ses côtés. Le cœur de Selyn se serra. Elle fit demi-tour et revint en arrière, vers un pâté de maisons de deux blocs sur trois. Les Ouestiens obstruaient toutes les voies d'évasion. Toutes, sauf une. Selyn leva les yeux. À trois cents mètres d'altitude, les nuages l'engloutiraient, et personne ne pourrait plus la voir du sol. Ce n'était pas l'idéal, mais il n'y avait rien d'autre à faire.

La jeune femme pressa le pas, cherchant du regard un toit d'où prendre son envol. À la lisière de la cité, elle escalada un bâtiment et courut vers les cheminées. Les Ouestiens n'étaient plus qu'à une centaine de mètres d'elle. De l'autre côté de la rue, une demi-douzaine montèrent sur un toit et se déployèrent, bras écartés. Un instant, elle se demanda si elle ne pourrait pas franchir ce barrage en plongeant entre eux quand ils l'atteindraient. Puis elle vit le chamane qui les accompagnait. C'était maintenant ou jamais.

Plaquée contre une cheminée, elle laissa sa Marche-Voilée se dissiper et prépara la forme de mana des OmbresAiles. Aussitôt, un cri retentit. Selyn ouvrit les yeux. Quelqu'un l'avait aperçue et des hommes couraient vers elle en tendant le doigt.

La jeune femme se concentra et remodela le mana en quelques secondes.

— Déploiement.

Des ailes à peine visibles à l'œil nu se formèrent dans son dos. Selyn fit un pas en avant et décolla. Elle prit rapidement de l'altitude, volant vers le désert Déchiré. Au-dessous d'elle, les chamanes crièrent des ordres et des projectiles sifflèrent dans sa direction. Aucun ne parvint jusqu'à elle. Selyn sourit. Ce n'était pas la façon dont elle avait rêvé de s'enfuir, mais ça suffirait.

Elle sentait déjà l'odeur du feu dans la Tour de Styliann...

Puis quelque chose la percuta dans le dos, lui coupant le souffle et la faisant dégringoler vers le sol. Elle lutta pour se redresser et reprendre de l'altitude, mais elle se sentait aussi lourde que du plomb. Jetant un coup d'œil par-dessus son épaule, elle constata qu'un rayon de lumière blanche la reliait à un chamane. Les Ouestiens avaient levé la tête vers elle. Ravis de leur victoire, ils poussèrent des exclamations moqueuses. Selyn battit des ailes, mais un second coup – dans la nuque, cette fois – la projeta contre le flanc d'un bâtiment. Elle s'écrasa à terre et ses OmbresAiles disparurent.

Entendant des cris de joie et des bruits de course, la jeune femme prit appui contre le mur pour se relever. Sa tête lui faisait atrocement mal, mais sa vision s'éclaircissait déjà.

Les Ouestiens jaillirent par centaines sur sa droite et sur sa gauche. Selyn dégaina l'épée attachée dans son dos. Un des soldats éclata de rire en saisissant sa hache. À son signal, les autres s'immobilisèrent pour laisser la place de se battre au colosse à la silhouette lourde, aux yeux rapprochés et à la barbe noire peu soignée.

Il bondit en brandissant sa hache. Selyn esquiva le coup, se redressa et lui plongea sa lame dans le ventre. L'homme bascula en arrière, les mains sur la plaie. Du sang coulait entre ses doigts.

Le silence qui suivit fut brisé par un grondement quand la foule se rua vers elle. Selyn eut juste le temps de tirer une dague de sa botte avant que les Ouestiens ne se jettent sur elle. Le premier d'entre eux mourut d'un coup en plein cœur. Un deuxième encaissa une vilaine blessure à la cuisse. Mais les autres immobilisèrent les mains de Selyn et lui arrachèrent son arme. Ils la plaquèrent contre le mur.

L'un d'eux tira en arrière la capuche de la jeune femme. Ses camarades, surpris, s'immobilisèrent un instant. Leurs murmures concupiscents glacèrent Selyn jusqu'à la moelle. Quand ils la relâchèrent, elle en profita pour casser les poignets et libérer ses fléchettes. Un des projectiles atteignit un homme sous le menton ;

l'autre ricocha sur une tête. Les deux Ouestiens s'écroulèrent, mais il en restait beaucoup trop. Ils la plaquèrent au sol. Des cri animal retentirent alors qu'ils lui arrachaient ses vêtements. Des mains la palpèrent et la griffèrent. Du sang coula d'une demi-douzaine d'égratignures. Selyn se débattit désespérément mais ne poussa pas un cri alors qu'ils la clouaient sous leur poids, nue et terrifiée.

Quand une voix autoritaire cria un ordre, la foule se tut et s'écarta pour laisser passer un chamane. Âgé d'une cinquantaine d'années, l'homme aux cheveux grisonnants portait des vêtements de drap grossier. La terreur de Selyn céda la place au calme de la certitude.

Elle le regarda dans les yeux.

— La mort ne viendra pas assez vite pour toi, ma jolie, ricana le chamane.

Il défit sa ceinture et s'agenouilla entre ses jambes. Il la pénétra, lui malaxant les flancs et les seins de ses mains rugueuses. Selyn frémit quand il s'enfonça en elle sous les vivats de la foule. Fermant son esprit à l'humiliation et à la douleur, elle leva la tête pour croiser une nouvelle fois le regard du chamane.

— Il faudra qu'ils me coupent en deux pour vous libérer, dit-elle.

Puis elle claqua des mâchoires.

— Adieu, mon amour, chuchota-t-elle.

La toxine coula de la fausse dent brisée et agit instantanément. Tout son corps se contracta. Le dernier son qu'elle entendit, alors que son appel de mana s'envolait vers l'est, fut le hurlement du chamane...

Chapitre 26

Le cri de chagrin et de fureur de Styliann porta jusqu'à la rive opposée du lac de Triverne. L'appel de mana envoyé par Selyn le percuta comme un cheval lancé au galop. Il fallut les efforts conjugués de six hommes pour l'immobiliser et deux sorts pour le rendre inconscient. Pendant qu'il dormait, des larmes ruisselèrent sur ses joues brûlantes. Quand il se réveilla, son regard avait perdu tout éclat. Il marcha d'un pas vif vers le Pavillon. Le temps pressait plus que jamais.

Les fauteuils avaient été ramenés et disposés en croissant d'un côté de la grande table, désormais couverte d'une nappe, de bougies, de vin et de nourriture. Styliann prit place sur un des sièges du milieu, entre Barras et Heryst. Vuldaroq était à la gauche de l'elfe. Ilkar, Hirad, Denser et l'Inconnu occupaient le banc d'en face ; Will, Thraun, Jandyr et Erienne, invités comme observateurs, se tenaient un peu à l'écart. Il n'y avait pas d'ordre du jour défini. La veille encore, cette réunion eût été impensable. Mais la situation, à l'est des monts Noirépine et dans la passe de Sousroc, s'était détériorée à tel point que les Ravens avaient accepté de participer au débat concernant la suite de leur quête.

Hirad, coudes posés sur la table, appuyait le menton

sur ses mains. Denser paraissait détendu, mais Ilkar était visiblement impressionné par les mages assis face à lui. Comme toujours, l'Inconnu veillait sur Denser.

Styliann les informa sur un ton monocorde que les Collèges avaient décidé de les aider à franchir la passe de Sousroc. Denser l'observait soigneusement, s'efforçant de sonder ses émotions. Styliann dut le sentir, car il lui jeta un regard angoissé et se tordit les mains.

— Ils m'ont pris Selyn. Ils le paieront !

— Je suis désolé, seigneur.

— Merci. À présent, racontez-moi ce que vous pensez faire une fois de l'autre côté de la passe.

— Non, dit Hirad.

— Pardon ? s'étrangla Vuldaroq.

Tous les délégués se raidirent.

— Un peu de tact, Hirad, s'il te plaît, fit Ilkar. Ce qu'il veut dire, c'est que...

— Nous n'allons rien vous raconter ! D'abord parce ça vaudra mieux pour notre sécurité, ensuite parce que nous ignorerons que faire jusqu'à ce que nous sachions à quoi nous allons nous frotter. Une fois la passe franchie, nous irons chez les Wrethsires. Quand nous nous serons emparés du troisième catalyseur, nous nous mettrons en route pour le désert Déchiré. (Le barbare se versa un gobelet de vin.) Que puis-je vous dire de plus ? Nous vous tiendrons au courant.

Incrédule du côté des délégués, plein d'appréhension dans le camp des Ravens, un lourd silence s'abattit sur la table. Seul Hirad ne semblait pas affecté.

— Quoi ? demanda-t-il en écartant les mains. Quel est le problème ?

— Le problème, Hirad Cœurfroid, cracha Styliann, c'est que vous n'avez pas idée de ce qui vous attend ! Vous parlez d'apporter le sort le plus puissant jamais créé dans le camp du plus mortel ennemi de Balaia, comme s'il s'agissait d'une promenade champêtre. Nous ne pouvons pas nous permettre un échec.

— Vous avez pourtant déployé beaucoup d'efforts pour saboter notre quête depuis que vous nous avez recrutés, répliqua Hirad en se levant à demi. Nous sommes des professionnels, et nous réussirons si vous nous fichez la paix. Vos interventions ont causé la plupart de nos problèmes, jusqu'ici ! (Il se rassit mais pointa un doigt accusateur sur Styliann.) Et ne redites jamais que je ne comprends pas ce qui se passe. Que je sois toujours assis à côté de Denser, alors que tant de mes amis sont morts, indique que je mesure l'importance de tout ça.

— Calme-toi, Hirad ! implora Ilkar. Nous énerver ne servira à rien.

— Je m'en moque ! C'est très simple : laissez-nous faire à notre façon, et nous réussirons. Interférez, et nous échouerons.

Styliann dévisagea le barbare avec un mélange de fureur et de respect. Ses joues avaient rosi, et il préférait ne pas voir les expressions de ses collègues.

— Je n'ai pas l'habitude qu'on défie mon autorité de cette façon, dit-il calmement.

— Je ne défie pas votre autorité, grogna Hirad. Je vous explique comment mettre le maximum de chances de notre côté.

— Il est temps de passer à la suite, dit Heryst. Nous sommes tous d'accord : il vaut mieux laisser les Ravens traiter seuls avec les Wrethsires, et de la façon qu'ils l'entendent. En revanche, je pense qu'il serait plus sage que nous – j'entends la délégation des quatre Collèges – conservions les deux premiers catalyseurs jusqu'à ce que le troisième ait été récupéré.

— Je ne doute pas que vous en êtes convaincu..., dit le barbare.

— Pourquoi souriez-vous ?

— Parce que vous devez me prendre pour un idiot, et que les idiots sourient tout le temps.

— Hirad, s'exclama Ilkar, dis-moi que tu n'as pas fait ça !

Denser flanqua une tape dans le dos du barbare et éclata de rire.

— Bien joué, Hirad ! Bien joué !

— Expliquez-vous, exigea Vuldaroq. Je déteste avoir l'impression qu'on se moque de moi.

— La seule chose qui me fait rire, c'est la capacité d'Hirad à me surprendre, affirma Denser. Allons, dis-nous ce que tu as fait des catalyseurs.

Le barbare haussa les épaules.

— Je les ai cachés quelque part entre ici et la ferme où nous avons séjourné. Je préfère ne pas être plus précis. Avant de brailler, laissez-moi vous dire que j'en ai ras-le-bol des gens qui essayent de diriger ma vie. J'ai donc fourni aux Ravens une petite garantie contre de futures trahisons.

— Vous savez sûrement que Nyer était un renégat ! s'exclama Vuldaroq. À présent, les objets les plus précieux de Balaia se retrouvent sans protection !

— Mais impossibles à localiser, dit Hirad. Et je me moque de savoir qui voulait nous tuer. Dans le monde, il y a trois mages à qui je fais confiance, et ils font partie des Ravens. Voulez-vous perdre du temps à discuter ? Si vos espions ont raison, les Ouestiens seront à nos frontières dans quatre jours au plus, et je ne veux pas les rencontrer dans les monts Noirépine.

Il étudia l'assemblée. Denser souriait. L'Inconnu regardait studieusement la nuque du Xetesk. Ilkar l'observait, bouche bée, les yeux écarquillés, et les délégués bouillaient de fureur. À l'exception d'Heryst, qui hocha la tête et se leva.

— Félicitations, Hirad Cœurfroid. Vous vous êtes montré plus malin que nous. Pour le moment ! Dommage que vous ne nous fassiez pas confiance, parce que nous sommes réellement de votre côté, et de celui de Balaia. J'espère pour vous que votre esprit restera aussi alerte au cours des jours à venir. La partie est sur le point de commencer. La domination de notre monde est l'enjeu, et AubeMort, la seule carte dont nous disposons. Il serait criminel de la perdre.

Il sortit et les autres délégués le suivirent.

— Tu as perdu la tête, ou quoi ? brailla Ilkar dès que les Ravens furent seuls.

— Nous avons obtenu le résultat que nous voulions, se défendit Hirad.

— As-tu idée de la puissance de Styliann ? Ou des autres membres de la délégation ? Il a fallu que tu le prennes à rebrousse-poil. Comme si ça ne suffisait pas, tu as semé AubeMort quelque part en rase campagne. Tu crois peut-être qu'il poussera et donnera des fruits ?

Hirad sourit. Il regarda Denser, replié dans sa coquille, le regard dans le vague.

— Détends-toi, mon vieux. (Il fit un signe du pouce.) Tu crois qu'ils nous écoutent ?

— Je n'en attends pas moins de leur part...

Le barbare fronça les sourcils. Ilkar soupira, prononça quelques mots et fit un geste circulaire. Les bruits extérieurs moururent.

— Tu peux y aller. Où, entre ici et la ferme d'Evanson, as-tu caché les catalyseurs ?

Hirad écarta de quelques centimètres le pouce et l'index de sa main droite.

— À peu près à cette distance.

Ilkar cligna des yeux.

— Je te demande pardon ?

Le barbare sortit une chaîne de l'encolure de sa chemise. L'insigne du commandant de la passe de Sousroc et l'anneau d'autorité d'Arteche y étaient suspendus.

— Pousser et donner des fruits ! Non mais, tu me prends pour qui ?

Sousroc s'était transformée depuis l'arrivée de Darrick. Les canalisations ayant été débouchées, il ne restait plus qu'un ou deux centimètres de boue dans la rue principale. Grâce au vent sec, elle ne tarderait pas à sécher. Autour de la ville elle-même se dressait désormais une cité de tentes et de corrals qui abritait la cavalerie des quatre Collèges et les cinq mille fantassins représentant l'avant-garde de la force envoyée pour défendre l'est de la passe contre l'invasion ouestienne. Des barricades avaient été érigées hors de portée de flèche de l'entrée de Sousroc.

Les mages que Darrick avait envoyés en éclaireurs, sous MarcheVoilée, n'étaient pas revenus. Il régnait un calme déconcertant. On eût dit que les Ouestiens attendaient autre chose que des renforts pour attaquer. Cela mettait Darrick mal à l'aise. Et quand il était mal à l'aise, il y avait en général de la magie dans l'air.

Deux jours après avoir quitté le lac de Triverne, les Ravens étaient arrivés en compagnie de trente mages xetesks. Darrick les attendait. La veille de l'assaut contre la passe, il se fit expliquer les détails du nouveau sort offensif de Xetesk. Alors qu'Hirad et lui se livraient un duel amical dans la grand-rue de Sousroc, il s'efforça de chasser de son esprit les images générées par les révélations des mages. Il avait éprouvé une amitié instinctive pour le barbare, lui enviant son rôle et la détermination qu'il lisait dans son regard.

Le lendemain matin, les Ouestiens ne seraient plus qu'à une journée de voyage de la passe. Darrick était irrité qu'ils ne puissent pas attendre, pour lancer le sort, qu'une quantité maximale d'ennemis soit à l'intérieur. Et ce n'était pas seulement parce que les Ravens devaient rapidement franchir les monts Noirépine. Ça avait un rapport avec l'alignement des dimensions. Darrick espérait que quelqu'un aurait un jour la bonté de lui expliquer comment ça fonctionnait.

En ce milieu d'après-midi, le vent qui soufflait du sud balayait la baie de Gyernath. Le ciel était encore dégagé, mais des nuages noirs, épais et menaçants se massaient à l'horizon. La pluie tombait déjà au large de l'océan, l'eau et l'air se confondant dans le lointain. La pluie atteindrait la terre d'ici le coucher du soleil.

Les barons Gresse et Noirépine se tenaient sur la rive est de la baie, où les galets cédaient la place à du sable qui descendait abruptement vers les vaguelettes de la marée basse. Sur leur droite, les monts Noirépine semblaient jaillir des flots pour entamer leur voyage de près d'un millier de kilomètres vers le bras de Triverne et la côte nord de Balaia. Dans leur dos, à environ deux heures de cheval vers le nord-est, se dressaient la ville fortifiée et le château de Noirépine. Le siège de la plus puissante baronnie de Balaia serait l'obstacle principal sur le chemin des Ouestiens qui entendaient gagner Sousroc et, dans une moindre mesure, Gyernath, au sud-est. Ses sept mille habitants, essentiellement des mineurs ou des fermiers, fournissaient à Noirépine une bonne quantité de muscles en sus de sa milice.

En comptant les quatre cents soldats et mercenaires de Gresse, la défense du sud de Balaia se montait à un millier de professionnels et deux mille réservistes. Les nouvelles en provenance de Sousroc laissaient penser qu'environ six mille Ouestiens tenteraient de traverser la baie. La bataille serait rude et sanglante. Gresse et

Noirépine étaient flanqués de leurs aides et de mages qui, grâce à un sort développant leur vision, leur décrivaient en détail ce qu'ils apercevaient en tout petit de l'autre côté de la baie. Le sable était noir d'Ouestiens et d'embarcations.

— Ils sont sûrement plus de six mille, soupira Gresse.

Un des mages se tourna vers lui.

— C'est impossible à dire. Ils occupent près de cinq kilomètres de terrain et il en arrive sans cesse du sud-ouest.

Gresse plissa les yeux. Le rivage était couvert d'une masse grouillante où il n'arrivait pas à distinguer les individus. Près de lui, Noirépine se racla la gorge. Âgé de quarante-cinq ans, grand et mince, il avait un visage anguleux, des sourcils épais et une barbe et des cheveux noirs. Il souriait rarement et ne supportait pas les imbéciles. Sa démarche – tête baissée, épaules voûtées, grandes enjambées rapides – trahissait ses inquiétudes. Comme Gresse, il portait par-dessus ses hauts-de-chausse, sa chemise et sa tunique de cuir une lourde cape agitée par le vent.

— Sont-ils en train de charger de l'équipement ? demanda-t-il sur un ton indiquant que ce n'était pas le genre de problème dont il aurait dû se soucier.

— Oui, seigneur, répondit le plus gradé des mages.

— Dans ce cas, nous devons nous attendre à ce qu'ils prennent la mer très bientôt. Probablement sous le couvert de l'obscurité. Je veux que vous couliez autant de leurs navires qu'il sera humainement possible sans épuiser vos ressources. BrûlePluie, OrbeFlammes, GlaceVent : utilisez ce que vous voudrez. Prenez la moitié de nos mages et une centaine de soldats. Placez des glyphes dans le sable. Que les premières embarcations qui toucheront terre soient brûlées et placées de biais pour empêcher les autres d'atteindre la plage. Ne vous laissez pas prendre. Battez en retraite vers le château dès que les Ouestiens auront débarqué en trop grand nombre. Ils n'auront pas de chevaux, vous devriez pouvoir les distancer. C'est clair ? (Le mage hocha la tête.) Dans ce cas, Gresse et moi allons regagner la ville pour organiser notre défense principale. Baron, vous venez ?

Noirépine se détourna et remonta la pente jusqu'à son cheval. Son écuyer le salua et lui tendit les rênes. Derrière lui, le mage donnait déjà des ordres. Gresse sourit en pressant le pas pour rattraper son compagnon. Les Ouestiens auraient du mal à atteindre Gyernath et Sousroc.

— Que fait le reste de l'AMK en ce moment ? demanda Noirépine alors qu'ils approchaient du château, suivis par leurs gardes du corps.

— Mes chers collègues sont trop occupés à se partager mes terres pour nous aider. Et trop têtus pour admettre la réalité de la menace ! Ils ont l'habitude de se méfier des Collèges.

— Ça se justifie, historiquement... Qu'avez-vous fait de vos hommes ?

— Ceux du pic de Taran ? (Noirépine confirma d'un geste.) Ils sont toujours là-bas, mais je leur ai ordonné de ne pas résister à une attaque. Ça n'en vaut pas la peine. J'ai laissé mes fils pour les conduire en sécurité ; ils ont mon sceau, et ils pourront séjourner à Korina à mes frais en cas de nécessité. Pontois ne leur fera pas de mal s'ils se rendent.

— Je n'oublierai pas votre intervention, Gresse.

— Je le fais pour Balaia, pas seulement pour vous.

— Mais vous êtes le seul qui ait les tripes de m'aider. J'aurai grand plaisir à vous rendre la pareille quand vous irez récupérer le château du pic de Taran.

Les vermines comme Pontois ont tué l'AMK et nous ont laissés sans défense. La cupidité du baron trouble son jugement. Un jour, il devra en rendre compte. J'y veillerai personnellement. (Il marqua une pause ; à la grande surprise de Gresse, son expression se radoucit.) Si nous survivons à la tempête qui approche. Pour le moment, mon ami, il est temps de nous installer devant un bon feu, de faire monter les meilleures bouteilles de ma cave et d'attendre le son des cors de guerre.

Ils éperonnèrent leurs montures.

Chapitre 27

Le matin fatidique, l'air de Sousroc était sec, mais le vent poussait de gros nuages vers la ville par-dessus les monts Noirépine. Aux premières lueurs de l'aube, les cavaliers de Darrick montèrent en selle et se dirigèrent lentement vers la passe. En tête de la colonne, trente mages de Xetesk, jeunes et vieux, portaient tous sur l'épaule de leur tunique rouge le blason du Seigneur du Mont : une tour surmontée d'une couronne, brodée en fils d'or sur fond noir. Les Ravens fermaient la marche. Les bruits de voix s'étaient tus ; on n'entendait plus que le roulement des sabots, les hennissements nerveux des chevaux et le claquement de cinq cents capes fouettées par le vent.

Darrick se tenait très droit sur sa selle, fier et déterminé. Sa nomination à la tête de la première armée aux quatre Collèges depuis plus de trois siècles était un honneur dont il n'aurait jamais rêvé deux mois auparavant. À présent, devant lui, trente mages xetesks attendaient ses ordres, et derrière, cinq cents cavaliers s'apprêtaient à charger à son signal. Chaque détachement de cavalerie, représentant un Collège, avait ses propres mages défensifs prêts à lever des boucliers et à fournir de la lumière pour éclairer l'intérieur de la passe. Leurs livrées composaient une petite mosaïque de couleurs : vertes pour Lystern, deux sortes de bleu foncé pour Xetesk et Dordover, jaunes pour Julatsa. Bien qu'insuffisamment disciplinés, pour un esprit militaire, ces hommes constituaient néanmoins une force imposante.

En queue de colonne, Hirad, Ilkar, Erienne et l'Inconnu entouraient Denser, toujours pâle mais un peu plus bavard. Jandyr, Thraun et Will, dont les cheveux grisonnaient davantage chaque jour, parlaient entre eux. Hirad s'autorisa un demi-sourire en repensant aux premiers temps que Richmond, Ras et Talan avaient passé parmi eux. Ces trois-là aussi finiraient par s'intégrer au groupe. S'ils vivaient assez longtemps. Et de cela, il ne pouvait pas être certain.

— Que vont-ils faire exactement ? demanda-t-il. Sûrement un truc impressionnant. Ils sont quand même trente...

Denser haussa les épaules.

— Nous ne serons sans doute pas déçus...

— Allons, tu peux faire mieux que ça ! le taquina Ilkar. Depuis vingt ans qu'ils font des recherches, tu dois bien savoir quelque chose.

Denser se rapprocha d'Erienne.

— Tu présumes que nos chercheurs sont aussi communicatifs que les vôtres. Mais n'oublie pas qu'à Xetesk, le développement et la maîtrise d'un nouveau sort permettent d'obtenir le statut de maître.

— Si tu ne sais rien, tu peux enlever ton bras de ma taille !

Erienne sourit. Le bras de Denser resta où il était.

— Je ne veux pas vous gâcher la surprise ! Et si mes informations sont exactes, ce sera quelque chose que vous n'avez jamais vu.

— Sois plus précis, exigea l'Inconnu, qui parlait rarement et ne s'éloignait pas beaucoup de Denser.

— Très bien. Je peux juste vous dire que ce sera de nature dimensionnelle. C'est incroyablement difficile à contrôler et nous devrions être mouillés.

— Mouillés, marmonna Hirad.

Il y eut un silence contemplatif.

— Mouillés, répéta le barbare.

Denser sourit.

— Regardez, et vous verrez.

Darrick donna l'ordre d'incanter. Vingt et un mages avancèrent, formant trois côtés d'un carré. L'un d'eux fit un signe. Leurs têtes tombèrent toutes en même temps sur leur poitrine alors qu'ils levaient les mains comme pour retenir un objet très lourd. Les yeux clos, ils titubèrent sous le poids invisible. Il y eut un moment de calme. Denser grogna en sentant la forme de mana se développer.

— Ça va être impressionnant !

Les mages se dirigèrent vers la passe. Il n'y avait aucun mouvement dedans...

— BouclierDéfensif !

Trois Julatsiens érigèrent des défenses autour des Xetesks vulnérables. Ils étaient à une vingtaine de mètres de l'ouverture de la passe quand des flèches vinrent s'écraser sur le champ de force. Les mages s'immobilisèrent sans cesser de se concentrer et de modeler le mana. Denser, qui sondait le spectre du mana, s'émerveilla de la forme de la coquille. Elle était énorme, couvrant l'entrée de la passe, le chemin, devant les mages, et les collines qui se dressaient de chaque côté.

— Je n'ai jamais..., souffla Denser.

— C'est incroyable, dit Ilkar.

— Mais instable, souffla Erienne. J'espère qu'ils parviendront à la tenir.

— À quoi ça ressemble ? demanda Will.

La coquille était d'un bleu profond. Ses contours ondulaient et se transformaient, imitant ceux des pics qui les surplombaient, puis se déployant comme pour contrefaire l'étendue scintillante d'un océan. Elle était zébrée d'éclairs orange qui se rejoignaient, se fondaient et se séparaient de nouveau. Pour un mage, c'était la beauté incarnée ; pour quiconque d'autre, un inconcevable mystère.

Le premier rang d'archers avança quand un Ouestien apparut à l'entrée de la passe, épée à la main. Il battit aussitôt en retraite. Les archers encochèrent leurs flèches et attendirent l'inévitable charge. Une vingtaine d'Ouestiens jaillit des ténèbres, le corps couvert de peaux de bête, leurs tresses volant dans leur dos, leurs cris se répercutant sur le chemin, les yeux fous sous leurs arcades sourcilières proéminentes...

Les archers tirèrent. Les survivants firent demi-tour et s'enfuirent.

— Déploiement ! ordonna le Xetesk senior.

Cela commença par une ligne de lumière rouge horizontale en suspension dix mètres en avant et au-dessus de l'entrée de la passe. Une seconde plus tard, trois autres apparurent, formant un carré parfait d'environ quinze mètres de côté. Les contours crépitaient et clignotaient mais tenaient bon. Les bras tendus, les mages se penchèrent en arrière. Ils auraient dû tomber, mais la forme de mana les retenait.

— Connexion et ouverture !

Il y eut un bourdonnement et les lignes du carré passèrent par un spectre de couleurs éblouissantes. Deux mages furent projetés en arrière et s'effondrèrent immobiles dans la boue, de la fumée s'élevant de leurs vêtements, de leur peau et de leurs cheveux. Puis il y eut un silence si intense qu'il blessait les tympans. Enfin, un bruit assourdissant retentit. Dans un jaillissement d'écume, une trombe d'eau délimitée par le carré déferla. Elle jaillit hors de l'espace dimensionnel et frappa le sol de la passe.

Un océan se déversait du ciel, détruisant tout sur son chemin. Derrière, les mages luttaient pour maintenir le carré qui semblait sur le point d'exploser. Le déluge fracassait la pierre, arrachait la végétation et faisait voler des mottes de terre dans une gerbe d'écume. Des ruisseaux sourdaient de l'entrée de la passe. Sous le fracas des éboulis rocheux et le craquement des poutres brisées comme de vulgaires brindilles, les cris des Ouestiens résonnaient plus faiblement que le chant d'un oiseau.

— Un océan... Ils ont vidé un putain d'océan ! souffla Ilkar.

Même s'il avait hurlé, personne ne l'aurait entendu.

Bien qu'épuisés, les mages maintinrent le sort et le portail resta ouvert plus de deux minutes. Soudain, aussi brusquement qu'il avait jailli, le flot s'interrompit. Le silence assourdissant fut vite suivi par un brouhaha de voix surexcitées. Les mages n'eurent même pas assez d'énergie pour se féliciter avant de s'effondrer, vidés de leur mana. Des applaudissements crépitèrent. Un cri de Darrick y mit un terme.

— Dégagez le chemin !

Les cavaliers tirèrent sur les rênes de leur monture. Le son métallique des mors tendus par les brides se mêla au piétinement des sabots et au bruit de course des mages julatsiens et xetesks qui couraient vers leurs collègues, les écartaient du chemin et les conduisaient vers le flanc des collines. Les cadavres des deux malheureux qui n'avaient pas résisté à la puissance du sort furent également emportés. Darrick leva son épée. Les Ravens montèrent en selle. Cinq cents lames sifflèrent en sortant du fourreau.

— Bouclier et lumière !

Les mages incantèrent rapidement, puis la confirmation que les boucliers étaient dressés remonta le long de la colonne, suivie par l'apparition de deux douzaines de GlobesLumière.

— En avant !

Darrick abaissa son épée et éperonna sa monture, ses sabots faisant jaillir des geysers de boue. Les cris des commandants se mêlèrent à la clameur des animaux et du métal. Alors que de l'eau continuait à couler des fissures, au-dessus de l'entrée, la cavalerie s'engouffra dans la passe de Sousroc.

Gresse et Noirépine choisirent d'observer le début de la Seconde Guerre des Ouestiens sur une colline basse située à trois cents mètres de la plage où arriveraient les bateaux. L'aube avait révélé que les envahisseurs étaient déjà dans la baie, tentant d'atteindre leur destination sous le couvert des ténèbres. Un mouvement que Noirépine avait anticipé. Son comité d'accueil les attendait depuis trois heures quand les cors de guerre avaient résonné.

L'austère baron surveillait la flotte ennemie composée de barques qui ne pouvaient emmener qu'une douzaine d'hommes, et de navires marchands qui en convoyaient des centaines. Une vision étrange, dans un silence que troublaient à peine le claquement des voiles, les ordres des contremaîtres et le bruit des rames fendant les eaux calmes de la baie. La pluie qui s'était abattue à la tombée de la nuit, poussée par un vent vicieux, avait dû retarder les Ouestiens. Noirépine les attendait plus tôt que ça. Il aurait juré qu'ils avaient prévu de débarquer à l'aube, pas d'être encore à trois heures de distance.

Devant lui se tenaient quarante mages : trente pour semer le chaos dans la flotte ouestienne, dix pour maintenir des boucliers au-dessus de leurs collègues et des cent soldats chargés de détruire les premiers bâtiments qui atteindraient la plage. Enfin, invisibles sur le sable, trois douzaines de glyphes explosifs, capables de tuer une dizaine d'hommes chacun, attendaient que les mages les amorcent lorsqu'ils battraient en retraite.

Noirépine était satisfait de ces préparatifs.

— Ça devrait leur donner matière à réflexion...

Les navires se rapprochèrent, des Ouestiens silencieux massés à la proue. Gresse n'aurait su dire à quoi il s'attendait, mais certainement pas à un calme pareil. Le bruit le plus fort était celui du vent s'engouffrant dans les plis de sa propre cape.

— Il doit y avoir quatre cents bâtiments, à vue de nez.

— Pas pour longtemps, promit Noirépine. Pas pour longtemps.

Voiles gonflées, rames giflant la surface de l'eau, la flotte ouestienne approcha des rivages de la moitié est de Balaia. Gresse comprit que le calme précédait la tempête qui allait bientôt s'abattre sur la baie de Gyernath.

Quand les premiers bâtiments furent à quatre cents mètres de la plage, les mages offensifs se répartirent en trois groupes et se déployèrent sur les dunes qui surplombaient le rivage. En même temps, les cent soldats, la plupart portant des torches, se rassemblèrent autour des feux de signalisation. Des cris résonnèrent autour de la baie et rebondirent sur le flanc abrupt des montagnes. Les rames s'agitèrent avec une vigueur renouvelée. Voiles tendues, la flotte des Ouestiens redoubla de vitesse. Le mage senior prit la parole.

— Vous avez vos cibles. Ne traînez pas si vous perdez votre sort, et pas davantage une fois que vous aurez terminé votre incantation. Dans douze heures, il faut que vous soyez tous de retour au château, valides et reposés. Feu à volonté.

Gresse entendit le murmure des voix portées par le vent, tandis que les mages modelaient le mana et liaient leurs sorts. Le processus dura un peu plus de deux minutes. Puis le ciel s'enflamma.

Sur une zone de trois cents mètres de côté, des gouttes de feu apparurent dans les airs et s'abattirent comme du plomb sur les navires ennemis. Une pluie incendiaire grésilla en touchant l'eau, fit fumer le bois, embrasa la toile, les cheveux et les fourrures. Elle s'écrasa sans effet sur les boucliers magiques qui protégeaient les bâtiments les plus importants – ceux qui transportaient les chamanes –, mais sema une panique immédiate parmi les plus petits. Des centaines de foyers jaillirent des planches exposées. Les voiles se consumèrent ; les mains et les crânes s'enflammèrent ; la peur se répandit et la discipline s'évanouit.

Au milieu de la panique, un capitaine effectua une manœuvre d'urgence. Voulant couper au plus court pour sortir de la tourmente, il percuta un bâtiment plus petit. Les gouvernails s'affolèrent alors que les timoniers plongeaient pour esquiver la BrûlePluie, et que les navires s'éperonnaient entre eux et dégorgeaient des guerriers à bâbord, à tribord, à la poupe et à la proue. La mer bouillonna, grouillant de survivants, de rames qui se levaient et s'abaissaient et de feux qui s'éteignaient en touchant la surface de l'eau, laissant un tourbillon de fumée derrière eux.

Incapable de modifier sa trajectoire ou de ralentir suffisamment, l'arrière de la flotte s'enfonça dans ce carnage, se frayant un chemin parmi les épaves et noyant sur son passage les dizaines d'Ouestiens tombés à l'eau.

La BrûlePluie cessa aussi brutalement qu'elle avait

commencé. Mais le soulagement des défenseurs fut bref. Un épais nuage de fumée recouvrait la baie autour de la flotte ennemie ; la plupart des grands bâtiments en émergèrent, leurs occupants fous de rage et assoiffés de sang. Alors, des OrbesFlammes illuminèrent le ciel. Des douzaines de boules jaunes et orangées, combinant le mana de trois mages au minimum pour avoir une intensité supérieure, s'abattirent comme des pierres sur la flotte ouestienne. Chacune était aussi grosse qu'un homme. Certaines rebondirent, d'autres pas. Gresse en vit une enfoncer un bouclier et s'écraser sur le pont d'un navire, qu'elle réduisit – avec ses trois cents passagers – à l'état de coquille fumante.

Il se détourna. Malgré les années passées à se battre, combinant muscle et magie, jamais il n'avait assisté à un tel massacre. Les appels des mourants, qui se noyaient ou se consumaient, le hanteraient jusqu'à la fin de ses jours. Il avait déjà vu des boucliers céder et des sorts détruire leurs victimes. Mais il n'avait jamais rencontré d'ennemi aussi peu préparé à affronter les défenses magiques qu'on lui opposait. Et il n'y avait que quarante mages. Deux fois plus étaient restés au château.

Noirépine observait les événements avec une satisfaction sereine.

— N'oubliez pas qu'ils sont venus pour nous tuer, pour s'emparer de nos terres et effacer notre souvenir de la mémoire de Balaia. Si leurs chamanes ne sont pas assez forts, ce n'est pas à nous de pleurer sur eux.

— Pourquoi n'avez-vous pas fait venir tous vos mages pour les détruire sur l'eau ? demanda Gresse.

— Je ne pensais pas que ça serait aussi efficace, avoua Noirépine. Et je ne pouvais pas laisser ma cité sans défense. Que ferons-nous s'ils nous forcent à nous replier là-bas ?

Les Ouestiens continuaient à avancer et les mages n'en avaient pas fini avec eux. La mer flambait sur sept ou huit cents mètres de large, mais l'étrave des premiers bâtiments indemnes racla sur les galets. Il en restait des centaines pour affronter les épées et les sorts des hommes de Noirépine. Les Ouestiens sautèrent dans l'eau, puis coururent vers le rivage en brandissant leurs armes. Les hommes de Noirépine profitèrent de leur position dominante, et du tir des archers massés dans les dunes, pour les massacrer. Mais il en arrivait toujours davantage.

Conformément aux ordres du baron, les bateaux furent incendiés et placés en travers du chemin des suivants. Ils étaient si nombreux que cela ne suffit pas à les arrêter. Les mages épuisés coururent vers leurs chevaux, et Noirépine ordonna à ses soldats de battre en retraite avant d'être submergés sous le nombre. Ils avaient à peine quelques égratignures, et venaient de remporter la première victoire de cette nouvelle guerre. Les Ouestiens qui tentèrent de les poursuivre moururent sous un déluge de feu magique alors que les glyphes explosaient, soulevant des rideaux de flammes orange, jaunes et bleues. Des geysers de sable jaillirent vers le ciel et retombèrent sur les morts et les blessés.

Puis les survivants – et ils étaient des milliers – entreprirent de construire une tête de pont. Noirépine se retourna sur sa selle pour les observer.

— Personne ne prendra mon château, dit-il. Personne.

Gresse avait des doutes. Ils étaient victorieux pour le moment. Mais tandis que la fumée se dissipait au large, et que des centaines de bateaux atteignaient le rivage, il comprit qu'ils avaient sous-estimé les forces ennemies. Et les chamanes ne se laisseraient pas prendre par surprise une seconde fois !

L'heure de vérité sonnerait au château Noirépine.

La passe de Sousroc était le produit d'un effort monstrueux pour agrandir une fissure naturelle qui traversait les monts Noirépine. Il avait fallu sacrifier des années – et beaucoup de vies – pour sa création, à l'initiative du groupe de barons qui avait donné naissance à l'Alliance marchande de Korina. Le résultat était un passage sûr à travers la chaîne de montagnes la plus infranchissable de Balaia.

Au-delà de l'entrée taillée dans la roche, la voûte s'abaissait jusqu'à une hauteur tout juste suffisante pour laisser passer un chariot couvert. Elle ne remontait pas avant trois cents mètres. D'une largeur constante de deux chariots, la passe traversait des cavernes naturelles et longeait des précipices au fond jonché par les ossements des malchanceux. Partout ailleurs, la voûte de pierre se refermait sur les voyageurs, et le grondement des torrents souterrains emplissait leurs oreilles. Au galop, il fallait environ quatre heures pour traverser.

Darrick fut stupéfait par les dégâts qu'avait provoqué la ConnexionDimensionnelle de Xetesk. Les GlobesLumière dissipèrent les ombres sur le passage de la cavalerie pendant qu'elle se frayait un chemin dans les ruines des postes fortifiés. Il ne restait presque rien des défenses que les Ouestiens avaient érigées dans la première partie de la passe. Des débris s'accrochaient encore aux anfractuosités de la roche. Des éboulis plaqués contre les parois, les crevasses débordaient de poutres et de planches brisées que la puissance de l'eau avait charriées jusque-là.

Des Ouestiens, ils ne virent pas la moindre trace.

Darrick fit presser l'allure à ses hommes quand la passe s'ouvrit au-dessus d'eux et sur un côté, puis il les fit ralentir de nouveau quand ils découvrirent les résultats du sort dimensionnel. Le général savait que le plus gros des défenses ouestiennes avait dû être là. Les parois avaient été aménagées pour accueillir des arbalètes et des catapultes. Les Ouestiens y avaient également creusé des galeries pour leurs archers et des rigoles pour déverser de l'huile bouillante. Au cœur de la montagne, un dédale de cavernes et de tunnels, qui s'étendait sur près de huit cents mètres de chaque côté de la passe, semblait destiné à loger des milliers d'hommes.

Mais le silence, seulement troublé par le grondement de l'eau, témoignait de la précision des calculs de Xetesk. Les mages avaient créé une fissure dimensionnelle plus large que la passe. L'eau qui en avait jailli à une vitesse déjà ahurissante avait encore gagné en pression et en puissance avant d'exploser dans les quartiers d'habitations des Ouestiens. Rien n'aurait pu les sauver, à part une évacuation immédiate. L'océan avait dû s'engouffrer dans chaque tunnel, dans chaque grotte, dans chaque alcôve, balayant les Ouestiens et toute trace de l'existence qu'ils avaient menée dans la passe. De l'eau dégoulinait encore des corniches, et Darrick entendit ses hommes hoqueter de stupeur en découvrant les défenses ravagées des Ouestiens.

La lumière des Globes faisait scintiller la surface des flaques et projetait des ombres dansantes sur les parois.

— Ils n'avaient nulle part où s'enfuir, chuchota Darrick, surpris par le chagrin qu'il éprouvait pour des hommes à qui ils n'avaient pas laissé la moindre chance.

— Devons-nous fouiller les baraquements ? demanda un de ses lieutenants.

Darrick secoua la tête.

— Je doute que vous ayez envie de voir ce qui reste

là-dedans. (Il jeta un coup d'œil à la ronde.) Jusqu'où l'océan est-il allé ?

— Les Xetesks estiment qu'il s'évacuera en atteignant les ravins, à la fin du premier tiers de la passe.

— Je me demande si nous devons les autoriser à continuer ce genre de recherches...

C'était aussi le sentiment d'Ilkar.

— Nous savons trop peu de choses sur les conséquences des transferts de ressources d'une dimension à une autre, dit-il alors que les Ravens, restés en queue de colonne, découvraient le carnage à la lueur du Globe d'Erienne.

— Tout dépend de la fréquence à laquelle on utilise le sort, dit Denser. La quantité d'eau déplacée aujourd'hui n'est pas assez importante pour qu'une des deux dimensions en souffre.

— Elle a créé un déséquilibre, aussi insignifiant fût-il, insista l'elfe.

— C'est vrai, concéda Denser, mais un grain de sable qu'on déplace d'un plateau de la balance à l'autre ne produit aucun effet.

— Un jour, il suffira à faire pencher la balance, si les mouvements ont toujours lieu dans le même sens. Que se passera-t-il alors ?

— Il est dommage de prendre seulement en compte les capacités offensives de ce sort, dit l'Inconnu. Songez au bien qu'il pourrait faire dans un pays aride.

Les débats cessèrent. Bientôt, on n'entendit plus que le martèlement des sabots sur la pierre et le grondement de l'eau en contrebas.

La cavalerie des quatre Collèges rencontra la première et pitoyable résistance à l'autre bout de la passe. Le sort xetesk avait semé la panique chez l'ennemi, comme en témoignaient les postes de garde abandonnés. Sans magie à opposer à leurs adversaires, les Ouestiens s'étaient débandés.

La cavalerie avait découvert des cadavres au bout d'une heure de marche, juste avant les premiers précipices où le gros des défenseurs avaient dû être miséricordieusement projetés. Ces restes sanglants étaient collés à la roche. Plus loin, des corps entiers, des membres détachés et des crânes brisés flottaient dans l'eau.

Darrick lui-même fut dégoûté par le pouvoir que les Xetesks avaient utilisé contre leurs ennemis.

À présent, six heures plus tard, ils devaient affronter une vingtaine d'Ouestiens perchés sur les barricades qui bloquaient l'accès de la cavalerie à leur territoire. Tous étaient armés d'arcs ou d'arbalètes, et leurs torches brûlaient fièrement. Darrick fit arrêter ses hommes à portée de projectiles, car le BouclierDéfensif était toujours opérationnel. Un des Ouestiens s'approcha du bord du parapet et cria :

— Vos sorts ne nous retiendront pas ! Les forces qui arrivent derrière moi vous balaieront de Balaia, et les Seigneurs du Désert annexeront vos terres. Notre magie sera trop forte pour vous. Rebroussez chemin et allez creuser vos tombes.

— Écartez-vous ou mourez, dit simplement Darrick, encore sonné par le carnage qu'il avait récemment ordonné.

— Nous sommes protégés. Vous ne pouvez rien nous faire.

Darrick eut un petit sourire et se tourna vers les mages xetesks.

— Je n'ai pas de temps à perdre en bavardages. (Il leva trois doigts.) FeuInfernal ? (Les mages incantèrent. Darrick se tourna vers les Ouestiens.) Priez vos dieux, quels qu'ils soient !

— FeuInfernal, répétèrent les trois Xetesks.

Les Ouestiens et leur barricade furent pulvérisés. La

cavalerie sortit de la passe moins d'une demi-heure plus tard, après qu'un mage sous MarcheVoilée, envoyé en éclaireur, eut rapporté que la voie était libre.

— Nous les avons pris à froid, dit Darrick en partageant un dernier verre avec les Ravens, dans l'embouchure de la passe.

— Navré de vous avoir fait perdre votre temps, plaisanta Hirad. Nous aurions pu nous débarrasser nous-mêmes de ces vingt-là.

Darrick éclata de rire.

— Je n'en doute pas !

Il fit passer la bouteille d'alcool à la ronde. Chacun remplit de nouveau sa chope.

— Qu'allez-vous faire, maintenant ? demanda Thraun.

— Nous devons garder la passe ouverte pendant deux jours, le temps de dresser des fortifications à cette extrémité. Le meilleur moyen d'endiguer l'invasion sera d'empêcher les Ouestiens de reprendre la passe.

— Plus facile à dire qu'à faire, déclara Jandyr.

— Oui, renchérit Darrick. Mais cinq mille fantassins supplémentaires arriveront ici dans quelques jours. Et si nous parvenons à nous reposer ce soir, je crois que nos mages pourront faire le plus gros du travail. (Il but une gorgée.) C'est vous qui avez la mission la plus difficile.

— C'est vrai, dit Hirad. Une lame de plus nous aiderait beaucoup. Puis-je de nouveau vous inviter à rejoindre les Ravens ?

— Je m'en tiendrai à la cavalerie, pour l'instant, déclina le général.

Hirad leva les yeux. En ce début d'après-midi, les nuages qui flottaient vers l'est de Balaia avaient dégagé ce côté de la passe, laissant derrière eux un ciel bleu et une douce brise. Plus loin vers l'ouest, l'horizon était sombre.

— Tu vois quelque chose qui vient vers nous, Ilkar ? demanda-t-il en suivant le regard de l'elfe.

— Il n'y a que des collines, des arbres et une bonne vieille campagne, dit l'elfe. Un paysage riant, tant qu'il ne grouillera pas d'Ouestiens.

— Il vaudrait mieux nous mettre en route et trouver un endroit sûr pour passer la nuit ! lança l'Inconnu. Rester ici trop longtemps pourrait nous être néfaste.

— Ici, vous seriez en sécurité, dit Darrick. C'est en allant vers l'ouest que vos ennuis commenceront.

— Mais nous n'avons pas le choix. (L'Inconnu se leva et attendit que Denser l'imite avant de se diriger vers son cheval.) Thraun, tu es certain de la route à suivre ?

Le colosse sauta en selle.

— J'ai suffisamment étudié les cartes.

Hirad serra la main de Darrick.

— Maintenez la passe ouverte ! Nous risquons d'en avoir besoin...

— Tâchez de ne pas vous faire tuer. Nous n'avons pas fini notre duel.

— On en était à quatre à deux, je crois ?

— Quatre à trois. Bonne chance.

Les Ravens s'éloignèrent rapidement.

Chapitre 28

La ville de Noirépine, dont les bateaux de pêche avaient été tirés au sec et dissimulés, se dressait dans une vallée peu profonde, à l'endroit où les montagnes rejoignaient la mer. D'une importance tactique qui n'avait pas échappé à ses bâtisseurs, elle contrôlait les routes vers Sousroc, au nord, et vers Gyernath, au sud-est. Le baron pensait que l'objectif principal des Ouestiens était de l'utiliser comme base d'opérations pour lancer des raids sur les forces de Darrick et, dans une moindre mesure, pour attaquer le port de Gyernath. Il ne doutait pas que le contrôle de la passe soit capital pour eux. C'était l'accès indispensable pour monter une offensive de taille contre les cités collégiales, clé de la domination de l'est de Balaia.

Le « comité d'accueil » de la plage atteignit le château bien avant le milieu de la matinée venteuse et couverte, laissant derrière lui quelques éclaireurs pour surveiller les déplacements des Ouestiens. À l'ouest, le ciel était sombre, et le vent qui poussait les nuages vers eux annonçait l'arrivée de la pluie.

Organiser les défenses de Noirépine n'était pas très difficile. La majeure partie de la population civile étant déjà partie à Gyernath ou à Korina, le baron avait opté pour une stratégie en deux temps. Les murs d'enceinte étaient solides et bien entretenus, mais pas conçus pour subir un assaut prolongé par des forces aussi nombreuses. Le baron avait posté sur les remparts les trois quarts de ses archers et cinquante mages offensifs protégés par des boucliers. Dès que les premiers Ouestiens réussiraient à ouvrir une brèche dans le mur, ils devraient battre en retraite. D'après le baron, les cadavres ennemis s'empileraient sur quatre mètres de haut avant que les défenseurs ne leur concèdent l'accès.

Pourtant, il se concentrait surtout sur son château. Situé à la lisière nord de la ville, l'édifice avait été construit pour repousser les attaques ouestiennes parties de la passe de Sousroc. Ses fortifications hautes de vingt-cinq mètres se hérissaient de six tourelles fournissant un abri pour les guetteurs, une couverture pour les archers et des points d'observation pour les commandants. Sa porte Nord, généralement ouverte pour permettre l'accès au marché qui se tenait dans son enceinte, avait été fermée et renforcée par des barres d'acier. Elle était flanquée de deux poternes qui s'avançaient au-dessus d'une arche ouverte, formant un piège meurtrier. La cavalerie stationnée devant avait mission de forcer les Ouestiens qui contourneraient le château à rebrousser chemin vers la plage.

Les deux barons, les guérisseurs, les gardes du corps, les cuisiniers et la plupart des mercenaires de Gresse se tiendraient dans le donjon, un bâtiment circulaire qui dominait d'une quinzaine de mètres le mur d'enceinte. Ses créneaux curieusement disposés en carré – ce qui leur avait valu le surnom moqueur de « Couronne » – étaient hérissés d'arbalétriers et d'hommes prêts à verser des marmites d'huiles bouillantes sur les assaillants... Les meilleurs mages de Noirépine s'y tenaient aussi.

Ils avaient de la nourriture pour trois mois. Selon le baron, si le siège n'était pas terminé d'ici là, Darrick aurait perdu Sousroc. Alors, la guerre terminée, Balaia serait livré au pillage. Il ne leur restait plus qu'à attendre.

Les Ouestiens ne leur laissèrent pas le temps de s'impatienter.

Toujours aveuglé par la rage et par une inextinguible soif de vengeance, Styliann fit arrêter son cheval à l'extrémité est de la passe de Sousroc. Derrière lui, la colonne formée d'une centaine de Protecteurs s'immobilisa. C'était le début de l'après-midi. Les gardes lui jetèrent un regard craintif, mais ils connaissaient leur devoir et se plantèrent devant lui.

— Merci d'indiquer la raison de votre présence, dit l'un d'eux avec une politesse craintive.

— Massacrer des Ouestiens, répondit Styliann sur un ton qui n'admettait aucune contestation.

— J'ai ordre de retenir ici les voyageurs jusqu'à ce que le général Darrick leur donne une autorisation de passage, s'excusa le garde.

— Savez-vous qui je suis ?

— Oui, seigneur.

— Dans ce cas, vous devez également savoir que j'ai donné les ordres qu'applique votre commandant. Je m'accorde l'autorisation de traverser la passe. Écartez-vous.

Le garde le dévisagea, anxieux. Styliann leva un sourcil.

— Où est Darrick ?

— À l'autre extrémité, seigneur. Il supervise la construction des fortifications.

— Eh bien, vous vous êtes admirablement acquitté de votre devoir. Il pourra me donner *son* autorisation quand je le rejoindrai...

Convaincu par cette logique, le garde sourit et s'écarta.

— Bonne chance, seigneur.

Styliann baissa vers l'homme un regard méprisant.

— La chance, voilà une chose sur laquelle je ne compte jamais.

Il s'engagea dans la passe, suivi par ses Protecteurs masqués et silencieux, et remarqua à peine les ravages causés par le nouveau sort de Xetesk ; de toute façon, il n'était pas d'humeur à s'en réjouir. Pressant son robuste cheval, il atteignit l'autre bout de la passe au crépuscule, et s'immobilisa en apercevant Darrick. Les deux hommes se regardèrent un moment. Quand Darrick lut sur le visage de Styliann qu'il brûlait du désir de punir les hommes qui avaient violé et assassiné Selyn, il se contenta d'acquiescer en silence et de s'écarter de son chemin.

Le Seigneur du Mont et les Protecteurs se lancèrent au galop sur le territoire des Ouestiens. Pour eux, il n'y aurait pas de repos nocturne. Styliann avait une destination à atteindre, et quelque chose à prouver à un barbare arrogant.

À son réveil, Hirad se félicita que Thraun ait insisté pour leur faire monter des tentes, la veille. Sur le coup, ça lui avait semblé inutile et irritant, mais à présent que la pluie martelait la toile, au-dessus de sa tête, le barbare sourit. Il se leva en se grattant le crâne. L'odeur d'un feu lui chatouillait les narines. Regardant dehors, il vit Will accroupi devant son poêle, les épaules enveloppées d'une bâche et un chapeau enfoncé sur les oreilles. De l'eau bouillait dans une casserole. Près d'Hirad, Ilkar ouvrit un œil.

— Réveille-moi quand il ne pleuvra plus, marmonna-t-il.

— Je détesterais être dans la passe de Sousroc quand cette averse l'atteindra, dit Hirad.

L'elfe se contenta de grogner.

Le camp reprit lentement vie. Les quatre tentes se dressaient en demi-cercle autour du poêle de Will, au bord d'un ruisseau qui coulait dans une zone peu boisée. Ils étaient déjà loin de la passe de Sousroc et de sa sécurité relative, et Hirad se sentait mal à aise. Bien qu'entouré par ses plus proches amis et par des « bleus » à qui il aurait confié sa vie sans hésiter, le barbare ne pouvait se défaire de sa peur de l'inconnu. Jusque-là, il s'était rarement aventuré dans l'ouest de Balaia. Il avait une très vague idée de ce qui l'attendait, fondée sur les cartes et les récits glanés çà et là. Cela le rendait nerveux.

Ils prirent leur petit-déjeuner sous les tentes. La pluie tombait sans relâche, transperçant les frondaisons pour marteler le sol. De l'autre côté du torrent, en direction du nord, le terrain devenait plus accidenté : pentes raides, pics froids et plateaux nus. Mais leur objectif était au sud-ouest, là où le voyage serait plus facile.

— Combien de temps avant d'atteindre les Wrethsires ? demanda Hirad.

Thraun était assis avec Will à l'autre bout du demi-cercle. Au milieu trônait Denser, un bras passé autour des épaules d'Erienne. L'Inconnu et Jandyr étaient près du barbare.

— Une journée, pas plus, répondit Thraun, la bouche pleine. À supposer que nous ne rencontrions pas d'Ouestiens.

— Nous nous éloignons de leurs forces... Ils sont si nombreux à être partis sur le sentier de guerre que nous devrions être en sécurité, à condition de nous tenir à l'écart des routes. (L'Inconnu ajouta en souriant :) J'ai entendu dire que tu étais doué pour passer inaperçu.

— En effet.

— Découvrir qu'on est quelque chose qu'on ne veut pas être fait un choc, pas vrai ?

La voix de l'Inconnu exprimait un chagrin si poignant qu'Hirad faillit renverser son café. Thraun soutint son regard pendant que les autres attendaient sa réaction.

Il se contenta de hocher la tête.

— Seul un homme comme toi peut comprendre ma douleur et mon angoisse. Je donnerais n'importe quoi pour ne pas être ce que je suis.

— Mais dans les cryptes, tu avais l'air..., commença Erienne.

— Je me métamorphose quand il n'y a pas d'autre moyen. Quand j'ai peur pour tout ce que je connais et que j'aime. (Thraun se leva.) Je vais seller les chevaux.

L'Inconnu le suivit.

— Ce n'est pas une bénédiction..., dit Will en éteignant le poêle. (Il le démonta pour mettre les pièces à refroidir sur la terre mouillée.) Il est mort de trouille à l'idée de se perdre dans l'esprit du loup et de ne plus jamais se retransformer.

Les Ravens se mirent en route vingt minutes plus tard, alors que la pluie ne faiblissait pas, le torrent menaçant déjà de sortir de son lit. Thraun leur indiqua le chemin et replongea dans un mutisme morose. Hirad et Ilkar ralentirent l'allure pour venir encadrer l'Inconnu, qui chevauchait derrière Denser et Erienne.

— Pourquoi Thraun croit-il que tu peux le comprendre ? lança le barbare.

— La subtilité n'a jamais été ton point fort, hein ? grogna Ilkar.

L'Inconnu secoua la tête.

— Au moins, il ne change pas... Hirad, c'est compliqué et pas très agréable. Pour moi, au moins...

(Il regarda Denser, qui semblait ne pas écouter.) Nous avons tous les deux été élevés avec la conscience de notre différence. Il faudrait demander à Thraun dans quelles circonstances il l'a appris, mais notre point commun, c'est que nous sommes tous les deux quelque chose que nous ne voulons pas être. Un destin auquel nous n'avons aucune chance d'échapper. Même si j'ai longtemps cru le contraire.

Il se mordit la lèvre.

— Ne te sens pas obligé..., dit Ilkar.

— Autant vous expliquer une bonne fois pour toutes pendant que nous sommes entre nous ! Denser est déjà au courant. Le choix des Protecteurs n'a rien d'aléatoire. Je suis un Xetesk. Les mages sélectionnent des sujets prometteurs et les croisent pour obtenir des enfants aux qualités physiques développées : force, vigueur et rapidité. On m'a enseigné très tôt le maniement des armes. À treize ans, j'ai découvert ma destinée. Pour des raisons évidentes, les futurs Protecteurs ne sont pas censés savoir ce qui les attend. Je pensais qu'on me préparait à intégrer la garde collégiale. (Il haussa les épaules.) Je n'aimais pas l'idée que mon âme soit déjà vendue au Mont de Xetesk, alors, je me suis enfui. Comme la plupart des autres. Et ils m'ont laissé partir. Pourquoi m'en auraient-ils empêché, puisque je ne pouvais pas leur échapper, même en mourant ?

— Donc, tu l'as toujours su ? (Hirad se sentait plein de compassion pour l'Inconnu, mais blessé qu'il ne leur ait rien dit pendant tant d'années.) Ça a un rapport avec ton nom ?

— Oui. Je sais, c'est minable... Je ne pouvais pas nier mon identité, mais je refusais de l'admettre. J'ai essayé des noms d'emprunt, mais ils ne m'allaient pas. Alors, j'ai fini par ne plus dire à personne comment je m'appelais. Jusqu'à ce qu'Ilkar me baptise le Guerrier Inconnu. J'ai trouvé ça bien. Un nom qui n'en était pas un, en quelque sorte. Ça me ressemblait. (Ses yeux brillèrent et sa voix devint rauque.) Avec les Ravens, j'ai cru que je ne mourrais jamais. Mais ça n'était pas non plus une échappatoire.

Il serra les mâchoires et fixa un point, droit devant lui.

— Désolé, mais je ne te suis pas, avoua Ilkar.

— Moi non plus, renchérit Hirad. Si tu souhaitais tellement ne pas mourir, pourquoi as-tu affronté les Destranas seul ?

— Sachant *qu'ils* viendraient me chercher de toute façon, j'ai préféré mourir en vous sauvant. Et j'ai cru avoir une chance de leur échapper en tombant très loin de Xetesk, dans un endroit où le mana était instable. J'espérais qu'ils ne me retrouveraient pas.

— Attends un peu. « Qu'ils viendraient te chercher de toute façon... » Qu'est-ce que ça signifie ?

Ilkar avait peur de comprendre. Mais l'Inconnu se contenta de secouer la tête et de river son regard sur le dos de Denser, qui fit demi-tour, revint vers eux et lâcha :

— Il veut dire que les démons auraient fini par emporter son âme, qu'il soit mort ou vivant. Il savait que son sursis touchait à sa fin. À quoi peut servir un Protecteur de quarante ans ? Voilà pourquoi il a choisi de mourir. C'était sa seule chance de se sauver en même temps que nous. Mais ils l'ont retrouvé. Et ils lui ont volé sa mort. (Denser éperonna son cheval pour rattraper Erienne.) À présent, vous savez pourquoi le pauvre Laryon et moi souhaitions délivrer les Protecteurs. La plupart n'étaient même pas morts quand le Mont les a appelés.

Hirad remua les lèvres, mais aucun son ne sortit de

sa bouche. Il regarda d'abord Denser, puis l'Inconnu, abasourdi par le secret que son ami avait tu pendant des années. Les mensonges qu'il leur avait racontés pour leur – et pour *se* – dissimuler la vérité. Il n'avait jamais eu d'avenir ni de choix. Pourtant, il ne leur avait pas donné d'indice sur sa nature réelle. Ce qu'il était destiné à être, et ce qu'il avait été un court moment.

Comme s'il avait lu dans ses pensées, l'Inconnu se tourna vers Hirad.

— Je voulais tellement que ça soit vrai que j'ai fini par m'en convaincre. La retraite, la Volière, tout le reste...

— Maintenant, tu es libre ! s'exclama Hirad. À la fin de cette quête, tu pourras faire ce que tu voudras !

— Je n'aurais jamais dû être libéré, dit l'Inconnu. J'ai trop perdu... (Il étouffa un sanglot. Par-dessus son épaule, Denser lui jeta un coup d'œil horrifié.) Comme toi, Denser. Comme toi.

— De quoi parles-tu ? demanda Ilkar.

— Les âmes des Protecteurs fusionnent dans le Mont. Nous ne faisons qu'un. Quand la mienne a été arrachée aux autres, une partie de moi – celle que m'avait donnée la confrérie des Protecteurs – a disparu à jamais. Je vis, je respire, je ris, je pleure, mais à l'intérieur, je suis vide. Les dieux vous protègent de connaître un sort pareil !

Furieux et déterminés à se venger, les Ouestiens marchèrent sur Noirépine le matin suivant. Ils l'atteignirent au moment où les averses cessaient et se placèrent hors de portée d'incantation.

Sur la Couronne, les deux barons observaient la ville, le mur d'enceinte et la prairie grouillante d'envahisseurs qui s'étendait au-delà. Pendant plus de trois heures, les Ouestiens marchèrent au rythme des tambours, leurs étendards claquant au vent, leurs chariots cahotant derrière eux et les cris de leurs commandants se mêlant aux aboiements de leurs chiens. Ils étaient des milliers, véritable marée de haine et de force, prête à assaillir les fortifications. Le baron Noirépine avait du mal à croire que tant d'Ouestiens aient survécu au carnage de la baie. Et pourtant, ils continuaient à arriver. Plus d'une centaine d'étendards étaient déjà plantés sur une butte, à moins d'un kilomètre et demi de la ville. Résistant à la tentation de l'encercler, les envahisseurs se massèrent devant la porte Sud.

Au centre de l'armée, qui comptait au moins sept mille hommes selon les estimations du baron Noirépine, six chamanes avancèrent calmement, suivis de près par une dizaine de guerriers au visage dur armés jusqu'aux dents.

Aussitôt, les mages postés sur les remparts extérieurs se préparèrent. GlaceVent, GrêleMortelle, BouclierDéfensif... Quand les chamanes furent à deux cents mètres, Gresse crut qu'ils voulaient peut-être parlementer. Lorsqu'ils furent à cent cinquante mètres, Noirépine ordonna aux mages de frapper.

Des sorts percutèrent le bouclier des chamanes. Dans un jaillissement de lumière blanche, des rayons se brisèrent sur un champ de force plus solide qu'eux. Une pluie de flèches tomba des remparts, mais celles qui atteignirent leur cible rebondirent aussi. Le BouclierDéfensif des chamanes tenait bon, et ils continuaient à avancer. Arrivés à cinquante mètres, ils s'arrêtèrent pour incanter.

— Il faut que des hommes traversent ce bouclier, dit Gresse.

Mais Noirépine l'avait devancé et ses commandants donnaient déjà leurs ordres. Il y eut une brève agitation du côté de la porte Sud pendant que les immenses battants s'ouvraient.

Ni les flèches ni les sorts n'étaient parvenus à pénétrer le bouclier des chamanes. Deux d'entre eux le maintenaient pendant que les quatre autres incantaient.

Les hommes de Noirépine sortirent et foncèrent vers eux. Mais ils arrivèrent trop tard. Épaule contre épaule, les chamanes levèrent les bras en écartant les doigts. Des éclairs blancs crépitèrent autour de leurs mains et se rejoignirent, formant quatre rayons qui se combinèrent pour devenir une lance de lumière scintillante qui frappa le mur d'enceinte de la ville et se fragmenta de nouveau en une multitude d'éclairs qui montèrent à l'assaut de la pierre, carbonisant la moisissure et le lichen sur leur passage.

Un instant, il n'y eut aucun effet visible. Puis un réseau d'éclairs rouges illumina la ville. Les chamanes se jetèrent sur le sol, ignorant les hommes de Noirépine qui n'étaient plus qu'à quelques pas. Une partie du mur d'enceinte, longue de près de soixante-dix mètres, explosa vers l'extérieur, projetant partout des éclats de pierre. Les hommes de Noirépine moururent sur le coup.

Les plans du baron tombèrent en poussière en même temps que les fortifications de sa ville. Le chaos le plus total régnait sur les remparts d'où dégringolaient les mages et les archers. D'autres flèches volèrent. Cette fois, elles parvinrent à transpercer les corps exposés des chamanes. Mais les dégâts étaient faits. Sept mille Ouestiens foncèrent en rugissant vers une brèche impossible à combler.

— Par les dieux, jura Noirépine, très pâle, en se tournant vers Gresse. Il faudra les combattre au corps à corps dans les rues. Je...

Le ciel s'embrasa. Des OrbesFlammes filèrent vers les envahisseurs, explosèrent à leur contact et firent pleuvoir sur eux un déluge de feu. Les hurlements d'agonie des victimes couvrirent les cris de guerre des survivants.

Puis du feu blanc jaillit alors que les Ouestiens approchaient de la brèche. La poterne Sud s'effondra. Des sorts illuminèrent le ciel ; une GrêleMortelle s'abattit sur le centre de l'armée ennemie pendant qu'un GlaceVent déchirait son flanc gauche. Un groupe de cinq chamanes fut détruit par les colonnes d'un FeuInfernal.

Mais rien ne parvint à arrêter la charge des Ouestiens. Les soldats et les mercenaires sortirent du château pour gagner les positions initialement prévues en cas de repli dans la ville.

— Faites seller tous les chevaux, ordonna Noirépine à un de ses lieutenants. Le moment venu, nous devrons lancer des actions de guérilla dans les collines et les plaines. Nous ne pouvons pas les laisser déchaîner une telle puissance sur Sousroc.

Les Ouestiens atteignirent la brèche et la porte Sud dévastée. Ils investirent la ville, se jouant de ses défenses pitoyables. Sur les remparts encore intacts, les mages et les archers faisaient pleuvoir du feu, de la glace et de l'acier. Mais les chamanes s'étaient regroupés pour défendre leurs hommes : le plus souvent, les projectiles rebondissaient sur leurs boucliers. Pour chaque Ouestien qui mourait, une dizaine d'autres prenait aussitôt sa place. Ils envahirent les rues de Noirépine, incendiant les bâtiments sur leur passage et laminant les défenseurs qui tentaient de les arrêter. Les mages et les archers suivirent leur progression du regard et attaquèrent quand ils le purent. Mais ils étaient trop occupés à se protéger des assauts des chamanes. Sans se presser, ces derniers lançaient sur eux des filets de feu blanc qui s'abattaient lourdement sur les remparts.

Noirépine brûlait !

— Nous avons perdu ! cria Gresse pour se faire entendre malgré le rugissement des Ouestiens, le grondement du feu, les appels des blessés et le crépitement de la magie des chamanes.

L'austère baron Noirépine baissa la tête, les dents serrées et les yeux pleins de larmes. Moins de dix minutes s'étaient écoulées depuis que les chamanes avaient ouvert une brèche dans le mur d'enceinte de sa ville. Il donna le signal d'évacuer, les trompettes sonnant la perte de Noirépine. Les défenseurs battirent en retraite dans les collines, au pied des montagnes. De là, ils pourraient suivre les Ouestiens qui se dirigeraient vers la passe de Sousroc, au nord, et les harceler tout au long du chemin. Mais à moins que les chamanes ne soient privés de la magie des Seigneurs Sorcyers, le baron craignait que l'affaire ne fût jouée. Il espérait seulement que Gresse et lui verraient les Ouestiens déchiqueter Pontois et tous les traîtres de l'AMK.

Une maigre satisfaction, mais rien d'autre ne le retenait à la vie.

Il avait tout perdu.

Chapitre 29

L'architemple des Wrethsires était niché au cœur d'un bosquet luxuriant alimenté par plusieurs ruisseaux. À l'est, un lac paisible s'étendait au pied des collines de Garan. La solitude des lieux était accentuée par les falaises abruptes et menaçantes qui se dressaient sur deux côtés. L'architemple lui-même était un dôme bas de soixante-dix mètres de diamètre entouré de quarante flèches. Une quarante et unième s'élevait au centre du toit de planches et d'ardoise. Le soleil faisait luire les murs de marbre et de pierre encore humides de pluie.

Contrairement aux quatre Collèges, où régnait une atmosphère familiale, les Wrethsires formaient une communauté disparate. Leurs petits temples étaient éparpillés partout sur Balaia, mais beaucoup moins nombreux à l'est qu'à l'ouest du continent. Leur ordre vénérait une force morbide sans rapport avec le mana, ce qui leur valait le mépris universel des mages. Les Collèges admettaient que les Wrethsires détenaient un certain pouvoir, mais encore plus instable et plus difficile à contrôler que le mana. Les récits d'accidents et de désastres abondaient depuis leur création, deux siècles plus tôt.

Les Ravens étaient arrivés tard la veille, après un

voyage pluvieux mais sans incident à travers les collines détrempées, les vallées profondes et les torrents en crue. Si le temps avait été moins humide, ils auraient trouvé le paysage magnifique. La pluie avait cessé à l'aube, délivrant un silence miséricordieux après l'incessant martèlement des gouttes. Le soleil s'était levé dans un ciel sans nuages, et le sol avait séché très vite ; de la vapeur montait des feuilles, de l'herbe et des buissons.

Thraun les avait fait camper dans une zone de végétation dense, à environ cinq kilomètres de l'architemple. Pendant la journée, il leur serait impossible d'approcher sans se faire repérer, mais Denser avait accepté de partir bientôt en reconnaissance sous une MarcheVoilée.

Pour le moment, ils parlaient des Wrethsires.

— En tant qu'organisation, ils sont assez discrets, dit Erienne.

— Et ils ont de bonnes raisons ! railla Denser.

— Mais ils ont quand même un certain pouvoir, n'est-ce pas ? demanda Jandyr.

Le Xetesk haussa les épaules.

— Je suppose qu'on peut dire ça...

— Allons, Denser ! cria Thraun. J'aimerais en savoir un peu plus, puisque nous devons tous y aller.

— Les Wrethsires forment un ordre quasi-religieux et quasi-magique, si on utilise ce terme au sens large. Ils vénèrent une « force de mort naturelle », prétendent qu'ils peuvent la contrôler et affirment être cousins des quatre Collèges. Mais ce sont des imposteurs. Ils manipulent une magie de pacotille, et je trouve répugnant qu'ils veuillent passer pour le cinquième Collège. Autre chose ?

Denser sortit sa pipe de sa cape, prit du tabac dans la bourse rebondie aimablement fournie par Lystern, bourra le fourneau et l'alluma avec sa flamme de pouce. Hirad le foudroya du regard en jouant avec quelques feuilles mortes pourrissantes.

— Au cas où tu l'aurais oublié, ta manie de dissimuler des informations a déjà coûté la vie à mes plus proches amis. Et regarde-toi ! Regardez-vous tous les trois, Erienne, Ilkar et toi ! Vous suintez de mépris pour les Wrethsires. (Les mages s'agitèrent, mal à l'aise.) J'ignore si c'est justifié, et franchement, je m'en contrefiche. Mais ceux d'entre nous qui ne pincent pas le nez aimeraient savoir ce qu'ils sont susceptibles de rencontrer là-dedans. De quels sorts disposent-ils, utilisent-ils des armes, combien sont-ils, ce genre de choses. Si tu ne peux pas me le dire parce que tu n'en sais rien, soit. Mais ne nous garde pas dans l'ignorance parce que tu crois que ça n'a pas d'importance. Pigé ? (Le barbare secoua la tête.) Ces foutus mages sur leur foutu piédestal, grommela-t-il.

Denser fronça les sourcils. Ilkar tenta d'étouffer un sourire.

— Je suis désolé, Hirad, dit enfin Denser. Tu as raison. Mais ce ne sont pas des mages, et on ne peut pas qualifier leurs incantations de sorts.

— Peu m'importe comment tu les appelles ! Dis-moi ce qu'ils peuvent faire avant que je ne commence à m'énerver.

— Que tu ne *commences ?*

Le sourire d'Ilkar réapparut.

— Très bien. (Denser se frappa les cuisses, paumes ouvertes.) Nous savons que les incantations des Wrethsires reposent sur des prières collectives : plus ils sont nombreux, meilleur est le résultat. Leur pouvoir tire sa source de forces élémentales brutes telles que le vent, la pluie, le feu et l'énergie de mort qu'ils sont censés produire. Le problème, c'est qu'ils ne les contrôlent pas très bien. Ça rend le résultat de leurs incantations imprévisible pour eux et, dans le cas présent, pour nous.

— Sur quel point ? demanda Jandyr.

Denser haussa les épaules.

— Durée, puissance, direction, contrecoup... Sur tous les points, en fait. Ils ne pensent qu'à leur décès, car leur force de mort vient s'ajouter à celle que possède déjà le temple. Ça leur confère une assurance injustifiée...

— Et tu prétends qu'ils ne contrôlent pas cette force ? demanda Will. Tu en es sûr ?

— Presque sûr...

Le Xetesk eut un sourire embarrassé. Ilkar fit la moue mais ne dit rien.

— Sont-ils agressifs ? demanda Hirad, le regard passant de l'un à l'autre des deux mages.

— Non. Pas comme les Ouestiens, même si, pour une raison qui m'échappe, ces derniers leur fichent la paix. Au moins, à notre connaissance...

— Combien sont-ils ? demanda Thraun.

— Je n'en ai pas la moindre idée.

— Je veux dire ici. Une trentaine ? Trois cents ?

— Je n'en ai pas la moindre idée, répéta Denser.

— Génial, soupirèrent ensemble Hirad et l'Inconnu.

— L'architemple peut en accueillir des centaines, mais n'oubliez pas que c'est d'abord un lieu de culte. Les dieux seuls savent combien de fidèles ou de gardes nous y trouverons. Avec un peu de chance, j'en aurai une vague idée à mon retour.

Mais il ne découvrit rien. Après avoir gagné la lisière de la forêt en compagnie de Thraun, Denser activa sa MarcheVoilée et avança jusqu'à l'entrée flanquée de piliers. Les grandes portes de chêne étaient fermées et il ne pouvait pas courir le risque d'actionner les poignées de cuivre poli. Il contourna le temple, remarquant au passage les mosaïques et les gravures qui décoraient les murs. Des paysages montagneux, sylvestres, maritimes ou désertiques alternaient avec des représentations du feu et du vent. Une mosaïque plus macabre que les autres montrait une procession de morts. Pas un son ne filtrait du bâtiment. Les portes et les volets étaient clos, et les flèches – de splendides cônes de marbre noir deux fois plus hauts que lui – ne donnaient aucune indication sur les agissements des Wrethsires. Denser rejoignit Thraun, et ils regagnèrent le campement.

— Crois-tu qu'une mauvaise surprise nous attende ? demanda Will, les yeux brillants sous ses cheveux désormais uniformément gris.

— Honnêtement, j'en doute. Comme je vous l'ai dit, c'est un lieu de culte. Très peu de Wrethsires doivent vivre ici. Et nous sommes au milieu de la matinée. Mais...

— Quel est le problème ? coupa Hirad. Nous nous épargnerions beaucoup de peine en y allant franco. Et tout de suite.

— L'idée m'a traversé l'esprit, avoua Denser. Mais je ne peux pas m'empêcher de penser à un détail gênant : si c'était mon temple, je le ferais garder. Surtout avec ce qui se passe dans le coin en ce moment.

— Je ne vois pas où tu veux en venir, dit le barbare. S'ils ont fait une erreur en laissant ce temple à l'abandon, c'est tant mieux pour nous.

— Je ne sais pas... Quelque chose me turlupine.

— Ton sixième sens ? avança Erienne en passant une main dans les cheveux de Denser.

— C'est possible. Je crois que nous devrions être prudents.

— Comme d'habitude, souligna Ilkar.

— Donc, on y va tout de suite, ou on s'en tient au plan d'origine ? Jandyr avait posé la question à Hirad, mais ce fut l'Inconnu qui répondit.

— Dans la journée, nous risquons de rencontrer des Wrethsires venus se recueillir au temple. Alors que la nuit... Je ne vois aucune raison de nous précipiter : nous sommes en sécurité ici. Hirad ?

Le barbare croisa le regard de l'Inconnu et se demanda si l'abîme de ses yeux se comblerait un jour. Mais bien que son âme fût vide, l'esprit du guerrier était toujours aussi vif, et sa voix n'avait rien perdu de son ancienne autorité. Tout cela avait manqué à Hirad pendant qu'il n'était pas là.

— Je suis d'accord. Profitons-en pour nous reposer et peaufiner notre stratégie. Je doute que nous ayons beaucoup de temps libre après... (Il eut un sourire sans joie.) Darrick est bon, mais il devra affronter un sacré paquet d'Ouestiens.

Le baron Noirépine était posté à l'entrée de sa mine la plus rentable, un kilomètre au-dessus de la ville en flammes. De cette hauteur, il contemplait son monde en ruines. À la tombée de la nuit, l'incendie mourut, mais les feux de camp des Ouestiens prirent la relève.

Noirépine et Gresse disposaient d'un peu moins de deux mille hommes. La plupart montaient des chevaux pris au château ou dans les fermes de son fief. Les Ouestiens ne les avaient pas poursuivis quand ils avaient battu en retraite, témoignant d'une sinistre confiance en leurs capacités de remporter la victoire quand bon leur semblerait. Une confiance que Noirépine avait du mal à ne pas approuver. Le nombre de victimes, dans le camp des défenseurs, était si élevé que le baron avait décidé d'envoyer les réservistes non-entraînés – ceux qui avaient survécu – dans des endroits plus sûrs où ils renforceraient les défenses des villes clés : Korina, Gyernath, les cités collégiales et même les terres du baron Corin, à l'extrême nord-est du continent. Obéissant à ses ordres, les fermiers avaient empaqueté leurs affaires et s'étaient entassés dans leurs carrioles pour partir vers les contrées où on leur offrirait l'asile.

Noirépine boxa la roche, près de sa tête, cédant à une colère décuplée par l'humiliation. Mais sous sa fureur, il ne pouvait se défendre d'une certaine fierté. Alors qu'il donnait l'ordre de la retraite, les cors de guerre et les étendards relayant son message à travers la ville, il avait vu ses hommes redoubler d'efforts pour repousser les Ouestiens. Resserrant les rangs, ils s'étaient regroupés sur la place du marché pour attirer les envahisseurs vers eux et leur opposer une dernière mais glorieuse résistance. Sans leur sacrifice, Noirépine se demandait s'il serait toujours en vie, ou gisant dans une mare de son propre sang.

Il baissa les yeux vers le campement grouillant de vie d'où montaient des bruits de liesse. Quelqu'un d'autre dormirait dans son lit ce soir. Un ennemi.

Alors qu'il fulminait, Gresse s'approcha de lui.

— Vous ne pouviez rien faire, assura-t-il. De cette façon, au moins, nous serons en mesure de continuer le combat.

— Pour combien de temps ? demanda Noirépine. Nous sommes sans défense face à la magie des chamanes.

— Nous pourrons avertir Darrick et les Collèges. Si leurs mages sont capables de protéger les murs, nous avons encore une chance de gagner.

— Ça nous laisserait vulnérables à une attaque magique. Nous ignorons le nombre de chamanes dont ils disposent, et sans la puissance offensive magique sur laquelle nous comptions, nos hommes se feront massacrer. Vous avez entendu les rapports : les Ouestiens sont quatre-vingt-cinq mille. L'Est du continent dispose à peine de la moitié de combattants dignes de ce nom. Nos ennemis sont déjà en route pour Sousroc, et sans doute pour Gyernath. Nous devions les retenir trois jours pour laisser aux Ravens une chance d'accomplir leur mission, et nous avons tenu à peine dix minutes. Si ça se passe de la même façon à Sousroc, les Ravens ne trouveront plus rien à sauver à leur retour.

Gresse posa une main sur l'épaule de Noirépine. Le baron venait de perdre sa ville, et ses gens s'éparpillaient dans le reste du continent. La plupart ne reviendraient pas, et il n'avait rien pu y faire. En cette heure si sombre alors qu'il considérait la situation avec tant de lucidité, Gresse ne voyait pas comment le réconforter.

Ce qui ne l'empêcha pas d'essayer.

— Même si les Ouestiens sont en train de vider les caves de l'AMK à Korina, nous aurons une chance de les mettre en déroute s'ils sont privés de la magie des Seigneurs Sorcyers.

— Si les Ouestiens s'emparent de Korina, il ne restera plus personne pour les mettre en déroute. Par les dieux, s'ils pillent les cités collégiales, nous n'aurons plus qu'à prendre la mer et à leur abandonner Balaia.

Gresse capitula. Noirépine avait raison. Et si la force ouestienne qui attaquerait le bras de Triverne était aussi impressionnante que celle qu'ils avaient sous les yeux, les envahisseurs atteindraient les portes de Julatsa dans quatre jours.

L'après-midi et la soirée se déroulèrent sans incident pour les Ravens. Thraun et l'Inconnu passèrent le plus clair de leur temps à surveiller l'architemple et ses environs. Ils ne virent personne, ce qui augmenta le malaise de Denser. Avant de se mettre en route, ils mangèrent un morceau. Leur humeur était encore plus sombre que le ciel.

— En cas d'échec, nous devrons détruire AubeMort avant que les Seigneurs Sorcyers s'en emparent, dit Denser.

— Comment ? demanda Will.

— Il nous suffira de faire fondre les catalyseurs, voire un seul d'entre eux. C'est très simple.

— Donc, nous pourrions éliminer le sort de la partie dès maintenant...

— Oui, si nous voulions perdre notre seule chance de vaincre les Seigneurs Sorcyers. Mais que ce soit bien clair : si j'étais tué, et s'il devenait évident qu'aucun de nous ne survivra assez longtemps pour livrer les catalyseurs à Xetesk, il faudra en détruire au moins un. Si les Seigneurs Sorcyers mettent la main dessus, tout sera perdu. Y compris les Ouestiens !

Les Ravens échangèrent un regard par-dessus le poêle. Hirad se resservit un peu de café.

— Très bien, dit Jandyr. Supposons que nous réussissions et que les Seigneurs Sorcyers disparaissent. Que se passera-t-il ensuite ?

— Ça n'arrêtera pas les Ouestiens, même si ça ébranlera leur certitude de vaincre. Ils se préparent à cette guerre depuis près de dix ans. Ils sont unis, forts et déterminés. Et ils savent que l'Est est divisé. Ils penseront pouvoir s'en emparer avec ou sans les Seigneurs Sorcyers. Et s'ils reprennent la passe avant que nos armées ne soient prêtes, c'est peut-être ce qui arrivera.

— Tu ne dramatises pas un peu ? demanda Hirad. Tes collègues doivent pouvoir tenir la passe indéfiniment avec leur sort aquatique. (Ilkar émit un claquement de langue désapprobateur. Denser secoua la tête et regarda Erienne.) Vous savez quoi ? Je déteste quand les mages prennent cet air supérieur.

— Désolé, Hirad, tu ne peux pas comprendre... C'est comme si nous te demandions pourquoi tu te battrais moins bien avec un seul bras.

— Explique-moi.

— Tu as assisté au lancement du sort, et tu as vu l'état des mages, après... Sans parler des deux qui y sont restés. Ce que tu ne peux pas deviner, c'est tout ce qu'ils avaient fait avant, et le contrecoup qu'ils encaisseront après. Ils ont passé deux semaines à se préparer, à faire des tests et à rassembler leurs forces. Pour mieux se concentrer, ils se sont isolés du reste du Collège. À présent, ils ne pourront plus incanter avant trois ou quatre jours, et il leur faudra deux autres semaines avant de réussir à lancer une autre ConnexionDimensionnelle. À supposer que la dimension visée soit alignée sur la nôtre à ce moment-là.

— Mais les Ouestiens ne peuvent pas le savoir, dit Hirad, plus inquiet qu'il ne voulait le laisser paraître à l'idée que le sort ne soit pas disponible au moins une fois tous les deux jours.

— Un chamane le déduira à partir des informations qui remonteront jusqu'à lui, déclara Erienne.

— Réfléchis à une chose..., ajouta Ilkar. Il n'existe probablement qu'un seul sort plus puissant au monde. Inutile de te dire son nom ! N'importe quel chamane digne de son titre saura que nous avons utilisé un sort dimensionnel, et mesurera les efforts que ça nous aura coûtés.

Malgré la tiédeur de la nuit, Hirad frissonna. Les pouvoirs qu'ils avaient déjà affrontés et celui qu'ils voulaient libérer... Le barbare ne put s'empêcher de penser que la situation échappait à leur contrôle. Et s'ils réussissaient à voler l'Œil de Pierre de la Mort aux Wrethsires, Denser deviendrait l'homme le plus puissant de Balaia.

— Quelque chose d'autre me tracasse, dit Will. (Tous se tournèrent vers lui.) À votre avis, les Seigneurs Sorcyers savent-ils que nous sommes de ce côté de la passe ?

— Nous qui ? Les Ravens ?

— Oui.

— Non, répondit l'Inconnu. Tout ce qu'ils peuvent savoir, c'est que nos alliés ont repris la passe. Ils feront sans doute de leur mieux pour la récupérer. Ils – ou plutôt, leurs agents – ont conscience que quelqu'un cherche AubeMort parce que nous sommes allés chez Septern, mais ils ne disposent pas d'informations suffisantes pour nous localiser. Pas encore, du moins.

— Mais souvenez-vous quand même, intervint Denser, que les Seigneurs Sorcyers n'ont pas encore repris leur forme corporelle et que leur pouvoir est pour le moment limité. Lorsqu'ils marcheront de nouveau sur Balaia, il faudra nous inquiéter, même si nous ignorons quand ça se produira.

— Combien y a-t-il de Seigneurs Sorcyers ? demanda Will.

— Six, dit Ilkar. Je suis un peu embarrassé d'avouer que je ne connais pas tous leurs noms. Même si je devrais. Denser ?

— Tu es sérieux ?

— Ben... Ça n'a jamais été une priorité de mon apprentissage.

— Pour nous, c'était comme un mantra. Pamun, Arumun, Belphamun, Weyamun, Ystormun et Giriamun.

— Très impressionnant, dit l'elfe.

— Pas vraiment ! En général, on s'en sert pour terroriser les mages errants. Dommage que ça ne soit plus seulement une menace vide de sens.

Un long silence suivit. Les Bêtes avaient été nommées, et pour la première fois, chaque membre des Ravens prit conscience de l'énormité de la mission. Et de sa futilité. La défaite était garantie s'ils concédaient AubeMort aux Seigneurs Sorcyers. Mais la victoire ne le serait pas, même s'ils réussissaient à les vaincre.

Denser alluma sa pipe. Inévitablement, ses pensées dérivèrent vers son Familier. Il se força à les contrôler pour se concentrer sur des images de la tombe monstrueuse qui dominait Parve et le désert Déchiré. Un grand escalier conduisait au sommet de la pyramide. Des mosaïques raffinées ornaient les murs et le sol d'un immense hall en forme de dôme. Au bout, une porte unique marquait l'entrée de la crypte. Dedans, les Gardiens veillaient sur les six sarcophages de pierre, préparant le retour des Anciens. Ils attendaient un signal de la réincarnation de l'essence des Seigneurs Sorcyers, qui précéderait la reconstitution de leur squelette et la régénération de leur chair.

Denser frissonna et pria pour qu'ils arrivent à temps.

Quand l'obscurité fut totale, les Ravens s'engagèrent sur la piste qui conduisait directement à l'architemple des Wrethsires. Thraun était convaincu qu'ils ne rencontreraient personne en chemin. Denser, presque convaincu qu'ils trouveraient le temple vide, se demanda pourquoi cette idée l'inquiétait autant.

Ils atteignirent leur objectif en moins d'une heure. Lorsqu'ils franchirent la lisière des arbres, la silhouette sombre et trapue du temple se découpa sur le fond abrupt des falaises. Seules les vaguelettes du lac troublaient le silence, conférant à la scène une aura de paix qui ne trouvait aucun reflet dans l'esprit des Ravens. Ils se déployèrent et avancèrent lentement vers les portes de chêne. L'Inconnu se campa au centre du chevron, Hirad et Jandyr sur sa droite, Thraun et Will sur sa gauche. Derrière venaient les trois mages : Ilkar n'avait plus qu'à prononcer le mot de pouvoir de son bouclier magique, Erienne préparait un sort de lumière et Denser se concentrait sur une forme de mana plus destructrice. Arrivé devant le temple, Jandyr avança et colla son oreille contre un des battants.

— Je n'entends rien, mais le bois est très épais. Tout ce que je peux dire, c'est qu'il n'y a pas trois cents fidèles hurlants de l'autre côté.

— Il n'y a qu'un moyen de nous en assurer, dit Hirad.

Il monta la demi-douzaine de marches de pierre usée, saisit les poignées, les fit tourner et poussa. Une odeur putride agressa ses narines quand les battants pivotèrent vers l'intérieur avec un grincement. Hirad détourna la tête et recula d'un pas.

— Par les dieux, ça schlingue, grommela-t-il. Attendons que ça s'aère un peu.

Les épées dégainées à la hâte furent aussitôt rengainées... et les formes de mana dissipées. Personne ne les attaquerait à partir du temple. Pendant que ses compagnons s'asseyaient sur les marches, face au chemin, Ilkar se plaça du côté droit de l'entrée. Il sonda les ténèbres en retenant son souffle et décrivit ce qu'il voyait.

Le sol de marbre noir, blanc et vert était jonché de cadavres et de sang. L'elfe tenta de reconstituer la bataille. Dans l'entrée, trois hommes armés portant une cape verte sur leur armure gisaient entourés par quatre corps qu'Ilkar supposa être ceux de leurs agresseurs. Ce n'étaient pas des Ouestiens. Peut-être des mercenaires... En tout cas, leurs vêtements de cuir noir indiquaient qu'il ne s'agissait pas de gardes du temple. Ce qu'il vit plus loin, en revanche, laissa l'elfe perplexe. À l'autre extrémité de l'édifice, les cadavres d'une douzaine de Wrethsires, identifiables à leur capuche vert foncé, étaient étendus sur le sol, leur sang coulant dans les rainures des carreaux de marbre. Une vingtaine d'autres étaient éparpillés dans le reste de la salle, sans armes, vulnérables, massacrés...

Le regard d'Ilkar revint vers le centre du temple. Dans une vitrine de verre et de métal trônant sur un socle d'un mètre cinquante de haut reposait l'Œil de Pierre de la Mort : un orbe noir aux stries rouge carmin et vert émeraude qui convergeaient vers un disque d'un bleu perçant. Cinq ou six cadavres – c'était difficile à savoir, vu leur état – entouraient le piédestal. Les hommes d'armes avaient été taillés en pièces. Au sens littéral du terme, pour certains. Du sang maculait le sol, s'infiltrait dans les fissures et éclaboussait le socle de la relique.

Mais ignorer l'identité des auteurs du carnage préoccupait davantage Hirad que les corps démembrés. Trop de détails clochaient. À en juger par leur tenue, les cadavres qui gisaient autour du piédestal n'étaient pas des Wrethsires. Pourtant, ils semblaient avoir défendu la pierre jusqu'à leur dernier souffle. Et ceux qui les avaient massacrés ne s'étaient pas donnés la peine de s'en emparer. Plus étrange encore, il n'y avait eu aucune victime chez eux, et ils étaient repartis sans laisser de trace. Ça n'avait pas de sens. L'elfe s'emplit les poumons d'air, bloqua sa respiration et fit deux pas dans la salle.

— Sois prudent, lui recommanda le barbare.

— Hirad, ils sont tous morts.

— Depuis combien de temps ?

Ilkar s'agenouilla et effleura une flaque noire. Le sang était coagulé.

— Impossible à dire. Ce temple était un véritable four pendant la journée. Ils puent autant que s'ils étaient là depuis quatre jours, mais ça pourrait n'en faire qu'un...

— C'est respirable ? demanda Hirad en avançant à son tour.

— Tout juste...

— D'accord... On y va ! On commence par boucler le temple et on dégage les abords de la pierre. Que personne ne touche à la vitrine pour le moment.

Erienne fit apparaître un GlobeLumière au-dessus de la relique et Thraun alluma les braseros fixés aux murs à hauteur de tête d'homme. Will et Jandyr entreprirent d'écarter les cadavres qui entouraient le socle. L'Inconnu se posta à l'entrée pour monter la garde, scrutant la lisière des arbres en quête de quelque chose qu'il savait ne pas être là, mais qui lui nouait quand même l'estomac.

Pendant ce temps, Ilkar alla inspecter les pièces protégées par des rideaux qui se dressaient au fond du temple. Hirad rejoignit Denser, qui étudiait les statues nichées dans des alcôves tout autour de la grande salle.

— Intéressant, tu ne trouves pas ? murmura le mage.

Enveloppées d'une cape verte, les statues portaient un tabard aux riches couleurs sur un plastron de cérémonie et une cotte de mailles. Leur visage était couvert d'un masque peint, et une hache à double tranchant reposait dans le creux de leurs bras. Elles mesuraient près de deux mètres cinquante de haut.

— Complètement déplacées, non ? lança Hirad.

— Pas du tout, dit Erienne en approchant. Les Wrethsires ont un passé de guerriers. Ces masques symbolisent l'énergie de vie et de mort d'où ils pensent tirer leur magie.

Denser la regarda, stupéfait.

— Tu es experte en la matière ?

— Non, mais se documenter un peu sur ses contemporains ne peut pas faire de mal, dit sèchement la jeune femme.

Ilkar revint dans la grande salle.

— Une idée de ce qui s'est passé ici ? demanda Hirad.

— Non... Il y a quelques cadavres de gardes dans le fond, mais rien ne semble avoir été dérangé. Ceux qui entouraient la pierre devaient être des mercenaires, mais je suis certain que les Wrethsires n'en auraient pas engagé...

— Donc, tu penses qu'ils ne la protégeaient pas ? demanda Denser.

— Non, puisqu'elle est toujours là.

— Quelle importance ? lança Will. Prenons-la et fichons le camp. Il tendit les mains vers la vitrine.

— N'y touche pas ! cria Denser. Désolé, Will, mais nous n'avons pas encore vérifié la présence de pièges ou de glyphes.

— Je croyais que les Wrethsires étaient incapables de manipuler le mana ?

— En effet. Mais on peut toujours louer les services de quelqu'un qui sait le faire. (Du regard, Denser consulta Erienne et Ilkar.) Vous y êtes ?

Les mages étudièrent le spectre du mana pour examiner le socle et la vitrine. Ce fut très bref.

— Pas de pièges de mana, annonça Erienne.

— Et la magie des Wrethsires ? demanda l'Inconnu en revenant vers eux.

— Ils ne savent pas créer de sorts statiques, dit Denser.

— Tu en es sûr ? insista Hirad.

— Il n'y a rien sur la pierre.

— Rien que nous puissions détecter, en tout cas, précisa Ilkar.

— D'accord. Pas de piège physique ?

L'Inconnu regagna son poste. Will se pencha vers la vitrine pour étudier les panneaux et les bords. Ses compagnons l'observèrent de loin. Thraun sourit en voyant que les mains du petit homme ne tremblaient pas.

— Elle est scellée, mais pas piégée, pour autant que je puisse en juger. On y accède par le dessus... À moins que vous préfériez que je la brise...

— Non. Nous ne pouvons pas courir le risque d'endommager le catalyseur, dit Denser. Prends ton temps et soulève le couvercle. Si un seul fragment de verre éraflait la surface de la pierre, ça affecterait l'efficacité d'AubeMort...

Will sortit ses outils. Il sélectionna une clavette plate et l'inséra dans la fente.

Un chuchotement s'éleva soudain. Un courant d'air jailli de nulle part fit claquer les portes au nez de l'Inconnu. Il tituba mais parvint à reprendre son équilibre. Les braseros s'éteignirent, laissant le seul Globe d'Erienne pour les éclairer. Des ombres montèrent à l'assaut des murs, enveloppant les statues et soulignant leur haute taille. Ainsi, elles semblaient défier les intrus. Les ténèbres s'épaissirent au-delà de la lumière trop timide du Globe. Le chuchotement se fit plus fort ; une multitude de voix malveillantes caquetaient dans les airs. Les Ravens se regroupèrent, épée au clair, tandis que le brouhaha fondait sur eux comme une bourrasque. Pourtant, l'air était toujours tiède, immobile et chargé de la puanteur des cadavres.

— Quelqu'un a une idée ? demanda Hirad. (L'Inconnu tira sur les poignées, mais les portes ne bougèrent pas d'un pouce.) Essaye les autres. Et les volets. Thraun, tu fais pareil en commençant de l'autre côté !

Le barbare fut obligé de hausser le ton pour se faire

entendre par-dessus le brouhaha. Il regarda autour de lui. Les mages préparaient des sorts, mais leurs fronts plissés indiquaient qu'ils avaient du mal à se concentrer. Effrayé, Jandyr écarquillait les yeux. Will s'acharnait sur la vitrine. Hirad eut à peine conscience que Thraun et l'Inconnu s'attaquaient aux ouvertures, car les chuchotements lui perçaient maintenant les tympans. Erienne porta les mains à sa tête. Ilkar laissa aussi échapper sa forme de mana et sentit l'énergie magique lui glisser entre les doigts.

Soudain, le silence revint. La lumière du Globe d'Erienne vacilla et disparut. Les ténèbres enveloppèrent les Ravens. Un tintement signala que Will avait laissé tomber son outil. Le début de la panique ! Erienne trébucha dans les jambes de Denser et ils s'étalèrent sur le sol. L'Inconnu jura quand il se cogna la tête contre un mur. Haletant, Will dégaina ses deux épées courtes. Il passa devant Hirad, marcha sur un cadavre et tomba en lâchant un juron. Le cœur battant la chamade, le barbare chercha une étincelle de lumière. Mais il n'y en avait aucune.

— Ilkar, Jandyr, Thraun, dites-nous ce que vous voyez. Erienne, lance un autre Globe. Denser, que se passe-t-il ?

Un bruit de métal raclant la pierre résonna autour de la grande salle.

— Vous êtes où ? appela Hirad dans le noir. (Sur sa droite, il sentit Denser relever Erienne.) Nous avons besoin de lumière. Et c'était quoi, ce bruit ?

Il vacilla quand sa botte glissa sur une flaque de sang. La température montait et la puanteur des cadavres lui piquait les yeux.

— Quelqu'un pourrait allumer un brasero, pour l'amour des dieux ? s'impatienta-t-il.

— Oui, oui, dit Will.

Il rengaina ses épées pour chercher son briquet à silex. Le bruit retentit de nouveau, accompagné d'une série de chocs sourds qui firent vibrer le plancher.

— Oh, non, souffla Ilkar.

— Quoi ? Quoi ? cria Hirad.

Il y eut un son métallique, puis un autre, et encore un autre. On eût dit que des pieds gigantesques chaussés de bottes ferrés se dirigeaient vers eux.

— Les statues bougent, répondit Ilkar. En formation, vite ! Thraun, Inconnu, au centre !

— C'est où, le centre ? cria le guerrier.

Ilkar le vit tituber.

— Continue droit devant. Thraun, aide-le !

Il regarda le métamorphe guider l'Inconnu entre les cadavres éparpillés des gardes Wrethsires.

Hirad tourna la tête vers la droite. Il n'y voyait rien, mais il sentait la présence d'Erienne.

— Et ce Globe, ça vient ?

— Je n'arrive pas à modeler le mana, répondit la jeune femme d'une voix tremblante.

— Reste calme, intervint Denser. Ça va aller.

— Non, ça ne va pas aller, dit Ilkar. Quelque chose perturbe le flux de mana. Je n'arrive pas à le contrôler. Et les statues seront bientôt sur nous. Will, reviens dans le cercle. Nous avons besoin de cette pierre.

— D'accord. Jandyr, aide-moi !

Le voleur semblait avoir repris ses esprits.

Les Ravens étaient enfin en formation. L'Inconnu se tenait entre Hirad et Ilkar, Jandyr, Denser, Erienne et Thraun sur la droite du barbare. Au centre, Will s'était agenouillé pour chercher son outil. Il le récupéra, se releva et tâtonna pour retrouver la fente. Le fracas du métal sur le marbre et le raclement de la pierre contre les dalles se rapprochaient. Hirad sentait les statues.

Elles les dominaient de toute leur hauteur, monstrueuses dans leur invisibilité et effrayantes dans leur silence.

Le barbare brandit son épée.

— Ilkar...

— Par les dieux, c'est le temple qui fait ça ! cria l'elfe.

Hirad sursauta.

— Quoi ? s'étrangla Denser.

— Nous étions aveugles bien avant que les lumières ne s'éteignent, expliqua Ilkar. Denser, réfléchis un peu... Un bâtiment circulaire, un toit en forme de dôme, scellé de toutes parts, avec des flèches pointues...

L'elfe n'eut pas besoin d'en dire plus. Il vit la compréhension s'afficher sur le visage du Xetesk comme un aveu de culpabilité.

— Nous sommes dans une Chambre Froide.

— Hirad, il faut absolument ouvrir une porte ou une fenêtre. Fais-moi confiance ! Les statues seront sur nous dans vingt secondes.

Un bruit métallique retentit quand huit paires de mains gantées d'acier empoignèrent autant de haches. Hirad se secoua. Autour de lui, les Ravens étaient prêts. Au moins, ils mourraient en essayant de se sauver les uns les autres. Le barbare prit sa décision.

— Ilkar, Erienne, voyez ce que vous pouvez faire. Tous les autres, refermez le cercle pour donner du temps à Will. Faites attention : le sang n'est pas aussi sec qu'il n'y paraît. Thraun, Jandyr, continuez à parler. Dieux, que cette odeur est entêtante...

Sur sa gauche, l'Inconnu frappa le sol de la pointe de son épée. Le moment était venu.

— Elles sont presque sur nous, annonça Thraun. Hirad, tu en as deux sur toi, haches levées. Denser, une ; Inconnu, deux. Elles frapperont toutes en même temps, en diagonale en partant de la gauche.

— Paré au combat, Inconnu ?

La voix d'Hirad déchira le brouillard qui enveloppait son propre esprit. Le barbare sentit la sueur couler sur son front et humecter ses aisselles.

— On ne peut jamais être paré contre ça ! Incline ta lame vers le bas pour dévier les coups, ou les statues te renverseront.

Soudain, les raclements s'interrompirent. Un murmure courut autour d'eux, et une brise fantomatique agita leur cape.

Le silence fit frissonner Hirad.

— Maintenant, dit Jandyr.

Les coups partirent. Au dernier moment, Hirad aperçut la silhouette des statues et l'ombre de leur hache. Les deux mains serrées sur la garde de son épée, il dévia la première attaque et esquiva la seconde. Des étincelles jaillirent des lames, éclairant un instant le visage cauchemardesque de leurs adversaires. Puis les ténèbres se refermèrent de nouveau, et il ne resta qu'une image imprimée sur leur rétine. Mieux aurait valu ne pas les voir du tout, pensa Hirad.

Par bonheur, les Ravens avaient tous survécu au premier assaut.

— Elles sont lentes, dit Thraun. Leurs armes restent en position basse. Je vous déconseille d'attaquer. Attendons plutôt de voir ce qu'elles ont dans le ventre.

— Il s'agit d'une invocation très simple, dit Denser. Si le prochain assaut est identique au premier, c'est qu'elles ne connaissent pas d'autre tactique.

Dans le cercle, Will s'affairait à l'aveuglette, la tête si proche de la vitrine que l'odeur du métal et du verre oblitérait presque la puanteur des morts. Autour, les Ravens luttaient pour le protéger. Il se força à oublier la peur pour mieux se concentrer. Au toucher, il sentait que le verre était blindé et qu'il aurait fallu un marteau pour le briser. Denser ne voulait pas qu'il prenne ce risque. Mais le sceau était intact. S'il parvenait à trouver le mécanisme d'ouverture... Il devait y en avoir un ! Mais Will ignorait combien de temps les Ravens pouvaient lui fournir pour le localiser.

Ilkar avait pris la main d'Erienne et tentait de passer à travers les mailles du filet qui se resserrait. Alors qu'il se pliait en deux et plongeait sous les bras des statues, il comprit qu'elles ne l'attaqueraient pas. Elles avaient d'autres cibles. Sachant que les portes seraient trop lourdes, l'elfe choisit le volet le plus proche. Erienne marcha sur la tête d'un garde wrethsire dont le cou se tordit avec un craquement écœurant. Elle trébucha et se raccrocha à Ilkar en frissonnant.

— C'est vraiment horrible...

— Tout va bien. Nous y sommes, dit Ilkar.

— Que pouvons-nous faire ?

Erienne posa les mains sur le volet et chercha les bords.

— Réfléchis. L'Inconnu a essayé la force. Sans succès. Nous devons trouver le verrou.

— Et s'il est magique ?

— Espérons que nous pourrons dissiper les incantations des Wrethsires. Il le faut !

— La seconde attaque arrive ! annonça Jandyr. Coup de taille à hauteur du ventre, de droite à gauche. Reculez et bloquez. Maintenant.

Un sifflement signala que les huit haches avaient raté leur cible.

Hirad était à un cheveu de craquer, car il ne contrôlait pas cette bataille. Sous ses pieds, le sang séché se fissura, compromettant son assurance en même temps que son équilibre.

Mais les statues avaient un répertoire limité, et Thraun le confirma :

— Elles se mettent en position pour répéter leur première attaque. Aucune n'a bougé. Vous savez quoi faire. Maintenant !

Les coups s'abattirent avec une violence redoublée. Hirad recula, et ses jambes frôlèrent Will. Une fois encore, son second adversaire le manqua.

— Denser ?

— Je suis toujours là.

— Seconde attaque, les avertit Thraun. Maintenant !

Hirad se rétablit juste à temps. Derrière lui, l'Inconnu grogna sous l'impact.

— C'est trop rapide !

Si la cadence et la force des coups continuaient à augmenter au même rythme, Hirad savait que le combat tournerait mal, et il ne voulait pas mourir sans voir les yeux de son assassin.

Will localisa enfin l'accès au mécanisme d'ouverture de la vitrine : un trou d'aiguille situé sous le bord du couvercle. Un travail exquis qu'il ne prit pas le temps d'admirer ! Il sortit de sa poche un fil de fer qu'il introduisit adroitement dans le trou, remerciant les dieux d'avoir retrouvé son sang-froid depuis la mort du Familier de Denser. Autour de lui, le combat faisait rage, le privant du calme dont il avait besoin. Par deux fois, Hirad avait reculé, et ses contre-attaques n'avaient produit aucun effet sur leurs adversaires silencieux.

Denser peinait à tenir sa position. Il n'était pas habitué à la tension constante des muscles et des tendons de ses bras. Sans compter la puanteur fétide des cadavres qui obscurcissait son esprit et lui nouait la gorge, minant encore sa résistance. Bientôt, ses défenses s'effondreraient. Il imaginait déjà la douleur.

Erienne et Ilkar examinèrent les bords du volet sans rien trouver. Ce qui le maintenait fermé n'était pas de nature mécanique. Faute de mana, l'elfe savait qu'ils ne parviendraient pas à neutraliser le sort des Wrethsires. À moins de réussir à briser le volet, ils n'avaient aucune chance de sortir de là. Si l'Inconnu n'avait pas pu l'ébranler, que pourraient faire deux magiciens ? Ilkar dégaina son épée et frappa le battant de bois avec le pommeau. Il n'avait pas d'autre idée. Pendant ce temps, ses amis reculaient inexorablement derrière lui.

Thraun ne se débrouillait pas trop mal. Comme Hirad, il était ambidextre, et faisait passer son épée d'une main à l'autre pour reposer ses bras.

Jandyr s'épuisait. Sa lame légère n'était pas de taille à encaisser la puissance des coups de hache, et sa garde baissait centimètre par centimètre. Bientôt, les statues le couperaient en deux.

Will faillit crier de triomphe quand il atteignit enfin le mécanisme d'ouverture de la vitrine, au fond du trou. Il ne lui restait plus qu'à l'actionner avec son fil de fer.

— Je l'ai !

— Attends ! cria l'Inconnu. (Il para les deux attaques suivantes.) Je suis sûr qu'elles se jetteront sur toi quand tu sortiras la pierre. Nous devons être prêts. Jandyr ?

— Oui, haleta l'elfe.

La chaleur devenait suffocante dans le temple clos à l'atmosphère empoisonnée par les morts. Ils ne tiendraient plus très longtemps...

— À mon signal, Will soulèvera le couvercle et saisira la pierre. Pare la prochaine attaque de ton adversaire, puis aide-le à franchir le cordon et à gagner l'autre extrémité de la salle. C'est bien compris ?

— Oui.

D'autres coups, plus rapides et plus forts, furent ponctués par des grognements épuisés.

— Les autres, contentez-vous d'esquiver ! Elles ne s'intéresseront pas à nous. Thraun, tu seras nos yeux, bien que nous sachions déjà où sont nos ennemis. Vous êtes prêts ?

— Attaque en préparation, annonça Thraun.

— Will, maintenant !

Le voleur tira sur son fil de fer. Quand le couvercle se souleva, il s'empara de la relique.

— Je l'ai !

L'Inconnu para deux attaques en même temps et plongea dans la brèche, entre ses deux adversaires. Près de lui, il sentit Hirad l'imiter. Jandyr se retourna, empoigna Will et le redressa.

— Cours !

Le cri de l'elfe résonna sinistrement dans les ténèbres du temple. Des haches s'élevèrent et retombèrent, frappant les carreaux des mosaïques. À la lueur des étincelles que ces chocs produisirent, les Ravens virent Will et Jandyr foncer vers l'autre bout du temple en zigzaguant entre les cadavres. Les raclements reprirent, suivis par le fracas du métal sur la pierre.

Les statues s'étaient remises en mouvement.

— Jandyr, tu sers d'yeux à Will ! lança l'Inconnu. Vous devriez réussir à passer. Ne vous laissez pas coincer !

— Tu peux compter sur moi, répondit l'elfe d'une voix lasse.

— Il faut ouvrir un de ces foutus volets. Thraun, guide-moi !

— Droit devant toi. Tends les bras. Voilà, tu y es.

— Ilkar, qu'avez-vous trouvé ? demanda l'Inconnu.

Les bruits de pas des statues se répercutaient contre les murs, ponctués de craquements sinistres quand leurs pieds de pierre écrasaient les cadavres de leurs anciens maîtres. Jandyr dirigeait Will d'une voix basse et apaisante où perçait cependant son épuisement.

— Il n'y a pas de verrou mécanique, annonça Ilkar alors que l'Inconnu étudiait le volet à son tour. Ce n'est qu'une seule et même invocation, j'en suis certain.

— Dans ce cas, il faudra l'enfoncer. Thraun, vois si tu arrives à déplacer ce socle. Les autres, je vous suggère de rengainer vos armes et de vous plaquer contre les murs, histoire qu'il n'y ait pas d'accident.

Will avait le sentiment qu'une nouvelle horreur l'attendait à chaque détour de leur chemin. D'abord le Familier, ensuite ses mains inutiles, puis l'obscurité soudaine et maintenant huit statues monstrueuses qui ne s'intéressaient plus qu'à lui parce qu'il détenait l'Œil de Pierre de la Mort. Le voleur ne voulait pas penser au pouvoir qui les animait et qui risquait de priver les Ravens de leur victoire. Pour l'instant, il était obsédé par le bruit de leurs pas, d'autant plus effrayé qu'il ne pouvait pas les voir. Malgré la main de Jandyr posée sur son épaule, il était sûr de crever dans cet endroit cauchemardesque qui empestait la mort.

— Will, tu trembles.

— Ça t'étonne ?

— Écoute-moi, et tout ira bien. Elles se rapprochent. Il faudra bouger très vite pour les forcer à changer de direction. Ne lâche pas mon bras et continue à marcher. Inutile de courir, parce qu'elles ne peuvent pas couvrir tout le diamètre du temple. Tu comprends ?

— Oui.

Le raclement assourdissait Will. Le fracas des bottes métalliques sonnait à ses oreilles comme un glas, et son esprit était plein d'images de haches s'abattant dans les ténèbres.

— Allons-y !

Ils longèrent le mur. Jandyr haletait et Will tentait de se concentrer sur ses pieds pour les forcer à bouger. L'elfe avançait rapidement. Par deux fois, Will faillit lâcher prise et s'étaler sur des cadavres. Mais la peur de rester seul en arrière et de se faire tailler en pièces par les statues lui permit de garder les doigts enfoncés dans le bras de Jandyr.

Un changement de direction un peu brusque, et il trébucha.

— Désolé, s'excusa l'elfe. Nous marchons vers l'autre extrémité du temple. Ça me laissera plus de place pour le prochain mouvement.

Thraun fit tomber la vitrine du socle et tenta d'incliner la colonne de marbre sculpté. Un instant, il crut qu'elle était fixée au sol. Puis elle s'ébranla dans un nuage de poussière.

— Inconnu, je l'ai.

— Dieux merci.

Les deux colosses mirent le socle à l'horizontale et le soulevèrent en ahanant.

— Je te suis, Thraun. Dépêche-toi !

Will glissa sur une flaque de sang et s'étala. Il cria en sentant le bras de Jandyr lui échapper, roula sur lui-même, se releva et sonda désespérément l'obscurité.

— Jandyr, gémit-il. Ne les laisse pas me tuer !

Il sentit un mouvement près de lui. Une main se posa sur son bras.

— Je te tiens, Will ! Je te tiens ! (La voix de l'elfe l'apaisa.) Tout va bien. Elles ne peuvent pas nous atteindre. Viens, il ne faut pas rester là.

Will se releva.

— Par où ?

— Suis-moi.

Quand l'Inconnu absorba l'onde de choc du premier coup frappé sur le volet, ses épaules massives se contractèrent. Mais le bois avait craqué. Magiquement scellé ou non, il n'était pas plus solide pour autant.

— La prochaine fois, promit Thraun. Prêt ?

— Prêt.

Ils entendirent le volet se fendre, mais ils n'étaient pas encore parvenus à le traverser.

— On y est presque. Encore un coup !

Le socle de marbre défonça le bois. Thraun lâcha prise pendant que l'Inconnu poussait en avant pour propulser leur bélier improvisé hors du temple. Un trou aux bords déchiquetés laissa entrer un peu d'air frais, une lumière diffuse et un flux de mana.

La structure de la Chambre Froide se brisait.

— Ça ira, dit Denser.

Le rayonnement d'un GlobeLumière jaillit soudain. Erienne modula son intensité pour ne pas aveugler ses compagnons d'une nouvelle manière.

Jandyr et Will fuyaient toujours les statues. Ils s'élancèrent vers la porte principale. L'elfe boitait.

— Quelqu'un peut leur ouvrir ? lança Hirad.

— Je m'en charge !

La ForceConique d'Ilkar attaqua la jointure des deux battants, les fit jaillir de leurs gonds et les envoya valser dans la tiédeur nocturne.

— Dépêchons ! cria Hirad. (Il aspira une longue goulée d'air frais.) Si elles nous suivent, nous pourrons les semer ! Vite !

Les Ravens jaillirent du temple comme des boulets de canon et s'écrasèrent dans la poussière du chemin, au bas des marches. Les statues s'immobilisèrent sur le seuil, incapables de se déplacer au-delà de la zone d'effet de leur magie.

Arrivés à la lisière des arbres, les Ravens s'immobilisèrent. Une silhouette masquée, puis une autre, émergèrent des ombres.

Les Ravens, habitués à l'obscurité, les distinguaient comme en plein jour. En quelques secondes, quatre-vingt-dix Protecteurs conduits par un cavalier solitaire leur eurent barré le chemin.

Les Ravens se mirent en formation autour de l'Inconnu, qui regarda fixement les silhouettes massées derrière le cavalier. Il avait senti leur présence depuis le début.

Will était resté près de Jandyr. L'elfe gisait face contre terre, du sang coulant de la vilaine plaie qui courait de son épaule à sa hanche.

— Il a besoin d'aide.

— Nous aussi, dit Erienne.

Will leva les yeux en entendant la voix de Denser.

— Styliann ! Vous arrivez un peu tard pour nous sauver.

— Remarquable ! dit Styliann. Il était impératif que vous surviviez. Balaia n'a plus beaucoup de temps...

Chapitre 30

Les hordes ennemies arrivaient et Darrick devait prendre la décision la plus critique de sa carrière. Il avait fait passer les Ravens à l'ouest. Le lendemain, Styliann avait traversé la passe à son tour, accompagné d'une centaine de Protecteurs et bien décidé à se venger des Ouestiens. Darrick n'avait pas parlé au Seigneur du Mont, mais il avait lu de la haine dans ses yeux et il avait pitié des Ouestiens qui croiseraient ce détachement de la mort.

Pour lui, la situation était claire. Même s'il lui revenait de défendre l'est de Balaia, c'était à l'ouest que les Ravens – et Styliann, apparemment – livreraient la véritable bataille.

Darrick regarda autour de lui. Il avait rassemblé les officiers les plus compétents. N'importe lequel aurait pu diriger leurs forces aussi bien que lui. Au sud, bien que les barons Gresse et Noirépine aient perdu la ville, leurs tactiques de harcèlement devraient ralentir l'avancée des Ouestiens. Au nord, Darrick espérait que les Collèges parviendraient à tenir le bras de Triverne. Xetesk, Dordover, Julatsa et Lystern étaient la plus grande puissance magique de cette moitié du continent. Eux seuls avaient une chance de résister aux chamanes.

Darrick savait qu'il ne pouvait pas rester à la passe

de Sousroc et attendre le résultat du combat contre les Seigneurs Sorcyers, à Parve. Il voulait ses cinq cents cavaliers, ses cinquante mages, et la liberté d'aller là où il serait le plus utile. Il désirait une bataille, et par les dieux, il en aurait une !

Ilkar recula en direction du temple. Il tremblait de tous ses membres. La voix de Styliann lui parvint comme à travers un brouillard.

— Je suis vraiment désolé...

L'elfe se détourna.

— Quand cela s'est-il produit ? Que s'est-il passé au bras de Triverne ? Il ne comprenait pas comment la situation pouvait avoir évolué si vite... et si mal.

— Hier. J'ai eu une Communion en début de soirée. Les Ouestiens nous ont balayés. Nous pensions les retenir plusieurs jours, mais leur magie était trop forte. Ils ont des pouvoirs qu'ils ne détenaient pas il y a trois siècles. Du feu blanc qui abat les murs, et une énergie noire qui dévore la chair.

Les Ravens l'écoutaient en silence. L'Inconnu, debout près des Protecteurs, avait le regard dans le vague. Submergés par la magie des chamanes, les défenseurs du bras de Triverne avaient été massacrés. Les Ouestiens étaient à moins de trois jours de Julatsa, et on commençait à douter de la capacité des Collèges à les arrêter. Noirépine et Gresse allaient perdre la bataille visant à les empêcher de cerner la passe de Sousroc. Quant à Darrick, il avait disparu dans l'ouest. Les dieux seuls savaient ce qu'il était parti faire. Leur approche prudente de Parve s'était transformée en course infernale, et il était peut-être déjà trop tard.

— Quels sont vos plans, seigneur ? demanda Denser, encore stupéfait de voir Styliann parmi eux, de ce côté des monts Noirépine.

— Vous connaissez la raison de ma présence. Ils m'ont pris Selyn, et ils le paieront de leur vie. Vous m'accompagnerez avec AubeMort. Les Ravens retourneront à Sousroc. C'est là qu'ils pourront se rendre utiles.

L'atmosphère changea instantanément. Hirad se mit en position d'attaque, mais sans dégainer son épée. L'Inconnu et Thraun vinrent se placer près de lui, Erienne et Ilkar flanquant Denser, debout devant la monture de Styliann. Will resta près de Jandyr.

Les Protecteurs s'agitèrent.

— Je ne suis pas sûr de comprendre..., dit Denser.

— L'équilibre doit être rétabli. AubeMort reviendra à Xetesk, afin d'assurer sa domination. Maintenant, donnez-moi les catalyseurs, ou je m'en emparerai sur le cadavre de vos amis.

Les Protecteurs dégainèrent leurs armes.

— Tu ne peux pas le laisser faire ça ! cria Ilkar.

— Il n'a pas le choix, dit Styliann. Il a toujours su que ça se terminerait ainsi.

Denser en resta bouche bée.

— Et vous... ? croassa-t-il.

Il désigna le temple, derrière lui.

Styliann se rembrunit.

— Oui. Et vous avez réussi là où mes Protecteurs avaient échoué. J'avoue que je suis impressionné. Néanmoins, la mission des Ravens s'achève ici.

— Comment avez-vous pu arriver avant nous ? demanda Hirad.

— Je n'ai jamais été très loin derrière. Vous avez choisi de vous reposer en route. Je ne l'ai pas fait. Dommage que mon plan n'ait pas marché. Ça aurait beaucoup facilité la suite...

— En effet. À présent, c'est nous qui détenons les cartes, n'est-ce pas ? lança l'Inconnu.

Ilkar recula d'un pas pour s'abriter derrière Denser.

— Bouclier dressé, murmura-t-il.

Les Ravens tirèrent leurs armes. Styliann éclata de rire.

— Ne croyez pas pouvoir me barrer le chemin, lâcha-t-il, méprisant. Denser, obéissez ou je serai forcé de vous tuer aussi.

— Vous ne le ferez pas.

Denser et Erienne reculèrent et sentirent le bouclier d'Ilkar les envelopper.

— Pourquoi donc ?

— Parce que je suis votre seule chance de lancer AubeMort d'une façon qui détruira les Seigneurs Sorcyers tout en préservant des conditions de vie acceptables sur Balaia.

Denser ne semblait pas très convaincu par ses propres arguments...

— Croyez-vous qu'il n'existe pas d'autre expert d'AubeMort à Xetesk ? Je vous offre la gloire. Nous détruirons les Seigneurs Sorcyers. Ensuite, vous régnerez sur Balaia à mes côtés, au sommet du Mont. Je vous rappelle qu'il y a deux Tours vacantes. Venez !

Styliann indiqua à Denser d'approcher. Malgré lui, le mage fit un pas en avant. Le bras d'Erienne, toujours passé dans le sien, le retint. Il regarda les Ravens campés autour de lui.

Erienne, qui portait son enfant et à qui il ne tolérerait pas qu'on fasse du mal. Hirad, qui avait menacé deux fois de le tuer, mais qui lui avait sauvé la vie bien plus souvent et le referait si l'occasion se présentait. Ilkar, qui pensait au bien de Balaia et le tolérait à cause de ça. L'Inconnu, libéré mais toujours esclave de ses souvenirs. Et Will, Thraun et Jandyr, qui croyaient en lui parce que les autres croyaient en lui.

Face à eux se tenait Styliann, le Seigneur du Mont

de Xetesk, un homme qui pouvait lui offrir la mort ou la gloire avec autant de facilité.

— Tu me fais confiance ? chuchota Denser en tournant la tête vers Hirad.

Le barbare le regarda. Denser vit une multitude de sentiments contradictoires défiler dans ses yeux.

— Tu es un Raven, répondit-il enfin. Tu as risqué ta vie pour libérer l'Inconnu. C'est la marque d'un frère...

— Donne-moi la chaîne. (Hirad fit mine de refuser, mais Denser insista.) Il peut la prendre de toute façon. Nous ne sommes pas assez puissants pour l'en empêcher.

— Nous ne pouvons pas céder comme ça.

Les doigts d'Hirad blanchirent sur la garde de son épée.

— Personne ne cède, murmura Denser d'une voix à peine audible. Fais-moi confiance.

Hirad regarda Styliann, qui observait les Ravens avec une fascination évidente. Derrière lui, quatre-vingt-dix Protecteurs étaient prêts à les massacrer. Le barbare enleva de son cou la chaîne où pendaient l'insigne du commandant de la passe de Sousroc et l'anneau d'autorité dordovan. Il entendit Ilkar hoqueter de surprise, mais son bouclier ne vacilla pas.

— Donne la pierre à Denser, Will, ordonna Hirad. Mourir ici ne servira à rien...

Occupé à panser la blessure de Jandyr, Will se releva pour tendre la relique à Denser.

Tournant le dos au Seigneur du Mont, le Mage Noir lança à Ilkar :

— Quoi qu'il arrive, maintiens ton bouclier ! (Puis il approcha de Styliann.) Quand je pense que je tiens le sort de Balaia entre mes mains...

— C'est dangereux, dit le Seigneur du Mont. Ne perdons pas davantage de temps. Ces objets sont extrêmement précieux.

— En effet, approuva Denser, sourire aux lèvres. Et c'est moi qui vais décider de leur utilisation.

Le mana fut modelé et le mot de pouvoir prononcé avant que Styliann ait le temps de réagir. Des OmbresAiles se déployèrent dans le dos du Xetesk, qui s'envola et se stabilisa au-dessus du temple, au creux des falaises. Tous les yeux se levèrent.

Hirad retint son souffle. Son cœur cognait douloureusement dans sa poitrine et sa sueur se glaçait sur son corps.

— Je ne peux pas vous laisser revenir aux anciennes traditions ! cria Denser, flottant dans les airs au-delà de la portée des sorts de Styliann. AubeMort restera avec les Ravens. C'est le contrat. Nous l'honorerons, ou nous mourrons en essayant.

— Vous êtes un mage xetesk et mon serviteur ! cracha le Seigneur du Mont. Vous devez m'obéir.

— Non. Je suis un Raven.

Le sourire d'Hirad devint aussi large que la passe de Sousroc. Il se redressa de toute sa hauteur.

— Mon pauvre Styliann, railla-t-il. Battu une fois de plus. Pourquoi ne pas reconnaître votre défaite ?

Le Seigneur du Mont ne l'écoutait pas. Furieux, il modela le mana avec la vitesse et l'efficacité typiques des maîtres. Trois OrbesFlammes vinrent s'écraser sur le bouclier d'Ilkar, de la lumière rouge et bleue crépitant au contact du champ de force invisible. L'elfe trembla, mais pas son bouclier. Styliann regarda autour de lui. Les autres Ravens n'avaient même pas cillé.

— Ilkar n'a jamais perdu un bouclier face à une attaque magique, dit Hirad. Et je vous assure qu'il n'a pas l'intention de commencer maintenant. C'est terminé, Styliann !

— Ça m'étonnerait ! (Le Seigneur du Mont se tourna vers ses Protecteurs.) Tuez-les. Tout de suite.

Les morts-vivants ne bougèrent pas.

— Tuez-les ! beugla-t-il, rouge de colère, les yeux embrasés de fureur.

Hirad se prépara à mourir.

— Détends-toi, dit l'Inconnu, dont le sourire monta enfin jusqu'à ses yeux. Styliann, je vous suggère d'économiser votre salive.

— Pardon ?

— C'est une chose que vous ne pouvez pas concevoir et encore moins comprendre. Ils ne nous attaqueront pas tant que je serai là et que nous ne vous menacerons pas. De la même façon, je ne laisserai pas les Ravens les attaquer. Mais si je meurs par votre faute, vos Protecteurs se dresseront contre vous...

Styliann se retourna. Les Protecteurs le regardaient derrière leur masque qui reflétait la lueur des étoiles.

— Vous pouvez choisir de ne pas me croire, seigneur. (L'Inconnu avança hors de la zone d'effet du bouclier.) Mais vous avez déjà perdu un sort. Pourquoi perdre également votre vie ?

Styliann s'empourpra davantage. Il étudia les Protecteurs, incapable d'imaginer les conséquences de leur rébellion.

Finalement, il se concentra sur l'Inconnu.

— Vous avez été relâché. Vous n'êtes plus l'un d'eux !

— Je le pensais aussi. Mais les liens forgés par la fusion des âmes sont indestructibles. Une part de moi sera toujours unie aux Protecteurs. Je l'accepte et ils le comprennent. Il vaudrait mieux que vous en fassiez autant...

Après un dernier regard derrière lui, Styliann capitula. Il faisait pivoter son cheval quand l'Inconnu l'arrêta.

— Vous pouvez nous aider à sauver Balaia *et* exercer votre vengeance. Si vous attaquiez Parve du sud ou du sud-est à notre signal, il nous serait plus facile de nous frayer un chemin jusqu'à la pyramide. Alors, il vous resterait peut-être un Collège où rentrer.

Styliann parvint à se contenir.

— Dites cela à Denser : tant que je resterai Seigneur du Mont, il ne sera pas le bienvenu à Xetesk. Quant aux Ravens, vous serez payés lorsque vous repasserez par Sousroc. Prenez garde à ne plus jamais être sur mon chemin !

— Je vais demander aux Protecteurs de vous laisser passer, dit l'Inconnu.

Styliann n'ajouta rien. Il éperonna sa monture et fendit les rangs des Protecteurs. Ils demeurèrent immobiles quelques instants, leur âme communiquant avec celle de l'Inconnu. Puis ils se détournèrent et suivirent le Seigneur du Mont.

Les Ravens restèrent un moment en formation. Au-dessus de leur tête, Denser décrivait des cercles dans le ciel, surveillant le spectre du mana au cas où Styliann aurait tenté une nouvelle attaque magique. Quand il atterrit et dissipa ses OmbresAiles, les autres se détendirent.

— Bouclier baissé, annonça Ilkar.

Hirad posa une main sur l'épaule de Denser et hocha la tête en signe de gratitude. — Je crois enfin pouvoir dire que je comprends ce que c'est d'être un Raven, fit le Mage Noir.

— Styliann nous aidera ?

— Difficile à dire, répondit l'Inconnu. S'il cesse de bouder assez longtemps pour réfléchir, peut-être.

— Thraun, tu veux bien vérifier que la voie est libre et amener les chevaux ? demanda Hirad.

Le colosse s'éloigna aussitôt. Alors, ils purent s'occuper de Jandyr. L'elfe était toujours vivant et Erienne aidait Will à lui administrer les premiers soins. Mais il n'avait pas bougé de l'endroit où il était tombé. Sa cuirasse avait été fendue par la hache d'une statue. Dessous, la plaie était profonde. Ses vêtements et le sol, autour de lui, étaient imbibés de sang.

— C'est grave ? demanda Will.

— Il a eu de la chance, le rassura Erienne. La lame n'a pas brisé de côtes. Son cœur et ses poumons sont intacts. Mais je suis assez préoccupée par l'état de son épaule et de ses reins.

— On peut le déplacer ? demanda l'Inconnu.

— Pas avant le matin, pour me laisser réparer une partie des dégâts. Et il ne pourra plus se servir de son arc avant un bon moment. Ses tendons et ses muscles sont trop endommagés.

— Nous n'avons pas le temps, dit Ilkar. Tu as entendu Styliann. Les Ouestiens seront à Julatsa dans trois jours.

— Tes collègues devront les retenir. Si nous l'emmenons maintenant, il mourra. Je te demande d'attendre jusqu'à l'aube. Cinq heures.

— L'aube... Ça nous laissera une chance de vérifier les propos de Styliann...

Hirad regarda la lisière des arbres, puis se retourna pour contempler le lac, les montagnes et le temple. Les masques peints des statues s'encadraient toujours dans la porte.

— Si vous pouvez supporter que ces créatures nous surveillent, autant camper ici jusqu'au lever du soleil. Will, le poêle, s'il te plaît. Denser, il faut qu'on parle avec Thraun du chemin à suivre jusqu'à Parve. Comme les Ouestiens sont en marche, nous devrons nous tenir à l'écart des routes qui conduisent à Sousroc. En attendant, je voudrais m'entretenir avec Ilkar et l'Inconnu.

Denser et Will quittèrent la clairière avec Thraun, Erienne commença à préparer un sort de guérison et les trois survivants des Ravens d'origine s'assirent sur les marches du temple. Hirad jeta un dernier coup d'œil aux statues avant de prendre la parole.

— Il y a des choses que je ne comprends pas...

— Rien de nouveau, donc, dit Ilkar.

Hirad lui flanqua un coup de poing amical sur l'épaule.

— Très drôle ! Mais pas hilarant... Explique-moi ce qu'est une Chambre Froide, et pourquoi je n'en avais encore jamais entendu parler.

— Pour des raisons évidentes, les Collèges ne se vantent pas de leur existence. Comment dire ? Tu sais que le mana coule partout et en toute chose. La peau, les os, les murs, les arbres, les océans et les dimensions ne l'arrêtent pas, comme nous l'avons découvert. Personne ne connaît le rythme ou la direction de son flux. Les mages sont seulement capables de le modeler pour lancer des sorts. Et de le dévier. (Il fit un geste du pouce par-dessus son épaule.) Comme l'eau, le mana emprunte toujours le chemin de la moindre résistance. Ce temple a été conçu pour le décourager. Quand il est scellé, le mana coule autour sans le traverser. Voilà !

— Un piège parfait pour les voleurs imprudents, dit l'Inconnu.

— Ou pour les mages, marmonna Ilkar. Nous avons failli nous faire massacrer...

— Donc, les cadavres que nous avons trouvés étaient ceux de Protecteurs ? demanda Hirad.

— Oui, répondit l'Inconnu. Je l'ai compris tout de suite, mais ça m'a paru impossible. Ils devaient faire partie de la suite de Styliann.

— Ils n'avaient pas de masque, rappela Ilkar.

— Une fois la menace écartée, les statues reprennent leur place, et les portes se descellent. Les Protecteurs ramassent toujours le masque de leurs frères tombés au combat. Styliann voulait s'approprier l'Œil de Pierre de la Mort. Il a été assez prudent pour rester dehors après avoir envoyé ses Protecteurs le chercher. S'il avait réussi à s'en emparer, pensez au pouvoir qu'il aurait détenu sur nous.

— Il attendait que nous réussissions, murmura Hirad.

— Il devait sûrement l'espérer. Et il prévoyait sans doute depuis le début de nous prendre le sort...

Le barbare secoua la tête.

— En les voyant tous là, j'ai pensé que nos cadavres ne tarderaient pas à refroidir dans cette clairière.

— Heureusement qu'il était là, dit Ilkar en désignant Denser, qui revenait avec Will, Thraun et les chevaux. Nous venons d'assister au plus grand exploit philosophique jamais réalisé par un Xetesk. Denser a renoncé à la gloire et au statut de maître dans son Collège. J'ai du mal à y croire !

— Mais ça n'explique pas l'attitude des Protecteurs, dit Hirad.

Il regarda autour de lui. Will était en train d'allumer le poêle. Il feignait l'indifférence, mais ne ratait probablement pas un mot de leur conversation. Erienne parlait à Jandyr en lui caressant les cheveux. L'archer elfe gisait toujours sur le ventre, mais il avait repris connaissance. Denser et Thraun étudiaient une carte. Le colosse parlait avec animation et faisait de grands gestes. Denser mâchouillait sa pipe en souriant. Hirad se sentit envahi par une douce chaleur. Les Ravens étaient de nouveau au complet et unis. Il n'avait pas éprouvé une telle plénitude depuis la mort de Ras.

— Il faudrait poser la question à l'Inconnu, dit Ilkar.

— C'est difficile à expliquer... Je sentais que le

pouvoir de Styliann était moins fort que le lien entre les Protecteurs et moi. Ils n'attaquent jamais un des leurs, à moins que la vie du Protégé soit menacée. Ce n'était pas le cas...

— L'auraient-ils tué s'il t'avait abattu ? demanda Ilkar.

— Non. C'est leur Protégé, ils ne peuvent pas lui faire de mal. Mais peu importe, puisque Styliann m'a cru.

Hirad éclata de rire.

— Bien joué, Inconnu ! Venez, allons chercher de l'eau pour le poêle.

L'attaque eut lieu sur toute la longueur des lignes ouestiennes alors qu'elles traversaient des plaines flanquées de zones boisées à la végétation dense. Une volée de flèches, de PluieSolide et de GrêleMortelle força les chamanes à dépenser leur précieuse énergie pour dresser des boucliers magiques. Un millier de cavaliers foncèrent sur l'ennemi, les sabots de leurs montures faisant gicler de la boue, de la terre et du sang, leurs lames étincelant sous la lumière du soleil matinal. Le vacarme augmenta quand les hommes de Noirépine chargèrent. Après le premier engagement, ils firent demi-tour et revinrent se mettre en formation. Les cors de guerre résonnèrent de nouveau, et les forces de Gresse fondirent sur l'autre flanc de l'armée ouestienne pour semer le chaos et le désarroi dans ses rangs.

Quand il éperonna son cheval et vit se rapprocher les visages burinés, mais soudain moins arrogants, des Ouestiens, le vieux baron eut l'impression d'être redevenu un tout jeune homme. Il fit un écart sur la droite, puis sur la gauche, coupa en deux le crâne d'un homme et plongea son épée dans l'épaule d'un autre. Du sang éclaboussa ses jambes, sa selle et sa poitrine.

Le tumulte emplissait ses oreilles. Autour de lui, ses soldats se fracassaient sur les rangs des envahisseurs qui s'efforçaient d'organiser leurs défenses. Les ordres des commandants se mêlaient aux cris des agonisants. Gresse continua à avancer, repoussa un adversaire d'un coup de bouclier et dévia une lance avec la garde de son épée. Les Ouestiens reculaient ; leurs lignes menaçaient de s'enfoncer alors que leur belle assurance volait en éclats sous les lames de leurs agresseurs. Le vieux baron humait déjà l'odeur de la victoire.

Les cors de guerre résonnèrent de nouveau. Gresse fit faire demi-tour à son cheval et s'éloigna du carnage en piétinant sur son passage les morts et les mourants. Jetant un coup d'œil à la ronde, il aperçut une poignée de montures sans cavaliers et cria de joie en filant se remettre en formation hors de portée des arcs ouestiens. Une seconde volée de sorts et de flèches s'abattit sur les envahisseurs. Cette fois, la plupart rebondirent sur des boucliers. Les cors sonnèrent alors le signal de l'assaut sur les chamanes jusque-là défendus par leurs gardes du corps. Noirépine chargea à la tête de ses hommes, ses mages faisant de leur mieux pour les protéger.

Entre-temps, les Ouestiens s'étaient regroupés pour attendre leurs agresseurs de pied ferme. Les lanciers de Noirépine baissèrent leurs armes et percutèrent les lignes ennemies. Ils ne gagnèrent pas beaucoup de terrain, mais réussirent à fragmenter les défenses extérieures. Les hommes d'épées s'engouffrèrent dans les brèches. Gresse vit la lame de Noirépine se lever et retomber, du sang jaillissant dans toutes les directions.

Soudain, un bourdonnement couvrit le fracas de la bataille et fit vibrer les tympans des hommes et grincer leurs dents. Naseaux frémissants, les chevaux se cabrèrent. Des doigts de chaque chamane jaillirent des rayons noirs qui lacérèrent l'air et frappèrent les cavaliers et leurs montures.

Aux endroits où le sort trouvait des corps découverts ou enfonçait les boucliers magiques, les hommes et les bêtes succombèrent par dizaines. Sous les yeux de Gresse, un rayon noir frappa un soldat au ventre et le coupa en deux, tranchant son armure, sa chair et ses os comme un couteau de tailleur eût découpé de la soie. Les intestins du malheureux sortirent de la plaie béante. Ses côtes se brisèrent et son dernier cri s'étrangla quand les ténèbres atteignirent sa gorge.

Partout ailleurs, les rayons traversaient les corps des soldats, consumaient leur chair ou la dévoraient. Le vent de la bataille tourna à une vitesse stupéfiante. Quand Noirépine fit tourner son épée au-dessus de sa tête, les cors sonnèrent la retraite.

Gresse cria des ordres à ses hommes. Les cavaliers éperonnèrent leurs chevaux, laissant le sang de l'Est se mêler à celui de l'Ouest sous les cris railleurs des Ouestiens.

Les ténèbres leur avaient volé la victoire.

Chapitre 31

La nuit tiède et sèche fut suivie d'une aube sans nuages. La pluie de la veille n'était déjà plus qu'un souvenir. Denser avait communié avec le mage en chef de Sousroc, et confirmé que Styliann n'avait pas exagéré. Au sud, les Ouestiens n'étaient plus qu'à trois jours de la passe. Les efforts de Noirépine lui coûtaient beaucoup d'hommes pour un piètre résultat. Pire encore, trente mille envahisseurs atteindraient l'extrémité ouest de Sousroc dans moins de vingt-quatre heures.

— Et tu dis que les Seigneurs Sorcyers n'ont pas encore recouvré leurs pouvoirs ? demanda Hirad.

— Quand ils l'auront fait, les chamanes seront impossibles à arrêter.

— S'ils ne le sont pas déjà, marmonna Ilkar.

— À quelle distance sommes-nous du désert Déchiré ? demanda Hirad.

— Deux jours et demi de cheval jusqu'à sa lisière, et peut-être une heure de plus jusqu'à la pyramide, répondit Thraun.

— Ça va être juste, dit Ilkar.

— En supposant que nous ne rencontrions pas d'obstacle en chemin, ajouta Thraun.

Il y eut un silence dubitatif. Hirad se représenta une

charge à tombeau ouvert dans la gueule de la mort. Les Ouestiens pouvaient leur tomber dessus à tout moment.

— C'est là que ton chat nous aurait été utile, dit Will, lugubre.

— Il pourrait m'être utile à tout moment, souffla Denser.

— Combien de temps les hommes de Darrick tiendront-ils Sousroc ? demanda Hirad.

L'Inconnu haussa les épaules.

— Qui sait ? Nous n'avons pas vu la magie des chamanes. Le seul point en notre faveur, c'est l'étroitesse de la passe. Les attaquants ne peuvent pas présenter un front très large. Ça donne à nos mages une chance de déployer des boucliers efficaces.

— Hum... (Hirad s'adossa aux marches du temple et vida sa chope de café.) Jandyr est en état de monter ?

Pour le moment, l'elfe se reposait.

— Réveille-le quand tu veux, dit Erienne, mais ne lui demande pas de se battre ou de tirer à l'arc.

— Combien de temps avant qu'il soit de nouveau en état de le faire ?

— Idéalement, pas plus d'une journée. Mais chevaucher tirera sur ses blessures. Si tu ne me laisses pas un délai pour le soigner, tu n'auras pas d'archer.

— Génial, soupira Hirad. Mieux vaut ne pas traîner ici à attendre la fin du monde. Allons plutôt la provoquer nous-mêmes.

Il flanqua une tape sur l'épaule d'Ilkar et se leva. Moins d'une demi-heure plus tard, les Ravens se mirent en route pour le désert Déchiré.

Pour Darrick, tout semblait très simple. Il lui suffisait de rester sur les pistes secondaires jusqu'à la lisière du désert Déchiré, puis de charger les flancs des Gardiens de la Tombe, de tuer tous ceux qui se dresseraient sur son chemin et de raccompagner les Ravens victorieux à Sousroc. Mais deux heures après l'aube du troisième jour qu'il passait en territoire ouestien, un tiers de ses hommes était mort, cinquante autres étaient blessés et ses mages paraissaient à bout de forces. Alors qu'il s'arrêtait pour évaluer plus précisément les dégâts, tremblant de rage et d'humiliation, Darrick se demanda comment les Ouestiens avaient eu connaissance de leur présence.

Soixante-dix archers, dissimulés des deux côtés du chemin, les avaient canardés. Après la première volée de flèches, les cavaliers avaient rompu les rangs pour charger vers le sommet de la pente où leurs agresseurs se tapissaient sous le couvert des buissons.

Certains furent transpercés par des flèches tirées à bout portant. Les autres atteignirent les archers et les massacrèrent.

Darrick estimait qu'ils avaient eu beaucoup de chance de ne pas rencontrer de chamane. Mais ses hommes étaient à bout. Il ordonna aux blessés graves de rebrousser chemin vers la passe, puis s'entretint avec le Xetesk senior, qui n'avait plus que dix-sept mages sous ses ordres.

— Pouvez-vous maintenir des boucliers défensifs en galopant ?

— Quel est votre plan ?

— Nous devons continuer ! Si nous décidons de quitter les pistes, nous ferions aussi bien de renoncer tout de suite, parce que nous arriverons trop tard. Je veux renverser la vapeur, chevaucher le reste de la journée et les surprendre en nous enfonçant dans leur territoire plus vite et plus profondément qu'ils ne s'y attendent. Si il y a une autre embuscade, pas question de nous arrêter.

— C'est très risqué, dit le Xetesk.

— Je sais, mais nous devons prendre l'initiative. Ils

n'auraient pas dû être aussi bien préparés. Et ils n'avaient aucun moyen de savoir que nous passerions par là... Aucun.

— Les Seigneurs Sorcyers doivent être plus proches du réveil que nous ne le pensions.

— Tenterez-vous de maintenir les boucliers ? demanda Darrick.

— Bien sûr, si c'est ce que vous souhaitez.

— Parfait... Maintenant, je dois parler aux hommes et les préparer à ce qui les attend. Ça va être une sacrée cavalcade. (Il sourit.) Deux jours pour sauver Balaia, ça vous dit ?

Le seigneur Tessaya avait pris position avec ses chamanes sur les collines qui entouraient la passe de Sousroc. Il l'avait récemment concédée à l'ennemi, mais il ne tarderait pas à la reprendre. Trente mille de ses compatriotes, certains étant encore ses ennemis un an plus tôt, campaient à quelques heures de là. Une dizaine de chamanes, sous la protection des trois cents survivants de la garnison de Sousroc, étaient partis en éclaireurs. Cinq mille autres Ouestiens les suivraient. Ce serait un moment délicieux.

— Je veux que nous les massacrions jusqu'au dernier pour les punir. Mais amenez-moi Darrick vivant. J'assisterai à sa mort sur le terrain même qu'il a tenté de me prendre. (Les chamanes acquiescèrent et l'un d'eux cria des ordres.) Combien de temps avant que nous soyons en position ?

— Nous attendrons vos instructions quand le soleil atteindra son zénith, seigneur.

Tessaya leva les yeux. Deux heures. Deux heures, et il pourrait peut-être oublier les hurlements terrifiés de ses hommes quand un océan venu du ciel s'était abattu sur eux. L'écho de l'eau martelant les parois et les emportant ; leurs cris et leurs supplications alors qu'ils tombaient dans les précipices. Tant de braves qui n'auraient jamais l'honneur d'un brasier funéraire. Tant de fiers guerriers qui n'avaient pas eu la chance de mourir au combat comme ils l'espéraient. Mais ce crime serait vengé quand son armée déferlerait sur l'est. Pour la première fois depuis des jours, Tessaya sourit.

— Je prendrai la tête de mon peuple pour le guider vers les territoires qui lui appartiennent de droit. Bientôt, nous boirons le sang des mages des Collèges !

Alors que le soleil se levait dans un ciel nuageux, les Ravens chevauchaient ventre à terre dans le paysage désolé. Personne ne les avait poursuivis depuis leur départ du temple. L'Inconnu ne sentait plus les Protecteurs, et il ne pouvait pas dire s'ils se dirigeaient vers l'est ou vers l'ouest.

Mais s'ils maintenaient leur allure, le terrain étant accidenté, les chevaux se fatigueraient rapidement et ils risquaient une mauvaise chute à tout moment.

Leur principal souci était l'état de Jandyr. L'archer ne se remettait pas de sa blessure. Après une nuit passée à dormir sous l'influence du SoinChaleur, il s'était déclaré capable de monter, même si ses traits pâles, tirés et couverts d'une pellicule de sueur gluante trahissaient ses souffrances. Pendant une heure, il avait paru supporter la cadence. Mais à mesure que la matinée avançait, il ralentissait. Denser, Erienne et Ilkar s'étaient relayés pour chevaucher à ses côtés. Les trois mages, tous dotés de pouvoirs de guérison, avaient anxieusement observé le sang qui imbibait sa chemise et coulait le long de son bras gauche immobilisé contre son corps.

À la première halte, pendant que Thraun et Will faisaient boire et manger les chevaux, les autres Ravens se rassemblèrent autour de Jandyr, adossé à un rocher couvert de mousse. Ils s'étaient arrêtés à l'entrée d'une vallée. Au loin, les collines balayées par le vent ondulaient vers le nord et l'ouest en direction de Parve. Derrière eux, le terrain boisé qu'ils venaient de traverser et qui leur avait fourni une si bonne couverture s'étendait sur les pentes comme un drap vert. Trois cents mètres en contrebas, la route principale qui reliait Parve et Sousroc longeait la vallée de Baravale, qui s'étendait sur cent cinquante kilomètres entre les deux principales chaînes de montagnes de l'ouest du continent.

— Vous pourriez faire quelque chose pour soulager sa douleur ? demanda Hirad.

Denser, occupé à réchauffer les mains d'Erienne, s'interrompit et leva les yeux. La jeune femme se dégagea et aida Jandyr à rouler sur le flanc pour avoir accès à sa blessure. Puis elle défit les liens de cuir de sa veste et, avec l'aide d'Ilkar, en écarta les pans. En apercevant les dégâts causés à son travail de la veille, elle lâcha un juron.

— La plaie se rouvre parce qu'il monte à cheval au lieu de rester tranquille. Je ne peux pas y faire grand-chose, seulement dissiper sa douleur. Le problème, c'est qu'il ne se rendra plus compte que son état s'aggrave. Ça pourrait être dangereux.

— Jandyr ? appela Hirad.

— Je ne peux pas continuer comme ça. Je souffre trop et je vous ralentis. Ou vous me laissez ici, et vous revenez me chercher quand tout sera fini, ou Erienne lance son sort.

— Tu ne peux pas rester ici seul, dit la jeune femme. Sans traitement, tu mourras.

— Dans ce cas, le choix est vite fait, conclut Hirad.

— Par moments, il aura besoin qu'on le soutienne. Il ne sera pas toujours capable de se tenir en selle.

— Que comptes-tu utiliser ? demanda Denser.

— Un EngourdissementSensoriel.

— C'est un peu fort, non ? intervint Ilkar.

Erienne hésita.

— Qu'y a-t-il ? (Jandyr fronça les sourcils.) C'est pire que ce que tu croyais, n'est-ce pas ?

— Ça ne devrait pas saigner autant. Ta chair n'a pas du tout cicatrisé. Même si tu as forcé sur la plaie en chevauchant, elle ne devrait pas être dans cet état. Un EngourdissementSensoriel te permettra de continuer. Je pourrai faire mieux ce soir.

— Serai-je encore vivant ?

— Je ne sais pas, avoua Erienne. Je ne suis pas très douée pour empêcher les gens de mourir...

Des larmes jaillirent de ses yeux et roulèrent sur ses joues. Denser lui passa un bras autour des épaules et regarda Hirad.

— On ferait mieux de se dépêcher !

Alors qu'il approchait du village, Styliann sentit de la magie dans l'air. Il ralentit et se laissa glisser en queue de la colonne de Protecteurs. Sans mettre pied à terre, ils avancèrent en formation serrée, leurs boucliers se chevauchant pour produire un champ de force que même les chamanes auraient du mal à traverser.

Après avoir quitté la clairière du temple, Styliann avait mis le cap vers le sud, furieux d'avoir été humilié une seconde fois par les Ravens. Il reconnaissait la logique du raisonnement de l'Inconnu, mais il était décidé à cheminer vers Parve à l'allure de son choix. S'il arrivait à temps pour détourner des Ravens l'attention de l'ennemi, tant mieux pour eux ! Pour première cible, il avait choisi un village, à la lisière des Contrées Ouestiennes, d'où des soldats avaient dû partir pour la passe de Sousroc, et peut-être pour la baie de Gyernath.

Ce village était à moins de deux jours de voyage du désert Déchiré. Sa destruction enverrait un message aux Seigneurs Sorcyers. Elle leur monterait qui détenait le véritable pouvoir.

— Attaquez ! ordonna-t-il. Il n'y a pas d'innocents. Ne faites pas de quartier.

En silence, les Protecteurs lancèrent leur cheval au galop et adoptèrent une formation en pointe de flèche. À l'arrière, Styliann modela la forme de mana de son sort de destruction favori. Il sourit en repensant à l'ordre qu'il venait de donner.

Les Protecteurs fondirent sur le village. D'une conception classique chez les Ouestiens, il était bâti en cercle autour d'un feu et d'un totem tribal.

Il comptait une trentaine de bâtiments, des enclos pour les animaux et des structures ouvertes, sur un côté, destinées à stocker les récoltes. Les quatre-vingt-dix guerriers se divisèrent en deux groupes pour prendre leurs victimes en tenailles. Dégainant leur épée, ils chargèrent les habitants, qui s'éparpillèrent en hurlant.

Hommes, femmes, enfants : personne ne fut épargné. Derrière eux, Styliann avança et prononça le mot de pouvoir de son sort.

— Feulnfernal.

Une douzaine de colonnes de feu percutèrent le toit d'autant de maisons, faisant pleuvoir un déluge de flammes sur leurs occupants. L'air s'emplit de fumée et de cris de douleur.

À la fin de leur charge, les Protecteurs mirent pied à terre tels des danseurs exécutant un ballet bien réglé. Ils revinrent à la course vers le lieu du carnage. Le village était livré au chaos. La douzaine de maisons touchées par le Feulnfernal qui visait les âmes brûlait toujours. Les survivants de l'incendie et de l'assaut des

Protecteurs fuirent vers les arbres ou tentèrent de prendre leurs armes. L'un d'eux approcha de Styliann. Ayant formé et déployé un bouclier magique aussitôt après avoir lancé son FeuInfernal, le Seigneur du Mont sauta de son cheval en dégainant son épée.

Le chamane incanta. Dix tentacules noirs volèrent vers Styliann, coururent le long de son bouclier et l'enveloppèrent. Le champ de force aurait dû céder sous la pression ; Styliann le vit dans les yeux du chamane. Il s'approcha et lui flanqua un coup avec le pommeau de son épée. Autour de lui, les Protecteurs silencieux, rapides et d'une impitoyable efficacité mettaient le feu aux derniers bâtiments et massacraient les Ouestiens survivants.

Le chamane vacilla et tomba à genoux. Un coup de pied de Styliann le projeta en arrière ; il s'étala sur le dos, le nez et les joues en sang. Styliann s'accroupit près de lui.

L'homme, terrifié, le regarda sans réagir.

— Tu seras un message pour tes maîtres, et ton village, avec ses maisons en ruines, ses habitants pourrissant au soleil et dévorés par les charognards, un autel pour tous ceux qui me suivront.

— Qui êtes-vous ?

Styliann sourit.

— N'ayez pas l'audace de défier le pouvoir de Xetesk !

Il écarta la main que le chamane avait portée à son nez, et lui colla la sienne sur la bouche pendant qu'il lançait une PaumeFlamme dans sa gorge. L'homme brûla de l'intérieur, des flammes s'échappant de ses yeux et de ses narines. Styliann se releva, s'épousseta et monta de nouveau en selle.

— On s'en va ! ordonna-t-il.

Promenant un regard de satisfaction à la ronde, il se demandant si Parve brûlerait aussi bien.

— Resserrez les rangs ! cria Darrick. Déployez les boucliers !

Selon le général, la cavalerie des quatre Collèges galoperait le long de la route qui reliait Sousroc à Parve avant de tourner vers le nord pour attaquer la cité des Seigneurs Sorcyers à quatre-vingt-dix degrés par rapport à l'axe de pénétration des Ravens. Ses hommes chargèrent l'unité ouestienne qui s'était arrêtée sur la piste, et qui eut à peine le temps de prendre les armes avant d'encaisser le choc.

— Boucliers dressés ! cria un mage.

En tête de la colonne, les lanciers fauchaient les premiers Ouestiens.

Les cavaliers chargèrent, leurs épées frappant de droite et de gauche et leurs boucliers s'embrasant quand la magie des chamanes les percutait sans parvenir à les franchir. Ils ne ralentirent pas et ne se retournèrent pas. Derrière eux, ils laissèrent soixante-dix Ouestiens qui n'atteindraient jamais la passe de Sousroc.

Peu après, ils quittèrent la route principale. Ils étaient à deux jours de voyage du désert Déchiré. Darrick leur accorda une halte bien méritée.

— Était-ce vraiment nécessaire ? demanda l'un des mages.

— Non, avoua Darrick. Mais c'était amusant.

Autour de lui, des sourires fleurirent sur les visages de ses hommes.

Debout au sommet de la tour de garde, Barras contemplait la lumière qui mourait lentement sur le dernier jour de paix de Julatsa. Derrière lui, sa cité collégiale se préparait à une guerre qu'elle n'avait aucune chance de remporter après le massacre du bras de Triverne, trois jours plus tôt. Tant de soldats et tant de mages avaient succombé. Et les renforts promis n'étaient jamais arrivés. Xetesk avait affirmé que Styliann était en route avec une centaine de Protecteurs. Mais Barras savait bien où le Seigneur du Mont était allé...

Immobile, il observait l'armée ouestienne en train d'avancer. Les envahisseurs arriveraient à portée de sorts tôt le lendemain matin. Barras frissonna quand il imagina le feu noir et blanc des chamanes ravageant le cœur de Julatsa. La milice et la garde collégiale étaient prêtes ; les mages avaient reçu leurs instructions et s'étaient mis en position. Mais à moins d'un miracle, Barras savait que Julatsa serait entre les mains des Ouestiens d'ici le surlendemain. Ils n'avaient rien à opposer à la magie des chamanes. Ils pouvaient s'en protéger, mais cela drainerait leur mana et laisserait trop peu de mages disponibles pour lancer des sorts offensifs. Comme la cité n'avait pas de mur d'enceinte, et que les envahisseurs étaient quatre fois plus nombreux que les défenseurs... L'issue de la bataille était inévitable, puisque les chamanes semblaient ne jamais se fatiguer.

Barras sentit des larmes lui monter aux yeux au souvenir des histoires racontées par son arrière-grand-père qui, jeune mage, avait assisté à la première invasion des Ouestiens soutenue par les Seigneurs Sorcyers. Cités et villages incendiés, récoltes brûlées, cadavres éparpillés, enfants orphelins... Partout, des réfugiés entassés dans des abris de fortune... Les maraudeurs ouestiens massacraient tous ceux qu'ils rencontraient. Les chamanes multipliaient les sacrifices à mesure qu'ils s'emparaient de l'est du continent.

Cette fois, ils étaient encore plus puissants. L'histoire se reproduirait et personne ne pouvait rien faire pour l'empêcher. Aucune force magique n'était capable de vaincre les Seigneurs Sorcyers. Nulle armée ne mettrait les Ouestiens en déroute. Les Ravens restaient leur seul espoir, mais Barras doutait de leurs chances de réussite.

Redescendant les marches de la tour, mortellement las, il pria pour que les mercenaires, s'ils ne parvenaient pas à le lancer, détruisent AubeMort. Il frissonna, puis le calme l'envahit. Si le sort tombait entre les mains des Seigneurs Sorcyers, la souffrance des peuples de l'Est serait brève...

En sécurité pour un temps, alors que la venue de la nuit dissimulait leur cachette dans les collines, Noirépine, Gresse et les défenseurs survivants de la baie de Gyernath faisaient froidement face à leur destinée. La plupart des mercenaires étaient partis rejoindre leur famille ou s'étaient simplement enfuis. Il ne restait plus que quatre cents soldats et mages pour ralentir la progression inéluctable des Ouestiens vers Sousroc. Son bras gauche bandé lui permettant tout juste de porter sa fourchette à sa bouche, Gresse mordit dans un morceau de pain, le fit passer avec une gorgée d'eau et prit la parole.

— Ils seront à Sousroc dans moins de trois jours si nous ne faisons rien. Nous devons essayer.

— C'est un suicide, dit Noirépine, le visage couvert de poussière et gris d'inquiétude.

Ils avaient attaqué les Ouestiens cinq fois. Cinq fois, ils avaient été repoussés par la magie des chamanes et la férocité de leurs guerriers. Il leur restait deux chevaux pour trois hommes, et en décomptant les blessés graves, à peine trois cent cinquante soldats en état de se battre.

— Nous ne pouvons pas les laisser prendre Sousroc,

insista Gresse. Pas sans... Comment avez-vous dit ?... Leur donner matière à réflexion. S'ils réussissent, ils contrôleront tous les accès à l'est, et les Collèges seront exposés sur les deux flancs.

— Que suggérez-vous ? demanda Noirépine.

— Demain, aux premières lueurs de l'aube, nous les attaquerons de front. Les chamanes sont assez loin derrière leurs lignes pour que nous disposions de quelques secondes avant de devoir lever les boucliers. Au moins, ça les arrêtera.

— Ils nous massacreront.

— Je sais. Mais une bataille d'une heure les retardera une bonne journée, le temps de reformer les rangs, de brûler leurs morts et de s'assurer que nous n'avions pas de renforts.

Noirépine observa longuement son vieil ami. Ses yeux pétillaient toujours d'intelligence et son énergie semblait intarissable. Il avait une meilleure idée, mais le résultat n'en serait pas moins terrible.

— Nous pouvons les attendre aux Falaises de Varfaucon. Nous posterons des archers et des mages pour harceler à distance le centre de la colonne, et nous chargerons de front sous le couvert d'un double bouclier.

— C'est loin d'ici ?

— Il faut partir maintenant, sinon, les mages n'auront pas assez de temps pour se reposer. Et nous ne devons pas faire de bruit, ou les Ouestiens nous entendront.

Noirépine se sentit ragaillardi. Ils allaient mourir, mais dans un fleuve de sang et de feu de mana.

— Nous pouvons être en place une heure après l'aube.

Gresse tendit la main droite, que Noirépine serra chaleureusement.

— Les dieux nous guideront vers le paradis, dit le vieux baron.

— Et les Ouestiens et Pontois fileront en enfer.

La soirée touchait à sa fin et les Ravens avaient atteint la lisière du désert Déchiré. Des nuages noirs obscurcissaient le ciel ; un vent froid agitait les branches, les buissons, les capes et les cheveux. Comme Selyn avant eux, ils étaient sur la gauche du poste de garde de la piste ouest, au bord de la forêt, à une dizaine de kilomètres de Parve. Au sommet de la pyramide, les six feux brillaient dans le ciel nocturne. À l'inverse de l'espionne qui avait fourni des renseignements cruciaux sur les Seigneurs Sorcyers, les Ravens n'étaient pas confrontés à une mer de tentes ennemies.

Thraun les avait guidés sans hésitation dans les bois qui entouraient le désert Déchiré. À l'écart de la piste, leurs chevaux réduits au silence par un sort de Denser, ils observaient la vaste étendue désolée. Çà et là, quelques feux de camp piquetaient l'obscurité. Mais la majorité des Ouestiens était déjà à Sousroc ou en approchait. Aux abords de la cité des Seigneurs Sorcyers, l'atmosphère était chargée d'un sinistre sentiment de triomphe qui suintait du sol, flottait dans l'air, pervertissait les sens et serrait le cœur. Écoutant les bruits de Parve charriés par le vent, Hirad ne put s'empêcher de penser qu'ils arrivaient trop tard. Mais il ne devait pas désespérer alors que des gens se battaient et mouraient pour sauver les terres qu'il aimait. Après tout, les Ouestiens voulaient détruire leurs cités, et les Ravens étaient toujours debout pour les en empêcher !

Une journée et demie de chevauchée infernale les avait amenés près de leur objectif. Tous étaient épuisés et l'état de Jandyr préoccupait Erienne.

— Nous y voilà ! lança Denser. Plus que dix kilomètres jusqu'à la pyramide. Un petit galop et nous y serons.

Adossé à un arbre près de lui, Hirad eut un pâle sourire.

— J'aimerais que ça soit aussi simple. Mais il faudra franchir le périmètre de défense des Ouestiens, éviter les attaques des chamanes, traverser une place grouillante d'acolytes et entrer dans une tombe bourrée de Veilleurs.

— On peut toujours rêver..., grogna Denser.

— Ça fait trop pour nous, dit l'Inconnu. Même si Jandyr était valide, nos chances d'atteindre la pyramide et de lancer le sort seraient infimes.

— Comment va-t-il ? demanda Denser à Erienne.

La jeune femme tendit une main pour l'aider à se redresser, puis l'enlaça. Ils restèrent immobiles un moment.

Pendant ce temps, les Ravens s'étaient rassemblés autour de Jandyr, inconscient après le dernier SoinChaleur d'Erienne. Accroupi près de l'elfe, Will lui tamponnait le front avec un chiffon mouillé. Malgré la pénombre, la pâleur de Jandyr crevait les yeux.

— Pas bien, répondit Erienne. Pas bien du tout. J'ai nettoyé et pansé la plaie. Cette fois, Thraun et moi avons immobilisé son bras gauche. Ainsi, il aura une liberté de mouvement très limitée. Le sort a ressoudé l'os de son épaule et il accélère la régénération de sa peau, mais la chevauchée lui a vraiment fait du mal. L'EngourdissementSensoriel l'a empêché de s'apercevoir que la plaie s'infectait. Ce soir, il a un peu de fièvre. Je peux tenter une FusionSuperficielle, mais après, j'aurai épuisé mes forces.

— Il vivra ? demanda Hirad.

— Tant qu'on ne le forcera pas à galoper pendant

dix kilomètres et à entrer dans une pyramide pour affronter des morts-vivants...

Erienne baissa les yeux. Hirad réfléchit un moment.

— Denser, tu es fatigué ?

— Crevé. Comme nous tous.

Le barbare consulta du regard Ilkar et l'Inconnu.

Qui acquiescèrent.

— Très bien. Ça règle la question. Le sauvetage de Balaia attendra demain matin.

— Et ensuite ? demanda Will. Comment ferons-nous ? Tu as entendu l'Inconnu : nous ne pourrons pas les vaincre tous.

— Nous ferons ce que les Ravens ont toujours fait : avancer prudemment, se battre intelligemment et fuir sagement.

— Qu'est-ce que ça signifie ?

Ce fut l'Inconnu qui répondit.

— Sauf si je déraille complètement, ça veut dire que nous avancerons dans le désert Déchiré deux heures avant l'aube. Avec un peu de chance, nous atteindrons la cité sans nous faire repérer et la balance penchera en notre faveur. Sinon, nous nous battrons quand ça s'imposera, et nous fuirons le reste du temps.

— Mais Darrick et Styliann... ?

— Nous ne pouvons pas les attendre ! lança Hirad. Nous ne savons même pas s'ils viendront. Tu as entendu ce que nous a dit Styliann : si nous ne réussissons pas à vaincre les Seigneurs Sorcyers, Sousroc et Julatsa tomberont. Il faut essayer, ou la bataille sera perdue. (Il s'approcha de Will et s'accroupit près de lui, le gratifiant du regard qui avait si souvent enflammé les Ravens.) Tout dépend de nous, et nous allons y arriver, je le sens ! (Il se releva et écarta les bras.) Nous sommes venus jusqu'ici, et nous avons perdu ceux que nous aimions. Impossible de renoncer maintenant ! L'heure de la vengeance a sonné.

Chapitre 32

Le jour du Jugement dernier de Balaia, l'aube se leva sur un ciel embrasé. Le feu blanc courait le long des barricades de pierre et de bois érigées à la hâte à l'entrée de la passe de Sousroc. Ces barricades, où se tapissaient les archers, étaient censées repousser les catapultes, les épées et les lances. Mais il n'existait aucune défense contre le feu blanc. Pendant qu'il dévorait la pierre, les défenseurs tirèrent leurs flèches et battirent en retraite.

Vingt chamanes protégés par des boucliers magiques détruisirent les fortifications. Cette fois, les défenseurs les attendaient de pied ferme. Quand les murs tombèrent, deux mille fantassins s'engouffrèrent dans la brèche, suivis par les mages qui les protégeaient. Tessaya, qui s'était arrêté pour admirer le travail de ses chamanes, dut les regarder se faire tailler en pièces avec leurs gardes du corps. Puis les autres guerriers ouestiens arrivèrent au contact...

Leur mission initiale accomplie, les défenseurs reculèrent, formant un demi-cercle serré autour de l'entrée de la passe. Du défilé, hors de portée des chamanes qui avançaient derrière la marée d'envahisseurs, jaillirent des carreaux d'arbalète et des boulets de catapulte à trajectoire rasante. Les projectiles dévastèrent l'arrière-garde de l'armée ennemie. Des OrbesFlammes et de la BrûlePluie s'abattirent sur les Ouestiens, crevant leurs boucliers pour cracher leur feu sur les guerriers. L'odeur de chair brûlée donnait la nausée et le nuage de fumée piquait les yeux.

Les lignes de défense tenaient. Conformément aux ordres des généraux, un contingent de mages couvrait les soldats, qui se battaient, avec d'autant plus de férocité qu'ils savaient qu'on ne pouvait les prendre ni en tenailles ni à revers. Ils s'étaient déployés d'un mur à l'autre et personne ne risquait de les contourner. En face, trente mille Ouestiens attendaient leur tour de les affronter. Pour les défenseurs, il n'était pas question de vaincre, seulement de gagner du temps.

Tessaya les observait de son perchoir, admirant la combativité de ses ennemis et voyant ses hommes tomber en masse sous les coups d'épée, les sorts et les projectiles. Contrairement au massacre provoqué par la ConnexionDimensionnelle, ce spectacle ne le mit pas en fureur. C'était une vraie bataille. Ses hommes luttaient, vivant ou mourant bravement. Il se tourna vers ses généraux et ses chamanes.

— Des commentaires ?

— Ils peuvent nous bloquer jusqu'à ce que leurs réserves de mana soient épuisées, répondit un vieux chamane très satisfait de son rôle de conseiller. Leurs boucliers magiques, qui se chevauchent, sont efficaces mais coûteux en énergie. Si nous sommes patients, nous finirons par passer.

— À quel prix ? demanda un autre chamane. Les pertes sont cinq fois plus élevées de notre côté, parce que nous n'y voyons pas assez pour incanter à l'intérieur de la passe. Et c'est de là que viennent leurs plus violentes attaques.

— Nous ne pouvons pas leur accorder de répit, renchérit Tessaya. Nous gagnerions en les abattant un par un, mais c'est inacceptable...

Il leva les yeux vers l'entrée de la passe et étudia l'arche qui s'élevait dix mètres au-dessus du champ de bataille. Elle avait été taillée dans le roc à une époque où les deux peuples pensaient sincèrement pouvoir vivre en paix. Tessaya entrevit une solution.

— Il est temps d'élargir cette arche, ne croyez-vous pas ?

— Cinq chamanes suffiraient pour ça, dit le vieil homme, qui avait compris où il voulait en venir.

— Veillez à ce que ce soit fait...

Le message fut rapidement transmis aux premières lignes. Cinq jeteurs de sorts se massèrent au centre du champ de bataille, créant une zone de paix relative dans la masse de guerriers. Des boucliers se formèrent au-dessus d'eux. Alors que les bruits de combat les assourdissaient, des boulets et des carreaux sifflant dans l'air au-dessus de leur tête, ils lancèrent le sort qui allait changer le cours de la bataille.

Le feu blanc vola vers le sommet de l'arche et se répandit en crépitant dans la passe et sur ses flancs. La pierre qu'il léchait commença à briller tandis que le sort des Seigneurs Sorcyers repérait ses fentes, ses fissures et ses points faibles. Il courut le long des parois, délogea des éclats de pierre sur son passage et enveloppa la voûte. Puis ils cessèrent de l'alimenter...

Les cors sonnèrent la retraite. Les Ouestiens rompirent le contact, hurlant leur haine et abandonnant leurs morts derrière eux.

Un grondement sembla sourdre du cœur des montagnes. L'arche vibra ; ses murs frissonnèrent et sa voûte ondula. Puis tout s'effondra. Des rochers s'abattirent, semant la panique parmi les défenseurs. Certains filèrent dans la passe, d'autres dévalèrent les pentes qui flanquaient l'entrée. La plupart restèrent paralysés alors que le sol vibrait sous leurs pieds. Sur une quinzaine de mètres, les hommes, les fortifications et les catapultes furent pulvérisés par le déluge de pierre. Sentant la victoire proche, les Ouestiens poussèrent de nouveaux cris de triomphe. De la poussière obscurcit l'air et des éclats de roche jaillirent dans la pénombre, abattant les défenseurs qui avaient survécu à l'effondrement initial.

L'avalanche cessa aussi brusquement qu'elle avait commencé, laissant derrière elle un écho qui mourut dans les entrailles des monts Noirépine. Quand le nuage de poussière retomba, le spectacle que découvrit Tessaya lui réchauffa le cœur. Les lignes de défenses brisées, des centaines de soldats étaient morts ou mourants. Les survivants, vulnérables et privés de commandants, clignaient des yeux, l'air hébété. Derrière eux, la passe avait disparu, bloquée du sol à la voûte par les éboulis ! Plus personne n'en sortirait. Tessaya sourit. Il savait que ses chamanes pourraient déblayer les rochers aussi facilement qu'ils les avaient fait tomber.

— Sonnez l'attaque, ordonna-t-il. Nous avons du pain sur la planche !

Avec un rugissement à glacer les sangs, les Ouestiens s'attelèrent à la tâche.

Selyn était morte à Parve. Pour la venger, Styliann s'assurerait que la cité des Seigneurs Sorcyers retourne à la poussière. Il s'était arrêté pour rassembler ses forces et permettre à ses Protecteurs de se reposer et de panser leurs rares blessures. À présent que le soleil se levait, ils galopaient dans le désert Déchiré.

Les instructions de Styliann étaient simples : atteindre Parve aussi vite que possible. Une fois là-bas, tuer tout ce qui bougeait et brûler tout ce qui ne bougeait pas.

Il chevauchait au centre de la colonne. Sachant que ses Protecteurs l'abriteraient avec leur bouclier, il savourait le flux du mana qui le traversait. Au loin, il distinguait la pyramide, ses six feux moins visibles à la lumière de l'aube. Entre elle et lui, des kilomètres de désert, et un groupe de tentes ouestiennes plantées au milieu, sur sa droite. Leurs occupants seraient ses premières victimes.

Dix Protecteurs se détachèrent du groupe, formèrent deux lignes de cinq et galopèrent vers le campement. Les autres continuèrent leur chemin.

Lorsqu'ils atteignirent les tentes, les Protecteurs tirèrent sur les rênes de leurs chevaux, mirent pied à terre et taillèrent en pièces les abris de toile. Les Ouestiens qui en sortirent pour se défendre les ralentirent à peine.

Arrivés au centre du camp, ils s'immobilisèrent près des cendres du feu et attendirent. Face à eux, une trentaine d'Ouestiens se mirent en formation. Dix pointes d'épées martelèrent le sol. Un coup, deux coups, trois coups. Au quatrième, répondant à un ordre muet, les Protecteurs firent passer leur épée dans leur main droite et dégainèrent de la gauche la hache fixée dans leur dos. Puis ils attaquèrent.

Les Ouestiens n'avaient pas une chance. Quand l'un d'eux frappait, la brèche où il pensait pouvoir s'engouffrer était comblée par la lame d'un autre adversaire. Les haches succédaient aux épées, semant la mort. Les Protecteurs avançaient, chacun parant un coup de l'ennemi avant de porter le sien.

Imperturbables, ils avançaient, les cris de douleur des Ouestiens faisant un étrange contrepoint à leur silence. Et leur souffle ne s'accélérait même pas tandis qu'ils éventraient, décapitaient et embrochaient les soldats ennemis.

Tout fut fini au bout de deux minutes. Sans prendre le temps de contempler leur œuvre, les Protecteurs laissèrent le sang de leurs victimes imbiber le sol du désert Déchiré et rejoignirent leurs frères et leur Protégé.

Styliann ralentit seulement en atteignant la lisière de Parve. Dans les ruines qui entouraient les bâtiments reconstruits, il avisa les défenseurs : des centaines d'Ouestiens, des dizaines de chamanes, plus des Gardiens et des acolytes en cape rouge. Satisfait, il hocha la tête. Il pouvait tous les massacrer. Chaque crâne broyé, chaque cœur arraché serait un hommage supplémentaire à Selyn, et un adversaire de moins à affronter pour les Ravens.

Arrivé à quatre cents mètres des lignes défensives, il fit arrêter les Protecteurs, leur ordonna de mettre pied à terre et monta à l'assaut de Parve, des OrbesFlammes se modelant déjà dans son esprit.

Sous le couvert de la nuit, les Ravens avançaient lentement mais sûrement dans le désert Déchiré, les elfes et le métamorphe guidant leurs chevaux. Inutile de galoper tant qu'ils ne rencontreraient pas de danger. D'après leurs calculs, ils atteindraient Parve à l'aube.

— Ils sont là ? demanda Hirad, qui avait pris la tête du groupe en compagnie de l'Inconnu.

Derrière eux, Ilkar et Thraun les avertissaient de tout danger, même s'ils n'avaient pas grand-chose à craindre tant que les Ouestiens ne les auraient pas repérés. Et la plupart étaient déjà en route pour Julatsa, ou en train d'attaquer la passe de Sousroc...

Les dents serrées, Jandyr chevauchait entre Erienne et Denser. Will fermait la marche. Pendant qu'ils se reposaient, la blessure de l'elfe avait cessé de saigner, et le d'Erienne était parvenu à réparer ses muscles les plus abîmés. De plus, sa fièvre était retombée. Malgré sa faiblesse, il avait préféré chevaucher sans sort pour endormir sa douleur, car il voulait avoir tous ses réflexes en cas d'attaque. Mais il avait à peine la force de tenir son épée et doutait d'être d'une quelconque utilité à ses compagnons.

— Je ne les sens pas, répondit enfin l'Inconnu. Mais ça ne veut pas dire qu'ils ne sont pas là. Si Styliann leur a ordonné le contraire, ils ne s'ouvriront pas à moi. N'oublie pas que mon âme n'est plus dans le creuset. Elle a des liens très ténus avec les autres...

Il se concentra, non pas avec son esprit, mais avec ce qui lui semblait être le centre de son être, et regretta la chaleur qu'il avait partagée avec ses frères. Le vide le torturait toujours, même si son retour parmi les Ravens et leur soutien inconditionnel lui facilitaient la transition. Mais il ne pensait pas être vraiment délivré des Protecteurs, et il n'était pas certain de le vouloir. Il aurait aimé sentir la chaleur de ses frères, qui l'entendraient et croiraient en lui comme il croyait en eux.

Hélas, il ne perçut rien.

Une heure plus tard, alors que l'aube projetait une lueur blafarde sur le désert Déchiré, ils mirent leurs chevaux au trot aux abords de Parve et l'Inconnu repéra enfin quelque chose. Ses frères montaient une attaque. Il sentit leur solidarité, leur force combinée et leur foi absolue. Plus le plaisir de capter sa présence.

Il leur demanda un petit service qu'ils acceptèrent de lui rendre. Le colosse se tourna vers Hirad en souriant.

— Ils sont là !

— Où ? demanda le barbare en regardant d'instinct autour de lui.

— Au sud-est de la cité. Ils sont venus nous aider.

— Il faudra qu'ils fassent vite, dit Ilkar derrière eux. Regardez droit devant.

Les Ravens tirèrent sur les rênes de leurs chevaux. Les Ouestiens cernaient les abords de Parve. Ils n'étaient pas très nombreux, mais assez pour les arrêter.

— Des idées ? lança Hirad.

Personne ne put répondre. Du nord, des centaines de cavaliers fonçaient sur eux.

Debout sur un rocher plat et flanqué de Gresse, Noirépine s'adressa à ses troupes rassemblées à l'entrée des Falaises de Varfaucon avec une heure d'avance sur l'armée ouestienne. À la lumière pâle de l'aube, le baron étudia les visages effrayés, épuisés et affamés de ses hommes. Mais le désir de sauver leur patrie brûlait toujours dans leurs yeux. Il hocha la tête.

— Je ne vous mentirai pas. Ce que nous sommes sur le point de faire risque d'entraîner notre mort à tous, mais je sais que vous avez conscience de l'importance de la mission. Nous avons déjà retardé les envahisseurs de deux jours. Avant de succomber, je veux qu'ils nous en concèdent un troisième. J'aimerais vous remercier tous de l'effort que vous avez fourni. En mon nom, en celui du baron Gresse et en celui de Balaia. Si certains d'entre vous veulent partir, personne ne les traitera de lâches. Il n'y aura pas de retraite possible après la prochaine bataille, car il ne nous reste nulle part où aller. Je suis fier d'avoir chevauché et combattu avec vous, et si nous gagnons, ma générosité vous comblera jusqu'à la fin de vos jours.

« Encore une chose : si nous ne retenons pas les Ouestiens quelques heures de plus, ils encercleront Sousroc et détruiront le cœur de nos défenses. Julatsa est déjà au bord de la guerre. Si la passe tombe, Balaia tombera avec elle. Pour ceux d'entre vous qui connaissent la mission des Ravens, sachez que chaque minute que nous gagnerons pour eux sera un trésor inestimable. Je veux qu'ils aient un pays où revenir après leur victoire. J'entends que vous ayez tous un endroit où vivre et élever vos familles. Si je n'arrive pas à vous le donner, je mourrai en essayant.

Il leva une main pour faire taire les vivats.

— Je sais que vous avez envie de crier, mais l'ennemi n'est plus très loin, et l'élément de surprise est vital. Souvenez-vous des visages des hommes qui vous entourent. L'un d'eux pourrait vous sauver la vie ce matin... et réciproquement. Veillez sur eux et ils veilleront sur vous ! Chacun de vous sait ce qu'il doit faire et connaît les signaux. Je vous demande de lutter de toutes vos forces, de continuer à croire en Balaia et de tuer autant de ces salauds que vous le pourrez. En position ! Tenez-vous prêts !

Chapitre 33

Une arme dans chaque main, les Protecteurs jaillirent au milieu des Ouestiens à la lisière des gravats qui marquaient la périphérie de Parve. Styliann conserva un cordon de dix hommes autour de lui pour le protéger des attaques de flanc et l'abriter avec leur bouclier. Jusque-là, les chamanes l'avaient ignoré, se concentrant sur les Protecteurs qui tentaient de percer les défenses féroces des Ouestiens.

Arrivé à portée, Styliann modela sa forme de mana avec soin. Huit chamanes concentrèrent leur feu noir sur un trio de Protecteurs qui moururent sans un bruit. Les autres resserrèrent les rangs et redoublèrent d'ardeur.

— Feulnfernal ! cria Styliann.

Huit colonnes de flammes s'abattirent sur les chamanes qui venaient d'incanter, les faisant exploser et projetant des lambeaux de vêtements et de chair brûlée sur les guerriers, devant eux.

Le Seigneur du Mont de Xetesk lança trois Orbes-Flammes qui allèrent s'écraser au milieu des Ouestiens. Très entraînés, il se fatiguait lentement et puisait à peine dans ses réserves de mana. Et il commençait à s'amuser en voyant mourir ses ennemis.

Devant lui, les Protecteurs s'étaient déployés en arc

de cercle pour empêcher les Ouestiens de les prendre en tenailles et mieux enfoncer leurs lignes. Styliann se campa au centre du croissant ainsi formé. Au premier abord, ses Protecteurs ressemblaient à des guerriers normaux. Mais un examen plus attentif révélait leur véritable nature. Chaque attaque individuelle était si rapide que la moindre erreur de l'adversaire se révélait fatale. De plus, les manœuvres de chaque Protecteur complétaient celles des deux frères qui l'encadraient. Leurs armes ne se gênant jamais, ils déchaînaient sur les Ouestiens une pluie d'acier impitoyable.

Alors qu'il préparait son sort suivant, Styliann vit une multitude d'Ouestiens tomber – et très peu de Protecteurs. Sur sa droite, un Ouestien dévia une épée, laissant sa gorge exposée à la hache de son adversaire. Sa tête vola dans les airs. Il s'écroula au milieu de ses camarades, les éclaboussant de sang.

Au centre, un autre Ouestien tituba en arrière, la pointe d'une épée enfoncée dans le sternum. Le Protecteur dégagea sa lame, leva sa hache pour parer une attaque et ouvrit la gorge du Ouestien suivant avant qu'il ne puisse brandir son arme.

Ils enfonçaient les lignes ennemies, mais pas assez vite. Un instant déconcertés par la mort violente de leurs huit collègues, les chamanes s'étaient regroupés. Deux d'entre eux maintenaient un bouclier au-dessus de sept autres, qui lançaient de nouveau du feu noir.

Styliann s'immobilisa et se concentra alors que ses Protecteurs se rapprochaient pour l'entourer. Les bruits de la bataille mourant à ses oreilles, il entreprit de modeler le mana. Puis il rouvrit les yeux et incanta, sachant que ses Protecteurs auraient la réaction appropriée.

Autour des lignes ouestiennes, des piles de gravats

vibrèrent. Des cailloux s'en détachèrent et vinrent rouler aux pieds des soldats. Les vibrations se communiquèrent au sol. Soulevant un nuage de poussière, elles déséquilibrèrent un grand nombre de guerriers et en effrayèrent un plus grand nombre encore. Puis la terre gronda. Les Protecteurs, qui connaissaient ce sort, continuèrent à se battre sans sourciller. Quand Styliann sentit que le mana avait atteint la profondeur voulue, il compléta son incantation.

— GeyserRocheux ! dit-il en ramenant ses poings serrés vers sa poitrine.

Les Protecteurs rompirent la formation et se dispersèrent, laissant les Ouestiens frapper dans le vide. Sous les lignes ennemies, le sol ondula sur une zone carrée de vingt mètres de côté. La terre se fendit. Des plaques rocheuses jaillirent des fissures, soulevant de la poussière qui retomba lentement tandis qu'elles s'immobilisaient, frémissantes et goûtant l'air pour la première fois.

Les Ouestiens coururent vers la sécurité de la terre ferme. Les chamanes perdirent leurs boucliers et leur feu noir alors que la zone d'effet du sort de Styliann continuait à vibrer.

Avant que le chaos cesse et que les Ouestiens puissent analyser la situation, Styliann et les Protecteurs avaient franchi leurs lignes, abattant au passage des adversaires déséquilibrés.

Huit cents mètres les séparaient de la pyramide.

Styliann estima qu'il était temps d'aller prêter mainforte aux Ravens.

Darrick galopait dans le désert Déchiré à la tête de sa cavalerie sans avoir aucune idée de ce qui l'attendait au bout du voyage. Pour ce qu'il en savait, les Ravens étaient à Parve, avaient pris deux jours de retard sur lui... ou avaient déjà péri. Dans les deux derniers cas, Balaia était perdu. Il éprouva donc un vif soulagement quand un des éclaireurs elfes qui chevauchait près de lui annonça qu'il apercevait les mercenaires au sud-est. Darrick signala le changement de direction à ses troupes et fonça.

Hirad sourit quand Ilkar confirma que c'était la cavalerie des quatre Collèges qui venait à leur rencontre.

— Ça, c'est ce que j'appelle une heureuse coïncidence ! triompha Thraun.

— Il était temps que la chance nous sourie, approuva le barbare. Et ce n'est pas vraiment une coïncidence. Nous connaissions tous notre objectif et le délai pour l'atteindre. Darrick est un peu en retard, voilà tout.

Les Ravens n'avaient pas bougé depuis qu'ils avaient découvert les Ouestiens massés à la lisière de Parve. Hirad était prêt à tenter un passage en force, mais l'arrivée de la cavalerie leur offrait une option moins risquée. Sur leur gauche, du feu embrasa le ciel, et une explosion retentit, suivie par deux éclairs lumineux et une seconde détonation assourdie.

— Styliann fait des siennes, à ce que je vois, dit Ilkar.

— C'est un mage brillant, rappela Denser.

— Il a un sacré caractère, je te l'accorde. (Ilkar regarda se dissiper l'aura du FeuInfernal et des Orbes-Flammes.) Je n'aurais pas aimé être au milieu.

Darrick approcha et fit signe à ses troupes de s'arrêter. Il sauta à terre pour saluer les Ravens. Hirad se laissa glisser de sa selle et les deux hommes se donnèrent une accolade chaleureuse.

— C'est ici que ça se termine, dit Darrick. Puisque

vous êtes toujours vivants, dieux merci, je suis sûr que nous vaincrons !

— Auriez-vous douté de nous ? feignit de s'indigner Hirad. (Avec un grand sourire, il flanqua une claque dans le dos du général.) Je savais que vous réussiriez, et je suis ravi que vous nous fassiez une telle confiance. Mais nous devons encore franchir leur périmètre de sécurité.

— À votre avis, comment faut-il nous y prendre ? demanda l'Inconnu. Styliann et ses Protecteurs sont à la lisière sud-est de la cité, déjà en train de se battre, comme vous pouvez le voir. Ils devraient atteindre la pyramide dans une demi-heure.

— Comment le savez-vous ? demanda Darrick.

— Faites-lui confiance ! lança Hirad.

— Très bien. Je vais devoir ouvrir une brèche dans leurs lignes pour vous permettre de passer. Ça ne devrait pas être très difficile. Quand vous serez entrés, nous nous chargerons de vos poursuivants éventuels. Mais pour le reste, il faudra vous débrouiller seuls jusqu'à la grand-place. Elle était pleine d'acolytes la dernière fois que Selyn nous a fait son rapport, alors soyez prudents. Je vous rejoindrai aussi vite que possible, mais nous nous rendrons plus utiles en occupant les Ouestiens. D'accord ?

— C'est vous le spécialiste. Où voulez-vous que nous nous placions ?

— À l'arrière de la colonne. Quand nous chargerons, restez au centre. Et ne nous attendez pas si vous voyez une ouverture.

Sur les instructions de Darrick, les trois cents cavaliers se disposèrent en quatre files et partirent au trot vers Parve. Le général inspira à fond et sentit l'air frais emplir ses poumons. Il fit signe à ses troupes d'accélérer. Arrivé à quatre cents mètres des lignes ennemies, il donna l'ordre du déploiement. Les cavaliers formèrent trois lignes d'une centaine d'hommes ; les mages mêlés aux soldats activèrent leurs boucliers, les faisant se chevaucher autant que possible.

— Chargez ! cria Darrick.

Ils se lancèrent au galop, droit sur l'ennemi.

Les deux forces entrèrent en contact. La première ligne d'Ouestiens s'effondra sous les sabots des chevaux. Au centre, Darrick plongea son épée dans la poitrine d'un guerrier et la dégagea quand l'homme s'écroula. Autour de lui, les armes s'entrechoquaient et les chevaux hennissaient dans un concert d'ordres, de grognements et de cris de douleur. Derrière les lignes ennemies, les chamanes lancèrent leur feu noir, ouvrant des brèches dans les rangs de la cavalerie aux endroits où les boucliers ne pouvaient pas le contenir. Il fallait éliminer ces hommes qui maniaient la magie des Seigneurs Sorcyers. Et vite !

Derrière Darrick, un cavalier fut désarçonné par deux Ouestiens. Le général tira sur les rênes de son cheval pour qu'il se cabre. Ses sabots défoncèrent le crâne d'un des agresseurs. Surpris, le second se retourna, et le général brandit de nouveau sa lame. Il manqua sa cible mais la força à reculer suffisamment pour permettre au cavalier de remonter en selle.

Restés en arrière, les Ravens cherchaient le point faible des défenses ouestiennes. Hirad n'en pouvait plus : il aurait préféré être au cœur de la mêlée et prêter main-forte aux hommes de Darrick.

— Là, dit l'Inconnu en désignant un point, une vingtaine de mètres sur la droite de Darrick.

À cet endroit, les Ouestiens reculaient sous la puissance de l'assaut et les chamanes s'enfuyaient pour se mettre à couvert après que leurs sorts se furent écrasés en vain sur les boucliers de la cavalerie.

— Bouclier dressé, annonça Ilkar.

— Ravens ! rugit Hirad. Ravens, avec moi !

Au signal des cors, l'air, au-dessus des Falaises de Varfaucon, s'emplit de flèches et de BrûlePluie.

Fauchant les soldats pris au dépourvu, les pointes d'acier et les gouttes de feu immobilisèrent l'armée ennemie.

Aussitôt, les Ouestiens rompirent la formation à droite et à gauche et entreprirent d'escalader les parois pour atteindre leurs agresseurs. En contrebas, les chamanes préparaient leurs boucliers et leurs sorts cauchemardesques.

Noirépine et Gresse chargèrent en contournant les falaises par le nord et percutèrent les premières lignes ennemies. Ils réussirent à ménager une trouée profonde de sept hommes avant d'être arrêtés. Tous leurs mages étant occupés à lancer des sorts d'attaque à partir de leur perchoir, ils n'avaient pas de bouclier pour les protéger. Si rien n'était fait, les chamanes pourraient tuer autant de leurs hommes qu'ils le désireraient.

Du haut des falaises, le feu continuait à pleuvoir sur les Ouestiens coincés dans un goulet d'à peine trente mètres de large. Après la première volée de flèches, les archers concentrèrent leurs tirs sur les chamanes et en abattirent le plus possible avant qu'ils ne lèvent leurs boucliers.

Au pied des parois, le combat atteignit son paroxysme. Les Ouestiens s'étaient regroupés pour faire front. Blessé à la jambe, Noirépine fit demi-tour et se fraya un chemin vers la gauche en continuant à taillader des ennemis.

Gresse avait été dépassé par des hommes plus jeunes ; pour l'instant, il ne pouvait rien faire. Il décida de reculer et d'attendre une occasion.

Alors, le feu des Seigneurs Sorcyers frappa. Des éclairs blancs montèrent à l'assaut des falaises tandis que des rayons noirs jaillissaient des doigts des chamanes et cherchaient des corps à déchiqueter. Près de Gresse, les yeux d'un homme explosèrent.

Partout, les hommes et les bêtes couraient au massacre. Mais les lignes d'Ouestiens reculaient. Changeant d'avis, Gresse éperonna sa monture, rappela ses soldats et fonça vers les chamanes.

Les falaises implosèrent. Les rochers, les mages et les archers en dégringolèrent. S'ils avaient réussi à endiguer les sorts d'attaque ennemis, les chamanes avaient également signé l'arrêt de mort de leurs guerriers en provoquant une avalanche qui les balaya sur son passage.

Les soldats de Noirépine redoublèrent d'efforts pour se frayer un chemin parmi les Ouestiens. Gresse et ses hommes avaient presque atteint un groupe de chamanes. Occupés à préparer de nouveaux sorts, ils ne mesurèrent pas le danger qui les menaçait. Sur la gauche du vieux baron, un cavalier désarçonné mourut sous une pluie de coups. Gresse piétina le dernier Ouestien qui lui barrait le chemin et émergea de la mêlée devant les chamanes. Alors qu'il levait son épée pour frapper, ils ouvrirent les yeux et du feu noir jaillit de leurs doigts.

Les Ravens s'engouffrèrent dans les rues de Parve, fonçant vers la grand-place. Derrière eux, Darrick et sa cavalerie pulvérisaient les Ouestiens, mais subissaient de lourdes pertes.

Hirad et l'Inconnu galopaient en tête, Denser sur leurs talons. Thraun fermait la marche.

Ils dévalèrent les rues désertes sans quitter du regard les feux qui entouraient le sommet de la pyramide et débouchèrent enfin sur la grand-place.

Une mer d'acolytes les attendait. Ignorant la bataille qui faisait rage, les silhouettes en cape rouge psalmodiaient toujours.

Ils devaient être cinq cents, assis en rangs ordonnés. Les plus proches étaient à une bonne centaine de mètres de l'entrée du tunnel.

— Allez-y ! cria Hirad alors que les Ravens semblaient vouloir ralentir.

Il contourna la place par le côté gauche et galopa vers la pyramide. Un acolyte poussa un cri d'alarme. Le bourdonnement s'interrompit, remplacé par des exclamations outrées.

Les Ravens atteignirent l'entrée du tunnel. Hirad sauta à terre et plongea son épée dans le ventre d'un des gardes. Le deuxième vint s'empaler sur la lame de l'Inconnu. Derrière, leurs compagnons se laissèrent glisser au sol, et les chevaux s'éloignèrent, suivant celui de Denser.

Un moment, la foule massée sur la place se contenta d'observer l'invasion. Mais au moment où les Ravens allaient disparaître dans les entrailles de la pyramide, les acolytes se ruèrent vers eux. Telle une lame de fond, la marée rouge déferla en hurlant sa fureur.

— Dieux d'en haut, souffla Hirad. Et maintenant ?

— Continue vers la tombe avec Denser. Nous les retiendrons le plus longtemps possible, en priant pour que Darrick et Styliann arrivent avant qu'ils ne nous taillent en pièces.

— Non, Inconnu. Je refuse de vous...

— Fais-le pour Balaia, Hirad. C'est la seule chose plus importante que les Ravens. Allez !

L'Inconnu se retourna pour affronter les acolytes, Thraun sur sa gauche, Will et Jandyr sur sa droite. Erienne et Ilkar se placèrent derrière eux.

— Tu as intérêt à revenir, Denser ! dit la jeune femme.

Ils se prirent brièvement les mains avant que le mage d'AubeMort et son garde du corps s'enfoncent dans le tunnel, les ordres de l'Inconnu et le martèlement de son épée sur le sol de pierre mourant derrière eux.

Le feu noir atteignit la monture de Gresse au-dessous de son plastron. L'animal hennit de douleur et s'effondra. Le vieux baron fut projeté à terre et sa tête heurta un rocher.

Noirépine vit tomber son ami. Rappelant ses hommes, il fonça dans la mêlée.

Une confusion totale régnait sur le champ de bataille. Privés de cavaliers, les chevaux piétinaient alliés et ennemis. Les lignes d'Ouestiens avaient été enfoncées par l'avalanche et les épées des soldats, mais les forces de Balaia n'avaient plus de magie, et les chamanes ne tarderaient pas à faire pencher la balance du côté de leurs guerriers.

Noirépine éperonna sa monture et se fit une promesse : s'il ne pouvait pas sauver Gresse, il mènerait à bien la mission que son compagnon s'était fixée.

Les chamanes devaient mourir !

Hirad et Denser couraient dans le tunnel éclairé par des braseros, et gravé de runes sur toute sa longueur. Derrière eux, le barbare entendit des échos de la bataille qui s'engageait. Il pria pour revoir les Ravens vivants.

Deux cents mètres plus loin, ils arrivèrent devant une double porte fermée. À hauteur de poitrine, les battants étaient munis de grandes poignées de cuivre. En approchant, Hirad éprouva un engourdissement qu'il n'avait pas connu depuis son combat contre Isman, au château des Ailes Noires. Le mal qui régnait sur ces lieux alourdissait ses membres, lui serrait le cœur et sapait son courage, l'incitant à rebrousser chemin. Le pouvoir des Seigneurs Sorcyers suintait des murs, alimentait les braseros et polluait l'air. Le barbare eut l'impression qu'une main géante appuyait sur son front pour le repousser.

Denser brisa l'enchantement. Son souffle résonna dans l'oreille d'Hirad alors qu'ils s'immobilisaient devant les portes. Revigoré, le barbare poussa le battant gauche et entra dans la pyramide, Denser sur les talons.

À l'intérieur, l'architecture était différente. De chaque côté d'un grand escalier de pierre, d'énormes plaques de marbre se dressaient au-dessus de leur tête. Les marches, larges de six ou sept mètres, étaient éclairées par des torches plantées sur des trépieds métalliques. Au sommet, deux Gardiens vêtus d'une cape rouge et d'une cotte de mailles brandissaient des lames incurvées : des armes cérémonielles, mais à n'en pas douter efficaces.

— Reste derrière moi, Denser !

— Je n'avais pas l'intention d'agir autrement...

— Vous arrivez trop tard, dirent les Gardiens. Les maîtres se réveillent. Prosternez-vous devant eux, ou ils vous détruiront.

— Économisez votre salive pour vos prières, leur conseilla Hirad.

Il attaqua le Gardien de droite et baissa son arme au dernier moment. Son adversaire se laissa prendre et ne réagit pas assez vite pour parer le coup. La lame du barbare lui trancha les cuisses au-dessus des genoux.

Hirad fit face au second et éclata de rire.

— Tu veux essayer aussi ?

Sans attendre de réponse, il fit mine de plonger sur le Gardien, puis s'écarta et lui pointa son épée sur la poitrine. L'homme réussit à bloquer le coup, mais recula sous la force de l'impact. Hirad frappa encore et encore, désorganisant sa défense, puis lui enfonça la pointe de son épée sous le menton. Le Gardien s'écroula. En se retournant, Hirad vit Denser tirer sa dague du cœur de l'autre.

L'escalier conduisait à un corridor de marbre de dix mètres de long. Au fond des âtres ménagés dans les murs, des feux éclairaient une mosaïque représentant des rangées d'acolytes qui s'inclinaient devant six hautes silhouettes à la tête auréolée de lumière. Hirad ne s'attarda pas sur l'image ; il la piétina sans quitter du regard la porte ouverte, au bout du passage.

Puis il se plaqua contre le mur, sur sa droite, et jeta un coup d'œil dans la crypte. Ce qu'il vit lui coupa le souffle.

Six sarcophages disposés comme les rayons d'une roue, la tête vers l'intérieur, dominaient la salle. Chacun mesurait plus de trois mètres de long. À la lueur des bougies, les Veilleurs priaient. Ils étaient douze, deux par sarcophage. La tête inclinée, ils marmonnaient des incantations dans une langue inconnue d'Hirad.

Le barbare sentit le froid qui régnait dans la salle, mordant comme celui de l'hiver dans les monts Noirépine. Le souffle des Veilleurs formait un nuage de vapeur devant leur bouche et un bourdonnement sourd se répercutait le long des murs.

— Denser, nous y sommes, souffla Hirad.

Le Mage Noir le rejoignit.

— J'aurai besoin de quelques minutes pour incanter.

— Dépêche-toi de commencer !

Denser recula un peu, posa les catalyseurs sur le marbre devant lui, baissa la tête et entreprit de modeler la forme de mana du sort le plus puissant jamais créé.

Quand les chamanes eurent détruit la barrière qu'ils avaient formée, les guerriers de Tessaya s'engouffrèrent dans la passe de Sousroc, enjambant les cadavres des défenseurs pris au piège par l'avalanche. Des hommes gisaient écrasés sous des milliers de tonnes de roche, leurs catapultes et leurs balistes brisées, leurs barricades réduites en poussière sur une quinzaine de mètres. Des centaines avaient péri sous les éboulis.

Les généraux de Darrick avaient battu en retraite avec les survivants. La position défendable la plus proche était la passe elle-même, avec les structures plus solides dont Darrick avait supervisé la construction avant son départ pour les Contrées Ouestiennes : tours de tir, emplacements de catapultes, barricades hérissées de pointes et cachettes camouflées pour les archers... Aucune de ces défenses ne résisterait à la magie des chamanes, mais cette fois, les soldats seraient bien plus nombreux.

L'armée de Darrick avait tenu la passe pendant trois jours. À présent, des milliers d'Ouestiens s'y engouffraient, menaçant de ravager l'est du continent, ses cités et son peuple. Une masse de guerriers triomphants rêvait de sentir le soleil oriental sur leur visage et de faire couler le sang oriental avec leur épée. Cette fois, grâce à la magie des chamanes, personne n'aurait le pouvoir de les retenir longtemps.

— Bouclier dressé ! annonça Ilkar.

L'Inconnu continuait à frapper le sol du tunnel de la pointe de son épée tout en regardant les acolytes courir vers eux. Certains étaient armés, mais pas tous, et les premiers rangs manifestaient une certaine hésitation.

— Nous devons frapper un grand coup d'entrée de

jeu. Si nous ne les effrayons pas très vite, ils nous submergeront. Erienne, il me faut un bouclier défensif au cas où ils auraient des archers.

— Compris, dit la jeune femme.

— Jandyr, recule ! ordonna l'Inconnu.

— Je ne bougerai pas.

— Jandyr...

— Laisse tomber !

Les premiers acolytes s'engagèrent dans le tunnel. L'Inconnu leva son épée et la bataille commença.

Le guerrier fit un pas en avant pour se laisser la place de manier son arme, et transperça la poitrine du premier homme qui se jeta sur lui. Projeté sur le côté, l'acolyte s'écrasa sur son voisin et mourut avant de toucher le sol.

Sur la gauche de l'Inconnu, Thraun para une attaque puis lança son poing gauche sur le nez de son adversaire. Ensuite, il le frappa au ventre avec le pommeau de son épée, lui flanqua un coup de tête et lui plongea sa lame dans les entrailles.

Puis, il se tourna vers l'acolyte suivant.

Jandyr éprouvait plus de difficulté. Malgré sa compétence au combat, il était affaibli et ne pouvait se servir que d'une main. Pour le moment, il se contentait de se défendre, et son front était déjà maculé de sueur. Faisant tournoyer ses épées courtes devant lui, Will parait tous les coups et contre-attaquait.

— Bouclier dressé ! lança Erienne.

De l'autre côté du tunnel, Thraun massacrait les acolytes, impuissants face à la rapidité de son épée et de son poing. Ces hommes n'avaient ni l'expérience ni la détermination des Ravens. Après que l'Inconnu eut fendu un nouveau crâne, des ordres résonnèrent, et les acolytes reculèrent.

Des Gardiens vinrent colmater la brèche, leurs lames

incurvées reflétant la lumière du jour avant que la pénombre du tunnel ne les engloutisse.

— Courage, Ravens ! cria l'Inconnu. On peut se les faire !

Une explosion retentit sur le côté droit de la place, suivi par un éclair de lumière bleue. Les acolytes restés dehors se pétrifièrent, surpris, avant de s'enfuir vers la gauche.

Styliann venait d'arriver.

Darrick rugit pour encourager ses hommes et défonça le crâne d'un chamane avec son épée. La magie du mort se dissipa dès qu'il s'écroula.

Les lignes des Ouestiens étaient brisées en sept endroits, et les défenseurs survivants faiblissaient.

— Resserrez les rangs ! ordonna Darrick. Forcez sur la droite. La place est notre objectif !

Il éperonna sa monture, assomma un autre Ouestien au passage, et accéléra tandis que ses hommes se rassemblaient derrière lui. La menace des chamanes étant presque écartée, certains de ses mages se concentrèrent de nouveau sur des sorts offensifs. Une BrûlePluie s'abattit sur le flanc droit des Ouestiens. Affolés, ils rompirent les rangs et s'enfuirent vers le désert Déchiré ou en direction de Parve.

— Cavalerie, à moi !

Le cri de Darrick fut repris en chœur par ses lieutenants. La cavalerie des quatre Collèges enfonça les lambeaux de la résistance ouestienne pour foncer vers la pyramide.

Alors, il y eut une formidable détonation...

Le second GeyserRocheux de Styliann avait ouvert de monstrueuses crevasses dans la grand-place de Parve et déclenché la panique qu'il espérait. Déployés sur une seule ligne, ses Protecteurs avançaient vers la pyramide en pulvérisant les pitoyables défenses des acolytes.

Mais Styliann n'en avait pas terminé avec ses ennemis. Son dernier OrbeFlamme s'écrasa au milieu des défenseurs, projetant du feu meurtrier dans toutes les directions. Les acolytes les plus proches explosèrent instantanément. D'autres furent rattrapés par les langues de flammes et leurs vêtements s'embrasèrent.

Les fuyards qui filaient par les côtés nord et ouest de la place firent soudain demi-tour et revinrent en courant vers la pyramide. L'expression perplexe de Styliann céda la place à un sourire quand il vit déboucher l'avant-garde de la cavalerie des quatre Collèges.

Parve leur appartenait presque !

Les Veilleurs sentirent les ondes annonciatrices de l'incantation de Denser. Ils se relevèrent et dégainèrent les dagues pendues à leur ceinture.

— Infidèle ! cria l'un d'eux quand l'imposante silhouette d'Hirad s'encadra dans la porte pour leur barrer le chemin.

Le barbare leur fit signe d'approcher. Derrière lui, Denser, agenouillé, ferma les yeux et entra dans un autre monde.

Il avait déjà modelé des formes théoriques de mana, mais préparer AubeMort avec les catalyseurs devant lui ajoutait une nouvelle dimension à son travail. Avant, les formes qu'il produisait étaient grises et en deux dimensions. Là, le mana rouge sang ondulait dans l'air, faisant onduler le flux autour de sa tête. Denser se concentra pour le forcer à adopter la forme qu'il souhaitait. Mais on eût dit que le mana avait une vie propre. À chaque instant, de nouveaux côtés venaient s'ajouter au polygone complexe. Le Mage Noir ne pouvait pas permettre ça. Trop de côtés, et le polygone aurait une puissance suffisante pour détruire tout ce qui se dressait à l'est des monts Noirépine.

Et Denser brûlait du désir d'en sortir vivant.

Quand il ajouta les mots de pouvoir des catalyseurs, la forme de mana fut zébrée d'une myriade de couleurs. Enfin, il parvint à prendre le contrôle du sort. Mais il lui fallait davantage que ça : une précision absolue. Il devait être certain de la force, de la direction et de la portée. Prenant un peu de recul mental, il vérifia chaque ligne, chaque couleur et chaque pulsation. Pendant ce temps, AubeMort continuait à lutter pour se libérer.

Hirad défia ses adversaires du regard. Tant qu'il se tiendrait sur le seuil de la grande salle, les Veilleurs devraient l'attaquer un par un et il les massacrerait impitoyablement. Des dagues de quinze centimètres n'avaient aucune chance contre une épée longue.

Mais tant que ses adversaires continuaient à se jeter sur lui, il continuerait à les tuer.

Quand il en eut abattu six, son plus gros problème fut de ne pas glisser sur le sol couvert de sang.

Il en tua quatre autres, puis enjamba leurs cadavres pour régler leur compte aux deux derniers. Sans même ciller, il les éventra et promena un regard dégoûté sur son « œuvre ». Les Veilleurs auraient aussi bien pu être désarmés. Bien qu'ils aient été les serviteurs des Seigneurs Sorcyers, ce massacre lui donnait la nausée. Une vraie boucherie !

Il venait de rengainer son épée et de se détourner pour sortir de la pièce quand il entendit de la pierre racler contre de la pierre. Son sang se figea dans ses veines ; la température de la pièce baissa encore. Tremblant, le barbare se força à se retourner en luttant pour ne pas hurler. Le couvercle d'un des sarcophages avait bougé ! Juste un peu, mais il avait bougé. Hirad recula.

Le couvercle bougea de nouveau. Le barbare trébucha sur un cadavre, tomba, glissa sur une flaque de sang et s'immobilisa sous un des sarcophages.

Tous les couvercles remuèrent, raclant sur les bords de pierre.

Le souffle court, Hirad recula et tenta de se relever. Mais il ne parvenait pas à prendre appui sur le sol détrempé. À quatre pattes, il fit demi-tour et écarta les cadavres de son chemin. Une seule idée l'obsédait : fermer la porte ! Il ne savait pas pourquoi, mais il devait le faire. Le premier grincement lui arracha un cri, et il sentit son cœur bondir dans sa poitrine.

— Oh, dieux, haleta-t-il. Dépêche-toi, Denser. Dépêche-toi.

Par la porte ouverte, il vit que le Mage Noir n'avait pas encore achevé ses préparatifs...

Il n'osa pas regarder derrière lui. Un autre grincement, et encore un autre... Hirad poussa le dernier corps qui gisait en travers du seuil, sortit en se relevant maladroitement, saisit la poignée et claqua la porte. Juste avant qu'elle se referme, il vit des longs doigts squelettiques agripper les côtés des sarcophages, leurs phalanges crissant sur la pierre alors qu'ils cherchaient une prise.

La nausée le gagna. Un mal venu du fond des âges envahit la pièce, chassant l'air de ses poumons et la vigueur de ses jambes, qui flageolèrent au moment où il poussa la poignée de la porte. Il aurait voulu croire que ses yeux lui jouaient des tours, mais il savait que ça n'était pas vrai. Il venait de voir le fléau de Balaia se relever de sa tombe, annonçant le retour d'une horreur si absolue qu'elle défiait la raison. Une puissance assez forte pour abattre des montagnes, déchirer le ciel et exterminer les peuples de l'Est.

Terrifié, il ferma la porte sur le plus grand ennemi

de Balaia, se sentant comme un fou qui voudrait empêcher la nuit de tomber.

Les Seigneurs Sorcyers étaient réveillés.

Les Gardiens, habiles et féroces, étaient animés par la fureur qu'avait éveillée en eux la profanation de la tombe de leurs maîtres. Côté Ravens, Thraun et l'Inconnu les abattaient à une cadence régulière, sans paraître se fatiguer. Mais Jandyr était en difficulté face à un escrimeur malin qui avait immédiatement repéré son handicap. Quand il lui abattit son épée sur la tête, l'elfe leva la sienne pour parer et la violence de l'impact faillit l'assommer.

Bien qu'il se défendît vaillamment, Will aussi avait affaire à forte partie.

Erienne les observait, maintenant son bouclier défensif même si elle avait l'impression que ça ne servait à rien. Sous ses yeux, le bras de Jandyr s'abaissa, comme mort. Avant qu'il puisse se reprendre, le Gardien lui plongea sa lame dans le cœur. L'Inconnu bondit en entendant le cri de Jandyr. Abattant son épée sur le crâne d'un Gardien, il pulvérisa la hanche d'un autre.

À cet instant, Darrick entra avec ses cavaliers et ses mages. Pris entre deux mâchoires d'acier étincelant, les Gardiens furent rapidement massacrés. Darrick fit un signe de tête à l'Inconnu, puis aperçut le corps sans vie de Jandyr.

Will s'était accroupi près de son ami.

— Malédiction ! (Le général se tourna vers un de ses lieutenants.) Poste des gardes devant ce tunnel ! Dis aux autres de fouiller la cité et de dégager la place. Maintenant ! Inconnu, où est Hirad ?

— Dans la pyramide, avec Denser, répondit le colosse.

— Allez les rejoindre ! Je m'occupe du reste. Styliann vient d'arriver. Il n'y aura bientôt plus de danger ici.

L'Inconnu le remercia d'un hochement de tête.

— Ravens ! Ravens, avec moi !

Styliann observait la grand-place d'un air satisfait. Le sol était jonché de cadavres d'acolytes, leur sang et leurs capes formant comme un tapis rouge. Çà et là, des poches de résistance ouestienne retardaient la cavalerie et ses Protecteurs, mais leurs efforts étaient futiles. Styliann soupira. Alors qu'ils prenaient Parve par surprise et ridiculisaient ses défenses insuffisantes, le gros de l'armée ennemie devait déjà marcher sur l'est et en chasser ses habitants.

Styliann s'approcha de l'entrée du tunnel. Il mit pied à terre et s'adossa au pilier de droite, gagné par la fatigue. La dernière bataille se livrait dans la pyramide, mais il n'avait aucun désir d'y prendre part. Sa soif de vengeance apaisée, ses réserves de mana étaient presque épuisées. Il pouvait attendre qu'AubeMort ressorte et lui tombe dans les mains.

Les jointures des doigts d'Hirad blanchirent sur la poignée de la porte quand il entendit des bruits monter de la crypte. À la fois glacé et brûlant, il lui semblait que ses muscles étaient au bord de la paralysie. Ses jambes tremblaient tant qu'il avait du mal à garder son équilibre. Ses yeux s'embuèrent ; son esprit s'embruma. Puis il sentit une pression sur la poignée, de l'autre côté. D'abord faible, mais de plus en plus insistante.

— Denser, pitié...

Ses mains se raidirent sur la poignée, qui tourna légèrement sous ses doigts. Des poings tambourinèrent sur le battant où il s'appuyait de tout son poids. Un coup plus fort que les autres le fit sursauter, la porte manquant s'ouvrir.

— Denser ! Maintenant !

Derrière lui, le Mage Noir incantait, sa respiration haletante semant le doute dans l'esprit du barbare. On eût dit qu'il luttait contre quelque chose d'invisible. Et il n'avait toujours pas lancé le sort.

Le coup suivant vit voler la porte en éclats. Hirad s'étala sur le sol de marbre.

— Denser !

La silhouette d'un Seigneur Sorcyer apparut sur le seuil, des lambeaux de sa robe funéraire pendant sur ses os où la chair se reformait déjà. Alors que le spectre se baissait pour passer sous le linteau, Hirad vit des orbites vides dans un crâne pointu.

— Hérétique ! cria le revenant.

Sous les yeux d'Hirad, la chair se reconstituait. Lentement d'abord, puis de plus en plus vite, elle enveloppa les mains, monta le long des jambes, s'étendit sur la cage thoracique et recouvrit des organes palpitants jaillit du néant. Le Seigneur Sorcyer, monstrueux et terrible, baissa la tête vers Hirad, ses globes oculaires sombres, froids et meurtriers le dévisageant. Derrière se pressaient d'autres silhouettes. Le Seigneur fit un pas en avant et les lambeaux de tissu devinrent une robe d'un blanc très pur que fit onduler une brise surnaturelle. Des tendons se formèrent sur ses pieds ; ses orteils se déplièrent.

Hirad regarda Denser. Le front dégoulinant de sueur, le Mage Noir luttait contre AubeMort. Ses bras tendus tremblaient ; sa voix basse et rauque marmonnait des paroles que le barbare ne comprendrait jamais.

— Vite, Denser ! beugla-t-il en dégainant son épée.

Il se mit en position. Debout sur le seuil de leur

tombe, les Seigneurs Sorcyers le toisaient du haut de leurs deux mètres cinquante.

— Très bien. Voyons ce que vous valez.

Le premier Seigneur Sorcyer fit un pas dans l'antichambre, et les autres se déployèrent pour l'encadrer. Hirad se passa la langue sur les lèvres. Il allait mourir, mais il ne serait pas seul. Derrière lui, il entendait un bruit de course et l'écho d'une pointe métallique frappant le sol. Jamais un son ne lui avait paru aussi beau. Un frisson remonta le long de son échine ; le sang bouillonna dans ses veines et le soulagement l'envahit. Tout ce dont il avait besoin pour donner à Denser le temps d'achever AubeMort !

— Ravens ! appela-t-il. Ravens, à moi !

Inconscient du danger qui l'entourait, Denser entendit quand même la clameur des voix, les bruits de pas et l'urgence des appels d'Hirad. La forme de mana d'AubeMort était aussi riche que difficile à contrôler. Au fond de son subconscient, Denser remercia son maître de n'avoir omis aucun détail dans son enseignement. Jamais un sort n'avait lutté ainsi pour le vider de son pouvoir et développer son propre potentiel. Non qu'AubeMort fût doué de raison. Mais la forme générée par ses mots, ses gestes et ses pensées n'avait qu'un seul but : la destruction totale du jeteur de sort, et avec lui, de Balaia.

Denser comprit enfin la véritable nature de la création la plus dangereuse de Septern. À présent qu'il avait modelé sa forme de base, il aurait pu s'abandonner à une réaction en chaîne qui entraînerait la destruction de son monde. La disparition de l'aube. Le vol de la lumière. Mais Denser refusait de céder, opposant une parade à toutes les attaques vicieuses et canalisant, par sa volonté, l'incroyable flot de puissance.

Hélas, AubeMort l'épuisait. Et il n'était pas prêt à incanter.

Devant lui, le mana enveloppa les catalyseurs dans un triangle brûlant qui les souleva de terre et les fit se fondre au cœur du sort. Le pouvoir tentateur devint plus insistant. Mais il était encore trop aléatoire et impossible à focaliser. Si Denser incantait maintenant, AubeMort détruirait les Ravens en même temps que les Seigneurs Sorcyers. Même si sa raison lui disait que c'était un prix acceptable à payer, le mage refusait de céder. Il voulait dompter l'énergie du sort. En théorie, il en était capable. Mais il avait très peu de temps pour mettre la théorie en pratique...

L'épée d'Hirad s'enfonça dans le flanc vulnérable du Seigneur Sorcyer Arumun. Le barbare connaissait son nom et celui des cinq autres spectres, parce que l'assaut qu'ils avaient lancé sur son esprit était alimenté par l'utilisation de leur terrifiante identité.

Quand Denser avait récité leurs patronymes, cela ne lui avait fait ni chaud ni froid. À présent qu'il était face à cet antique mal, ces noms lui déchiraient les entrailles et menaçaient de lui voler sa vigueur.

Arumun rugit de douleur et recula, un fluide noir suintant de sa plaie béante. Le cri triomphant d'Hirad mourut quand il vit la blessure se refermer en quelques secondes. Arumun se redressa de toute sa hauteur et secoua la tête. Derrière lui, ses frères le poussaient en avant.

— Par les dieux, souffla Hirad.

Le Seigneur Sorcyer frappa si vite qu'il parvint presque à tromper la garde du barbare.

— Nous ne pouvons pas les combattre !

— Si ! dit l'Inconnu. Il suffit de leur barrer le chemin. (Il fit décrire à son épée un demi-cercle à hauteur de taille, tranchant de la chair et brisant des os. Belphamun s'effondra.) Ils sont encore faibles. Veillons à ce qu'ils le restent.

— Bouclier dressé ! annonça Ilkar.

Hirad regarda ce qui se passait derrière les trois Seigneurs Sorcyers qu'ils affrontaient. Les trois autres – Ystormun, Pamun et Weyamun – incantaient.

— Tenez bon, Ravens !

Hirad dévia un autre coup d'Arumun et lui plongea sa lame dans la poitrine. La plaie commença à se refermer avant qu'il ait dégagé son arme.

Belphamun s'était relevé. L'Inconnu esquiva un coup de poing et le frappa aux jambes. Alors que son adversaire trébuchait, il profita de l'occasion pour lui taillader le cou. Cette fois, La chute fut plus brutale et le cri de douleur plus hideux.

— Bouclier dressé ! Je couvre Denser, dit Erienne.

Giriamun frappa Will et l'atteignit à l'épaule. Le petit homme gémit et s'effondra. Fou furieux, Thraun abattit son épée sur le bras du Seigneur Sorcyer et lui brisa le coude. Aucunement gêné, Giriamun leva l'autre bras, et son poing percuta le sommet du crâne de Thraun. Le colosse s'écroula, inconscient.

— Et merde ! jura l'Inconnu.

— Vite, Denser ! chuchota Hirad.

Les sorts des Seigneurs Sorcyers frappèrent soudain. Des rayons de lumière noire volèrent vers les boucliers des Ravens et les percutèrent en crépitant. Ilkar et Erienne parvinrent de justesse à les maintenir le temps nécessaire.

Belphamun se releva, le regard flamboyant.

— Bouclier baissé, haleta Ilkar, le souffle court.

L'Inconnu et Hirad échangèrent un regard. Le barbare était à bout de résistance ; ses muscles imploraient un répit, ses poumons le brûlaient et son cœur battait la chamade. Il ne savait pas combien de temps il tiendrait.

— Fais-le ! dit-il.

L'Inconnu lança une attaque d'une audace inouïe. Il s'accroupit pour frapper les jambes de Belphamun, puis se détendit comme un ressort et visa son cou. Le Seigneur Sorcyer réagit trop lentement.

Hirad changea son épée de main, la fit remonter en diagonale et atteignit Arumun à la mâchoire. La tête de son adversaire partit en arrière. Le barbare en profita pour abattre sa lame sur le crâne du Seigneur Sorcyer suivant.

Mais l'attaque de Weyamun jaillit de nulle part et le déséquilibra...

Tandis que Belphamun s'écroulait, Ystormun et Pamun fondirent sur l'Inconnu pour le prendre en tenailles. Le colosse fit volte-face et leva son arme. Gisant à terre, Hirad vit les coups pleuvoir sur son ami.

Même s'il parvenait à résister, ce ne serait pas suffisant.

Les Seigneurs Sorcyers allaient incanter de nouveau !

Hirad chercha son épée à tâtons et tenta de se relever. Son épaule lui faisait un mal de chien et sa vision était embrumée, mais il ne pouvait pas laisser l'Inconnu se battre seul. Il était en train de se redresser quand Weyamun lui flanqua un nouveau coup de poing.

L'Inconnu tomba près de lui, le visage ensanglanté.

— Debout, Inconnu !

— Pas de... problème.

Les deux compagnons s'appuyèrent l'un sur l'autre, la douleur les torturant aux endroits où les Seigneurs Sorcyers avaient meurtri leur chair et leurs os. Le corps d'Hirad protestait. L'épuisement menaçait d'avoir raison de lui : ses jambes tremblaient, tous ses muscles étaient douloureux.

Derrière eux, Ilkar lança des OrbesFlammes qui s'écrasèrent au milieu de leurs adversaires, crachèrent du feu et de la lumière et carbonisèrent leurs robes et leur chair toute neuve. Mais elle continuait à se reconstituer sous les flammes que les Seigneurs Sorcyers ne prenait même pas la peine d'éteindre. Hirad leva les yeux. Six visages enveloppés de fumée le toisaient. Triomphants. Exultants. Victorieux.

— Nous vivons, souffla Arumun.

— AubeMort ! cria une voix.

— À terre ! À terre ! brailla Ilkar.

D'instinct, Hirad tenta pourtant de se lever, mais l'Inconnu le plaqua au sol.

— Non ! beugla Arumun.

Ses frères firent écho à son cri.

Une colonne de ténèbres vola au-dessus de sa tête, assez large pour envelopper les six Seigneurs Sorcyers. Elle les percuta de plein fouet, les souleva de terre et les projeta contre les murs, arrachant leurs membres, déchiquetant leur chair et faisant craquer leurs os. Avec des cris aigus, Belphamun, Arumun et Giriamun renversèrent Pamun, Ystormun et Weyamun et allèrent s'écraser des deux côtés de la porte où ils restèrent plaqués comme de monstrueuses poupées de chiffon, les bras et les jambes pendants, la tête sur la poitrine et les yeux embrasés.

Un hurlement évoquant celui du vent qui s'engouffre dans un canyon perça les tympans des compagnons et les fit grincer des dents. Juste au-dessus de la tête d'Hirad, le souffle de la colonne de ténèbres faisait voler ses cheveux, menaçant de les arracher.

Au prix d'un effort considérable, le barbare roula sur le flanc pour observer Denser.

Le Mage Noir était à genoux, le dos droit et les bras tendus. AubeMort jaillissait d'entre ses mains. Ses traits tendus frémissaient autour de sa bouche grande ouverte ; ses cheveux volaient aussi autour de sa tête et ses yeux écarquillés ne voyaient plus que l'obscurité qu'il avait déchaînée.

La brume noire qui s'épaississait à chaque seconde menaçait de l'engloutir. Aspirée par AubeMort, elle tourbillonnait et venait ajouter à son énergie.

Debout près de Denser, Erienne n'osait pas le toucher, paralysée par la terreur et un respect mêlé de stupéfaction.

— Va-t'en de là ! cria l'Inconnu. La colonne s'élargit !

Hirad l'entendit à peine, mais il le sentit tirer sur sa manche et comprit le message. Les deux hommes rampèrent puis se retournèrent pour assister à la destruction des Seigneurs Sorcyers.

Alors, Hirad vit Thraun et Will, étendus sur le sol.

— Restez à terre ! cria-t-il quand il les vit bouger. À terre !

Ses paroles furent couvertes par le rugissement du sort et les hurlements des Seigneurs Sorcyers qui luttaient encore contre AubeMort. Thraun leva la tête et la secoua, sonné, sans comprendre que la mort n'était plus qu'à quelques centimètres de lui.

— Putain de bordel ! marmonna Hirad.

Il s'élança et plongea sous la zone d'effet d'AubeMort.

Denser était consumé par un pouvoir magnifique. Il le sentait couler dans ses veines, gonfler ses muscles, enflammer ses sinus, expulser l'air de ses poumons. Mais il n'avait plus besoin de respirer. AubeMort l'alimentait.

Devant lui, les Seigneurs Sorcyers souffraient. Il éclata de rire à la vue de leurs pitoyables tentatives d'évasion. Immobilisés comme de vulgaires rongeurs sous un pouce géant, les six frères se débattaient, mais AubeMort les gardait prisonniers, chassant la vie de leur chair reconstituée.

Et Denser n'avait pas encore abattu sa dernière carte !

Il n'avait pas choisi où il les enverrait. Ni décidé s'il laisserait AubeMort détruire le monde ou pas. Ç'aurait été si facile. Ses bras maîtrisaient à peine le pouvoir du sort de Septern qui luttait pour échapper à son contrôle. S'il écartait les mains, les ténèbres les engloutiraient tous.

AubeMort l'incitait à le faire. Mais dans les profondeurs de son esprit, quelque chose le retenait. La certitude d'avoir enfin trouvé un endroit où vivre hors de la portée de Xetesk ! Un lieu où on l'aimait et où on veillait sur lui. Un havre de paix où il était libre de choisir sa propre destinée.

Le sein des Ravens !

Il était temps d'ouvrir le portail de l'oubli. De déchirer les dimensions pour jeter les restes des Seigneurs Sorcyers dans le vortex qui les consumerait. Mais Denser voulait que ce soit spectaculaire. Aucun doute ne devait subsister sur la destruction de leurs ennemis. Il fallait que leur dernier voyage dans l'espace de Balaia ait autant de témoins que possible.

Souriant, il leva la tête.

Il avait sa petite idée.

Le rugissement d'AubeMort perçait les tympans d'Hirad. Le barbare était couché sur Thraun, lui planquant la tête contre le sol. Encore étourdi par le coup de poing de Giriamun, Thraun se débattait contre son sauveur, menaçant de le projeter dans la colonne de ténèbres.

Will reprit connaissance, vit le danger, lui posa une main sur le crâne et le calma aussitôt.

Par-dessus son épaule, Hirad regarda Denser. AubeMort tentait de l'aspirer et la brume s'épaississait autour de lui. Soudain, il sourit, récita une nouvelle incantation et leva lentement les bras en rapprochant ses paumes. La colonne de ténèbres se contracta, attirant dans son sillage les Seigneurs Sorcyers.

Ils se débattaient de plus en plus faiblement, le corps tordu, le cou brisé, le dos disloqué et les membres désarticulés. Seule la lumière, dans leurs yeux, rappelait à Hirad que ces coquilles abritaient encore des âmes.

Une brume semblable à celle qui enveloppait Denser s'échappa de l'autre extrémité de la colonne, provoquant une ultime résistance alors qu'elle prenait les Seigneurs Sorcyers dans son filet. Elle les avala, créant autour de leurs corps un globe d'obscurité liquide.

Ils disparurent en quelques instants. Mais leurs cris d'angoisse et de terreur résonnaient plus fort qu'AubeMort lui-même.

Denser ramena vers lui la colonne et sa « cargaison », puis la fit monter et l'inclina jusqu'à ce qu'elle soit à la verticale de son corps, sous le sommet de la pyramide. Le filet magique frissonna.

D'un geste, le mage libéra la colonne qui vola vers le sommet de l'édifice en poussant l'orbe opaque devant elle.

— Dieux du sol, souffla Hirad. Courez ! Courez !

Il s'élança, l'Inconnu sur les talons, Thraun et Will juste derrière eux. Mais ni Erienne ni Ilkar ne bougèrent.

Avant qu'Hirad puisse ouvrir la bouche pour les prévenir, AubeMort désintégra le sommet de la tombe des Seigneurs Sorcyers. Des éclats de pierre gigantesques jaillirent dans le ciel en emportant avec eux la poussière des âges.

De la lumière pénétra à flots par l'ouverture béante, inondant Denser. Les bras levés, les yeux écarquillés, le mage avait un sourire de dément.

Tandis qu'AubeMort et sa sinistre cargaison déchiraient la trame de Balaia pour aller se perdre dans l'espace interdimensionnel, les débris qu'ils avaient créés sur leur passage retombèrent autour et à l'intérieur de la pyramide. Les lèvres déchiquetées de l'ouverture s'effondrèrent, faisant pleuvoir des gravats sur les Ravens.

Hirad vit venir la fin et comprit qu'il ne pouvait rien faire. La colonne d'AubeMort disparut. Denser tomba lentement sur le sol.

Le barbare détourna la tête, incapable de regarder les débris ensevelir son ami.

— BouclierDéfensif dressé, dirent Erienne et Ilkar à l'unisson. Que personne ne bouge !

Le rêve de sa vie venait de se réaliser. AubeMort avait été à la hauteur de ses espérances – une expérience aussi excitante qu'il le supposait. L'espace de quelques instants, il n'avait fait qu'un avec le mana. Il s'était fondu dans son flux, avait lutté contre la tentation, affronté des énergies d'une puissance inconcevable et triomphé. Surtout, il avait ouvert un portail vers l'oubli et envoyé les corps brisés des Seigneurs Sorcyers de l'autre côté, leurs âmes détruites par le sort de Septern dès qu'il s'était arraché à son influence. À présent, il n'avait plus rien à donner. Les résidus d'AubeMort s'accrochaient à son esprit et enveloppaient son corps, lui offrant la paix et lui promettant le repos. Que pouvait désirer d'autre le sauveur de Balaia ? N'était-ce pas ce qu'il voulait vraiment ?

Denser ferma les yeux et s'abandonna au néant.

La mosaïque se craquela et se fendit, pulvérisée par le poids des pierres. Des éclats de roc volèrent et ricochèrent sur les murs. Hirad se jeta à terre en se couvrant la tête, mais il roula sur lui-même et se rassit aussitôt. Les BoucliersDéfensifs qui les protégeaient avaient tenu le choc. Le barbare vit une dalle d'un mètre cinquante de long sur soixante centimètres d'épaisseur percuter le bouclier juste au-dessus du corps immobile de Denser. Elle glissa sur le champ de force invisible et atterrit sur le sol avec un bruit mat. Partout ailleurs, il pleuvait des pierres de la taille d'un poing ou d'un crâne. Le bruit perçait les tympans d'Hirad et les impacts faisaient vibrer le sol sous ses pieds.

Toute la scène était baignée par la lumière mêlée de poussière qui se déversait du sommet décapité de la pyramide.

Enfin, l'avalanche cessa. Hirad se releva et fronça les sourcils en apercevant Erienne. Le visage baigné de larmes, elle tremblait de tous ses membres et luttait pour maintenir son sort, les yeux rivés sur Denser.

Un silence assourdissant remplaça le tumulte.

— C'est terminé, dit Hirad.

Sur le champ de bataille, le vent tourna brusquement. Le feu noir qui jaillissait d'une centaine de doigts se volatilisa. Les boucliers magiques se dissipèrent, et l'expression triomphante des chamanes céda la place à l'hésitation puis à l'angoisse.

Noirépine n'en perdit pas une miette. Comprenant que les Ravens avaient réussi, il hurla de joie. Alors que ses hommes se ruaient vers les Ouestiens privés de commandants, il galopa jusqu'à son vieil ami, se laissa glisser à terre, décapita un guerrier qui tentait de s'interposer et s'agenouilla. Le visage ensanglanté, Gresse respirait toujours.

Noirépine appela un de ses soldats ; ensemble, ils portèrent le baron inconscient à l'écart du champ de bataille.

Derrière eux, c'était la débandade. Privés de la magie des Seigneurs Sorcyers, leurs chamanes impuissants, les guerriers hésitaient. Ils n'avaient rien perdu de leur férocité, mais ce serait désormais leur seul atout.

Noirépine rugit de jubilation. La journée s'annonçait glorieuse.

— Bouclier baissé, chuchota Ilkar.

Erienne courut vers Denser, s'accroupit et prit la tête du mage sur ses genoux.

Elle enfouit son visage dans le creux de son épaule et se balança d'avant et arrière en murmurant des paroles incohérentes.

Hirad fit un pas vers elle.

— Qu'y a-t-il ?

— Il est mort, gémit Erienne. Il ne respire plus.

— Non ! cria Hirad. Ilkar, fais quelque chose.

— Il n'existe pas de sort pour ça, dit tristement l'elfe en les rejoignant. Il n'a pas de blessures visibles. Je ne peux pas le soigner.

Hirad examina Denser. Malgré ses lèvres bleuies, le Xetesk n'avait pas une égratignure.

— Erienne, repose-le. Inconnu, viens par ici et tiens-lui la tête. Dégage sa gorge.

— C'est fait !

— Arrête ça ! cria Hirad en abattant ses poings sur la poitrine du mage. Je t'interdis de mourir. Réveille-toi.

— Je t'en supplie, gémit Erienne. Je porte ton enfant. Ne me laisse pas.

— Tu quoi ? Dieux d'en haut..., souffla Hirad. (Il

frappa plus fort.) Tu as entendu ça, Denser ? Tu as des responsabilités ! Respire ! Respire ! (Il lui flanqua deux claques retentissantes, pendant que l'Inconnu lui massait le larynx et faisait jouer sa mâchoire inférieure.) Respire !

La bouche de Denser s'ouvrit. Il eut un soubresaut et se redressa brusquement, repoussant Hirad. Ses mains se crispèrent sur sa poitrine au moment où ses poumons prenaient une inspiration sifflante.

Erienne éclata en sanglots – de soulagement cette fois. Denser voulut se tourner vers elle mais retomba en arrière. Elle retint sa tête pour qu'elle ne heurte pas le sol et lui ébouriffa les cheveux.

— Je croyais que tu étais mort, espèce de crétin ! Je croyais que tu étais mort...

Une larme tomba sur la joue du mage, qui sourit et secoua la tête.

— J'ai fait de mon mieux, pourtant... Ma poitrine est si douloureuse...

— Il fallait bien essayer quelque chose, se défendit Hirad.

— On dirait que tu as pris mon cœur pour le crâne d'un ennemi...

— Non, je l'ai juste persuadé de battre.

— Merci.

— Tu es un Raven. Je ne pouvais pas te laisser mourir juste après avoir détruit les Seigneurs Sorcyers. Ça n'aurait rien eu de glorieux.

Il suivit le regard de Denser, qui contemplait le ciel bleu de Balaia, visible à travers le nuage de poussière et le sommet défoncé de la pyramide. Une tache brunâtre, piquetée de gris, était suspendue dans les airs.

— Ah... Je ne suis pas sûr que c'était censé se produire, commenta le mage.

Hirad étudia la fissure dimensionnelle quelques instants.

— On fera avec. (Il se releva, époussetant sa tunique et son pantalon.) Comment tu te sens ?

— Fatigué. Et meurtri.

— Nous sommes dans un lieu de repos, dit distraitement Ilkar, sans détacher le regard de la fissure.

— Ça ira pour le moment. (Denser ferma les yeux.) Réveillez-moi dans quelques jours.

— Vous pourriez nous laisser seuls ? demanda Erienne.

— Bien entendu, répondit l'Inconnu. Messires...

Il rengaina son épée, la passa dans son dos et fit signe à ses amis de le suivre.

— Qu'y a-t-il, Ilkar ? demanda Hirad en approchant de l'elfe.

— Ce passage, dit le mage en désignant la fissure. Je me demande où il mène. Vers un endroit inoffensif, j'espère. Bon sang, qu'avons-nous fait ?

Hirad lui passa un bras autour des épaules.

— Nous avons gagné ! Viens, tu verras mieux dehors. (Il poussa Ilkar vers la sortie.) Nous avons gagné.

— Et nous serons payés !

— Je croyais que tu ne voulais pas toucher à l'argent sale de Xetesk, grogna Denser.

Ilkar éclata de rire.

— Ce serait de la fierté mal placée !

— Ça, c'est parlé comme un véritable mercenaire, approuva Hirad. (Erienne se racla la gorge, impatiente qu'ils vident les lieux.) Désolé, Erienne...

Il fit un signe de tête aux autres.

— Ravens, dit-il tout bas en pliant plusieurs fois l'index. Ravens, avec moi !

Achevé d'imprimer sur les presses de

BUSSIÈRE

GROUPE CPI

à Saint-Amand-Montrond (Cher)
en septembre 2006

POCKET - 12, avenue d'Italie - 75627 Paris Cedex 13

— N° d'imp. : 61935. —
Dépôt légal : mai 2005.
Suite du premier tirage : octobre 2006.

Imprimé en France